UNIVERSITY OF NORTH CAROLINA

STUDIES IN THE ROMANCE LANGUAGES AND LITERATURES

Number 102

LE ROMMANT DE GUY DE WARWIK ET DE HEROLT D'ARDENNE

LE ROMMANT DE
GUY DE WARWIK
ET DE
HEROLT D'ARDENNE

EDITED BY

D. J. CONLON

CHAPEL HILL

THE UNIVERSITY OF NORTH CAROLINA PRESS

DEPÓSITO LEGAL: V. 2.581 - 1971

ARTES GRÁFICAS SOLER, S. A. - JÁVEA, 28 - VALENCIA (8) - 1971

This book has been published with the help of a grant from the Humanities Research Council of Canada, using funds provided by the Canada Council.

PREFACE

My doctoral thesis, of which this work is a revised version, was presented to the Université de Lille in June 1966 for the degree of Docteur de l'Université de Lille. I wish to acknowledge my debt to Monsieur H. Roussel of the Université de Lille for his encouragement and many kindnesses, to Professor L. Thorpe of the University of Nottingham and Professor J. T. Stoker of the Memorial University of Newfoundland for the interest which they have taken in my work, and to Professor H. Halpert of the Memorial University of Newfoundland for bringing the Newfoundland mumming plays to my attention. Finally, I must mention my gratitude to the Humanities Research Council of Canada and to the Canada Council for their generous subvention which has aided the publication of this work.

D. J. C

St. John's, Newfoundland.
25th March, 1969.

CONTENTS

INTRODUCTION

During the thirteenth century a traditional Saxon legend re-
tained sufficient popularity to find favour once again in the form
of a poem written in Anglo-Norman, a poem which enjoyed such
success that nearly a hundred years later, early in the fourteenth
century, it was adapted into Anglo-French prose. About the same
time, it was translated into English verse, another of the many
differing versions which enabled it to keep pace with changes
in literary taste.

From the very beginning, *Guy of Warwick* was a popular
success. Guy was accepted as an historical character by the
chroniclers of the fourteenth century, earned a place in Holinshed,
and his story, well known to most of the writers of the Elizabethan
period, was mentioned by Skelton, Udall, Puttenham, Drayton, and
Beaumont and Fletcher. [1] Shakespeare, himself a Warwickshire
man, referred to it on two occasions. [2] John Day and Thomas
Dekker adapted the legend for the stage about 1618, and it was
once again given a favourable mention in a sonnet by John Milton

---

[1] Skelton, *The Boke of Phyllyp Sparowe*, 629, and also *Skelton Lauryate
Defender Agenst M. Garnesche Chalangar, with Gresy, Gorbelyd Godfrey
Cetera*, 22.
  Udall, *Ralph Roister Doister*, I.2. 119-125.
  Puttenham, *The Arte of Englishe Poesie*, London, 1589.
  Drayton, *Polyolb*, XIIth song.
  Beaumont and Fletcher: *The Little French Lawyer* and Old Master
Merrythought in *The Knight of the Burning Pestle* sing snatches from the
Guy story.
[2] *King John*, I.1. 225, "Colbrand the giant, that same mighty man."
King Henry VIII, V.4.22, "I am not Samson, nor Sir Guy, nor Colbrand,
to mow 'em down before me."

senior; [3] all this was before *Guy of Warwick* had even reached
the peak of its popularity, for it was also the source of a literary
curiosity, the *Speculum Gy de Warewyk,* had appeared in several
printed editions in both English and French, and, having estab-
lished itself as an Anglo-Norman epic, had gone on to become the
epic of the English nation.

By this time, *Guy of Warwick* had aroused the unfavourable
reaction of some critics, including Geoffrey Chaucer, [4] but their
condemnation had little effect on the popular appeal of the ro-
mance. It did not really matter that the author, whoever he may
have been, had not gone to great pains to hide the sources of his
account, and that it was all too obvious that he had refashioned
the stock literary traditions of his day to produce his own series
of adventures, because he had succeeded in establishing a new
national hero. What Roland was to the French, Beowulf to the
Saxons, Arthur to the Celts, Guy of Warwick now was to
the English. [5]

It is easy to find sources and parallels for almost all the episo-
des in Guy's career, so easy that it becomes a pointless exercise. [6]
The importance of *Guy of Warwick* lies in its having revealed
various hackneyed motifs to the vast majority of its audience for
the first time; this tale did not seem to be a long series of obvious
plagiarisms, but a thundering good yarn, one which struck familiar
notes at times and yet was retold until it achieved a wider popular

---

[3] The introduction to John Lane's poem, *Guy of Warwick* (London,
British Museum, Ms. Harley 5243), 1621.

[4] The Tale of Sir Topaz *(The Canterbury Tales):*

> "Men speak of romances of pris,
> Of Horn Child and of Ipotis,
> Of Bevis, and Sir Guy,
> Of Sir Libeux, and Pleindamour."

The tail-gate rhyme stanza of this tale of Chaucer's resembles that of the
English version of *Guy of Warwick.*

[5] Oral tradition concerning Guy is still strong in the areas where he is
supposed to have accomplished his feats. This is especially true of Warwick
where he is a minor tourist attraction.

[6] There are parallels in *Amadas et Idoine, Amis et Amile, Amis et
Amiloun, Blaunchflor, Boeve de Hauntone, La Chanson de Roland, Guillaume
de Dôle, Horn, Jehan et Blonde, Geste des Lorrains, Jourdain de Blaivies,
Le Moniage Guillaume, Le Moniage Ogier, Saint Alexis, Saint Eustache, Sir
Isumbras, Tristram, Yvain,* and no doubt in many other texts.

success than most of its contemporaries. [7] This success was not
confined to England and the Angevin provinces; there remain
extant a fifteenth century version written in Irish, [8] adaptations
into German [9] and into Spanish, [10] and a version in Latin which
forms part of the *Gesta Romanorum.* [11] Guy was even popular
in France at the height of the Hundred Years War and was
sometimes included in the ranks of the *Neuf Preux* where his name
replaced that of Godefroid de Bouillon. [12] If any heed is paid to
critical opinion, this success is beyond logical explanation. Never-
theless, this is the one romance whose appeal never waivered for
seven hundred years, the romance which lived on after most others
of its kind had been forgotten. In fact, Guy must be that rarest of
mediaeval heroes, one of the few whose fame has crossed the
Atlantic to take its place in the folklore of the New World. [13]

Strangely enough, *Guy of Warwick* only began to lose ground
when things mediaeval become fashionable again in the early

---

[7] a. E. A. Savage, *Old English Libraries*, London, 1911, pp. 229-231.
  b. P. Meyer, *Bull.S.A.T.F.*, 1882, pp. 43-65: "La fortune de *Guy de
      Warwick* a été tout à fait exceptionnelle. On n'a pas d'autres
      exemples, à ma connaissance, d'un roman en vers qui ait été mis
      en prose sur le continent deux siècles environ après l'époque de
      sa composition."
  c. G. Doutrepont, *Les Mises en prose*, Brussels, 1939: "Les premiers
      imprimeurs de nos Romans se sont généralement contentés d'im-
      primer les rédactions manuscrits en prose qui circulaient sous leurs
      yeux et jouissaient alors de la vogue."
  d. R. Crane, *The Vogue of Guy of Warwick from the close of the
      Middle Ages to the Romantic Revival* (P.M.L.A., t. XXX, 1915).
[8] Dublin, Trinity College, Ms. H.2.7.
[9] *Guido und Tyrius* (Gesta Romanorum 172), Ms. Insbruck 194.
[10] *Tirant lo Blanch* — a facsimile, Hispanic Society, New York, 1904.
J. A. Vaethy, *Tirant lo Blanch*, Thesis, Columbia University, N. Y., 1918.
J. Martorell and M. J. de Galba, *Tirant lo Blanc*, Barcelona, 1969.
[11] British Museum Ms., *Gesta Romanorum* 70, f. 87b.
[12] G. Doutrepont, op, cit., p. 678.
[13] *The Mumming Lesson* — a *Christmas play* (*The Newfoundlander*,
January, 1950), St. John's, Newfoundland, 1950, p. 15. We quote the
entry of Guy of Warwick:

> "Here comes I, Sir Guy,
> A Man of Mighty Strength,
> Who slew down Duncowhead,
> Eighty feet in length...."

This mumming play was collected at Salvage, Newfoundland.

nineteenth century, [14] and writers and scholars rediscovered its rival romances in their dusty manuscripts. Today *Guy* is relatively neglected, [15] having yielded pride of place to Arthur and to Robin Hood, but it is a story which, despite its repetitions, its ever changing scene and its profusion of characters, has an attraction which can explain in some small measure the extraordinary success which it enjoyed for so long.

The prose version is certainly the most accessible and perhaps not the least interesting of the many versions which have come down to us. [16]

THE MANUSCRIPTS

The prose romance survives in two manuscripts. There must also have been two other manuscripts which have disappeared over the years.

1. *London, British Museum, Old Royal 15.E.VI., (formerly no. 101 in the catalogue of the manuscripts of Richmond Palace in 1535).*

A folio volume of 440 leaves, 17 × 13 inches, vellum, dating from the fifteenth century. This is a double column manuscript with 69 lines per column. The binding of the leaves is irregular, but the gatherings are usually of eight leaves with catch-words. The hand is very fine, [17] and, with the exception of ff. 200-204 which have been inserted, is that of one anonymous scribe. This

---

[14] R. Crane, op. cit.

[15] We quote the first six lines of G. K. Chesterton's *The Road to Roundabout* (*Collected Poems of G. K. Chesterton*, London, 1933):

> "Some say that Guy of Warwick,
> The man that killed the Cow,
> And brake the mighty Boar alive
> Beyond the bridge at Slough;
> Went up against a Loathly Worm
> That wasted all the Downs."

[16] In the opinion of E. Littré (*Hist. Litt. de la France*, XXII, p. 847), and of G. Doutrepont (op. cit., pp. 659-660), the author of the prose is sometimes a better craftsman than the author of the poem; in general he is his equal.

[17] This hand bears a strong resemblance to that of the scribe of Ms. Phillips 26092 now in the University of Oregon library.

scribe corrects his mistakes as he writes, but there are the occasio-
nal haplographies and dittographies which remain uncorrected.
The only form of punctuation is the stop which serves all func-
tions. The use of abreviations is in accordance with general
mediaeval practice and presents no difficulty to a reader conversant
with it. There are no rubrics, but the text is divided into 208
chapters, all of which begin with an illuminated capital. The
vertical and horizontal guide lines are clearly visible. There is a
fault in the vellum in the shape of parentheses which runs from
ff. 228-239. It is possible that there is a *lacuna* in this manuscript
since the old pagination does not agree with the modern; [18] mo-
reover, the contents table lists "Le livre de Charlemaine ouquel a
quatre volumes." In fact, there are only three of them. There are
no marginalia.

This manuscript was presented by John Talbot, first Earl of
Shrewsbury, to Marguerite of Anjou on the occasion of her mar-
riage to King Henry VI of England, so that she would not forget
French after learning to speak English, as is indicated in the
dedicatory verses:

> "Princesse tres exellente,
> Ce livre vous presente
> De Schrosbery le conte.   (f. 2vo., 1-3)
> ....
> I l'a fait faire ainsi que entens
> Afin que vous y passez temps,
> Et lors que parlerez anglois
> Que vous n'oubliez le françois."   (f. 2vo., 35-38)

The manuscript contains several romances and other texts which
have been listed in H.D.L. Ward's catalogue, [19] but for the sake
of convenience we list them once again:

---

[18] There is an error in the original pagination running from f. 121 to
f. 123: f. 120 = VI^{xx}; f. 121 = VII^{xx}; f. 122 = VIII^{xx}; f. 123 = IX^{xx};
f. 124 = IX^{xx}.I; f. 125 = IX^{xx}.II.

[19] *Catalogue of Romances in the Department of Manuscripts in the
British Museum*, Vol. I, London, 1883, pp. 471-487, and also in *British
Museum Catalogue of Royal and King's Manuscripts*.

1. folio 1vo.

Table of contents.

2. folio 2vo.

The dedicatory verses consisting of thirty-two couplets followed by an *envoi*.

3. folio 3ro.

A genealogical table depicting the family tree of Saint Louis in the form of a fleur de lis. The middle branch shows the direct line of French kings from Saint Louis down to Charles IV, the right-hand branch shows the collateral Valois line down to Charles VI and his daughter Catherine, and the left-hand branch shows the English kings from Edward I down to Henry VI in whom all three branches are united.

4. folios 5ro.-24ro.

"Cy commence le livre et la vraye histoire du bon roy Alixandre."

Le Roman d'Alexandre, itself a French version of the *Historia de Proeliis*.

5. folios 25ro.-85vo.

Three *chansons de geste* called the first, second and fourth *livres de Charlemaine*.

(i) folios 25ro.-42vo. *Simon de Puille* in 5,101 alexandrines.

(ii) folios 43ro.-69vo. *La Chanson d'Aspremont* in an abridged version of 7,350 decasyllabic lines.

(iii) folios 70ro.-85vo. *Fierabras* in a version of 4,800 alexandrines.

6. folios 86ro.-154vo.

Ogier le Danois in a 20,500 line version in alexandrines.

7. folios 155ro.-206vo.

The prose romance *Les Quatre fils Aymon*.

8. folios 207ro.-226vo.

The prose romance *Pontus et Sidoine*.

9. folios 227ro.-272vo.

The prose romance *Guy de Warwik et Herolt d'Ardenne*.

10. folios 273ro.-292vo.

Le Chevalier au cygne in an abridged version of 5,600 alexandrines.

11. folios 293ro.-326vo.

The four books of Honoré Bonet's *Livre de l'Arbre de Batailles.*

12. folios 327ro.-362vo.

Le Livre de politique, a translation by Henry de Gauchi of Egidis Colonna's *De regimine principum.*

13. folios 363ro.-402vo.

A prose chronicle, *La Chronique de Normandie,* the greater part of which is a prose version of Wace's *Roman de Rou.*

14. folios 403ro.-404vo.

Alain Chartier's *Le Breviaire des nobles.*

15. folios 405ro.-438vo.

Christine de Pisan's *Le Livre des fais d'armes et de chevalerie.*

16. folios 439ro.-440vo.

Les Statuts de l'Ordre du gartir.

This magnificent manuscript bears the arms of England, of France, of Anjou, of Marguerite of Anjou, and of the Earl of Shrewsbury. It is decorated with 143 magnificent miniatures which are usually set against a star-spangled or chequered background. A windmill is frequently introduced. There are also numerous ornamental borders and capitals illuminated in red, blue or magenta and decorated profusely with gold. The folios containing *Le Rommant de Guy de Warwik et de Herolt d'Ardenne* sport on f. 227ro. an intricately decorated border and a fine miniature, and on f. 266vo. a decorated border and a smaller miniature:

1. folio 227ro.

A large miniature filling one third of the folio page and representing, (according to the *British Museum Catalogue of Royal and King's Manuscripts*), "Guy of Warwick as a courtier and as a pilgrim (?)." This identification of the subject matter must remain open to doubt.

On the right, taking up two thirds of the margin, stands a herald wearing a tabard decorated with the arms of John Talbot, Earl of Shrewsbury, and bearing the standard of Marguerite of Anjou; at the foot of the page is Talbot's blazon. There is an intertwined border of vines, clover, ivy, fruits, seeds, marguerites, marguerite buds, pinks, and star-shaped flowers with four, six or eight petals. Two of the margins are framed in a piped border of rounded arabesques which alternate with a series of chevron motifs. The corners of the decorated border, with the exception of the one where the herald is standing, are decorated with acanthus leaves. The large illuminated capital with which the romance begins is decorated with arabesques in the form of ivy leaves.

The miniature depicts two groups of horsemen meeting on a grassy plain overlooked by a hill torn by crevices. A path leads up to the top of the hill on which there stands a windmill. The background is bespangled with stars. At the head of the horsemen on the left, there is a king carrying a shield which the miniaturist has left blank. By his side rides a knight bearing a sword and wearing a brimmed hat shaped rather like a bee-hive. Behind them are men-at-arms, one bearing a banner, another bearing a standard, and others carrying lances. There would seem to be at least one burgess in the group. Facing them on the right, at the head of a second group of horsemen, is a nobleman carrying what appears to be a sceptre or a mace. Behind him ride men-at-arms bearing a standard, a halbard and lances.

2.   folio 226vo.

"Herolt d'Ardenne brought before Emir Persant." The Emir is seated on a throne. Herolt is standing and is restrained by his guards. The decorated border is similar to the one described above. [20]

---

[20] These miniatures and, in fact, all the decoration of the manuscript show a striking resemblance to another British Museum manuscript and to two Oxford manuscripts:

1. London, British Museum, Royal, 16.G.II. A text of the *Quatre fils Aymon* which is identical to the one contained in Old Royal 15.E.VI.
2. Oxford, Bodley Library, Laud Misc. 570. A copy of Christine de Pisan's *Epistre d'Othea* which was prepared for Sir John Fastolfe in 1450.
3. Oxford, Bodley Library, Auct.D.inf.2.II. A Book of Hours prepared in Normandy about 1430-1440.

The Scribe who copied this manuscript had to complete his work as carefully as he could in a very limited time. In the circumstances, he succeeded magnificently.

The whole volume of 440 leaves was specially prepared for John Talbot who presented it to Marguerite of Anjou. Now, Talbot could hardly have ordered the preparation of the manuscript before April, 1444 at the earliest, the date when negociations began to arrange the marriage of Henry VI and Marguerite of Anjou; its seems probable that he could not have been certain that the marriage would take place until the end of the summer of 1444. [21] The presentation may have taken place the following year when Marguerite landed at Porchester, but Talbot and his wife were in the suite which acompanied her to England, and it is possible that the manuscript was presented to her on the Continent. Nevertheless, a miniature depicts Talbot presenting the manuscript in the presence of Henry VI.

John Talbot was in Ireland from 1445 until 1447 so it seems likely that the scribe finished his work within the space of one year. Despite the lack of time, there are few indications of hasty workmanship, rather the contrary. [22] This could suggest that the

---

Perhaps we should also mention the following manuscripts, although the resemblance is not quite so definite:

4. Oxford, Bodley Library, Hatton 45.
5. Cambridge, St. John's College, 268.
6. New York, Pierpont Morgan Collection, M. 105.
7. Paris, Bibliothèque de l'Arsenal, 560.

The common elements, other than the borders, are the treatment of grass, rocks, crevices and the backgrounds of stars (See Ms. Laud Misc. 570, f. 28vo., and also Ms. Auct.D.inf.2.II., ff. 30ro., 39vo., 93vo.). Clothing is draped in a distinctive style, many costumes have borders of a gold line or dots, and the people depicted in the miniatures have long tapering hands. However, the most striking feature is the miniaturist's predilection for introducing a windmill into the background; this windmill always stands on the top of a hill, and a path climbs up to it. The sails of the mill are behind the structure. It is quite possible that this is a form of device used by the miniaturist to identify himself. If so, it has not so far been a very successful one.

[21] Suffolk was obliged to return to England to get full authority from Henry VI and to have the provisional treaty ratified.

[22] The only signs of hasty composition are the error in pagination (See note 18) and ff. 200-204 which are in another hand and may have been inserted when it was noticed that the scribe had missed them out.

presentation took place at a later date, perhaps on the occasion of Talbot's return from Ireland, perhaps in the course of some fleeting visit between 1445 and 1447. It is unlikely that the date was later than 1447, since the depiction of the Duke of Gloucester and of his arms in one of the miniatures (f. 2vo.) indicates a date before his arrest on the 11th February, 1447 and before his subsequent death.

It is possible that there is a portrait of our scribe in a miniature (f. 327ro.) where either the translator or the scribe is shown presenting his book to a king.

Provenance

This immense collection prepared in honour of the Queen of England was no doubt copied from several other manuscripts. Where did Talbot find the manuscript of *Guy de Warwik* from which ff. 227ro.-272vo. of Old Royal 15.E.VI. were copied? If we take a close look at the relations between Talbot and the Earldom of Warwick, we find much which could help to explain how he had access to such a manuscript.

As far back as the thirteenth century, Talbots had married Beauchamps,[23] but about 1432 John Talbot married Marguerite de Beauchamp, elder daughter of Richard de Beauchamp, Earl of Warwick; this marriage made him heir presumptive to the earldom by his wife's right.[24]

---

[23] Some time after 1267 Richard de Talbot married Sarah, daughter of William de Beauchamp, Earl of Warwick.

[24] In fact, the earldom later passed to Richard Neville, the Kingmaker, husband of Anne, the younger half-sister of Marguerite de Beauchamp.

John Talbot never gave up his claim to the earldom of Warwick; even in his will, made at Portsmouth on the 1st September, 1452, he still claims his rights: "els to be beried in the Colege of Warewik in the Newe Chapelle there, the whiche Richarde, late Erle of Warewik, my fader in lawe, late let make and ordeyn, in case that eny time hereaftre y may actayne to the name and lordeship of Warewik as right wolle." (London, Lambeth Palace Library, Ms. 311 Kempe.)

It should also be noted that John Talbot, Viscount de Lysle, son of the former, made his will while staying at a London inn called Warwike Inne: "Dat in hospicio vulgariter nuncupat Warwike Inne in parochia Sancti Sepulcri extra Newgate cuntatis London, mensi March anno domini Millino CCCC quinquagesimo secundo." (op. cit., Ms. 311 Kempe).

It has been deduced [25] that the Anglo-Norman poem was written to glorify the houses of Warwick and Wallingford. What would be more natural than to carry on the interest previously shown in such a famous ancestor in order to advance their own interests? [26] It is probable that the house of Warwick had copies of the works dealing with Guy's adventures. Marguerite de Beauchamp's interest is shown by John Lydgate's *Guy of Warwicke*, a poem written at her request, as the author takes pains to point out: "Her now begginnyth an abstracte owte the cronycles in latyn made by Gyrade Conubyence the worthy the cronyculer of Westsexse and translatid into Englishe be lydegate Daun Johan at the request of Margret Countasse of Shrowesbury lady Talbot ffournyvale & lysle of the lyffe of that moste worthy knyght Guy of Warrewyk of whos blode she is lenyally descendid." [27] This dedication establishes that Talbot had access to at least one manuscript dealing with Guy's adventures.

If we accept that the author of the prose could have been Walter of Exeter, [28] another possibility arises, for Walter would have written his romance at Montacute; if this was so, the connection between Talbot and the house of Montacute takes on some importance. Soon after 1200 Richard de Talbot, ancestor of the first Earl of Shrewsbury, married Aliva, daughter of Dru de Montacute, but without the rights of succession passing to the Talbots; this right passed to the house of Furnivall. However, Ankaret, John Talbot's mother, was married for a second time to Thomas Nevill, Lord Furnivall; John Talbot's first marriage was

---

[25] Alfred Ewert, *Gui de Warewic* (C.F.M.A., 74-75), Paris, 1933, pp. iv-vi.

[26] In 1410 the fame of Guy was a help to Richard de Beauchamp when he was travelling in the Holy Land. The vizir to the Sultan, hearing that this Earl of Warwick "was descended from the famous Guy of Warwick, whose story they had in books of their own language, invited him to his palace; and royally feasting him, presented cloaths of silk and gold given to his servants." (Dugdale, *Baronage*, I, 243). Richard de Beauchamp, Talbot's father in law endowed the chapel at Guy's Cliff in 1422, and was especially interested in feats of chivalry such as that described in *The Earl of Warwick's Virelai*.

[27] Ms. Harvard, f. 4b.

[28] See below: *The Adaptor*, p. 33.

to Maud, daughter and heiress of the same Thomas Nevill, and he inherited the title of Furnivall in his wife's right.

Yet another possibility exists in the relationship between the Nevills and the Beauforts, Earls of Somerset and of Dorset, and Dukes of Exeter. Thomas Beaufort (d. 1427), Duke of Exeter, married Marguerite, daughter of Sir Thomas Nevill of Hornby; Joan Beaufort, sister of the Duke of Exeter, married Ralph Nevill, Earl of Westmoreland. There was also a connection between the Beauforts and the Beauchamps of Warwick: Eleanore, daughter of Richard de Beauchamp, married Edmond Beaufort, Earl of Dorset and, after 1444, Duke of Somerset. If we concede that Jean d'Orléans could have had access to a manuscript of *Guy de Warwik* while he was a prisoner of the Beauforts, [29] we must make the same concession to John Talbot since he was related to them and was their companion in arms.

There are two other points of some interest. Firstly, it is possible that there was some connection between the Talbots and the Irish version [30] of *Guy of Warwick* which dates from the fifteenth century. John Talbot was three times Lieutenant or Justiciar of Ireland (1414-1419; 1425; 1445-1447), was created Earl of Wexford and of Waterford on the 17th July, 1446, and also held the manor of Dungarvan. His younger brother, Richard, was Archbishop of Dublin for a period of thirty-two years (1417-1449). It seems a remarkable coincidence that during these years *Guy of Warwick* was translated into Irish.

Secondly, it is not outside the bounds of possibility that Talbot identified himself with Guy to some extent. His career [31] offers

----

[29] See below: 28.

[30] Ms. Dublin, Trinity College, H.2.7., in which Guy's father in law is called Risderd (i.e. Richard) de Warwick. The only historical Earl of Warwick to bear this name before 1449 was Richard de Beauchamp (1382-1439), Talbot's father in law.

[31] About 1384 (1390 according to *Burke's Peerage and Baronetage*, 103rd edition, London, 1963), John Talbot was born.

About 1402-9 he sat in Parliament.

1414, He was given a command in Ireland and was named Governor.

1419, He followed Henry V to France and took part in the sieges of Caen and Rouen.

1422, He was at Henry V's bedside when the king died.

some striking parallels in its scope; even if his efforts were not always crowned with success, he richly deserved the title

---

1424, at Verneuil.

1425, named Justiciar of Ireland.

1427, led forays into Anjou, Maine, and as far as Brittany where he took Pontorson.

1428, named Governor of Le Mans. In March he looted the town and castle of Laval. In May he retook Le Mans, the town having been lost in his absence. On the 28th October he rejoined the main English army outside Orléans and took command of the fort known as London.

1429, In the face of Joan of Arc's attack, he retreated on the 8th May and headed for Meuny-sur-Loire. On the 18th June Joan defeated him and Sir John Fastolfe at Patay. Talbot was captured and remained in French hands until 1433.

1433, released in exchange for Ambrois de Lore. He then married Marguerite, elder daughter of Richard de Beauchamp, Earl of Warwick.

1434, at Joigny and at Beaumont-sur-Oise. He took Clermont-en-Beauvaisis. Henry VI created him Earl of Clermont.

1435, at the storming of Orville, near Louvres, and took part in the attack on Saint-Denis.

1436, suppressed a revolt in the Pays de Caux. Henry VI named him Marshall (some reports say Constable) of France.

1437, defeated the Burgundians at Le Crotay.

1438, at Neufchatel and at Longeville.

1439, took part in the sieges of Meaux.

1440, took Harfleur.

1441, attacked Pontoise.

1442, attacked Conches. Henry VI named him Earl of Shrewsbury.

1443, attacked Dieppe.

1444, In April he accompanied William de la Pole, Earl of Suffolk, when the latter went to Tours to see Charles VII to sue for peace and to negociate the marriage of Henry VI to Marguerite of Anjou.

1445, In the spring Talbot was at Nancy when Suffolk stood as proxy for Henry VI in a marriage ceremony to Marguerite of Anjou. Both he and his wife accompanied Marguerite to England where she landed at Porchester on April 9th; the whole suite went to Tichfield Abbey where the definitive marriage took place on April 22nd. Then, once again, Talbot was named Governor of Ireland.

1446, on July 17th he was named Earl of Wexford and Waterford.

1449, captured at Rouen in October and kept as an hostage until 1450.

1452, Marguerite of Anjou sent Talbot to Guyenne to help the insurgents and to retake Gascony. On the 1st September he made his will at Portsmouth; he landed in Gascony in October.

1453, Commander at the taking of Fronsac. He then went to the relief of Castillon without waiting for his artillery to arrive. He was killed during the attack on the 17th July, 1453.

conferred on him by Shakespeare: "The great Alcides of the field". [32] We might also recall, since *Guy de Warwik* abounds in knights who disguise themselves as pilgrims, that William Talbot, John's ancestor, disguised himself as a pilgrim [33] in 1186 in order to seek Ela, heiress of the Earl of Shrewsbury who had been kidnapped and taken to Normandy. [34] He succeeded in rescuing the girl and in taking her back to England. This feat of one of their forebears was much admired in the Talbot family.

Finally, since we are dealing with conjectures, we must admit that there could be many other possible solutions to resolve the problem of the source of this manuscript. What is certain is that, after having been presented to Marguerite of Anjou, the manuscript remained in royal hands until it passed to the British Museum.

2. *Paris, Bibliothèque Nationale, fonds français 1476, (formerly 7552).*

A quarto volume dating from the fifteenth century and containing 86 vellum leaves of which f. 74vo. is blank. The gatherings are of eight leaves, the last one bearing the catch-words for the one which is to follow. The first leaf is decorated with an ornamental border of flowers and chimerae which bears in two places the quarterings of Orléans and of Rohan combined in one coat of arms; this escutcheon appears once on the right above a sleeping dog and once at the foot of the page where it is supported by dragons rampant. There is a large illuminated capital at the beginning of the first chapter; the other chapters begin

---

The touching story of Talbot's herald has lived on; this servant of forty year's standing searched the length and breadth of the battlefield until he found his master's body (Matthieu d'Escouchy, *Chronique*).

Talbot was buried near the battlefield, but after a time his body was moved first to Reims, then later to Whitchurch, Shropshire. His memory lives on in the legends of Guyenne in which he has become "le roi Talebot."

[32] See *1 Henry VI*, IV.7.60.

[33] Dugdale, *Monasticon Anglicanum*, VI, 501, London, 1830. The reference is based on an entry in the Lacock Abbey archives.

[34] There is an apparent inconsistency in there having been an Earl of Shrewsbury before John Talbot, the first earl. In fact, Talbot's title was Earl of Salop, but he and his successors have always used the designation Shrewsbury.

with red capitals. Diamonds fill out the line at the end of each
chapter. The hand is cramped but quite legible; this manuscript
was copied by a single scribe who has not named himself, and
who seems to have on occasion been pressed for time. The stamp
of the *Bibliotheca Regia* appears on f. 1ro. and on f. 86ro. At the
top right of f. 1ro. is written the date MDCCVIII; this has been
corrected to MDCVIII and the number 744 added. Yet another
hand has written the old catalogue number of the manuscript:
7552. A stain on the top left-hand side of f. 1ro. spreads into the
illuminated capital and into the text without rendering it illegible.
The scribe has corrected his mistakes, but on occasion there are
haplographies and dittographies which have escaped him. Punc-
tuation is restricted to the stop, and the scribe's ues of abreviations
presents no difficulties. There are no rubrics, but the text is
divided into 203 chapters which are not always in agreement with
those of the British Museum manuscript. There are several
doodlings scribbled in the margins by some idle reader:

1. 8vo. A line drawn around the catch-word.
2. 16vo. A face and some filigree work around the
    catch-word.
3. 24vo. A line encircles the catch-word.
4. 33ro. A face drawn at the bottom of the page.
5. 48vo. A face drawn around the catch-word.
6. 56vo. A plant growing from a bulb surrounds the
    catch-word.
7. 64vo. A face drawn at the bottom of the page.
8. 73vo. Ink stains at the bottom left of the page.
9. 74ro. Ink stains at the bottom right of the page.
10. 80vo. An arm and a hand drawn around the catch-
    word.

The horizontal and vertical guide lines show up quite plainly.
This manuscript appears to have belonged to Marguerite de Rohan
who was married in 1449 to Jean le Bon, Count of Angoulême,
sometimes known as Jean d'Orléans; she was widowed in 1467
and lived until the later years of the fifteenth century.
How did Marguerite de Rohan come to possess a manuscript of
Le Rommant de Guy de Warwik et de Herolt d'Ardenne? In fact,
there is no means of establishing why she did, but the situation

changes if we care to speculate that the manuscript originally belonged to her husband, Jean d'Orléans. It is possible to interpret the "écusson parti d'Orléans et de Rohan" as representing both husband and wife, or, alternatively, it could have been added after the death of Jean d'Orléans.

The tragic life of the latter is well enough known. Given as a hostage under the terms of the Treaty of Buzançais, [35] he remained a prisonner from the 14th November, 1412 when he was twelve years old until the 31st March, 1445. [36] The captive of Thomas of Lancaster, Duke of Clarence, until the death of the latter at Beaugé on March 21st, 1421, he passed first into the clutches of the dowager duchess, then to John Beaufort II, Earl of Somerset, and, finally, on the death of John Beaufort, he became the property of Marguerite of Somerset, dowager Duchess of Richmond. [37]

Jean d'Orléans used his exile to learn English and to read, annotate and transcribe manuscripts; [38] having read Chaucer's *Canterbury Tales* in English, he had them copied by a scribe, and he himself drew up an annotated contents table which has come down to us. [39] During the long years spent in England, he employed a scribe, John Duxworth, [40] and after his return to France, he spent the greater part of his time at his castle at Cognac where he annotated his one hundred and sixty manuscripts. [41] Although most of his captivity was spent in London or at Maxey Castle in Northamptonshire, it is possible that his relationship with the house of Lancaster, the Beauforts who were related to the Beauchamps, and the Nevills might have given him access to a manuscript of *Guy de Warwik* which he transcribed or had copied by John Duxworth.

---

[35] *Original du Traité de Buzançais, le 14 novembre, 1412* (Arch.nat. K.57., no. 28).

[36] G. Dupont-Ferrier, *La Captivité de Jean d'Orléans, comte d'Angoulême* (La Revue Historique, LXII, Paris, 1896), p. 72.

[37] G. Dupont-Ferrier, op. cit., p. 49.

[38] G. Dupont-Ferrier, op. cit., p. 53.

[39] G. Dupont-Ferrier, op. cit., p. 52.

[40] G. Dupont-Ferrier, op. cit., p. 53.

[41] G. Dupont-Ferrier, *Jean d'Orléans, comte d'Angoulême, d'après sa bibliothèque (1467)* (Mélanges Achille Luchaire), Paris, 1897.

3. *The Burgundian Manuscript*

According to the Burgundian inventories taken in 1467 which are now to be found in the Chambre des Comptes at Lille, and according to the inventories of Viglius (1577) and of Sanderus (1643), there must have been a third manuscript. Jean Barois notes it under entry no. 1283 of his book: [42]

> "Ung livre de papier couvert de cuir jaune, escript en prose, a longue luigne, et au dehors, *le livre du noble chevalier Guy de Varelbic*, quemenchant, 'Pourceque tous les coraiges des nobles', et le second feuillet, 'Cy commence le livre du Noble chevalier', et le dernier, 'cause avoit esté'."

This manuscript appears once again in 1487 in the next inventory taken by the house of Burgundy, (Barrois no. 1881):

> "Ung autre grant volume en papier, couvert de cuir jaune, a deux cloans et cinq bout de leton sur chacun costé, histoiré et intitulé *Le livre du noble chevalier Guy de Warwic*, commenchant ou second feuillet, 'Dame moult s'entreamoyent', et finissant ou derrenier, 'le XXVIIesme jour de may l'an mil CCCCLVI'."

The opening words of the second leaves as they are quoted in the two inventories do not agree, and even the titles show a slight divergence, but the latter could be due to a copying error, and the former to a difference of opinion as to which was the second page. We are probably dealing here with one manuscript, but it is within the bounds of possibility that the Burgundian collection contained two, as was the case with other manuscripts.

The few words which we possess from the Burgundian manuscript are not to be found in the London and Paris manuscripts. Can we conclude that the Burgundian manuscript contained an independant prose version? We can only admit the possibility, while noting that the prologue to our romance and the closing

---

[42] *Bibliothèque protypographique ou Librairies des fils du Roi Jean*, Paris, 1830.

chapters which mention the defeat in battle of a Duke of Burgundy would not have made pleasant reading for Phillippe le Bon; a copyist could well have modified what he considered to be offensive passages.

We have been unable to find any trace of this manuscript, but we express the hope that it still exists, perhaps in private hands in Germany like so many of the manuscripts of the Burgundian collection, and that one day it will once again reappear.

4. *The parent manuscript of the sixteenth century editions*

An incunabula [43] mentions the adventures of "Guy de Warwich chevalier d'angleterre, qui en son temps fit plusieurs prouesses en conquestes en Allemaigne, Ytalie et Dannemarche, Et aussie sur les infidelles ennemys de la chrestienté." The wording of this reference agrees exactly with the title of Francoys Regnault's printed edition of March 12th, 1525 which gives a version diverging in some respects from both the London and Paris manuscripts, and making no mention of Herolt's adventures after Guy's death. If we admit that this edition is based on a manuscript other than those we possess today, we admit the existence of a fourth manuscript or at least of an incunabula. We believe that there must have been such a manuscript, unless the dating of the book published in Lyons which is classed as an incunabula is wrong and it appeared after Francoys Regnault's edition.

THE OLD EDITIONS

Two editions date from the sixteenth century.

1. *Paris, 1525*

> "*Guy de Warwich, chevalier d'Angleterre* qui en son temps fit plusieurs prouesses et conquestes en Allemaigne, Ytalie et Dannemarche, Et aussie sur les infidelles ennemys de la

---

[43] Lyons, Pierre de Saincte Lucie, n.d., quarto.

chrestienté comme pourrez veoir plus a plain en ce present
livre imprimé nouvellement a Paris.
Francoys Regnault, cum privilegio.

This text was

> "imprimé a Paris par Anthoine Couteau Pour Francoys
> Regnault, libraire juré de l'Université, demourant en la
> rue Sainct Jacques a l'enseigne de l'elephant devant les
> Maturins. Et a esté achevé d'imprimer le XIIe jour de
> mars, Mil cinq cens, XXV.

2. *Paris, vers 1550*

> "*L'hystoire de Guy de Warwich chevalier d'Angleterre*,
> qui en son temps fist plusieurs prouesses et combas, con-
> questant en Allemaigne, Ytalie, et Dannemarche et aussi
> sur les infidelles ennemys de la Christienté, et de la belle
> Felixe la mye surmontant la beaulté de toutes dames et
> danoyselles et les grandes aventures ou il se trouverent
> et des grandes trahysons ou il se trouva."

This text was

> "nouvellement imprimé a Paris pour Jehan Bonfons, librai-
> re demourant en la Rue Neufve nostre dame a l'enseigne
> Sainct Nicolas."

This is the same text as the Regnault edition reset and reprinted.

Both these editions come to an end at the death of Guy and
Felice, leaving out the sequel which constitutes *Le Rommant de
Herolt d'Ardenne*. The text is close to that of both B.M., Old
Royal, 15.E.VI. and of B.N., f.fr. 1476, but there are sufficient
differences to conclude that they were copied from an independant
manuscript which may itself have omitted the sequel. However,
we must not ignore the possibility of some form of adaptation by
the printer.

THE MANUSCRIPT TRADITION

Neither of the extant manuscripts was copied from the other,
and even the sixteenth century editions were based on an original
other than them. If we add the Burgundian manuscript, there

appear to have been at one time at least four independant manuscripts.

We know so little about the Burgundian manuscript that we can not assert that it contained an independant prose version, nor do the brief quotations given in the Burgundian inventories allow us to connect it with the other manuscripts in any way. Our lack of information prevents us classifying it.

A comparative study of the London and Paris manuscripts and of the editions allows us to conclude that there is a relationship between B.N., f.fr. 1476 and the parent manuscript of the editions. However, B.N., f.fr. 1476 frequently opposes a reading in B.M., Old Royal, 15.E.VI. when the editions agree with the latter. The omission of the sequel in the editions suggests that they derive from a defective manuscript γ which was not a direct source of B.N., f.fr. 1476, so we must postulate another manuscript ι which could have been the source of γ and of B.N., f.fr. 1476.

The tradition can be indicated as follows:

The Anglo-Norman poem, Gui de Warewic (A Glastonbury Ms. [44])

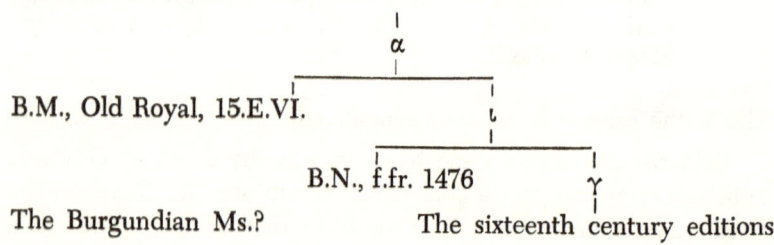

SOURCES

Our romance is a prose version of the Anglo-Norman poem, *Gui de Warewic*, which was written in 12,926 octosyllabic lines between 1232 and 1242. The adaptor mentions his source when he maintains that he faithfully followed "la vraye histoire et la vraye cronique de luy (Guy) estantes en l'abaye de Glastebery et ailleurs" (#29, lines 16-18); he also mentions the "latin hystorial

---

[44] See Chapter 29, lines 16-18, p. 95.

de ceste hystoire" (#167, line 57). We need not take this observation too literally, for it was common practice to refer to any older form of the French language as Latin; quite frequently the older form of French had become just as incomprehensible as Latin to a speaker of the vernacular.

None of the extant manuscripts of *Gui de Warewic* appears to have been the original on which the prose version was based, but it is possible that the adaptor used a manuscript related to the two manuscripts to which Ewert gives the *sigla* F and M, that is to say Ms. Phillips 8345 (now in the Bodmer collection at Coligny, near Geneva) and the Marske Hall manuscript. Both of these manuscripts agree in stating that Guy presented the head of the Northumbrian dragon to King Athelstan who had it displayed at Warwick. The other manuscripts give the reading Everwic, i.e. York; the prose manuscripts read Warwick, although we have rejected this reading in order to keep the story within the bounds of probability.

THE ADAPTOR

Despite his tendency to draw attention to himself by making comments and insisting on the fidelity of his version, the adaptor does not name himself nor does he go out of his way to give us any information concerning himself. However, his liking for chatty comment, and also a few fortuitous details allow us to make inferences which, it must be admitted, may well be idle speculation.

Are we dealing with a cleric? He does use the spacing of the ecclesiastical day to denote the passage of time (#12, line 11), tends to stress feast-days of the Church (#5, line 14; #24, line 48; #66, line 2), and notes the Mass of the feast (#5, line 23). Although we cannot attribute to him the ascetic tone which he found in the original, his outlook is sometimes vaguely ecclesiastical, for example, Herolt's comments on death (#11, lines 65-75), the description of monks showing due deference to their abbot (#47, line 33), perhaps even his favourite simile: "comme si Dieu y feust descendu" (#70, line 24 and elsewhere). He credits the outcome of Guy's more extraordinary adventures to God's intervention (#148, lines 16-28; #156, lines 78-84), but even he finds it difficult to credit the story of Thierry's soul turning into a stoat in order to leave his body (#167, lines 56-70). He notes how effective the prayers of those of low estate can be (#171, lines 24-23), seems to stress the presence of the Archbishop of York (#147, line 6), and ends both of the romances by hoping that his readers will find salvation. This does not add up to very much, but is there any other information which we can glean?

The adaptor is apparently well steeped in the day to day life of the court of a king or of some great lord, perhaps showing a first-hand knowledge of it; he describes in some detail the functions of an *ecuyer tranchant* (#6 to #20), several hunting expeditions (#134, lines 14-39 and elsewhere), two weddings, one of them a royal marriage (#96, line 19 to #97, line 6) and the other that of a noble (#147, lines 1-26), various tournaments (#30-#33 and elsewhere) and several pitched battles (#76-#77 and elsewhere). He is only too eager to pass comment on any number of topics, sometimes casting a disapproving eye over the ease with which a kiss is bestowed in contemporary society (#23, lines 7-12), sometimes passing some caustic remark about the folly of women (#15, lines 25-26). He seems to be reasonably informed about the ins and outs of politics and espionage (#66, lines 9-16), is quite scathing about "les gros qui brisent le festu" (#95, lines 21-24), expresses his opinions of court favourites (#160, lines 30-42) and advises monarchs to govern wisely if they wish to govern well (#160, lines 24-40). He is aware of the private confidences which pass between lovers (#145, lines 6-10), calls into doubt the honesty of some merchants (#158, lines 51-52) and can be mordant about the principles of courtiers (#95, lines 21-24); #126, lines 48-53).

We find few traces of any literary brackground. All the allusions found in the poem have been suppressed, but we do find a mention of King Arthur (#1, line 9), and it seems that the adaptor is aware of the resemblance between Herolt's first meeting with Oiselle (#107, lines 14-15) and some of the episodes in arthurian romances.

From time to time there is the odd detail which suggests human warmth; the adaptor does not forget to mention the chair by the fireside when describing an inn (#32, lines 100-101), he notes that Guy's room overlooks the street so that he can watch the comings and goings outside (#28, lines 1-2 and elsewhere), and he knows how effective a display of wealth can be in securing good service (#27, lines 6-9). He has a certain compassion for the lower classes and takes a delight in describing their success (#139, lines 37-49). He looks favourably on the townsman (#111, line 34), on the varlet who helps Guy (#122, lines 1-13), on the ploughman (#135, lines 5-11), and on the peasant who warns Herolt and Rambion of the danger that awaits them (#203, line 30 - #204, line 1). He is not awed by noble birth, putting words into Herolt's mouth which are a remarkable reproach to address to the daughter of a great lord (#16, lines 35-75); even Guy reproves Felice (#47, lines 6-7). He also seems to have given Herolt a much fuller role than the one he plays in the poem, and perhaps we can detect the odd trace of personal involvement; sometimes, Herolt's plain common sense is so striking that he recalls the *honnête homme* of a later century.

The adaptor also possesses a rudimentary knowledge of medicine, since he describes a medical examination and the medical treatment of a wounded knight (#108, lines 21-31); he knows that death cannot be presumed until the pulse ceases to beat (#49, lines 6-8). The monk who possesses medical knowledge (#49, lines 4-7) also seems to loom a little larger than he does in the poem.

His nationality is not in doubt since the prologue is written from such an intensely English point of view that it could never have been written in an area not under English control. He sings the praises of Warwick (#37, lines 20-21) and of Wallingford (#158, lines 34-37), states that he knows people who have visited Warwick (#141, lines 68-69), and seems to have experience of a Channel crossing and of the reaction of sailors to a rich passenger (#26, lines 84-86).

While describing Guy's first encounter with the Saracens, he seethes with a partisan Christian fervour comparable to the partiality shown by sports fans for their own team (#77, lines 9-11). When referring to the Christian knights, he leans so much on *Les Nostres* that he gives the impression that he is there, or that he has been a witness to similar scenes. In this connection, we might interpret Herolt's remarks concerning death (#11, lines 65-75) as the laconic attitude of a fighting man instead of that of a cleric. We have already noted the adaptor's knowledge of espionage; he is also aware that the Christians fought in quite a different manner to that of the Saracens (#76, lines 3-5); he also remarks that brigands are easy game (#104, lines 127-128).

What can we conclude from this hotchpotch of isolated facts? Nothing definite emerges, but would it be unreasonable to glimpse the shadow of a minor noble, a humble *vavassor* like Herolt d'Ardenne; perhaps a crusader [45] practised in the arts of war and everyday life, who, becoming sceptical and finding worldly matters little to his liking, retired to a monastery?

Can we establish the identity of this anonymous adaptor from external sources? In fact, the names of two men have come down to us, both of them clerics supposed to have written a life of Guy of Warwick, they are Girardus Cornubiensis and Walter of Exeter. However, Girardus Cornubiensis' work survives: *Guido de Warwicke et uxor eius Felice* which was the original on which John Lydgate based his poem. Lydgate declares that he translated "owte the cronycles in latyn made by Gyrade Conubyence." This Latin account has little relation to the long prose romance, since, in its surviving form, it is merely a description of Guy's battle with Colbrant and also of Guy's death. Its existence does explain why Girardus Cornubiensis' name is linked with a life of Guy, and it also seems to eliminate him as author of the prose romance.

In his *Index Maioris Britannicae Scriptorum* [46] John Bale (1495-1563) maintains that Walter of Exeter wrote a life of Guy, Earl of Warwick, during the time he spent at St. Carroc in Cornwall in 1301; this work was written at the suggestion of a certain burgess of Exeter called Baldwin. Bale conjectures that Walter of Exeter was a Dominican friar, but in fact St. Carroc (St. Syriac) near to Lostwithiel was a dependant cell of the Cluniac priory of Montacute in Somerset; [47] this cell usually housed two

---

[45] A veteran of Prince Edward's (later Edward I) expedition to the Holy Land in 1270.

[46] Ms. Selden, supra 64, f. 43.

[47] D. Knowles and R. N. Hadcock, *Medieval Religious Houses*, London, 1953.

or three monks at any one time. [48] Montacute Priory is situated only twenty miles due south of Glastonbury where, according to our adaptor (#29, lines 16-18), rested the original on which the prose romance was based. We also find that during the fourteenth century Montacute withdrew from its obedience to Cluny and became a dependency of the Abbey of Glastonbury. Now, it happens that the only apparent clue to the identity of the adaptor is the mention of *moynes noirs* (#190, lines 16-17), a detail which does not appear in any of the extant manuscripts of the poem; this could be an addition by the adaptor. If we accept that he means the Benedictine community, as was common usage, it is possible that we are dealing with a Benedictine. He could be the man known as Walter of Exeter who could easily have had access from Montacute to the library at Glastonbury. Glastonbury may well have possessed a manuscript of *Gui de Warewic*, since such manuscripts commonly appeared in monastic libraries due to the ascetic appeal of parts of the narrative; [49] of course, the destruction of the original abbey by fire, and the suppression of 1539 put such a presumption in the realm of conjecture.

It can be objected that Walter of Exeter could have written a biography of his contemporary, Guy de Beauchamp, Earl of Warwick (1298-1322), but, as this Guy of Warwick only succeeded to the title in 1298, there would have been insufficient time by 1301 for him to have become famous enough to merit a biography. However, the very fact that the Warwicks gave the name Guy to their son shows their continuing interest in the legend, and the name itself could have given some impetus to a new version of the old story.

Another objection is that the language of the prose version would not allow us to establish the date of composition as being c1301. However, neither of the surviving manuscripts is the adaptor's autograph, and the language, although definitely of the fifteenth century, is not that far removed from the language of 1301; several of the other texts contained in Ms. B.M., Old Royal, 15.E.VI. are modernised versions of texts dating back beyond 1301.

---

[48] D. Knowles and R. N. Hadcock, op. cit.
[49] E. A. Savage, op. cit., pp. 229-231.

Apart from Bale's remark, we possess one other work somewhat doubtfully attributed to Walter of Exeter; [50] perhaps we do have two copies of one of his other forays into the literature of his day.

Does Walter fit in any way the conjectural picture of the adaptor which we have tried to build? Unfortunately, we know almost nothing about him. However, John Bale says that he wrote at the request of Baldwin, "civis Excestriensis urbis". This could indicate two things; firstly, if Walter was on good terms with a burgess, we can suppose that he was of approximately the same class, being either middle class or of the minor nobility; secondly, he was considered to be the ideal man to undertake the writing of a new version of Guy's adventures. Moreover, the designation *of Exeter* underlines his link with this city, and, for a monk, it was rather unusual; it was customary for monks to call themselves after the shire with which they were connected. Obviously, there were exceptions, but these generally indicated a special relationship with a town. In what way was Walter linked with the city of Exeter? We do not know, but it could be that his name was quite well known in certain circles before he took orders; a minor noble who bore the designation *of Exeter*, or else a younger son of some family from the region. Unfortunately, we can find no trace of him nor of Baldwin.

THE DATE OF COMPOSITION

Neither of the extant manuscripts bears a date, but we do know that the lost Burgundian manuscript was finished on May 27th, 1456. The British Museum manuscript probably dates from 1444, and must date prior to 1453, the year of John Talbot's death.

Are there any interpolations or references in the text which could help to indicate the date of composition? In fact, there is an intriguing interpolation (#160, lines 24-40) in which the adaptor disgresses to criticise the conduct of certain Kings who have favourites: "Autre diront et luy mectront sur qu'il a mignons en qui il croit et par le conseil desquieulz il fait ce qu'il fait et nompas

---

[50] See *The Seige of Carlaverlock with a translation by N. H. Nicolas*, London, 1828.

par ses bons barons. Et moult a l'en veü en plusieurs regnans de telz cas advenir et encore continuelement de jour en jour, ainsi que semble grant vertu a tout prince qui moyennement se scait gouverner."

These observations are not relevant to Herolt d'Ardenne who is to the fore at this point in the story; perhaps the expression "de jour en jour" indicates that the adaptor is thinking of a contemporary parallel. Can we find one? Richard II was known for his favourites, and his reign must remain a possibility, but, dating from the early years of the fourteenth century, there is the case of the infamous Piers de Gaveston, Earl of Cornwall from the 6th June, 1307 until his death on the 19th June, 1312. Gaveston was the favourite of Edward II (1284-1327), and his influence over the king created a situation remarkably similar to that in which Athelstan's barons begin to resent Herolt's influence. The coincidence is all the greater since Piers de Gaveston, while holding the manor of Wallingford, sought to increase his influence and in fact became regent from September, 1307 until February, 1308, an event which could have incited the adaptor's comments in the prose romance. Perhaps he even felt constrained to react to the contempt into which the manor of Wallingford had fallen by writing a new version of the old romance outlining the careers of two former Lords of Wallingford such as Guy and Herolt and underlining the downfall of a previous Earl of Cornwall who tried to take Wallingford.

Gaveston attracted the hostility of Thomas, Earl of Lancaster, and of Guy, Earl of Warwick; in the case of the latter the dislike was mutual for Gaveston named Warwick "the black hound of Ardern". In 1312 Gaveston was taken prisoner by the Earl of Pembroke who set out to take him back to Wallingford for the Parliament of the 19th May, 1312. Warwick, hearing that his enemy was now powerless, snatched him from Pembroke's men at Deddington and had him taken to Warwick Castle. Gaveston was executed on the 19th June, 1312 by Warwick's friends at Blacklow Hill, now sometimes called Gaverside, some two miles north of the town of Warwick just beyond the county boundary; in this way Warwick hoped to escape responsibility.

There is a mention of an Earl of Lancaster (#3, line 10) and of an Earl of Exeter (#206, lines 4 and 11), neither of whom appear in the poem. The reference is indirect, but both are named as being related to the chief characters of the romance, the Earl of Lancaster being Guy's grandfather, and the Earl of Exeter being Herolt's father-in-law. Neither of them is of any importance to the story, so we might ask why they are mentioned. There is no trace of these titles in Saxon times, and we find that the first Earl of Lancaster was Edmund, second son of Henry III, (1245-1296). He married the niece of Baldwin de Redvers, Earl of Devon and was succeeded by his son, Thomas, who is mentioned above. The first person to bear the title Exeter was John Holland, Duke of Exeter, (1352-1400), who married the second daughter of John of Gaunt (1340-1399), Duke of Lancaster. His son John Holland II succeeded him and left no heir. The title then passed to John of Gaunt's bastards who formed the Beaufort line of Earls of Somerset and Dorset; Thomas Beaufort was created Duke of Exeter in 1416.

There are two possibilities. Our author could have introduced the Earl of Lancaster to please Thomas of Lancaster whom he knew to be a supporter of Guy, Earl of Warwick, and could have introduced an Earl of Exeter, if he was Walter of Exeter, because of his own link with the town. On the other hand, the Earls of Lancaster and Exeter could have been added at a later date by a scribe seeking to please John of Gaunt or his son Thomas of Clarence, and perhaps the Beauforts. However, we must remember that our adaptor mentions an Earl rather than a Duke of Exeter, and that both names may have been chosen quite arbitrarily.

The possible allusion to Piers de Gaveston, taken together with John Bale's reference to Walter of Exeter, leads us to believe that the prose romance may have been written in the early years of the fourteenth century.

THE HISTORICAL BACKGROUND TO THE GUY LEGEND

An outline of the historical background to the Anglo-Norman poem is to be found in Alfred Ewert's edition [51] and also in H.L.D.

---

[51] op. cit., pp. iii-v.

Ward's catalogue. [52] Nevertheless, we outline it once again for the convenience of our readers.

Even the most superficial examination of the text shows that the Guy legend was based on some legendary battle between the Saxons and the Danes; this tradition had gained many accretions even by 1232-42 when we find the poem giving what was to prove a definitive version complete with *enfances* and a sequel.

The battle with the Danes may well not have taken place during King Athelstan's reign; this reign was the most glorious in Saxon history and would lend itself to being a natural framework for the story. Nevertheless, traditional criticism has tended to associate the battle between Guy and Colbrant with the Battle of Brunanburgh. Now, the Battle of Brunanburgh is described in a poem which forms part of the Anglo-Saxon Chronicle for 937AD, [53] but, unfortunately, we find that this poem bears no relation to the episode described in our romance. In fact, although the site of the Battle of Brunanburgh is a matter of dispute, it is at least certain that the battle did not take place at Winchester, since the Danes did not even aproach the town during Athelstan's reign. It seems probable that confusion arose about the dates of the Danish invasions due to the similarity of the names of two Danish leaders, Anlaf Cuaran who invaded the north of England and suffered a defeat at Brunanburgh, and Anlaf (or Olaf) Tryggvason [54] who invaded the south of England during the reign of King Ethelred (968-1016). Tryggvason is named in the Anglo-Saxon Chronicle for the years 993-994 as having laid waste to the southern counties and as having taken up winter quarters at Southampton. Although there is no definite mention of his having attacked Winchester, it is reported that Ethelred sent the Bishop of Winchester to sue for peace. The confusing of the names of the Danish leaders could have displaced the events from Ethelred's reign and transported them to another era in which the Saxons won a resounding victory; such confusion is in line with the usual development of tradition. Nevertheless, it must be stressed that

---

[52] op. cit., pp. 471-482.

[53] Ms. Parker, Corpus Christi College, Cambridge.

[54] According to the Parker Manuscript, he was leader of the Danes at the Battle of Maldon in 991.

there is no mention of a battle at Winchester or of anyone called Guy (or Wig).

Ewert argues [55] that the Anglo-Norman poem was an attempt to glorify the houses of Warwick and of Wallingford, especially the d'Oylys of Wallingford, by connecting them with the legendary hero. The intention was to "faire passer Guy pour un ancêtre du célèbre Wigod de Wallingford, échanson du roi Edouard le Confesseur". [56] In fact we cannot put much faith in the many attempts to establish Wigod's lineage; several of them have come very close to sheer fantasy, especially that of John Rous (?-1491), chaplain of the Earls of Warwick at Guy's Cliff in Warwickshire, who tried to link the last descendants of the line of Anglo-Saxon lords of Warwick to Guy and to Rambion. What is certain is that there was a Thurkill of Warwick [57] who styled himself *of Eardene* after the Conquest when Henri de Neubourg became Earl of Warwick. It has been maintained [58] that Thurkill's son, Siward of Arden, had a daughter called Felice. The reference is to Siward's son, Sir Henry de Arden, who granted the manor of Baginton, situated between Kenilworth and Coventry to his sister: "grant of the said Henry under his seal he grants Batchintune, which Rog. de Wirenhale held of his father and himself, to Felicia, his sister." [59] Dugdale adds that this Felice died without issue or else she relinquished the title to Baginton before the fifth year of Henry II's reign, since in the course of that year (1158-9) Henry de Ardern granted the manor once again, this time to his daughter, Letitia, on the occasion of her marriage. The great granddaughter of Letitia married Thomas of Ednesoure, and later the manor of Baginton passed to their son, Thomas II, who, after having lost his lands in the course of the Baron's War, reclaimed Baginton in 1278-9. However, the authority by which he reclaimed his rights was questioned. "Whereunto the said Tho. answered that he used those privileges by vertue of a certain cup that King Henry I gave to Letitia, the daughter of Siward of Arden,

---

[55] op. cit., pp. iv-vi.
[56] Ewert, op. cit., p. iv.
[57] *Doomsday Book*, ff. 240vo.-241vo.
[58] Dugale, *Warwickshire*, 1730, p. 228.
[59] Dugdale, op. cit., p. 228.

then his concubine." [60] Obviously, there is some confusion; perhaps Thomas II of Ednesoure alluded to Letitia, Siward's granddaughter, and, if so, the king in question must have been Henry II, but perhaps he said Letitia when he meant Siward's daughter, Felicia, and the king really was Henry I. Dugdale quotes the *Stonely Leiger* in support of his statement that the king was Henry I, [61] and he repeats the name Felicia in a genealogy of the house of Ardern. [62] The name also occurs in another family tree of the Arderns which is not derived from Dugdale. [63]

If we admit the name Felicia, we are dealing with a granddaughter of Thurkill of Warwick, who was a known concubine of Henry I. If this was so, it would have been quite likely that an Anglo-Norman would have tried to ingratiate himself with her by casting her as the heroine of a romance. It is also possible that this Felicia was named after the heroine of the Guy legend which may well have already taken the form of a romance at that time. Such a primitive form would have to predate the poem which has come down to us, and which Ewert dates as 1232-1242.

In any case, Felice is the only character in the romance who has any claim to be derived from an historical personnage.

TRADITION

The most obvious use of tradition is to be found in Guy's combat with Colbrant the giant at Winchester and in his fight with the dragon [64] in Northumberland. These are two *motifs* which occur very frequently in English folklore, although it is difficult

---

[60] Dugdale quotes: "Inquisitiones capt. per Hen. Nottingham et H. Sheldon milit. etc. 7.E.i. (1278-9).

[61] Dugdale, op. cit., p. 228.

[62] Dugdale, op. cit., p. 925.

[63] British Museum, Ms. Harley 2188, f. 31b.

[64] In the later English versions of the Guy legend the dragon gives way to a monstrous cow (See *Denham Tracts*, Vol. II, p. 29). Most of these late versions agree in situating the depredations of the Old Dun Cow on Dunsmore Heath on the Warwick side of Coventry, but it is alleged to have devasted such widely dispersed areas of England that it would seem that it possessed the gift of ubiquity. This persistant *motif* may be a folk memory of the aurochs or of the occasion on which the last aurochs was killed.

to establish how far back the tradition really goes. Northumberland was renowned for dragon legends [65] and would have seemed an appropriate site for Guy's encounter with a dragon.

Guy's other adventures are either repetitive, Amorant being another manifestation of Colbrant, or are part of the great number of *motifs* that our author found elsewhere in the vast literary heritage of the Middle Ages and which he adapted to his own chosen subject.

THE LANGUAGE

Littré noted that Ms. B.N., f.fr. 1476 was written "en français du XVe siècle, bon et correct." [66] We agree, since we find that the language of this manuscript is quite generalised. There are, however, a few slight dialectal traits to indicate that the scribe hailed from the region to the south-west of the Ile de France; [67] this is in agreement with the known provenance of the manuscript, but we hesitate to be precise about the exact dialect of the scribe, because the dialectal traits are so slight.

Ms. B.M., Old Royal, 15.E.VI. is written in literary French of the fifteenth century; in fact, the language of the scribe conforms so closely to the language of the Ile de France that one is tempted to believe that it is too good to be true. Nevertheless, from time to time there are slight dialectal traits from the north or north-west.

Now, from the thirteenth century on, Anglo-Norman writers took great pains to try to write the French of the city of Paris instead of the Anglo-Norman dialect so often derided on the Continent; [68] the first grammatical treatises concerned with the French language were of English origin [69] and were intended

---

[65] An interesting survival is found in the popular Northumberland folksong *The Lampton Worm.*

[66] *Histoire Littéraire de la France,* XXII, Paris, 1852, pp. 841-851.

[67] M. K. Pope, *From Latin to Modern French,* Manchester, 1934, pp. 498-500.

[68] M. K. Pope, op. cit., p. 423, #1075 and W. von Wartburg, *Evolution et Structure de la Langue Française,* Berne, 1946, p. 88.

[69] a. T. H., *Parisii Studentis, Tractatus Orthographiae* (ed. M. K. Pope, *Modern Language Review,* V, pp. 185-193), end of the 13th century.

for those people who thought it was in good taste to speak with the accents of Paris. [70] French was still the language of the English court and of the nobility, a class who spent the greater parts of their lives in France during the Hundred Years War, thinking of France as being part of the same kingdom as England. Gower is an example of a writer who always sought to write the French of France.

Given the known origin of B.M., Old Royal, 15.E.VI., we have but little hesitation in recognising the language of ff. 227ro.-272vo. as Anglo-French coloured at times by the odd dialectal peculiarity, a language which is compatible with a scribe who plied his trade by following the English armies during the later years of the Hundred Years War, and with an original written in Anglo-Norman. [71]

THE ESTABLISHING OF THE TEXT

We have chosen the text of Ms. B.M., Old Royal 15.E.VI. as the basis for our edition, endeavouring to reproduce it as faithfully as possible. The only modifications which we have made to the text are rectifications or suppressions of obvious errors; in such cases we have indicated the alteration by the use of square brackets, except in the case of haplographies and dittographies which we have indicated in the notes following the text. We have, however, allowed ourselves the liberty of borrowing readings from Ms. B.N., f.fr. 1476 and even from the edition of 1525 in order to bridge *lacunae* or to give a satisfactory reading. These borrowings

---

b. *Orthographia Gallica* (ed. Sturzinger, *Altfranzösische Bibliothek*, VIII, 1884).

c. Gautier de Bibesworth, *A Treatise on the French Language* (ed. Wright). c1300.

d. *Maneres de Langage.* c1396.

e. Jean Barton, *Donait françois* (ed. Stengel, *Zts.nfrz.Spr.u.Lit.*, I, pp. 16-22).

[70] Even Chaucer, himself a warrior during part of the Hundred Years War, did not hesitate to reproach the Prioress in *The Canterbury Tales* for speaking the French of Stratford atte Bowe.

[71] A discussion of the terms Anglo-Norman and Anglo-French is to be found in P. Studer, *The Study of Anglo-Norman*, Oxford, 1920, pp. 4-16.

are indicated by single brackets in the case of B.N., f.fr. 1476, and by double brackets in the case of the 1525 edition. We have allowed the scribe the greatest possible leeway in his spelling and morphology, and, when confronted by a wealth of slight divergences in the readings of the two manuscripts, we have kept the readings of the British Museum manuscript. In this connection, we should like to quote the words of the eminent editor Albert Pauphilet:

> "La destinée des textes romanesques en prose n'a pas été semblable à celle des poèmes, ou des œuvres antiques. Aux erreurs ordinaires des copistes se sont très fréquemment ajoutées ici des causes d'altération plus capricieuses et plus difficiles à combattre. Un grand nombre de nos mss. de romans attestent qu'ils sont l'œuvre de scribes qui se croyaient avoir le droit de modifier le texte qu'ils copiaient, non pas seulement pour l'abréger quand ils le trouvaient long, ou inversement pour y interpoler leurs réflexions, mais surtout, et c'est de beaucoup le cas le plus fréquent, pour y remplacer certaines expressions par des tournures équivalentes qu'ils préféraient ... Mais comme les caprices de ces arrangeurs échappent aux lois de l'évolution des textes, et comme ils n'avaient souvent le choix qu'entre un nombre restreint de tournures équivalentes, il arrive que des textes certainement apparentés de près diffèrent en un grand nombre de ces détails, et inversement que des leçons identiques apparaissent dans des copies de familles différentes. Et dans ces cas-là, le classement des manuscrits ne sert à rien pour établir le texte." [72]

It is for similar reasons that we feel that it is wise to accept the readings of what appears to be the older manuscript.

The critical apparatus is comprised of notes to the text, the variants of Ms. B.N., f.fr. 1476 except for minor variations in spelling, a glossary and a table of proper names. We have respected the division into chapters established by Ms. B.M., Old Royal, 15.E.VI., and we have numbered them consecutively; we have also numbered the lines of each paragraph and marked the

---

[72] A. Pauphilet, *Etudes sur la Queste del Saint Graal attribuée à Gautier Map*, Paris, 1921, pp. xxv-xxvi.

folios by an oblique line in the text. We have resolved the abrevia-
tions, introduced modern punctuation, and replaced consonant *i*
and *u* by the letters *j* and *v*. We have, however, kept the Roman
numerals wherever they occur in the text. Acute accents and
diaereses have been added where necessary, the acute accent to
indicate [e] where a reader might otherwise mistake it for the
corresponding atonic vowel, and the diaeresis to indicate vowels
in hiatus at the time the text was composed.

In short, we have followed the practical rules laid down by
Mario Roques and his colleagues in the report of the second com-
mission of the Société des Anciens Textes Français. [73]

---

[73] M. Roques, *Etablissement de règles pratiques pour l'édition des anciens
textes français et provençaux*, Romania, t. III, 1926, pp. 243-9, and also
Bibliothèque de l'Ecole des chartes, t. LXXXVII, 1926, p. 453s.

BIBLIOGRAPHY

French Manuscripts:

A. The prose romance, *Guy de Warwik et Herolt d'Ardenne.*
  1. London, British Museum, Old Royal, 15.E.VI., ff. 227ro.-272vo.
  2. Paris, Bibliothèque Nationale, fonds français 1476.

  > Editions: 1. Anthoine Couteau pour Francoys Regnault, 1525.
  > Copies: Austin, Texas, University of Texas Library.
  > Chantilly, IV, G. 38.
  > London, British Museum, C. 20 d. 22.
  > Paris, Arsenal, 4° BL. 4323.
  > Paris, Bibliothèque Nationale, Y2, 163.
  > Paris, Bibliothèque Nationale, Y2, 164.
  >
  > 2. Jean Bonfons, c1550.
  > Copies: Paris, Arsenal, 4° BL. 4308R.
  > Paris, Bibliothèque Nationale, Y2, 693 bis.

B. The Anglo-Norman poem, *Gui de Warewic.*

  The *sigla* are those established by Alfred Ewert.
  1. A. London, College of Arms, Arundel 27 (formerly 154), ff. 1-130ro. Beginning of the 14th century.
  2. C. Cambridge, Corpus Christi College, 50, art. 7., ff. 103ro.-181vo. Second half of the 13th century.
  3. E. London, British Museum, Additional 38662. Second quarter of the 13th century. (This is the manuscript on which Ewert based his edition).
  4. F. Cologny, near Geneva, Bodmer Collection, Phillipps 8345, ff. 134ro.-209vo. End of the 13th century.
  5. G. Wolfenbüttel, Herzog August Bibliothek, Cod. Aug. 87, 4. End of the 13th century or the beginning of the 14th century.
  6. H. London, British Museum, Harley 3775, ff. 15ro.-26vo. c1300.
  7. J. Cambridge, University Library, one single leaf dating from the 13th or 14th centuries.
  8. N. Marske Hall, Yorkshire, The d'Arcy Hutton library, ff. 1-44. Second half of the 13th century.
  9. O. Oxford, Bodley Library, Rawlinson D 913 (formerly Misc. 1370), art. 23, ff. 86-89. Beginning of the 14th century.

10. P. Paris, Bibliothèque Nationale, fonds français 1669 (formerly 7656. 3 and before that Colbert 1289), ff. 1-59. c1300.

11. R. London, British Museum, Royal, 8.F.IX, art. 3, ff. 105-159. Beginning of the 14th century.

12. Y. York, Cathedral Library, 16.1.7, a four leaf fragment dating from the 13th century.

13. Ripon, Cathedral Library, two fragments dating from the end of the 13th century or the beginning of the 14th century. This manuscript is not mentioned in Ewert's edition.

Edition: Gui de Warewic (ed. Alfred Ewert), C.F.M.A., Paris, 1933.

C. Jean Louvet: *Mistere pour l'an mil cenq cens trente sept.* Paris, Bibliothèque Nationale, n.a.f. 481.

Edition: Wilhelm Lohmann: *Untersuchungen über Jean Louvets 12 Mysterien zu Ehren von Notre Dame de Liesse,* Thesis, Greifswald, 1900.

German manuscript

D. *Guido und Tyrius,* Gesta Romanorum 172.
    Insbruck, Ms. 194.

Irish manuscript

E. An Irish version of the legend.
    Dublin, Trinity College, H.2.7.

Latin manuscripts

F. Girardus Cornubiensis: *Guido de Warwicke et uxor eius Felicis.* This is an extract from *De Gestis Regum Westsaxonum* of which it was the eleventh chapter.

   1. London, British Museum, Cotton, Vespasian D. ix, ff. 40-43b. 16th century.
   2. Oxford, Magdalen College, 147. 16th century.
   3. This work is also to be found as an appendix to Hearne's *Annales de Dunstable,* ii, pp. 825-30.

G. *Rosias in civitate Romana.*
    London, British Museum, *Gesta Romanorum* 70, f. 87b.

English Manuscripts

H. *Guy of Warwick*
   1. Edinburgh, The Advocates' Library, Auchinleck, 23.4.
   2. Cambridge, Caius College, Cl.A.8, 107.
   3. London, British Museum, Sloane 1044.
   4. Edinburgh, The Advocates' Library, Auchinleck, 24 and 35.
   5. Cambridge, University Library, More 690.33.
   6. London, British Museum, Additional 14408, ff. 74-77.
   7. Oxford, Bodley Library, D31, 683.
   8. London, British Museum, Additional 27879 (Percy Folio, pp. 232-234 and 349-357).

    9. London, British Museum, Harley 5243.
  10. Cambridge, University Library, Ff.2.38.

I. *Speculum Gy de Warewyk*

    1. Edinburgh, The Advocates' Library, Auchinleck manuscript.
    2. London, British Museum, Royal, 17.B.XVII.
    3. London, British Museum, Harley 1731.
    4. London, British Museum, Arundel 140.
    5. London, British Museum, Harley 525.
    6. Cambridge, University Library, Dd.II.89.
    7. Lost manuscript, Worsley 67.
    8. Lost manuscript, Bodley 1731.

J. John Lydgate: *Guy of Warwick*, written after 1442.

    1. London, British Museum, Harley 7333, ff. 33-35b.
    2. London, British Museum, Lansdown 699, ff. 18vo.-27vo.
    3. Oxford, Bodley Library, Laud Misc. 683., ff. 65-78.
    4. Kolbing, Germ. 21, 365.
    5. Leyden, University Library.
    6. Harvard, University Library.

K. John Lane: *Guy of Warwick*, 1621. A 17,450 line poem, introduced with a commendatory sonnet by John Milton senior.

London, British Museum, Harley 5243.

Editions of various English versions

1. Pynson. Before 1500.
2. Jan van Wynkyn de Worde. c 1500.
3. William Copland. 1562-69? (Entered in the *Stationer's Register*).
4. John Cawood. 16th century.
5. Martin Parker (prose?). 1640. (Entered in the *Stationer's Register*).

An adaptation in verse of the English version

Samuel Rowlands: *The Famous History of Guy, Earl of Warwick*, London, 1632.

English drama

1. John Day and Thomas Dekker: *The Life and Death of Guy, Earl of Warwick*. 1618 or before.

    This play is mentioned by John Taylor in *Penniless Pilgrimage*, 1618: "At Islington .... we had a play of the life and death of Guy of Warwicke played by the Right Honourable Earle of Darbie his men." A play of the same name was entered in the *Stationer's Register* "for J. Trundle, 1620, Jan 19." under the names of John Day and Thomas Dekker.

2. B. J.: *The Tragical History, Admirable Achievements and various events of Guy, Earle of Warwick, a Tragedy acted very frequently with great applause by his late Majesties servants.*

    Printed by Thomas Vere and William Gilbertson without Newgate, 1661.

Editions, articles and criticism, etc.

Ames, J., and Herbert W., *Typographical Antiquities*, t. I, London, 1785, p. 367.

Bale, J., *Index Illustrium Maioris Britannicae Scriptorum* (Ms. Selden, supra, 64, f. 43), Ipswich, 1548.

Barrois, J., *Bibliothèque Protypographique ou Librairies des fils du Roi Jean*, Paris, 1830.

Billings, A. H., *A Guide to Middle English Metrical Romances*, New York, 1901, pp. 24-32.

Bossuat, R., *Manuel Bibliographique de la Littérature Française du Moyen Age*, Melun, 1951-59, nos. 1347-1367, 4130, 7317.

British Museum Reproductions from Illuminated Manuscripts, Series II, London, 1907, p. xxix.

Brown, A. C. L., *The source of a Guy of Warwick Chap Book* (Journal of Germanic Philology, Vol. 3.), Bloomington, Indiana, 1901, pp. 14-23.

Brunel, C., *A propos de l'édition de nos textes français du Moyen Age* (Bulletin de la Société de l'Histoire de France), Paris, 1941, pp. 67-74.

Brunet, J. C., *Manuel du libraire et de l'amateur de livres*, t. II. entry no. 1833, Paris, 1860-65.

Brydges, Sir Egerton, and Haslewood J., *The British Bibliographer*, Vol. IV., no. XV., London, 1814, p. 268.

Carew, R., *Survey of Cornwall*, London, 1602.

Christies' Catalogue of the choice and valuable library of Sir Henry Hope Edwardes, Bart., deceased, London, 1901, p. 68, no. 565. Sale of the manuscript which is now Additional 38662 of the British Museum.

Collomp, P., *La Critique des textes* (Pub. de la Faculté des Lettres de l'Université de Strasbourg. Société d'Edition des Belles Lettres), Strasbourg, 1931, pp. 31-32.

Crane, R., *The Vogue of Guy of Warwick from the close of the Middle Ages to the Romantic Revival* (P.M.L.A., t. XXX, 1915), pp. 125-194.

Deutschbein, M., *Studien zur Sagengeschichte Englands*, Cothen, 1906, pp. 214-264.

Doutrepont, G., *La Littérature française à la cour des ducs de Bourgogne* (No. 8, Bibliothèque du XVIe siècle), Paris, 1909.

Doutrepont, G., *Les Mises en prose des Epopées et des Romans chevaleresques du XIVe au XVIe siècle*, Brussels, 1939.

Dugdale, Sir William, *Monasticon Anglicanum*, t. VI, 501, London, 1693.

Dunlop, J. C., *History of Prose Fiction*, London, 1888.

Dupont-Ferrier, G., *La date de la naissance de Jean d'Orléans* (Bibliothèque de l'Ecole des chartes, Vol. LVI.), Paris, 1895.

Dupont-Ferrier, G., *La captivité de Jean d'Orléans, comte d'Angoulême* (La Revue Historique, Vol. LXII.), Paris, 1896.

Dupont-Ferrier, G., *Jean d'Orléans, comte d'Angoulême, d'après sa bibliothèque (1647)*, (Mélanges d'histoire du Moyen Age présentées a Achille Luchaire), Paris, 1897.

Esdaile, A. J. K., *A list of English Tales printed before 1740*, London, 1912.

Ewert, A., *Gui de Warewic, roman du XIIIe siècle* (C.F.M.A., 74-75), Paris, 1933. An edition of the Anglo-Norman poem based on Ms. Additional 38662 of the British Museum with readings from Ms. 50, art. 7. of

Corpus Christi College, Cambridge and variants from the other manuscripts.

Ewert, A., Gui de Warewic: some observations, (Medium Aevum, IV, pp. 67-68).

Furnivall, F. J., and Hales, J. W., Bishop Percy's Folio Manuscript, Vol. II (Early English Text Society), London, 1861-1868, pp. 136-143, 201-202, 509-549, 608-609.

Glenville, F. E., Countess of Warwick, Warwick Castle and its Earls from Saxon Times to the Present Day, London, 1903.

Godefroy, F., Dictionnaire de l'ancienne langue française et de tous les dialectes du IX\ au XV\ siècle, Paris, 1881-1902.

Green, J. R., A Short History of the English People, Illustrated Edition, t. II, London, 1893, p. 533.

Guy of Warwick, Chap Books and Broadsides (Harvard Bibliographical Contributions, No. 5), Harvard, 1905.

Hardy, J. (editor), Denham Tracts, Vol. II, London, 1895, p. 29.

Hardyng, J., Chronicle, London, 1543.

Heinemann, O. von, Die Hss. der Herzoglichen Bibliothek zu Wolfenbüttel VII, Wolfenbüttel, 1900, p. 109.

Herbert, J. A., An early manuscript of Gui de Warwick (Romania, XXXV, 1906, pp. 68-81).

Herbert, J. A., Catalogue of Romances in the Department of Mss. in the British Museum, Vol. III, London, 1910, p. 209s.

Herbing, G. A., Der Anfang des Romans von Guy de Warwick (Programme der grossen Stadtschule zu Wismar), Wismar, 1872.

Hibbard, L. A., Guy of Warwick and the Second Mystère of Jean Louvet, (Modern Philology, XIII), 1915, pp. 53-59.

Jenkins, T. A., A new fragment of the Old French Gui de Warewic, (Modern Philology, VII, 1910), pp. 593-596. The York fragment.

Knighton, H., Chronica de Eventibus Angliae a tempore regis Edgari usque mortem Richardi Secundi, London, 1652.

Knowles, D., and Hadcock, R. N., Medieval Religious Houses, London, 1953.

Kolbing. E., Germania, XXI, p. 345s.

Kolbing, E., Germania, XXXIV, pp. 191-4.

Kolbing, E., Englische Studien, II, p. 246.

Kolbing, E., Englische Studien, IX, p. 477.

Langlois, E., Table des noms propres de toute nature compris dans les Chansons de geste imprimées, Paris, 1904.

Langtoft, Pierre de, Chronicle (c1308), London, 1867-68.

La Rue, Gervais de, Bardes et Jongleurs, III, Paris, 1834, p. 249.

Lieberman, F., Guy of Warwicks Einfluss (Herrigs, Archiv., t. CVII).

Littré, E., Histoire Littéraire de la France, XXII, Paris, 1852, pp. 841-851.

Madden, F. (A Clerk of Oxenforde), Gentleman's Magazine, XCVIII, ii., (December), 1828, p. 495.

Mannyng, Robert de Brunne, Translation of Langtoft's Chronicle (c1338), London, 1725.

Marchal, F. J. F., Catalogue des mss. de la Bibliothèque Royale des Ducs de Bourgogne, Brussels and Leipzig, 1842.

Mau, P., Gydo und Thyrus, ein deutscher Ausläufer des altfranzösisches mittelenglisches Freundschafts-romans Guy von Warwick, Jena, 1909.

Meyer, P., *Bulletin de la Société des Anciens Textes Français*, 1882, pp. 43-65. A description of the Marske Hall manuscript together with an appendix giving the first twenty-eight lines of the poem and short extracts from the prose version contained in Ms. B.N., f.fr. 1476.

Michaud, *Bibliographie universelle ancienne et moderne*, Paris, 1843-65.

Michel, F., *Rapports au Ministre* (Collection de documents inédits sur l'histoire de France, publiée par le Ministre de l'Instruction Publique), Paris, 1839.

Moland, L., and D'Héricault, C., *Nouvelles françoises en prose du XIV⁰ siècle* (Bibliothèque Elzevirienne), Paris, 1858.

Moller, W., *Untersuchungen uber Dialekt u Stil des mittelenglisches Guy of Warwick in der Fassung der Auchinleck Handscrift u uber des Verhaltnis des strophischen Teiles des Guy zu des mittelenglisches Romanze Amis und Amiloun*, Thesis, Konigsberg, 1917.

Morley, H., *Early Prose Romances*, London, 1889.

The Mumming Lesson - a Christmas play (The Newfoundlander, January, 1950), St. John's, Newfoundland, 1950, p. 15.

Neuburg, V. E., *The Penny Histories*, Oxford, 1967.

Nouvelle Biographie Générale, Paris, 1857.

Ouy, G., *Recherches sur la librairie de Charles d'Orléans et de Jean d'Angoulême* (Compte-rendus Acad. des Inscriptions), Paris, 1955, pp. 273-288.

Paulmy, le Marquis de, *Mélanges tirés d'une grande bibliothèque*, t. X, Paris, 1780, pp. 63-141.

Phillipps, Sir Thomas, *Additional 14408 British Museum, ff. 74, 75*, Middle Hill, Worcester, 1838.

Pope, M. K., *From Latin to Modern French with especial consideration of Anglo-Norman*, Manchester, 1934.

Prince's Worthies of Devon, Exeter, 1701, pp. 278s.

Puttenham, G., *The Arte of English Poesie*, London, 1589.

Reeves, W., *The so-called prose version of Guy of Warwick* (Modern Language Notes, 1896), pp. 404-408.

Ritson, J., *Ancient Songs and Ballads*, II, 193, London, 1829.

Robinson, F. N., *On Two Manuscripts of Lydgate's Guy of Warwick* (Harvard University Studies and notes in Philology and Literature, Vol. V), Boston, 1896, pp. 177-220.

Robinson, F. N., *The Irish Lives of Guy of Warwick and Bevis of Hantoune edited and translated* (Zeitschr. fur Celtisches Philologie, t. VI, 1907), pp. 9-180; 273-338.

Roques, M., *Etablissement de règles pratiques pour l'édition des anciens textes français et provençaux* (Compte-rendu de la séance tenue à Paris les 18 et 19 octobre 1923 à l'occasion du cinquantenaire de la S. A. T. F. et de la *Romania*), (Romania, t. LII, 1926, pp. 243-9) and also (Bibl. de l'Ecole des chartes, t. LXXXVII, 1926, p. 453s.).

Rothwell, W., *New fragments of a "Gui de Warewic" manuscript*, (French Studies, t. XIII, 1958), p. 52. Two fragments in the library of Ripon Cathedral.

Rous, J., *Rows Roll 1477-85 (Oxford, Ashmolean Museum, 839)*, London, 1845.

Rowlands, S., *The Complete Works*, Vol. 3, (Hunterian Club), London, 1880, and (Johnson Reprints), New York and London, 1966.

Rudbourne, T., *Historia Major de fundatione et successione Ecclesiae Winto-niensis*, 1454.

Sachs, C., *Beiträge zur Kunde alt.-fr., engl. und provenz. Literatur*, Berlin, 1857, pp. 50-54.

Savage, E. A., *Old English Libraries*, London, 1911, pp. 229-231.

Schönemann, C. P., *Guy of Warwick, Beschreibung und Proben einer noch unbekannten altfranzösches Hs. der Hzl. Bibliothek zu Wolfenbüttel*, (Serapeum, III, Heft 22-24, 1842), pp. 353s. Published separately at Leipzig, 1842.

Schulz, W., *Entwicklung der Wilhelmslieder, VI, zur Hs.-Frage der Chanson de Guillaume und des Gui de Warwick*, (Zeitschrift fur Frz. Sp. u Lit., t. XLVI, 1920), p. 281s.

Shaw, H., *Dresses and Decorations of the Middle Ages*, Vol. II, London, 1843.

Skeat, W. W., *Academy*, XXXI, pp. 224-225.

Sotheby's sale catalogue, February 11th-14th, 1913, lot 506. The sale of the manuscript which is now Additional 38662 of the British Museum.

Strutt, J., *Regal Antiquities*, London, 1773, pl. 43, (f. 2vo. of Ms. Old Royal, 15.E.VI.).

Studer, P., *The Study of Anglo-Norman*, Oxford, 1920, pp. 4-16.

Suchier, H., *Beschreibung der Cheltenhamer Hs. 8345*, (Miscellanea di studi critici in onore di Vincenzo Crescini), Cividale, 1917. Two extracts, one from the beginning and the other from the end of the Anglo-Norman poem.

Suchier, H., *Zarnckes Literatur-Zentralblatt*, August 17th, 1878.

Tanner, A., *Die Sage von Guy von Warwick*, (Dissertation, Heidelberg), Bonn, 1877, 68 pages.

Taschereau, J., *Catalogue des manuscrits français. Bibliothèque Impériale. Département des manuscrits*, t. I, Paris, 1868, p. 234.

Tobler, A., and Lommatzsch, E., *Altfranzösisches Wörterbuch*, Berlin, 1925-.

Todd, W. B., *Guy of Warwick*, Austin, Texas, 1968. An edition of an early nineteenth century translation of the 1525 edition.

Turnbull, W. B. D. D., *Guy of Warwick*, Abbotsford Club, London, 1840. An edition based on the Auchinleck manuscript.

Vising, J., *Anglo-Norman Language and Literature*, London, 1923.

Ward, H. L. D., *Catalogue of Romances in the Department of Manuscripts in the British Museum*, Vol. I, London, 1883, pp. 471-487.

Wartburg, W. von, *Französisches etymologisches Wörterbuch*, Bonn and Basel, 1928.

Wells, J. E., *Manual of the writings in Middle English*, New Haven, 1916, pp. 15-19.

Weyrauch, M., *Die mittel englisches Fassungen des Sage von Guy of War-wick u. ihre franz. Vorlage* (Dissertation, 1899), Breslau, 1901.

Sharton, H., *Anglia Sacra, i.* (Radbourne's Chronicle), London, 1691.

Winnerberger, O., *Eine Textprobe aus der altfranzösisches Ueberlieferung des Guy von Warwick* (Frankfurter neuphilologisches Beiträge, 1887), pp. 86s. Published separately at Frankfurt a. M., 1889.

Winneberger, O., *Ueber das Hs.-verhaltnis des altfranzösisches Guy de War-wich*, Dissertation, Marburg, 1889, 48 pages.

Woledge, B., *Bibliographie des romans et nouvelles en prose français anté-*

rieurs à 1500 (Société de publications romanes et françaises, XLII), Geneva and Lille, 1954.

Zupitza, J., *Anglia,* II, pp. 191-199. A review of Tanner's dissertation.

Zupitza, J., *The Romance of Guy of Warwick edited from Ms. Ff. 2.38. in the University Library, Cambridge* (E. E. T. S., Extra Series, XXV-XXVI.) London, 1875-6.

Zupitza, J., *The Romance of Guy of Warwick edited from the Auchinleck Ms. in the Advocates' Library, Edinburgh, and from Ms. 107 in Caius College, Cambridge* (E. E. T. S., Extra Series, t. XLII, XLIX, LIX), London, 1883-1891.

Zupitza, J., *Zur Literaturgeschichte des Guy of Warwick* (Sitzungsberichte der Wiener Kaiserl. Akad. Wiss., Phil. Hist. Klasse, t. LXXIV, 1874), Vienna, 1874, pp. 623-688.

CY COMMENCE LE LIVRE DE
GUY DE WARREWIK

Ou temps du roy Athlestain, prince de noble memoire,
regnant en souveraineté ou royaume d'Engleterre apres l'an
de l'incarnacion Nostre Seigneur Jhesu Crixt .IIIIC. et .XXIIII.
estoit le dit royaume d'Engleterre sur tous autres royaumes
5 renommé fontaine et miroer de toute proesse et chevalerie
par la bonté des vaillans et preux qui y habitoient dont
renommée pour lors couroit par tout le monde, et tant que
non seullement en son temps mais des par avant au temps
du regne du tres bon roy Artus, ne se tenoit nully des fo-
10 raines contrées a droit chevalier s'il n'avoit esté ou dit païs
d'Engleterre soy esprouver et acointer avecques les (bons)
chevaliers y estans. Et que le raison en soit evidente, ne me
semble grant merveille que l'exercité et proesse y deust
pour lors plus estre que en aucune autre region pour plu-
15 sieurs causes. Et premierement comme ce soit la terre de
dessoulz le ciel qui plus a esté tousjours d'ancienneté renom-
mée estre plaine de grans et merveilleuses aventures dont
et pour la quelle cause en aucun temps selon les hystoires
anciennes soullait estre appellée des estrangiers la terre ad-
20 venture. Aultre raison, les gens naissans en icelle terre
communéement (sont) de croissance grans et fors et puissans
de membres assez plus que (ceulx des) autres terres voisi-
nes, et plus peuent souffrir et endurer si leur gouvernance
estoit auque raisonnable, desirans et enclins naturellement
25 au fait des armes, comme l'experience en soit clere ad ce
que non seullement les nobles mais generalement toutes les
communes sont gens de grant fait, de grant desfense et de
hardie entreprise. Bien est aprouvé par les victoires que

de longue main et en plusieurs places ont obtenues en plu-
30 sieurs batailles diverses contre leurs ennemis et a pou de
nombre, comme par croniques royales des royaumes de Fran-
ce, d'Espaigne, d'Escosse et de plusieurs autres païs et regions
a plain en peut estre sceü(e) la verité. Mesmement encores
autre raison y a, c'est que es temps passez, et nomméement au
35 temps d'icelluy roy Athlestain, estoit aussi commune guerre
ou pays d'Engleterre laquelle s'appelloit guerre des barons
et estoit assez courtoise, car qui prins ou rencontre estoit en
estour ou rencontre eschappoit a assez pou de rencon, et se
faisoit que chascun avoit plus de voulloir a soy aventurer
40 pour acquerir honneur. Et ainsi pour les raisons dessus dictes
estoient icelle gens, et devoient estre par raison, mieulx
introduis et aprins de guerre que ceulx des autres regions
qui de ce ne s'entremettoient fors que pou. Et une / [b]
aultre tres especiale raison que fait bien a rementevoir et
45 estre mis en memoire, c'est que des onques et sur moult
d'autres pays Dieu a voulu tant mettre de belles et bonnes
vertus es dames d'icelle contrée, passant beaulté, gracieuseté,
beau maintien, honneur et courtoisie que pour acquerir leur
grace chascun a esté du temps passé desirant de soy travailler
50 en honneur et de passer en proesse ses ancesseurs et avoir
leur noble acointance. Et les dames de tel et si honnourable
condicion que leurs amours ne voulloyent octroyer a nulluy
fors a chevaliers et qu'il fut tel et si renommé de proesse
et bonnes meurs que pour la cause de ses biens fais nulluy
55 ne peut parler de leur acointance fors que en bien. Et de
celle grace et honneur tant habondance a la contrée, selon
la mienne oppinion les dames en sont et seront perpetuelle-
ment a remercier, honnourer, et priser par dessus toutes
autres dames d'autres regions, combien que je le die sans
60 entendre nulle desprisier, mais seullement pour ce que tout
ceur de franche condicion est tenus a toutes vertus loer et
essau[cer]. En icelle beneurée contyniance les vueille Dieu
parmaintenir de mieulx en mieulx pour augmentacion et
exemple de tous les nobles cuers presens et a venir.

2. En icelle honnourable saison et regne du dit roy Athles-
tain estoit ou royaume d'Engleterre ung tres noble et puissant

conte nommé Roalt, lequel avoit le seigneurie de la conté de
Warrewik et des contez de Exenford et de Bukyngham et
5 plusieurs autres seigneuries. Grant et puissant seigneur estoit
entre tous les plus grans du royaume, et moult se contenoit
richement et en bel estat de gens et de mesgnée et de tous
autres apparelz. Sur tous autres depors ammioit et essaucoit
le nom de chevalerie, et trop se delitoit a veoir et honnou-
10 rer tous bons chevaliers et moult leur estoit secourable com-
me cil qui avoit esté et estoit encores tres bon chevalier de
sa main. De tous enfants [n'avoit] icelluy conte fors une
seulle fille nommée Felice, mais de beauté, sens, et gracieu-
seté elle passoit toutes les damoyselles de son aage que
15 l'en savoit en nulle part, et tant couroit d'elle grant renom-
mée que on la tenoit a la plus belle damoyselle du monde,
et pour sa beauté et doulce maniere estoit moult desirée de
plusieurs grans seigneurs, et moult en avoit son pere grans
prieres et requestes et souvent lui en touchoit, mais elle
20 comme pucelle de jeune aage n'entendoit fors que pou a telle
afaire. De toutes bonnes meurs estait plaine, et de sciences
a toutes dames convenables bien enseignée, et combien
que aucuns aucteurs se seyent au devant de ses heures moult
travaillez a ses grans beautez defaire. Neantmoins et pour
25 abreviacion m'en passe fors a tant que selon ce que j'ay /
[f227vo] leü et le rapport de leurs escriptures elle estoit tres
parfaicte en beaulté, sens et gracieuseté.

3. Le conte Roalt son pere en icellui mesmes temps avoit
ung seneschal, gouverneur de luy et de toutes ses terres,
moult saige vaillant chevalier et de grant puissance lequel
estoit nommé (Sequart et estoit) seigneur de Walwingfore
5 sur Tamise et de tout le païs d'environ et moult renommé
de haulte proesse, et par luy estoit le dit conte Roalt plus
craint et doubté que pour tout le remenant de son povoir.
Ycelluy Sequart avoit espousé une moult belle et gracieuse
dame de haulte lignaige, fille du conte de Lanxestre, de
10 laquelle it avoit ung filz tant belle creature que soulz le ciel
on peut bien faillir a ung plus bel enfant trouver, et tant
estoit de nature (bien) in origine, plain de bonnes condi-
cions que tout le monde avoit joye de luy, et son nom estoit

Guyonnet. A l'eure qu'il estoit de l'aage de XV. ans le conte
15 Roalt qui moult avoit ouÿ parler de luy comme d'enfant
bien appris tant que le desira a veoir qu'il fist que son pere
[envoya] pour lui et fut retenu avec le dit conte qui tant
le print a amour que de luy fist son principal eschancon.
Et devant tous au manger le servoit de coulpe, et chascune
20 nuit dormoit en sa chambre par especiauté.

4. Avecques luy avoit Guyonnet ung scien maistre qui le
gouvernoit des enfance nommé Herolt d'Ardenne, saige et
preux chevalier. Icelluy l'avoit aprins et introduit a tous
convenables esbatemens qu'il appartient a gentil homme de
5 scavoir tant que a peine peut on nul trouver qui de sans,
courtoisie et gracieuseté en son aage le peust passer. Et si
estoit de si tres habundante largesse que tout quanqu'il
avoit donnoit et departoit aux povres gentilz hommes et
povres serviteurs et autres qu'il veoit en necessité, et plus
10 de joye avoit de donner que autres de prendre dont il
acquist telle renommée que chascun parloit de luy en bien.
Et comme largement et saigement et beau donner est une
vertu que moult affiert a louer en tout noble cuer et espe-
ciallement en princes! Autre large dit et encores di que
15 pour tenir la voye contraire se peuent moult de perilz ensuïr
qui veult parvenir a haulte proesse et a haulte entreprise.
Celluy Guyonnet ne comparoit nulle richesse au regart de
bon nom, et de sa grant largesse et courtoisie estoit son pere
moult joyeux et mesmes le bon conte Roalt et son seigneur
20 et souvent luy faisoit delivrer des dons a largesse pour
acomplir les voulentez de son gentil cuer. Et quant aucun
en parloit en disant que plus faisoit que (a) son povoir n'ay-
partenoit et qu'il estoit de trop large despence, le bon conte
respondoit, "Taisez vous en. Certes, se je oncques congneü
25 beau commencement d'enfans, Guyonnet passera tous qui
oresendroit congnoissiez de son aage, et croyez que ses
bonnes meurs et sa grant largesse le mettront a moult grant
chose." Telles paroles et autres plusieurs disoit le conte de
l'enfant comme cil qui l'amoit ainsi que se il fust son propre
30 filz naturel.

5. Forment creut et amenda en pou de temps Guyonnet,
et tant qu'il passoit en presque toutes vertus les autres de
son aage ainsi comme la lune surmonte toutes les autres estoi-
lles en clarté. Depers et autres (euvres de) gentillesse se adon-
5 noit, et entre ses autres occupacions moult se delictoit de
coustume a oïr lire et recorder les hystoires des preux passez.
Bon clerc estoit et bien entendans gieux de harpes et de
tous autres instruments, de chanter, de danse, de deduit
de boys et de rivieres; en l'aage de .XIIII. ans savoit tant
10 que gentil homme peut scavoir, et pour ses belles et bonnes
doctrines et vertus de plusieurs haultes dames et damoy-
selles estoit moult amé et desiré comme en jeune aage.
Advint que en celluy temps le conte Roalt son seigneur a
ung jour de Penthecouste se ordonna de tenir court et feste
15 haulte et efforcée pour monstrer sa noblesse et magnificen-
ce, et voult tenir double estat, c'est assavoir luy et ses ba-
rons et chevaliers en une partie ou palais, et en une autre
Felice la belle, sa fille, dont j'ay devant parlé, acompaignée
de toutes les haultes dames et damoyselles du pays dont il
20 y avoit grant nombre. Et quant vint au jour de la feste que
tout le monde estoit venu de toutes pars, / **[b.]** ainsi
que le conte estoit prest d'aler au moustier pour oïr le divin
service, il appella Guyonnet par devant son pere, et en la
presence de lui et de ses plus privez barons luy dist ainsi,
25 "Beau filz Guyonnet, il est vray que je vous ay aussi que
nourry et tant pour l'amour de vostre pere comme pour le
bien que j'espoire que au plaisir de Dieu encores fera en
vous, et vous tiens aussi comme mon naturel filz. Et pour
ce que je n'ay hoir masle de mon corps qui apres moy
30 tiengne ma seignerie et porte le nom de Warrewik, ne vueil
pas en especial que le nom en perisse, ains veulx et vous
commande que desoresmais vous faciez appeler Guy de
Warrewik; le nom vous en donne, le Tout Puissant vous
doint grace de le maintenir a honnour."

6. A ces parolles se agenouilla Guyonnet devant le conte
son seigneur et la remercia moult humblement, et aussi
Sequart son pere et tous les autres qu'ilz furent en la presence
loerent moult le conte de telle ordonnance en disant qu'il

5　luy estoit meü de noble et de naturel courauté. Et en ce
　　disant le conte print Guy par la main qui encores estoit a
　　genoulx devant luy, en disant, "Beau filz Guy, ainsi que bien
　　et loyaument et convenablement avez servy devant moy de
　　vostre office ja par longtemps, c'est assavoir de coulpe et
10　de trencher, vueil que desoresmais vous serviez a ma fille,
　　veuil que ainsi soit. Je vous donne a elle. Or soyez de telle
　　gouvernance ce que j' aye toute cause de vous amer de
　　mieulx en mieulx, car par la grant amour que j'ay en vous
　　veuil que vous soyez a elle comme a la riene au monde
15　que plus ayme." Et de ce tint Guy moult joyeulx pour amour
　　de jeunesse et moult humblement la remercia. Et tantost
　　apres (le conte) le print par la main et le mena a sa fille
　　et luy en fist present et luy dist, "Belle fille, cestuy vous
　　donne pour desoresmais servir devant vous de la coulpe et
20　de trencher a la table. Soyez a luy bonne dame et maistres-
　　se, et lui vous soit bon loyal serviteur car ainsi me plaist."
　　A tres grant joye la belle Felice le receut, en disant, "Mon
　　seigneur, c'est ung present que j'ay moult cher et dont je
　　vous doy bien remercier. Et pour le bien que j'ay ouÿ
25　tant racompter de luy et aussi pour l'amour de son bon
　　pere, et se qu'il vous plaist le moy commander, le avray
　　assez plus cher." A tant s'en partit le conte de sa fille et
　　retourna avec ses barons, et Guy remaint avec sa maistresse,
　　lequel commenca son nouvel service. Moult fut Felice jo-
30　yeuse de son nouvel serviteur et moult le receut bellement,
　　et il estoit tant gracieux et de belle maniere, si que tous
　　avoient joye de la veoir. Pour la solempnité de la feste estoit
　　gracieusement abillé et ordonné selon le temps car les appa-
　　relz n'estoient pas pour lors si excessifz comme ilz sont a
35　present. Vestu estoit selon l'hystoire d'une robe d'escarlate
　　faicte selon son corps et fourrée advenaument, et d'autre
　　appareilz avoit assez entour luy ce que a filz de tel homme
　　comme son pere appartenoit. Celluy jour fut la feste moult
　　grande et solempnelle, et il se tint devant sa maistresse
40　de son office si gracieusement que nul ne l'en povoit re-
　　prendre et estoit moult regardé de plusieurs personnes par
　　sa grant beaulté et gracieuseté, et en especial damoyselle

Felice sa bonne maistresse avoit son service si a cuer que
tousjours avoit les yeulx sur luy, ne ennuyer ne se povoit

45 de luy regarder. Guy, qui tant la veoit belle et douce au
regart des autres et qui encores ne savoit qu'estoit nature
d'amour, par son doulz regart fu alors espris si soudaine-
ment de l'amour d'elle que bien luy semble que s'il peut
venir jusques a acquerir sa grace, et qu'elle ne le vueille

50 pour amy retenir et que sa fin convient estre prochaine.

7. La fut moult l'affaire changée et print fort a muer
couleur et contenance, et en telle maniere que damoyselle
Felice sa maistresse devant qui il trenchoit en print apprer-
cevance et luy sembla que il estoit tres en malaise mais

5 la cause de son mal ne savoit elle pas, ne ne peut ymaginer
comme (c)elle qui pucelle estoit de jeune aage, et qui enco-
re n'avoit oncques pensé a tel affaire comme est amours.
A grant douleur et mesaise parfist Guy son service ycelluy
disner, et quant vint l'eure / **[f228ro.]** que les tables furent

10 levées et que chevaliers, escuiers, dames et damoyselles
furent assemblées ou palais pour danser et festoyer, Guy
departist de la compaignie au plus privéement qu'il pot
et de la s'en alla devers sa maison et s'enferme dedens (sa)
chambre pour mieulx a parsoy penser de sa nouvelle amour.

15 Et quant il ot esté une piece sans mot dire en soupirant
tres tendrement commenca a soy complaindre ainsi.

8. "Ha, Felice, ma tres belle maistresse, toutes dames
soient bienheurées pour l'amour de vous. Et en toutes ver-
tus, beaulté, bonté, sens, et gracieuseté vous soyez tous-
jours, et par dessus toutes, la souveraine dame belle et tres

5 doulce qui les grans doul(c)eurs et beaultez jamais ne pou-
rroye ne savroye deviser, comme de bonne heure je vis
oncques les tres doulx yeulx par qui je croy bien qu'il me
conviendra finer. Mais en verité, sera grant reconfort a mou-
rir pour vostre amour, car je scay bien que pour (plus)

10 belle ne meilleure ne la puis endurer. Ha, Felice belle mais-
tresse, or a vostre doulx regard mis mon cuer en voye a
penser de ce que oncques mais ne pensa, c'est a amour.
Belle sur toutes les belles, moult me tiens a eureux d'avoir

grace de si noblement mon cuer avoir assis. Helas, belle,
15   mais dont me viendra le hardement de le vous faire assa-
voir. Certes, je ne le scay ne je ne voy remede fors tant
que couvertement me fault couvrir et porter mes douleurs
jusques ad ce que de grace par aucun autre le saichés que
par moy qui mieulx aymeroye mourir que le vous descou-
20   vrir. Et certes, belle, c'est la chose pourquoy plus me met
en doubte de ma vie, car trop mieulx me vauldroit briefve
mort que longuement endurer celle peine. Ha, tres belle,
que vous ne savez la douleur que au cuer me tient tant ce
me fust ung grant comfort." A ces mos commence le damoy-
25   sel a plourer trop tendrement et demoura grant piece [s]a[ns]
parler, et quant parole luy revint si print a dire, "Hé, Guy,
jeune maladvisé par fole entreprise, je doubte que mal veïs-
tes vous oncques les doulx yeulz de Felice la belle qui a
ce point vous ont mené que vous voulez estre desloyal vers
30   vostre seigneur qui tant vous aime et honnoure. Ha, Ha,
Guy, Guy, comme estes vous si outrageux de desirer en
vostre cuer l'amour d'elle? Certes trop faictes a blasmer.
Et suppose qu' elle vous voulsist aymer dont vous estes assez
loing de l'esperance? Ne scavez vous bien qu'elle est vostre
35   dame a qui vous estes donné pour faire loyal service? Et
promis luy avez (foy et loyaulté, et au surplus elle est fille)
du bon conte vostre seigneur qui tant aime vostre seigneur
et pere, et tant se fie en luy qu'il le fait gouverneur et maistre
de luy et de toutes ses terres. Qui vous peut doncques en
40   ce desir excuser de mauvaistie et de fol couraicte? En verité
je n'y voy autre raisonnable cause fors que folie et oultre-
cuidance vous meut a ce penser, et se vostre fol gouverne-
ment en estoit sceü ou apperceü nul ne vous pourroit
rachetter de la mort, car seullement en penser l'avez bien
45   desservy."

9. Lors recommence assez greigneur duel que devant et
a plorer si piteusement que nul ne le veïst que toute pitié
n'en deüst avoir. Puis se mist a genoulz ainsi que s'il vist
sa dame devant luy proprement, et dist, "Ma chere dame,
5   du grant et oultrageux mesfait vous requiers pardon, et vous
supplie qu'il vous plaise a le me pardonner sans le moy

atourner a mal, car force d'amer m'a mis en ce penser qui
me contraint malgré moy, et sur toutes vous desire obeir et
honnourer, ne pour vivre ou mourir de celluy pensement
10   ne pourroye estre retenus ne je ne le vueil." Et en ses
paroles se leva de genoulx la ou il estoit encores, et con-
fortant en son gentil cuer print a dire, "Voirement ne me
dois je pas plaindre d'avoir si noblement choisi, mais en doy
estre joyeux, et si n'ay sens ne hardement de mes amours
15   descouvrir. Au plaisir de Dieu me veuil si saigement gou-
verner et ensuir l'example des bons que ma dame aura joye
de mon service, et peut estre que de joye pourra estre par
aucun acertenée de la grant amour que j'ay en elle et comme
sur toutes la desire. Et donc ne me doubte pas quant elle
20   savra la verité qu'elle puisse avoir si dur cuer que de moy
ne lui pregne / [b.] aucune merci, ainsi que j'ay souvent
oÿ dire a Herolt mon maistre et a plusieurs autres a qui
sont avenues d'aussi grandes adventures, et je vueil vivre
et morir sur celle esperence." Lors de rechief commence a
25   changer et muer couleur et a entrer en une nouvelle pensée,
et a chief de piece dit, "Esperance? Helas, et quelle espe-
rance puis je avoir a oser desirer la plus tres belle creature
qui vive et si haulte dame, moy qui n'ay aage, valeur, ne
sens? Je scay bien que se je vivoye cent mil ans je ne pour-
30   roye avoir le hardement ne le povoir de luy oser racompter
ma douleur, plus tost vouldroye mourir mille fois se mille
fois morir povoye. Et se tant outrageux estoye de me estre
a elle descouvert, bien puis penser que ce ne seroit fors ma
prochaine mort [et] destrucion, car avant qu' elle me deüst
35   aucun reconfort donner pour bien qui soit en moy, est mieux
semblable qu'elle me (devroit faire) tout vif escorcher comme
faulx et desloyal parjuré envers elle. Et qu'en diroye je?
Voirement a mes douleurs ne scay veoir nul remede de joye
fors que il me semble que la mort est trop tardive a venir
40   par devers moy."

10.   En ces parolles disant se leva et ala a une des fenestres
de sa chambre qui regardoit droittement envers la tour ou
elle estoit, la belle Felice. Et quant il ot celle part une
piece resgardé, si gecta ung moult grant soupir et dist, "Ha,

5   tour ou est enfermée la plus belle des belles, que furent
ores les murs fondus et craventez dont vous estes enclose
qui me destourbent que je ne puis veoir celle pour qui j'ay
tant a souffrir. Hé, tour, bien devez estre eureuse qui avez
en garde le plus tres riche tresor a mon advis qui soit ou
10   remenant du monde. Ha, tour, assez me faictes mal, quant
me tollez a veoir ce que je plus desire, et bien me faictes
a regreter pour ce que je scay que dedens vous est encloz
le tresor de ma vie." En ces mos disant se laissa cheoir
pasmé dessus son lit tel atourné et si plain de (d)ouleur et
15   d'angoisse que bien sembloit que l'ame luy deust partir de
son corps.

11.   Herolt d'Ardenne son maistre qui fort se prenoit garde
de luy estoit pour lors en la sale avecques le conte et les
barons et chevaliers dont plusieurs y avoit de privez et
d'estrangers. Et a lors qu'i veist ma damoyselle Felice venir
5   et les autres dames et damoyselles en sa compaignie (et)
ne veist point venir son maistre, luy commenca le cuer fort
a fremir, et trop se doubtoit d'aucunes mauvaises nouvell[es].
Si se parti erraument de la place et le va querant de cham-
bre en chambre, mais nulluy ne treuve qui nouvelles luy
10   en die, et tant ala qu'en une des chambres ma dame Felice
trouva une jeune pucelle qui luy dist coment elle en avoit
veü partir Guy ja grant piece avoit. Tout pensif et pesant
luy sembloit, mais la cause ne savoit elle pas fors qu'en tres
grant haste s'en estoit alé droit en sa maison. Tantost que
15   Herolt oÿt ces nouvelles si se departit de la chambre et
s'en ala grant pas vers la maison de son maistre forment
pensant a parsoy quel achoison y povoit avoir, mais tant
plus y pensoit et moins en savoit, et non que ((il doubtoit
que)) aucun de maladie ne luy fust survenu. Et pour ce se
20   hastoit d'aler sans tenir a nulluy parole jusques a ce qu'il
vint a l'uys de la chambre son maistre qui encores plouroit
et demenoit son deul, et estoit l'uys de la chambre bien
estroictement fermé sur luy. De ce fut Heroult moult es-
merveillé quant il vit qu'il ne povoit entrer ens. Se approucha
25   de l'uys et print a escouter les grans complaintes et regrés
que son maistre faisoit, et comment il s'ocioit de duel

mener, et lors dist qu'il n'y attendroit plus qu'il ne sceust
la cause dont ce grant duel venoit, et pour le grant duel
et desplaisir qu'il en print frappa du pié a l'uys de la
30 chambre ung si grant coup qu'il le fist voler en l'aire comme
celluy qui estoit de grant force, et puis entra ens moult
courroucié. Et quant Guy entendy la noyse de la briseüre
de l'uys tantost sailly hors de son lit et tordit ses yeulx.
A tant fut venu Herolt (devant luy), et quant Guy vit que /
35 [f228vo.] c'est son maistre si en devient tout honteux et
s'efforce de luy faire la plus belle chiere qu'il peut, et luy
va a l'encontre disant, "Beau maistre, bien vieniez, mais
quel haste ou necessité vous amaine celle part (en telle
maniere) a celle heure? — Mais vous, fait Herolt, sire, quelle
40 necessité vous fait cy enclorre, plorer et lamenter tout
seullet, com je mesmes l'ay oÿ et entendu; a l'eure que
vous deüssez estre a la court festoyer et vous acointer des
nobles chevaliers y estans de cest pays et d'autres, et
servir vostre maistresse ainsi que faire le devez? Sachez
45 que se commencement de service ne semble pas bel et de
vostre gouvernance faictes moult a blasmer. — Beau maistre,
fait il, pour soy couvrir, ce que vous dictes est bien dit, et
je vous cry mercy que maugré ne m'en sachiez, si mettray
paine a l'amender, et affin que vous soyez mains mal con-
50 tempt de moy pour la douleur que vous m'avez trouvé
faisant, et si n'en scavez la cause, je la vous diray. Il est
bien vray que a la fin du disner quant j'euz parfait mon
service par devant ma maistresse et quant je feuz partis de
devant elle me vint nouvelle d'un mien grant amy des
55 l'aage d'enfance qui est nouvellement mort, et de cet fut
mon cuer si troublé que je n'euz a vostre ne a autre loysir
d'en parler, ains m'en vins enclorre si seullet ainsi que
trouvé m'avez pour plus privéement mon deul en faire. —
Sire, fait Herolt, comme celluy qui bien cuidoit qu'il luy
60 deist toute verité et moult voulloit mettre paine a le re-
comforter, voirement en tout ce que dit m'avez ne voy je
que folie. — Comment maistre, fait Guy, n'est ce pas grant
perte que de perdre ung bon amy? — En nom Dieu, se
dist Herolt, si est, est ce vray et qu'il greve au cuer, ce croy

65 je bien, mais de plorer et duel mener ne tiens je que folie,
car ce ne peut riens prouffite(r) a l'amy mort, ne par voy
plours ne le povez gaire revivre. La voulenté du Hault
Seigneur convient il endurer, a vous n'est pas de l'amender.
Se le vostre amy estoit mort, Dieux en ait l'ame, vous
70 prierez pour luy et ferez faire des biens. Et combien que
j'aye dit que ce soit grant douleur que de perdre ung scien
amy, dores en avant vous chastiez que jamais pour grans
gainges ou pertes de biens ou d' amis ne vous resjoÿssez
trop ne ne soyez trop dolent, car pour l'un ou pour l'autre
75 moult de inconvenient en peuent ensuÿr. —Maistre, que
ainsy le me conseiller, je m'y gouverneray selon vostre
conseil a mon povoir."

12. Lors la prent Herolt par la main qui bien le cuidi
savoir la cause de sa douleur et le semont d'aler a court
pour soy deduire avecques les autres, et il respond que de
l'aler il est prest. Si s'en vont vers la palais ensemble la
5 ou ilz trouverent le palais garny de barons et chevaliers,
dames et damoyselles qui se deduisoient et esbatoient a
plusieurs et divers esbatemens, et Guy pour couvrir son
semblant se met entr'eux et monstre la plus belle chiere
qu'il peut, et se deduit avecques eulx assez plus que son
10 cuer ne luy aporte. Et ainsi passa le jour tant que apres
les vespres et le service divin, fait et acompli si solempnel-
lement comme au jour de la feste appartenoit, vint heure
de soupper que servir convint Guy devant sa maistresse.
Et celle qui moult l'avoit agreable ne nul mal n'y pensoit
15 luy monstroit tousjours de mieulx en mieulx si bel sem-
blant que tout en estoit esperdus, et souvent luy estoit advis
que la cuer d'elle estoit pareil au sien et d'une mesme
voulenté, mais moult y avoit a dire comme qu' elle prenist
assez de plaisir a parler et deviser en doulces paroles
20 avecques luy. Toutesfois n'avoit elle oncques eü nul pense-
ment ne ne savoit qu'estoit force d'amours. Longuement
porta Guyon ceste amour en son cuer et tant le print a
estaindre que de jour en jour commencea fort a empirer,
et tant plus veoit sa dame devant luy tant plus lui en
25 gregoyent ses doulours, et tant que par floiblesse et faulte

de boire et manger et de reposer s' acoucha au lit malade si durement que nul ne savoit en luy remede, et de son mal fut toute la court troublée et dolente, et sur tous Sequart son pere en avoit moult grant douleur au cuer, comme cil
30 qui tendrement l'amoit. Herolt son maistre estoit tout desesperé de duel mener. Phisiciens furent mandez de toutes pars mais nul n'y / [b.] venoit qui sceut congnoistre ne dire l'achoison de sa maladie. En cest estat languit grant piece et de jour en jour luy empiroit. Tout le monde le
35 plaignoit pour son bel commencement, et par especial ma damoyselle Felice sa maistresse en estoit si dolente que plus n'en povoit et souvent pour la pitié qu'elle en avoit plouroit moult tendrement quant on luy en parloit. Ne nulle fois Herolt son maistre ne venoit devant elle qu'elle ne luy en
40 demandast nouvelles et moult luy mandoit de salus par luy et luy envoyoit toutes choses qu' elle avoit et pensoit que a corps de malade peut estre prousfitable.

13. Advint que celluy Herolt qui moult estoit apperce-vant et avoit veü du monde se pensa que sans grant cause si grant mal ne povoit estre venu a son maistre, et commenca ung pou a souppeconner pour ce que toutes les fois qu'i
5 luy apportoit aucuns salus ou parole de sa maistresse il fremissoit tout et perdoit couleur et contenance. Si se doubta aucunement de ce qui estoit la verité, et pour en estre a certain se pensa d'une grant subtilité, car en semblant d'omme moult pensant et courroucié s'en vint devant son
10 maistre au costé de son lit et luy dist. "Sire, je voy bien que vous n'avez en moy amour ne bien vueillance, ains vous deffiez de moy et sans cause, dont moult me desplaist, et pour ce suy venu prendre congé de vous pour m'en aler autre part la ou mon service sera mieulz employé. —
15 Ha, beau tres doulx maistre, qu' esse que vous dictes ainsi? Voirement m'aist Dieux que apres mon seigneur mon pere tousjours me suy fié et fie en vous plus que en autre per-sonne qui vive, et tant vous tiens a saige, preux, et vaillant que de mon penser je ne pourroye ne ne saroye a vous riens
20 couvrir. — En nom Dieu, sire, fait Herolt, vous dictes

vostre plaisir et je scay bien tout le contraire, pourquoy
je n'ay plus de voulenté de demourer avecques vous. Ains
vous prie de me donner congié. — Beau tresdoulx maistre,
fait Guy, ne vueillez ainsi dire. Se de riens vous ay cour-
25 roucié dictes le moy, je l' amenderay tout a vostre plaisir
avant que vous doyez de moy departir. — Courroucié,
sire, m'avez vous vrayement, et tant que jamais pour nulle
rien ne demourray en vostre compaignie si vous ne me
octroyez ung don que demander vous vueil et qui assez
30 petit vous coustera. —Maistre, fait Guy, qui ne scavoit qu'il
vouloit demander et qui estoit angoisseux qu'il ne deüst
departir de luy, demandés seürement car en verité le don
ne sera si tres grant que vous ne l'avez, se faire le puis,
avant que je perde vostre compaignie. —Grant mercy, sire,
35 et donc par ce convenant demourray je, et vous diray quel
est le don que demander vous vueil. Il est vray que j'ay
esté avecques vous des vostre jeunesse et enfance et la
vostre mercy jusques a present n'avez encore porté douleur
ne mesaise en vostre cuer, dont vous ne me feïssiez savoir
40 la cause plus tost que a ung autre. Or est ainsi que de
present (vous) vous tuez et occiez et plouriez, et si vous
voulez vers moy celer si ne pourriez vous, car j'ay tant
espié que je congnois la vostre affaire et dont ce vient,
dont je vous prie et charge sur le don que octroyé m'avez
45 et par la foy que vous devez a la riens ou monde que plus
amez me dire l'achoison de vostre desconfort, et je vous
promet de vous y valoir et aider par toutes les voyes que
je vous y pourray."

14. Quant Guy a entendu ce que son maistre luy a
demandé et la grant vertu dont il l'a conjuré et voit que
desfendre ne se peut qu'il ne luy conviengne recongnoistre
la verité de ce qu'il cuidoit celer et couvrir jusques a la
5 mort, si commenca a plourer moult profondement, et quant
il peut parler si dit, "Ha, beau tres doulx maistre, tant
vous m'avez chargé et conjuré haultement que il convient
que je vous dye ce que j' avoye espoir de couvrir et celer
toute ma vie. Or le vous diray par le convenant que mis y

10 avez, et bien sachez que se par vous en suis descouvert nul
ne vous pourroit garantir qu'il convenist que je vous occisse
de mes mains ou vous moy. — De ce ne vous doubtez,
fait Herolt, mais dictes tout seürement car en moy vous
povez vous fier. — Et je le vous diray, fait Guy, a la plus
15 grant mesaise que dis oncques parole. Il est vray que je
sui ardamment et tres parfaictement espris en l'amour de
ma damoyselle Felice que j'en attens cy la mort, si n'est
ce pas que je ne / [229ro.] cognoisse bien que je suy
trop convoiteux et oultrageux d'avoir tel penser, et qu'elle
20 est ma dame et ma maistresse et fille de mon droit seigneur
a qui je doy foy et loyaulté ce que je me mesfait en
tel [des] loyaulté penser, mais force d'amour le me fait
faire. Si vous prie, beau doulx maistre, de ne m'en des-
conseiller ne blasmer, car bien sachiez que vous ne m'en
25 verrez temprement finer mes jours." Quant Herolt entent
ce que son maistre luy dit si est tout esperdu et pense
une grant piece a la haulte entreprise de son cuer, et
qu'il n'est pas bon de la blasmer ne reprendre en ce point
pour le peril qui s'en peut ensuir, mais il pense de le
30 reconforter et resjoïr tellement qu'il sera presque revenu
en sa grant force et beauté et dont le chastiera et blasmera
tellement qui luy fera laisser cest folie. Si parla a luy qu'il
a longuement pensé, et dit ainsi, "Sire, je recorde en mon
cuer les paroles que dictes avez que moult vous meuvent
35 de grant haultesse ne de si haultement oser vostre amour
asseoir, ne vous ose pas blasmer, combien que ce ne soit
pas le plus saige espoir, au plaisir de Dieu c'est tout pour
vostre meilleur. Mais ung tel fait entreprendre est bon
d'ouvrer par bons amys et saiges en conseil, et je me suy
40 pensé d'une chose qui moult vous pourra valloir se vous
me croyez. — Certes, dist il, maistre, je vous vueil bien
croire et apres vostre conseil suiver. Or me dictes que s'est
que vous avez empensé et que vous voulez que je face.
—En nom Dieu, sire, fait Herolt, ce vous diraige voulentiers
45 mon adviz et si vous conseille que en ceste matiere vous
gouvernés le plus couvertement que vous pourrez et soyez
joyeux pour les autres decevoir, et je pourchaceray tousjours

pou a pou vostre aise et tellement que au plaisir Dieu avrez
joye de vostre desir. — Ha, maistre, fait Guy, certes je voy
50 et congnois assez que vous me conseillez pour le plus
seür se ainsi le peüsse a faire, mais tant suis alé avant
que sans aucun brief reconfort ne voy en ma douleur
fors que briefve fin. Pourquoy je vous prie et charge sur
la foy que vous me devez et les promesses que faictes
55 m'avez que pour tous services luy vieillez porter ung
message que je vous diray." Et cil pour le reconforter dit
qu'il fera voulentiers. Lors le remercie Guy et luy dit,
"Maistre, je me sens de ceste maladie si acievé que j'espoire
plus la mort que la vie, et pour ce je ne voulroye nullement
60 que ma dame fust a malaise mais vueil qu'elle soit acertenée
de la cause de ma douleur et comme pour l'amour d'elle
je suy venu a ma derreniere fin. Vueil et vous charge que
vous allez a la court et s'elle vous appelle ne demande de
moy ainsi comme elle a a coustume de faire vous lui direz
65 clerement et veritablement mon estat ainsi que dit le vous
ay au mieulx que vous pourrez sans riens y espargner, et,
maistre, je vous fois ma derniere priere, c'est que vous me
vueillez rapporter veritablement et sans flaterie ce qu'elle
vous respondra, car bien sachez que autrement me avriez
70 pis que mort." Et il luy dist que le messaige fera il bien
tant qu'il devra suffire, de ce ne fault point faire doubte.

15. A tant prent congié de son maistre qui moult le
prie de tost revenir, et s'en va droit a la court comme
celluy qui bien scavoit faindre son affaire et tant qu'il vint
en la chambre de ma damoyselle Felice ainsi comme elle
5 se levoit de son disner. Et de si loing comme elle voit,
ainsi comme l'avoit a coustume l'appella gracieusement et
luy dist, "Herolt, beaulx doulx amis, comment le fait vostre
maistre Guy? — Madamoyselle, fait il, il fait comme a
Dieu plaist, mais s'il ne vous devoit ennuyer, je voul-
10 droye voulentiers parler avecques vous a part d'aucunes
choses que je ne voudroye pas que toutes gens oÿssent.
— Amy, fait la bien apprise et qui moult se doubtoit de la
douleur de son servant Guy que il ne fust ja passé ou en

peril de mort, et je parleray a vous temprement et assez
15 privéement. Si vous prie que vous ne partez de ma chambre
jusques a ce que j'aye fait voyder (et fait en aller) ces
dames et damoiselles qui icy sont hors, et a donc me
pourrez dire vostre voulenté. — Ma damoyselle, fait il,
tres grant merci, je demourray cy en attendant vostre
20 mandement. —Vous dictes bien," fait elle. Lors se tira
entre ces dames et damoyselles et print a parler d'autres
/ [b.] choses, mais quelque chiere qu'elle leur fist luy
tardoit moult qu'elle en fust delivrée affin qu'elle peüst
parler avecques Herolt et oÿr qu'i luy vouldroit dire. Comme
25 ce soit commune reule que toutes femmes sont desirans et
ardans d'oïr nouvelles. Finablement achoison print de soy
retraire, et lors toutes les dames et damoyselles tournerent
chascune en sa chambre, et si tost qu' elle vit son point
et que la chambre fut toute vuidée s'en entra en son privé
30 retrait et envoye querir Herolt, lequel vint tantost a son
mandement. Et de si loings qu'elle le voit venir, luy dist
que bien fust il venu, et il lui fit la reverence ainsi que
faire devoit, puis la tira vers une fenestre qui ouvroit sur
les jardins et luy dist, "Herolt Sire, or estes vous avecques
35 moy assez privéement, or me povez dire ce que bon vous
semblera et je l'orray voulentiers. — Ma damoyselle, fait
il, je vouldroye estre si bon et si sage que je sceüsse et
pousse faire et dire chose qui vous peüst plaire. Et pour
ce que je ne scay se par ma rudesse de parler ou rapporter
40 autrement que faire ne doye, vouldriez aucunement envers
moy estre courrouciée et ne m'en avoir en malveillance,
vueil que vous me promettez que de chose que je vous
die ne me scavrez mal gré, ne pour ce mal ne deshonneur
ne me pourchasserez a moy ne aux miens. — Et je vous
45 promet loyaument, fait elle, que ja par moy n'en vauldrez
piz pour chose que vous me diez, ne moins ne vous en
aimeray." Lors quant il fut d'elle bien asseuré si luy com-
menca moult gracieusement et sagement a dire rapporter
l'estat de son maistre et comment il met en ses mains sa
50 mort et sa vie, et toutes ses douleurs de chief en chief. Ne
failly pas a bien et largement luy racompter comment celluy

qui de ce n'estoit pas a apprendre, et comment tout ce qu'il
endure est pour l'amour d'elle, et sans confort d'elle il ne
peut longuement endurer, ains luy conviendra finer de
55 douloureuse mort dont trop grant perte seroit a tous ses
amis, et moult humblement luy prioit qu'elle voulsist avoir
pitié de luy, merci.

16. Toutes ces paroles entendi bien ma demoiselle Felice
sans riens ne aucunement soy esfreër pour la novalité,
et combien qu'elle fut moult esperdue en son cuer, toutesfois
ne fut elle pas esperdue de respondre, ains luy dist, "Herolt,
5 [sont] ces paroles a certain que vous me dictes ou vous me
le faictes pour moy essayer? —En nom Dieu, dame, fait
Herolt, ains le vous dis si a certes que je scay que briefment
en verrés l'espreuve se Dieu et vous n'y mettez remede,
et la grant rage et douleur que j'en ay au cuer me donne
10 herdement de vous en parler et ce qu'il m'a bien prié de
vous dire et acertener comme il luy plaist mieulx a mourir
pour vous et pour vostre amour que pour autre vivre, ne
plus ne desire que vous soyez acertené de la cause et de sa
final douleur. Et me pardonnez ce que vous en dy, car force
15 et contrainte le me fait faire. — Sire Herolt, fait Felice, en
verité moult me merveille que vostre sens est devenu a
ce que on vous tient a preux et sage. Dont n'estes vous
bien certain que il et vous estes tenus a garder l'onneur
de mon seigneur mon pere et de moy? Et si me doit
20 vostre maistre foy et loyauté comme loyal servant doit a sa
maistresse, et sur que tout scavez que son pere et luy sont
hommes de monseigneur mon pere et apres luy je suy leur
dame. Or regardez dont se vous le conseillez loyaument et
se vous le veez point mesprendre envers mon dit seigneur
25 et pere et moy a moy oser requerir d'amour, et aussi quel
degré de comparaison est entre luy et moy d'onneur et de
haultesse. En verité quant je y ay bien consideré, il me
semble que vostre sens en est moult eslongné de vous. Et
de tant que vous en ay oÿ dire, je [ne] vous tiens a si bon
30 ne si vaillant que je faisoye de par avant, et je vous desfens
que desormais ne soyez si hardy de moy plus ennuyer de

ceste matiere, ou par l'arme de ma dame ma mere, que
Dieu absoile, il vous en pourroit mal venir. Et de tant
que dit en avez le vous pardonne pour ce que promis le vous
35 ay, par ainsi que vous n'y retournerez plus. — Ma / [f229vo.]
damoiselle, fait Herolt, de vostre grevance ou mal veill-
ance acquerir je seroye moult dolent ne de faire ou dire
chose a vous ou a autre dont mon honneur deüt avoir blasme,
mais par la foy que je doy a monseigneur de Walwingfore,
40 mon maistre, encores vouldroye plus encourir en toutes
peines jusques a morir que tel et si gracieux et taillé de
venir a si grant bien deüst en ses jeunes jours mourrir
par desfaute de riens que je luy peüsse ayder. Ne je n'en
crains doubte ne menace, car bien sachez, dame, que assez
45 luy ay blasmé son entreprise, mais c'est pour neant, trop
est espris a certes, et si est d'un tel et si hault cuer que
je scay bien que nul conseil ne luy a mestier qui ne luy
faille temprement finer, et moult m'a bien desfendu sur ma
vie que je ne soye pas tant hardy de l'en desconseiller.
50 En verité se je sceüsse que son penser fust a vous requerir
de vilenie ou de chose qui fust encontre vostre honneur,
je deüsse bien avoir blasme d'en parler, mais je scay qu'il
aymeroit mieulx mourir cent fois se cent fois mourir povoit
que penser ne desirer chose qui vous deüst desplaire ne
55 tourner a deshonneur. Et se vous dictez que je ne suis
pas saige, en verité je l'accorde bien que non, car, par ma
foy, par mon pourchas vint il premier a la court de mon-
seigneur vostre pere la ou il vit vostre beauté que je doy
bien maudire, car par ce je scay bien que je le perdray,
60 et s'il fust demouré a Walwingfore en l'ostel de son pere
ou a servir le roy ou ung autre prince encores peüt il
estre venu a hault honneur et renommée, et en eüssions
moy et autres amis honneur et joye, dont nous avrons a
tousjours dueil et tristresse a noz cuers. Et, dame, regardez
65 bien que vous faictes occire ung si bel commencement de
jeune homme bien in origine et plain de toutes vertus, car
en verité encores vous sera actourné a moult grant mal,
et Dieu vous en rende le guerredon. Et vueil bien que vous
saichez que ce ne sera pas chose clere, et pour doubte de

70 vous ne du conte vostre pere ne laisseray que je ne die en
toutes places que vous estes cause de sa mort, et adviengne
ce que advenir en doit puis que vous voulez sa mort. Je
vueil et c'est raison que vous avez ma vie avecques, car apres
luy ne quiers je plus de vier, et mal ayent les sciens amys
75 si n'en quierent encores vengeance de vostre personne."

17. En ce que Herolt disoit ces paroles et moult d'autres
comme celui qui estoit en cuer seürmonté de courroux pour
la douleur de son maistre et souvent par grant pitié et
despit comme homme plain d'yre et de hault couraige
5 maudissoit beauté sans pitié, print Felice une telle tendreu(r)
au cuer a ce qu'elle veoit que s'estoit a certes que qui
luy donnast tout le monde ne se peüst elle tenir que
les lermes du parfont du cuer ne luy montassent jusques
aux yeulx. Et pour mieulx soy couvrir a ce qu'elle se
10 sentoit feble s'assist a la terre au bas sur ung coissin,
et puis luy dist, "Sire Herolt, seez vous cy au pres de
moy et n'en soyez point courroucié, car vous n'en avez
cause." Ains se assist bien benignement mais se fut sans
parler, car tant estoit son cuer courroucié que parole n'en
15 povoit yssir. Et quant Felice ot ung poy attendu et vit
que de luy ne cessoit autrement a estre arraisonnée, si
reprint la parole, et luy dist, "Beaulx tresdoulx amys, ne
soyez esmayé de riens que vous aye dit, et je vous en prie.
Vous scavez bien que qui veult a regarder ce me doit plus
20 ennuyer que a vous, car il touche moy et mon honneur
plus que a vous ne fait. Ore, beaulx amis, vous me faictes
entendant que Guy vostre maistre est si espris de l'amour
de moy que peult, et tant qu'il est en peril de perdre la
vie dont par trop seroit grant dommaige, et je vous tien
25 a si vray et si seür que de ceste chose ne d'autre ne voul-
driez nullement dire fors que la pure verité, et aussi croy
fermement que vous ne vouldriez moy ne autre decevoir.
— En nom Dieu, / [b.] dame, faict il, mieulx aymeroye
avoir une espée au travers du cuer que me deüst estre
30 reprouvé. — Grant mercy, fait elle, certes ainsi le croy je,
mais pour Dieu vueillez considerer sur ce que dit vous ay

et me conseillez en ce cas que dit vous ay naturellement
comme faire le vouldriez a vostre seur ou a vostre filz, et
je vous en prie, car bien saichez que je me attendray a
35 vostre conseil tant comme g'y pourray apparcevoir mon
honneur d'assez plus grans choses que vous ne cuidez.
— Ma damoiselle, fait il, la vostre grant mercis et il est
a deservir. Or vueillez scavoir que pour verité, fait il, que
toutes les raisons que dit m'avez et encores plus, luy ay
40 je mises devant pour luy chastier. Et luy mesmes la scet
autant bien recorder et dire que nul homme pourroit faire,
mais tout est neant, tant est l'amour de vous en son cuer
fermée que je n'y (voy) chose qui l'en puisse departir fors
la mort, et se je vous eüsse desconseillié plus que fait ay,
45 saichez de vray qu'il ne fust pas en vie. — Sire Herolt,
fait elle, par la foy que vous de luy devez, dictes de ceste
chose comme il se descouvry a vous et par quelle adventure.
— En nom Dieu, dame, fait il, je le vous diray." Et lors
luy print a compter apres qu'il vit que les phisiciens ne
50 savoient remede en sa maladie, il se doubta bien que par
tel cause luy pourroit mouvoir, et pour ce faigny estre
courroucié en disant que il ne se fioit pas en luy et qu'il
se voulloit departir de luy s'il ne luy octroit ung don qui
luy demanderoit. Tout le couvenant ainsy que cy devant est
55 contenu luy racompta de rechief, et comme pour icelle
cause se descouvrit a luy a moult gran angoisse de cuer et
bien luy fist promettre de le tenir secret et couvert. "Or
vous demande, fait la demoyselle, est il nulluy que de ce
saiche son conseil fors que vous, ne a qu'il se soit descou-
60 vert? — Dame, fait il, de ce ne doubtez, avant se larroit
desmembrer que parole luy en yssest de la bouche. Et se
ne fust la cause que dit vous ay, jamais ne l'eüsse sceü
par luy, car il est assez plus secret qu'on ne pourroit cuider.
— Par Dieu, fait la belle, se me plaist moult, mais puis que
65 je me suy mise sur vostre conseil, or me dictes par vostre
foy et loyauté que bon vous semble que je doye faire en
ceste matiere. En nom Dieu, dame, fait il, puis qu'il vous
plaist tant fier a moy et demander mon conseil, je seroye
trop desloyal se je ne vous conseilloye loyaument selon mon

70   povoir a vostre honneur, et croyez que je ne le desire autre-
     ment, car des icelle heure je prins charge de vous en parler
     ce n'estoit pas que pour ce d'acquerir vostre desloyauté,
     mais seulement vous supplier qu'il vous pleüst luy donner
     aucune matiere de reconfort par moy. Il peüst relever de
75   ceste maladie dont il est moult en peril, et apres qu'il
     fust relevé et en bonne prosperité l'avoir entre vous et
     moy peu a peu si bien chastié par belles paroles qu'il
     eüst mis du tout ceste matiere en oubli. — Ainsi m'aide
     Dieux, fait Felice, Sire Herolt, que vostre penser estoit assez
80   gracieux, et bien saichez que je vous en tiens a preux et
     saige et vous en scay bon gré, et ne croyez pas que je
     vueille ne desire nullement sa douleur ne desaise, ains
     vouldroye faire autrement grant meschief avant qu'i luy
     peüst estre de pis pour l'amour de moy. Or devisez seüre-
85   ment ce que meilleur semblera a vostre advis que faire
     puisse par honneur, et voulontiers et de bon cuer le feray
     pour la recouvrement de sa santé et pour vous faire plaisir.
     — Dame, fait Herolt, tres grant mercis que tant vous
     daignez fier en moy, et doncques diray que vous ferez.
90   S'il vous plaist, vous luy manderés par moy aucune parole
     de reconfort qui puist estre cause de luy donner joye. — Et
     je l'accorde ainsi, fait elle, et vueil que vous retournés par
     devers luy et le saluez moult de fois de par moy et luy
     dictes que j'ay bien entendu la grant amour qu'il a envers
95   moy dont je le mercie et m'en tiens bien joyeuse, mais
     pource que j'en pourroye mieulx estre (acertenée) par sa
     mesme bouche, luy dictes que je luy mande et prie qu'il
     mette peine a relever en toutes hastes si que je le puisse
     veïr et parler a luy, et au plaisir de Dieu quant il sera
100 devers moy je luy donneray / [f230ro.] telle response que
     bien luy plaira et devra suffire. — Dame, cest messaige
     feray je bien. —Et je vous en prie, fait elle, et tant que je
     m'en puisse appercevoir. — Or croyez, dame, fait il, que a
     l'aide de Dieu et de vous j'ay espoir de ainsi labourer que
105 en brief le mettrons en toute bonne voye. — Dieu le vueille,
     fait la belle."

18. A tant prent Herolt congié d'elle assez joyeux et s'en va devers son maistre a qui il tardoit moult de son retour, et souvent disoit, "A, Herolt, beau doulx amis, tant avray de joye ou deul en vostre venue, car bien scay que vous m'ap-
5 portez ou la mort ou la vie." En ces paroles disant, Herolt entre en la chambre, et si loings que Guy le voit qui moult se prenoit garde de sa venue ne se peut tenir qui ne luy die a haulte voix. "Hé, maistre, bien veniez et pour Dieu quelz nouvelles? — Sire, fait il, moult bonnes, Dieu merci."
10 Lors se tira pres de luy, ((et luy)) racompta en gracieuseté paroles comme il avoit exploicté en ses mesmes messaiges tout ainsi qu'il estoit devisé par entre Guy et la belle Felice, et quant Guy entend ces nouvelles si a telle joye au cuer qu'il luy semble bien qu'i doye voler, et dist, "Haha,
15 beau doulx maistre, mais pour Dieu est se vray? Ne me dictes parole qui ne soit veritable, car bien sachiez que ce seroit double mort a mon corps. — Sire, fait il, ne vous en doubtez, car je ne le vouldroye faire en aucune maniere, et encores vous mandés plus Madamoiselle Felixe qu'elle
20 vous prie et charge sur la grant amour que vous avez envers elle que vous mettez peine a estre briefment guery et a venir a court si qu'elle vous puisse veoir et parler a vous, et que bien sachiez qu'elle vous dira telle chose que bien vous plaira. — Ha, maistre, fait Guy, tres grant merci a
25 ma belle dame et a vous. Et donc puis qu'il vous plaist n'est il mal ne douleur qui plus me puist tenir. Je sens mon cuer tout sain, et se j'estoye ung pou plus fort, je ne desire oncquez riens tant comme je fois d'aler a court. — Sire, fait Herolt, il n'est pas bon que vous hastez, car
30 au plaisir Dieu y vendrés de bonne heure quant vous serez ung pou en meilleur point et vostre couleur et beauté vous sera revenue, car alors serez vous mieulx a veoir que vous ne faictes a present. — Maistre, fait il, ainsi qu'il vous plaira je le vueil, et c'est bien raison. Et s'il vous plaist
35 me faitces aporter ma robe, car je ne vueil plus garder le lit." De ceste parole ot Herolt moult grant joye si le fist tantost lever et gentement vestir et appareiller, et apres qu'il fu levé se print a esbatre et se deporter parmy sa

chambre avec ses gens assez joyeusement. Et lors envoya
40 Herolt pour son pere Sequart lequel fu si joyeulx quant il
vit ressoulx que estre ne povoit plus et moult en mercia
Dieu, et luy demande a son venir, "Beau filz, comment vous
est? — Pere, fait il, moult ay esté durement malade, mais
tourné suy en garison merci Dieu et mon maistre Herolt,
45 lequel vous devez bien remercier se vous m'avez de riens
cher, car par sa bonne gouvernance m'a remené ainsi que
de mort a vie. — Ha, Herolt, Herolt, fait Sequart, moult
vous devons mon filz et moy grant guerredon, et encore
viengne le temps que luy et moy le vous puissons remer-
50 cier. — Sire, fait Herolt, ne dictez pas ainsi, ja pieca le
m'avez vous largement guerredonné." A ces paroles se de-
porterent celluy jour, et quant nouvelles s'espandirent que
Guy estoit tourné en garison, toute la court en fut resjoÿe,
et par especial Felice, sa belle maistresse, sur tous en fut
55 joyeuse et a mercié Dieu. En pou de temps fu Guy bien
gari de sa douleur et auque revenu a sa grant force et beau-
té, et lors dist a son maistre que desoresmais estoit il bien
temps qu'il alast a court pour veoir ses amis et en especial
sa dame que tant pres du cuer luy estoit et pour ouÿr sa
60 bonne voulenté. "Et je l'accorde bien," fait Herold. S'il fut
vestu et atourné gentement, puis s'en alerent ensemble entre
luy et son maistre droit a la court ou / [b.] chasun fist
joye et feste de Guy quant il le virent venir sains et hait-
tié, et beneïssoient tout Dieu qu'il leur avoit rendu, et il
65 estoit bien duit de chascun saluer, et les remercioit moult
courtoisement. Et tant ala qu'il vint jusques en la presence
Felice, et de tant loing qu'il voit sa face douce a merveille
qu'i tant avoit longuement desiré a veoir ne fait pas a de-
mander si luy convient muer couleur et contenance, oÿl, et
70 en telle maniere que tout le corps luy commenca a trem-
bler, et tant estoit ravis s'il ne scavoit s'il estoit mort ou
vif, et toutesvoyes couvroit il son semblant au plus qu'il
povoit. Et la belle si tost qu'elle vist venir en fut moult
joyeuse et le recoipt a moult joyeuse chiere, en luy deman-
75 dant, "Guy, comment le faictes vous, moult avez long temps
esté deshaitié?" Et toutesvoyes estoit a genoulx devant elle.

"Ma demoyselle, fait il, j'ay esté ung peu deshaittié, la mercy
Dieu et vous je sui ung pou alegiez. — Loué soit Dieu," fait
elle. A tant luy commanda lever sus et il se lieve. Moult
80 fut celluy jour conjoÿ (et festoyé) de tous ceulx de leans,
car communement estoit de tous bien aimé. Et quant vint
heure de menger si ala servir devant sa maistresse ainsi
qu'il avoit a coustume, et tousjours se prenoit garde et espe-
roit qu'elle luy deüst aucune chose dire de ce que mandé
85 luy avoit, mais celle qui bien scavoit couvrir ne faisoit nul
semblant ne chiere ne ne se monstroit envers luy d'autre
contenance fors ainsi qu'elle avoit a coustume par avant.
En cel estat fust par l'espace d'aucuns jours, et, quant il
vit que autre chose n'en avroit, print a ymaginer en son
90 cuer que voirement son maistre l'avoit traÿ, et que toutes
les paroles que raporté luy avoit de par sa maistresse n'es-
toient fors faintise et menconge et suellement pour le re-
conforter et mener a santé, et en ce penser a cueilly son
maistre en une trop grant hayne et voulentiers s'en fust
95 vengié s'il osast. Advient ung jour qu'il estoit a trencher
devant sa maistresse, et ainsi qu'elle avoit esté servie du
premier cours et que les escuiers et autres qui servoient
estoient alez en la cuisine pour le second cours et que la
table estoit si desgarnie qu'il n'y avoit pour toutes gens
100 fors seullement entr'eux deux, commenca Guy a la regarder
moult piteusement, et en son regart luy cheoient les lermes
des yeulx a grant foison qui luy degoictoient au long de
sa face, et si estoit tout coy et sans parler et tant que Feli-
ce s'en print garde qui tantost luy demanda, "Guy, que
105 avez vous dont vous vient ores ce grant pleur, comment
vous sentez vous? — Dame, fait il, j'ai tant et me sens en
tel point qu'il me semble que la mort est tardive qu'elle
ne me vient querre, et si ne scay que plus vous en die
fors que celluy en qui plus me fyoye m'a trop villainement
110 traÿ. — Comment, fait elle, dictes la moy et je vous prie
par la foy que vous devez a ce que plus aimez. — Dame,
fait il, et je la vous diray puis qu'il vous plaist, votre com-
mandement ne puis je refuser." Lors luy commenca a ra-
compter le commencement de ses amours et toute sa vie

115   mot a mot et toute la charge qu'il avoit donnée a son
maistre pour luy et les paroles qu'elle luy devoit avoir man-
dées par luy. "Et je scay bien, fait il, que tout est faulx
ne oncques ne vous en parla, ains le faisoit pour moy tour-
ner a garison, et de tant que fait en a le tiens a desloyal
120   pour moy, et mieulx me vaulsist estre mort adoncques qu'
estre par luy si mauvaisement deceü. Or soit de moy tout
ainsi qu'il vous plaira, il me suffist puis que vous scavez
la cause de ma douleur. En vous en est ma mort ou ma
vie."

19. A tant fina sa parole, et la belle Felice comme toute
honteuse le print a regarder ou visaige ung petit courrou-
ciée, en disant, / **[f230vo.]** "Guy est ce a certes que vous
dictes? Vrayement voy je bien que vous n'estes pas saige,
5   et combien que Herolt, vostre maistre, m'eust die toutes
ses paroles si n'en l'en croyaye pas, ains cuidoye qu'il eust
controuvé jusques a ce que vous meismes de vostre bouche
le m'avez dit, et me merveille moult comment vous estes
si osé de penser telz folies. Ja scavez vous bien que je
10   suis fille de vostre seigneur et vostre maistresse a qui vous
devez porter foy et loyauté. Or considerez doncques se
vous mal faictes, et se vous estes a blasmer, et le grant
peril en quoy vostre corps seroit se mon seigneur mon pere
le scavoit que vous eüssiez si oultrageuse pensée envers moy.
15   Certes ce seroit vostre final destruction. Pour ce vueil et
vous charge que desoresmais ne soyez si fol ne si hardy
de plus m'en parler et vous retrayez de ceste fole pensée,
car autrement vous en pourriez a tart repentir, mais faictes
bien et gracieusement vostre service ainsi que faire devez
20   en telle maniere que je n'aye cause de moy plaindre de
vous. Et bien sachez que n'ay cuer ne voulenté d'amer par
amours vous ne autre ne plus ne m'en touchez par nulle
voye sur tant que vous doubtez a forfaire envers moy a
tousjoursmais.

20. A ces paroles vindrent devant la table ceulx qui ap-
portoient les mez de la cuisine, et quant Guy les voit appro-
cher de la table si n'a povoir de plus illecques demourer,

ains s'en partit destraint et angoisseux en son cuer qu'il
5 cuide bien promptement mourir, et chascun demande qu'il a,
et Felice pour les decevoir respont qu'il luy est une si
grant pesanteur au cuer que a pou qu'il ne s'est pasmé
devant elle, et pour ce l'avoit envoyé jouer et prendre l'air.
Et Guy si tost qu'il fu departy de sa chambre se tres-
10 tourne par un degré hors de voye par ung beau jardin qui
estoit soulz les fenestres de la chambre Felice, et illecques
avoit ung preau moult plaisant et gracieux au quel il com-
menca a faire et demener son duel si grant et si mer-
veilleux que nul ne le vist que toute pitié n'en dust avoir.
15 Souvent maudissoit l'eure que oncques avoit esté né, et bien
disoit que il estoit le plus malheureux de tous les autres.
"Ha, belle et bonne, fait il, pourquoy vous plaist il si tem-
prement moy occire. J'avoye esperance de devenir par vous
tel que tous les bons en eüssent joye. Helas, douce dame,
20 Dieu scet bien que oncques je ne pensay ne desiray de vous
chose que fust contre vostre honneur ne qui vous deüst des-
plaire, et vous m'avez sans cause forbany a tousjours et
envoyé a la mort. Et puis qu'il vous plaist, belle et bonne,
bien me deust plaire. Et Dieu le vous pardont.

21. A ces mos chiet pasmé et descoulouré tant que bien
semble que l'ame luy doye partir du corps. Si comme il se
complaignoit en telle maniere, advint que Felice apres dis-
ner se retrait en sa chambre comme a coustume avoit de
5 faire, et quant elle fut venue en son retrait et une seulle
demoyselle en sa compaignie qui estoit sa cousine et en qui
elle se fioit moult, sy s'ala apuyer aux fenestres pour regar-
der vers les jardins, et ainsi que Guy qui demenoit ses
douleurs si tres grans que toute pitié estoit a l'oÿr. Lors
10 assigna sa cousine privéement qu'elle venist au pres d'elle
pour veoir sa contenance, et celle y vint hastivement que
bien entendoit la voix, mais elle ne scavoit pas de qui elle
venoit, et quant elle appreceust que c'estoit Guy, trop en
fut dolente. Ainsy escouterent longuement ces complainc-
15 tes, et tant que Felice qui moult en avoit le cuer tendre
se tira au pres de sa cousine, et luy dist, "Belle cousine,

que vous semble de Guy? N'est ce pas pitié qu'il doit ainsi
estre **destruit et perdu** par folie? — En nom Dieu, fait
elle, ma dame, si est, et moult le tiens a grant dommaige,
20 et se celle pour qu'i prent tel douleur le savoit, je ne
croy pas qu'elle eüst longuement le cuer de le souffrir
en tel douleur. Et aussi me semble qu'elle / **[b.]** avroit
tort de luy estre trop dangereuse, car selon que je puis
entendre par ses complains il n'ot oncques pensée ne desir
25 envers sa dame qui luy deust desplaire ne qui fust contre
son honneur. — Bien peut estre, fait Felice, mais je vous
demande se ainsi estoit que je seüsse celle qui de luy
feüsse tant desirée que loeriez vous que j'en deüsse faire.
— Dame, fait elle, saufve vostre grace, de vostre couraige
30 ne saroye pas juger, et vraye amour tout comme j'ai oÿ
dire vient et meut de couraige. Mais en droit de moy, par
la foy que je vous doy, se j'estoye aussi belle comme la
plus belle du monde et fusse fille du grant empereur,
et je feüsse acertenée qu'il eüst autelle amour envers moy
35 comme il a envers celle par qui il mande tel douleur, je
le vouldroye de moy et de m'amour entierement saisir en
tout ce que par honneur faire pourroye, et me tendroye a
avoir bien choisy, car se il peut vivre par aage selon mon
espoir, il est tenu de venir encores a moult grant bien. —
40 En nom Dieu, fait Felice, belle cousine, assez en avez dit,
mais toutes les autres femmes ne sont pas de vostre oppi-
nion. Et non pour tant je me fie tant en vous et tant scavez
de mes secrez qu'il n'est riens que je vous peüsse celer, que
vous en dyroye. Or saichez que toute ceste grant douleur
45 qu'il demaine c'est pour l'amour de moy." Si lors luy com-
mence a compter tout l'affaire des le commencement ainsi
qu'elle en estoit acertenée par luy mesmes et aussi par
Herolt, son maistre. "Et aussi, fait elle, suis je acertenée
que avant qu'il parte d'yci en verrez vous clere apperce-
50 vance. — Ha, ma dame, fait elle, qu'est ce que vous me
dictes, et n'en avez vous pas pitié? — Pitié, fait elle, en ay
je voirement, mais il n'est riens pourquoy je voulsisse en
fraindre mon honneur, et asez me suis pencé de l'en cuider
chastier, mais c'est pour neant, je voy que chastiement n'y

55 a mestier." Tandiz que entr'eux deux estoient en telles paro-
les, revint de pasmoyson Guy, et lors commence profonde-
ment a soupirer et recommence son plaint si douloureux que
pitié estoit de l'ouÿr, et trop souvent regrettoit sa belle
dame, et luy aoroit toute bonne adventure. En celle grant
60 tristesse en quoy il estoit advint que il leva ung pou la
teste en regardant contremont vers la chambre sa mais-
tresse, et lors apperceut elle et sa cousine qui estoient apu-
yées aux fenestres pour escouter ses complains, et quant
Felice vist qu'il les avoit apparceües si le print a arraison-
65 ner moult bellement, et luy dist, "Guy, Guy, qu'est ce que
de vous? Que voullez vous faire? Pour quoy vous occiez
vous ainsi? Bien sachiez que se mon pere vous treuve en
ce point, et il saiche l'achoison de vostre gouvernement,
nul ne vous pourroit garantir qu'il ne vous face destrui-
70 re. — Dame, fait il, je vouldroye qu'il fust yci en verité par
convenant qu'il advenist de moy ce que vous dictes, car je
n'ay pas paour de briefve mort mais de longue douleur."
A ces motz se pasme plus angoisseusement qu'il n'avoit
fait devant. Lors en prent moult grant pitié a la belle
75 Felice, et tant que plus ne le peut souffrir, ains commence
a lermoyer des yeulx moult tendrement, et dist, "Ha, belle
cousine, quelle douleur, certes j'ay grant paour qu'il ne
soit oultré, voyez comme il a couleur pale, mieulx vaulsist
que je fusse morte. Pour Dieu vous prie que vous descendez
80 la aval en ce jardin, et le soustenez entre voz bras jusques
a ce que je vien a vous et tantost vous suyvray. — Dame,
fait elle, moult avez bien dit, et je vous prie que vous
vous hastiez de temprement venir, et je vois devant." Lors
se descent par ung degré qui devalloient par les jardins
85 et se haste de tost venir a Guy, comme celle qui moult desi-
roit son confort. Et quant elle est venue jusques a luy
si le treuve a la terre gesant pasmé et tel atourné que bien
sembloit qu'il fust mort. Si elle le prent entre ses bras doul-
cement et pleure sur luy de la pitié qu'elle en a, et de si
90 loing qu'elle voit venir Felice, sa dame, a l'entrée du jardin
comme celle qui assez de pres la suyvoit, si luy dist, "Ha,
dame, comme mal fut oncques / [f231ro.] vostre beauté

par qui si gracieux commencement de jeune homme doye
si tost finir ses jours! Certes, moult avez plus dur cuer que
95 ne cuidoye." Et quant Felice fut pres de luy et vit en quel
estat il estoit, qui luy donnast tout le monde ne peüst elle
ung seul mot dire de la bouche. Ains commence profon-
dement a plourer.

22. Puis se laisse cheoir dessus luy et commence a plourer
et baiser les yeulx et la face, et sa cousine luy arousait
le fronc et les temples d'eau rosé qu'elle avoit avecques
elle apportée. Et quant luy qui encores estoit en pasmoi-
5 sons sentist la froideur de l'eau rosé et la bouche de sa
dame toucher a la sienne, il tressault tout comme s'il vensist
de dormir, et lors gette ung grant plaint, et Felice la belle
qui le tenoit en son devant luy demande, "Beau tresdoulx
amy, comment vous sentez vous?" Lors oeuvre les yeulx,
10 et quant il voit sa dame qui le tient entre ses bras, si dist
ainsi comme il pot parler, "Certes, dame, il m'est mieulx
que oncques mais ne fust, et desoresmais vienne la mort
quant elle vouldra, car je ne la doubte. — Ha, beaulx doulx
amys, fait elle, ne dictes plus ne ne croyez pour parole que
15 vous aye dicte que j'aye envers vous courroux ne malvei-
llance, car se m'aist Dieux je ne pourroye, ains vous ay assez
plus cher que vous ne cuidiez. Mais, beau doulx amys, vous
devez penser en vous mesmes se vous aimez mon honneur
que pour mettre a present mon cuer en vous veü vostre
20 jeune aage pourvoit estre actourné a vous et a moy trop
grant blasme, et en pourroit estre retardé vostre honneur
et bien. Et si vous (scay) a dire de raison, vous scavez bien
que trop a dame grant blasme d'octroyer s'amour a de
nul qui soit a estat d'escuier, ains doit estre a bon che-
25 valier et parfait dont le renom d'elle peüst acroistre et
amender, et pour icelle cause vous ay dit ce que dit vous
ay sans y penser a nul mal fors tant seullement pour vous
adviser. Et certes, amy, je vouldroye moult que vous has-
tissiez moult de recevoir l'ordre de chevalerie, de travaillir
30 pour accroistre vostre honneur et pris, tant que vous puissez
avoir la grace des bons, et se Dieu vous donne tel grace

comme j'espoire et que je puisse avoir bon renom de vous,
je vous prometz que asseür povez estre de la moye amour."
De ceste parole est Guy tant joyeux que plus ne peut, et
35 dit, "Ha, dame, tant vous m'avez rendue au cuer la vie,
la vostre mercy, et me semble se j'estoye certain que plus
ne me convenist fors ce que dit m'avez pour acquerir vostre
grace, legiere chose me seroit et me tiendroye bien eureux
de ce fait." Et elle dist, "Ne vous doubtez, car se m'aist
40 Dieux, je vous tiendray loyal promesse, et Dieu vous doint
grace de tel devenir en bonté comme je la vouldroye. —
Dame, fait il, la vostre grant merci en vous en est."

23. Lors le tira Felice envers elle par le menton comme
cellui qui moult estoit honteux et le baisa tresdoucement
en asseürance d'amours, et ne fait entre les nobles cuers
a demander se celluy baisier luy fut bien precieux, oÿ.
5 Et tant vrayement selon l'istoire qu'il n'en eüst pas voulu
prendre le remenant de tous les biens de tout le monde,
parquoy je croy bien que l'octroy du baisier n'estoit pas
alors si commun qu'il est a present, combien que je la tiens
a bien grant signe de debonnaireté et bien avenant aux
10 dames et est cause de l'avancement de plusieurs a honneur
venir. De cester matiere discuter pour le present plus avant
n'en recorde, et retourne a l'histoire qui dit que apres le
baisier si gracieux print Guy le congié de sa maistresse
si joyeux que de mal ne douleur qu'il eust sentu ne luy
15 souvenoit, et bien se tenoit au plus riche du monde, et trop
mercioit Dieu de la belle adventure que donné luy advoit.
Et tousjours en regardant derriere prenant congié da sa
dame avecques les yeulx, et quant vint a l'issue du vergier
et qu'il / [b.] vist qu'il luy convint departir si dist dou-
20 cement en regardant celle part, "Hé, gracieux et delecta-
ble vergier, sur tous les autres soyez vous bieneuré comme
le plus gracieux et de bonne adventure plain qui soit en
tout le monde." A tant se depart et vient a la court plain
de joye assez plus qu'estre ne souloit, et print a soy depor-
25 ter et envoysier avecques les autres qui moult (avoient)
grant joye de sa compaignie, et tant qu'il vint devers le

soir qui moult luy tardoit affin qu'il peust estre avecques
sa maistresse pour la servir ainsi qu'il avoit a coustume (et
pour veoir la doulceur la ou tout son esperance estoit fer-
30   mée. Au soupper vint devant elle et la servit ainsi qu'il
avoit a coustume,) et elle luy faisoit tant gracieuse chiere
et belle que il estoit si joyeux que plus ne povoit, et sou-
vent quant elle veoit lieu que la table estoit ostée et que
parler povoit privéement a luy, moult doucement luy prioit
35   comme a son amy qu'il voulsist entendre a luy et a son
honneur et estre de bonne gouvernance et moult d'autres
paroles dont si resjoÿ estoit son cuer que bien sembloit
estre plus riche que tout le monde. Celle nuyt apres souper
print Guy congié de sa maistresse et s'en ala a sa maison,
40   et si tost qu'il y fu venu appella Herolt son maistre a une
part, et luy compta tout son affaire, car il plaisoit a sa mais-
tresse que ainsi le fist, car elle luy avoit commandé. Et
quant il en sceult la nouvelle si fut moult joyeulx et luy
dist que bien avoit il exploicté. Celle nuit pensa moult
45   Herolt d'ordonner tout ce que mestier luy avoit pour estre
fait chevalier et luy dist, "Sire, or n'y ait delay, sans plus
longue demeure vous requerez monseigneur la conte qu'il
vous face chevalier. — Ha, maistre, dist Guy, comment vous
avez bien parlé, il sera fait ainsi, car vrayement celluy
50   mesmes penser avoye a mon cuer." La nuit passa et vint
la lendemain que Guy se vesti et appareilla assez et adve-
naument, puis ala entre luy et son maistre oÿr messe, et
quant fut finée si s'en retournerent devers la court la ou ilz
trouverent la conte seant en sa salle contre ses barons et
55   devisant de plusieurs choses. Et quant Guy vint au pres
de luy si se met a genoulx, et dist ainsi.

24. "Sire, ja m'avez par long temps nourry, la vostre grant
merci, et tant que je me sens bien de l'aage parquoy je
desire a suïr les faiz des armes de ceulx dont il est re-
nommée. Si vous suy venu supplier qu'il vous plaise moy
5   donner l'ordre de chevalerie. — En verité, ce dist le conte
qui de ce ot moult grant joye, Guy, mon tresdoulx filz,
et je le feray voulentiers, et pour la vostre amour adou-

beray en vostre compagnie telz vingt autres qui tous sont
gentilz hommes et de haulte lignie. — Sire, fait il, tres
10 grant mercis." Lors le fait le conte lever et luy commande
que luy et ses compaignons venissent celle nuit veiller a la
maistresse eglise si comme a coustume estoit, et ilz le font.
Et quant le lendemain vint si adouba le conte luy et ses
compaignons si gentement que nul ne scavoit reprendre,
15 et a Guy especialement donna armes et appareil telz que
tous qui le veoient povoient bien appercevoir que le conte,
son seigneur, l'avoit moult cher, beau harnois de destrier,
(ung destrier) de pris, de noble appareil de drap d'or et de
soye; l'ordonna tellement que bien peüst souffire pour le
20 filz d'ung empereur, et chascun de ses compaignons n'avoit
pas povre appareil. Ainsi mist le conte tant d'appareil du
sien et si richement les garnist chascun selon son estat que
bien avoit cause de s'en loer. Et si advint tellement que ce
fust proprement au jour de la Trinité, XVIIe an de l'aage
25 de Guy.

25. Quant la solempnité de la journée fust passée et que
Guy et ses compaignons furent fais chevaliers comme dit
est, apres qu'ilz furent revenus devers le palais et du mous-
tier se party / **[f.231vo.]** Messire (Guy) de la compaignie,
5 et s'en ala hastivement devers sa maistresse, et tantost se
mist a genoulx, et luy dist ainsi, "Ma chere dame, pour
acomplir vostre noble plaisir et commandement ay prins
sur moy la noble ordre de chevalerie, et certes, dame, sans
vostre gracieux confort je n'eüsse osé penser ne desirer. Et
10 puis que ainsi est, or me vueillez dire et commander si
qu'il vous plaist que je doye desoresmais faire, car pour
doubte de mort ne laisseray que ne mette peine d'accomplir
vostre voulloir a mon povoir. — Messire Guy, fait elle, tres
grant mercis de tant que fait en avez, et moult me plaist
15 le comencement et m'est moult agreable que je vous voy
en estat de chevalier, et certes je vous en scay bon gré.
Mais, mon beau doulx amys, vous scavez assez que non
obstant l'estat que prins avez, encores n'estes vous de plus
grant valour ne de pris que vous estiez huy matin, fors

20 que seullement avez (l'ordre) de chevalier. Et ainsi m'aist
    Dieux qu'il n'est chose ou monde que tant desire que desire
    de oÿr parler de vostre honneur et renommée, et pour ce
    convient, se vous me voulez plaire et faire mon gré, que
    vous travaillez a acquerir honneur et vous acointiez par voz
25 biens faiz des vaillans et preux chevaliers des estranges
    contrées tant que a droit puissez estre nommé chevalier.
    Et de ce le plus que faire le puis vous en prie, et je vous
    promez par ma foy que d'en oÿr bonnes nouvelles sera ung
    des plus grans confors que je puisse avoir et en seroy
30 moult joyeuse. — Dame, fait il, cent mil mercis de vostre
    doulx et honnourable conseil, et vrayement de ce que vous
    me dictez que mon pris n'est acreü fors que j'ay nom de
    chevalier que je n'avoye pas par avant voy je clerement
    que vous me dictes la pure verité, et sans mettre peine a
35 estre et devenir droit chevalier ne seroye digne d'en por-
    te[r] le nom. Et pour ce vueil mettre peine a mon honneur
    acroistre et acomplir tout ce que scay qu'il vous peut plaire,
    et c'est bien raison, et vrayement, ma dame, j'en suy si
    reconforter sur l'esperance de voz doulces paroles qu'il me
40 semble que riens que me vueillez conseiller ne m'est gre-
    vable a faire, et puis que du tout a vous me rens comme
    a ma seulle dame, vous supplie que comme vostre humble
    serviteur me vueillez avoir en remembrance, car bien scay
    tant que je suy en vostre bonne grace ne me peut avenir
45 que bon eur et toute bonne aventure, et autrement sans
    vostre grace ne pourroye edurer. — Ains, fait elle, de bon
    voulloir vous prie que ne doubtez, mais allez a Celluy qui
    vous fist qu'i vous deffende de mort et d'encombrier et vous
    doint tousiours oÿr de voz bonnes nouvelles. — Amen, fait
50 il, ma dame, et faire chose qui soit a vostre plaisir."

    26. Lors se depart d'elle a plus lyé chiere que le cuer
    ne luy apportoit et s'en vient en la sale devant (le conte et
    luy dist en se agenouillant devant) luy. "Monseigneur, vous
    scavez bien assez comme j'ay esté assez par longtemps
5   nourry en vostre maison a grant honneur et aise, et tant
    vous a pleü moy honnourer que donné m'avez la noble

ordre de chevalier qui sur toutes est digne. Et pour ce
que a coustume est et bien le savez que tout prince qui
fait chevalier est tenu d'octroyer a son chevalier le premier
10   don qu'i luy demandera, vous requier et prie par la haulte
vertu que m'avez donnée octroyer me vueillez ung don
qui assez pou vous coustera, et encores vueil que mon-
seigneur mon pere vous octroye que tel don que me octro-
yerez il m'accordera de sa part." Et le conte qui n'y pensoit
15   fors que bien, et moult luy plaisoit tout ce que Messire
Guy disoit, luy accorda sa priere benignement et appella
son pere qui la estoit en presence et luy dist. "Sequart,
vous avez bien oÿ ce que Messire Guy, vostre filz, a deman-
dé, et je vueil et prie que vous acordez mon octroy quel-
20   que chose qu'i requiere. — Sire, fait le pere, tout ainsi
qu'il / [b.] vous plaist me plaist et vueil. Or demandez ce
que vouldrez demander, car ja par moy vostre octoy ne
sera desdit." A donc se tourna le conte envers Guy et luy
dist, "Or avant, beaulx filz, or demandez vostre don, car
25   vous n'y fauldrez pas et c'est chose que par raison faire
puisse. — Sire, fait il, tresgrant mercis. Or vous diray le
don que demander vous veulx. Il est verité que vous m'avez
donné le nom de chevalier, mais la dignité de porter si hault
nom a droit ne me povez vous donner ne vous ne autre
30   fors seullement [Dieu] et le labour de mon travail. Et
pour ce que je suis ennuyé de reposer, vueil essayer en cest
aage si je doy jamais tant valir que je puisse a droit porter
le nom de chevalier qui tant est noble et digne, pour
35   quoy je vous requier en guerredon de tous les services qu'il
vous plaise moy octroyer vostre bon congié affin que je me
puisse aller acointer entre les nobles et vaillans chevaliers
de par dela la mer, car bien me semble qu'il en est temps.
— Beaulx amis, fait le conte, puis que ainsi vous plaist
40   vostre bon vouloir ne vueil je pas desloer, et aussi puis
que requis le m'avez. — Sire, fait Sequart, son pere, puis que
requis le m'avez, qui auques congnoissoit son entente, puis
que tant le desire voyse a la grace Dieu. J'ay esperence que
c'est tout pour son mieulx. — Et Dieu le dont ainsi," fait
45   le conte. Tantost luy feist son pere appareiller tout son

harnoys, de chevaulx, d'armeüres, de robes, de joyaulx, de
vaisselle d'or et d'argent telle comme a son estat appar-
tenoit, et moult y mist le bon conte du sien. Quant Mes-
sire Guy fut tout appareillé qu'il n'y ot que du partir, si
50 l'appella son pere a part et luy dist, "Beau filz, quelle com-
paignie avez vous intencion de mener avecques vous? —
Sire, fait il, Herolt mon maistre, du seürplus c'est a vostre
ordonnance. — En nom Dieu, fait il, moult bien avez dit
et je l'en chargeray." Lors appelle Herolt qui moult estoit
55 de tout ce garny, et luy dist. "Beau doulx amys et copaings,
je vous baille mon filz en garde et commande, et en faictes
tant que vous en avez honneur comme j'ay en vous ma fian-
ce. — Sire, fait il, Dieu m'en doint grace. — Et vous, filz,
(le) obeïssez et honnorez comme vostre maistre, je le vous
60 commande. — Sire, fait il, tout ce feray je voulentiers au
plaisir de Dieu." Lors appelle Sequart deux povres cheva-
liers qui estoient de sa mesnie, mais preux et loyaulx estoient
et hardiz durement, dont l'ung estoit appellé Thoroy et
l'autre Theralt, aucunes des hystoires dient Thibault, et leur
65 [dist], "Beaulx seigneurs, bien et loyaument m'avez ja
servy a peu de guerredon et telz vous ay trouvez que je
me ose bien fier en vous. Si vueil et vous prie que vous
alez cest voyage avecques Guy, mon filz, et l'aider a gar-
der et sauver son honneur et sa vie comme vous voul-
70 driez faire [a] ma propre personne, et je vous abondonne
moy et trestous mes tresors a en prendre tant que bon et
necessaire vous sera." Quant ce entendirent les deux che-
valiers, vous devez savoir que tantost furent prestz a celluy
service comme ceulx qui le desiroient moult a le [servir]
75 a gré et qui moult grant guerredon en attendoient. A tant
prent Guy congié de son pere et s'en va hastivement droit
a la mer comme celluy qui desiroit faire chose qui en hon-
neur luy deust tourner, et de tant luy advint bien que a
celle heure au rivaige trouva navire prest a passer vers la
80 coste de Normandie. Et comme celluy a qui il ne chaloit
quel part il deust tourner, mais qu'il venist a son honneur
leur enquist ou ilz tendoient a aler et ilz respodirent en
Normandie. "Par ma foy, fait il, ce me plaist moult, car

celle part suis je en propos d'aler." De ce furent les mari-
85 niers moult joyeulx pource qu'ilz veoient que grandement
estoient estoffez de vitailles et autres choses a eulx neces-
saires. Si se mist en mer luy et toute sa compaignie. Et
tant luy advint bien ad ce que le temps estoit gracieux
qu'en pou de temps / **[f232ro.]** arriva et print terre au
90 havre de Harefleu, qui est ou cours de la riviere de Sayne.
La descendit et print terre sans aucun encombrier.

27. Apres qu'il fu refreschy luy, ses gens, et ses chevaulx,
se mist a la voye pour aller en la bonne cité de Rouen, et
envoya ses gens devant pour luy prendre hostel honnourable
et tel comme a son estat (appartenoit). Richement fut ap-
5 pareillié, herbergié, et receü a grant honneur a son venu,
et il faisoit a ses gens maintenir grans despens pour mieulx
sa noblesse monstrer, et tant que de son estat les plus grans
de la cité avoient joye.

28. Advint que a ung jour Guy estoit apuyé d'une fenestre
en sa chambre qui ouvroit sur la grant rue, et lors pensoit
quelle part deust tourner pour adventure trouver dont son
pris peust estre essaucié. Si luy advint que a celle heure
5 vit passer par les rues plusieurs escuiers et varlés qui
portoient grant foison d'escus et de lances et autrez choses
qui appartiennent a tournoyer. Si appella son hoste qu'il vist
en estant en sa chambre qui ouvroit sur la grant rue, et luy
dist. "Beaulx hostes, que signifient tant de lances et d'escus
10 que je voy porter aval ces rues, doit il avoir aucun tournoye-
ment cy entour? Je vous en prie, dictes le moy. — Comment,
sire, fait il, et n'en scavez vous riens? — En nom Dieu,
fait Guy, riens n'en scay je vrayement. — De ce me mer-
veille moult, fait ly hoste, car il n'est contrée ou royaulme
15 depuis la mer de Gresse jusques es mettes de Bretaigne
ou la nouvelle n'en soit espandue. Et puis que vous ne le
scavez, je le vous diray, car tant y avra a celle assemblée
de bons chevaliers de diverses contrées et de hault ((proes-
se)) que bon sera veoir. Il est vray que l'empereur Regnier
20 d'Almaigne a fait crier ung tournoyement de moult haulte

entreprinse et lequel sera fait es parties de Flandres, et si
est ordonné que celluy qui tant avra de valoir qu'i par son
corps puisse conquerir le pris et l'honneur des deux pers
avra ung gerfault tout blanc de merveilleuse bonté, et ung
25 destrier blanc de pris de haulte valleur, et deux levriers
esleüz de bonté entre tous autres. Et tous ces presens luy
presentez par la fille de l'empereur mesmes qui tant est belle
dame et jeune, et si y mettra tant du scien qu'elle luy octroye
devant tous autres l'amour d'elle si il n'a autre amye qui
30 en beaulté et valeur la passe, et qu'il ne vueille ne doye
changer pour aultre amy. — Par saincte croix, fait Messire
Guy, cy a gracieuse responce et belle ordonnance et ces nou-
velles me plaisent moult a oÿr, et pour la joye que faicte
m'en avez, beaulx hostes, tres acertes vous remercie. Or sai-
35 chiez que je ne laisroye pour nulle rien d'y aller se Dieu me
veult prester santé que je ne soye a ycelluy tournoyement
pour veoir les estas qui la seront et la contenance de ceulx
qui mieulx le feront. — En nom Dieu, sire, fait l'oste, vous
dictes moult bien, et ad ce que je vous voy jeune d'aage
40 y pourrés venir et apprendre telle chose dont vous vauldrez
mieulx se vous voulez hanter les armes es temps advenir."
Lors et sans espace fait donner a son hoste ung tresbel
palefroy et bien emblant pour l'amour des nouvelles que
dictes luy avoit. Puis se tourna entre ses gens et leur dist,
45 "Beaulx seigneurs, or soyez bien joyeulx, et pensons de nous
aprester pour veoir celle belle compaignie, car moult y avra
honneur cellui qui bien le fera, et Dieu nous doint graces
que nous ne soyons pas des pires. — Amen, sire," font ilz.
Celle nuit passerent a grant joye et se ordonnerent de
50 quanqu'ilz savoient qui leur avoit necessité.

29. Le lendemain apres la messe print Messire Guy
congié de son hoste et se party de la ville de Rouen, luy
et sa compaignie et tant ala par ses journées qu'il vint
jusques la ou le tournoyement devoit estre. Assez pres se
5 loga d'icell, et en attendant le jour qui brief estoit, se fist
bien ordonner que riens ne luy faloit ne a aucun des siens
et dont ilz ne feussent grainant garnis avant le besongne. Et

quant vint contre la journée si dist a Herolt et a ses autres
compaignons, "Beaulx seigneurs, je ne scay qu'il sera de
10   moy ne quelle / [b.] grace Dieu me vouldra donner a
ceste journéee, et pour ce vueil telles armes porter que
je soye auques descongneü, et je vous diray quelles j'ay
voulenté de porter a ceste fois, ung escu pallé d'or et d'asur
et tout mon harnois et mes armes et autres couvertures
15   de la suite. — Sire, font ilz, moult avez bien dit, et nous
voulons ainsi le faire." Telles entreseignes, selon la vraye
hystoire et la vraye cronicque de luy estantes en l'abaye
de Glastebery et ailleurs, porta Guy a icelle journée qui fu
la premiere espreuve d'armes en quoy oncques il esprouva.
20   Combien que aucuns gestours et paintres en ayent autre-
ment parlé, et combien que il n'ait en la difference grant
charge tel fois, toutes fois vueil desclairer ceste hystoire a
mon povoir, et selon ce que je puis trouver au plus pres
de la verité.

30. Or advint le jour du tournoyement que tant de nobles
chevaliers et de diverses contrées furent assemblez en la
place, chascun desirant d'acquerir honneur et pris. Et la y
ot tendu maint pavilon. A une part du champ furent
5   les logeïs et eschauffaulx dressiez que moult bel faisoit a
veoir et si estoient tous plains de dames, et damoyselles
de pris la estoit plusieurs, et si estoit la fille de l'empereur
pour qui le tournoy estoit fermé, avecques elle si grant
nombre de dames et de damoyselles du pays et d'ailleurs,
10   d'estranges parties que merveilles seroit a racompter, pour
mieulx regarder ceulx qui mieulx le feroyent et pour juger
celluy qui de bonté les autres passeroit, car a elles en estoit
donnée la charge. L'entreprinse du tournoyement estoit de
Hager, le filz de l'empereur, en sa compaignie le duc Othes
15   de Pavie, le du[c] Regnier de [Cessoigne] et moult d' autres
grans seigneurs qui la estoient, bien acompaignez de haulte
chevalerie. De l'autre part estoit le duc de Lorraine, le
duc de Louvain qui moult estoit bon chevalier et hardy,
le duc de Morienne, le conte de Valdemer et grant nombre
20   de chevaliers preux et vaillans en leur compaignie, et quant

ilz furent assemblez des deux pars en la place et les crys
fais telz comme droicture de tournoyement (le requiert),
lors les veïssiés sans plus attendre poindre les ungs envers
les autres, comme ceulx qui estoient talentis et desirans
25 d'onneur acquerre. La avoit de moult [belles] joustes et
bien employez et de jeunes chevaliers qui moult bien le
faisoient, car a celluy temps estoit costume que les nouveaulx
chevaliers tousjours commencoyent les tournoyements, et la
en avoit grant nombre, car Gaher, le filz de l'empereur, dont
30 j'ay parlé, qui le souverain estoit apres son pere, avoit esté
nouvellement fait chevalier et moult se voulloit pener de
bien faire et acroistre son pris luy et ses compaignons
nouveaux.

31. Toutes ces joustes de jeunes bachelers regarda bien
Messire Guy comme celluy qui se tenoit ou couvert de
la forest et en tel lieu que bien povoit veoir tout ce qu'ilz
faisoient jusques ad ce qu'il vit yssir des rens Gaher, ainsi
5 richement appareillié comme a filz d'empereur appartenoit,
et lors dist, "Seigneurs, temps est d'aler, a covardie et
repreuve nous pourroit estre tourné de tant icy sejourner.
Et nous veons les autres devant nous qui par leur bien faire
conquierent leur pris." Si poinct le cheval des esperons
10 et ses trois compaignons apres luy qui moult faisoit bel
a veoir, et quant il vint a l'entrée du tournoyement si
appella ung escuier qui portoit lances et luy demanda,
"Beaulx amis, qui est cil chevalier par dela a ces armes
d'or qui siet sur ce grant coursier et s'appareille pour
15 jouster. — Sire, faict il, ne le cognoissiez vous, la est Gahier,
le filz de l'empereur, qui moult est bon chevalier." Et quand
Messire Guy entend que c'est il, si n'y attent plus, ains
s'adresse envers luy, la lance baissée et l'escu embrassé
contre son pis, et Gahier fait autre tel qui venir le voit.
20 Si s'entrelaissent courre tant que chevaulx les / [**f232vo.**]
peuent porter, et a l'assembler s'entrefierent de leurs lances
sur les escus de toute leur force tant que Gahier feit voller
la sienne lance en pieces, et Messire Guy qui y mist force
et vertu ad ce que ung pou le print bas, l'empaint tellement

25 que a la force de sa lance le feist voler des arcons et le
porta loings du cheval a terre. Celle jouste vit la fille de
l'empereur et les autres dames qui moult s'en merveillerent,
et quant Messire [Guy] ot ce fait et il entendit le cry qui
estoit levé pour celle jouste si ne se voult plus tarder. Ains
30 fiert cheval des esperons envers ung autre chevalier qui
luy venoit et l'assigne tellement ad ce qu'il venoit ung pou
trop en haste qu'il porte a la terre luy et le cheval tout en
ung mont, et lors leva la criée plus que devant, et disoient
ces heraulx, "Moult bien le faict le chevalier a l'escu pallé
35 d'or et d'asur." Ce pendant fut remonté Gahier, le filz de
l'empereur, qui moult ot grant honte d'estre ainsy abatu,
si reprent cuer et hardement et dist qu'il veult venger sa
honte, si laisse courre envers Messire Guy qui a l'espée
desrompoit et departoit les grans presses. Quant il le voit
40 venir envers luy si ne luy voult pas fouÿr, ainsi luy adresse
la teste du cheval, comme celluy qui n'avoit point de lance,
l'escu embrassé estroictement contre son pis et l'espée en la
main. Si le fiert Gahier si durement en son venir a ce qu'il
estoit monté sur flour de destrier qu'il faict toute voler la
45 lance en pieces, et en remaint ung grant tronsson en l'escu,
mais Dieu le garanti qu'i en la char ne l'atoucha. Et Messire
Guy, qui d'icelluy coup fu courroucié, luy paye de l'espée
un tel coup sur son heaume qu'il n'ot povoir de soy povoir
tenir en selle, ains luy convint vuyder les arcons et cheoir
50 a terre si durement estonné que bien cuidoit estre navré a
mort. Et en ce que le cry et la huée estoit sur luy, qui
moult avoit travaillié son cheval celluy jour et le sentoit
auques affloibié, legierement sault a terre et par le frain
print celluy de Gahier qui moult estoit de grant valleur, et
55 maugré tous ses ennemys sault es arcons si legierement qu'il
sembloient que [riens] moult [ne] luy grevoit. Lors se tint
il moult reconforté, si s'en va par les plus grans presses
ferant et abatant devant luy tout ce qu'il actaint, tant par
la force de luy que par la force de son bon cheval qui celluy
60 jour moult luy vallut, et ses coups estoient si pesans que
nul ne les povoit (endurer), par tout ou il aloit il abbatoit
chevaliers et chevaulx, et errachoit heulmes de testes et escus

de colz, et faisoit telles merveilles d'armes que plusieurs en
laissoient leur bien faire pour le regarder. Et quelque part
65 qu'il venist ((chascun luy)) faisoit voye pour fuÿr a ses
coupz, et plaisoit moult a Herolt son maistre qui tousjours
se prenoit garde de luy.

32. Et ainsi qu'il estoit en tel affaire comme celluy qui
en nulle place n'arrestoit, ains aloit par tout les rens
cerchant et abatant quanqu'il attaignoit devant luy et
abandaument presentoit son escu a tous. Advint que le duc
5   de Morienne qui sur luy avoit grant envie se penca de le
ferir a descouvert, et (de) ceste print Herolt bien garde
qui va a l'encontre lance baissée, tant que cheval le peut
porter, et le fiert en son venir si durement qu'il le fait
voler a terre luy et son cheval tout en ung mont, et a ce
10 coup brisa sa lance. Si parfist son poindre, et a son retour
saiche son espée du fourrel, et encontre le conte de Wal-
demer qui luy venoit sus, lance baissée. Si le laisse ferir
en son escu tant que sa lance fut toute debrisée, et au
trespasser luy paye ung tel cop de l'espée que maugré
15 sien le fait trebucher a terre entre les piez des chevaulx
ou il fust defoulé avant qu'il se peust relever. Ces deux
coups vist bien Messire Guy des grans presses ou il estoit,
si l'approche et luy crie, "Hé, beau maistre, par saincte
croix bon fait a vous aprendre, car en tel mestier vous
20 scavez bien aidier. (Allons avant.)" A lors poignent ensemble
d'une grant randonnée a une route ou povoit bien avoir
deux cens / [b.] chevaliers ensemble, et de ce estoit maistre
et gouverneur le duc Othes de Pavye qui moult estoit cruel
((et felon)) de couraige, et gran despit avoit en son cuer
25 de ce qu'il veoit faire a Messire Guy qui attendoit que tout
le cri du tournoyement tournoit sur lui, et disoit (chascun),
mesmement la fille de l'empereur et toutes les dames et
damoyselles, que tout avoit vaincu le chevalier a l'escu
bendé d'or et d'asur. Et ces paroles et ces cris entendi il
30 bien, et ce faisoit il bien plus envertuer a desconfire et
mettre a la voye de ses ennemys et fist tant en pou d'eure
a la bonne aide de Herolt son maistre que toute la com-

paignie du duc de Pavie met en fuyte, et lors commence
la criée sur eulx grant. Doncques le duc Othes, leur seigneur,
35 fut si dolent qu'il demanda ung fort glayve et jure qu'il se
voulloit esprouver au chevalier qui tout vaincquoit et venger
la honte de ses gens. Si laisse courre envers Messire Guy
entalenté de bien faire, et celluy qui de loing le voit venir
et bien le cognoist et scet que c'est le duc Othes en fut
40 moult joyeux et print ung glayve de la main d'un de ses
gens et laisse courre tant que cheval le peut porter et
l'assaine en son venir ou hault de l'escu de telle vertu que
pour escu ne pour haubert (ne demoura) qu'i ne luy mette
le glayve oultre l'espaule tant que le fer en paroit de l'autre
45 costé, et l'empaint de telle force que maugré scien le porte
hors du cheval a terre. Et lors fut la criée greigneur que
devant et disoient tous que vrayement s'acquittoit bien le
chevalier a l'escu palé d'or et d'asur qui tout desconfisoit
et passoit de proesse. Le duc Regnier de Cessoigne qui
50 cousin germain estoit du duc Othes ot bien veü cellui coup
si en fut moult engoisseux et escrie a Messire Guy de si
loings qu'il le peut bien entendre, "Vassal, vassal, mal y
mistes la main au corps de mon cousin le duc. Sachez que
je suy venu pour le desfendre, gardez vous huymais de
55 moy. — Sire duc, fait il, mercy Dieu je me suy assez bien
gardé de luy, et de vous me garderay au mieulx que je
pourray." Si le laissent courre l'un envers l'autre sans plus
tenir paroles et s'entrefierent si durement a l'assembler des
lances qu'elles volent en pieces, et au passer le heurta
60 Messire Guy par si grant vertu de corps et d'escu que
maugré soy le convint vuyder hors des arcons et cheoir
du cheval a terre. Et tantost print Messire Guy le cheval
par la frain et luy remena ou il gesoit a terre tout estandu
et si estourdy qu'il ne savoit ou il estoit, si luy ((dist)), "Sire
65 duc, veez vostre cheval, montez dessus, car tantost vous
pourroit la presse grever. Une autre fois se le cas y eschiet
me rendrez le guerredon." A ces mos, sailly le duc en piedz
qui moult s'esmerveilla de sa courtoisie et qui il estoit, si
luy dist, "Sire chevalier, par la foy que vous devez a ce
70 que plus aimez, dictes moy vostre nom et de quel pays

vous estes né. — En nom Dieu, fait il, sire duc, tant m'avez
conjuré que je le vous diray. Or saichez que ceulx qui
me cognoissent m'appellent Guy de Warrewik et si suy né
d'Engleterre." A ce mot laisse le duc qui ja estoit monté
75 sur son cheval et s'en va parmy l'estour, ferant et abatant
aussi efforcéement comme s'il n'eust tout le jour riens fait
dont tout le monde s'esmerveilloit comme le corps d'ung
[seul] chevalier povoit tant souffrir et endurer, car tant
print et gigna celluy jour de chevaulx et prisonniers et s'il
80 eust voulu entendre a gaigner que merveilles pourroit as-
sembler de le recorder, mais tous gaings mettoit arriere
pour acquerir honneur. Herolt son maistre et tous ceulx de
sa compaignie y firent si bien celluy jour que nulz ne les
en pourroit blasmer, et n'y ot nul d'eulx qui par son bien
85 faire ne gaignost grant foison de chevaulx et de prisonniers
celluy jour. Mais nul bien faire ne s'acomparagoit selon
le dit de tous au chevalier a l'escu palé d'or et d'asur, et
sur luy estoit toute la criée comme celluy qui avoit fait
la grant chevalerie toute jour sans cesser des le commence-
90 ment de ferir ((et chappeller)) et si estoit aussi fres comme
s'il n'eust huy coup feru, tant que a l'eure d'apres vespres
nul ne l'osoit plus attendre, ains fuyoient devant luy de
toutes pars a grans troupeaux comme ainsi que se fussent
brebis. Et quant vint que le cry tournoit du tout sur luy
95 et que auques avoit fait sa voulenté et que es / [f233ro.]
fuyans n'avoit nul recouvrer, si s'en part tout coyement de
la place et se met au plus tost qu'il peut en ung sentier
qu'il savoit ou boys tant qu'il vint en sa maison ou il estoit
logié, et tantost se fist desarmer comme cellui qui estoit tra-
100 vaillié, et puis s'en ala sur une couche qui estoit empres le
feu. Tantost apres vint Herolt et ses compaignons qui moult
le festoient et luy dirent comme la cry du tournoyement
estoit tourné sur luy, et il respondist que la mercy de ceulx
qui luy donnoyent, mais il n'estoit pas ainsi car il y en
105 avoit qui mieulx l'avoient fait de luy en la place. Et ce
disoit il comme celluy qui ne se vouloit vanter de biens
qu'il fist. Mais a tant laisse le compte a parler de luy et

de sa compaignie et retourne a deviser la fin du tournoye-
ment.

33. Cy endroit dit l'ystoire que a l'eure que Messire
Guy se party du tournoyement comme celluy qui sur tous
autres l'avoit bien fait, depuis n'y ot chose de proesse
monstrée qui a racompter (s)ace, fut fait (ung cry) par les
5 heraulx selon la maniere de lors pource que heure estoit
passée que joustes et tournoyemens ne devoient durer que
pour certaine espace de temps, et que oultre plus faisoit
en lieu d'onneur et pris, luy estoit reputé a oultraige et
blasme. A l'eure que Blancheflour, la fille de l'empereur,
10 dont j'ay dessus parlé, vit que le tournoyement estoit finé
du tout point, prent conseil avec les dames et damoyselles
de sa compaignie lequel leur sembloit mieulx digne par son
bien faire de recevoir honneur et le pris de celle journée,
et toutes dirent d'un assentement que tous autres chevaliers
15 avoit celluy jour passez en bonté le chevalier a l'escu palé
d'or et d'asur. "En nom Dieu, fait elle, a ce m'acorde je
bien et me semble que vous dictes la verité, mais pource
que je doy faire le present, qu'a moy grant partie de cest
affaire touche vouldroye volentiers en ouvrer par bon con-
20 seil, et pource me semble (bon) d'em parler a mon cousin,
le duc de Cessoigne, qui moult est saiges homs et congnois-
sant en telz faiz pour ouÿr qu'il m'en loera. — Dame font
elles, a vostre plaisir." Sy le mande presentement. (Et quant
il est venu devers elle si le recoit moult doulcement) et luy
25 dist, "Beau cousin, je vous ay mandé pour moy conseiller
et ces autres dames qui cy sont de ce dont nous sommes
desconseillées. Vous savez comme sur nous est mise la
charge que nous doyons eslire celluy qui l'a le mieulx faict
au jourd'uy en ceste place pour luy donner le pris. Or ne
30 veul ne elles aussi riens faire fors que par bon conseil, et
vous pry par la foy que vous devez a mon seigneur mon
pere, et sur la grant fiance que j'ay en vous que nous vuellez
dire la grant verité qui est celluy de la compaignie qui
mieulx est digne de cest honneur recevoir. — Comment,
35 dame, fait il, et ne scavez mye? Or me merveille moult de

vous et de vostre compaignie car toutes devez estre saiges,
et bien estes en place d'avoir toute jour veü ceulx quy
mieulx l'ont fait. Et sachez que des bien faisans n'y a il
for ung, et celluy a passé tous les autres. — Beau cousin,
40 faict la damoiselle, il vous plaise de le nous nommer car
nous voulons toutes maintenir vostre esgart. — En nom
Dieu, fait il, je le vous nommeray voulentiers. Sachez que
le chevalier qui au jourd'uy porte l'escu pallé d'or et d'asur
a passé et monté tous les autres en honneur et bonté, comme
45 celluy qui tout a vaincqu des deux pars. Et s'aucun voulloit
dire du contraire je suis prest a prouver par mon corps qu'il
est ainsi. — Par Dieu, beau cousin, fait la dame, assez en
avez dist, et nous nous tenons toutes a vostre dit."

34. Lors fist tantost envoyer messaiger pour le cercer
et d'amener devers elle. Sy le quierent hault et bas, mais
nul ne le povoit trouver ne qui nouvelles leur en sceust
dire, comme celluy qui ja s'en estoit party grant piece avoit
5 et le plus sceléement que faire avoit peü. Et quant la
dame voit qu'il n'estoit trouvé, si en fut moult dolente, et
lors une des dames de la compaignie luy dist, "Dame,
je vy bien le chevalier departir grant partie a l'eure que
le tournoyement fut vainqu. et se mist trestout privéement
10 dedens la forest par celle voye que vous voiés la dedens,
et je croy bien que quy la le querroit il seroit trouvé logé
en aucun retraict la dedens." De celles nouvelles fust la
dame moult joyeuse, sy envoya tantost par le conseil du
duc de Cessoine et des dames de la compaignie, ung sien
15 cousin quy encores n'estoit pas chevalier, et en sa com-
paignie assez d'escuiers et de sergans, et luy charga
de / [b.] l'aler querir et luy porter les presens de par
((elle)), et il dist que tout son messaige fera il bien. Sy s'en
part a tant, et se mist luy et sa compaignie dedens la forest
20 par icelluy mesmes chemin qu'il s'en estoit alé, et tant ala
qu'il vist devant luy ung beau manoir et bien assiz et cloz
de haultz murs et de bons fossés. Sy vient jusques a la porte
la ou il voit ung chevalier de belle aage qui moult estoit
embesongné par semblant avec ses gens, et souvent leur

25 chargeoit qu'il[z] gardassent bien que tout fust bien ordon-
né, et quant il (fut pres de luy si) le salue moult bien et
doulcement, et il lui respond que bien soit il venus. "Beau
sire, fait il, me scavriez a vous a dire nouvelles d'ung
chevalier qui aujourd'uy portoit au tournoyement unes armes
30 toutes pallées d' or et d' asur? — Pourquoy le demandez
vous? dist le chevalier. — En nom Dieu, dist l'escuier,
pourqui je le demande? Pour son gran bien et honneur,
et pour ce, luy diray telle chose qui luy devra bien
plaire. — Donc, fait le chevalier, vous en diraige ce que
35 j'en scay, mais or descendez vous et vostre compaignie et
me dictez, s'il ne vous doibt desplaire, qui vous estes et quy
vous a cy envoiés, car bien me semble que vous venez en
messaige. — Et je le vous diray voulentiers, sire. Sachez
qu'on m'appelle Gaultier de Montblanc, et suy cousin de
40 l'empereur, et deca m'envoye sa fille Blancheflour, la fille
a l'empereur aisnée, pour laquelle le tournoyement a esté
fait. — En nom Dieu, fait il, sire, vous soiez le bien venuz."
Lors le prent par la main et luy dist que tout present il luy
meneroit veoir celluy qu' [il a] tant quis. Sy s'en allerent
45 toulx deux et les autres aprez quy maynent le presens jusquez
a ce qu'ilz viennent en la salle ou il[z] trouverent Messire
Guy quy estoit vestu et appareillé pource qu'il avoit entendu
ung messager qui estoit venu pour parler a luy. Et quant
l'oste le voist, sy lui dist (ce que Gaultier lui avoit dist.)
50 "Sire, vous povez voir le bon chevalier que vous avez tant
quiz."

35. Et quant il sceult que c'estoit celluy qu'il queroit,
sy s'avanche vers luy, le gerfault sur le poing, et s'agenoulle
devant luy et luy dist. "Sire, Dieu vous parcroisse honneur
et bonté selon vostre commencement. A vous m'envoye Ma-
5 dame Blancheflour, la fille de l'empereur, quy moult vous
salue, et vous presente premier par moy son amour et sa
beinvolence comme celluy qu'elle a plus cher de tous aul-
tres chevaliers, et par le regard d'elle et des aultres dames
de sa compaignie, comme aux mieux faisant aujourd'uy
10 ait fait en la place, vous envoye cest gerfault et ces deux

levriers blans et cest blanc destrier qui moult est de haulte
valleur, et si vous donne le pris et honneur de celle jour-
née, et vous desire moult a veoir. — Demoiseau, fait il, il
n'est mie droit, levez sur, que vous soyez a genoulx devant
15 moy, car il peult bien estre que vous estes assez plus
gentilhomme que je ne suy." Lors le lieve par la main et
luy dist, "Vous me mercyiez Madame Blanchefleur, vostre
maistresse, a quy il plaist moy faire tant d'onneur sans l'avoir
deservy, et de l'amour et bienvueillance d'elle me tieng
20 moult riche et veul estre son chevalier tout le temps que je
vivray. Et ces nobles presens doibz je bien a gré recevoir,
non pas que je (soy) digne de les avoir ne que les aye a
droit conquis, mais pour avoir obbeÿ a son commandement,
car bien scay que moult y a d'aultres qui sans compareison
25 l'ont au jourd'uy mieulx fait que moy, et mieulx leur est
deü le pris qu'a moy. — Sire, fait le varlet, vous dictes
vostre plaisir, mais toutesfoiz vous en avez vous l'onneur
de toutes les deulx pars. Or me dictes ce qu'il vous plaira
que je dye a Madame Blancheflour, car tempz est de moy
30 retourner au respaire. — Ha, sire, fait Messire Guy, ce ne
ferez vous mie s'il vous plaist, mais remaindrés ceste nuit
avec mon hoste qui moult vous fera bonne chere, et le ma-
tin, pource que jeune vous voy et qu'estez bien taillé de
devoir valloir aucune chose, me semble dommaige que vous
35 n'estes chevalier, et qu'assez en avez l'aage, pour l'amour
de vostre maistresse vous dourray les armes que je por-
te. — Haa, sire, point ne parlés de cela, car pour celle cause
ne viens je pas ca, ne sans le congié de ma dame ne l'oiseray
faire, mais la vostre grant mercis, et sachez que je me loue-
40 ray moult a elle de vostre courtoisie." Puis prent congié
de luy et luy prie de par sa dame qu'il ne departe du pays
tant qu'il ait veüe et parlé a elle, et il dist que se ne fust
une sienne besogne a quoy il luy convient aler a moult grant
haste vrayement ne se partiroit jusquez a ce qu'il fust acoin-
45 té de / l'empereur, d'elle, et de sa riche compaignie, mais
a present convenoit qu'il fust ainsi, et qu'au plus bref qu'il
pourroit, il retourneroit pour la veoir.

36. A tant se part le messaige et s'en vient a sa maistresse, Blancheflour, qui moult luy fist grant joye en son venir, et luy enquist toutes les nouvelles, et luy respondit tant et si gracieusement que moult luy plaisoit a ouïr et des mercis
5 et des recommandacons que Guy envoioit a elle par luy, et disoit qu'il estoit bel et que s'il vivoit par aage il passeroit en beaulté et bonté tous ceulx de son temps. Celle nuit fut moult parlé entre eulx de la court du chevalier (a l'escu) palé d'or et d'asur quy si bien l'avoit fait, et bien disoient
10 tous et l'empereur mesmes que trop estoit de haulte proesse, et moult se tenoient a deceüz qu'ilz ne scavoient son nom et dont il estoit, jusquez a ce que le duc de Cessoyne, qui pour lors se seoit aupres de l'empereur, parla et dist, "Par saincte croix, sire, tout ce vous scay je bien a dire, mais
15 il m'a cousté moult a aprendre. Je vous certiffie qu'il m'a au jourd'uy abbatu de mon cheval a terre si fellonneusement que bien cuidoye avoir le col brisié." Lors commenca l'empereur a rire et tous les autres a ce mot. "Et du rire, dist le duc, en nom Dieu, tel s'en vist qui lui a bien fait
20 voye au jourd'uy en l'assemblée, mais je le tiens a sens, car il n'est pas bon de soy faire affoller." Puis se retourna devers l'empereur et lui dist, "Sire, or sachez que celluy de quy tant parlons est appellé Messire Guy de Warvich et (est) moult jeune chevalier, natif de Angleterre." Par les
25 parolles au duc de Cessoine, ainsi que je vous ay dit, fut premierement sceü et congneü le nom de Messire Guy en la court de l'empereur, et que c'estoit celluy quy le tournoyement avoit vaincqu. Mais de tout ce laisse l'ystoire a parler cy endroit, et retourne a parler comme Messire Guy
30 esploicta apres que le messaige de la fille de l'empereur se fust party de luy.

37. Quant Gaultier le damoyseau se fut party de Messire Guy ainsi comme je vous ay compté, si fut l'oste moult joyeulx de ce qu'il avoit entendu, et disoit qu'il avoit grant honneur d'avoir en son hostel herbergé ung si notable che
5 valier et de tant haulte proesse. Si se pena moult celle nuit de la servir, et tant ne luy fallist chose qui a ayse d'a corpz

d'omme soit convenable. Lendemain par matin, appella
Guy deulx de ses compaignons saiges et bien aprins, es-
quelx moult il se fioit et leur dist, "Vous vous en yrés en
10 Angleterre et presenterés a mon seigneur Roald ce destrier
blanc, et ces deux levriers a ma dame Felice, et ce blanc
gerfault, et moult me recommandez a eulx et leur dirés
ou et en quel lieu je les ay conquestez, et de moy vous leur
dirés ce que bon vous semblera comme en estez bien cer-
15 tains. Et tantost vous hastés de revenir (celle part que vous
scavrez que je seray). A tant se [mettent] en la voye et
dient que bien feront il le commandement, et ne cesserent
de cheminer tant qu'ilz vindrent a la mer, puis passerent
oultre aussi tost qu'ilz eurent temps convenable, et tant
20 sont allés par leurs journées qu'ilz sont venuz a Warvick
qui pour lors estoit une moult bonne ville et forte. La trou-
verent le conte Roald seant entre sa mesgnie, si s'agenoui-
llerent devant luy et luy firent present de par Messire Guy,
leur seigneur. Et quant il entendy ses nouvelles et le pays
25 (out il estoit) et comme par proesse il avoit tel honneur
conquis, il n'eust pas estre si joyeulx comme qu'i luy eust
donné une riche cité. Et mesmement Sequart, son pere, qui
la estoit en avoit telle joye que merveille seroit de la
racompter et bien avoit raison. Quant les varlés eurent
30 acomply leur message envers le conte Raoul que tous avoient
joye de les ouÿr, si se tournerent vers les chambres de la
damoyselle Felice et luy firent present du blanc gerfault
avec les gracieuses parolles que Messire Guy, leur maistre,
lui envoict et mandoit par eulx, et, elle le receput moult
35 a gré, et s'en tint pour bien contente, et demanda aulx
varlés comme leur maistre, Messire Guy, le faisoit, et ilz
luy respondirent qu'il estoit sain / [b.] du corps, la Dieu
mercy, comme le plus preux chevalier de son aage qui soit
en toutes les parties de dela la mer. "Dieu, fait elle, le
40 vuelle parcroistre en honneur autant que je le vouldroye."
Et puis donna a chascun des varlés tant du sien qu'ilz en
vallurent apres mieulx toute leur vie. Mais a tant en laisse
le compte a parler et retourne a parler de Messire Guy.

38. L'histoyre dist comme apres que les deux varlés se furent [partis] de Messire Guy, lesquelz il avoit envoiés en Angleterre avec les presens devers le conte Raould de Warvich, il sejourna longtempz avecques le chevalier au
5 boys, qui moult luy plasoit, tant que lui et ses gens furent assez rafreschys. Et quant ilz se sentirent en estat de povoir travailler si print congié de son hoste et luy offrist et fist offrir grandement du sien, mais oncques n'en voulu riens prendre, aincoiz se tenoit moult honnouré de ce qu'il luy
10 plaisoit de herberger en son hostel, et moult le prioit de sejourner plus longuement, mais il disoit que plus ne povoit. Si s'en partirent en traversant plusieurs contrées et querant plusieurs aventangez pour soy aventurer et esprouver, et son pris essaulcer, ne il ouÿt parler de joustes ne de tour-
15 noyements ou il n'alast, et tant luy en advenoit tant et si bien que par tout avoit le pris dont souvent remercioit en son cuer l'onneur de sa dame, et bien disoit que ce ne fust force d'amour qu'il ne peult pas endurer a la grace ce que Dieu luy a donnée. En celle année fist tant qu'il
20 cercha Lombardie et grant partie de France et d'Espaigne, et moult acheva en celluy termme de diverses aventures et mena a chief, et sy bien l'en advenoit que riens ne trouvoit quy lui fust grevable a parfournir. Finablement, tant travailla celle année parmy les regions dessusdictes qu'il se
25 fist congnoistre entre les preulx (et vaillans d'icelles contrées), et tant que de luy courust plus de renommée que d'aucun autre chevalier qu'on sceult en nul pays.

39. Avint que en celluy termme en la fin print son chemin ou adventure la mena en Normandie. Lors se tira vers la bonne ville de Rouen ou avoit esté autresfoiz logé, si se loga chyeulx son hoste, ou il avoit a l'autrefoiz logé, quy
5 le receput a grant joye pource que de luy et de sa proesse couroit trop grande renommée parmy la ville et aussi par tout le pays, et bien y parust, car aprez qu'on sceult qu'il fust arrivé tout le monde venoit la pour luy convoyer et faire feste. Ung jour ainsi qu'ilz s'esbatoient entre luy et
10 Herolt son maistre et le mist icelluy Herolt a raison et luy

dist. "Sire, vous avez ja travaillé par ung an et tant que,
mercy Dieu, vous estez par vostre bien faire prisié et hon-
nouré en tous les notables terres de par dela la mer et entre
toute la chevalerie qui y remaint. Sy me sambleroit bon
15 que desoresmais retournissons en Angleterre, au mains pour
ung pou vous aisier et veoir vos amis et voz amours dont
je scay bien que tielx y a que pres du cuer vous touchent
et quy je croy bien avront grant joye de vous veoir. —
20 Maistre, fait il, et puis qu'il vous plaist je m'y accorde."
Sy n'y ot plus [parlé]. Lendemain print congié de son hoste
et tyra vers la mer luy et sa compaignie, et si tost comme il
peult trouver navire prest, si se mist ens et passa la mer
en pou de temps a ce qu'il eust vent a poinct, et quant il
25 fut arrivé en Angleterre il luy fust dist que le roy estoit a
Londres, ((sa cité)). Celle part ala le dit Messire Guy sans
tarder, et comment il fut illec receü moult honnorablement
du roy et des barons ne fait a compter, (car trop seroit
oyseuse chose), mais tant en firent comme se ce feust le
30 greigneur empereur du monde. Quant il eust ung poy se-
journé avec le roy si prist congié de luy pour aler veoir
le conte Roald, son seigneur, et son pere. Le roy qui bien
savoit que c'estoit raison luy octroya le congié. Apres se
partist qu'il eust prins congié des estas et barons de la
35 court, et chevaucha tant par ses journées qu'il vint a War-
vick la ou il trouva son bon seigneur quy telle joye et telle
feste fist de sa venue que oncquesmais ne luy avoit veü
faire tant a nul homme. Et de le veoir et estre en la pre-
sence ne se povoit rasasier. Mesmes son pere quy la estoit,
40 vous povez savoir qu'il avoit grant joye au cuer de le veoir,
mais de toutes les / [f234ro.] joyes et festes en gracieuseté
passa la joye que luy fist Madame Felice quant il vint
devers elle, car de si loing qu'elle (le) vist venir luy ala
a l'encontre et l'embrace entre ses bras moult doulcement
45 en disant, "Vous soiez vous ((le bien)) venu, beau tresdoulx
amy, comme l'avez vous fait puis que je ne vous vy? — Da-
moiselle, fait il, bien, la Dieu mercy. — Par Dieu, fait elle,
se veulge, et vous remercye tant comme je puis des beaulx
et gracieux presens que l'aultrier envoyastes a mon seigneur

50 mon pere et a moy. — Certes, dame, fait il, sauf vostre
grace il n'y chet nulle mercy, car le tout est vostre. —
((Amy)), fait elle, la vostre mercy, il est a deservir." Ainsi
s'accointerent et parlerent ensemble de plusieurs parolles
jusquez a ce que heure fust de soy retraire et qu'il convint
55 Guy departir d'elle pour celle nuit. Si print congé jusquez
a lendemain et s'en alla vers sa maison. Et quant vint vers
lendemain qu'il vist heure et temps convenable que Felice
estoit privéement en sa chambre a heure d'apres disner se
tira devers elle et l'araisonna en telle maniere. "Ha, dame,
60 [par qui je suis en vie et qui me maintient en honneur],
vous scavez comme par vostre noble commandement pre-
mier j'entreprins a porter armes et les gracieuses promesses
qu'il vous pleust de vostre amour me faire par ainsi que
je passasse la mer et me feïsse renommer entre les bons.
65 Or est ainsi que le temps durant et depuis j'ay serché toutes
diverses aventures que nulle part j'ay peü savoir, et tant
fait de grace de Dieu et de vous que party m'en suis a
mon honneur, et si scay bien que ne pourroye endurer
nullement tel labour se ne fust l'espoir de vostre mercy,
70 et pource suis venu devers vous humblement vous supplier
qu'il vous plaise a moy dire vostre volenté."

40. Quant Felice entendy ces parolles si fust ung peu pen-
sive sans mot dire, puis jecta ung soupoir et dist, "Beau
tresdoulx amy, il est bien vray. J'en suis certaine que vous
l'avez fait pour l'amour de moy tant que j'en suis tenue
5 a vous et a voulloir vostre bien, et toutesfois de tous voz
biensfaiz vous demeure l'onneur, et sur tous aultrez n'avez
vous tant ne si longuement travaillé en honneur que aul-
tres ne soient aussi renommez en honneur comme vous estes
en cest royaume, et bien croy et est mon esperance que
10 vous suivés les armes. Se Dieu veult que vous passez en
proesse tous ceulx de vostre aage, et se l'amour de moy
vous destourboit de tel honneur bien deveroye estre maul-
dite entre toutes femmes, et vous congnois a tel que se
vous estiés saisiz du cuer de moy que vous en laisieriez
15 tout vostre bien faire, et ce dige mie pour vous ruser ne

estranger mais pour l'acomplissement de veu que j'ay fait
de nouvel. Il est vray que j'ay ouÿ racompter, mercy
Dieu, de voz haultez proesses et bontés que je scay bien,
et n'en doubtez, se vous voulés poursuir que vous passerez
20 tous les chevaliers d'oresendroit, et pour ycelle esperance
et que je scay que c'est vostre voulloir de faire et acomplir
ma volenté, je vous ay promis que nul n'avra l'octroy de
mon cuer s'il n'est renommé au meilleur chevalier du mon-
de et qui en proesse passe toulx les aultres. Et pource
25 que je ne puis esperer selon vostre bel commencement que
nul fors vous puisse a telle haultesse advenir, ay fait ytel
veu pour moy excuser envers toulx ceulx qui me re-
quierent de mariage, dont plusieurs y a grans seigneurs.
Et non pourtant n'avez cause de vous doubter de la mien-
30 ne amour, car mon vivant vous veul bien sur tous autres
((et moult le m'avez desservy, et ne)) croyez que ja autre
que vous ait de moy parolle ne coulour d'aucun amour, ja
puis ne me laisse Dieu vivre. Et affin que mieulx soiez seür
de mon vouloir tant vous promet que pour que qu'oncquez
35 chose quy adviengne jusquez au terme que sept ans soient
acomplis apres ce jour autre que vous n'avra povoir d'amour
sur moy. — Dame, fait il, la vostre chiere mercy. Or ne
scay que plus vous en dye fors que vostre barguaignement
me semble sy doulx et sy amer que ne le scay a quel
40 fin prendre. Doulx m'est il assez en voz doulces parollez de
reconfort et de promesse, et bien doubteuse chose m'est a
ce que j'ose ymaginer ne penser a venir la / [b.] meilleur
chevalier du monde, et certes, belle, ce me seroit une chose
qui moult me pourroit estre attournée a grant oultrage et
45 a folle presumpcion. Non pourtant me donne vostre grant
vigueur tel hardement que j'en veul bien entreprendre le
hardement de l'essayer, et le surplus soit en Dieu et en
vous, car jusquez a la mort ne me verrez que tousjours prest
d'acomplir vostre volenté et commandement tant que vie
50 et corps me pourront durer, et de sauver et garder vostre
honneur a mon povoir. Et tant y a, ((se)) Dieulx et fortune
me veulle((nt)) donner grace de parvenir a tel honneur,
selon vostre noble promesse avray joye de toutes les joyes,

et s'il advient que je meure en celluy labour au mains sca-
55 vrez vous bien que ce sera pour la vostre amour, ne ja
n'avrez le cuer si dur, ce scay je bien, que vous ne priez
pour moy, et pource, dame, vous promet que de tresbon
cuer et d'entier vouloir veul entreprendre tout ce que dit
m'avez quoy qu'il en doit advenir.

41. Quant Felice entend son amy parler et congnoist le
vray cuer dont il se monstre envers elle, telle pitié luy en
prent qu'elle ne se peult tenir que les larmes ne lui vien-
nent du parfont du cuer aux yeulx, et pour mieulx le
5 reconforter le prent entre ses bras et le baise moult doul-
cement, en disant, "Beaulx tresdoulx amys, de la mienne
amour ne vuellez doubter, mais mettez paine a acroistre par
vostre pris l'onneur de vous et de moy, (et) je vous en
pry. — Dame, (fait il), ainsi qu'il vous plaira, et Dieu m'en
10 doint le povoir." Sy n'attendy plus Messire Guy, ains prent
congé d'elle ainsi reconforté de son entreprise par son hault
cuer et s'en vient au pallais devant le conte, son seigneur.
Et si tost qu'il sage, s'aproche de lui, il s'agenouille devant
luy, et dit, "Beaulx tresdoulx amys et seigneur, vostre mercy
15 qui tant de biens et d'onneurs m'avez fait, et se plus n'y
avoit que la noble ordre de chevalier qu'il vous a pleü
me dointer me semble que jamais ne le vous pourroie de-
servir. Mercy Dieu, je vous voy en paix et sans necessité,
ne grant besoing n'avez de moy, parquoy je vous prie
20 comme a mon seigneur que vous me vuellés donner vostre
congié affin que je me puisse aler esprouver ung pou mieulx
ma (vertu) entre la chevalerie de par dela, car de plus yci
sejourner suys ennuyé, se c'est vostre plaisir. — Ha, beau
filz, dist le conte quy forment est esbahy, et qu'es ce que
25 vous dictes, n'avez vous pas assez travaillé depuis que vous
estes chevalier selon vostre aage? Vrayement ouÿ, plus
qu'aucun qu'on sache de vostre aage, donc je me tieng
plus riche de vous avoir en ma compaignie que d'avoir ung
grant tresor. Ha, beau tresdoulx filz, vous ennuye tant ma
30 compaignie et je desire tant la vostre? Dont n'avez vous
depors d'oyseaulx ne de chiens a vostre plaisir, et vos

compagnon ((qui)) sont bien joyeulx de vous veoir? — Sire,
fait il, amis et compaignons scay ge bien que j'ay yci plus
que au remenant du monde, donc moult vous remercie,
35 mais si vous amés mon honneur vous scavez bien que en
l'aage ou je suis est temps de travailler ou jamais. Tout
a tempz puis je venir au repos, et pource vous pry ne vous
vuelle ennuyer de ma partie, car quelque part que je scaye,
seray vostre naturel chevalier, et c'est bien raison. — Sire,
40 fait Sequart son pere, puis qu'il lui plaist, laissez luy aler
a la garde Dieux, il peult estre que c'est tout pour le mieulx.
— Donc le veulge, fait le conte, et quant aultrement ne
peult estre, beau filz, au mains vous prie que (le plustost
que) faire le pourrés que vous retournez par devers nous. —
45 Sire, fait il, de ce ne vous doubtez."

42. A tant se party Guy du content de son pere et s'en va
droict a la chambre Felice, sa maistresse, qui ja estoit re-
traite en une petite chambre pour plus privéement prendre
congié de luy, et quant il est venu jusquez a la grant cham-
5 bre, sy treuve qu'elle n'y estoit point, mais une seulle
pucelle qui la l'attendoit luy dist, "Messire Guy, il convient
que vous viengés parler a ma dame." Et il dist que sy
fera il voulentiers. Lors s'en vont ensemble de chambre en
chambre et tant qu'ilz vindrent a l'uy du petit / retraist ou
10 la belle Felice estoit enfermée toute seulle fors de sa cou-
sine, et si tost qu'elle voit venir son amy si se lieuve encon-
tre luy, et dist, "Beaulx tresdoulx amy, vous soyez ores le
tresbien venus. — Dame, fait il, grant [mercis]." Lors
le fait asseoir aupres d'elle et puis luy demande, "Beaulx
15 amis, est ce donc vostre voulloir que pour la mienne amour
voullés entreprendre si haulte proesse comme de passer tous
les aultres en bonté. — Dame, fait il, puis qu'il vous plaist
j'en feray mon povoir tant que le corpz me pourra durer. —
Et Dieu, fait elle, vous y octroit la grace que je vouldroye.
20 Beau doulx amy, fait elle, n'estez bien asseür de moy?
— Dame, fait il, je me fie tant en vous et en vostre bonté
que je scay bien que riens ne me voullés dire pour moy
decevoir. — Certez, fait elle, mieulx ameroie assez mourir

ne je n'y pourroye avoir le cuer, et bien sachez que mes
25   promesses vous garderay loyaument, ne en verité je ne voul-
droye pas par fin souhait que vous seüssiez toute l'entende
de mon ceur, car valloir en pourriés pis. Encor au plaisir de
Dieu le pourrés vous tout a tempz. — Dame, fait il, sur
l'espoir de vos doulces parolles suis je reconforté que riens
30   ne me semble d'estre dur a faire que commander me vue-
llés, et bien m'est advis que pour la grace de vous pourray
entierement par advenir a mon entreprinse." De cest paro-
lles fut la belle Felice ent(r)eprise d'amour et tres joyeuse
et si l'en mercia moult, et luy dist en le tenant doulcement
35   entre ses bras, "Beau tresdoulx amy, vous qui pour moy
avez ja tant fait et voulés entreprendre pour mon amour
celle entreprise et charge, de la mienne part je vous remer-
cie et prie que vous ne vous vuellés de moy doubter, car
avant me doint Dieu la mort que pour aultre qui vive j'aye
40   volenté ne pensée de faire chose quy vous doye desplaire,
et vostre demeure attendray jusquez a ce que sept ans
seront acomplis. Vostre bon renom sera le mien confort puis
que tant de loyal amour vous plaist monstrer envers moy.
C'est bien raison que je quiere et pourchasse en honneur
45   tout vostre plaisir et ayse et je le feray, ne vous en doubtez,
a mon povoir. Or vous departez a present de moy et si ne
scay le terme de vostre advenement fors ainsi qu'il luy a
Dieu plaira, et pource veul que vous portez cest anel avec
vous, et le gardez bien pour l'amour de moy, car sachez
50   que c'est le jouel du monde que j'ai le plus cher, et a
l'eure que vous le perdrez vous departés nos amours, et en
la pierre d'icelluy anel a trois moult grans vertus, mais je
ne les vous veul pas dire maintenant, car tout a tempz pourrez
vous venir a les savoir." Et les vertus selon que l'ystoire dit
55   estoient telles, la premiere qu'il descouvroient toutes faëries
et enchantements, la .IIe. se une personne feust hors de son
droit sens et peult visiblement regarder dedans et il revenoit
tantost en son droict sens et advis, la tierce que se celluy
ou celle qui le portoit et a qui de bon ceur est donné se
60   mesfait devers sa dame ou la femme envers son amy, la
pierre se debvoit fendre en quatre parties. Celluy annel

receput Messire Guy a moult gracieuse chiere comme celluy
qui bien se tenoit fier et il avoit raison, et puis apres print
congié de sa dame. Et sachez qu'au departir il y eust moult
65 de piteux regrés et celle qui moult (estoit) saige en le baisant
se departy de luy, en lui disant, "Amy, Cellui qui tout peult
vous ait en sa garde et doint que bien briefvement vous
puisse veoir a grant joye et honneur de vous et de moy.
—Dame, fait il, ainsi soit il."

43. A tant se party Messire Guy de sa dame, et s'en
va prendre congié a sa bonne mere, laquelle estoit moult
dolente de son povoir, mais autre chose faire n'en povoit, et
luy octroya moult doulcement (et la commende a Dieu).
5 Et quant il eust fait son trousser ce qu'il luy appartenoit,
et dont il avoit mestier, sy se mist en toute haste vers la
mer, avec telle compaignie qu'il avoit auparavant, a port
de Hantonne, et charga quant il vist bon temps et arriva
en pou de jours en la petite Bretaigne ou il fut receü et
10 festoyé de plusieurs grans seigneurs quy bien le congnois-
soient et bien avoient ouÿ parler de luy et de sa valleur.
En ycelluy temps avoit moult de diverses adventures / **[b.]**
au dit pays de Bretaigne esquelles il se essaya moult et
bien luy en print et en acreust grandement son los au pays,
15 car selon les hystoires il parfist plusieurs batailles diverses
par son corps contre plusieurs chevaliers adventureux, et en
especial mena jusques a outrecuidance et couppa le chef
a ung chevalier nain lequel estoit appellé le chevalier feé
sans pitié, et estoit de telle force et vertu que nul chevalier
20 ne povoit envers luy [durer], et si ne prenoit aultre rencon
de tous ceulx qui combattoit fors la teste. De stature n'avoit
pas la moytié de la hauteur d'un homme de comune taille,
et a l'eure que Messire Guy vint en la contrée ycelluy
chevalier habitoit et se tenoit en une forest du pays qui
25 encore est appellée la forest de Brossilien, pource qu'elle
estoit ((et est comme)) en ung commun trespas de chevaliers,
et tant en y avoit occis et concquis yceluy nyam qu'il n'estoit
plus chevalier, dame, ne pucelle qui par la osast plus passer,
et estoit la voye de tous deguerpie jusquez a tant que Guy

30 la delivra, ainsi que je vous ay dit, par haulte proesse dont
sa renommée fut moult acreüe. Et plusieurs aultres proesses
fist il en icelle contrée, donc le compte ne parolle mie, et
quant il eust ainsi exploicté a sa volenté sy se tourna vers
les parties d'Espaigne suyvant tousjours joustes et tournoye-
35 ments pour accroistre son honneur et pris et tant luy advenoit
de toutes ses besonges qu'il n'entreprenoit chose dont il ne
vensist legierement a chef, car telle estoit sa grace en con-
tinuant et suivant adventures, selon ce qu'il en oroit le
renom. Ala tant que d'Espaigne il revint en Allemaigne, et
40 d'Allemaigne es marches de Lombardie ou il (estoit) bien
(congneü et) amé de plusieurs grans seigneurs. En icelluy
temps fut crié ung tournoyment a estre feru devant la cité
de Boynent, mais le compte (ne) fait (pas) mention de quelles
gens il estoit pris fors que Guy y fust aux mesmes armes
45 qu'il avoit esté aux aultres tournoymens en Flandres. Tant
si porta bien que l'onneur luy fust donné des deux pars,
mais durement y fut navré d'une lance donc il portoit
encore le tronsson par luy le travers du corps. Advint que
le duc Othes de Pavie, dont j'ay devant parlé, estoit en
50 celluy tournoyement et bien avoit encore en remembrance
de la honte que Messire Guy luy avoit faite en l'aultre
tournoyement en Flandres, si s' apensa quant il le vist ainsi
navré, comme celluy qui moult estoit plain de traïson,
que lors se pourroit bien venger de luy comme celluy qui
55 en soy n'avoit povoir de mectre desfence. Sy appella ung
conte qui estoit avec luy nommé Lambert, et luy dist, "Beau
cousin, il est bien vray que celluy la a ces armes mellées
l'aultrier me fist une grant honte, et si me navra durement
a la grant assemblée en Flandres, (et tout ce me fist en
60 traïson dont j'ay esté depuis moult dolent), et sy n'ay veü
heure de moy venger jusques a presens. Pource veulz et
vous commande, a ce que je scay bien qu'il ne vient
pardeca que pour moy desheriter s'il estoit en son povoir,
que vous prenez avec vous quinze des meilleurs chevaliers
65 a vostre choys et vous en alés tout privéement au gué de
la forest, car par la scay je bien qu'il doit passer. Et a
ce qu'il est navré durement et aussi que vous luy serez

sur avant qu'il s'en puisse appercevoir, et veü que le pas
est estroit, bien scay que legierement le pourrés prendre
70 sans ce que ja mecte desfence en luy, mais les pautonniers
qui sont o luy veul je que vous occiés sans rancon, et le
sien corpz maintenés vif, car je le pense mectre en tel prison
qu'il n'avra jamais que ung pou de joye. — Sire, fait le
conte Lambert qui moult estoit bien de la volenté de son
75 seigneur, cruel et plain de traïson, sachez qu'il sera fait tout
ainsi que l'avez commandé." Puis esleut quinze chevaliers
de male volenté, preux et hardiz, lesquieulz il mena en sa
compaignie et bien leur feist promectre qu'ilz acompliroient
sa volenté et commandement. Sy se partirent pour voir et
80 ne finerent d'errer (par voyes et par sentiers) jusques a ce
qu'ilz sont venus au gué de la forest (que le duc leur avoit
devisé) et la s'embucherent ung pou au costé couvert au
couvert de la forest en tel lieu que bien povoient venir veoir
les trespasses, et nul ne les veoit en attendant la venue de
85 Messire Guy. Mais a tant laisse l'ystoire a parler d'eulx et
retourne a parler comme Messire Guy partist du tournoyment.

44. Quant Messire Guy se senty ainsi nasvré, comme
dessus vous ay dit, sy ot paour d'avoir plaie mortelle, et
aussi avoient ses gens quy en faisoient / **[f235ro.]** grant
deul, si se ordonna a retraire de bonne heure vers la ville
5 ou il estoit logez qui estoit auques loings du tournoyement
de la place, et pour plus aiséement chevaucher et que moins
le grevast, monta sur ung mulet seür anblanc, mais toutesfoys
chevaucha il armé. Si ala tant en telle maniere comme cil
qui ne se donnoit garde de nul encombrier fors de sa playe
10 qui moult le grevoit qu'il vint [au gué] de la forest sur
l'embuschement du conte Lambert et de ceulx de sa com-
paignie qui moult se prenoient bien garde de sa venue, et
quant il aprocha du lieu ou ilz estoient embuschez si
prindrent leurs chevaulx a hanir encontre les aultres qui
15 venoient. Et ainsi que Messire Guy voulloit passer le gay
si se regarde et voit que gens d'armes luy sourdoient de
toutes pars et chascun le menasce de la mort, et luy cryent
qu'il se rende ou mort est, et quant il se voit en tel point,
si voit bien qu'il est trahy et deceü. Lors sault erraument

20 du mulet a terre et monte sur le bon destrier, puis lasse
le heaume et prend l'escu au col, et dist a ses gens, "Beaux
seigneurs, or n'y a il plus fors qu'il convient venger et vendre
chascun sa vie, desfendez vous comme preux, car bien
saichiez que je me pense vendre a ces traïstres Lombars
25 moult cher avant qu'ilz m'ayent mors ou pris."

45. "Haa, sire, fait Herolt, son maistre, par Dieu, alez vous
ent, car vous estes si cruellement navré qu vous ne pourriés
endurer l'estour. Entre nous trois maintiendrons bien l'estour
tant que vous serez auques eslongé et mis a sauveté. Se
5 nous y mourons ne sera pas grant perte, mais de vous seroit
trop grant grief et dommaige, et mieulx vault que nous
perissons une partie que tous ensemble, car contre leur
puissance ne povons nous pas durer, car ilz sont contre un
de nous cinq ou six, et sont frais et reposez, et nous sommes
10 las et travailliez. — Taisiez vous, maistre, fait Messire Guy,
car par saincte croix il ne me sera ja reprouché que par
paour de mort je doye fuÿr. Et bien saichez que je mourray
ou vivray au jourd'uy en vostre compaignie, et ayez en
Dieu bonne esperance, car je me sens assez plus frais et
15 leger que vous ne cuidez." Ainsi qu'il disoit ces paroles
vit ung Lombart qui monté estoit sur fleur de coursier qui
chevauchoit devant les autres et luy escrye de loing
"Messire Guy, rendez vous. — A qui me rendray je? fait
Guy. — A moy, fait le Lombart, car j'ay promis au duc
20 Othes de Pavye de vous rendre a luy pour faire de vostre
corps a son plaisir." Et quant Guy entend ces paroles et
que le traïstre duc de Pavye luy avoit tel aguet basty, si
respond de gros cuer emflé, "En nom Dieu, sire chevalier,
et j'ay espoir que vous luy fauldrés de convenant." Si luy
25 laisse courre, lance baissée, sans plus parole dire, tant que
chevaulx les peuent porter, et le fiert de lance a l'entrée
du gué par telle vertu qu'il luy met le fer tout oultre
l'estomac au travers du cuer tant que l'autre part en passoit
du fust (plus de deux piedz). Si le gette mort du cheval a
30 terre et retire a luy sa lance, car bien scet que encores lui
avra mestier. Puis luy dit par remponse, "Sire chevalier,

je croy que je suis asseüré de vous pour huy mais." Et lors
se regarde et vit que ung autre luy venoit le grant cours
entalenté de venger son compaignon. Si le laisse ferir en
35 son escu tant qu'il brise sa lance en pieces, et Guy l'assene
tellement qu'il l'abati a terre luy et le cheval tout en ung
mont dedens le gay, si estourdy qu'il n'avoit povoir de
relever. Ains furent en pou d'eure noyer le cheval et le
chevalier pource que eulz estoient ou cours de l'eaue qui
40 auques estoit grant et parfont et ne se povoient relever.
Lors print Herolt et ses autres compaignons cuer et harde-
ment quant ilz voyent le bien faire de [leur] maistre, et
dient que vrayement tel chevalier doit bien / [b.] porter
escu, si poignent tous troys emsemble d'une randonnée
45 encontre les Lombars, et tant leur print bien que en celle
compaignie chascun occist le scien, dont Guy fut moult
joyeulx et leur commenca a donner cuer. Et l'estour fut
moult cruel et perilleux entr'eux et moult s'entredonnoient
dures collées des bons brancs d'acier fourbis d'une part et
50 d'autre. Et lors le conte Lambert, qui chief estoit de tous
eulx, comme homme qui moult fut courrouciez, print une
forte lance et laisse courre a Wroy en la traverse qui de
luy ne se donnoit en garde et moult bien le faisoit en
l'estour. Si le fiert a descouvert tellement qu'i l'abat a terre
55 mort du destrier, et quant Herolt le voit, si en ot tel rage
au cuer que a pou qu'il ne creve de duel, puis dist, "Hé,
beau compaignon, comme est grant le dommaige de la
vostre mort, mais se Dieu plaist j'en prendray en brief la
vengeance." Si se adresse envers le conte Lambert et luy
60 paye ung tel coup de l'espée a ce qu'il y mettoit cuer et
force que le bon haubert ne le pot d'icelluy coup garantir
qu'i ne luy abate le bras et toute l'espaule tant que on
povoit veoir le foye et le pommon, si chiet a terre mort.
A l'autre part estoit ung jeune chevalier moult preux et
65 hardis nommé Huguecin et estoit nepueu au fel duc Othes.
Si assembla a Ttoral qu'il veoit qui moult bien le faisoit
et avoit fait toute journée, et ainsi entr'eux fut l'estour
pesant, toutesfois en receupt la mort Thoral par la main
d'icellui Huguecin dont ce fut dommaige car par trop estoit

70 bon chevalier. Et quant Herolt le voit (cheoir) si en fust
trop courroucié, sy receuvre par force une lance qu'il arracha
de la main d'un aultre chevalier et laisse courre droit a
Huguecin et tellement l'assena a son venir que escu ne
haubert ne luy ot mestier qu'il ne luy mecte le fer et fust
75 parmy le corpz et l'abbat mort a la terre donc tous les
Lombars furent moult desconfortés. Et ainsi que Herolt
faisoit son retour ung chevalier fort et puissant de la com-
paignie, nommé Goultier, le fiert en la traverse tellement
qu'il luy mest la lance au travers du corps, et quant Guy
80 vist celluy coup si cuida qu'il fust mort. Lors ne fust oncques
si dolent et dist, "Haa, beau tresdoulx Dieulx, or ay je
perdu tous mes bons compaignons. Haa, duc Othez, encores
en puisses tu avoir le guerdon et si avras tu se je puis vivre."
En disant ces parolles s'adrescha vers Goultier et l'asene
85 du bon branc d'acer tellement qu'il luy fist voler la teste
loing enmy le champ.

46. Moult estoit a celle heure las et travaillé (tant) pour
le sang qu'il avoit perdu que pour les coupz dont il avoit
tant prins et donnez, et si avoit telle douleur de ses com-
paignons qu'il veoit gesir mors devant luy que bien
5 en cuidoit en mourir de dueil, et a paine se povoit il tenir
en sa selle, mais de tant luy en estoit bien advenu qu'il
n'estoit remains de tous les Lombars que trois qui tous
ne fussent occis, et dont l'un des trois estoit navré d'une
espieu au travers du corpz tant que mourir le convenoit.
10 Entre ces trois avoit ung moult noble chevalier orgueilleux
qui guerre ne s'estoit pené. Ains estoit fres et nouvel, sy
luy escrie, "Sire Guy, rendez vous, il en est temps. Bien
croy que desfendre ne vous povez plus. A terre voy gesir
vostre escu tout par pieces, et sy avez vostre heaume quassé
15 et vostre haubert rompu ((et demaillé en plusieurs lieux)) et
vostre corpz dont je voy saillir le sang, et se plus vous tenez
vous n'en povez eschapper en vie. Pource vous conseille
de vous rendre a moy, et je vous merrez au duc Othes et
luy prieray qu'il vous face bonne prison. — Sire chevalier,
20 fait Guy, au duc Othes ne me rendraige pas tant que je
sente mes bras si sains, et si faictes du pis que vous pourrés

car je ne vous doubte." Lors laisse courre et cellui laisse
aler comme celluy qui voit que desfendre luy fault sa vie.
Quant il voit venir le cheval et il estoit a pié si prent une
25 lance qui estoit a terre, et se met a une part de la voye,
et l'assene tellement en costoyant en son venir qu'il
l'a / [f235vo.] porté du cheval a terre. Puis prent tantost le
bon coursier par la resne et sault es arcons legierement et
saiche le bon branc d'acier qui au costé luy pendoit, (et s'en
30 retourna par l'autre Lombart qui moult se penoit) de le
grever, et luy paia ung tel coup a ce qu'il estoit ung pou
embruncé qu'il luy fait voler la teste avecques le heaume
emmy le champ. Et ce pendant l'aultre Lombart recouvra
ung cheval et s'en vint a Messire Guy, et luy donne tel
35 coup par derriere sur le heaume de la bonne espée qu'il
le fist embruncher jusquez sur le col du cheval tant que a
poy qu'il ne perdist les estriers, et en fut moult honteux et
point oultre. Puis s'en revient par le Lambart, l'espée ou
poing, et le Lombart encontre luy, et la commencerent entre
40 eulx ung estour moult perilleux, et moult s'entrefirent de
grans plaies lours et perilleux. Et quant Messire Guy voit
qu'ilz sont eulx deux seul a seul, car l'autre son compaignon
qui navré ((estoɩt)) avoit tant sainé qu'il estoit cheü mort a
terre devant ses yeulx, sy s'esvertue et fiert cheval des
45 esperons, et fiert le chevalier a quy il se combatoit de telle
forche que pour le bon haubert ne remaint qu'il ne luy
mecte l'espée dedens l'espaule destre demy pié et luy fait
voler l'espée du poing parmy le champ. Et quant le Lombart
est tel actourné et voit que tous ses compaignons sont mors,
50 sy tourne en fuite au plus tost qu'il peult comme celluy qui
monté estoit sur bon cheval, et qui bien savoit les destroiz
du païs. Une piece le suyvy Guy, et quant il vist que
consuivre ne le povoit, si s'en retourne par la place ou
l'estour avoit esté, et quant il vist ses compaignons qui la
55 gisoient mors si prist a faire ung tel deul qu'il ne fust homme
qui l'eüst ouÿ quy n'en deüst avoit pitié.

47. "Haa, gentilz chevaliers preux et vaillant, comme c'est
ores grant dommaige de la vostre mort. Mal me veïstes
oncquez et mal eüstes oncquez si bonne volenté avec moy,

et pour moy sauver la vie vous estes laissié sy cruellement

5 occire. Certes, c'est le deul qui jamais ne me departira du
ceur. Haa, Felice, Felice, comme pour vostre amour a au
jourd'uy esté abbaisié chevalerie." Lors ne peult plus parler,
ains il descend a terre et s'en vage la ou il voit gesir son
maistre Herold tout senglant. Sy commence ung dueil tout

10 nouvel et dit, "Ha, vaillant chevalier, ((preux de corps et
sage de conseil, loyal en tous affaires,)) comment vous avez
eü petit guerdon de mon service. Certes, mieulx vaulsist
assez que je fusse mort que vous, car tant n'en fust pas le
monde empiré comme de vous." Lors remonta sur son

15 cheval, plain de grant douleur, et s'en va jusquez au bois
chieulx ung hermite (qu'il savoit en la forest aupres) d'ilec,
et luy prie qu'il luy vienge aider a querir les corps de troys
chevaliers pour enterrer que le duc Othez avoit faulcement
fait occire. Puis luy compte toute la maniere, et l'ermite

20 dist qu'il yra volentiers, et s'en vont jusquez a la place et
mectent les corpz de Thorolt sur ung des chevaulx de
Lombars, et Wry avec luy, et le corpz de Herolt mist
Messire Guy devant luy sur son cheval moult doulcement.
Sy s'en vont jusquez a l'ermitaige ou les corps des deulx

25 compaignons furent honnourablement enterrés dedens la
chappele. Puis se party Messire Guy et emporte le corpz de
Herolt son maistre avecquez luy, mais avant prinst congé
de l'ermite et le mercia moult. Sy chevaucha tant qu'il vint
a la porte d'une abbaye qui estoit a ung coing de la forest.

30 Sy luy advint ainsi qu'il trouva a celle heure l'abbé et troys
de ses moignes qui s'en estoient yssus au soir pour dire
vespres, et quant Messire Guy l'apperceut, il cognust que
c'est l'abbé a la reverence que les aultres lui font, sy le
salue moult courtoisement, et ycelluy luy rent son salut.

35 "Sire abbé, fait Messire Guy, en nom de saincte charité
vous prie que vous vuellés recepvoir le corpz de ce chevalier
qui moult fust de hault affaire / [b.] et le faictes ensevellir
ainsi qu'a son estat appartient, et en aucun temps au plaisir
Dieu vous en rendray le guerdon. — Sire, fait il, nous le

40 ferons volentiers et ainsi nous le devons par droict faire, mais
l'achoison de sa mort vous plaise nous dire. — En nom

Dieu, fait Guy, ce feraige volentiers." Lors luy compte de
chief en chief toute l'adventure et la maniere. Puis prent
congié et se part d'ilec pource qu'il se doubtoit tousjours
45 de la traïson du duc Othes, et qu'il ne le fist suivir. Si se
tira vers ung hermitage qui estoit en ung destour et bien
hors de voye qu'il scavoit de pieca, et quant l'hermite le vit
venir, si en eust moult grant joye, comme cellui qui bien le
congnoissoit de pieca. Illec sejourna une grant piece tant
50 qu'il fust bien guary de ses plaies et ressané. Mais a tant
laisse le compte a parler de luy, et retourne a parler de
Guichart, le chevalier lombart, pour deviser comme il se
partist navré en l'espaule (de l'estour) et de ce qu'il luy
advint.

48. Le compte dist que (a celle heure que) Guischart
fust approché de la cité, qui moult avoit de sang perdu,
si advisa au travers des champs le duc Othez qui a grant
compaignie de chevaliers et d'escuiers se reparroit de bers-
5   sier. Sy tire celle part tant comme il peult du cheval
traire, et quant le duc le voit venir si grant cours si s'arreste
et l'actend pour savoir que c'est, car bien sçaust que aucunes
nouveles luy apporte. Et quant il est aupres de luy, et voit
l'estat en quoy il est, tout couvert de sang et le bras et
10 l'espaule qui luy pent a ung les, et a ce qu'il le congnoist,
luy escrie, "Guichart, qui vous a tel appareillé? Bien semble
que vous aiés esté en estour pesant. Ou est Guy de Warwich?
L'avez vous admené? Dictes m'en la verité. — En nom Dieu,
fait il, et je le vous diray. Il est vray que au gué de la forest
15 au jourd'uy encontrasmes Guy et sa compaignie, et la luy
courusmes sur et lui ocismes tous ses compaignons, mais
ainsi est il advenue que de tous ceulx de nostre part n'est
eschappé en vie que moy seullement, que tous ne soies occis,
mais Guy s'en est alé frang et quiecte." Quant le duc entend
20 ces parolles si est hors du monde sens, et demand erraument,
"Ou est Huguecin, mon nepueu, n'estoit il mie avec vous?
— Sire, fait il, y estoit voirement, donc c'est grant dommaige
car le laissay la, mort senglant, et le conte Lambert aupres
de luy." Quand le duc entend ces nouvelles et que ainsi a
25 perdu ses gens, il est tant courchés que plus ne peut, et dist

que voirement se vengera il de Guy le plus bref qu'il pourra.
Mais de luy laisse l'ystoire a parler, et retourne a parler
de Herolt comme apres que son maistre l'eust laissé comme
mort en l'abbaye de ce qu'il lui advint.

49. Cy dit l'istoire que quant Messire Guy se fut departy
de l'abbé et de ses moignes qui moult estoient dolens de
la mort de Messire Herolt (que laissé leur avoit), advint que
ung des moignes de la compaignie qui moult estoit saiges
5   et grandement scavoit de curer playes et guarir, comme
celluy qui autresfois avoit esté bon chevalier, de ses mains
tata le poux de Herolt et trouva que le poux batoit tres fort
et qu'il n'estoit pas encore mort, ((ains peult bien guarir)).
Si le fait tost et erraument desarmer, puis magine ses plaies
10   et treuve qu'il n'en y a nulle mortelle, et dist, "Vraiement,
n'est il pas mort, ains peult vivre mais qu'il soit bien pensés."
Et le bon abbé en ot moult grant joye et le fi si moult bien
gouverner et mediciner si bien qu'en l'espace de deulz moys
fust tout guary et revenu en sa sancté et sa plaine force
15   comme devant, et lors luy fu racompté comme uns chevalier
l'avoit illec apporté aussi que tout mort, et leur avoit prié
de sa sepulture, et de sa grant douleur, et comme il se
departist d'eulx. De tout lui conterent la verité de chef en
chef, et quant Herolt entend ces nouvelles il a grant paour
20   qu'il ne soit mort tant qu'il en pleure des yeulx de la teste.
Puis leur dist, "Beaulx seigneurs, de luy me savriez vous a
dire aucunes nouvelles que avez ouÿes de luy de puis?" Et
ilz luy / **[f236ro.]** respondirent que nom. "Or faige veu a
Dieu que jamais ne fineray d'aler sans reposer se malladie
25   ou prison ne le me fait faire jusquez a ce que je l'aye
retrouvé ou ouïes certaines nouvelles de sa mort ou de sa
vie." Sy prent erraument congié de l'abbé et de toulx les
moignes, et moult les mercya de leurs biensfaiz, puis se met
a la porte en habbit de pellerin, car autrement ne voulloit
30   il aler. Mais de luy laisse l'ystoire a parler et retourne a
Messire Guy pour compter comme il luy advint et de ses
adventures.

50. L'ystoire dit et verité est que, apres que Guy fut guary et revenu de toutes ses plaies et malladies, print congé du bon hermite et s'en part au plus tost qu'il peult, bien armé et monté. Et, pource qu'il ne voulloit pas
5 demourer au dangier ne soux le povoir au duc de Pavie, fist tant par ses journées qu'il vint jusquez en Puille, la ou il fut hautement (receü et) honnoré du roy et de tous les barons, car assez y estoit congneü de pieca par son bien faire. Moult se pena d'acquerir los et pris, ne
10 en tout le pays n'avoit jouxstes ne tournoymens ou il ne fust, et tant bien luy advenoit que toufoiz il en avoit le pris et honneur, et tant qu'il estoit si congneü par son bien faire que en tout le royaume de Puille n'estoit tenue parolle que de luy. Et quant il vist que en celle contrée avoit aucques
15 exploicté a sa voulenté, sy print congié au roy et aux barons de la terre qui moult luy offrirent de riches dons. Puis s'en retourna vers Cessoyne la ou il trouva le bon duc Regnier qui aussi le receupt de bon ceur comme s'il fust son propre filz et tant luy faisait d'honneur qu'il en estoit tout honteux.
20 Une piece de tempz sejourna avec le duc, et toufoiz acroissoit son los et son pris, car nulle adventure ne povoit trouver ou il ne s'essayast et de toutes venoit honnorablement a chef, et quant il vist qu'il ne trouvoit pas pour s'employer a son honneur ainsi qu'il voulsist et qu'il estoit ainsi congneü
25 en cellui païs, sy print congié du bon duc qui moult envers luy donna. Si s'apensa Messire Guy que desormais voulloit tirer vers son pays, et dist l'istoire que en cellui tempz que en toutes les terres comprinses entre les mers de Gresse et d'Espaigne estoit de telle renommée tant par proesse comme
30 par sa largesse, sens, et gracieuseté, que tout le monde de luy disoit bien. Mesmement estoit desiré de plusieurs grans seigneurs, haultes dames, et damoyselles, mais ((l'amour)) de Felice luy estoit si pres du ceur que a nulle de ces choses ne donnoit son entente. Puis qu'il se fut party de Cessoynne,
35 ainsi que j'ay devant dit, chevaucha tant par ces journées qu'il vint jusquez ou pays de Bourgongne. Et lors en estoit duc ung jeune seigneur nommé Millon, lequel fist moult grant joye et moult grant feste de la venue de Messire Guy

quant il sceult que c'estoit il et moult le receupt a grant
40 honneur, et luy pria en son venir et premiere acointance
qu'il luy pleüst de faire de luy son compaignon, et il luy
mettoit en habandon toutes ses terres et gens. Ce lui octroya
Guy moult legierement, et de sa courtoisie le remercya. Une
piece de temps furent ensemble a grant joye et a grant
45 deport, ne il n'estoit riens en quoy Guy se peult esprouver
que durant le tempz ou pays il ne cerchast, et moult estoit
le duc son compaignon marry et dollent de ce qu'il aven-
turoit tant son corpz. Ung jour advint que entre le duc et
luy, et grant foison de chevaliers et escuiers et veneurs en
50 leur compaignie, repairoient de berssier une forest qui
estoit pres de la ville de Digon si encontrerent eu chemin
ung pellerin qui moult sembloit las et travaillé. Celle part
s'adresche Messire Guy et laisse passer la route, puis luy
dist, "Preusdomme, Dieu vous sault." Et il respond, "Sire,
55 et Dieu si face." Et quant Guy l'a ung pou regardé en la
face le sang luy fremist. Puis luy dist, "Beaulx amis, donc
estez vous né? De quelle part venés vous, je vous prie? Ne
me le scelez. — Sire, fait il, je le vous diray. Or sachez
que je suis natif du royaume d'Angleterre, et si vieng du
60 païs de Lombardie que mauldit soit sur tous aultre[s] pays,
car la ay je perdu mon seigneur, mon maistre, cellui qui de
bonté eüst passé tous aultres et ceulx de son temps s'il eust
vesqu par aage. Et sy suis perdu que n'en puis ouÿr nulles
nouvelles vrayes fors que je cuide bien qu'il soit mort. — Et
65 comme le perdistez?" fait Messire Guy. Lors luy comence a
recompter / [b.] toute la maniere et la traïson du duc Othes
de Pavie, et de l'aguet qu'il eust basty. "Et pource, fait il,
priés pour l'ame de luy, et pource pour espurgoire mes
pechés veul je ainsi aler toute ma vie. — Beau sire, fait Mes-
70 sire Guy, vous dictes moult bien et de cest couraige faites
moult a priser. Mais tant vous prie que vous me vueillés dire
le nom d'ycelluy, vostre maistre, que tant vous aymez. — En
nom Dieu, fait il, sire, je le puis bien dire sans repreuve,
car assés estoit congneü par sa proesce en mainte diverse
75 contrée. Sire, nommé estoit Messire Guy de Warvich, le
mien seigneur." A ce mot gecte Messire Guy ung souspir,
et puis dist, "Et vous, sire preusdomme, mais qu'il ne vous

doye desplaire, comme vous faictes vous appeler? — Sire,
fait il, ceulx qui me cognoissent me appellent Herolt d'Ar-
80 denne."

51. A ce mot sailly Messire Guy a terre de dessus son
cheval si joyeulx que tant ne fut oncquez, car bien cuidoit
veritablement qu'il fut mort. Si le prent entre ses bras et
le baise doulcement et lui dist, "Beau tresdoulx compaigns
5 et amis, or sachez que je suis yceluy Guy que vous querés et
pour quy avez prins tant de paine et soufert tant de dou-
lours, car gardé et gouverné m'avez des mon enfance." Lors
le regarde Herolt emmy la face et le congnust tantost a
une plaie qu'il avoit des son enfance sur le dextre sourcil,
10 et quant il voit que c'est il, il a sy grant joye qu'il ne peult
mot dire de la bouche, mais chet a terre pasmé, et Messire
Guy le prent entre ses bras. A ces motz retournerent le duc
et ses gens sur eulx et demande le duc a Messire Guy que
c'est, et que a eü ce pelerin, et Messire Guy lui a tout
15 compté la verité de la chose et comme il en estoit alé. Sy
en fut aussi joyeux comme ce fust de son propre fait mesmes
et moult fist grant feste et honneur a Herolt, car maintesfoiz
avoit ouÿ recorder a Messire Guy de sa grant valleur et
proesse. Sy le fist monter sur ung bon cheval et s'en vent
20 ensemble en la cité, et la fut Herolt moult festoyé et hon-
noré, et Messire Guy, son bon maistre, le fist bengner et
estuver tant que en pou de tempz il fust de toulx ses maulx
rasaisié. Il luy fist faire tailler beaulx et riches garnemens
de drap d'or et de soye, et, quant il eust bien appareillé, il
25 s'en ala devers le duc, son maistre, pour prendre son congié
pour s'en aler a son païs et moult le mercia de l'onneur qu'il
lui avoit fait. Bien envis lui octroya le duc congié, car moult
amoit sa compaignie, mais il vit que faire le convenoit. Sy
le commanda a Celluy qui tout fist qu'il le garde de mort
30 et d'encombrier, et luy pria qu'il luy fist savoir de ses
nouvelles le plus forment qu'il pourroit, et il dit que si
feroit il. Et a tant s'en part luy et Herolt, son maistre, bien
montés et acompaignés et en bel appareil, et acceullirent
leur voye droit en Flandres, et tant exploicterent par leurs
35 journées qu'ilz sont venus a Sainct Osmer, tendant d'aler

passer la mer au port de Boulongne ou de Caillais. Et
comme il estoit herbergés en ung honnorable hostel, Messire
Guy qui volentiers et de costume estoit ou il estoit, avoit
sa chambre sur la rue affin de soy deporter en voyant les
40 trespassans. Si advint que a celle heure qu'il estoit aux
fenestres de sa chambre il vit ung pelerin passer par la rue
qui moult sembloit estre travaillez. Il appelle a lui, et cil
vient tantost a lui. Puis lui dist, "Preusdomme, moult me
semblés las et travaillé, bien avés huy mais mestier de
45 reposer, demourés et soiez herbergiés avec nous. — Sire, fait
il, tresgrant mercis et je demourray puis qu'il vous vient a
gré." Lors lui enquist Messire Guy de quel part il venoit.
Cellui dist qu'il venoit de devers la duché de Louvain.
"Et des nouvelles du païs nous scavriés a dire? Eu nom
50 Dieu, sire, fait Messire Guy, ne nous en cellez riens. — Ouÿ,
sire, merveilleuses, et si vous dirai comment."

52. "Il est vray que le riche empereur d'Allemaigne,
Regnier, maine guerre si forte et si dure au duc de
Louvain que croire ne le pourrez et si lui a ancquez tous
ses chevaliers prins et occiz par guerre, et puis a cevaulté
5 ses villes et chasteaulx et fortheresses, tant qu'il n'a mes
ville ou il se ose fier ne mettre a refuge fors une seulle ville
qui moult est forte nommée Arasconne, et moult est grant
douleur car loyaument vous ose dire que l'empereur gue-
rroye a tort le bon duc lequel est nommé / [f. 236vo.]
10 Seguin. — De luy aige bien ouÿ parler, dist Messire Guy, et
moult est preux et vaillant, mais par vostre foy l'achoison
pourquoy l'empereur luy maine guerre vous me diés. — Sire,
fait le pelerin, se vous le voulés scavoir je le vous diray vo-
lentiers. En nom Dieu, fait il, se feraige volentiers comme cel-
15 luy qui bien scait. Il est que environ ung an a passé fut feru
ung tournoyement en la marche de Louvain et de Lorraine
auquel il eust moult de grans seigneurs comme le duc Reg-
nier de Cessoigne, Lohier le duc de Lorraine, Saduc du
Crespas qui nepueu estoit a l'empereur et filx de sa seur,
10 moult bon chevalier et hardy, et le bon duc Seguin estoit
en celle compaignie et moult d'aultres bons barons et che-
valiers que pas ne scavraie tous nommer. Advint que le

dit Seguin au partir du tornoiement jousta a ung chevalier
qui estoit des gens Saduc, moult preux et entreprenant,
25 et trop bien l'avoit fait celle journée. Si l'abbaty le duc a
plaine terre, voiant Saduc qui de ce fut moult courroucié
et en grant enuye sur le duc. A celle heure avoit desvetu
son haubert et estoit aucques desarmé, car laissé avoit le
tournoyement. Sy prent ung escu et ung glaive sans aultre
30 chose, et (escrie) le duc (Seguin) qui tourner s'en voulloit,
"Sire duc, Sire duc, retournez vous, car a moy vous convient
jouster." Et quant le duc l'entent si se tourne celle part, et
quant il appercoit qu'il estoit desarmé, si luy dist, "Sire
Saduc, de jouxter a vous me gard Dieux, car je ne le voul-
35 droie en nulle maniere, en especial en l'estat en quoy vous
estes, moult s'en pourroit ensuïr de mal a ce que j'ai vu
et voy que vous estes desarmé, aussi que nepueu estes de
l'empereur, mon seigneur, auquel je ne vouldroie desplaire
en nulle maniere. — Taisez vous, dist Saduc, car par saincte
40 croix tant que vous avés ce dist vous en prise mains et
vous en tien a covart, et vous gardez de moy car se vous
ne vous desfendez et couvrés je vous ferray a descouvert et
lors y avrez plus de honte." Lors point vers luy sans plus
mot dire tant que cheval le peult porter et le feri si du-
45 rement que en son venir lui percha l'escu et le bras (senes-
tre) tout oultre, et le duc Seguin qui de ce fust moult cou-
rroucié et se sentist navré et ne le voulut plus endurer,
ains heurte a luy par telle vertu que pour l'escu ne remaint
qu'il ne luy mette (de son glaive fust) et fer parmy le
50 corps, et l'abbat a la terre mort. Et lui lors commenca
le cry (et la douleur) bien grant des gens de l'empereur.
Et quant le duc voist qu'il en est ainsi advenu, si se party
de l'estour hastivement et se retroit vers son païs hastive-
ment (a sauveté), et bien commande que tantost ses villes
55 et chasteaulx soient si bien garnies, fermées et fossées de
gens et de vitailles et d'aultre appareil que riens n'y faille,
car asseür se tient que a la guerre est venus pour la cause
de Saduc. Sy fut fait ainsi qu'il commanda, et bien luy
dient ses gens que s'il sont assaillis de l'empereur qu'ilz
60 se defendront. D'aultre part l'empereur quant il ouÿst la
nouvelle de la mort de son nepueu, si povez savoir qu'il

fust moult dolent, car forment il amoit. Si fist son serment
haultement devant toulx qu'il se vengeroit du duc Seguin.
Si semont tantost ses grans ostz parmi l'empire et tant as-
65 sembla de gens d'armes que nul d'eulx n'en scavoit le
compte dire. Ainsi s'en vint dessus le duc a si grant com-
paignie que nul ne luy povoit resister, ains a moult destruit
et gasté la terre (au duc) et prins ses villes (et chasteaulx) et
ses hommes occiz, et de present l'a assiegé en la ville d'Aras-
70 conne si estroictement que lui ne ses gens n'en peuent yssir,
donc c'est grant pitié, car moult est le duc preudomme et
loyal. Et si vous ose jurer sur sains que l'empereur n'a sur
lui aultre cause fors ce que je vous ay dit, et que a tort le
guerroye. — Par saincte croix, fait il, sire, tant m'en avez
75 dit qu'il me semble que le duc en a le droict, et Dieu lui
doint grace de soy povoir desfendre contre l'empereur, car
je le vouldroye."

53. Quant Guy a bien ouÿ et entendu tout ce que le
pelerin voulloit ferir et dire, si se traist a une part et appe-
lla Herolt, son maistre, a conseil, et luy dist, "Sire com-
pajgnons, vous savez comme que je me fie en vous, et
5 comme j'ai tousdiz ouvré ((et ouvre a present)) par vostre
conseil. Or me dictes (par vostre foy) que mieulx vous sem-
ble, ou a tenir a present la droicte voye a nostre pays ou a
tourner aider et secourir le duc Seiguin de Louvain qui
moult en a grant mestier, car a vostre conseil m'en veul
10 tenir. — En nom Dieu, sire, / [b.] et puis que m'en de-
mandés conseil je vous diray mon advis le plus honnorable
et profitable, combien que je scay que je croy que vous
desirés et devés desirer ((par raison)) a retourner a vostre
pays pour veoir voz parens et amis que ne veïstes pieca,
15 me sembla et mieulx vault que vous vous aprestés du plus
richement que vous pourrez et prenez cinquante lances de
bons chevaliers (et de bon archiers) en vostre compaignie,
ausquieulx vous dourrés de riches dons, car bien avez de
quoy, et ilz vous en seront plus prestz a tous voz besoings,
20 et vous en alez secourir le bon duc, car moult en pourrez
acquerir honneur et pris de Dieu et du monde." Celluy
conseil plaisoit moult a Messire Guy, et en remercia moult

son maistre et dist que voirement se il fait ainsi qu'il a
devisé fera le mieulx. Si mande chevaliers de toutes pars
25 les plus preux qu'il savoit, et ilz viennent a luy voulentiers,
car grant joye avoient de sa compaignie, et il les receut
moult doulcement et leur donna de riches dons pour les
refreschir. Et quant chascun fut apresté de tout ce qui luy
falloit, si s'en partit Messire Guy avecques sa belle compaig-
30 nie, et tant fist par ses journées qu'il vint sauvement jusquez
en la ville d'Arrasconne la ou estoit assiegé le duc de
Louvain, et se fist herbergiez en la cité haultement selon
son estat, et moult maintenoit grans et riches dons et moult
grans despens comme cellui qui bien le povoit faire qui
35 bien avoit de quoy.

54. Advint que lendemain qu'il fut arrivé en la dicte ville
ainsi qu'il s'en retournoit du moustier d'oÿr messe, vit courir
les gens aval les rues ainsi comme tous esfrayez. Si demande
erraument a son hoste pourquoy ilz couroyent ainsi a telle
5 haste, si lui dist, "Sire, ilz vont pour desfendre les murs
de ceste ville qu'elle ne soit a force (prinse), car venu est le
seneschal de l'empereur qui moult est hardy chevalier et en-
treprenant, et si a avecques luy moult grant et riche com-
paignie. Quant Guy entend ces nouvelles si n'en quiert plus,
10 ains se haste de tourner a l'ostel, puis demande ses armes
et commande a tous ses compaignons a eulx aler armer, et
quant ilz furent armez ilz yssirent tous par une des portes
de la ville. Et Messire Guy qui leur maistre estoit les guide
droictement celle part la ou il savoit qu' estoit le seneschal,
15 et de si loings que le seneschal le voit venir et appercevoit
Messire Guy qui chevauchoit devant tous les autres en
moult riche appareil et noblement monté si dist a ses com-
paignons, "Beaulx seignours, je voy venir des gens au duc
Seguin, et devant tous les autres ung chevalier moult ri-
20 chement monté et armé et qui bien semble fier et orguei-
lleux. Je vous prie que vous ne vous mouvez jusques que
a ce que j'aye jousté a luy, car j'ay calangé son cheval, ne
si ne vueil jamais avoir pris d'armes se je fail a cestuy."

55. A ces parolles se depart de l'avantgarde et s'en vient
a l'encontre de Messire Guy quanque cheval le peut porter,
et cil qui bien le voit venir le fait autre tel. Si s'entrelaissent
courre de telle vertu que le seneschal brisa sa lance tout
5 en pieces, et Messire Guy qui bien se savoit de tel mestier
aider l'encontre tellement qu'il le porte du cheval a terre
tout estandu et moult debrisé. Et ainsi qu'il se cuidoit rele-
ver, Messire Guy qui avoit fait son poindre s'en vient a
luy, l'espée en la main, et luy donna tel coup sur le heaume
10 du bon branc d'acier qu'il le fait de recheif cheoir a terre
plus estourdi que devant, et tant le mena court que de paour
de la teste perdre luy convint se rendre a luy, et luy fiance
prison avant qu'il peust avoir secours de ses gens, et l'envoya
Messire Guy vers la cité. Et quant ses gens qui estoient en
15 l'avantgarde virent ce, si se desrengent tous a une fez pour
courir sur a Messire Guy et a ses gens et pour leur seigneur
rescourre. Et ceulx qui bien les voient venir les reprennent
aux fers des lances moult asprement, et quant leurs lances
leur furent faillies si mettent les mains aux bonnes espées.
20 Lors commence entr'eulx ung estour si cruel et pesant que
maint en y ot d'abatus et renversez / **[f237vo.]** par terre
a celle premiere empainte, mais tant y avoit de la gent a
l'empereur que contre ung des gens de Messire Guy es-
toient bien six. Et toutes faisoient si bien les gens a Messire
25 [Guy] par l'example de son bien faire que auques se des-
fendoient bien par egal de leurs ennemis. Et quant ceulx
qui estoient aux creneaulx de la ville voyent le hutin et
comme Messire Guy le faisoit si bien qu'il alloit abatant ce
qu'il encontroit devant luy, si dirent que trop sont a blas-
30 mer qu'ilz ne vont secourir se bon chevalier qui si bien
le fait. Si font tantost crier aux armes, puis s'en yssent
par la maistre porte de la ville a belle compaignie, bien
montez et armez et entalentez de bien faire, et quant ilz
viennent en la bataille si se fierent si durement entre les
35 Alemans a leur venir a ce qu'ilz estoient frais et reposez
que chascun porta le sien a terre. Et quant Guy voit le
noble secours qui luy estoit venu, si rescrie son enseigne
moult haultement, puis se refiert de recheif entr'eux luy
et sa compaignie et tant vigoureusement qu'ilz ne peuent

40 plus souffrir, ains tournent a desconfiture les Allemans, et
lors commence Messire Guy a chasser si asprement que de
tous les chevetains n'en eschappa nul qui ne fussent mort ou
prins. Du demourant de l'autre mesgnie n'en eschappa que
poy. Puis s'en retourna Messire Guy et sa compaignie qui
45 moult avoient de riches prisonniers, et ceulx de la cité avec-
ques luy qui moult l'amoyent et tenoient cher, et moult fai-
soient grant feste du seneschal de l'empereur qu'il ame-
noient prisonnier avecques luy. Jouant et deportant sont
venus jusques a la ville ou ilz furent receüz a moult grant
50 joye, et c'estoit bien raison, et quant ilz orent convoyé
Messire Guy et ses compaignons jusques en sa hostellerie,
si s'en retourna chascun en sa maison grant joye faisant et
disoient bien que Dieu leur avoit envoyé celluy qui par leur
advis feroit fin de leur guerre et ce disoient ilz pour Messire
55 Guy.

56. Tantost qu'ilz furent en leur ville vindrent au duc les
nouvelles comme le noble chevalier Messire Guy de Wa-
rrewik estoit arrivé et les grans merveilles d'armes qu'il avoit
faictes, et comme il avoit prins et mis a desconfiture les
5 Alemans et prins et retenu le seneschal de l'empereur, leur
cappitaine et chevetaine de la compaignie. Bien povez savoir
que ces nouvelles lui furent plaisans au cuer comme celluy
qui moult avoit grant nécessité d'aide. Si demande tantost
ung cheval et dist qu'i veult aler veoir le chevalier du mon-
10 de qu'il prisoit plus en son cuer, et on luy amene ung cour-
sier bel et riche, et tantost monte sur, puis s'en va che-
vauchant aval les rues jusques a ce qu'il vint a la maison ou
Messire Guy estoit logié, et tantost met le pié a terre et
demande au sire de leans la ou estoit son bon hoste. "Mon-
15 seigneur, fait il, il est lassus en sa chambre ou il s'est desar-
mé. — En nom Dieu, sire, fait il, et je le vueil aler veoir et
aider a desarmer comme le chevalier du monde de qui j'ay
plus desire a veoir. Si mercie Dieu quant par celle adven-
ture envoyé le nous a." Si monte tantost contremont les
20 degrez et quant il voit Messire Guy qui pres estoit desar-
mé, si le congneust moult tresbien aux enseignes que ses
gens luy en avoient dit, et lui dist, "Messire Guy, vous soyez

le tresbien venu comme le plus preux et le plus vaillant
chevalier desiré du monde, et benoist soit Dieux qui ceste
25 part vous amena, car moult grant besoing avions de vostre
venue. Des ores vous fois sire et seigneur de toute ma terre
et vueil que vous en ordonnés et faictes a vostre plaisir, et
que tous les miens obeïssent a vous autant ou plus que a
moy mesmes. — Sire duc, fait Messire Guy, la vostre grant
30 merci. Saichez que en vostre aide suis venu, et si me vueil
pener pour vostre amour et honneur comme pour le mien
meismes, car pour autre chose ne suy je pas venu deca.
— Haa, sire, fait le duc, / [b.] Dieu (qui) scet qu'j'ay bonne
querelle et loyal et que l'empereur (me) guerroye a tort
35 (vous en rendra le guerdon)." A tant parlent de leurs affai-
res, et Messire Guy leur conseille au duc que il mande de
toutes pars gens pour souldoyer, et il dist que ainsi le fera il.
Si prent congié de Messire Guy et s'en retourne en son
palais. Et Messire Guy qui veult son honneur accroistre
40 et essaulcer, et qui avoit gagné moult riche journée a celle
desconfiture, envoye messaigers de toutes pars par tous les
pays ou il avoit conversé, et mande chevaliers et sergens
pour venir a luy qui veullent recevoir gaiges, tant que en
pou de temps, et ad ce que il estoit moult congneü et re-
45 nommé que chascun desiroit moult sa compaignie, luy en
vint tant que merveilles seroit de les nombrer. Et ainsi
comme ilz venoient les departoit par compaignies et les
mettoit es garnisons voisines affin de garder le pays ((de
grevance)), et qu'ilz fussent pres de venir quant on les man-
50 deroit et mestier seroit. Mais a tant laisse l'istoire a parler
et retourne a deviser d'aucuns sergens qui eschapperent
de la desconfiture ou le seneschal de l'empereur fut prins.

57. Apres que les Alemans furent desconfis et mis en fuyte
ainsi qu'il [est] devant dit et le seneschal et tous les grans
seigneurs de la compaignie prins et retenus et que la chace
fut remise a aucuns povres sergens a pié qui s'en estoient
5 eschappez et requis ou parfont du boys et firent tant qu'ilz
retournerent jusques a l'ost, et tantost se retrayent ou tref
de l'empereur, et luy compterent l'aventure de la descon-
fiture et comme son seneschal estoit prins et tous les autres

chevetains prins et mors ou retenus. Quant l'empereur entend
10 ces nouvelles il en fut tant dolent que plus ne povoit, puis
leur demande, "Comment, beaulx seigneurs, puet ce estre,
ne qui a ce fait? Ja estoient ilz tant de preudommes en-
semble combien que le duc n'a pas povoir dont il ait peü
souffrir. — Certainement, sire, font les varlés, il est vray,
15 mais il est venu de nouvel ung chevalier au secours, lequel
a moult belle compaignie, et si est tel de son corps que nul
ne peut avoir a luy durée, et se fait par son cri nommer
Guy de Warrewik.— Comment, fait l'empereur, est ce vra-
yement Guy de Warrewik, le bon chevalier, qui est avec-
20 quez luy? Sire, font les varlés, vrayement il y est, et si luy
veïsmes abatre vostre seneschal et retenir son prisonnier et
moult d'autres grans seigneurs. — En nom Dieu, fait l'empe-
reur, or povons nous bien croire que guerre nous est souisse,
puis qu'il est en leur compaignie, mais se je puis je pren-
25 dray de luy et du duc cruelle vengeance."

58. A ces parolles recompter estoit le felon duc Othes de
Pavie, et quant il ot tout bien oÿ et entendu, si dist a
l'empereur, "Sire, et ne vous disoye je bien que tous les
honneurs et biens que vous faisiez a Guy estoient perdus,
5 et qu'il vous en rendroit guerredon a mal? Ja me fut il pieca
dit qu'il s'est venté de vous desheriter, mais ne le vous osoye
dire, pource que riens n'en voulliez croire de luy. Moymes-
mes a il ja cuidé plusieurs foys occire en traïson. Or voyez
vous de present clerement combien qu'il est vostre mortel
10 ennemy, et pource se croire me voulez et faire apres mon
conseil, je cuide tant esploicter que avant qu'il soit troys
jours vous rendray Guy et le duc Seguin en vostre baillée
pour en faire a vostre voulenté. — Sire (duc), fait l'empereur,
par vostre conseil vueil je bien ouvrer, et pour ce vous prie
15 si comme vous estes mon lige seigneur que me conseillez a
vostre advis de ce que j'ay affaire en ceste matiere. — Et je
vous en diray mon advis, fait le duc. Faictez crier en vostre
ost que tous le plus prestz chevaliers jusques au nombre de
XVIM. escus, et pour les conduire (et mener) soit ordonné
20 le duc Regnier de Cessoine, mon cousin, qui moult est
vaillant chevalier, et le conte de Waldemer de Coulongne,

qui est vostre [connestable], et je yray avecquez eulx a
compaignie de quatre mil chevaliers preux et hardis, et
s'ainsi est que le duc ou Guy yssent de la forteresse d'Aras-
25 conne, comme je suy certain que si feront ilz, ne me croyez
jamais / [**f237vo.**] se avant soleil (couchant) ne les vous rens
en vostre prison. — Certes, sire duc, fait l'empereur, vous
avez bien parlé, et je vueil qu'il soit fait tout ainsi que
vous ordonné l'avez, et je vous prie que vous y gouvernés
30 sagement." Sans plus long compte faire furent mandez les
capitaines, et leurs gens mis ensemble jusques au nombre
de XXm. escus de tous les plus preux de l'ost. Puis appella
l'empereur le duc Regnier de Cessoine, le duc Othes de
Pavye, et le conte Waldemer, son connestable, et leur bailla
35 la gouvernance de ses gens et leur en charga de bien ex-
ploicter, et ilz promistrent a tant faire qu'ilz n'en devroient
avoir blasme, et a tant prindrent congié de l'empereur.

59. Lendemain par matin se leverent et prindrent leurs
armes et firent armer tous ceulx de leur langue qui estoient
bien jusquez au nombre de XX. mille, bien armez ((comme
devant est dit)). Si acueillirent leur voye droit a la cité,
5   et quant ceulx qui estoient (avantgardes) sur les murs
de la ville les virent venir (en descendant d'ung mont
a) si grant compaignie si sonnerent le beffroy (de la com-
mune). Lors coururent tous vistement par my la ville aux
armes, et quant ilz furent assemblez a la grant place de
10 la ville, si survint le duc moult bien armez entr'eulx et
leur dist, "Beaux seigneurs, l'empereur est courroucié de
l'occision que faicte luy avez, et pour ce envoye cy une
si grant pussance, et bien pense que nous ne la pourrons
souffrir. Pource est bon que nous soyons gouvernez par
15 bon advis et conseil, et pour mieulx (me semble et pour)
esprouver leur affaire que vous, Sire Herolt, en qui mieulx
me fie, prenez IIIC. chevaliers de nostre compaignie avec-
quez vous des mieulx armez et des mieulx prisiez et aler
veoir leur contenance et vous esprouver avecquez eulx.
20 Et quant vous les avrés hardoyez comme ceulx que bien
scay que ja ne tiendront ordonnance, ains vous courront sur
de tous costez, a vostre secours sera prest Messire Guy,

vostre seigneur, a tout M. chevaliers tieulx qu'i vouldra eslire
de nostre compaignie, et se entre vous deux avez necessité,
25 je vous seray tantost a secours avecques les demourant de
tous mes chevaliers et de toute la commune de ma cité, et
au plaisir Dieu j'espoire que nous y arons honneur et vain-
crons noz ennemis." Chascun raporta qu'il avoit tres bien
dit, et fut l'ordonnance tenue ainsi qu'il avoit devisé. Si
30 s'en ysit Herolt par une porte du costé, et avecques luy le
nombre de chevaliers comme dit est, et chevaucha tout
bellement et en belle ordonnance costoyant ses ennemys et
entalenté de bien faire. Avint que le duc Pavye estoit en
la premiere eschelle entre ses gens comme celluy qui cuidoit
35 bien avoir tout gangné. Si se desrenge d'entre ses com-
paignons et dist qu'il veult avoir la premiere jouste. Lors
l'advisa tantost Herolt qui bien le congneust a ses armes
et sur luy laisse courre en criant, "Sire duc de Pavye, or est
bien temps que la traïson soit vengée que jadis feïstes en
40 Lombardie a Messire Guy et a moy." Si s'entrecourent de
si grant randonnée que a l'asemblée des lances s'entreportent
jus, et de ce fut Herolt moult honteux, si sault erraument
seur et met la main au bon branc et court seur a son ennemy
qui ja se voulloit relever. Si luy donne tel coup sur le heaume
45 qu'il le fait a terre cheoir a deux paumes et ja l'eüst prins
et retenu ou trenchié la teste quant sur luy survindrent ses
chevaliers qui tous desiroyent aider au duc, leur seigneur,
et a Herolt faire encombrier. Si luy coururent sus de toutes
pars comme [celluy] qui a pié [estoit] et ilz estoient a
50 cheval, et tant se desfent durement que nul n'ose de luy
approucher, car il occist chevaliers et chevaulx, et fait telles
merveilles d'armes que chascun le redoubte. Lors advise
ung bon cheval dont il avoit abatu le maistre moult navré,
si / [b.] le prent tantost par le frain et sault es arcons
55 malgré tous ses ennemis, et quant il se sent sus si ne fut
point si joyeux a avoir gangné une riche conté. A ce point
vindrent ses gens tous pour le secourir, et a leur venir
employerent moult bien leurs lances, car comme di l'ystoire,
pou en y ot d'iceulx qui en son venir n'abatist le scien et en
60 telle maniere que pou en y ot qui se relevassent. De puis
de leur venue fut Herolt moult renconforté, si print cuer et

hardement, et commence a faire telle hardement et occision
des gens au duc Othes qu'il sembloit a le veoir que ce fust
une droite vengeance. Et le duc en estoit ainsi que hors du
65 sens et souvent amonnestoit ses gens et leur disoit, "Hé,
beaulx seigneurs, ne vous est honte qui ainsi vous laissez
mal menez par ung seul chevalier. Saichez qu'a tousjours
mais vous sera reprouvé, et qui reprendre ou occire le pourra
avra m'amour acquise a tousjours mais, et s'il eschappe ce
70 sera honte et repreuve a tous voz lignaiges."

60. Tant leur dit et enorte le duc de Pavye, leur seigneur,
que chascun reprend couraige de bien faire et s'en vont
enclorre Herolt en telle maniere, a ce qu'ilz estoient grant,
que nul des siens ne luy povoit secourir ne valoir. Et quant
5 Guy, qui se tenoit couvert, luy et ses gens, a l'orée d'ung
petit bocquet, vist la malice du duc de Pavye et comme
il avoit fait par ses gens enclorre Herolt, son maistre, et
trahir, si se pensa que desoresmais povoit trop tarder a
luy aider et secourir. Si escrie a ses compaignons, et dist,
10 "Beaulx seigneurs, je ne vous scay tous nommez par nom,
mais bien scay que vous voulez et aimer l'onneur du duc
Louvain et que vous estez ci venu pour acquerir loz et pris
et vous en estes bien en lieu. Or y parra qui bon homme
sera et je vous prie suyvez moy, car je m'en voys devant."
15 Lors pongnent tant que chevaulx les peuent porter, tant que
la contrée estoit auques plaine de son conroy apres luy,
tant que c'estoit belle chose a veoir. Si encontra en son venir
grant partie des gens Herolt qui estoit prins et retenuz par
les gens au duc de Pavye, et les envoye tout droit aux
20 herberges de l'ost. Quant il vit ce si ne luy pleust mie, ains
les escrie et leur court seure si durement que du premier
poindre furent tous gettez par terre, ne ung tout seul n'en
eschappa que tous ne fussent ou mors ou prins. Si s'en passe
oultre comme celluy qui moult desiroit a venir au secours
25 de son maistre, et quant il vint aupres de la presse et il vit
duc Othes qui moult amonnestoit ses gens de grever Herolt,
si luy escrie que bien l'a apparceust, "Haa, faulx traïstre,
jamais ne serez vous las de mener vostre desloyaulté, gardez
vous de moy, car je vous desfie, car sachiez se je puis que

30 je me vengeray au jourd'uy de la traïson que jadis me
feïstes au gué de la forest." Quant le duc l'entend si sceust
bien que c'estoit Guy, si luy laisse courre entalenté de bien
faire et soy desfendre comme cellui qui assez estoit bon
chevalier si ne fust si plain de traïson, et le fiert tellement
35 en son venir sur son escu qui fait tout son glaive voler en
pieces. Et Messire Guy qui ne le vouloit espargner qui
estoit fort et qui mettoit cuer et force l'assene tellement en
son venir qu'i luy envoye son glaive et fer et fust parmy le
corps et le porte loingz a terre comme cil qui bien cuidoit
40 qu'il fust mort. Et lors leva moult grant cry et grant plour
de ses gens. Si la porterent hors de la presse pres que mort,
et en pou d'eure les mena Messire Guy tellement que tous
les mist a desconfiture et moult en print et retint des plus
vaillans, et pour la grant hayne qu'il / [f238vo.] avoit au
45 duc, leur seigneur, commenca la chasse sur eulx et ou il fist
si grant occision cellui jour que tous s'en merveilloient. Et
quant Regnier de Cessoigne et le conte Waldemer de
Coulongne qui estoient comme derriere o leur grant ost
entendirent ces nouvelles si se haste((rent de venir celle
50 part)), et quant Messire Guy les apperceust au devaler du
terrouer, si se retrait au plain et ralie ses gens en disant
ainsi.

61. "Seigneurs, vous estes au jourd'uy si bien et si vaillant
portez que vous en devez estre honnourez a tousjours mais,
et de ce ne fault pas a doubter que la bonne querelle que
vous tenez vous aide moult et vous fait yssir de ce pas. Ne
5 doubtez au plaisir de Dieu que vous n'ayez au jourd'uy
entiere victoire. Mais je voy cy venir le duc de Cessoine,
moult bon chevalier et hardy, et en sa compaignie le conte
de Waldemer, son oncle, a tel povoir que le povez veoir de
voz yelz, et pour ce n'y a plus fors que chascun mette peine
10 a prouver son honneur, et ne doubtez que nous les descon-
firons." Lors s'escrient tous en une voix, "Sire, alez devant
de par Dieu, car bien saichez que nous ne vous fauldron[s]
pas jusques a la mort, et mieulx aymons a mourir a honneur
en vostre compaignie que fouÿr comme covars." Apres ces
15 mos se vont ferir entre les Alemans entalentez de bien faire,

et tant les encontre[nt] rudement en leur venir que moult
en laissent par terre de mors et de navrez. De ce estoit le
duc Regnier moult dolent en son couraige, si s'avance devant
les autres, et laisse courre envers Messire Guy, lance baissée,
20 et quant il le voit venir si luy dist comme courtois, "Ha, Sire
Guy, envis me vueil mesler avecques vous, car moult vous
aime pour la courtoisie que j'ay trouvé en vous, mais des-
fendre convient mon corps autrement me pourroit estre
reprouvé a covardise." Si luy laisse courre Messire Guy et
25 l'assegna tellement en son venir que a la force des bras le
porte loings du cheval a terre, mais autre mal ne luy fist,
puis saisit le bon destrier par la resne et luy remena, et
dist, "Sire duc, montez et vous serés plus a vostre aise,
et saichiez que de tant qu'en ay fait est sur mon pris, mais
30 faire le me convenoit. Si vous voulroye qu'en cest estour
vous voulsissez deporter a moy envaÿr par vostre corps, car
bonnement je ne vouldroye avoir afaire a vous que je m'en
puisse garder." De ces parolles le prisa moult le duc en son
couraige, mais mot ne luy dist. Si s'en part Messire Guy a
35 tant et va ferir ung autre chevalier qui a lui venoit, la lance
baissée, et il s'en va encontre lui et l'assene en son venir
tellement qu'il luy met la lance parmy le corps et l'abat
mort a terre. Et en sa compaignie estoit ung damoiseau,
jeune chevalier qui moult estoit pené le jour de bien faire,
40 et si estoit cousin germain du duc Seguin et son nom estoit
Guelin. Celluy assembla ad jouster au conte Heref, et si
bien luy en print qu'il getta loings de son cheval a terre,
tant que la lance luy peut durer, devant les piedz du cheval.
Messire Guy, qui moult en fut joyeux, lui escrie et lui
45 dist, "Sire Helin, en nom Dieu c'est (bien) fait, ainsi acquer-
rés vous m'amour." Lors vont entr'eux ferant et abatant ce
qu'ilz attaignerent et tant que font tous trembler et fremir
la bataille des Alemans par leur bien faire. Le duc Regnier
et le conte de Waldemer ont moult grant douleur (au cuer)
50 de ce que ilz voyont ainsi devant eulx leurs gens abatre
et occire. Si se ralient et font sonner trompilles (et corner
cors et bussines)) et crient haultement leur cri. En celle
empainte receupt Messire Guy grant perte de ses gens, et
la fut le bon Guelin navré d'une espée par my le corps par

55 les mains du duc Regnier de Cessoine, et quant / [b.] il
se sent navré et vit que de leurs gens avoient trop le pire
et que pica fussent tous mors et desconfis se ne fust le bien
faire de Messire Guy et de Herolt qui moult avoient grant
mestier de secours, car de toutes pars estoient sourprins et
60 assaillis de leurs enneumis, s'en partist de l'estour.

62. A celle heure que Guyelin s'en partist de l'estour
avoient les deux compaignons moult a faire, car contre ung
des leurs avoit dix Alemans, si point le cheval et ne s'arreste
jusques a ce qu'il vint aux portes de la ville d'Arrasconne
5 la ou il trouva le duc, son seigneur, a moult grant com-
paignie de chevaliers et d'autres gens armez. Si luy escrie
de si loing qu'il le vit, et dit, "Pourquoy, sire, demourez
vous tant? Et si voiez ainsi voz gens desconfire, occire et
detrencher devant vous qui moult ont grant joye et nous
10 grant mestier d'aide, et pieca fussent tous mors et desconfis
et prins ce ne fust Messire Guy, le tresbon chevalier, le
meilleur qui onc saignist ((l'espée)) et pour vostre amour
et pour vous garantir est huy en peril de mort recevoir.
Saichez que tousjours vous sera reprouvé et atourné a
15 covardise." Quant le duc entend le preux Guellin ainsi
parler, si respond moult dolent, "En nom Dieu, beau cousin,
bien avez voir dit, et, quoy que j'aye tardé, je suis cellui
qui plus les vueille secourir et aider, et me suyve qui
m'aymera." Et lors fiert cheval des esperons, et tous ses
20 gens apres luy par moult belle ordonnance qui moult estoient
grant nombre, et quant les Alemans les virent venir si leur
changent leurs cuers et ne se combatent pas si bien que
devant. Ce plaist moult a Guy et a Herolt qui bien s'en
apparceurent leur affaire, si fier[en]t et acablent sur eulx
25 ainsi comme sus brebis et moult en occirent et abatent. Ains
la venue du duc et de ses gens crust aux Alemans tresmortel
encombrier, car pou y en eust que tous ne fussent ruez par
terre et leva sur eulx une si grande occision que on ne
povoit veoir nulles gens que tous mors. Et quant Regnier
30 voit ce met tout en abandon comme homme desesperé et
fiert et abat tout quanqu'il attaint devant luy. Ung bon
chevalier de France nommé Messire Garnier des com-

paignies de Messire Guy occist a celle fois et moult d'autres
dont Messire Guy fut moult dolent. Si advint que en serchant
35   les rens se entrencontrerent. Lors le va requerir le duc
moult fierement de l'espée et lui donne grant coup sur de
heaume tel que l'escu fait saillir, car moult estoit courroucié
de la mort de son compaignon si ne le veult plus espargner
et hausse l'espée et l'en fiert si durement parmy le heaulme
40   qu'il en abat a la terre une grant piece et luy fet une grant
playe mortelle. A tant fut chargé le duc d'icellui coup qui
ne le peut soustenir, ains luy convient vuider les arcons et
cheoir a terre tout envers comme cellui qui bien cuidoit
estre a mort navré. La le conquist Messire Guy et luy ((fist))
45   fiancer prison et l'envoya en la ville en bonne garde.

63. Le bon duc Seguin qui moult se tenoit pres de Mes-
sire Guy, et auques se penoit de bien faire pour les
ramposnes de son nepueu Guelin, assembla au conte de
Waldemer et tant se combatit a luy qu'il conquist en l'estour
5   par force d'armes et lui fist fiancer prison, mais avant fut
moult durement navré qu'il se voulsist rendre. Et apres la
prinse de ces deux tournerent tous les Alemans a desconfi-
fiture, si que en eulx n'eust plus desfence, ains se mistrent
a la fuyt vers l'ost qui fuir povoit. / **[f238vo.]** Et la com-
10   mence la chasse moult pesante et moult cruelle, et moult
y en ot de occis en fuyant. A celle heure c'estoit party de
l'ost ung moult vaillant chevalier nommé Thierry de Gre-
moise et filz du conte Albery, luy XXXes. de chevaliers
qui venoient veoir comme leurs gens le faisoient, et quant
15   il encontra ceulx qui s'en fuyoient si villainement, si leurs
dist, "Seigneurs, ou alez vous? Pourquoy fuyez vous? N'y
a nul qui suive. Moult grant honte faictes a l'empereur et a
tous voz lignaiges. Retournez avecques moy venger vostre
grant honte sur voz ennemys, autrement vous reproucheray
20   vostre covardise devant l'empereur, et moult vous pourra
estre attourné a blasme." Tant (leur dist) de belles menaces
et de paroles qui les fist retourner et arresta toute la chace. Et
lors recommenca ung estour moult fier et orgueileux. La se
contint Thierry comme chevalier preux et hardy et moult
25   y monstra sa haulte proesse. La jousterent ensemble luy et

Messire Guy et s'entremistrent a terre, puis mettent les
mains aux espées et s'entrecourent sus, fiers comme deux
lyons. Ja eust on congneü le plus preux quant leurs gens
se mistrent entre eulx qui les departirent. La peust on veoir
30 noblement l'affaire du bon duc Seguin et Herolt d'Ardenne.
Et quant Thierry advisa Herolt qui moult dommaigoit les
siens, si laissa courre tellement que le porta du cheval a
terre, mais tost ressaillit sus comme cellui qui moult estoit
de haulte proesse, et [Thierry] s'en passa oultre. Et quant
35 Seguin vit ce, si dist a Messire Guy, "Sire, moult me semble
a grant despit que nous soyons ainsi mal menez par le corps
d'ung seul chevalier, laissons courre a luy." Et ainsi le firent
et vont courre sus a Thierry et aux siens de si grant effort
qu'ilz ne les peurent plus souffrir, mais leur convint tourner
40 les doz, mais souvent se retournoit Thierry et leur faisoit
moult de maulx au bon branc d'acier. Ainsi s'en vont ferant
les ungs es autres et les suyvoit de pres qui moult les
domagent jusques assez pres des logez a l'empereur. Lors
s'en retourna le duc Seguin et Messire Guy qui en menoient
45 avecques eulx de riches prisonniers. Si vindrent liez et
joyeulx jusques en la bonne ville d'Arasconne ou ilz furent
a grant joye receüz. Et moult bien ordonnerent leurs prison-
niers et leur firent bailler aisiée prison pour ce qu'ilz estoient
gentilz homes et de hault affaire. Mais a tant se prent l'istoire
50 a parler de l'empereur.

64. Ce dit le compte (que) a l'eure que Thierry arriva en
l'ost, il estoit departi du duc Seguin et de Messire Guy
ainsi que je vous ay compté, l'empereur estoit pour lors en
son retrait et jouoit aux eschez avecquez le roy de Hongrie.
5 Si s'adresse Thierry celle part qui encores avoit l'espée au
poing, et tout ainsi comme il s'estoit party de l'ost et de
l'estour, le heaume en barre et l'escu fendu et decouppé
en plusieurs lieux et le haubert rompu et dessiré tellement
que par plusieurs endrois le sang luy couroit du corps par
10 les mailles. Et quant il vint devant l'empereur il dist sans
saluer, si hault que bien le peult entendre, si dist, "Sire
empereur, je vous apporte nouvelles assez pesans a vostre
ost. Saichez que voz gens sont desconfiz en bataille, mors

et prins et la plus grant partie pris. Y est le tresbon duc de
15 Cessoine et le conte Waldemer de Coulongne moult dure-
ment navré, et le duc le Pavye si mortellement navré d'une
lance parmy le corps que bien croy qu'i luy en conviendra
mourir. Et tout est par la haulte proesse et entreprinse d'ung
chevalier lequel se fait nommer Messire Guy de Warrewik
20 qui est le meilleur chevalier que je oncquez encontrasse,
car nul chevalier ne peut avoir a luy durée." Quant l'em-
pereur entent ces nouvelles si est tout enragié et hors du
sens tant c'oncques mais ne fu si, et jure ung grant serment
que jamais du païs ne partira ains aura prins la cité et les
25 grosses tours abatues, / [b.] et fera le duc Seguin en hault
pendre, et Messire Guy, comme traïstres et desloyaulx. Lors
commande les gresles a sonner et faire armer ses gens, car
il veult aller assaillir la cité. Si fait porter et charrier canons,
engins, beffrois, eschielles subtilles et toutes manieres
30 d'engins qui en assaulx sont convenables dont il y avoit
grant foison, puis commande a Gaher, son filz, qu'il menne
et devant lui conduie l'avantgarde de VIM. hommes armez, et
le fait de bon ceur comme cellui qui preux et hardy estoit.
Si acueillent leur voye droit a la cité. Et quant ceulx qui
35 estoient sur les creneaulx (es gardes de la ville) les virent
venir et apparceurent la banniere de Gaher, le filz de
l'empereur, si le vont remonstrer au duc, et il demande a
Guy qu'il luy en semble bon ou de les attendre et desfendre
les murs ou aller a l'encontre d'eulx en plain champ. "Sire,
40 fait Guy, bien le ferons au plaisir Dieu. La dehors est
Gaher, le filz a l'empereur, qui moult est acompaignié de
noble chevalerie, et bien vous cuide avoir prins ceans et
encloz. Laissons nous yssir a tout mil chevaliers en nostre
compaignie, et se mestier avons de secours, merci Dieu, est
45 pres de nous, et j'ay voulenté de moy essayer a Gaher qui
moult est renommé de hault affaire."

65. A son vouloir furent tous d'ung accordement. Si s'en
part Guy, mil chevaliers en sa compaignie qui moult envis
eüssent fouÿr. Par la maistresse porte de la ville s'en issi-
rent serrez et rengez. Et quant Gaher, le filz a l'empereur les
5 voit venir, si en est moult joyeux et dit a ses compaignons,

"Beaus seigneurs, cy nous vient proye, or penser de bien
faire et d'esprouver son honneur." A ces paroles laissent
courre les ungs envers les autres. Si povez (savoir) que
au premier poindre ad ce qu'ilz venoient fraiz et en-
10 talentez de combatir, des deux parties en y ot moult de
mors et d'abatus. Advint que a celle heure Guy, qui
tousjours queroit a rencontrer Gaher, le filz de l'empereur,
assembla a luy et jousterent ensemble en l'une des parties
de la bataille, et tant en avint que Gaher fut abatu a
15 terre et le print Guy son prisonnier et l'envoya a la ville,
dont les gens Gaher furent moult dolens. Et quant ilz
virent que recouvrer ne le povoient, si prent chascun en
soy cuer et hardement de bien faire, et tellement le font
que bien ont recullé le duc et Guy et toutes leurs gens
20 et moult les domaigerent, et tant firent qu'i forcloient le
duc (et) Messire (Guy), et leurs gens, et le duc et Messire
Guy furent encloz appart tous seulz (hors de leur compaignie
a ce qu'ilz estoient grant nombre et moult plus que ceulz
de l'autre part). Et quant Guy vit qu'ilz estoient encloz si
25 met telle desfence en luy et commence a faire telles mer-
veilles que nul ne vit qui n'en fust esmerveillé. De l'autre
part estoit le duc Seguin qui si bien le faisoit que nul ne
l'en devoit blasmer, mais par la force de ses ennemys fut
porté a terre et moult y perdit de sa gent qui luy cuidoient
30 venir a secours. De ce fut Messire Guy moult dolent, et
dit que voirement n'est il pas digne d'estre nommé cheva-
lier s'il ne le secourt. Si se trait tantost celle part, l'espée
ou poing, et fiert et maille entre ses ennemis (si grant coup)
que riens n'attaint, soit chevalier ou chevaulx, qu'i ne les
35 facent aler a fin. Et des merveilles qu'il faisoit le bon duc
Thierri de Germoise y print bien garde, et avoit telle mer-
veille que bien luy sembloit droicte fantaisie. Tant fist a
la force des coups du bon branc qu'il rompit la presse et
mist le duc a cheval maugré ses ennemis, puis luy dist,
40 "Sire duc, la force n'est pas nostre, je voy cy venir sur
nous grant nombre de gens et bien scay que nous ne les
pourrons souffrir. Si me semble le mieulx selon mon advis
que nous nous retraions droit en vostre cité tout bellement."
Et le duc l'accorde pource que bien voit que la force

45 n'est pas leur. Si se retraient vers la ville, eulx et leur gens,
assez en paix, et les autres les chassoient qui moult bien
estoient dolens que ainsi leur eschappoient. Et quant mis
se furent a sauveté monterent sur le mur de la ville pour
eulx desfendre s'aucun les voulloit assaillir. / [f239ro.] Tan-
50 tost vindrent a l'empereur les nouvelles de son filz qui
prins estoit, et comment ses ennemys s'en estoient departis
sans perte dont trop dolent fut. Si commenca a faire assail-
lir la cité comme homme enragé, et lors se tirerent de celle
part et tous les gens d'armes de l'ost (et first charier canons,
55 beffrois, et engins) et commencerent ung assault si tres
pesant a ce qu'ilz estoient auques frais et entalentez de
venger leur honte, car moult eurent (celluy jour) a souf-
frir ceulz de la ville pour garder leur desfence, mais tant
se porterent bien a cel assault que poy y gangnerent les
60 Alemans, car ilz les servoient de trait, de canons, et d'ar-
balestes et de getter (getz de fusées et de) pierres (si es-
pressement et) si diligaument que moult en occirent cellui
jour, et tant que tousjours apres furent ses compaignons
plus doubteux de eulx mettre plus en tel assault, tant virent
65 de leurs gens mourir entre leurs mains, dont l'empereur fut
moult dolent quant il vit que riens n'y peut exploicter ne
leur forfaire et assaillir les fist par plusieurs fois, mais ce
fut pour neant, car riens n'y faisoient fors que perdre ses
gens a grant desroy. Et pour ce commandi que l'assault fust
70 du tout cessé jusques ad ce qu'il eust prinsd conseil de
ses ennemis grever par autre voye.

66. Cellui temps durant, qui estoit en esté et environ
Penthecostes en ung jour qu'il faisoit moult bel dehors
comme le temps le requiert, print a l'empereur voulenté
d'aler chacer, (et ordonna que ce feroit) lendemain sans
5 plus attendre pour oublier tout courroux. Si ordonna ceulx
qu'il voulloit qu'i allassent en sa compaignie, et leur com-
manda que ilz feussent prestz au matin, car il se voulloit
soy aller deporter tout privéement dedens la forest, et ceulx
dirent qu'ilz acomplirent son commandement. A celle heure
10 comme a coustume estoit et de pieca en toutes cours de
princes a voulentiers espies d'estranges contrées pour veoir

et rapporter les secrés ((et estatz)) de la court qui moult
est prouffitable et perilleuse chose, proufitable pour ceulx
qui en ont a faire quant couvertement en scevent user, et
15 perilleuse pour ceulx qui (ne criagnent et) ne s'en scevent
garder. Advint que a celle heure que l'empereur ot fait son
ordonnance, comme entr'eulx une espie au duc Seguin qui
tantost et le plus privéement que il pot se partit de la
compaignie et entra en la ville, et tant fist qu'il parla
20 au duc et luy compta tout l'affaire et ordonnance a l'em-
pereur qui devoit lendemain aller chacer es boys a privée
mesgniée. De ces nouvelles fut le duc moult joyeulx, si
receut l'espie moult doucement et luy fist grant chiere pour
ce que tousjours l'avoit trouvé loyal envers luy, pour ce
25 que aucuns hommes dient que pou de gens voit on entre-
mettre pou de loyaulx gens. Et quant il ot toutes ces pa-
rolles bien entendues, si luy charga sur la vie qu'il ne fist
nulle mencion de ce que dit luy avoit, et il luy dist que
ja n'en doubtast et que par luy ne seroit relevé. Et lors se
30 tira le duc envers Guy et appella tous les seigneurs qui
estoient en la compaignie, puis leur compta l'affaire que
l'espie luy avoit racompté, et lui demanda advis qu'il seroit
bon en faire. Et apres plusieurs conseulx et oppinions par
l'octroy de tous fut ordonné que Messire Guy de Warrewik
35 qui moult estoit vaillant chevalier, saige et courtoys, pren-
droit mil chevaliers tieulz comme il vouldroit eslire et s'en
yroit en recellée par la poterne de la ville et s'en yroit em-
buscher en la forest, et quant l'empereur (venrroit) il luy
yroit a l'encontre et lui prieroit gracieusement qu'il se venist
40 rendre avecquez le duc et soy herberger en sa cité, et que
la seroit servy aussi gracieusement qu'estre pourroit, et s'il
ne se vouloit par bel assentir qu'ilz le menassent par force.
"Et vous, sire duc, fait Josseran d'Espeigne qui les paroles
portoit a celle heure pource que moult saige chevalier estoit
45 et de moult grant conseil, et ce n'est pas droit qu'en tel
affaire doiez aler contre vostre lige seigneur, vous demou-
rrés cy et ferez / [b.] moult bien appareiller le palais et
la cité que riens n'y faille comme pour recevoir si hault
homme comme est l'empereur, vostre seigneur. Et je seray
50 l'un de ceulx qui yra en la compaignie de Messire Guy de

Warrewik, et ne doubtez que, au plaisir de Dieu, avant
nostre repaire nous le vous amenerons." A tant fina leur
conseil. Si firent leur ordonnance telle maniere deux heures
avant le jour furent hors la ville, et s'en allerent chevauchant
55 tout coyement que oncques ne furent apperceüx de l'ost
jusques a ce qu'ilz vindrent en la forest et la se bouterent au
plus parfont et espés du boys, hors de la voye, en attendant
la venue de l'empereur. Et quant le jour fut esclarcy qu'on
peut veoir entour luy, si se leva l'empereur et appareilla
60 moult hastivement, puis ala oÿr messe, et apres oÿr messe
print une souppe en vin, car moult luy tardoit qu'il feust
a son deport. Si se mist au chemin, luy et (ceulx de) sa
compaignie (qu'il avoit choysis pour aller avecques luy) et
s'en ala vers la forest, ses gens privez et ses veneurs, et quant
65 il fut venu, si fut trouvé le pas d'ung grant sanglier. Lors
descouplerent les chiens et laissent courre a luy, et com-
menca la chasse grant et merveilleuse et la noyse telle de
l'abbay des chiens et du son des (cors) que toute la
forest en retentissoit, et que bien le povoit oÿr Messire
70 Guy et ceulx de sa compaignie de la ou ilz estoient
embuschez.

67. Tant alerent ainsi suyvant la beste ((qui moult leur
rendoit grant abbay)) que l'empereur et aucuns de ses gens
vindrent en une petite vallée en laquelle sourdoit une moult
belle fontaine, et ad ce que Messire Guy et ceulx de sa
5 compaignie estoient embuschez auques pres d'ilec quant
leurs chevaulx sentirent les autres venir si prindrent a hain-
nir forment. A tant se regarde l'empereur et voit qu'il est
de toutes pars environné de chevaliers et d'autres gens
moult bien armez. Lors appelle a soy le bon chevalier,
10 Thierry de Gormoyse, qui la estoit avecques luy, et luy
dist, "Beaulx amis, traÿs sommes, (ceulx sont) des gens au
duc Seguin qui ycy se sont mis en aguet pour nous pren-
dre. — Sire, fait Thierry, bien peut estre, mais toutesfois
a ce que je voy que eschapper ne povons et veü que vous
15 estes assis sur ung bon cheval, je vous conseille que vous de-
partés de ci le plus hastivement que vous pourrez, et moy
et les compaignons qui ycy sont maintiendrons l'estour a nostre

povoir jusques a ce que vous soyez eschappé. — En nom
Dieu, fait l'empereur, Thierry, je n'en feray riens, ains
20   demourray soit a perte ou a gaigne avecques vous." Et ainsi
qu'ilz disoient ces parolles, Messire Guy se depart, moult
bien et richement armé sauf de la teste, en sa main droit
ung rain d'un arbre vert et fueillu en segnefiant paix, et
vient devers l'empereur qu'il cognoissent moult bien, car
25   veü l'avoit pieca, et moult gentement le salue et dit ainsi,
"Sire empereur, Cellui qui tout peut vous maintienne en
honneur et doint grace d'ouvrer par bon et loyal conseil.
A vous suis venu de par le duc Seguin qui moult voŭs prie
par moy comme vostre homme ligé qu'il vous plaise venir
30   herberger avecques lui en sa cité (d'Arrasconne); la vous fera
servir et honnourer a tout son povoir vous et vostre com-
paignie, et pour vous amender se riens vous a mesfait veult
mettre en l'esgart de vous et de vostre corpz. Premierement,
son corps, et apres, toutes ses villes, chasteaulx, et forte-
35   resses vous veult bailler et delivrer pour en faire a vostre
plaisir, et si ne croyez pas, sire, qu'i die ces paroles pour
paour ne pour doubte qu'il ait de vous ne de vostre puis-
sance, et qu'il ne soit assez fort pour longuement vous
souffrir et souvent vous faire dommaige, mais la bonne
40   amour qu'il a envers vous, / [f239vo.] et aussi qu'il ne vous
veult en nulle maniere forfaire ne avoir vostre mal gré tant
qu'il s'en puisse departir, se n'est en soy defendant.

68. Toutes ces parolles escouta bien l'empereur comme
cellui qui n'estoit pas asseür de sa vie et qui tant veoit
de ses ennemis entour luy, si luy respond, "Sire chevalier,
j'ay bien entendu voz paroles et je m'en conseilleray a
5   mes gens qui yci sont (et lors vous respondray). A tant se
tira ung petit loings de Guy pour oÿr l'advis de ceulx
de sa compaigine, et quant ilz veoient les perilz en quoy
ilz sont, si luy dient tout en commune parole, "Sire, le
duc vous offre moult grant courtoisie a ce qu'il est au
10   dessus de vous, et aussi que ces gens qui yci sont avoient
vouloir de vous grever. Assez legierement vous pourroient
prendre et occire a leur voulenté; vous n'estes pas en lieu
que vous puissés fouÿr ne en vous mettre desfence. Pour

ce vous louons de faire ce que le duc vous prie par son
15 chevalier, et, s'il vous tient ce que promis vous a, moult
vous fera grant honneur. — Et je m'y accorde, fait il,
quant vous voulez." Puis s'en retourne vers Guy et luy dit,
"Sire chevalier, moult vous voy affaictié de parler, et si est
bien commun record que tant estes preux et vaillant que
20 dire ne vouldriés chose qui ne fust vraye, et sur la fiance
de vous et de voz paroles ose bien mettre mon corpz en
adventure pour aler en vostre compaignie ainsi que devisé
avez. Mais je vueil avant que vous me promettez pour moy
garder de courroux que le duc Seguin ne viendra devant
25 moy ne en ma presence, ne si ne me serez forcé de parler
a luy, jusques ad ce que j'aye eü conseil avecques mes ba-
rons et oÿ ce qu'ilz me louerent que je doye faire envers
luy, soit paix ou guerre. — Et pour vous mettre en aise,
fait Messire ((Guy)), le vous promés et fiance ainsi que
30 devisé l'avez ((et en foy de loyal chevalier))." Lors s'en
vont ensemble parlant et devisant de plusieurs choses entre
l'empereur et Messire Guy jusques a ce que venus sont jus-
ques a la bonne ville ((d'Arrasconne)) et la furent receüx a
moult grant joye et l'empereur servy et honnouré, luy et
35 toutes ses gens qui moult s'en merveilloient. Et moult se
penoit Messire Guy de luy faire avoir tous ses bons che-
valiers, et Gaher, son filz, fist amener devant lui et tous les
autres prisonniers qui estoient de ses gens pour le festo-
yer ce jour, dont il fut moult joyeux, et quant il les vist
40 en bon point et moult se louaient de la bonne prison que
on leur avoit fait. Cellui jour passerent en joye et deport
tant que vint lendemain que l'empereur se leva matin, puis
s'en ala oÿr messe a la maistresse eglise de Saint Laurens
a moult grant compaignie de ducs et de contes et d'autres
45 barons. Et lors manda [le duc le filz] de l'empereur et
tous les autres prisonniers qui estoient leans privéement en
une chambre, puis se mist a genoz devant eulx et leur dist,
"Beaulx seigneurs, vous scavez assez puisque vous estes
venus en ma prison vous ay fait grant honneur. Or seroit
50 droict que le guerredon m'en fust rendu selon vostre povoir.
Vous scavez comme l'empereur, mon seigneur, me guerroye
durement et a grant tort pour l'amour de Saduc, son

nepueu, et se je l'occis se ne fut que sur moy desfendant
ainsi que moult de preudommes qui la estoient le scevent
55 bien. Et pour ce vous vueil requerir venir en ma compaignie
jusques devant l'empereur et lui priez qu'i luy plaise me
pardonner son maltalent," Et cilz respondent qu'ilz le feront
voulentiers quer moult l'amoient pour les courtoysiez que
monstrées leur avoit, et que jeunes homs estoit et moult bon
60 chevalier de son cuer et de son corps et tel qui moult
povoit avoir mestier a l'empereur en ses grans affaires. Quant
il ot leur octroy, si se despouille tantost tout nu / **[b]** en sa
chemise (et en brayes), et prent en l'une de ses mains une
espée bien trenchant toute nue, la croix et le pommel con-
65 trement, et a l'autre main ung rain d'olivier qui segnefie
paix, puis s'en va emy la ville parmy les rues en cest estat,
et les barons avecques luy qui moult avoient grant joye de
l'umilité qui veoient monstrer au duc. Et tant allerent ainsi
qu'ilz vindrent jusques au moustier de Saint Laurens la ou
70 l'empereur estoit pour oÿr messe, et a l'eure que le duc
estoit pour entrer dedens l'eglise, lui et sa compaignie, ad-
vint qu'il encontra l'empereur qui s'en retournoit et avoit oÿ
messe, si se laissa cheoir devant le duc l'empereur, et dist
ainsi.

69. "Sires empereur, je vien a vous comme en celluy qui
en mon cuer ne puis porter ne souffrir vostre ire. Sire, s'il
vous plaist avoir merci de moy, je suis prest a vous laissier
toute ma terre et m'en aller en essil par vostre comman-
5 dement, et s'il vous plaist prendre de moy vengeaance, sire,
de ceste espée me trencher la teste, je me met en vos-
tre esgard. Et se j'ay occis Saduc, vostre nepueu, le duc
de Cessonne qui ci est et moult d'autres scevent bien que
je le fis sur mon corps desfendant, et s'il est nul que de
10 ce me puisse recorder de traïson et je ne m'en puisse des-
fendre, sire, faictes de moy telle justice que a tousjours-
mais il en soit parlé." Lors se prent Gaher, le filz de l'em-
pereur, (la parole) pour luy et pour ses compaignons, et
dit, "Beau pere, moult est le duc vaillant chevalier et moult
15 nous a honnourez et servis en sa maison, pource moy et
mes hommes qui ci sommes vous supplions qu'il vous plaise

lui pardonner (vostre yre), autrement ne vous fiez en l'aide
ne secours de nous ne que jamais vous ayez de moy joye.
— Certes, sire, fait le duc Regnier, il me semble que ceste
20   grace pourrez vous bien octroyer a ce qu'il vous vient en
ces prisons pour faire de vous a son plaisir, et s'il vient
de sa courtoisie requerir merci si treshumblement, vous
deuriez faire ce qu'il fait se vous doubtiez vostre (vie). Et
quant est de la mort de vostre nepueu, Saduc, dont vous
25   l'achoisonnez, sachez bien que je le vi occire, et s'il est nul
qui l'en vueille reputer de ((traïson)) ne mauvaistie je suy
prest d'entrer en champ pour lui qui oncques ne fist faul-
ce(sté) ne traïson."

70. "Sire, fait Messire Guy, le duc vous conseille moult
courtoisement et moult en fait a loer, et de ma part je vous
prie qu'il vous plaise pour tenir a son conseil et de voz
autres barons qui icy sont par convenant que j'en devien-
5   ne vostre homme pour vous servir a voz besoings toute ma
vie." En telle maniere luy prient les barons qui la estoient
tous ensemble, et quant il voit qu'il ne se peut escon-
duire, si dist, "Beaulx seigneurs, vous scavez bien que la
mort de Saduc, mon nepueu, me doit bien grever au cuer
10   comme cellui qui moult me amoit et estoit filz de ma seur
germaine, et tant preux et vaillant que s'il peüst vivre par
aage il eüst esté ung des bons chevaliers du monde et des
plus prisez, mais puis que vous me conseilliez tous que je
me deporte du courroux, et aussi que bien est vray qu'il
15   est mort et n'y a nul recouvrer fors prier pour lui, vueil moult
obeïr a voz prieres. Et puis que je voy que le duc Seguin
vient envers moy en si grande humilité, a voz prieres tout
mon maltalent pour luy soit pardonné, et vueil que des-
oresmais soit plus privé de moy que oncques ne fut." Lors
20   le mercient moult humblement, et l'empereur le baise en
signe d'amour et de paix, puis luy commande qu'il se lieve
et que des ores mais soit son bon et naturel amy. A donc
commence la joye si grant et si merveilleuse parmy la ville
comme se Dieu y feust descendu, et tous les princes qui
25   estoient de la partie de l'empereur allerent baiser le duc
Seguin en signe / **[f240ro.]** de paix et de concorde excepté

le du Othes de Pavye qui la estoit qui tenoit ung rain de
lombart, car le Lombard selon les hystoires des desserrions
des pays car naturellement sont enclins a deception et moult
30 se glorifient en fait de traïson et plus que nulle autre gens
d'autre nacion. Cellui duc Othes n'avoit pas folligné la
nature de son (pays, si s'en vient devers l'empereur enflé de
venimeux couraige), et lui dist ainsi devant tous, "Sire em-
pereur, moult mal avez exploicté, et me semble que moult
35 petit conseil avez eü d'avoir si legierement pardonné la
mort Saduc, vostre nepueu, et qui estoit si hault homme.
Sachez que des ores mais chascun doubtera pou a vous for-
faire quant ilz vous voyent si failly, et se vous eüssiés prins
vengeance de ce grant mesfait vous eüssiez esté craint et
40 doubté des autres. Or avez fait de voz mortelz ennemis voz
plus privez amis, et saichez bien que le duc Seguin ne Guyon
que je voy ne cesseront ja tant qu'ilz vous ayent basti ung
tel plaid qu jamais ne le pourrés amender."

71. Quant Messire Guy entend ces paroles se dresse en
piedz et parle si hault que bien le peuvent tous entendre,
et dit, "Sire duc, sauf la reverence de mon seigneur l'em-
pereur qui ci est, de la faulceté et mauvaistie que vous
5 mettez sus au duc et a moy, je dis que vous mentez faulce-
ment et desloyaument comme faulx et traïstre et se vous
en osez desfendre je suy prest d'entrer en champ pour
prouver mon corps sur vous." Ja y eüst eü bataille entr'eulx,
quant l'empereur print la parole pour luy et   commanda
10 que desoresmais n'y eüst nul si hardy qui deïst desplaisir
l'un a l'autre sur peine de leur vie. Si s'allerent jouant et
deportant aval la cité les ungs envers les autres et furent
toutes les portes ouvertes pour faire entrer les gens de
l'empereur et aler et venir tout a leur plaisir paisiblement.

72. Une moult belle suer avoit le duc Seguin, jeune da-
moyselle nommée Ervelbuch. De celle fut (si esprins) le duc
Regnier de Cessoine, jeune chevalier a marier (qu'il estoit
et sens femme), lequel la requist au duc Seguin, son frere,
5 pour avoir a femme, qui moult doulcement le mercia et
puis l'octroya.

73. Apres appella l'empereur le duc Seguin, et luy dist,
"Beaulx amis, moult vous ayme et tiens cher, et benoist soit
de Dieu que la voulenté m'en a donnée, et pource que vos-
tre belle suer avez moult bien assignée de mariage, me
5 semble bien temps que vous prenez femme. Et je vous en
vueil donner une telle qui bien vous devra plaira, et vostre
lignaige n'en sera pas abaissié, car elle est ma niepce et
fille de ma seur, moult belle damoyselle et saige." A ces
mos le duc moult humblement le remercia. Toutes ces cho-
10 ses faictes et acomplies, s'en ala Messire Guy vers le
duc Seguin, et luy dist, "Sire, j'ay esté avecquez vous une
piece de temps, et du grant honneur et prouffit que fait
m'avez vous en mercie. Or est ainsi que, par la grace de
Dieu, povez vivre en paix, et voz guerres sont toutes me-
15 nées a fin. Si vous vueil prier de vostre bon congié, car
bien est temps que je m'en retourne en Engleterre pour
veoir mes amis. Et bien sachés se vous avez a besongner
de moy que je seray tost a vostre mandement. — Ha, sire,
fait le duc, la vostre mercy, encores est il a desservir, mais
20 plaise vous remanoir par tel convenant que je vous partiray
la moitié de mon royaume et de ma terre. — De ce ne parlez
plus, fait Messire Guy, car je ne demourray plus en nulle
maniere par deca." Si prent congié du duc qui moult fist
grant douleur de son departir, et semblement vint prendre
25 congié de l'empereur, lequel luy dist, "Sire Guy, vostre
droit chemin est a passer / **[b.]** parmy mon empire, et
pource vous pry que vous en venez avecques moy, affin
que je vous puisse faire chiere a mon païs." Et Guy qui
moult luy voulloit plaire luy accorde tout son bon (plaisir).
30 Si se depart l'empereur d'Arasconne, et Guy en sa compa-
ignie, mais le duc Othes n'y estoit pas comme cellui qui ja
pieca s'en estoit allé. Si chevaucherent tant ensemble par
leurs journées qu'ilz vindrent jusques a la bonne ville d'Es-
pire qui est en la haulte Alemaigne tendant vers la mer. La
35 fut Messire Guy (chery et) honnourez de l'empereur et de
tous les seigneurs aussi haultement comme s'il fust filz d'un
grant et puissant roy et moult avoit ses bons plaisirs, car
l'empereur qui moult amoit sa compaignie luy en offroit

moult de beaulx honneurs pour le retenir et moult se penoit
40 de le faire servir a son gré.

74. De tous deduis de chiens et d'oyseaulx avoit Guy a sa
voulenté, et moult amoit l'empereur qu'il eüst tout son
plaisir, et il de nature estoit enclin au deduit de la chasse.
Si advint ung jour qu'il faisoit bel et cler, si appella aucuns
5 (des gens) de l'empereur pour aler avecques lui deporter
au boys et ceulx le firent voulentiers, si s'en departirent et
menerent avecques eulx grant foyson de chiens et d'oyseaulx
et de veneurs qui cellui jour leur fist avoir moult beau
deduit. Ainsi que Messire Guy s'en retournoit de la chasse,
10 qui auques y avoit prins grant plaisir, a l'issue de la fo-
rest qui estoit forment pres de la mer advisa un dromont
dedens la mer qui venoit singlant vers terre tant qu'il povoit.
Et cil se tire celle part pour (scavoir et) oïr des nouvelles et
quelles gens estoient dedens, et quant il vint a la rive de la
15 mer estoit ja le dromont arrivé ou havre et avoient getée
l'ancre (ceulx qui estoient dedens) et batirent leur voille.
Si leur fut signé par Messire Guy que aucuns alassent
dehors pour parler a luy. Et lors fait le maistre bouter hors
le batel et entre dedens et se fait nager jusques la ou Mes-
20 sire (Guy) attend, et quant il est a terre si le salue et sa
compaignie moult humblement comme cil qui bien savoit
parler, et Guy luy rent son salut courtoisement, puis luy
demande, "Beau sire, dictes moy quelles gens vous estes
dedens cest vaissel et quelle adventure vous ameine celle
25 part. — Sire, fait le maistre, tout ce vous diray voulentiers.
Saichez que nous sommes marchans de la cité de Costen-
tinoble et menons moult de riches marchandises, et alons
querir terre de paix pour vivre plus aisé, et vous diray la
cause qui nous a fait partir de nostre nacion et venir par
30 deca. Il est vray que le grand soudam de Babilonie et de
Crenne est entré en la terre de Costentinoble, XV. roys
sarrazins en sa compaignie et trente admiraulx et telle puis-
sance d'autres gens que nul ne les pourroit souffrir, ne
l'empereur (Herum), nostre seigneur, ne les pourroit at-
35 tendre pour ce qu'il n'a pas dont il les peust resister. Si
lui ont prinses et abatues ses villes et forteresses par force

et de present l'ont assiegé dedens la bonne ville de Cos-
tentinoble, et tant ont gasté et destruit de païs tout entour
que bien y peut l'en chevaucher cent lieues sans trouver
40   dont on peut refreschir le corps d'un chevalier, et ne garde
l'empereur l'eure se Dieu ne luy envoye briefment secours
qu'il ne soit prins a force dedens sa cité. Et pour celle cause
s'en fuyent tous le marchans qui eschapper pevent en telle.
Pour celle cause nous en sommes nous venus par deca a
45   tous ce que nous avons peü aporter."

75. Quant Guy a entendu les nouvelles que le maistre du
droment luy a compté, si en fut moult joyeulx en son cuer,
et luy dist, "Sire, vous soiez le tresbien venu, soyez huy
mais en paix et aise, je parleray a l'empereur que vous
5   soyez receüz a vendre voz marchandises et gardez de toutes
force et oultraige." Et cil l'en mercie moult. Puis se depart
Messire Guy et sa compaignie et retourne vers / **[f240vo.]**
la cité. Et quant ce vint au soir se tira Herolt, son mais-
tre, a une part et luy compta toutes les nouvelles ainsi
10   que le maistre du droment les luy avoit dictes, et puis luy
dist, "Beau Maistre, et ne vous semble bon, veü que nous
sommes si pres, que nous (alions) aider a garder et mainte-
nir crestienté et pour secourir le bon empereur? — Et en
nom Dieu, fait Herolt, il me semble bon a faire car moult
15   en pourrés acquerir grant honneur." Et quant il entend que
son maistre luy loe son vouloir, si est moult joyeulx, et se
appresta lendemain et vint devant l'empereur pour luy
requerir congié, et bien luy dist la cause de son allée. Et
quant l'empereur vit qu'il ne le povoit retenir, si luy octroye
20   le congié et bien luy dist l'alée, mais l'empereur en fut
moult courroucié de sa partie. Et lors print Messire Guy
cent chevaliers de ceulx en qui mieulx se fioit en tout preu-
dommie, qui estoient en la compaignie de l'empereur avec-
quez la compaignie qu'il avoit de lui mesmes. Si se mist
25   en mer erraument et singla tant par ses journées qu'il vint
a la bonne cité de Costentinoble. La fut receü et herber-
gié haultement selon son estat pour ce que estranger estoit.
Tantost fut seü par la cité que ung chevalier estoit venu,
si fut enquis de son nom et ceulx de sa compaignie dirent

30 que c'estoit Messire Guy de Warrewik, et quant les nouve-
lles en vindrent a l'empereur a ce qu'il avoit oÿ assez parler
de sa haulte proesse fut si joyeux que ce fut merveille, et
envoya erraument deux contes de sa mesnie pour luy prier
qu'il voulsist venir devers l'empereur, et Guy le fist vou-
35 lentiers et quant il vint devant l'empereur si le salua moult
gentement, et il luy rent son salut, et luy dist, "Sire Guy,
vous soyez le tresbien venu en nostre empire comme che-
valier du monde que plus desiroye a veoir pour le renom
de vostre haulte proesse et bien vous dy que saincte cres-
40 tienté a a present moult a faire de l'aide de vous et des
autres bons chevaliers." Lors lui compte toute la venue du
soudain et des grans dommaiges, tors, et destrucsions que
faictes luy avoit, et luy requiert qu'il vueille estre aidant
a venger sainte crestienté, et Messire Guy respont que si
45 fera il voulentiers, car pour autre chose n'estoit il venu. Si
print congié a l'empereur et s'en retourne vers son logeïs
et la demoura et ordonna de ses affaires celluy jour jusques
a lendemain que il oÿ lever ung grant cri par la cité et
vit que les gens s'armoient. Si demanda a ung bourgois
50 qui la estoit, natif d'Engleterre, pour quoy ce cri estoit et
pourquoy ses gens se esmouvoyent, car il n'entendoit pas
bien leur lengaige. Si luy dist, "Sire, la hors est venu ung
des gens du souldan nommé l'admiral Tostlorin a moult
grant puissance, lequel ceulx de ceste cité redoubtent moult
55 pour ce que l'autre jour leur occist en ung estour le filz
de l'empereur qui moult estoit bon chevalier de son aage.
Or est venu a luy et le roy de Turquie a grant compaignie
courre devant celle cité pource que bien scevent que nous
n'oserons yssir." Quant Messire Guy entend ces paroles, si
60 mande tantost ses compaignons et leur commande a eulx
armer et ilz font leur commandement, puis ist de la cité
luy et sa compaignie. Et quant il voit ses ennemis devant luy,
si amonneste moult ses compaignons devant luy de bien
faire et leur monstre les loz et pris qu'il leur peut avenir
65 de Dieu et du monde, et tant les encouraige que chascun
ne descrie fors assembler aux Turqs.

76. Si leur laissent courre tous ensemble tant que chevaulx les peuent porter, et se fierent entre eulx, et ceulx qui n'avoient pas a coustume telle maniere de rencontre furent moult esmerveiller de leur venue et non pas sans cause,

5 car selon la vraye hystoire en la premiere venue se ferirent en eulx si durement que chascun rua a terre mort le sien, et comme Messire Guy avoit de coustume que en chascun estour avoit desir d'assembler au plus grant seigneur et au plus preux de la compaignie, si advint qu'il jousta

10 a l'admiral qui estoit chief de la compaignie et le feri si durement en son venir qu'il y mist la lance, fer et fust, parmy le corps et l'abati mort du cheval a terre, / **[b.]** puis tira son espée et luy en trencha la teste et l'envoye a l'empereur pour son premier present dont il en fut moult

15 joyeux, et bien estre le devoit pour les maulx qu'i lui avoit fais.

77. Advint ainsi que comme Herolt suyvoit son seigneur entalenté de bien faire, il encontra en sa voye le roy de Turquie. Si laisse courre a luy ((quant bien le congneut)) et le fiert de la lance par telle vertu ad ce qu'il venoit

5 de grant randon qu'il luy mist le fer tout oultre le cuer et l'abat mort du cheval a terre. Et quant ceulx de sa compaignie virent le bien faire, si se pena chascun en droit soy de esprouver son honneur et d'envoyer les sarrazins si durement qu'ilz ne povoient tenir place, et si estoient ilz

10 plus de mil armez a cheval et les nostres n'estoient pas plus de VIIXX. Et quant ce vist ung chevalier qui la estoit, Sarrazin plain de haulte proesse, si en ot moult grant douleur au cuer, et son nom estoit Esclandart. Si escrie ceulx de sa partie et leur dist en judée et en caldée, "Ha, sire,

15 comme au jourd'uy avons receü grant honte qui tant estes de preudes hommes, et vous laissiez vaincre a si pou de mesgnie. Saichez que a tousjoursmais en serez repris et tenus pour faillis et recreüz, et vous l'avez bien desservy, car par vostre laschetté avons nous perdu l'admiral et le

20 roy de Turquie." A celle parole laisse envers les gens de Guy et encontre en sa voye ung chevalier d'Almaigne moult vaillant et estoit nommé Tybault, si le fiert si durement

qu'i l'abat a terre mort. De celle meisme empainte abat
ung autre chevalier nommé Guy d'Almaigne et le tiers qui
25 estoit francois, natif du pays de Bloys et longuement avoit
esté en la compaignie de Guy. Celluy Esclandart avoit en
sa compaignie ung chevalier moult preux nommé Amillers
lequel faisoit grant occision des gens a Messire Guy, mais
Herolt l'alla ferir par telle vertu qu'il le getta a terre mort,
30 et quant Esclandart vit ce, si fut entalenté de le venger et
laisse courre a Herolt et Herolt a luy qui fouÿr ne luy
daignoit. Si s'entrefierent par telle vertu qu'ilz s'entreportent
a terre. Puis saillent sus et mettent mains aux espées et
s'entrecourent sus moult durement jusques a ce que leurs
35 gens les vindrent secourre de chascune part qui departirent
la bataille, et la eüst esté Herolt encombré de remonter ad
ce que trop y avoit des gens de son adversaire se n'eust
esté Messire Guy qui tantost le secourut et y fist telles
merveilles d'armes que plusieurs en occist. Et quant Herolt
40 fut sur son cheval, si recommence si bien a faire que mieulx
ne l'avoit fait de toute la journée et mult s'esmerveillerent
Sarrazins qui voyent que plus ne les peuent souffrir, si
tournerent les doz et se mettent a la fuye. Et quant Guy
et ceulx de sa compaignie virent ce, si les en chassent
45 durement et moult en occient et detrenchent en la chace
assez plus qu'ilz n'avoient fait en l'estour, et tous fussent
mors ou prins se ne (fust) la prouesse d'Esclandart qui
deriere estoit et gardoit la queue qui souvent se retournoit
et rencontroit les gens de Guy et moult leur faisoit d'ennuy
50 et de dommaige, car trop par estoit de hault cuer et de
haulte entreprise, mais non obstant au destroit du tertre
furent si chargez de Guy et de ses gens que pou en demoura
en vie. Et quant Esclandart vit ce, qui estoit monté sur
ung moult noble cheval d'Arrabie, si se met au chemin
55 desfendant soy, et Guy (l'enchasse) au doz qui souvent luy
crie, "Esclandart, retournez vous ca, si joustez a moy se
vous osez, je suis Guy de Warrewik qui vous asseüre de
tous ceulx de ceste compaignie fors seullement de mon
corps." Quant Esclandart entend son nom si fut moult
60 joyeulx et retourne tantost, et dist, "Par ma foy, sire
chevalier, la jouste aiés vous vraiement, car autrement

fauldroye de convenant a ma dame, la fille du soudan, a
qui j'ay mandé et parmis ad ce jour de luy porter vostre
teste." A ces parolles laisse courre (a) Guy qui petit le
65 prise, et le fiert de telle force qu'i luy errasche l'escu du
col et le porte au champ sur l'erbe, mais Dieu le garist
bien que en chair ne luy atoucha, / **[f241vo.]** et Guy qui
y mist cuer et force l'assenne tellement qu'il luy met de sa
lance fer et fust au travers du corps. Et quant il se senty
70 navré si doubta d'estre feru a mort et toutesfois tant s'efforce
qu'il demoura en scelle et se met en fuye vers l'ost quanque
cheval le puet porter. Et Guy qui bien voit qu'il ne le
pourroit aconsuir (ne l'enchasse gueres, ainsi) le laissa aler
et retourna a ses compaignons qu'il trouva moult joyeux
75 de leur belle adventure, si s'en vont ensemble a tout leur
grant eschecq droit a la cité ou ilz furent receüx a moult grant
joye et meismes l'empereur vint a ((l'encontre de)) Messire
Guy, et luy dist, "Beau sire, sur tous autres soyez le bien
venu comme le meilleur chevalier du monde, et bien voy
80 que la bonne renommée qui est de vous n'est pas mensonge.
Sire, or vous vueillez pener de ceste terre (aider a) garder
et desfendre car en mariage vous vueil donner ma fille.
Bien scay que mieux ne la pourroye employer et apres mes
jours vous (soy[é]s) sire et empereur de la terre ainsi comme
85 je suy." De son grant honneur le remercia moult Messire
Guy.

78. A ces paroles le remercia moult Guy, mais le seneschal
de l'empereur, nommé Mordagus, lequel fut moult preux
aux armes, mais tant tenoit de la condicion aux Lombars
que fel estoit et envieux et auques traïste, a celle journée
5 avoit esté a l'assemblée avecques Messire Guy ou il avoit
bien fait tant que on l'en devoit priser. Et quant il entendi
les paroles de l'empereur et qu'il en donnoit du tout le pris
a Guy et luy avoit promis sa fille a mariage, si acqueillist
envers luy une si mortelle hayne par envye que bien dist
10 en son cuer (que) jamais ne sera aysé jusques ad ce qu'il
ait pourchassé la mort et destruccion de Messire Guy. Mais
a tant en laisse le compte a parler pour deviser comme
Esclandart se departi de Guy.

79. Quant Esclandart se sentist navré parmy le corps, ainsi comme dit est, se mist en la fuye vers l'ost, et tant fut grevé et affloibié du sang qu'il avoit perdu, ains qu'il y peust parvenir que tenir le falloit a deux mains a l'archon
5 de la selle. Tout droit s'en va au tref du souldain, et de si loings qu'il voit venir si luy escrye ad ce que bien le congnoissoit, "Cousin Esclandart, dont venez vous et vous a tel appareillié? — Sire, fait il, ce vous puis je bien dire." Lors luy commence a compter leur allée ((devers la cité))
10 et la maniere de l'estour. "Et tant y a, sire, fait il, que vous y avez perdu l'admiral Coldrain, vostre nepueu, car je luy vy copper la teste et au roy de Turcquie aussi, et de tous ceulx de la compaignie bien scay que pou en sont eschappez qui ne soient mors ou pris. —Comment, dist le souldan,
15 est il ja venu secour a l'empereur? —Par Mahon, sire, oÿl. Ung vassal qui bien passe tous les autres de proesse, et si a moult riche compaignie amenée, et son nom est Messire Guy de Warrewik, et luy meismes m'a navré parmy le corps ainsi que veoir povez dont je scay bien que ne puis
20 eschapper en vie." A ces mos chiet du cheval a terre comme cil qui moult estoit floibe du sang qu'il avoit perdu que plus ne se povoit tenir en selle. Dont manda le soudam qu'il fust bien gardé et jura Mahon et Jupin comme homme moult forcené et hors du sens que jamais ne cessera jusques
25 ad ce qu'il ait a force prins la cité et mis a mort et a destruction tous ceulx de dedens, et que avant troys jours il la feroit assaillir. Toutes ces paroles entendi bien une espie que Messire Guy y avoit envoyé tout privéement pour savoir leur compaignie. Si s'en retourne au plus tost qu'il
30 peut vers la cité et rapporta a Guy toutes ces paroles. Mais a tant se taist l'ystoire et retourne au fait de l'empereur.

80. Ce dit l'istoire que moult fut l'empereur joyeux quant ainsi se vit vengé de ses enemmis et commanda ordonner ses autours et faucons pour soy aler deporter et esbatre a la riviere, car bien luy sembloit des ores mais estre asseür
5 de ses ennemys. Entretant qu'il estoit en son deduit en divers lieux entour la cité, advisa le seneschal son point de parfournir sa felonnie, si s'en vint devers Guy / **[b.]** moult

doulcement, et luy dist, "Beau sir, je desire moult vostre
amour et compaignie, et sachiez que j'ay assez riches terres
10 et grans seigneuries, lesquellez je metz du tout a vostre
abandon, et je desire moult vostre amour et a faire chose
qui vous puisse plaire (et estre de vous bien acointé).
— Tresgrans mercis, fait Messire Guy, de vostre bonne
courtoisie, comme cil qui nul mal n'y pensoit, et l'amour
15 et la coustuilie de vous ay je moult chiere. — Sire, fait le
seneschal, bien fait a remercier, se bon vous sembloit je
l'octroye que allissions deporter et esbatre pour passer
temps es chambres de ma dame, la fille de l'empereur, car
je scay bien qu'elle vous fera bonne chiere. — Sire seneschal,
20 fait il, si soit comme il vous plaira, et je m'y accorde." Lors
vont celle part.

81. Et de si loings que Laurete, la fille de l'empereur,
advisa Messire Guy en son venir, si luy ala a l'encontre, et
luy dist, "Sire Guy, bien soyez venu." Et il se mist a genoulx
et la salue moult humblement, mais elle le relieve et prent
5 entre ses bras et la baise, voyant le seneschal, et lors se
prindrent a parler ensemble de plusieurs choses de accoin-
tance car ilz furent assez a loysir. Et apres demanda Guy
les eschez et dit qu'il veult jouer avecquez le seneschal
nommé Mordagu. Tantost furent apportés si commencerent
10 le jeu devant toutes les dames et en pou d'eure le matha
Guy par trois foys dont il fut moult dolent, courroucié, et
plain de ire, si se leva comme demonstrant belle chiere
et dist, "Sire Guy, ne vous desplaise que je voise ung pou
hors de ceans en ung mien affaire. Se vostre plaisir est, ja
15 demourer avecquez les dames et je reviendray y a tantost.
— Sire seneschal, fait Messire Guy, et je le vueil a vostre
plaisir." Lors s'en part le seneschal a grant haste et vient
jusques a son hostel, puis monte sur ung coursier et s'en
va celle part ou il savoit bien qu'il trouveroit l'empereur.
20 Et quant l'empereur qui estoit aux champs le voit venir,
si va a l'encontre et luy demande, "Seneschal, quelles
nouvelles? — Sire, fait il, je les vous diray assez (angois-
seuses et) honteuses en vostre cuer. Saichez que retenu avez
ung nouvel chevalier qui moult vous a fait grant deshonneur

25 et en vostre chambres meismes a progené ma damoyselle vostre fille, et en a fait sa voulenté, et encores sont ilz ensemble, et ce de ce ne me croyez, mettez vous au rapaire hastivement et se encor ne les trouvez ensemble baisant et acolant a tout le moins, je vueil avoir la teste trenchée.

30 Pour ce je suis venu vous annoncier quer bien le scay, et je vous conseille ainsi que vous en prenez vengeance pour donner exemple aux autres, car le pareil cas a il cuidé faire a la fille a l'empereur Regnier d'Almaigne." Et quant l'empereur oÿ ce si fut moult esbaÿ. Et le seneschal dist

35 a l'empereur, "Sire, quant vous arés pris vengence et la nouvelle en sera sceüe, si en serés plus craint et doubté, et mesmes le bon empereur vous en sara bon gré, et je m'octroye a aler devers luy pour vous amener tel secours d'Almaigne qui bien vous delivra de tous voz ennemis."

82. Quant l'empereur entent ces nouvelles si est moult courroucié en son cuer, mais toutesfois se doubte de desloyaulté, et dist, "Seneschal, je vous prie, laissez ces paroles car bien congnois Messire Guy a tel chevalier qu'il

5 ne vouldroit envers moy ne autre mesprendre si villainement pour nul bien qui soit, car ma fille luy ay promise et aussie vueil tenir mon convenant et quelque chose qu'i luy face je scay bien que c'est tout sans villainie. Et des ores mais ne m'en apportez plus telles nouvelles, car il

10 m'en desplairoit." Quant (le seneschal) voit qu'il a ainsi failly de toute son esperance si dist pour soy couvrir, "Sire, bien puet estre ainsi que dit avez, toutesfois les contenances d'entre eulx ne me semblent pas bonnes. Si m'en retourneray a vostre congié a la cité, et ainsi que je suy vostre lige et

15 que bien povez scavoir que je ne vous ay dit ces paroles fors tant que je ne pourroye souffrir vostre deshonneur, vous prie de ne le me atourner a mal." Et l'empereur dit que non fera il. Si se depart de l'empereur a moult grant haste et s'en retourne a la cité a moult / [f241vo.] esprins

20 et alumé de faulce traïson, et tant a esploicté qu'il est venu jusques au palais, puis monta hastivement es chambres a mont ou il trouva encores Guy qui se jouait avecques la fille de l'empereur et ses autres dames et damoyselles qui

moult avoient grant joye de sa venue. Si appelle en une
25 part et luy dist privéement d'amour, "Beau sire Guy, moult
vous ayme et tiens cher et voulroye faire pour vous ce que
faire pourroye a mon honneur, et je y suy tenu car promis
vous ay foy et compaignie. Pour ce ne vous puis celer vostre
encombrier."

83. "Il est vray que l'empereur a esté informé comme
a force et violablement vous avez rompu es ses chambres
et pourgenée sa fille dont il est si enragé qu'il a juré son
grant serment que au premier lieu ou vous pourrés estre
5 prins vous serez pendu et hault encroué, et pource que je
le congnois a tel que nulluy ne pourroit son cuer enducir
ne amolir et que je ne vous pourroye garentir la vie, vous
conseille que vous vous departés d'yci au plus tost que
vous pourrés et vous mectez a sauveté." De ces parolles fut
10 Guy moult esmerveillé et longuement se tint sans mot
sonner, et puis dist, "Haa, sire seneschal, moult est faulx
et oultrecuidé cil qui a dit a l'empereur ces parolles de
moy. Et Dieu me vueille defendre que je soye tel que je
doye avoir tel nom. Et se l'empereur croit ung faulx pauton-
15 nier si legierement en faulces paroles encontre moy qu'il
m'en vueille faire occire et sans raison, je di bien qu'il a
tort et encores apres ses jours en pourra estre acertené."

84. Lors s'en ist de la chambre moult courroucié sans
prendre congié a dame ne a damoyselle comme cellui qui
bien croit que toutes les parolles du faulx seneschal feus-
sent vrayes et s'en va en sa maison et commande a tous
5 ceulx de sa compaignie qu'ilz se arment et aprestent comme
pour aller, car il ne scet quelz envieulx sont meslez
avecquez luy ((si n'a soing de plus illec demourer)), et cilz
(dient qu'ilz) le feront voulentiers ainsi comme il a com-
mandé. Si s'armerent et appareillerent tantost, puis yssent
10 de la cité ensemble serrez (et arrangiez) par moult belle
ordonnance et tendans d'aler vers l'ost du soudan. Si advint
qu'ilz encontrerent sur les champs l'empereur qui s'en
retournoient vers la cité et de si loing qu'i les vit ad ce
que tant y avoit de chevaliers armez, si envoye son herault

15   pour savoir que c'est. Et il va ((et retourne tantost)) (et luy
raporte que c'est Guy et sa compaignie qui s'en vont) vers
l'ost du soudam moult courroucié par semblant. Et quant
l'empereur entend celle nouvelle si se tient embronché, la
chiere basse, et ne respont mot. Ains fiert cheval des
20   esperons jusques a ce qu'il vient a Guy et des ce qu'il peut
voir (luy) escrie, "Beaux doulx amy, Dieu vous sault et
croisse honneur et bonté. Dictes moy qui vous a courroucié
que departir vous voulez de moy a ceste heure, car je ne
le voulroye pour la moitié de mon empire. Se aucun des
25   miens vous a en riens mesfait, amender le vous feray si
haultement que sarés deviser. Et se le soudan vous a mandé
qui moult est puissant de grans richesses, beaulx amis, ne
croyez pas qu'il ait meilleur voulloir envers vous que j'ay,
car je vueil mettre moy et toute ma terre (et mon honneur)
30   en vostre abandon, tant vous ayme et tiens cher, et de ce
suy prest de vous en faire (si) seür (comme estre vouldrez)."

85. "Sire empereur, fait Messire Guy, je vous remercie de
voz paroles, mais bien saichez que se les paroles et semblans
(n') accordent en effet ilz ne me plaisent gueres. Moult me
monstrez et avez toudis monstré beau semblant et j'ay
5   entendu que vous me reputez en derriere a traïstre et
querez et pourchacez ma mort et ma destruction par l'atise-
ment d'aucuns felons desloyaulx de vostre conseil et de tel
nom me garde Dieux. Et tant vous en ose dire que s'il est
chevalier en vostre empire qui l'ose maintenir je suis prest
10   d'entre(r) en champ pour le rendre au plaisir de Dieu par
mon corps mort ou recreant par devant vous en celle
querelle, mais pour ce que si privéement et sans riens m'en
faire / [b.] savoir avez emprins a moy faire destruire
faulcement et sans raison, me suis departy et depars de
15   vostre compaignie, et vueil aller servir tel que au plaisir
Dieu le me pourra bien remeur mes guerredons. Et pour
ce que vous parlez du soudan, ne vueillés doubtez combien
que vous me faictes vostre ennemy que je me tourne avecquez
luy pour estre encontre vous et pour grever chrestienté;
20   mieulx aymeroye jamais ne portez armes."

86. A ces mos s'avance l'empereur et le prent entre ses
bras et moult doulcement le baise, et luy dist, "Beau
tresdoulx amis, or ne soyez de riens en yre, car se Dieu
m'aist et les sains, je vous ay si cher que pour nulle rien
5 ne croiroye encontre vous chose dont vous deüssiés avoir
blasme. Mais retournez en la cité et en soyez sire et maistre
et gouverneur comme c'est bien raison, et se en riens vous
ay mesfait le me vueillés pardonner par couvenant qu'ainsi
me vueille Dieu aider que jamais tant que vivray ne
10 pourchasseray vostre deshonneur que je le sache. Et vous,
seigneurs barons, fait il a ceulx de sa compaignie, je vous
supply se jamais entendez a avoir guerredon de moy que
vous le priés de remanoir." Et ilz le font, et tant en prient
que Guy accorde toute la voulenté de l'empereur, (si s'en
15 retournent a) moult grant joye faisant devers (la cité) et
tousjours chevauche Guy de costé l'empereur, et il luy dit
en chevauchant, "Sire, il est bon que vous soyez advisé.
— Et de quoy, fait il, beaulx amis? —En nom Dieu, sire,
fait Messire Guy, que le soudam a ordonné demain au
20 matin de faire assaillir vostre cité a puissance, et a juré que
jamais d'illec ne partira jusques ad ce qu'il l'ait conquise.
— Beaulx amy, fait l'empereur, de l'ordonnance soit ainsi
qu'il vous plaira ordonner ((et que)) (bon vous semblera)
car sur vous en metz toute la cure. — Sire, fait Guy, et se
25 j'en suis creü, donc sera ordonné autrement qu'ilz ne
pensent, et dont sera puis qu'il vous plaist m'en charger je
vueil entreprendre la charge." Lors appelle le connestable
de l'empereur, ung moult saige chevalier et de bel aage
nommé Christerofoz, lequel estoit duc d'Almarie, puis luy
30 compte l'ordonnance du souldam, et apres luy dit, "Sire
duc, par vostre bon advis et des autres preux chevaliers de
l'empereur qui cy est, me semble que moult legierement
les povons grever par une voye que je vous diray. Entre
eulx et nous a une montaigne plaine de moult grans destrois
35 et par lesquieulx necessairement leur convient passer. Se
nous allons au devant (a) aucune puissance, il ne peut
aucunement (estre que legierement, ad ce que nous aurons
la garde des passages), que nous ne les dommageons et
confondons sans perdre nulz des nostres ad ce que nous

40 avons la garde des passages et la forteresse (a l'avantage
sur eulx) et que venir ne pourront sur nous que ung et ung
et nous (serons aysez de re)tourner a sauveté quant bon
nous semblera."

87. Celluy conseil tint l'empereur et son connestable et
tous ceulx de la compaignie (a moult bon et loyal), et fut
crié des le soir par la cité que chascun qui armes pourroit
porter sur paine de sa vie fust prest lendemain a l'heure
5 de prime pour aller en la compaignie de Messire Guy et du
connestable la ou mener les vouldront, et ceulx qui s'en
excuserio((en))t seroient reputez a covars a traïstours de
l'empereur ((et de la cité)). Apres le cry (de l'empereur) en
y ot lendemain (au matin) tant d'armez en la grant place
10 de la cité qu'ilz furent nombrez jusques a XXM. haubers
sans les autres souldoyers. En celle compaignie parti Mes-
sire Guy et le connestable avecques luy hors de la cité, et
quant ilz furent ung pou eslongnez sur les champs en une
belle plaine si se mist Guy entr'eulx et les fait ung pou
15 arrester, puis parle si hault que de tous povoit bien estre
entendu, "Beaulx seigneurs, vous tous qui cy estes assemblez,
bien scay que vous desirés a faire chose qui vous tourne a
honneur, et afin que vous puissés bien garder et desfendre
vostre païs. Il est ainsi que le soudan a tout son grant povair
20 c'est jourd'uy meü pour venir assaillir la cité, et pour ce est
ordonné que jourd'uy que vous / [f242ro.] faict garder (et
desfendre) les destrois (de la montaigne) par ou il leur
fault passer (et qui moult sont dangereux). Et se vous avez
bons courages moult y pourrés acquerir grant pris en
25 vengant la mort de Jhesu Christ et pour acquittez voz
terres. Si gardez que vous soyez au jourd'uy telz que par
force les Sarrazins ne vous tiengnent en servaige, car bien
scay s'ilz ont victoire sur vous que tous estes mors, et si
serez menez villainement en essil a tousjoursmes. Si prenez
30 bon cuer en vous, et quant est de ma part ne vous (fauldray)
jusques a la mort." Lors luy crient tous a une voix moult
grant mercis et qu'il voise devant, car ilz pensent vendre
au Sarrazins leur char moult chierement, si s'en vont au
passaiges des mons et la s'embuschent saigement par moult

35 belle ordonnance par le commandement de Guy, et ainsi
    attendent la venue des Sarrazins. Mais de ceulx laisse le
    compte a parler et retourne au riche souldam.

88. Le souldane n'oublia pas le terme qu'il avoit mis d'aler
    assaillir la cité, si fist toutes ses gens aller armer et trousser
    son harnois, puis s'achemina vers la cité. A son partir povez
    scavoir que grant noyse y avoit de clerons, cors, et busines,
5   et quant il fut venu en une moult belle plaine qui est
    empres la montaigne la ou Messire Guy et ceulx de la cité
    sont embuschez, qui bien le voient venir, si appelle le
    soudane Elma le roy de Tir qui est en sa compaignie, moult
    preux et vaillant chevalier selon sa loy. Si luy dist, "Sire
10 roy, vous yrés avant avecques XM. chevaliers armez avec-
    quez vous pour prendre le pas de la montaigne affin que
    nostre ost puisse passer seürement, et se nul y trouvez des
    chrestiens, gardez qu'ilz soient tous occis et detrenchez."
    Et cil luy dist que bien fera son commandement. Si se
15 depart a tant a moult riche compaignie et vient jusquez a
    l'entrée des destrois, et quant Messire Guy les vit si pres,
    si escrie ses gens, "Or sus, seigneurs, pensez de bien faire! Si
    vous vient proye, vous estes ou mont et ilz sont en la valée.
    Or y perra comment vous desfendrés vostre païs." Lors
20 prennent tous a avoir ceur, si courent sus aux Sarrazins
    moult aigrement, et de ce leur advint que avant qu'ilz les
    assaillissent les avoient ilz laissez pour prendre grant partie
    de la montaigne. Si les chargerent si a ung faiz ad ce qu'ilz
    avoient la vantaige du lieu aux grosses peirres et aux
25 dars trenchans qu'ilz en occirent grant venue des premieres,
    et tant que tout le pas en fut couvert. Et quant ce vit le
    roy de Tir, et que fuÿr ne povoit, si met tout a l'aventure
    et prent ung dart en sa main pour ce que espée ne lance
    ne luy avoit mestier, et le getta a ung des chevaliers de
30 Guy par telle vertu qu'i l'abat mort a la terre, dont Guy
    fut moult courroucié (qui vit bien le coup). Si laisse courre
    ung dart qu'il avoit en sa main et en asengne le roy de
    Tir de telle puissance qu'il luy perce le ceur et le pommon
    et l'abbat mort entre les autres. Et lors commencerent du
35 tout a desconfire les Sarrazins, et quant le soudam qui

estoit en bas es plaines vit le grant meudre de ses gens,
si appella le roy de Lubie et lui dist, "Sire roy, ne voyez
vous le grant dommaige que ces chrestiens nous ont au
jourd'ui fait, qui tant ont occis de noz gens comme veoir
40 povez. Or pensons de les aller assaillir liément et prenons
sur eulx la montaigne a force, legierement le povons nous
faire car bien scay que contre l'un de leurs hommes en
avons cent. Or y perra qui m'aymera, que jamais ne seray
joyeux se ceste honte ne m'est vengée.

89. Apres ces parolles se mist chascun en ordonance et
furent si grant nombre que nul ne les pourroit nombrer,
toutes en estoient couvertes les plaines et les ((vallées))
d'environ. A l'approuchez du mont puissiez oÿr grans noyse
5 de cors et de busines et crier maint divers cris, chascun
((en son langage)) de toutes pars pour prendre la montaigne,
car tant estoient grant nombrer que bien le povoient faire.
Si commencerent a assaillir tres durement et les chrestiens
se desfendoient comme gens qui veoient qu'il en estoit
10 besoing, et tant en occirent que c'estoit merveilles a regar-
der ad ce qu'ilz avoient / [b.] l'avantage, mais ((ce riens
ne vault tant) en y avoit que on ne s'aperceü de l'occision.
La se porta Herolt comme vaillant chevalier, car selon la
vraye hystoire il en occist de sa main ((d'une hache dan-
15 noyse)) trente IX. qui n'estoient pas des pires ne des plus
covars de l'ost, et la fut il navré de dars et d'espées en
plusieurs lieux, mais semblant n'en faisoit, ains se desfendoit
tellement que nul n'osoit approcher le pas ou il estoit. Et
quant ot duré longuement l'occision sur eulx, si se penca
20 Guy avecques les Gregois d'une grant boidie pour confon-
dre leurs ennemis, car il fist prendre les roes de (toutes les)
charetes, qu'ilz avoient amenées jusques au nombre de
LXX., et les acouplent deux et deux a ung grant fust et
bien tournant et plain de pieux (de fer) moult agus et tran-
25 chans, et ordonnez par tel engin que beste ne homme ne
nul ne povoient encontrer qui ne meissent tout en pieces.
Et quant ilz orent ce fait si les atirerent en la plus haulte
partie de la montaigne et les laisserent courir de toutes
pars sur leurs ennemis avec grosses pierres taillées. Si des-

30 cendent de telle (puissance et) radeur sur les Sarrazins que
quanqu'ilz encontrerent abatirent et tuerent mors a terre,
et ne les povoit riens contretenir qu'ilz ne confondissent
tous jusques au pié de la montaigne. Et a ce qu'ilz vin-
drent de grant radeur ((et de hault)) sur les Sarrazins, qui
35 firent telle occision ((de ces engins)) que c'est dure chose
a croyre c'en que l'istoire en racompte. Finablement, ce
fut la chose qui plus espoventa les Sarrazins, car la ne se
oserent plus tenir, ains guerpirent la montaigne et se tirent
devers l'enseigne du souldam. Et lors ung chevalier moult
40 fort et vaillant de son corps, lequel estoit nommé Mirebel,
lequel estoit grant, s'en vient devant le souldane, ne qui
estoit feru d'ung glaive au travers du corps, et luy dist,
"Sire, vous povez veoir la malice des (chrestiens, retrayez
vous et faictes retraire von gens et mectez paine a garir
45 les malades et les navrez, car encores vous pourront ilz
avoir mestier. Se vous allez avant a ceste fois pour povoir
de gens que vous avez, je n'y voy nul remede que vous ne
soyés mort et tous voz gens occis et decouppez." A son
loz se tint le souldane et se retrait et sa compaignie a ses
50 tentes moult mal entalenté, et dist qu'il mandera son arre-
bain si grant et si puissant qu'il n'y avra terre qui le puisse
contretenir, et confondra toute chrestienté et mettra a mort
et destruction. Puis se tourne vers ses dieux et les maudit et
despite et gecte contre terre, et dit que vrayement ilz n'ont
55 point de povoir. Ainsi se tourmente comme homme deses-
peré et hors du sens.

90. De l'autre part fut Messire Guy qui resjoÿssoit ses
compaignons et les amonnestoit de remercier Dieu de la
belle victoire qu'i leur avoit donné. Puis s'en retournerent
(a grant joye vers la cité et emporterent) a eulx ceulx
5 qui furent navrez (de leurs gens) et les porterent en la
cité a moult grant joye pour les faire garir. (A grant joye
furent receüz en la cité) et dist tous a une voix encontre
la venue de Messire Guy, "Bien vienne le meilleur che-
valier du monde qui nous a vengié de tous noz ennemis."
10 Et l'empereur et tous les nobles ne faisoient feste fors de
luy, et a donc Mordagu, le seneschal, print en son cuer

tel doeul que bien disoit que jamais n'aroit joye s'il ne
luy pourchassoit villanie du corps. Et bien c'estoit apperceü
Guy auques de son couraige des les parolles qu'i luy ap-
15 porta de l'empereur mais semblant n'en faisoit. Quant cellui
Mordagu ot bien ((espié)) en quelle maniere il peut mieulx
trahir et mettre a destruction Messire Guy, si s'en va le dit
Mordagu a l'empereur et luy dist, "Sire, je me sui doubté
d'une chose et me semble se vous faictes par mon conseil
20 que moult de bien vous en pourra venir, et pource que je
suy vostre lige et que moult de bien m'avez fait, sui je tenu
de vous conseiller a mon povoir. Il est vray que le soul-
dane a mandé son arrierebain, et bien scay qu'il avra telle
puissance que souffrir ne le porés ne attendre, si seroit
25 bon de vous en delivrer (se vous povez) par autre voye.
Si vous diray que vous ferés. (Ja avez) vous / **[f242vo.]**
avecques vous un chevalier qui bien a mon cuider est le
meilleur chevalier du monde et pour sa bonté est assez
congneü entre voz ennemis, et tant l'ayme et tiens chier
30 comme mon propre frere, et avecques luy est ung autre che-
valier qui bien pres le actaint de bonté. L'un de ces
chevaliers est nommé Messire Guy de Warrewik et l'autre
Heroult d'Ardenne, son compaignon. Bien scay que eulz
deux vous ayme(nt) tant et de si loyal amour que chas-
35 cun oseroit bien mectre son corps en adventure pour ((vos-
tre)) droit maintenir. Mandez au soudam quant il veult
avoir vostre terre a force et conquerir que il quiere ung
chevalier de sa part pour le scien droit desfendre (et vous
en querrés ung de la vostre pour le vostre droit desfen-
40 dre), et se le vostre chevalier peult conquerir le scien en
bataille par force d'armes qu'il vous laisse vostre terre quicte
et paisible et s'en voyse sans plus y mesfaire, et se par
adventure le scien povoit conquerre le vostre vous tiendrés
vostre terre le lui et luy en rendrés triu."

91. L'empereur luy respond, "Par ma foy, (seneschal), je
m'acorde bien a vostre conseil et il sera fait tout ainsi que
l'avez devisé." Puis mande tous ses barons a conseil, et leur
dit l'ordonnance tout ainsi que vous l'avez cy dessus ouÿ
5 racompter, puis leur dirent et leur chargerent d'eslire celluy

qui mieulx ((scavroit)) dire cest messaige. Mais n'y ot
oncques celluy qui sonnast mot, ains furent tous ((muetz
et)) coys sans nulle parole dire, tant que le connestable
((le bon Chrestaristor)) a la barbe chanue se lieve em piez,
10 et dist, "Sire empereur, or ait il mal deshait qui tel conseil
vous a donné, se il ne vient de vous, car pou vous ayme
celluy qui vous conseille de preudomme envoyer a sa mort.
Ja ne ((vous)) souvient il des sept nobles barons de Gresse
que autresfois envoya((stes)) faire devers le souldane, les-
15 quieulx il vous (r)envoya les testes par despit, oncques
nulluy n'y voult puis aller et bien ont raison. Si ne le dy je
mye par paour ne ne covardie, et se ((je feusse comme))
j'estoye d'autel povoir XL. ans a passez, que pour doubte
de mort je laissasse a entreprendre le voyage, mais trop
20 est ma vertu afloiblie. Cent ans a ou plus ((sont passez
puis)) que je fus adoubez chevalier, des or mais ne doy a
riens estre compté fors qu'a encombrier sauf pour conseil
donner de ce que en mon temps ay veü." En disant ces
parolles regarda Herolt (envers Guy) qui moult voulentiers
25 eüst entreprins le messaige s'il osast, mais il doubtoit de
courrouciez son maistre. Et Guy, qui bien a entendu les
complaintes de l'empereur et congnoist les couraiges de
ses gens et voit et oÿt que nul ne s'offre pour faire le
messaige, se lieve en piedz et dist, "Sire empereur, puis
30 que autre ne se pour offre, je sui cil qui pour vous vueil
entreprendre le messaige vers le souldane. Ja pour doubte
de mort ne laisseray. — Ha, Messire Guy, fait l'empereur,
plus de ce ne me parler, car je ne vous y vouldroye pour
nulle riens envoyer pour avoir gagné une autelle cité qui
35 est la cité de Costentinoble, ne se que j'en ay dit n'est fors
pour essayer en qui je me puis fier. — De ce ne fault plus
parler, fait Messire Guy, car pour nulle riens ne larroye
que je ne face le messaige, car telle est ma voulenté." Si
prent congé l'empereur et de tous ses gens qui moult sont
40 dolens de son partir et prient Cellui qui tout fist qu'il le
vueille desfendre de mort et d'encombrier et luy doint a
joye repairer. A tant s'en va Messire Guy en sa maison
et demande ses armes, et quant il fut bien armé et monté si
voult Herolt et ses autres compaignons aller avecques luy,

45 mais il dist que ja compaignon n'y menera avecques luys
fors la grace de Dieu, et les pria qu'ilz ne feïssent a malaise
de luy, car il retourneroit tantost.

92. A tant se part Messire Guy de la bonne cité, (riche-
ment) monté et armé, le glayve en sa main, et chevaucha
vers l'ost du souldanc, (et quant il vint la si se esmerveille
de veoir tant de tentes et pavillons car tout le pays en
5   estoit couvert). / **[b.]** Si advisa la tente du souldane comme
la plus belle et la plus riche de toute, et bien la congnut
a l'aigle d'or et a l'escarboucle luysant, si se tira tantost
celle part sans nulluy araisonner, et moult fut regardé de
ceulx de l'ost en passant, mais pource que bien pensoient
10 qu'il estoit messagier ne luy demandoient riens, ains che-
vaucha jusques au tref du souldane et entra ens tout a
cheval. Et a celle heure seoit le souldanc a son menger
a grant compaignie de roys et d'amiraulx, si vint jusques
devant la table tout a cheval, puis dist, "Celluy qui se
15 laissa en croix pendre gard nostre empereur et confonde
tous ceulx que je voy ceans. Souldanc, fait il, ce te mande
l'empereur Hermym qui moult est preudomme et pour qui
tes gens sont mors et desconfis, car trop es fol et oultre-
cuidé quant ainsi cuidez avoir sa terre legierement. Mais
20 se tu y veulx clamer droit, quiers ung chevalier qui pour
toy la desfende, et il enquerra ung autre de sa part, qui
au plaisir de Dieu la desfendra. Et se le tien chevalier peut
conquerir le scien par force d'armes il se tendra ton homme
et te rendra treü de toute sa terre, et se le tien chevalier
25 est conquis en l'estour, tu t'en voises et vuides hors de
sa terre sans plus riens y calenger. Et ces paroles te suy
venu dire de par luy, appareillé de son droit garder et
desfendre par mon corps s'il est nul des tiens nul qu'il
l'ose maintenir encontre moy." De ces paroles fut le soul-
30 danc moult courroucié, si luy demande son nom, et il luy
dist qu'il est nommé Guy de Warrewik. "Et comment, fait
le souldanc, es tu si hardy d'estre venu devers moy qui
mon nepueu, Costram l'admiral, occis l'autre jour devant
la cité? Cuides tu que je soye si piteulx que je t'en vueille
35 respiter? Sachez que bien pou t'ayma l'empereur quant il

t'envoya ci, car jamais ne mengeray ne bevray apres cest
heure tant que tu ayes au corps la vie et que bien aye
vengié la mort de mon nepueu." Et puis fait il a ses gens,
"Gardez que tantost il soit prins, car apres le menger sera
40 ordonné de quelle mort il doit mourir." Lors se pensa Mes-
sire Guy qu'il auques longuement demoure entr'eulx et que
eschapper ne peult sans mort, se sa proesse ne l'en delivre.
Si advisa que temps est de commencer.

93. Si sacha son espée et s'aprouche de la table et dit,
"Sire souldanc, encor ne sont pas venus ceulx qui me doivent
juger, mais vous avrés voir dit." Lors le fiert de l'espée si
grant coup qu'il luy fait voler la teste sur la table, puis la
5 prent a l'autre main et s'en yst hors de la tente maugré tous
ses ennemis, car nul n'osoit son coup actendre ad ce que
desarmez estoient. Si se lieve une criée parmy l'ost si grant
et si merveilleuse que de moult loings on povoit oïr la
voix, et courent tous aux armes pour courir sus a Messire
10 Guy, et il se met au repaire le plus tost qu'il pot comme
celluy qui bien voit que le demourer n'est pas bon. Moult
fut la chasse grande apres, et souvent quant il veoit son
point retournoit et en abatoit plusieurs a terre, mais mer-
veille fut qu'i pot eschapper se n'eust esté une adventure
15 que je vous diray. Advint que apres la departie de la cité,
Herolt son maistre remaint si dolent que bien voulsist estre
mort, car le cuer luy disoit que jamais ne devoit retourner,
si se laissa cheoir sur son lict en sa grant douleur demenant.
Et lors luy advint que pour sa vanité du traveil et de la
20 douleur il s'endormy, et luy vint tantost en advision qu'il
veoit Guy, son bon seigneur, venir vers luy en la cité
et moult grant nombre d'ours et de lyons qui le suyvoient et
cruellement le assailloient, et il se desfendoit de son espée
qu'il avoit en sa main, mais tant estoit grevé et avoit de
25 playes petites et grandes que Herolt avoit paour de sa vie.
Si s'esveilla pour la doubtance qu'il ot pour icelluy songe,
puis mande / **[f243ro.]** tantost ses compaignons et leur
commande a eulx armer, car bien croy que Guy, leur seig-
neur, a mestier d'aide, et eulz font son commandement et
30 si s'en vont erraument monter sur leurs destriers et s'en

yssent ensemble (de la cité) et acueillent leur voye droit a
l'ost grant erre. Et quant ilz furent a mont vers la mon-
taigne qui estoit leur droit chemin par ou ilz les convenoit
passer, sy voient en bas en la valée Guy, leur seigneur,
35 avironé de Sarrazins moult bien montés, et l'assailloient
forment de toutes pars et il desfendoit son corps et moult
en occioit. Et quant ce vit Herolt et ses compaignons, si
devez savoir que tantost ilz eurent descendue la montaigne.
Lors escrient les Sarrazins et fierent entr'eulz si durement
40 que a leur venir en abatirent chascun le sien d'ou la plus
grant partie ne se lieva oncquez puis. Lors mistrent les
mainz aulz espées et fierent si grans coupz que les Sarra-
zins ne les povoient plus souffrir, ains leur convint tourner
en fuit a ce qu'ilz n'estoient que ung pou et des mieulz
45 montées de l'ost qui s'estoient avancés fort devant les aul-
tres hors de leur compaignie pour Guy cuider prendre et
detenir, mais ilz faillirent a leur esperance par la raison
que je vous ay dicte.

94. Ainsi fut Messire Guy recous de mort et delivré de
ses enemis par sa haulte proesse et par l'aide de Herolt et
de ses compaignons. Si ne fait pas a demander la grant joye
et feste qu'ilz demenerent de luy, et s'en retournerent jouant
5 droit en la cité, et Messire Guy fist ficher en une lance le
chef du souldan et la faisoit porter devant luy pour resjouÿr
le peuple. En celle maniere s'en entra en la cité ou il fut
recu si haultement comme Dieu, et disoient tous commu-
nément que vrayement ne devoit la cité ne l'empareur
10 doubter tant que Dieu leur souffrist ung tel champion.
Ainsi chevaucha Guy jusques au palais, et, ainsi qu'il des-
cendoit aulz piés du degré, vint l'empereur a l'encontre qui
le prent entre ses bras et moult doucement le baise, et lui
dist que sur tous aultres fut il le bien venu. Et lors luy
15 present Guy le chef du riche souldan. Et quant l'empereur
entende que c'est il, sy a si grant joye qu'il ne peut parler
d'une grant piece et lui viennent les larmes aulz yeulx de la
joye qu'il a et de l'amour et pitié qu'il a envers Messire
Guy qui tant de foys avoit mise sa vie en aventure pour
20 lui sauver estat, vie, et honneur.

95. Celluy jour fut la feste et la joye moult grant parmy la cité et n'y estoient de riens parlé que de jeux et d'esbatements, et bien leur sembloit et droit avoient que delivrés estoient de toutes douleurs. Tantost apres fist Guy

5 lever ung treshaut pilier de marbre au mileu de la commune place de la ville que nous appellons marché, et au dessus tout hault fist fermer une teste d'arain faicte et ordonnée de couronnes et aultre arroy a la guise du souldam. Et dedens icelle teste fist metre la propre teste du

10 souldam et lettres escriptes dessoubz qui devisoient la maniere du souldam et de sa mort et de quelle main il avoit esté occis affin que ce fut exemple a tous aultres venans de soy garder de forfaire desormais a la cité de l'empereur qui tant avoit joye en son ceur que plus n'en povoit avoir.

15 Si apella Guy a part et il luy dist, "Beau tres doulz filz, il est vray ma fille vous ay promise, et bien l'avez deservie. Sy vous veul tenir mon convenant, et d'icy en XX. jours je veul que vous l'es / [b.] pousez." Et Messire Guy le mercie du grant honneur qu'il lui offroit comme cellui qui pour

20 longue demeure et pour l'onneur qu'il se veoit avenir avoit mis en oubli l'amour de Felice, sa maistresse. Et je ne m'en merveille pas, car au jourd'uy en voit on assez qui pour mendre achoison brisent le festu. Mais de celle matiere ne quier plus a toucher, car on la tient maintenant entre les

25 grans contagieuse, et m'en retourne au texte de l'ystoire qui dit comme il se tint pour fier et joyeux de celle noble victoire, et en passant le terme qui estoit ordonné et assigné (a ordonné) l'empereur qu'i chevaucoit aval son empire et menoit Guy avec lui pour veoir et redrecer les maulz que

30 ses ennemis luy avoient fait. Et bien le povoit faire seürement, car de la mort du souldam soubdainement s'en estoient tous les Sarrazins departis, et retournerent en leur contrées si que nul n'en remaint qui peult aler ne a pié ne a cheval. Si alerent eulz deulz chevauchant parmy le pays en

35 divers lyeux et de moult haulz seigneurs en leur compaignie en amendant et redrechant les maulx tant que vint a un jour qu'ilz arriverent en l'asueprant en une grant plaine ung jour de feste qu'il avoit fait moult grant chault, et chevaucerent tant qu'ilz vindrent a ung des costés d'ycelle

40 plaine ung jour de feste qu'il avoit fait beau tempz. Si
voyent une moult belle fontaine soubz l'ombre d'un grant
arbre, et Guy se tyre celle part et n'y eust guaires demouré
quant il vist venir ung grant lyon, la geulle bayée et navré
en plusieurs lyeux et si estoit si las par semblant qu'il ne
45 povoit aler fors que le pas. Tantost apres sourdi de la
riviere ung serpent moult grant et moult orrible qui suivoit
le lyon tant qu'il povoit et qui estoit de moult merveilleuse
grandeur. Et la geulle avoit si lée selon l'ystoire que ung
corpz d'omme n'y perroit que ung pou, et si estoit si grans
50 par le ventre que ung bien grant homme ne le peust
embracher, et sa longueur estoit merveilleuse. Moult le
regarderent ceux de la court de l'empereur, mais oncquez
n'y eust ung si hardi qui osast entreprendre pour le envahir,
et quant ce vit Messire Guy si descend de l'ambleüre et
55 monte sur son destrier bien armé et pris l'escu et la lance
au poing. Il dit a ses compaignons, "Beaulx seigneurs, vous
veez ceste venimeuse beste mauldite et horrible comme elle
a appareillé ce lyon qui est beste noble et de gentille
nature, et bien voy que plus ne la peust le lyon souffrir.
60 Pour ce luy veul aler aider, et vous commande et charge
comme vous avez mon amour cher que nul de vous ne se
meuve jusquez a ce que vous verrés comme il m'en avendra."
Et ilz demeurent tous par son commandement, mais grant
paour ont de luy. A tant se tourna Guy vers la beste, la
65 lance baissée, englouté de venger le lyon. En son venir
advisa que le dragom qui l'attendoit avoit la geullé bayée,
et en son venir luy adreca son glaive parmy la geulle qui
estoit grant et lée, et luy envoya dedens le corpz bien en
parfont, et de l'angoisse que le dragom senti gecta ung tel
70 bruit que l'en le peut oÿr de moult loing, et aprez se tourne
a la reverse, les piés contremont, faisant moult forte fin. Et
quant Messire Guy le vit en tel estat, si met tantost pié a
terre et va devers luy, l'espée / **[f243vo.]** en la main, et
tant luy donna de coupz morteulz que mourir le convint.
75 Puis luy trencha la teste et le laissa la mort gesant, et puis
remonta sur son cheval. Et quant ce vit le lyon, il eust telle
joye que bien sembloit qu'il fut reconforté de toutes les
douleurs que luy avoit fait le dragon, et tant faisoit grant

feste a Messire Guy s'en merveilloit tout. Il lui sailloit au
80   col de son cheval, puis resailloit a ses piés, et puis s'aloit
jouant devant luy comme se ce fut ung petit chiennet; celui
lechoit les piés moult doucement. Quant Gui vist les signes
que luy faisoit le lyon si aimables, descend a terre pour veoir
qu'il luy feroit, et tantost se couche le lyon devant lui tout
85   estendu et baisse les oreilles en signe de craingte et d'amour,
et Gui lui apleninoit les oreilles et le chef, et le lyon
enduroit tout ce que Guy luy faisoit ainsi comme s'il fut le
plus debonnaire levrier du monde. De ce fut Messire Gui
moult joyeux, si monta a cheval et s'en retourna tout belle-
90   ment vers sa compaignie, mais tousjours luy estoit au les le
lyon quelque part qu'il alast et le suivoit moult debonnaire-
ment quelque part qu'il alloit. Celle choze tindrent a grant
merveille l'empereur et tous ceulx de sa compaignie, et bien
disoient communément que Messire Gui estoit plus vaillant
95   chevalier (du monde) et merveilleusement fortuné de tous
les aultres, qui ne peult trouver nulle adventure donc il ne
vienne a chief. Ainsi alerent chevaucant parmy l'empire a
moult grant joye, et tousjours le lyon en la compaignie de
Messire Guy qu'i moult amoit et chascune nuit dormoit en
100 sa chambre devant son lict, ne nul ne l'en povoit remuer,
et si estoit si doulx et si paisible qu'a riens ne mesfaisoit.

96.   Or approcha le jour que Gui devoit espouser la fille de
l'empereur ainsi que ordonné estoit. Si s'en revindrent vers
la cité pour faire les ordonnances de ce qui appartenoit a
la solennité des espousalles, et, quant vint au jour qui estoit
5   terminé, vous povez savoir que Guy fut ordonné si riche-
ment et si bel comme a son estat appartenoit, et tous ses
compaignons d'une sieute si gentement et cointement que
tous s'en merveilloient ceulz qui les veoient de leur ap-
pareil. De l'aultre part fut l'empereur avecques ses ducz et
10   ses princes en si hault estat comme a sa noblesse appartenoit,
et sa belle fille acompaignie de plusieurs nobles dames de
l'empire vindrent ainsi ensemble jusquez a la maistresse
porte de l'eglise ou les espousales devoient estre. Et lors
prist l'empereur sa fille par la main et appella Guy et lui
15   dist, "Beau sire Guy, il est vray que ma fille qui est par

moy vous promise ycy est, et je me veul acquiter de ma promesse. Tenés, je vous en fais don et avec elle la moitié de toute ma terre par tel convenant que apres la fin de mes jours vous ayez la charge et la cure de l'empire ainsi que
20 j'ay a present, et Dieu vous doint joye, et en prosperité user voz vies ensemble."

97. Messire Gui qui moult estoit saige et advisé remercia l'empereur moult humblement en recepvant le don, et aprez se tirerent avant les archevesquez et les prelas qui la estoient pour faire la les espousalles. Si advint ainsi que les aneaulx
5 dont [b.] ilz devoient estre espousez furent mis sur le livre, Guy d'aventure regarde ung aneau qui estoit en son doy, si luy souvint de sa belle maistresse Felice qui luy avoit donné, et lors s'apence de la grant desloyaulté qu'il vouloit faire comme de la deguerpir et changer pour aultre, si s'en
10 clame entre ses dens traïstre et desloyal. De la souvenance luy monte une telle douleur au cuer qu'il ne se peust soustenir en piez. Ains lui convint soy seoir a terre, et l'empereur qui moult est esbahy luy demande qu'il a, et il luy respond que ung tel mal l'a pris au cuer qu'il en cuide
15 bien mourir. En cel estat en fut emporté Gui de la place, et avoient tous moult grant paour de lui, et furent les espousalles continuées jusquez a ce que Dieu l'eust tourné en garison. Et de ce fut la fille de l'empereur si dolente que bien cuidoit on qu'elle en deüst mourir de deul, et disoit
20 que vrayement aprez la mort de Guy, son amy, ne vouloit plus vivre comme celle qui bien cuidoit qu'il deüst mourir.

98. En sa chambre se tint Messire Guy (en tel estat) l'espace de quinze jours sans en yssir comme cellui qui moult avoit grant douleur au cuer de la grant desconvenue qu'il avoit osé prendre encontre celle dont tous les biens lui
5 venoient. Et pour la pesanteur et male chere qu'il faisoit son lyon estoit si dolent qu'a peine vouloit menger et ne cessoit ne jour ne nuit de deul mener pour la grant amour de Messire Guy, son maistre, et tant en faisoit comme beste mué que tous ceulz qui le veoient s'en merveilloient. En
10 celluy temps appella Herolt, son maistre, et lui dist la cause

de sa douleur et comme l'annel l'avoit ramentu de sa
desconvenue que vrayement avoit il l'amour de sa maistresse
Felice si prez du ceur qu'il ne se pourroit nullement accorder
a aultre amer. A donc lui dist Herolt, "Sire, avant que je
15 sceüsse tant de vostre conseil vous tenoye assez plus sage
que je ne fais maintenant qui tel honneur voulez refuser et
si haulte dame et si belle comme est la fille de l'empereur
et l'onneur de ceste empire qui tant est hault et riche qu'il
n'y a plus riche ne plus haulte en tout le monde pour une
20 ou n'avez nulle seürté, et si ne scavez comme en droit vous
le monde se porte, et si avriés en faisant ce mariage telz
mile princes soubz vous donc le plus povre est plus riche
de villes, cités, et chasteaulz que n'est le conte Roalt de
Warwik en toute sa seigneurie. Si me semble grant oultre-
25 cuidance a vous de tel honneur refuser. — Haa, maistre, fait
Guy, or voy je bien que vous folés a present de bonnes
condicions que avoir soulliés, n'oncquez mais ne vous vy
moy conseiller a faire desloyaulté pour nulle richesse, et
sachez bien que de ceste parole vous savray mal gré tant
30 que vivray. Et bien vous desfens si cher que vous avez ma
compaignie que jamais ne soyés si hardy de m'en parler,
car pour vous ne pour aultre jamais ne m'accorderay a faire
contre j'ay promis. — Et je ne vous en parleray plus, fait
Herolt, puisque ((vostre)) voulenté (y) est, et de tant que
35 fait en ay je vous prie que le me pardonnez, car je ne
pensoye fors que bien, et si ne savoye pas la desconvenue
de vostre ceur si acertes comme je fais maintenant."
/ [f244ro.] A tant cesserent leurs paroles a celle heure, ne
plus avant ne l'osoit Herolt esmouvoir. Et ainsi demoura en
40 sa maison pencant et ymaginant tousdiz en quelle guise il se
peust myeulx et son honneur excuser d'icelluy mariage, et
se garde bien de son conseil descouvrir a homme du monde.
Et au bout des quinze jours, qu'il se sentoit sain et reconforté
de ce qu'il vouloit faire, s'en ala droit a la court ou il fu a
45 moult grant joye receü de l'empereur et de tous les aultres.
Et tousjours estoit son lyon avec luy, qui faisoit moult parler
ceulx de la court du grant hardement que Guy avoit fait
de delivrer le lyon le jour qu'il occist le draglon ((qui luy
courut sus,)) et puis disoient que a la grant amour qu'il

50 monstroit envers Messire Guy, comme beste estrange il le
devoit moult amer, et les autres disoient que si faisoit il tant
que plus ne povoit. Ces paroles entendi bien par le bouche
de plusieurs Margadur le seneschal, qui d'ancien tempz
avoit une si mortele hayne enracinée en son ceur par envie
55 envers Messire Guy, si comme aultrefoiz cy dessus est
touché que le plus de son ymaginacion estoit a la mort et
encombrier de Guy. Si se penca que pour plus le courroucer
qu'il occiroit son lyon que tant amoit et par ce pourroit
faire moult grant desplaisir a Messire Guy.

99. Advint que cellui jour l'empereur tint Messire Guy
a feste avec ses barons qui moult faisoient grant feste et
grant joye de son relieuvement. Et le lyon comme qui quiert
son deport en atendant le retour de son maistre s'aloit
5 esbatant et deportant parmy le palais sans faire a nulluy
mal ne ennuy tant qu'il vint en ung moult beau verger qui
la estoit, et pource qu'il faisoit chault et il trouva herbe
belle et fresce se coucha au soleil et s'endormist moult
paisiblement selon sa nature. Sy advint que tant qu'il estoit
10 la, Guy prit son congé de l'empereur et retourna vers sa
maison, et ainsi que le felon seneschal apres le retour de
l'empereur aloit aval les chambres sy advisa par une basse
fenestre le lyon de Guy qui se dormoit pres de la fenestre.
Sy prist une lance a fer agu et le fiert au travers du corpz
15 parmy la fenestre, et quant le lyon se senti feru comme
beste effrayée sailli sus et s'en courut a l'ostel de son
maistre. Et une pucelle qui d'aventure estoit es chambres
de la fille de l'empereur qui estoit de l'aultre part du verger,
et bien eust apperceü tout celluy fait, si lui escria en hault
20 de pitié et de douleur qu'elle en eust, "Sire seneschal, moult
avez mal fait et encore vous en pourra sourdre grant
encombrier." Le lyon ne fina d'aler jusquez a ce qu'il vint
en l'ostel de son maistre traynant ses bouyaux qui luy
yssoient par l'ouverture de la grant playe, et jusquez a ce
25 qu'il vint en la chambre ou Guy estoit, ainsi atourné comme
je vous ay dit, et tantost qu'il vist son maistre, il se coucha
devant luy et Messire Guy qui moult l'amoit luy prist a
apleiner les oreilles et la teste, et le lyon luy leschoit les

mains si doulcement en signe de grant amour. Et quant Guy
30 entend l'estat et voit son lyon si mortellement navré, il a si
grant douleur au ceur qu'il ne se peust tenir que les larmes
ne / [b.] luy venissent aulx yeux a ce que trop l'amoit de
grant amour, et dist, "Hee, Dieu, qui peut ce estre qui me
haït si mortelement qu'en despit de moy est mon lyon tel
35 atourné, la beste qu'oncquez plus j'amoy. Ainsi m'aist Dieu
que j'amasse myeux avoir perdu une autelle cité comme est
Constentinoble et tout l'onneur se je l'eüsse a moy apendant
que veoir telle desconfiture." Et en disant ces paroles,
descendist mort son lyon devant luy, qui tant avoit saigné
40 que plus ne povoit vivre, et lors luy redouble sa douleur en
disant que vrayement amoit myeulx mourir que il ne le
revenche s'il peut savoir qui ce a fait. Sy se tourne tantost
vers la court demandant diligaument a tous ceulx qu'il
encontroit s'il luy sceüssent a dire nouvelles de celluy qui
45 avoit blecé son lyon, et tous qui le veoient a son semblant
appercevoient bien qu'il estoit moult couroucié, et moult
offroit grant guerdon a celluy qui luy diroit. Neantmains
n'en peust oÿr nouvelles jusques a ce que d'aventure en
trespassant a l'entrée des chambres de la fille de l'empereur
50 qu'il encontra une tresbelle damoiselle qui luy demanda en
son venir et sans le saluer, "Beau sire Guy, comme le fait
vostre lyon, pensez vous qu'il puisse guarir? — De quoy,
fait il, damoyselle? — De la cruele playe qu'il a, dit elle.
— Et comme le savez vous? dist Messire Guy. — En nom
55 Dieu, sire, fait elle, si says bien, car parmy celle fenestre
que vous voyez la vige bien comme Mordagur le seneschal
faucement le feri d'une lance parmy les trilées d'une fenestre
tout au travers du corpz, et tandiz que le povre lyon se
dormoit. — Ha, damoiselle, dit Guy, benoite soyez vous, et
60 pour voz bonnes nouvelles m'octroye a tousjours mais vostre
chevalier."

100. Si se part Guy de la chambre entalenté d'acomplir
son vouloir, et tant va hault et bas qu'il trouva en une petite
sallete le seneschal avec ung sien nepueu conseillans
ensemble, et de si loing qu'il le vist si lui escrie, "Ha, faulz
5 traïstre, lonc tempz a que vous avez faulceté et traïson

tousdiz menté encontre moy, et de present, pour plus me
couroucer, en despit de moy avez tué mon lyon que tant
j'amoye. Si est bien droit qu'en ayez le guerdon." Lors tire
le bon brant du fourreau et luy en donne tel coup parmy la
10   teste a ce qu'il vouloit fouÿr qu'il lui embatist jusquez aulx
dens. Lors son nepueu qui la estoit le voulu revencer et prit
une glaive pour courir sur a Messire Guy, mais Guy luy
fut au devant qui le fiert de plat sur la teste si grant coup
qu'il le feist cheoir a terre tout estourdi, pource que pas
15   occire ne le vouloit, et au relever cria mercy a Messire Guy,
qui plus n'avoit talent de lui mesfaire.

101.   Apres ces choses faictes s'en alla Guy devers l'em-
pereur en guise d'homme tresfort courroucé, et lui dit, "Sire,
servy vous ay et aidé a mon povoir que j'ay esté avec vous,
mais il me semble que j'ay de vostre service moult mauvais
5   guerdon quant sur vostre asseürance et en vostre court a
esté mon lyon occis que j'amoye tant en despit de moy et
par les mains de vostre felon seneschal qui en lieu d'amour
et de droiture m'a tousjours pourchassé traïson. Et pource
que plus ne le povoye souffrir et / **[f244vo.]** pour cestui
10   grant mesfait j'en ay pris vengeance et l'ay occis de mes
mains. Si vous pri que le me pardonnés. Et pource que je
voy bien que forte chose seroit a vous de me garantir quant
chascun des vostres me veult courir sur et que j'entens
plusieurs qui murmurent encontre moy et bien leur semble
15   que je ne suis pas digne d'avoir l'onneur que vour m'offrez,
veul leurs ceurs metre en aise. Car sachez que ma volenté
est telle qu'avant toutes choses veul retourner devers mon
pays et veoir comme mon pere et mes amis le font. Et si ne
vous veullez pas mesfier de moy, car se vous avez a
20   besongner de moy et je le puis savoir, je ne seray en si
lointaigne terre que je ne vienne a vostre mandement pour
le grant honneur et courtoisie que monstré m'avez. — Ha,
beaulz amis, dit l'empereur, par Dieu ne dictez ces paroles,
ne soyez yrés, car se nul vous a en riens courroucé tant soit
25   grant, j'octroye que vengeance en seroit pris tout a vostre
volenté. Et de tant que fait en avez ne vous scay je nul
mauvais gré, mais vous savez la grant amour que j'ay en

vous que ma fille vous veul donner, que tant ay refusée a
de haulx princes, sy me semble que vous ne devez pas
30 guerpir ma compaignie sans aultre plus grant achoison.
— Sire, fait il a l'empereur, voirement me offrez vous si
grant honneur que je ne vous en pourroye ne savroye rendre
le guerdon, mais bien est voir se j'avoye espousée madame
vostre fille, je congnois tant l'orgueil et envie des Grejois
35 qu'ilz en voudroient tantost avoir male volenté envers vous
et diroient que trop vous seriés abaissé d'avoir marié vostre
fille et hoir a ung povre vavasseur d'autri terre. Si ne veul
pas que pour l'amour de moy vous perdés leur bonne volenté,
et me vueillez ottroyer vostre bon congié, car bien sachez
40 que je ne remaindroye pour nulle chose du monde." De ce
est l'empereur moult angoisseux au ceur qu'il ne se peust
tenir de lermer aulx yeulx, et quant il vist que retenir ne le
peut si luy abandonne tous ses grans tresors, mais oncquez
n'en voult riens prendre, car assez avoit des biens qu'il avoit
45 conquis sur ses ennemys. Et quant l'empereur vit ce, il
donna et despartit tant a ceulx de sa compaignie qu'a
tousjours mais en furent riches et moult se loent de la
courtoisie de l'empereur, et bien disoient qu'ilz seroient prestz
de le servir toute leur vie.

102. Lors se mist Messire Guy en mer, luy et toute sa
compaignie, et single et tant fait par ses journées qu'il arriva
en Almaigne, et sejourna avecques le bon empereur ung
pou de tempz, qui moult fist grant joye de sa venue et moult
5 se delitoit d'oÿr parler de lui en derriere de lui et de ses
beaulx fais et de la proesse que acompli avoit en la guerre
de l'empereur de Costentinnoble. Et quant il luy ennuya
il departist de l'empereur, tendant d'aler vers son pays, et
chevauca tant par ses journées qu'il vint en la duché de
10 Lorraine et lors se recongneust bien en la contrée comme
cellui qui autresfoiz y avoit esté. Ung jour aloit chevaucant
son chemin parmy une moult belle forest qui estoit prez
d'une riche cité, et aucuns hystoriens dient / [b.] que
c'estoit la cité de Metz. Sy avoit fait cellui jour moult bel
15 et moult chault comme en jour de plain esté, et a heure que
nous disons heure de vespres que le chault fut forment abatu

et que les oysillons se penoient fort de chanter et resjouÿr
peut on la oÿr une telle noise et si doulz son de la voix des
oysillons qu'il ne fut ceur qui ne s'en deüst merveiller et
20 resjouÿr. Si appella Messire Guy Herolt son maistre et luy
commanda qu'il alast devant en la cité, lui et sa mesgnie
pour hosteller, car il vouloit seul chevaucer, lui et son page,
tout bellement en escoutant le doulx (chant) des oyseaulx.
Et ainsi fut fait comme il commanda et s'en partirent tous
25 ceulx de sa compaignie, fors que son page, et alerent en la
cité, et lui apres tout bellement escoutant le doulx chant
des oyseaux.

103. Entre les aultres oyseaulx avint que sur destre part
il entendi la voix d'ung rousignolet qui par son advis chan-
toit plus doucement qu'aultre qu'il eust oÿ, sy entreoublia
du tout son chemin et se tira celle part pour mieux et plus
5 aisiement oÿr son chant, et quant il fut pres de l'oisel, il
oÿ ung plaint merveileux et bien luy sembla que c'estoit voix
d'omme. Si trait celle part et tant va qu'il trouva soubz
une aube espine le corpz d'un chevalier gisant moult navré
et detrenché en plusieurs lyeux et si avoit le visage pale et
10 decoulouré de la grant effusion de sang qu'il avoit perdu.
Si le regarde Messire Guy et en a grant pitié, car il lui
sembloit trop belle creature et bien formé de toutes
membres et tel qui bien devoit valoir le corpz d'ung chevalier
en toutes places, et si estoit l'appareil dessus luy moult
15 riche. Et quant Messire Guy le voit en tel estat si en a moult
grant pitié au ceur, et lui demande, "Sire chevalier, qui
vous a tel atourné?" Et cellui ouvre les yeulx et le regarde,
puis luy dist ainsi qu'il peust parler, "Sire chevalier, de moy
et de ma douleur ne vous chaille, mais alez vostre voye car
20 ma grant douleur ne povez vous ramender. — Ha, sire, fait
Messire Guy, vous ne savez encore, car la puissance de Dieu
est moult grande, et pour ce vous prie et conjure par la
foy que vous devez a ce que plus aymés eu monde que me
diez vostre nom et qui vous a tel atourné, par tel convenant
25 que je mete paine de vous revencher a mon povoir." Lors
le regarde cellui et voit qu'il est beau chevalier et semble
de hault affaire, et avoit avec ce moult riche harnois comme

pour la garde de son corpz en chevauchant, si luy respond
et dit, "Sire, vous desirez moult a savoir mon nom et la
30 cause de ma mal aventure, et je le vous diray par convenant
que pour ma salvacion ferez une choze que je vous requer-
ray." Et quant Messire Guy a ung pou pensé, lui dist que
pour luy sauver la vie fera il son pouvoir d'acomplir sa
requeste, ja pour doubte de mort ne le laissera. De ce le
35 mercia moult le chevalier, puis luy dist.

104. "Sire chevalier, vous m'avez promis et plevy vostre
foy de faire pour le sauvement de ma vie ce que je vous
requerray a vostre povoir, et je croy que vous estez si
preusdomme que bien tiendrés au plaisir de Dieu vostre
5 promesse. Sy vous / **[f245ro.]** diray mon nom et qui m'a tel
attourné et pour quelle cause. Or sachés que ceulx qui me
congnoissent m'appellent Thierry, et suis né de Gourmoise,
filz au bon conte Albry, ne scay s'oncquez mais de moy
oÿstes parler. — De vous ay je bien oÿ parler aucune foiz,
10 fait Messire Guy, et de savoir vostre nom suige moult joyeux,
mais de la cause de vostre encombrier vous prie moy faire
certain. — Et je le feray, fait il, car c'est bien raison. Il est
vray que de l'aage d'enfance ay esté nourry en la court du
duc de Lorraine, lequel m'a moult amé et tenu pour l'amour
15 de mon bon pere. Celluy duc avoit une fille moult belle et
gracieuse que nul ne savoit sa pareille au monde, et si
estions, elle et moy aussi comme d'un aage, et pour l'amour
d'elle entrepris premierement a porter armes. Et pour
acquerre sa grace me suis tant travaillé que devant tous
20 aultres elle m'amoit et m'avoit fait tel ottroy et asseüré de
loyales amours, et aussi avoye je fait a elle que jamais ne
devions pour nulle riens changer l'un l'aultre, et pour ceste
joyeuse accordance ay travaillé en diverses contrées pour
honneur et pris acquerre, et tant que a ung jour ou j'estoye
25 au pays de Rommenie avec ung hault prince a qui j'avoye
moult aidé a finer sa guerre encontre ses ennemis. Ainsi que
je m'en revenoye de voler de riviere encontray ung privé
varlet que bien congnoissoie, lequel me presenta unes let-
tres de par elle, et contenoient les lettres comment son pere
30 et ses aultres amis par force et contre son ceur la vouloient

marier au duc Othes de Pavie, mais elle aymeroit myeulx
estre morte, et si me manda le jour des espousalles affin
que se je la vouloye jamais trouver vive que je feüsse devers
elle pour la prendre et emmener du pays, car elle estoit
35 preste de soy embler et s'en aler avec moy quelle part que
je la vourroye mener. Aprez ces nouvelles devez savoir
que je ne tarday pas longuement pour le jour des espousalles
qui bref estoit, ains me mis a la voye, et tant chevauche de
jour de nuit privéement que je vins a la cité ou la belle
40 estoit et les ducs qui venus estoient pour faire les neupces
a moult riche compaignie. Secretement lui fis savoir ma
venue dont elle fut moult joyeuse et me manda qu'en une
certaine heure de la nuit elle descendroit hors de la tour
ou elle dormoit par une fenestre et se laisseroit devaler par
45 une corde dedens le jardin qui estoit hors de la voye et
separé de la ville, et que je feüsse la pour l'attendre.
Et ainsi fut fait comme j'ay dit, car droictement a l'eure
que mise avoit elle descendi et vint a moy, et lors fut la
joye si grant entre nous entreoubliasmes dont ce fut folie,
50 et a l'ajourner nous departismes au plus tost que nous
peusmes mais trop avions demouré, car apperceüz fusmes
de plusieurs gens. Si commenca la chace apres moy et ma
compaignie moult cruele et moult dure et nous nous
desfendismes au myeulx que nous peusmez, mais ilz estoient
55 si grant nombre que bien faire de nous n'y faisoit mestier,
et la perdige moult de mes compaignons et tous furent
mors et pris, donc je fus moult dolent, car je les vy devant
mes yeulx occire. Et lors couru je sur au maistre de tous
ceulx et l'occis, et ainsi que ses gens entendoient a mener
60 deul, / [b.] prins m'amye sur le col de mon destrier et me
mis a la voye grant aleure ((toute jour au travers le païs))
et mes ennemis tousjours au dos qui tousdiz me suivoient,
tant que vers l'anuitant ((qui fut au soir dernier passé)) vins
sur l'orée d'une riviere large et parfont, et lors frappay le
65 bon cheval des esperons en qui moult me fioye, pource
que je n'y veoie aultre pont ne passaige par ou je peüsse
passer. Si se lance en la riviere et par sa bonté me passa
oultre moy et m'amye a saulveté, et quant ce virent ceulz
qui me suyvoient si n'y eust oncquez tant hardi qui aprez

70 moy s'osast metre a l'aventure, ains s'en retournerent tous.
Lore m'en vins en celle belle forest joyeusement esbatant
comme cellui qui bien cuidoie estre asseür sans plus de
nully avoir garde, et tant pour le travail que j'avoye fait
que pour la nuit que j'avoie veillé devant, me prit trop
75 grant volenté de dormir. Si descendi droitement soubz cest
arbre et y atache mon cheval, puis me couchay embas sur
l'erbe vert ou giron m'amye. Et ainsi que dormoye vindrent
sur moy .XV. chevaliers robeurs qui habitent en ceste forest
et prindrent les ungs m'amye et l'emmenerent a force avant
80 que je fusse esveillé, et les aultres me navrerent et meur-
drirent ainsi que bien povez veoir. Je croy bien que je n'en
puis eschapper sans mort, mais en verité je ne suis pas si
dolent de ma mort que je suis de la perte de m'amye, mais
je doubte que les traïstours ne l'ayent ja honnie. Or vous
85 ay dit, sire chevalier, qui je suis et la cause de ma douleur.
Si vous veul requerre que pour tous guerdons aprez ce que
je seray mort vous veullés mon corpz ensevelir en quelcque
moustier ou abbaye, affin qu'il ne soit devoré des bestes
sauvaiges. Et se vous voulez acroistre vostre honneur ne
90 vous convient aler fors que a ung petit mont qui est ycy
pres, la pourrés vous trouver les quinse robeurs qui m'ont
fait cest encombrier, et se vous les povez conquerir, quelle
chose je scay bien est leger a vous et a ung preudom-
me a faire, vous y acquerrés grant pris. Et si delivrerés
95 Oiselle, ma doulce amye, qui moult est vaillant et saige,
et mon coursier qui bien est ung des meileurs du mon-
de, et je croy qu'en vous sera moult bien employé, et veez
ci mon escu et mon branc que vous porterez avec vous car
vous n'en avez point pour vous desfendre." Moult prit
100 a Messire Guy grant pitié au ceur quant il sceult que
c'estoit le bon Tierry, mais autre semblant n'en filt, ains luy
dist, "Sire chevalier, vostre escu et vostre branc prendray
voulentiers, et vous remaindrés cy, et vous prie qu'il ne
vous ennuye, car par tempz viendray je devers vous. —
105 Ha sire, fait Thierry, alez au Sauveur de tout le monde
que vous veulle garder et desfendre de mort et d'encom-
brier." Lors se part Messire Guy entalenté de sa vengeance
et d'encontrer les robeurs qui ce lui avoient fait. Si

chevauche tant qu'il vint sur le mont que Thierri lui avoit
110　ensengné, et lors regarde en l'une des ornieres hors de la
voye et voit une grant loge assez mal atyrée et nouvelement
faicte en laquelle les larrons repairoient, et de fait y estoient
a celle heure et mengeoient, et si vist le cheval Thierry qui
estoit ataché par dehors, sy scait tantost que la sont
115　/ [f245ro.] ceulx qu'il va querant. Et ainsi qu'il approucoit
celle part oÿt la voix d'Oiselle, la damoyselle, qui piteuse-
ment se complaignoit et souvent regretoit son amy Thierri.
Et lors fut Gui myeux acertené de la verité que devant, si
fiert cheval des esperons et s'en entre tout a cheval dedens
120　la loge, l'espée ou poing et l'escu embracé, puis leur escrire,
"Larrons traÿstres, ne mouvés, vostre fin est venue." Si se
met entr'eulx et les fiert si durement a ce qu'ilz estoient tous
desarmez que a chascun coup en occist ung ou lui donna
tel coup qui fut mortel, et tant fiert et maille a ce qu'il
125　tenoit l'entrée que ilz ne peüssent fouÿr que en pou d'eure
les a tous occis et detrenchez sans que ung seul en soit
eschappé. Et bien dit on voirement que larrons sont plus
legiers a desconfire qu'aultres gens. Puis s'en vient a la
damoiselle et la conforte moult doucement et lui dist,
130　"Belle, ne vous esmayés, car je vous meneray doulcement
a vostre bel amy Thierri que j'ay laissé soubz l'aube espine."
Et quant elle entend ces mos si a si grant joye qu'elle se
pasme, et Messire Guy la prent entre ses bras. Et quant elle
fut revenue de pasmoison, si la monte dessus sa mule qui
135　la estoit, et il sault sur le bon cheval de Thierri et maine la
damoyselle par le frain jusquez a l'aube espine la ou il avoit
laissé le bon Thierri, et quant ilz sont la venus si ne le
trouverent point et virent tout entour desbatu de chevaulx.
Et lors fut Gui moult dolent, et assez plus la damoiselle
140　pour son amy, car elle demainoit tel deul que nul ne le
vist qui n'en deüst avoir pitié, et Guy la reconforte a son
povoir, et luy dist, "Belle tresdoulce amye, ne vous occiez
mie ainsi. Sachez que vostre amy avrés vous tantost ou il me
145　coustera la vie. Si vous prie qu'il ne vous ennuye, et si
me attendés cy tant que je retourne, car vous me ravrés le
plus tost que je pourray."

105. A tant la descend de la mule et la laisse seant soubz l'aube espine, puis se met a la voye grant erre celle part ou il voit que les chevaulz sont alez, et tant ensuyt les esclos qu'il est yssu du boys et entre en une moult belle
5 lande. Si regarde devant luy et voit quatre chevaliers bien armés et richement montés dont l'un d'eulx portoit devant luy le corpz de Thyerri sur le col de son cheval. Et de si loing qu'il le vit si le congnust bien, si fiert cheval des esperons qui legierement l'emporte tant qu'il attaingt les
10 chevaliers. Si les salue moult bellement, et ceulz retournent et lui rendent son salut, et puis leur dist, "Beaulz seigneurs, je vous vouldroye prier en guerdon de ce que je desvisse vous me rendés et vueillés laisser ce chevalier que vous portés, car je luy ay promis honnorablement enterrer son
15 corpz, et je me veul acquiter de ma promesse envers luy." Et lors se trait avant ung grant chevalier (qui la estoit) ((et qui bien sembloit estre maistre des autres, moult)) fier et orgueilleux, et estoit seneschal du duc Lohier de Lorraine, et luy dist ainsi par grant despit, "Vassal, vassal, par
20 sainte croix, je ne vous tien pas a sage quant ainsi venez calenger le chevalier, et vous promet / **[b.]** bien que vous estes ung de ses compaignons. Pource ne seray jamais lyé se je ne vous rens ensemble au duc Lohier affin que il vous face juger et destruire ensemble comme faulx et traïstours,
25 car bien l'avés deservy."

106. Lors s'eslongne eu champ et moult menace Guy et le desfie et lui dist qu'il se garde de luy, car a la mort est il venu. Et quant Messire Guy voit qu'estre ne peut estre aultrement, si le fiert yré et couroucié a son venir a ce qu'il
5 ((y mettoit ceur et force qu'il)) luy passe le glaive au travers du corpz et l'abat mort a la terre. Puis resache a lui son glayve, car bien pence qu'encore lui avra mestier, et luy dist par ramponne, "Sire chevalier, vous avez bien acquité vostre messaige." Puis laisse courre a ung aultre qu'il voit
10 venir vers luy et le fiert tellement en son venir qu'i l'abat mort a la terre avec son compaignon, et lors brise son glaive. Si met la main a l'espée et s'en vient au tiers et le fiert telement ((a la renverse)) par le heaume ((en la veüe

qu'il luy embarre et luy embat)) qu'il luy mist l'espée jusquez
15 au cervel, et celluy chet mort a terre. Et lors s'en vient au
quart qui s'appareilloit de venger ses compaignons, et le
fiert si grant coup au comble de son heaume qu'il n'eust
povoir de soy tenir en scelle, ains wide les archons tel
atourné que bien cuidoit Guy qu'il fut mort. Et quant il
20 les a ainsi tous desconfilz, lors prist Thierri moult doulce-
ment entre ses bras et le met a cheval pencant de retourner
a s'amye. Mais a tant laisse l'ystoire a parler de Messire
Guy, et retourne a parler de Herolt et de ceulz de sa
compaignie pour deviser leur contenance apres sa departie.

107. Puis que Herolt et ses compaignons furent departis
de Messire Guy et ilz virent qu'il demouroit si longuement
sans revenir apres eulz si se doubterent moult qu'il n'eüst
aucun destourbier, et pource retournerent celle part la ou
5 ilz l'avoient laissé (et cerchierent amont et aval la forest)
et moult crierent et appellerent aprez luy, mais nouvelles
n'en pourrent oÿr. Et ainsi qu'ilz s'estoient mis au retour
par ennuy, Herolt chevauchant hors de sa compaignie par
diverses sentes, comme celluy a quy plus pres il tenoit
10 de celle matiere que a tous les aultres, si luy advint qu'il
oÿst une voix de femmes qui moult piteusement se com-
plaignoit. Si se traist tantost celle part selon le son de la
voix tant qu'il vint soubz l'aube espine ou la belle Oysille
se complaignoit. Et quant il la vist, si devint moult esperdu
15 et bien lui sembla que ce fut chose fée, mais non obstant
l'arraisonna moult bel et salue, et celle luy rend son salut
assez acointement. Lors quiert Herolt qui elle estoit, et
celle qui moult se vouloit couvrir luy respondi qu'elle est-
oit une pucelle qui estoit de la contrée, qui moult estoit
20 esgarée et dolente et voulentiers vouldroye estre a sauveté.
"En nom Dieu, dist Herolt, demoiselle, pource ne vous
fault deul demener, car a sauveté vous metray briefment
se c'est vostre vouloir." Et celle l'en mercie et dit aultre
chose ne desire. Si la fait monter sur la mule, qu'il bien
25 la congnoissoit s'il eust bien ravisée, mais jamais ne se
peust cuider que jamais ce fut la mulle de Messire Guy,
son maistre. Et pource sans plus enquerir s'en retourna

avecquez la damoiselle sauvement / [**f246ro.**] a la cité et
la herberga honnourablement en une des parties ((du logis))
30 de Messire Guy, et ainsi s'en retournerent en une des parties
de la forest, luy et ses compaignons, ne ne povoient avoir
nulles vrayes nouvelles de leur maistre, Guy. Mais a tant
en laisse le compte a parler, et retourne a parler de Messire
Guy.

108. Et dit l'ystoire que au plus tost que faire se peut
Messire Guy s'en retourna a l'aube espine a tout le corpz
de Thyerry qu'il portoit devant luy sur son col de son
cheval, et quant il ne treuve la damoiselle si est tant dolent
5   que nul plus. Lors met le corpz a terre moult souef, et va
cherchant hault et bas la forest, et moult a grant paour
que elle ne fut devourée des bestes ou que larrons ne
l'eüssent prise a force et ravie. Et quant il l'a quise par
tout jusquez a ce qu'il veoit la nuit venir, si se pence que
10 folie seroit de plus yllecques remanoir, et prie fort pour
elle. Et a tant prent le corps de Thyerri (et le met) devant
luy moult doulcement et s'en retourne vers la cité, et quant
il y vint si estoit pres que nuit, mais il trouva ses gens
qui l'attendoient a la porte, qui moult eurent grant joye
15 de sa venue. Ainsi chevauce tant parmy les rues qu'il vint
au logeis, et lors descend le bon Thierri et le filt recepvoir
a ses gens moult doulcement, et apres filt faire ung beau
feu et mettre ung riche matelas devant aourné d'un riche
pelle et dessus le filt coucher moult honnourablement, et
20 puis manda les mires de la ville. Et quant ilz furent venus,
il leur monstra le chevalier navré et leur dist que s'ilz le
povoient guarir et remetre en sancté il leur en rendroit
hault guerdon, et ceulz dient qu'ilz en feront leur povoir
selon la coustume des phisiciens. Ils alerent premierement
25 tater le poux et les vaines des temples et faire sortir leur
experimens, et tantost ilz congneurent au poux qui forment
luy batoit qu'il avoit ((encores en luy)) grant vie. Lors le
firent despouller tout souef et cercherent toutes ses playes.
Si trouverent et virent qu'il n'en y a nulles mortelles, et
30 bien dient et promettent qu'ilz le rendront tout sain en
pou de tempz, et de ce fut Guy moult joyeulx. Si leur

commenda qu'ilz l'appareillassent ainsi que myeulx leur sem-
bleroit, et qu'ilz n'espargnassent chose qui leur fut neces-
saire, et ilz prindrent sur eulx la charge. Puis (luy adouberent
35 ses playes et) lui distrent qu'il le filt coucher en une chambre
hors de noise, et lors s'ala Guy desarmer pource que tempz
estoit de soupper. Ainsi que on lui apportoit de l'eaue a
laver ses mains, il entendi la voix d'une femme qui moult
piteusement se plaignoit et doulousoit. Si appella Herolt, son
40 maistre, et luy demande que c'est. "Sire, fait il, je le vous
diray. Au jourd'ui quant nous feusmes departis de tous, aprez
que nous eusmes longuement ((attendu)) en ceste ville vos-
tre venue sans oÿr de vous aucunes bonnes nouvelles, fusmes
en grant effroy et estions en grant doubte de vosttre corpz.
45 Et pource nous meismes grant partie de nous au retour
la ou nous ((vous)) avions laissé en la forest, et la ou vous
eusmes cerché hault et bas ((a nostre povoir)), et ainsi que
nous en retournions par ennuy de ca moult dolens / [b.]
comme ceulx qui de vous ne pouvions de vous avoir aucu-
50 nes nouvelles, et ainsi advint que je chevauchoie seul
hors des drois sentiers en costoyant une petite montaigne
qui la estoit, si entreoÿ la voix d'une femme qui moult
piteusement se complaignoit, ((et je me tiray tantost celle
part pour scavoir s'elle avoit mestier d'ayde, tant que je
55 vins soubz une aube espine. La trouve une moult belle et
advenant damoyselle)) et demenoit ung deul si grant qu'onc-
quez de si grant n'oÿ parler, et je la saluay et luy demanday
qui elle estoit et pourquoy elle demenoit si grant deul, et
celle me respondi qu'elle estoit une povre fille pucelle de
60 la contrée ((qui ja pieca feust morte a son dueil)), et me
pria moult humblement que je la meisse a sauveté, et
l'emmenay avec moy et la herbergay avec moy ceans en
cest hostel pour pitié (et honneur) de gentilesse jusquez a
ce que nous sachons qui elle est et qu'elle soit bien a son
65 aise. — Beau maistre, fait Messire Guy, moult avez bien
fait, et je vous prie que je la puisse veoir." Lors l'ala
Messire Guy veoir, et de si loing qu'il la vist si la congnust
bien, et lui dist, "Damoiselle, vous soyez la bien venue."
Et celle qui ne peust parler de l'engoisse qu'elle sent ((au
70 cuer)) luy encline ((moult humblement)), et tantost Messire

Guy pour la reconforter [ordonna que] l'en la menast veoir
son amy Thierry. Mais (quant) elle (le) touva vif tel attourné
comme il estoit, si ne fait mie a demander la grant douleur
qu'elle demena sur luy, car tant en faisoit que bien sembloit

75 qu'elle deust mourir, et tant le regretoit doulcement et
piteusement en lui baisant les yeux et la bouche que bien
povoit on appercepvoir que sa douleur ((de luy)) estoit bien
prochaine a son ceur, et bien souvent se pasmoit tant que
ceulz qui estoient en la chambre avec elle avoient grant

80 paour de sa vie. En ce point survint Messire Guy sur elle
qui moult fut dolent de son ennuy et la prist a reconforter
moult doulcement en lui disant, "Ma tresdoulce amye, ne
vous veullés ainsi occire, car dedens pou de jours au plaisir
Dieu je vous ose asseürer que vous avrez vostre amy sain

85 et haitié. Ainsi le m'ot promis ses mires qui cy sont qui
moult sont sages, et bien sachés que vous ne desirez pas
plus sa garison que je fais moy mesmes. — Ha sire, fait
elle, de Dieu vous en ayez cent mile mercis. Sur vostre
confort me veul asseürer, mais la doubte de lui me met en

90 tel paour que ceur de pucelle peult sentir." Et il luy dist
qu'elle ne doubte, et que de sa guarison il est tout seür.

109. Le bon confort et les saiges paroles de Messire Guy
qu'il disoit a la damoiselle lui ramenerent aucune joye au
ceur, si se conforta et appaisa. Et Messire Guy filt pour-
chacer et querre toutes les choses qu'on povoit pencer par-

5 quoy son amy tournast a guarison, et tant en filt que de
la ville ne voulu oncquez bouger jusquez a ce qu'il feust
sain et haitié, et si le gardoit et faisoit garder si secretement
pource qu'il scavoit bien qu'il estoit en pays ((doubteux))
et n'y avoit que luy et Herolt et s'amye seulement qui

10 seussent rien de son affaire. Tant demourerent ainsi que
Thierry fut aussi comme guary ((et repassé)) dont Messire
Gui fut moult joyeux. Si le menoit chascun jour esbatre et
deporter en boys et en riviere, et petit a petit selon qu'il
aloit en enforchant, / [f246vo.] tant que une fois ilz s'en

15 repairoient ensemble de chacer ou ilz avoient eü moult
((gracieuse deport et)) beau deduit Messire Guy qui plus
estoit sage et myeulx emparlé mist Thierri en paroles et

lui dist ainsi, "Beau tresdoulx amy, vous scavez assez com-
me j'ay mis mon corpz en aventure pour vous sauver et
20 garder de mort. Or seroit droit que le guerdon m'en fust
rendu selon vostre povoir. — Haa sire, fait Thierri, voire-
ment en avez vous tant fait que moy ne tout mon lignaige
jamais ne le vous pourrions deservir, car le povoir n'y est
mie. Mais dictes ce qu'il vous plaira, car sachés que pour
25 doute de mort ne laisseray que n'acomplisse vostre volenté
se faire le puis. — Par Dieu, fait Messire (Guy), assez en
avez dit, et donc vous veul je prier en guerdon de tous
services qu'il vous plaise creanter et affier que vous et moy
soyons desormais sans departir leaulx compaignons l'un en-
30 vers l'aultre pour aider et secourir l'un l'autre en tous be-
soingz selon que loy et amistié de parfaicte aleance le veult.
Et sachez que s'il vous plaist m'otroyer ceste requeste je
me tendray assez plus riche que d'avoir gaigné une aussi
riche seigneurie que la seigneurie de Lorraine." A ces paro-
35 lles ne se peult tenir Thierri de plourer et quant il peut
parler si lui respond, "Beau tresdoulz amy, ja avez vous
tant fait pour moy que se toute ma vie vous servoye en
souldées si ne vous en pourroye je rendre le guerdon, et
en oultre que vous estes congneü de si haulte et si grande
40 prouesse que au jourd'ui ne sayt on vostre pareil en tout
le monde, et quant tel honneur vous plaist m'offrir moult
humblement vous remercie, et vostre noble promesse pren
et recoy par ainsi que je vous soye subgect vray et loyal
comme a celluy a qui je doy porter foy et reverence, c'est
45 bien raison. — Ha beau tresdoulz amy, fait Messire Guy,
ne dictez plus ainsi. De vostre bonté estez assez congneü,
et vostre compaignie desire je plus que nulle autre chose."
A tant s'entrepromistrent de loyalle compaignie et s'entre-
baiserent pour commencement d'aleances. Ainsi s'en retour-
50 nerent devers la cité a moult grant joye. Et pour la cause
que Thierri estoit tout guari ((et repassé)) vint en courage
a Messire Guy de soy departir d'illec pour aller en Angle-
terre, et bien luy sembloit qu'il en estoit tempz et s'apenca
qu'il merroit Thierri et Oiselle s'amye avec luy en son pays
55 pour le faire acointer du roy et des aultres barons du

pays, et qu'il lui departiroit la moitié de toute la terre qu'il tenoit.

110. Et ainsi que lui et Thierry estoient ung jour ensemble a unes fenestres qui estoient sur la rue et parloient de telle matiere virent venir ung homme qui bien sembloit avoir esté de hault affaire, mais a pié estoit et si las que bien
5 sembloit par semblant qu'il ne se peust mie soustenir. Si en print a Messire Guy grant pitié et l'appelle des fenestres, la ou il estoit, et le fait venir jusquez amont a lui, et quant il est hault si le salue Messire Guy et il luy rend son salut. "Beau sire, lui dit Messire Guy, il est heure que mes huy
10 vous herbergés et je vous voy par semblant las et travaillé. Si vous prie que vous demourés et vous aysiez huymais avec (moy)." Et il dist que si fera il volentiers puis qu'il vous plaist, comme celluy qui de repos avoit grant ((besoing)). / [b.] Si le filt Messire Guy asseoir et luy enquist
15 de plusieurs choses, et entre les aultres de son estat et quelle estoit la cause de sa voye pource que de coustume avoit de enquerir de toutes choses a tous trespassans toutes nouveles. Si lui respond, "Sire, je le vous diray puis qu'il vous plaist. Ung chevalier suis de petit affaire qui ja lonc
20 tempz ay travaillé par divers pays pour querir le bon Thierry de Gremoise, filz de mon lige seigneur. — Et pour quelle cause le querez vous? fait Messire Guy. — Je vous le diray, fait le chevalier, pource s'il est en vie il ne laisseroit son pere qu'il ne le venist secourir qui a moult grant
25 mestier de luy comme cellui qui est en grant danger de perdre la vie et tout son honneur, et si vous diray l'achoison. Il est bien vray que monseigneur Thierri des son enface fut nourri en la court du duc Lohier de Lorraine, et cellui duc avoit une moult belle fille de jeune aage. Si
30 s'entreacceuillirent en trop grant amour, et pour l'amour d'elle filt Thierri chevalier et tant se travailla pour l'onneur et pris conquerre en diverses contrées que de lui et de sa haulte proesse couroit la renommée prez et loing. Advint que tandis qu'il estoit en ung voyage le duc accorda sa fille par ma-
35 riage au duc Othes de Pavie, et quant Thyerri entend les nouvelles si en fut moult dolent et vint tantost celle part

privéement et ravi la damoiselle et l'emmena avec lui, n'onc-
ques puis ne peusmes ouÿr nouvelles de sa mort ne de sa vie.
Or est ainsi que le duc de Lorraine s'est pourpencé qu'il
40 se vengera du bon conte Albri, son pere et mon seigneur.
Si est venu sur a moult grant ost et le duc de Pavie en sa
compaignie et par le conseil duquel il oeuvre, et tant ont
gasté la terre a monseigneur que c'est pitié a veoir. Ses
chevaliers luy ont pris et occis, et abatus ses chasteaulz et
45 fortheresses, ne il n'a gens dont il leur puisse resister. Ains
s'en est fouÿ a garant en sa bonne cité de Gourmoise et
la l'ont assiegé et bien jurent que de la jamais n'en partirent
jusquez a ce qu'ilz l'ayent mis a destrucion lui et sa cité.
Et c'est la cause de ma voye, car le bon conte est si viel
50 que jamais ne peust souffrir la guerre ne les fais d'armes,
et se Dieu me donnoit grace de trouver monseigneur Thierry,
je scay bien qu'il y mettroit tantost remede en ceste des-
convenue. Par foy, fait Messire Guy, a ce que vous dictes
bien semble que le conte Albry a moult grant besong d'avoir
55 aide, et Dieu lui envoye telle que mestier lui est." Lors le
met en aultre paroles, et tantost vient ung escuier devant
lui qui lui dit que le souper est prest. Si s'appareillerent de
laver et vont seoir a table, et assez furent servis convena-
blement et de divers mes. Et apres souper tira Thierri
60 Messire Guy son compaignon a une part et luy dit ainsi,
"Sire et amy, vous avez bien entendu par ce chevalier le
grant meschef ((et desaise)) en quoy est mon seigneur mon
pere et pour l'amour de moy, et se je ne mettoye paine a
le secourir bien en deveroie estre blasmé de tout le monde.
65 Et puis qu'il vous a pleü faire de moy vostre compaignon,
vous requier par la foy et amour de loyaulté de compaignie
qui doit estre entre nous qu'il vous plaise a ce grant besong
moy monstrer vostre bienveullance et aider a secourir mon
bon pere, car bien sachez s'il est a force pris il n'en peust
70 recepvoir fors que la mort, et moy honny et desherité a
tousjoursmais."

111. "Thierry beau tresdoulx frere, fait Messire Guy, le
jour que je vous fauldray ja ne me veule Dieu aider ne
laisser vivre, trop vous / **[f247ro.]** deveriez tenir a decepu,

si en pence tant faire que au plaisir Dieu vous en pourrez
5 bien appercevoir que je ne vous veul pas faillir de corpz
ne d'avoir." A ces mos le mercye Thierry moult humble-
ment, puis appelle Messire Guy le chevalier entr'eulx, puis
luy descouvrent tout leur conseil et l'aventure comme ilz
s'estoient acointés. Quant le chevalier voist Thierri son sei-
10 gneur si le congnoist, si a si grant joye que plus ne peult,
si moult en mercye Dieu a grant joye. (A grant deport
passerent celle nuyt), et lendemain Messire Guy mande che-
valiers et sergens de toutes pars la ou il congnoissent les
plus preux, et tant filt que avant les .VIII. jours passez,
15 il eust en sa compaignie plus de chinc cens chevaliers moult
bien montez et armés ((oultre les varletz)), car assez dequoy
avoit les gaiger, et chascun desiroit sa compaignie. Si se
mist a la voye, avec lui Thierri et leur compaignie, et tant
chevaucerent par leurs journées qu'ilz arriverent en la cité
20 de Gourmoise a ung assoirant, et y entrerent au soir si
privéement qu'oncquez ceulx de l'ost n'en sceurent rien.
Si ne fait a parler de la joye que le viel conte Albry filt
a Thierri son filz, a Messire Guy, et a toute sa compaignie,
car bien luy sembloit qu'il vist Dieu et ses anges quant il
25 les vist. Et Thierri requiert moult son pere et tous les barons
de servir et honnorer Messire Guy comme le plus vaillant
chevalier du monde, et que ja l'avoit deulx fois delivré de
mort, et maintenant l'estoit venu secourir. Si s'offrirent tous
a luy leurs corpz et leurs biens, et tant en faisoient que
30 Messire Gui en avoit grant honte. Celle nuyt passerent en
feste et en joye, tant que vint lendemain heure de prime
qu'ilz oÿrent lever ung moult grant cry parmy la cité. Lors
se trait Messire Guy avant, et demande que c'est. "Sire,
fait ung bourgeois, ja est venu courre devant la cité le
35 connestable du duc Lohier a moult grant compaignie, et
pource crient les gens de ceste ville aulz armes pour des-
fendre les murs de la cité." Et quant Messire Guy entend
ceste parolle, si (ne luy en demande plus, ains) commande
tous ses gens armer et dit que vrayement veult il aler contre
40 les Lorrains qui leans le cuidoient avoir enclos. Si se va
chascun armer endroit soy, puis s'assemblerent en la grant
place de la ville, et lors Messire Guy appelle Thierri et

luy dist, "Beau compaingz, vous prendrés .IIC. chevaliers
des meileurs qui cy sont en vostre compaignie, et yrés premier
45 aulz Lorrains, car le droit est vostre, et se mestier avez d'aide
sachez que tantost vous secourrons. — En nom Dieu, sire,
fait Thierri, moult avez bien dit, et je m'en vois devant."
Lors s'en yst parmy la maistresse porte de la ville avec sa
compaignie serrez et rengés, et moult entalentez de bien
50 faire. Si se vont ferir parmy les Lorrains de telle vertu que
bien pou y en eust que en son venir n'abatist chascun le
sien donc la plus grant partie ne releva oncquez puis. La
commence Thierri apres le brisement de son glaive a faire
telles merveilles d'armes a la bonne espée que nul ne l'osoit
55 a nul coup attendre, et la abatist le connestable d'un coup
d'espée, et l'eüst pris se n'eust esté le grant secours de ses
gens qui y vindrent, et tant y en avoit que bien estoient
contre ung des Thierri .XX. des aultres. Et la fut le grant
meschef, car tant s'estoit bouté avant le bon Thierri que
60 moult luy convint perdre de ses gens qui la furent mors et
pris avant qu'il se peüst retraire, mais il se desfendoit telle-
ment de sa personne que nul n'osoit approcher de luy. Et
quant Herolt qui moult se prenoit garde de son affaire voit
le meschef en quoy il est, dist, "Messire Guy, or avant / **[b.]**
65 de par Dieu, car huymais pourrions trop demourer a secourir
les nostres, car je les voy aucquez a grant meschef, et trop
y a gens de l'aultre partie." Si n'y ot plus parolle tenue, ains
s'en yssent de la porte par moult belle ordonnance et che-
vaucerent serrez et rengés jusquez a la meslée. Et lors avint
70 que Messire Guy qui chevaucoit devant la bataille advisa
ung chevalier moult richement armé de l'aultre partie qui
s'appareilloit de la jouxte et estoit celluy chevalier nommé
le comte Garnier et nepeueu du duc Lohier, jeune chevalier
estoit de haulte entreprise.

112. Si laisse courre Messire Guy a luy et l'assigne telle-
ment en son venir qu'il le porte du cheval a terre et lui
fait fiancer prison, et l'en envoya en la cité avant qu'il peüst
avoir secours de ses gens. Et la commence l'estour des deulz
5 parties moult fier et merveilleux. La peüssiez vous veoir che-
valiers et chevaulz ruer par terre et faire occision telle

qu'orreur estoit de la regarder. La se faisoient bien valoir
Messire Guy et Messire Thierry telement que nul ne les
osoit a coup attendre. Bien ((rescouyrent et)) revencherent
10 leurs compaignons, et tant firent par leur haulte proesse
que les Lorrains menerent a desconfiture, si tournerent les
dos et mistrent en fuite, qui peult fouÿr si fuye. Si com-
menca la chace sur eulx moult fiere et cruele, et en celle
chace fut pris et retenu le connestable par les mains de
15 Messire Guy, car il avoit une coustume que tousjours tendoit
a prendre le chef de ses ennemis ((et moult bien luy en
advenoit)). Si cruelle fut celle chace que des Lorrains qui
bien povoient estre deulz mile qu'a pied que a cheval n'en
eschappa que .XL. que tous ne feüssent mors et prins. Et
20 quant le duc entendi les nouvelles par ung chevalier qui
moult navré estoit, et luy oÿ compter comme un chevalier
appellé Thierry estoit retourné, et qu'en sa compaignie avoit
amené Messire Guy de Warwik et Herolt d'Ardenne a moult
riche compaignie, si ne fait pas a demander s'il fut yré, et
25 dist devant tous que voirement (povoient ils estre asseürs),
puis que ses compaignons estoient assemblés, que desormais
avroient ilz guerre assez.

113. Lors se lieve en piés le duc de Pavie, et lui dist,
"Sire duc, ne vous desconfortés pour riens qui soit aujourd'ui
advenu, car demain veul aler devant la cité a tele compai-
gnie que bien povez savoir se les gloutons yssent hors je
5 les vous pence rendre devant soleil couchant ou mors ou
prins. — Sire, fait le duc Lohier, Dieu vous en oÿe." Ainsi
passerent celle nuit, et lendemain (bien matin) se parti le
duc Othes a grant compaignie et s'en va a grant orgeuil
devers la cité. Mais dẹ si loing que Messire Guy les vist
10 venir (qui estoit en une tour du palays), il congnust assez
la banniere au duc de Pavye. Lors appelle le conte Albry
et Thierri son filz, et leur dist, "Seigneurs, cy voy venir le
duc de Pavye, qui moult est felon, a grant puissance de che-
valiers avec luy. Il est bon d'aviser quelle nous la ferons.
15 Et quant est du duc, il est mon mortel ennemy, et bien
sachez que c'est l'omme du monde que plus desire a encon-
trer en estour. Sire, fait Albri, (s') il est vostre ennemy nous

ne le devons pas aymer, et pource vous diray que nous
ferons. Je loe que nous tous nous armons, et pour vostre
20 amour veul porter armes que je ne fis .XL. ans passés, et
leur yrons courre sur a tout mile chevaliers de bonne estofle
que nous avons sans les varlés de pié / **[f247vo.]** et les
aultres communes du pays et de la cité, et j'ay espoir en
Dieu et en vostre bonne aide que nous desconfirons legiere-
25 ment noz ennemis." Aulz paroles du viel conte se tint Messire
Guy et tous ceulz de la compaignie, si commencerent tantost
a sonner les gresles, et lors courut chascun aulx armes parmy
la cité. Et quant ilz furent armés et montés si s'en yssirent
hors par moult belle ordonnance, et dist l'ystoire qu'ilz firent
30 de leurs gens deulz batailles dont a la premiere estoient
(cappitaines) Messire Guy, Thierri, et Herold d'Ardenne, et
.VC. chevaliers preux et hardis en leur compaignie. De l'aultre
bataille estoit chef et capitaine le viel conte Albry, en sa
compaignie .VC. et preux et vaillans chevaliers, et grant
35 foison de communes et de gens a pié, et en telle ordonnance
chevaucerent serrez et rengez. Et quant le duc Othez les vit
venir si ordonna ses gens en trois batailles, pource qu'assez
plus grant nombre avoit de gens que n'avoit l'aultre partie.
De la premiere bataille fist conduiseur ((et chevetaine)) le
40 conte Jourdain, son cousin, qui pour lors tenoit la seigneurie
de Milan, a tout ((mil)) chevaliers avec luy des meileurs de
la compaignie sans les varlés a pié. En la seconde bataille
mist pour conduiseurs deulz chevaliers de haulte proesse dont
l'un estoit nommé Almauri et estoit connestable de son host,
45 et l'aultre Guichart son seneschal, .VIIC. chevaliers de bonne
estofle en sa compaignie a grant foison de varlés a pié. En
la tierce bataille fut le duc luy mesmes et sa banniere a tout
mile et .VC. chevaliers combatans tant a pié comme a cheval.
Moult admonnesta les siens de bien faire et de garder leur
50 honneur en celle journée. Et quant les batailles furent tant
approchées les unes des aultres qu'il n'y eust plus fors de
l'assembler, lors peüssez vous ouïr telle noise de trompes,
clerons et buisinez, et la furent Messire Guy et Thierry
devant toutes leurs batailles qui moult confortoient leurs
55 gens et les admonnestoient de desfendre leur demaine et
leur honneur, et souvent disoit Messire Guy, "Or beaulz

seigneurs, or verray je au jourd'uy qui bien fera, car se vous
estes vaillans gens, tous ceulx que je voy la voz ennemis
sont vostrez. Suivez moy, car je voys devant."

114. A tant laisserent courre d'une randonnée toute leur
bataille et assemblerent par tel vertu a la premiere bataille
au duc a ce qu'ilz venoient fres et entalentés et avoient bons
conduiseurs que au briser des lances en la premiere em-
5 prainte en abatirent la plus grant partie a terre tieulz atournez
qu'ilz n'avoient povoir d'eulx relever, car tant y estoit la
presse grant que qui estoit abatu il avoit grant mestier d'aide
ou il failloit demourer la entre les piés des chevaulx. En
celle empainte n'eust pas oublié Messire Guy son ancienne
10 coustume, car il assembla au conte Jourdain qui chef estoit
de celle bataille, et le porta a terre d'un coup de lance, et
le conquist en l'estour maulgré tous ceulx qui garder le
devoient, et l'envoya prisonnier en la cité. Et lors n'y eust
plus que pou de desfence en sa compaignie de celle eschelle,
15 ains commencoient a branler moult durement. Quant ce
virent Thierry et Herolt si se frapent sur eulx si durement
que les ennemis ne les pevent plus souffrir, et les chacent
fuyant et occiant jusquez a l'aultre partie de la bataille / [b.]
que le connestable et le seneschal conduisoient. Si se ralient
20 Messire Guy, Thierri, et Herolt, et prennent nouvelles lances
bonnes et fortes en leurs mains, et commanderent a leurs
compaignons faire autresi, puis laissent courre ensemble sur
leurs ennemis. Et advint que Thierry s'assembla au connes-
table et le fiert par telle vertu qu'il luy met la lance parmy
25 le corpz, et l'abat mort a terre. Et Herold (qui se combatoit)
de l'autre part (au seneschal) l'amene telement que malgré
son visage luy convint fiancer prison, et pour la vaillance
des deulz compaignons le commencerent si bien a faire tous
ceulz de leur partie que leurs ennemis ne les peuent plus
30 souffrir, ains leur convint par force eulx enfouÿr comme ceulx
qui estoient du tout desconfitz, et la chose qui plus les espo-
venta ce fut quant le bon conte Albri, qui vist que la des-
confiture tournoit sur eulx, il abatist et filt deulx elles de
sa bataille pour les enclorre, et en chascune mist ung bon
35 conduiseur. Et quant ce vist le duc Othes que resister ne

povoit si se mist tantost a la fuÿe, l'espée au poing, si secre-
tement que nul ne l'apperceut fors que Herolt qui de lui
se prenoit garde et a ce que bien le congnoissoit, si point
apres tant que cheval le peut porter, et quant il est pres
40 de lui qu'il le peut entendre, si luy escrie, "Sire duc, retournez
vous et vous desfendez de la felonnie que jadis feïstes a
Messire Guy et a moy en vostre pays." Lors se retourne le
duc Othez et voist (que de nulluy n'est suivy fors que) d'une
seul chevalier estoit suyvy, si s'en retourne vers luy pour
45 honte, et lors commenca dure bataille entre lui et Herolt,
et tant le mena Herolt qu'il ne povoit plus souffrir, c'est
assavoir le duc, ains estoit aussi comme sur le point Herolt
de lui trencher la teste, quant .XXX. chevaliers de sa mesgnie
qui estoient (eschappés) de l'estour survindrent sur eulz qui
50 tous mistrent paine a leur maistre garantir et a encombrer
Herolt. Si l'assaillirent de toutes pars, et il se desfend si
vaillaument que nul n'osoit aprocher de luy. Et selon l'ystoire
la monstra Herolt bien grant partie de sa prouesse, car apres
qu'il eust perdu son espée et rompue en deulz pieces en
55 soy combatant filt il tant d'armes a la force de ses poingz
que tous ceulz qui le veoient s'en merveilloient. Avint qu'entre
les chevaliers du duc Othes qui la estoient y avoit ung qui
servoit le duc Othes, natif de France et de la seigneurie de
Montdidier. Si eust moult grant pitié de Herolt quant il le
60 vist en cellui estat, et se tira avant et lui dist, "Sire Herolt,
rendez vous, je voy que vostre desfence n'est pas raison-
nable, et se vous rendez a moy je vous promet que je vous
garantiray a mon povoir. — En nom Dieu, sire chevalier,
et je le veul rendre a vous par tel convenant que vous ne
65 me metrés es mains de duc de Pavye, car mieulz aymeroie
la mort." Et cellui luy creance que non fera il, lors le monte
sur ung cheval, car le sien avoit esté occis ((et le maine
droit a l'ost assez joyeulx de ceste promesse)). Mais a tant
en laisse le comte a en parler, et retourne a Messire Guy
70 et a Thierri et a ceulx de sa bonne compaignie.

115. Moult fut joyeulx Messire Guy de la belle victoire
que Dieu leur a ce jour donnée sur leurs ennemis, car de
toute la compaignie qu'avoit amenée le duc de Pavye n'en

estoient pas eschappez le quarte part que tous ne fussent
5 mors et retenus et tous les chefz et cappitaines excepté la
personne du duc, si s'en retourne luy et sa compaignie liez
et joyeulx vers la cité, si regarde / **[f248ro.]** entour luy
((pour Herolt)) et voist qu'il n'y est point. Sy demanda a
chascun ou il estoit. Lors luy dist ung chevalier comme il
10 vist yssir de l'estour privéement et suÿr ung chevalier, et
bien creoit que c'estoit le duc de Pavye. Et quant Messire
Guy entend ces parolles, si dist, "Trahy suis, or ay je perdu
mon compaignon. Seigneurs, alez vous en a tout voz prison-
niers (a la cité), car je suis cellui qui veul retourner vers
15 l'ost a tout trois chevaliers, ne jamais ne fineray jusquez a
ce que j'avray trouvé mon bon compaignon ou mort ou
vif." Et Thierri dit que vrayement luy tendra il compaignie,
si s'en retourna a tant vers l'ost a tout trois chevaliers sans
plus de mesgnie et tant exploictent au ferir des esperons
20 que a l'entrée des herberges de l'ost, ilz apperceurent le
duc de Pavye qui s'en retournoit, et Herolt d'Ardenne qu'il
faisoit mener et laidenger moult vilainement, et si estoit
tout nu. Alors dist Messire Guy, "Ha Thierry, beau compai-
gnon, veez vous la desloiaulté du faulz duc de Pavie, com-
25 ment il emmaine nostre bon compaignon. Je vouldroye myeulx
mourir que je n'alasse secourir si bon chevalier comme il
est." Autant en dist Thierry de sa part, si fierent chevaulz
des esperons ((entr'eulx cinq)) et s'embatent dedens la com-
paignie du duc qui povoient environ estre .XXXIII. a cheval.
30 Si rudement le font en leur venir a ce qu'ilz viennent garnis
et que les aultres ne se doubtoient de riens que chascun
abat a terre mort le sien, et puis mettent les mains aulz
espées et fierent si grans coupz sur eulx que plus n'y osent
les Lombars attendre, car ilz se doubtoient d'embusche, ains
35 en amennent le duc avec eulx pour le sauver et garantir, et
laisserent Herolt a tant, qui ainsi fut rescoux par ses bons
amis selon le dit de ses hystoires. Aprez que Messire Guy
vit le duc Othez s'en fuyoit, ferist apres bien l'espace de
ung grant traict d'arc dedens la closture de l'ost, l'espée au
40 poing, ainsi qu'il le cuida aconsuÿr a coup, et il faillist et
le coup descendist sur l'archon de la scelle devant (son
cheval) telement qu'il le couppe en deulz par devant l'archon

de la selle. A tant s'en retourna Guy devers les siens tout
francement maulgré tous ceulz de l'ost. Toutesfoiz la droicte
45 hystoire dit qu'aprez la rescousce de Herolt, ilz s'en retour-
nerent vers la cité liés et joyeux, et furent suyvis et chacés
d'aucuns de l'ost, mais ilz s'en delivrerent a leur honneur,
et s'en retournerent a honorable victoire. Et quant ilz furent
en la ville, si firent de Herolt pencer et medeciner, car moult
50 avoit de grans playes, et tous les autres qui avoient esté a
l'assemblée l'alerent veoir et visiter, et puis ordonnerent de
leurs prisonniers ((et de leurs personnes)), mais de tout ce
me veul je taire pour ung pou parler d'aultre matiere.

116. Verité fu qu'apres que le duc de Pavye fut eschappé
des mains Messire Guy et Thierri ainsi que vous ay compté,
il se retraist en sa tente et se filt desarmer et adouber ses
playes dont il avoit aucunes. Puis aprez s'en ala devers le
5 duc de Lorraine en son pavilon, lequel il trouva moult des-
conforté pour cause de celle desconfiture, si luy dist en sem-
blant d'omme asseüré et plain de plus seür couraige qu'il
n'estoit, si lui dist, "Sire duc, de riens qu'il soit advenu
encore n'avez cause de vous esmayer, car tout ce n'est qu'a-
10 venture. Souvent avez oÿ dire que en armes et en amours
souvent se changent les chaus, mais non obstant j'ay en /
[b.] cest affaire tant pencé que (je scay bien) se vous ne
prenez brief conseil vous serés desherité de toute vostre terre,
si vous diray comment vous savez bien qu'en ceste cité
15 sont vos plus mortieulz ennemis et qui plus desirent vostre
destrucion, ainsi que bien le vous ont monstré et monstre
chascun jour. Et tant y a que de jour en jour croissent leur
force et la vostre appetice, ce veez vous bien, si ne voy pas
que contr'eux vous puissiez longuement resister se par engin
20 ne voullés decepvoir. Et je vous enseigneray se croirre me
voulés comme legierement leur pourrés nuire, car de son
ennemy se doit on venger en toutes les manieres qu'on peut
pencer. Sire, mandez au conte Albri comme vous estez en
volenté de donner vostre fille a son filz Thierri et de vous
25 accorder a luy, et que des ores mais ne lui voulés plus faire
guerre, mais viengne seürement lui et sa compaignie avec
vous en vostre cité de Mes en Lorraine, et la ferez vous le

mariage d'eulx par devant tous voz barons, et luy prometez
estre duc apres vous, et je scay bien que a vostre seürté
30 s'accordera le (conte) Albry et son filz et vendront devers
vous a grant joye. Et quant vous serez eslongné une journée
ou deux hors de ses marches, si les pourrez legierement
prendre comme ceulx qui seront en vostre baillie, et vous
avrez le conte Albry et son filz pour faire d'eulz et de leur
35 terre a vostre talent (et vostre fille marier a vostre volenté).
Quant a ma part de tout gaing ne demande fors que le corpz
de Guy de Warwik et de Herold d'Ardenne, car ilz sont mes
mortieulx ennemis et de grant piece a."

117. "Ha sire, fait le duc Lohier, de ce ne me parlés plus,
car traïson ne vouldroye faire en nulle maniere ne choze
dont je deüsse avoir repreuve ne moy ne les miens, et bien
sachez que ce seroit trop grant traïson ((et decepvance))
5 d'ainsi mettre a mort tant de si nobles chevaliers, et me
deveroit a tous jours mes atourné a cruaulté, traïson et re-
creantise. — Ha sire, fait le duc de Pavye pour soy couvrir,
je ne diz pas, Dieu m'en desfende, que vous les fachez
occire, mais que seulement les gardez et tenez en vostre
10 prison jusquez a ce qu'ilz vous treuvent bons hostages que
par ce ne vous vendra ne mal ne domaige. Et quant a ma
part n'ay empencé de faire mal a Messire Guy ne a Herolt,
fors seulement les garder a grant cherté jusquez a ce que
soye bien acordé avec eulx et que j'aye leur amour et bien-
15 weulance que bien desire". Mais quoy qu'il dist, il pencoit
le contraire, toutes foiz tant pressa et parla au duc Lohier
qu'il s'accorda a son entreprise. Et si ne dit pas l'istoire que
ce fust traïson mais une similitude. Si fut evesque du pays
ordonné, saige et bien parlant, et ung hault baron avec luy
20 pour porter cellui messaige. Lors se mistrent a la voye, et
tant firent qu'ilz vindrent a la ville de Gormoise la ou ilz
trouverent le conte Albri, et Messire Guy de Warwik et
Thierry son filz en sa compaignie. Puis lui exposerent gra-
cieusement les salus, et aprez parla l'evesque et dist:

118. "A vous, sire conte Albry, et a toute vostre compai-
gnie mande salut et amistié le bon duc Lohier, nostre sei-

gneur, et si vous mande que moult veult avoir avec vous
paix et accord, par ainsi que vous lui radrecez ce que
5   raisonnablement sera trouvé que vous lui avez mesfait. Et
en oultre est il meü de france voulenté / **[f248vo.]** qu'il
veult donner sa fille a Thierry que je voy la, mais pource
qu'il veult faire a son honneur veult il et vous prie que vous
Thierry et Messire Guy amenez, avec vous tous les aultres
10 chevaliers qui cy sont jusquez a sa bonne cité de Mes. La
vous veult il servir et honnourer et veult que les neupces
de sa fille y soyent faictez par devant ses barné. Et toutes
ces paroles que nous vous rapportons, se vous l'accordés,
vous en vendra faire seürs devant la cité par la foy de son
15 corpz et par le foy de tous les seigneurs et barons de sa
compaignie que sans fraude ne malice ainsi le tendra comme
je le vous ay compté." De ces paroles furent ceulx de la
cité moult joyeux, et le viel conte aussi qui nul mal n'y
pencoit, si respondit aux messagers, "Seigneurs, la mercy
20 de monseigneur le duc qui telle courtoisie nous offre, et
quant il luy plaist ottroyer sa fille par mariage a Thierri
mon filz, je luy doy moult savoir bon gré. Si luy direz que
au jour que par vous me sera mis, seray prest, au plaisir
de Dieu, moy et mes amis, en deviser place de venir par
25 devers lui, et lui amender ce que je lui puis avoir mesfait,
et pour recepvoir le grant honneur qu'il nous offre." Si
fut le terme pris de l'assembler le .Ve. jour apres ensuyvant
en ung bel plain devant la cité, et a tant s'en partirent les
messagers a qui le conte donna moult de riches dons. Et
30 quant ilz furent departis, si arraisonna Messire Guy le conte
devant ses barons, et luy dist ainsi, "Sire comte, vous avez
bastie une paix, et Dieu vous doint grace qu'il vous en prenne
bien, car mon ceur m'en dit tout le contraire a ce que le
duc de Pavye est en ceste compaignie, et s'il se fait par
35 son conseil je say bien que ce ne sera mie sans traïson. Et
ceste paix qu'il vous offre si soubdainement aprez le grant
dommaige que vous leur avez fait de leurs gens me semble
moult estrange et faingte, et Dieu doint que ce soit pour
le myeulx."

119. Passant le temps attendirent jusques au Ve. jour, et lors s'en yssirent de la cité moult richement vestus et atournez, chascun en (droit) soy a moult belle compaignie et tous en ordonnance vindrent en la place qui estoit ordonnée a
5 tenir leur parlement, et la trouverent le duc de Lorraine et le duc de Pavie a grante compaignie (de contes, de barons et d'autres chevaliers. Et quant ilz furent assemblez), lors commenca le duc de Pavie a parler si hautement que tous le povoient bien entendre, et dist, "Seigneurs, en especial
10 vous conte Albri, vous savez le grant mesfait que Thierri vostre filz a commis envers le duc de Lorraine, mon seigneur, qui cy est, comme de furtivement la mesconseiller ((mademoyselle sa fille)) et ((la)) ravir et mener hors du pays honteusement et avec ce qu'il a recepté et amenez certaines gens
15 avec luy lesquelz sont mortieulz ennemis de monseigneur le duc. En son pays luy ont destruit en plusieurs lyeux, ses hommes pris et occiz, et moult d'aultres mesfais qui longs seroient a racompter. Mais pource que a moy et a ses aultres barons qui cy sont semble bien que gure n'est pas convena-
20 ble d'entre vous deux ne bonne a souffrir, et, comme nous vous sachons a si sage et si amesuré seigneur que vous voulez tousdiz faire raison de vous mesmez a metre paine et a ramender ce qui est mal fait, avons tant prié et requis le duc, vostre seigneur qui cy est, que toute sa grant yre
25 pardonne a vous et vostre filz. Si le veult tant honnourer qu'il luy veult donner sa fille a mariage pour plus grant fiance avoir a paix et amour entre vous, et veult et ordonne que les neupces en soyent faictes en sa cité de Mes et / [b.] que la espouse Thierry la pucele par devant tout son bar-
30 nage. Et nous tous qui cy sommes a yl requis d'estre en celle feste, et nous l'accordons bien pour myeulx nourri l'amour et aleance d'entre vous par ainsi que tous forfaiz et mesfaiz soyent pardonnées et mis en oubly de toutes les deulz pars. Ce sont les paroles monseigneur le duc que ainsi me fait
35 dire et aleguer devant luy, et je ne croy pas qu'il m'en veulle desavoer. — Vrayement, fait le duc Lohier, tout ainsi, cousin, comme dit l'avez veul je tenir et acomplir." Et a ces mos se lieve le conte Albry et Thierri son filz, et moult mercierent le duc de sa noble promesse. Et lors reprent

40 le duc de Pavie la parolle et dist ainsi, "Beaulz seigneurs,
il est bien vray qu'il y a eü rancune et maltalent entre
Messire Guy de Warwik et moy ja par lonc temps, et pour
la valeur de lui desiray je moult avoir s'amour et sa paix.
Pource le requier je par devant vous tous qui cy estez qu'il
45 veuille cesser sa grant yre, et se je lui ay riens forfait, je
suis prest de le radrecer par ainsi que lui et moy nous entre-
baisons en signe de loyal amour et bonne volenté."

120. "Sire duc, fait Messire Guy, vous savez moult bien
parler, mais que vos fais soient accordans aulz paroles. Et
bien sachez que je ne veul rien monstrer semblant des yeux
ne de la bouche a vous ne a aultre fors ainsi que je l'ay
5 au ceur, et de vous baiser me veul je deporter quant a ceste
heure. Se vous avez fait desloyaulté envers moy, j'en que-
rray ma vengeance quant je pourray, a present me fault
souffrir. Mais entre vous et le conte Albry qui moult est
preudomme et qui cy est vous accordez et pourchassés la
10 paix d'entre son filz et le duc et vous ferez vostre honneur,
et de moy ne vous veullés ja entremetre, car je me confiroye
bien pou en vostre aide et conseil. — Certez, Messire Guy,
dit le duc, il me desplaist et je vourroye assez plus faire
pour vous que vous ne cuidés." Lors se tourne vers le
15 conte Albry et Thierry son filz et les baise en la bouche en
faulz semblant pour myeux faire sa traïson, et leur promet
que vrayement sera il leur entier amy et bienveullant a
tous jours mais. Et ainsi baisa tous les chevaliers d'ycelluy
costé sauf seulement Messire Guy et Herolt, ((mais le duc
20 de Lorraine leur fist moult grant joye et leur dist que
vrayement les aymeroit il et avroit cher toute sa vie)). Ainsi
fut la faulce paix entr'eux bastie, et lors parla le conte Albry
au duc de Lorraine et lui dist, "Sire, je suis desormais si
viel que je ne puis endurer le travail, vous vous en yrés
25 a la garde de Dieu et je demourray ycy. Je vous bailleray
Thierry mon filz, et le vous recommande en foy comme le
vostre que vous le gardés. Et vous, sire Guy, fait il, et Herolt
qui tant m'avez fait de biens et d'onneurs que je ne vous en
scay remercier, mais Dieu vous en rende le guerdon et me
30 doint en bref oÿr toutes bonnes nouvelles." A tant s'en part et

lermoyoit des yeulx et s'en retourne vers sa cité, et les deulz, Messire Guy et Thierry, et leur compaignie se departent de l'aultre part et chevaucerent ensemble vers Lorraine, lyés et joyeux comme ceulx qui ne se doubtoient pas de la traï-
35 son qui leur estoit bastie. Forment chevaucerent ce jour, et quant ilz eurent eslongné la cité bien l'espace de .V. lieues, si trouverent une moult belle plaine. Et lors mist le duc de Pavye pied a terre et commanda a tous ceulz de sa compaignie qu'ilz descendissent a pié pour soy rafreschir,
40 car grant chault faisoit celluy jour. Et quant ilz furent descendus, si appella le duc de Lorraine les Lorrains et les Lombars aulsquieulz le duc de Pavye dist, "Seigneurs qui cy estes assemblés pour garder / [f249ro.] l'onneur du duc de Lorraine, qui cy est, et de moy, je commande de par
45 luy et de par ma personne que ces traïstres qui la sont soyent tantost pris, estroictement lyez (et gardez), qui tant nous ont fait d'ennuis et d'encombriers, affin qu'ilz soient pugnis selon ce qu'ilz ont desservy, car ilz sont traïstres et desloyaux, et qui se faindra d'acomplir mon commandement,
50 je veul qu'il sache qu'il sera reputé pour faulx et desloyal et sera jugé avec eulx." Aprez le commandement du duc n'y voulurent plus tarder, ains saillent de toutes pars aulz compaignons qui ne s'en donnoient de garde et chevauchoient tous desarmés sans espée et sans desfence. Si furent tantost
55 pris et liés fort et estroictement Thierri et Herolt. Aussi furent tous ceulx de leur compaignie.

121. Messire Guy de Warwik qui tousdiz se doubtoit de la malice au duc Othes de Pavye se tenoit loing de la presse tousjours en esguet, et quant il vit la traïson si s'escrie, "Ha duc Lohier, pourquoy avez vous pencé ceste traïson, je vous
5 tenoye a si loyal chevalier. Certes mal vous prendra d'avoir creü le conseil du faul traïstre duc de Pavie, et a tousjours mes vous sera reprouvé comme aprez que vous nous avez baisés nous faictes trahir si vilainement." Lors a le duc Lohier si grant deul au ceur a ce qu'il dit vray qu'il ne peult
10 mot dire ne respondre, ains lui viennent les larmes aux yeulx, et se tourne de l'aultre part. Et Messire Guy sault sur son cheval qui estoit prez de luy, et ainsi qu'il montoit sur

le print ung chevalier lombart par ung des paans de son
mantel, car il le vouloit retenir. Si le tira de telle vertu
15 qu'il fendist le mantel au travers, et Messire Gui se retourne
yré et enflé de maltalent et lui donne ung tel coup de poing
parmy l'ouÿe a ce qu'il estoit desarmé qu'i l'abbati mort a
la terre. Et lors fut il assailly de toutes pars, lors fiert cheval
des esperons parmy eulz tant que maulgré eulz il rompt la
20 presse et abat devant luy a la force de son cheval tant qu'il
encontre. Et moult en y eust a qui les pieces du mantel de-
mourerent es mains ainsi qu'ilz le cuidoient retenir. Et quant
il se sentit hors de la presse, si se mist a la voye quantque
cheval le peult porter. Lors escria le duc Othes, "Ha
25 seigneurs, montez sur voz destriers. Sachés s'il vous eschappe
a mon amour avez failli a tous jours mais, car trop seroie
mal baillé, et qui vif ou mort le me pourra rendre avra de
moy cent besans d'or et sera mon amy a tourjours mais."
A ce point veïssiez routes de chevaliers montés et armés qui
30 commencerent la chace apres luy, et tous les myeulx mon-
tés de l'ost, et Messire Guy s'en va devant qui de toutes
desfences n'avoit que le poing. Si ont tant suyvi Messire
Guy qu'ilz ataignirent au devallant d'un tertre, et lors lui
coururent sur de toutes pars. Sy y eust ung qui le cuida
35 assener d'un glaive parmy le corpz, mais Dieu ne le voulu
souffrir, et lui passa parmy le bras a costé sans lui atoucher
en la chair. Et aussi qu'il couroit apres luy Messire Guy l'as-
sena en trepassant du poing tel coup qu'il le fit voler du
cheval a terre. Et en ce point vint ung aultre pour le cuider
40 assener d'une espée parmy la teste, et il se tourne ung pou,
si sault et le coup descend sur le col de son cheval, et lors
y entra bien demy pié. Et lors frappe Messire Guy par
entr'eulx et s'en va / [b.] hors de la presse maugré toute la
compaignie et ilz fouyrent aprez dolens qu'il leur deüst
45 eschapper.

122. Avint que Messire Gui encontra en sa voye ung var-
let qui portoit en sa main ung grant pieu et bien agu. Si
le salue et moult bien luy prie qu'il lui veulle (le pel) donner
par ainsi qu'il luy en rendra encore grant guerdon. "En
5 nom Dieu, sire chevalier, fait le varlet, vous l'avrés tres

volentiers, car je voy qu'en avés tresgrant mestier." Si lui
bailla tantost, et Messire Guy l'en mercie qui s'en tint bien
fier. Si se retourne et voit ceulx qui le suivoient, si assena
le premier qui le suivoit telement qu'il l'abatist mort du che-
10 val a terre, et s'en retourna vers le vassal qui le pel luy
avoit donné et lui rendi le cheval en guerdon de son pel,
et celluy l'en mercie moult doulcement qui s'en tint a bien
payé.

123. Et Messire Guy quant il voit qu'il ne pourroit plus
souffrir n'endurer l'estour de ses ennemis qui tousjours crois-
soient en grant nombre, si fiert le cheval des esperons, et
les aultres apres, et tant talonna qu'il vint en une moult gran-
5 de et parfonde riviere et noire. Et quant il voist qu'il n'y
a pont ne vaissel ne ((barque)) en quoy il puisse passer
oultre, si se saigne et passe oultre a l'aide de Dieu et de
son cheval, (et commande a Dieu, puis se lance a tout son
cheval en l'eaue, et tant va noyant luy et son cheval qu'il
10 vint de l'autre part a sauvecté ainsi que Dieu le vouloit.)
Et quant ce virent ceulx qui le suyvoient si s'arresterent et
commencerent a eulx ester sur le bort de la riviere, mais
il n'y eust nul si hardi qui l'osast suÿr, mais s'en retournerent
tous honteux et confus. Et quant le duc de Pavie les vist
15 retourner et entend qu'il n'ont riens exploité, si les blasme
et repreuve moult vilainement et leur dit que vrayement ne
sont ilz pas dignes de porter noms de chevaliers. A tant
se trait vers le duc le Lorraine, puis luy dist, "Sire duc, bien
savez que vous m'avés donné vostre fille de pieca, et
20 pource la veul avoir et mener avec moy en ma cité de Pavie,
et la l'espouseray a grant honneur. Et puis que le traîtour
Guy est eschappé, je ne vous demande fors seullement Thie-
rri pour en faire ma volenté, et de tous les aultres prison-
niers soit ordonné ainsi qu'il vous plaira."

124. "Certainement, duc de Pavie, fait le duc Lohier, je ne
souffriroye en nulle maniere que le conte Thierry fut mort
ne mis a destruccion, car trop l'ayme et s'il m'a mesfait,
encore se pourra amender envers moy, et moult me peult
5 valoir et faire de haulx services. Mais se vous le voulez em-

mener sans luy pourchacer mal ne vilennie, ains le tendrés
a grant honneur et vous le prometés en loyal foy, j'ottroye
bien qu'il voise avec vous, mais Herolt et toute l'aultre com-
paignie me demourront avec moy, et je leur feray telle
10   compaignie qu'il me plaira, et par tel convenant s'en voise
ma fille avec vous. — Sire, bien m'y accorde, fait le faulx
duc de Pavye, et soit ainsi que vous dictes." Lors furent les
fiances prinses d'un costé et d'aultre, puis prennent congié
et se departent l'un de l'autre, et le duc de Lorraine s'en va
15   vers Mes la cité, Herolt et ses aultres prisonniers en sa com-
paignie qu'il tient en garde a grant honneur. De l'autre
part s'en va le duc Othes, et Thierri en sa compaignie qu'il
fait moult fort et estroitement lyer et mal atiré ainsi que
tout nu et le fait laidenger a garcons. Et quant ce voist
20   Oisille (sa doulce amye) si en est moult dolent (au ceur
qu'elle ne se peult tenir en celle, ains chist de la mulle) ((a
telle.)) (Et quant ce voit le duc si en est moult) ((dolent))
/ [f249vo.] et vient vers elle en semblant d'yreur qui en
a grant dueil, et luy dit, "Damoiselle, moult ay grant mer-
25   veille que vous ne craignés autrement vostre honneur, et
quant pour l'amour d'un simple vassal ainsi vous plaignés
et occiés, a folie vous peult bien estre atourné. Si vous pro-
més que (par le Dieu en qui je croy) se desormais vous en
voy chere ne semblant faire je le feray traisner et pendre
30   devant vous, et je vous en tendray assez plus vile que vous
ne cuidés, et moult me vient a grant despit que pour ung
garcon de riens de valeur vous metés arriere grant honneur
que vous veul faire. Et sachés que ce que je fais de sa per-
sonne n'est fors pour le chastier et pour monstrer exemple
35   aulz aultres, car je ne le vouldroye faire mourir en nule ma-
niere." Et ce lui disoit il pour myeulx la decepvoir. Et lors
luy respond elle pour soy couvrir, "Sire, sachés que le deul
que je fais n'est se pour moy nom, et pource vous voul-
droye prier qu'il vous pleüst moy donner respit des espou-
40   sales de vous et de moy jusquez au terme de .XL. jours,
si que mes douleurs puissent estre mieulx passés, et que je
puisse estre joyeuse et congnoistre myeux vostre estat et
noblesse et estre ung pou myeulx a mon aise que je ne suis
a present." Tout ce lui accorda le duc volentiers. Si com-

45 mence a faire plus belle chere qu'elle ne faisoit pardevant
    pour l'amour de l'otroy, mais bien pencoit elle que son amy
    avroit elle encore par l'aide et secours de Messire Guy qui
    estoit eschappé, et en la parfin que mieulx s'aymeroit elle
    occire que le duc eüst sa compaignie, et ainsi avoit elle bien
50 empencé de le faire. Tant chevaucerent par leurs journées
    qu'ilz vindrent en la cité de Pavye, et tantost qu'ilz y furent
    venus commanda le duc que Thierry fust mis en prison en
    la plus mauvaise qu'il eust, et tantost fut fait selon son com-
    mandement. Si en fut Oysille s'amie si dolente comme fem-
55 me peust estre. Et a tant en laisse l'istoire a parler et re-
    tourne a parler ung pou des adventures de Messire Guy.

    125. Dit l'istoire qu'apres que Messire Guy eust passé la
    riviere ainsi que devant vous ay compté, et vit qu'il n'es-
    toit suyvy de nul de ses ennemis si se prist a chevaucer
    tout belement en regardant le pays. Si se remembre de ses
5   compaignons et se voit tout seul ce qu'il n'avoit pas aprins.
    Si est moult dolent et se complaint a soy mesmes moult
    piteusement, "Hée faulx traïstre duc Othes, qui ja par deulz
    fois m'as trahy et separé de mes compaignons. Ja ne me lais-
    se mourir jusquez a ce que j'aye pris vengeance de ton
10 corpz. Ha Thierri et Herolt, beaulz compaignons, tant je suis
    dolent pour vous, certes plus estre ne le puis, mais quant je
    pourray, sachés que je vous vengeray ou je y lairay la vie."
    Et en tieulx douleurs et complaintes chevauche Guy tout
    celluy jour, tant qu'il apperceust ung moult beau chastel
15 qui seoit sur une riviere moult belle et plaisante en ung
    pendent. Et pource qu'il estoit tard et tempz de herberger
    se tira Guy celle part, et quant il vint a l'entrée du pont
    si encontra ung chevalier et trois aultres en sa compaignie
    qui yssoient dehors pour eulx esbatre, et quant il eust bien
20 advisé celluy / **[b.]** qui lui sembloit maistre, si s'adresce
    vers luy et le salue moult courtoisement comme cellui qui
    bien le savoit faire, et cellui lui rendi son salut assés gra-
    cieusement. A tant lui dist Messire Guy, "Beau sire, il me
    semble que vous estes seigneur d'ycy, et, pource que je
25 suis povre chevalier errant et esgar(é), vous prie qu'il vous
    plaist huy mes moy herberger, car bien en ay mestier.

— Eu nom Dieu, fait Amis de la Montaigne, vous soyez
le bien venu, et sachés que l'ostel est a vostre volenté, et ce
que nous vous pourrons de bien faire." Lors lui commande
30 descendre, et varlets furent tantost prestz pour prendre son
cheval, puis retourne avec lui au chastel tout a pié et le fait
despouler. Puis lui fait vestir beaux garnemens, et lors le
commence a regarder puis qu'il fut revestu et moult y prend
grant plaisir, car bien lui semble homme qui doye valoir a
35 ung besoing. Si l'araisonne et lui dit, "Par grant amour en
mon hostel vous ay herbergé, et bien soyez seür que vous
n'y avez de nul garde. Si vous prie par courtoisie et affin
que j'en soye plus saige que me diés vostre nom. — Sire,
fait Messire Guy, puis que tant le desirés je le vous diray.
40 Or sachés que ceulx qui me congnoissent m'appellent Guy
de Warwik, et je suis né du pays d'Angleterre. — Guy de
Warwik, que vous soyés le tresbien venu, dit le chevalier,
comme le chevalier du monde que plus desiroye a veoir,
et c'est bien raison, car vous me feïstes ja chevalier et moult
45 grant honneur me portastes tant que je suis en vostre com-
paignie." Et quant Messire Guy entend ces paroles si est
moult desirant de savoir son nom, et puis lui dit, "Sire, mais
qu'il ne vous veuille desplaire, dictes moy vostre nom. Je
vous ay dit le myen. — En nom Dieu, sire, fait il, j'ay nom
50 Amy de la Montaigne, bien me deüssés congnoistre." Et
quant Messire Guy l'entend si en a moult grant joye et le
prent entre ses bras, et ainsi devisent ensemble les deulz
chevaliers. Et lors lui enquiert Amys la cause de sa voye
quant ainsi va seullet, et il lui compte l'adventure de chef
55 en chef ainsi qu'elle lui est advenue. Et quant Amis l'entend,
si en est moult dolent a ce que Dieu lui a admené, et lui
dit, "Beau sire, ne vous desconfortés, car en ma terre j'ay
chasteaulx et forteresses assés et chevaliers en mes fiefz jus-
ques a .VC. lesquieulz j'abandonne tous a vostre service. Si
60 manderay tant de mes amis et d'aultres qui m'appartiennent
que nous avrons gens assez pour mouvoir au duc telle guerre
qu'il ne la pourra soustenir, et moult le pourrons domager
souvent a ce que ma terre joingt a la sienne. Si ne vous
devez pour riens desconforter. — Sire, fait Messire Guy,
65 de vostre bon vouloir vous remercie, mais se j'entreprenoye

voye de guerre envers le duc trop demourroit la vengeance
de mes bons amis, et je le pence a faire par aultre maniere
moult plus briefve. Ja pour doubte de mort ne le lairay.
— Sire, fait Amis, et Dieu vous en veulle eslaicher vostre
70 ceur ainsi que je le vouldroye." En telle maniere sejourna
Messire Guy avec Amis l'espace de .VIII. jours, et lors prest
congé de luy, et lui pria de bien garder son conseil, et lui
dit qu'il s'en veult aler a Pavie seulet sans avoir aucune
compaignie, dont Amis **[f250ro.]** fut moult dolent, mais
75 aultre chose n'en povoit fere. A tant s'en part en simple
habit d'escuier, et Amy qui demeure prie moult Dieu pour
lui qu'il le veuille garder d'encombrier. Ainsi s'en ala Mes-
sire Guy qui moult se redoubtoit qu'il ne fut recogneü. Si
quist et pourchaca tant qu'il eust ung ongnement parquoy
80 il se povoit descoulourer d'une couleur en aultre cuir et pel,
lors en ongny sa teste et sa face. Si lui devint ce qui estoit
blanc et blonc noir et d'autre couleur tellement que qui
paravant l'eust veü ne le congnust en celle heure. En tel
estat est venu jusques en la cité de Pavye, si se tira tantost
85 devers le pallais la ou il sceult que le duc estoit, et quant il
fut devant lui, si s'agenoulle et luy dist .

126. "Sire due Othes, Dieu vous saust comme ung des
princes du monde qui plus ay oÿ priser et honourer. Et pour
le renom de vostre personne je suis venu de loingtaine terre
pour cognoistre vostre magnificence, et si vous amaine ung
5 coursier d'Arrabie tel que de son pareil n'oïstes oncquez
parler selon mon cuider, car aujourd'uy n'est dain ne liepart
ne chervel si isnel qui aujourd'uy lui sceult tenir pié a courir
avec lui. Et si a telle vertu que qui est dessus lui ne doit
craingdre a passer ung bras de mer de la laise d'une lieue,
10 et peult on seoir sur lui aussi asseür en mer que en
terre et, se vous ne m'en croyés, faictes l'ay essayer. Mais
une seulle coustume a qu'il n'est homme qui l'ose adeser ne
gouverner fors que moy qui le congnois pource que je l'ay
nourry et gouverné. — Amy, dit le duc, vous soyez le bien
15 venu, et de vostre don vous remercie moult et le tiens a
beau present, et avec le don vous veul je retenir et veul
que vous soyez de ma mesgnie. Et se le cheval est tel que

vous dictes, moult me peult avoir grant mestier a ce que j'ay
aucuns mortieulx ennemis, et se j'estoye aussi asseür d'eulz
20 comme je suis d'un qui est en ma prison je ne demande-
roye a Dieu plus, ainsi je prendroye de leur corpz telle
vengeance qu'a tous jours mais en soit parlé aprez mort.
— Haa sire duc, fait Messire Guy, qui sont ores ces enne-
mis que vous avez? — En nom Dieu, fait il, ung en y a qui
25 se fait appeller Guy de Warwik. — Guy de Warwick, fait
cellui, je le congnois bien comme le plus desloyal et cruel
chevalier qui vive. Voulsist ores Dieu qu'il fut ycy! Jadiz
m'occist ung mien frere et ung mien cousin devant Costen-
tinnoble. Et ung sien compaignon qui s'appelle Thierry
30 de Gourmoise doy je bien mortelement haÿr, car il occist
mon pere en traïson, et si m'a desherité, ne jamais ne seray
aisé jusquez a ce que je seray vengé de luy." De ces paro-
lles fut le duc moult joyeulx, si le prent a part et luy dist,
"Par ma foy, beau doulx amy, de Thierry vous puis je bien
35 asseürer qu'il n'a mes en piece garde de vous mesfaire, car
je le tiens en ma prison moult a destroit, mais pource que
vous le haÿés si mortelement, et pour esclarcir vostre ceur
veul que vous l'ayés en garde, et pour douleur que vous
luy fachés traire sachés que ja ne vous en sauray maul-
40 gré. — Haa sire, fait il, cent mil mercis. Or ay je ce que
desormais changera bien son affaire." Lors luy fait le duc
delivrer les clefz de la prison ou il estoit, mais avant
luy demande son nom, et il luy dit qu'on l'appelle Yon. "Yon,
beaulz amy, fait le duc, or me faites bonne garde de vostre
45 cheval et de vostre prisonnier, / [b.] car je m'en attens
a vous." Lors luy fait delivrer une maison au palais seu-
lement pour luy et pour ceulx qu'il vouldra avoir avec luy,
lors fut festoyé et honoré de tous parmy la court, et moult
fut regardé a grans merveilles, pource que le duc le che-
50 rissoit, car telle est la maniere de court que pour plaire
aulz seigneurs advient souvent que la ou le seigneur prent
plaisir ses gens lui complaisent, ja soit ce que le ceur n'y
tire.

127. Lendemain s'en ala Messire Guy vers la chartre ou
estoit Thierri qui moult estoit obscure. Si l'ouvrist et entra

dedens, ung cierge en sa main, et lors oÿst en bas moult
en parfond la voix d'un homme qui moult piteusement se
5 complaignoit et souvent regretoit en ses complaingz Mes-
sire Guy son bon compaignon et prioit Dieu qu'il le voul-
sist garder de mort et d'encombrier et le gardast de la
traïson au fel duc de Pavie. A lors boute Messire Guy sa
teste avant et demande qui c'est la qui ainsi se plaint. "Je
10 suis, fait il, Thierri, ung chetif qui se plaint qui myeulx
vourroye assez mourir qu'ainsi longuement languir comme
je fais, car tant suis en grant destresse et chargé de fers
((et anneaulx)) qu'endurer ne puis longuement, et aussi que
je suis si avironné de vermine et de pulentie si que je
15 ne puis longuement vivre. Et si n'a le duc Othes nul achoi-
son a ainsi me destruire fors pour la hayne qu'il a a ung
myen compaignon nommé Guy de Warwik qui est le meil-
lleur chevalier du monde, et pour l'amour de cellui me fait
ainsi languir et mourir de fain et de douleur, et ja a trois
20 jours que je ne mengay ne beü." De ce a Messire Guy
grant pitié, si luy dist pour le reconforter, "Beau tresdoulx
compaingz Thierry, or ne vous esmayez, car a boire et a
menger avrés vous assés. Sachez que je suis vostre com-
paignon qui me suis mis en aventure pour vous delivrer de
25 prison." Et quant Therri l'entend avec ce qu'il le congnoit
a la parole si luy dist, "Ha beau doulx compaignz, estez
vous ce? Pour Dieu destournez vous d'ycy. Comme vous
estes vous bouté en lieu ou le duc de Pavie ait povoir? Ja
savés vous qu'il vous het a mort, et si vous estes apperceü
30 tout l'or du monde ne vous rachateroit mie. Mieulx vault
assés que je soye mort seul que vous et moy deüssions
mourir ensemble." Toutes ces parolles qu'ilz disoient l'un a
l'autre entendi bien ung Lombart, serviteur du duc de
Pavie, qui pres de la estoit et qui avoit suivi Gui, sans ce
35 qu'il s'en fut apperceü, quant il estoit entré en la tour. Si
s'escrie a haulte voix, "Par foy, Gui, mal y estes arrivé.
A ceste foys sera vostre traïson descouverte. En nom Dieu,
vous ferai pendre et traisner avant qu'il soit demain prime."
Si s'en commence a fouir vers le palais et Messire Guy apres
40 qui moult le prioit par belles paroles qu'il ne le voulsist
ainsi faire occire, mais pour toutes ses prieres ne le povoit

refroidir. Ains aloit tousjours menacant qu'il le diroit au
duc. Et tant courust qu'il vint devant le duc, si s'agenoulla
devant luy et luy vouloit commencer a compter toute l'aven-
45 ture quant Messire / **[f250vo.]** Guy luy saillist sur et le
fiert d'ung gros baston qu'il portoit tel coup parmy la teste
qu'il luy espandi la cervelle et l'abat mort devant les piés
du duc.

128. Quant le duc vist celle adventure, si fut moult effrëé,
si s'escria, "Ha, Hyon, qu'as tu fait? Ja as deservie mort.
Comme fus tu si hardi de mon homme occire devant moy?
Il t'en conviendra par droit jugement mourir, et moult m'en
5 poise. — Sire, fait Messire Guy, je ne croy pas que quant
savray l'achoison pourquoy je l'ay fait que vous m'en doiez
blasmer, si la vous diray orendroit. Ainsi que j'estoye alé
pour visiter et prendre garde en la prison du traïstre Thierry,
trouvé est cest glouton qui parloit a lui par une fenestre,
10 qui grant foison luy avoit apporté de pain et de vin et de
viandes. Si ne fu pas joyeulx quant je le trouvay et le
menace moult que je le vous diroye. Lors me courust sur
pour celle parole et me couroust sur pour m'occire et me
ferit du poing parmy les dens et tout m'estonna. Si trouvay
15 la cest baston que je tiens pour moy desfendre, et lors se
mit en fuite et moy aprez lui jusques a tant que je l'aye
ataint ycy ainsi que veü l'avés. Si vous prie, tres cher sire,
veü que je l'ay fait pour sauver vostre honneur et estat que
le me veullés pardonner ce que j'en ay fait. Et sachez
20 que ce sera une exemple et chastiement a tous aultres
ribaulx d'aider ne secourir ceulz qui vous auront mesfait.
Par saincte croix, fait le duc, il avoit bien mort deservie se
c'est vray ce que vous dictes et bien vous en est advenu.
Et sachés s'il feust aultrement nul ne vous peust de la mort
25 garantir, mais ores vous soit tout bonnement pardonné, car
je ne vous en scay nul mal gré. Et si veul et vous commande
que se vous trouvés nulluy alant ne venant droit a celle
chartre fors par mon ordonnance que le me facez savoir et
j'en feray telle ordonnance de justice que tous les aultres
30 prendront exemple. — Grant mercis, fait Messire Guy, je
ne vous demande plus." Lors fut osté le corps qui la estoit

et porté en terre sans que plus en parolle tenue, et Guy s'en
ala jouant et esbatant parmy le palais jusques a ce qu'il fut
nuit, et donc s'en ala en la ville et acheta foison (de pain
35 et) de vin et de viande, et l'apporta tout privéement a
Thierri en la chartre qui bien en avoit mestier, et le desferra
de tous les piez dont il estoit ferré, et moult le reconforta
et lui dist qu'il ne se doubtast, car par tempz seroit delivré.
A tant se depart de luy pource qu'il se doubtoit d'estre
40 apperceü. Et quant vint lendemain si espia son heure que
le duc estoit alé dehors, et fist tant qu'il ala en la chambre
Oysille qui moult se plaignoit et doulousoit. Si la salua et
la tira a part et se fiit congnoistre a elle privéement et lui
compta tout son affaire et comme il lui estoit advenu. Et
45 quant elle congnust que c'estoit Messire Guy, si eust si
grant joye que a pou qu'elle ne se pasma, mais il lui dist
bien qu'elle n'en face chiere, car aultrement seroient ilz
perdus. "Haa beau doulx amy, ((fait elle)), et que pourray
je faire? D'uy en trois jours est le terme que le duc me
50 doit espouser, mais certes j'ay bien empencé que je m'occiray
avant. — Damoiselle, fait il, de ce ne parlés et laissés / [b.]
le fait sur moy, car de la delivrance de vous et de moy
pence je moult bien a chevir, et de vostre amy aussi, et je
veul que vous monstrés belle chere ((et beau semblant)) au
55 duc et que vous obbeïssiés a tout ce qui vous sera dit
jusques a celle journée, et vous me verrés faire telle chose
avant que il vous mete l'anel au doy dont vous devrés estre
bien joyeuse. — Haa amis, fait elle, Dieu vous en veuille
oÿr." A tant se depart et prent congé d'elle. Et quant vint
60 a la nuit que toutes gens sont a repos, s'en alla Guy en la
chartre ((moult secretement)) et mist Thierri dehors et bien
luy ensengna la ou il s'en yroit rendre de part lui a Amis
de la Montaigne en la marche d'Almagne. "Et la scay je
bien que vous serés recu a grant honneur et gardé pour
65 l'amour de moy. Si m'atendés tant que je reviengne devers
vous, ce sera le plus tost que je pourray." A tant le baise
et commande a Dieu tout en plourant puis le devale hors
des murs tout souefvement par une corde.

129. Et ainsi s'en va Thierri, et Messire Guy demeure,
et tant ala de jour et de nuit comme cellui dont on ne se
donnoit de garde qu'il vint jusques au chastel (Amis) de la
Montaigne. Si le congnoit moult bien aulx ensengnes que
5 Gui luy avoit dit, et qu'il vint jusques a la porte si trouva
deulz chevaliers qui se seoient pres du portier. Si les salue
moult doulcement, et ceulz lui rendent son salut. "Beaulz
seigneurs, fait il, je suis chevalier d'estrange terre qui venu
suis de moult loing pour parler au seigneur de ceans. Si
10 vous prie que me ensengnés nouvelles ou je le pourray
trouver. — Sire, fait le chevalier, il est en salle ou il se
siet et joue aux eschés avec ung de ses chevaliers, et je vous
merray devers luy moult volentiers. — Sire, fait il, la vostre
grant mercis." Si le prent par la main et le maine droit en
15 la salle la ou ilz trouverent Amis seant au jeu des eschés,
en sa compaignie plusieurs chevaliers et escuiers devant lui
qui regardoient le jeu. Lors se trait avant Thierri et le salue,
et cellui rend son salut moult courtoisement. "Beau sire,
fait Thierry, s'il ne vous devoit desplaire, je vourroye bien
20 parler a vous d'aucunes choses privéement. — En nom Dieu,
sire, dit Amys, il me plaist moult bien." Lors fait retraire
ses gens et aler hors de la salle, et puis lui dit qu'orez peust
il dire tout ce qu'il luy plaira, car il l'orra volentiers. Et
cellui lui dit premierement que Messire Guy le salue. Apres
25 se descouvrist du tout a luy et lui compte son aventure de
chef en chef et la maniere de sa delivrance, ainsi que cy
dessus ay compté, et comme Messire Guy l'avoit envoyé
devers lui pour sejourner et l'attendre comme devers cellui
qu'il ayme moult et en qui forment se fie. Et quant Amis
30 entend celle nouvelle si est moult joyeux et se lieve en piés
et le prent entre ses bras moult doulcement, et dit, "Beau
tresdoulz sire Thierri, vous soyés le tresbien venu, et benoit
soit Messire Guy qui cy vous a envoyé, car il m'en a fait
moult grant honneur, et pour l'amour de lui et de vous
35 povez vous faire de toutes mes choses comme des vostres."
Et Thierri l'en remercie moult. Ainsi fut Thierri recepu au
chastel de la Montaigne a moult grant joye. Si fut servi
tout a son plaisir, et apres le filt bien et honnestement vestir
comme a son estat appartenoit, et a nully ne disoit son nom.

40 Tant fut servi a gré et tant eust de ses plaisirs en celle place
que en pou d'eure fut revenu en sa beaulté. Mais a tant en
laisse l'ystoire a parler, et retourne au duc de Pavie.

130. Contre le jour des espousalles eust mandé et
/ **[f251ro.]** semons le duc de Pavie toute sa baronnie de
pres et de loing, et ses aultres amis, parens, et aliés pour
estre cellui jour avec lui en la cité de Pavie. Et quant ilz
5 furent tous venus, si (appareillerent et) firent appareiller la
damoyselle moult richement pour aler a la grant eglise la ou
devoient estre les espousalles. Et tandis comme ilz se ap-
pareilloient et mectoient paine d'acointer la pucelle qui
moult estoit en riche arroy et les aultres dames et damoysel-
10 les de sa compaignie dont il y avoit grant foison, s'appareilla
Messire Guy et se mist dedens une chambre la ou il s'arma
moult richement des armes que la pucelle luy avoit privée-
ment envoyés. Et quant il fut armé que riens ne luy falloit
il lacha le heaume en sa teste, puis s'en yssi et monta sur
15 son bon courcier qu'il gardoit qui moult bien estoit ap-
pareillé, et prent ung fort escu en son col, et en tel arroy
s'en ala chevaucant tout aval les rues, et tant qu'il attaignist
la route des gens ou estoit le duc qui aloit droit au moustier.
Si part la presse a la force de son cheval, et quant il fut
20 aupres du duc, si lui dist, "Sire duc de Pavie, je vous desfend
que vous n'alés avant. Ne vous souvient il de la traïson que
jadis feïctes a Guy de Warwik et ses compaignons au re-
tourner de Bonivent d'un tournoyement qui y fut, et comme
cruelment les feïstes occire, et apres comme l'aultre jour le
25 traïstes de rechef au partir de Gourmoise, et tresfaucement
feïstes prendre le comte Thierri et metre en vostre prison
dont j'ay le ceur moult dolent. Si sachés que je suis ycellui
Guy qui venu suis pour vous en rendre le gueredon et en
prendre la vengeance, car bien en est tempz."

131. Lors sacha l'espée dont il feri telement le duc, a ce
qu'il estoit descouvert la teste, qu'il le pourfendi jusques
aulz espaules, et cellui chet a terre tout mort. Puis desfend
a tous les aultrez que nul ne soit si hardi de mouvoir s'il
5 ne veult mourir (de telle mort). Et lors commencent a fouÿr

de toutes pars comme ceulz qui n'avoient armeüres ne
harnoys sur eulz et qui moult grant paour avoient de leurs
vies. Et Messire Guy se retourna vers la pucelle et la print
moult doulcement entre ses bras et la met sur le col de son
10 cheval, et ainsi l'emporta hors de la cité maugré tous ses
ennemis. N'oncques n'y eust ung seul qui se mist en fait
de le suivir, tant estoient desconfilz et esbahis, flors seule-
ment ung [escuier] fort et puissant qui estoit nepueu du
duc de Pavie et estoit nommé Berart. Cesty Berart s'ala
15 armer et monte sur ung moult bon destrier, et s'en ala apres
Messire Guy seullet sans compaignie, et tant ala qu'environ
quinze lieues loing de la cité aconsuit Messire Guy. Si lui
escrie de si loing qu'il le voit, "Sire Guy, retournés a jouxter
a moy. Je vous calange la mort de mon oncle et la pucelle
20 aussi." Et quant Messire Guy l'entend si met la pucelle a
terre moult doulcement, et tant lui avint qu'il avoit recouvert
((a la voye)) une glaive fort et a fer trenchant. Si laisse
courre a Berart qui lui venoit tant que cheval le povoit
porter, la glaive baissie. Et advint a l'assembler que Berart
25 feri Messire Gui si durement qu'il luy perce l'escu et le
haubert et lui mit le fer du glaive au costé senestre, mais
nom pas en parfont, et l'empaint si que le glaive vole en
pieces. Et Messire Gui, qui courroucé fut d'icellui coup,
l'assene tellement qu'escu ne haubert ne le peult garentir
30 qu'il ne luy mecte fer et fust parmy l'espaule d'oultre en
oultre et l'empaint si bien qu'il le porte a terre et luy et le
cheval tout en ung (mont). Et lors sault Berart sus tout
enragé et moult maudist son cheval et dit que vrayement
n'est il pas digne de vivre quant il ne peult soustenir le coup
35 d'un aultre chevalier. Ja l'eüst occis a l'espée se l'affaire
qu'il avoit a Guy ne l'eust destourné, si se tourne vers Guy
et lui dist, "Sire Guy, descendez et vous desarmés de vostre
haubert, et nous combatons ensemble, et ainsi se pourra
congnoistre le plus puissant. — Beaulx amy, fait Messire
40 Gui, tout a temps vendrons / [b.] a la bataille, et quant
a ceste heure tant en avés fait que me semble qu'il vous
doibt suffire." Et a tant s'en part et emmaine la damoiselle
avec lui. Et Berart s'en retourne vers Pavie moult dolent
comme cellui qui voit bien que sa chasse ne lui peust riens

45 valoir, et a l'eure qu'il arriva en la cité trouva le grant deul
que tous et toutes faisoient pour l'amour de la mort du duc,
son oncle. Honnourablement fut enseveli comme a son estat
appartenoit, puis se repartist Berart de Pavie, et jura que
jamais ne fineroit jusquez a ce qu'il auroit vengé la mort
50 de son oncle, le duc de Pavie. Si s'en ala devers l'empereur
d'Almaigne qui a grant joye le receput et moult grant hon-
neur lui filt pource que bien le congnoissoit, et tant qu'il
le filt chevalier et lui donna armes et le filt principal senes-
chal de tout son empire d'Almaigne. Mais de lui se taist ores
55 et retourne a parler de Messire Guy.

132. Apres que Messire Guy se fut parti de Berart et deli-
vré ainsi que je vous ay compté, si se parti de la place, et
tousdiz portoit la pucelle devant lui sur le col de son cheval,
qui moult grant deul demenoit pour son amy qui bien
5 cuidoit que encore fut en la prison de Pavie, et moult avoit
grant paour qu'il ne fut destruit. Ne du fait de sa delivrance
ne lui avoit encore Guy riens desclairie, ains s'en voulloit
couvrir jusques a ce qu'ilz fussent ensemble, mais bien la
confortoit et disoit qu'il avoit parlé aulz chartiers et bien
10 savoit qu'ilz lui feroient aisiée prison. En telle maniere a
Messire Guy chevaucé avec la damoiselle tant qu'ilz vin-
drent au chasteau de la Montaigne. Si se tire tantost celle
part et entra ens parmy la porte. Et quant Amis le vit venir,
qui se venoit d'esbatre d'un petit jardin, si le congnut
15 tantost a ce qu'il estoit desheaumé et lui court a l'encontre
et lui dit que bien il soit venu. Et apres vint Thierry qui a
telle joye de Messire Gui, son compaignon, qu'il ne scaist
que faire. Mais toutes les joyes passa celle qui fut entre
Thierry et sa mye Osille quant ilz s'entrevirent, car ilz
20 s'entrecoururent embracher et baiser, et tant s'entretindrent
longuement embrachés sans parler seans a terre que sans
parler que tout le monde en avoit ja parlé. Et quant Thierri
peust parler si dist, "Belle tresdoulce et gracieuse amye,
benoit soit Guy, le noble chevalier qui ja par deulx fois a
25 fait l'assemblée de vous et de moy, et jamais ne veulle Dieu
que nous soyons departis." Lors n'y a nulz en la place qui
n'ayent pitié de leur parole et belle contenance. Si s'en

alerent ensemble au pallais. Et ne fait pas a parler de la
grant chere et honneur qu'Amis leur faisoit en sa maison
30 tant qu'ilz y furent, ne fu plaisir ne aultre service qu'ilz
voulsissent desirer qu'ilz n'eüssent tout a leur volenté.

133. L'espace de .V. jours sejournerent yllec. Tantost vist
bien Guy que Thierry estoit sejournés, si lui commence le
repos a ennuyer et pource appella Thierry et Amis en une
part et leur dit, "Amis, beau doulx compaings, avec vous
5 avons assés sejourné, et vous avez pour nous tant fait que
nous vous en devons grant guerdon, mais pource que je
scay bien que le conte Albri est moult dolent de la descon-
venue qui nous a esté faicte, et si ne scaist nouvelles de
nous, mais il me semble que desormais seroit bien temps
10 que nous retournissons vers Gourmoise pour le reconforter.
Et puis assemblerons chevaliers a puissance pour courir sus
au duc de Lorraine, et nous vengerons au plaisir de Dieu
de la traïson qu'il nous a faicte. — Sire Guy, dit Amis, en
vostre accorde me tiens je bien, et je veul aler en vostre
15 compaignie et meneray avec moy .VC. chevaliers bien
montés et armés et mil sergans prestz de loyal service vous
faire. — Sire, fait Messire Guy, la vostre grant mercis. En
vous ay trouvé moult de courtoisies, Dieu me doint grace
de les vous deservir." A tant leur conseil fina. Si envoya
20 Amis ses lectres par ses / **[f251vo.]** messages de toutes pars
pour faire venir escuiers et sergans dont tant lui en vint en
pou d'eure a ce qu'il estoit aymé que moult s'en merveil-
loient Guy. Et quant ilz furent tous assemblés, si acceuil-
lirent leur voye envers Goumoise, et quant ilz vindrent en
25 la cité de Lorraine qui estoit leur dit chemin, si commencent
a destruire quancque ilz encontrent en leur voye et abatre
et grauchter chateaulz et fortheresses, et prindrent prison-
niers, n'oncques ne finerent de faire telle destruccion jusques
a ce qu'ilz vindrent en la cité de Gourmoise. Et la fut la
30 joye grant quant le conte Albry vist Thierri son filz et ceulz
de sa compaignie retournés a sauveté, car bien cuidoit qu'ilz
fussent tous mors es nouvelles qu'on lui avoit dictes. Si ne
tarderent guaires apres qu'ilz furent la venue que le conte
Albry manda tout son povoir et aultres souldoiers et es-

35 trangés de pres et de loing tant que moult assembla grant
host. Et quant tous furent ensemble, si se mistrent sur le
païs au duc de Lorraine. Si commencerent a gaster et
destruire tout ce qu'ilz trouvoient, ne il n'y avoit ville ne
chastel tant fut fort qui a leur puissance peust resister. Et
40 quant le duc Lohier sceult ces nouvelles, si fut moult dolent
et desconforté et demande conseil a ses barons qu'il pourra
sur ce faire, mais n'y ot nul qui l'en sceult conseiller a ce
qu'il n'avoit puissance dont il peult encontrer tant de bons
chevaliers, et mesmement que le tort de la querelle estoit
45 devers lui. Lors s'apenca qu'il chevrroit par une autre voye,
et selon l'ystoire quelcque guerre que les barons lui feissent
estoit il content et moult joyeux que Thierry estoit delivré
et de la venue de sa fille, ne guaires ne lui desplaisoit la
mort au duc Othes de Pavie. Si appelle a soy Herolt qu'il
50 avoit tousjours gardé et ceulz de sa compaignie a grant
honneur et luy dist, "Beaulz doulz amy, je vous ay a dire
nouvelles. Sachez qu'ores me guerroient moult durement
Guy, vostre seigneur, et Thierri en sa compaignie qui moult
ont amené grant puissance de chevaliers en mon pays
55 encontre moy, et combien qu'ilz m'ayent ja moult grant
dommaige fait et destruit grant partie de mon pays; en
verité je suis moult joyeulx de leur sancté et de leur deli-
vrance. Si vous veul prier par la grant amour que j'ay en
vous veullés mettre paine de les appaiser envers moy, et, se
60 je leur ay riens mespris, je m'offre a l'amender tout ainsi
qu'il leur plaira commander, et aussi selon ce qu'il vous
plaira radrecer tous les mesfais. Si vous prie que me veullés
envers eulz parfournir cest message, et encores vous requiers
je que vous veullés entrer en plaige pour moy que de tout
65 ce que vous dirés je seray prest de parfournir sans contredit
soit mon honneur ou ma honte. — Sire, fait Herolt qui tant
estoit joyeux tant que plus ne povoit, puis qu'il vous plaist
moy en prier je le feray volentiers le messaige, et metray
toute ma paine a vous accorder ensemble pource qu'il me
70 semble que de grant honneur vous vient ce que vous dictes.
Ne ce ne vous est pas honte de desirer honneur et l'amour
et bienveullance de telz barons comme sont Messire Guy et
Thierry, car moult vous peuent ayder et valoir, et pource

m'en veul je plus travailler et pener et en faire tant au
75 plaisir Dieu que n'en deveray de nully avoir blasme." Lors
le fait le duc vestir et appareiller moult richement. Pource
qu'il ne vouloit pas qu'il alast seullet filt richement vestir
et appareiller tous les chevaliers qui avoient esté prins en
sa compaignie, et dist qu'ilz yroient avec lui en celle voye.
80 Et quant tous furent prestz de partir qu'il n'y eust plus
que de monter, si prit le duc congé de Herolt et le baisa
et pria moult de sa besongne, et il dist qu'il en fera son
povoir. Si se partent a tant du duc et ac/[b.]cueillirent
leur voye envers Gourmoise, et tant firent par leurs journées
85 qu'ils vindrent au pres de la cité, et au descendant du
tertre qui pres estoit avint que Messire Guy et Thierri qui
s'en retournoient de bercher a moult riche compaignie de
chevaliers et d'escuiers les voient venir. Si se doubterent
moult quelles gens ilz povoient estre pource que grant
90 compaignie ilz estoient et venoient droit le chemin de
Lorraine. "En nom Dieu, fait Amis de la Montaigne, qui
moult estoit legier (et jeune) chevalier, je les iray veoir et
vous rapporteray a mon povoir la verité de leur estre." Lors
fiert cheval des esperons et s'en va celle part tant comme
95 il peult aler, et quant si pres fu de la compaignie que bien
s'entrepeurent adviser si le congnust tantost Herolt et lui
escrie, "Sire Amis, vous soyez le bien venu. (Comme le
faictes vous?) Comme le fait Messire Guy? Ou l'avez vous
laissé? — En nom Dieu, (Sire Herolt), dit Amis, vous soyés
100 le bien trouvé comme le chevalier du monde que plus
desiroye a veoir et je vous feray veoir tantost Messire Gui
qui moult sera joyeulx de vostre venue." Lors s'achemine-
rent ensemble droit a la compaignie ou estoit Messire Guy
et Thierry attendans, et quant ilz approcherent si congnut
105 tantost Messire Guy Herolt son maistre. Lors lui court les
bras tendus et fait de lui moult grant joye, et aussi fait
Thierry. Puis parle Herolt et dit ainsi, "Sire Thierry, a vous
m'envoye le duc Lohier qui moult est vaillant homme, et
si vous offre par moy grant honneur, car pour avoir paix
110 et accord avec vous et vostre pere vous veult donner
sa fille par mariage, et si vous veult en heriter de toute sa
terre. Et a vous, sire, (fait il a) Messire Guy, desire moult

avoir vostre amour et bienveullance par ainsi que de tout
ce qu'il vous peut en riens avoir mesfait, il est de ce
115 radrecher tout prest ainsi hault qu'il vous plaira, et de
ce veul bien estre son plaige qu'il fera tout ce que j'ay dit
sans en riens y contredire." A tant s'en retournerent vers
la cité, et quant ilz furent la venus ilz prindrent conseil
avec le conte Albry qu'ilz avroient a faire sur cest affaire.
120 Et en la fin s'accordent ainsi que bon estoit de faire ce que
Herolt avoit requis, et que mieulx d'assez seroit la paix
entr'eux que la guerre. Et quant ilz furent du tout accordés
en cest parlement, si ne sejournerent guaires apres. Ains
s'en retournerent tout droit a Mes en Lorraine a grant com-
125 paignie ainsi que Herolt leur avoit requis, et menerent avec
eulx le viel conte Albry et la belle Oysille. Si ne fait pas a
demander la grant joye et le grant honneur qui leur fut
fait en leur venue en Lorraine, car des l'entrée du païs le
duc le vint rencontrer bien acompaigné et moult haultement
130 les receput, et la furent tous acompaignes et tous maltalens
pardonnés de toutes pars, et s'entrebaiserent par bonne
amour, et toutes les communes de leur venue faisoient moult
grant joye et grant feste.

134. Joyeusement chevaucerent vers la cité de Mes et
tantost qu'ilz y furent venus acomplit le duc ce qu'il avoit
promis par la bouche de Herolt, car pardevant ses barons
qu'il avoit mandés pour ce faire, donna sa belle fille Oysille
5 par mariage a Thierry et l'enherita de toute sa terre et filt
faire l'ommaige a ses barons. Si devés savoir que les nopces
en furent faictes a grant solennité comme a si haultes gens
appartenoit, et quant la feste fut passée si se departirent
les barons pour retourner chascun en son pays, Amis de la
10 Montaigne et les aultres de sa compaignie, que seulement
ne demoura avecques messire le duc fors que Messire Guy,
et Thierry, et Herolt, et leurs gens qui moult s'entr'amoient et
sejournoient en la cité (et au pays a grant soulas). Avint
je ne scay par quelle aventure que le duc ung jour ala
15 chacer en une grant forest qui tiroit vers les marches de
Breban pource que entendu avoit que celle forest estoit
moult plantureuse de bestes, et mena avec lui Messire Gui

et Thierri. Et quant ilz furent la venus, si descouplerent
leurs chiens a acueillir la chace apres ung senglier si grant
20 et si parcreü que de tel oncques mais n'avoient oÿ parler, et
moult / **[f252ro.]** leur occist de leurs chiens et filt de grans
ennuys celle journée, ne il n'estoit nul qui le puisse ataindre
ne dommaiger. Fuiant s'en ala tout au travers du boys et
eulz tousjours apres, tant ala ainsi fuyant, et Messire Guy
25 tousjours aprez, qui bien cuidoit que sa compaignie le
suivist, que il trespassa la contrée et eslongna moult le lieu
dont ilz estoient partis, et plus qu'il ne cuidoit et tant que
tous lassent la chasse fors seulement Guy qui moult estoit
bien monté et avoit joye de tel deduit, pensant que ses
30 compaignons luy fussent au dos. Oÿt tousjours l'aboy des
chiens tant qu'il vint en une moult espece forest, et dedens
ung espés buisson se frappa le senglier qui estoit tout las
et livra estral moult orgueill(eusement) a tous les chiens et
moult en occist et navra, et tant que Messire Guy vint la,
35 et quant il l'apperceut se descendit tantost a pié et luy
courut sur de l'espieu et tant filt qu'il occist. Puis le
desfert et atourna selon la coustume et maniere ((des
veneurs)), et lors corna prinse comme cellui qui cuidoit que
ses compaignons fussent pres. Si advint qu'en icelluy tempz
40 estoit ung moult riche conte en Breban lequel s'appelloit
Fleurentin, et celle forest estoit en l'un de cornes de sa
terre. Et pource que si plantureuse estoit de deduis de
venerie, comme j'ay devant dit, l'avoit le dit compte moult
chere et souvent il venoit sejourner en ung moult beau
45 chastel qu'il y avoit. En celle heure estoit dedens le dit
son chastel et entendi moult bien le son du cor qui aucques
estoit pres, si luy vint a moult grant merveilles que ce
povoit estre, ne qui estoit tant hardi de chacer en sa forest
sans son congié. Si appella erraument ung sien filz qu'il
50 avoit, nouveau chevalier, et lui commanda aler celle part
et luy amener cellui qui estoit tant oultrageux comme d'oser
chacer en la forest oultre son sceü, et cellui dist que son
commandement feroit il. Si monta a cheval et chevauca
droit celle part ou il oïst la voix du cor, et tant filt que il
55 y vint la, ung grant baston de pommier en sa main, et si
tost qu'il vit Messire Guy si lui dist, "Vassal, qui vous a

fait tant hardi d'estre venu chacer en la forest de mon-
seigneur ((et luy occire les bestes)) sans son congié? Sachés
que moult grant oultraige avés fait et vous le comperrés
60 moult chierement pour abaisser vostre orgueil. Si vous com-
mande que vous me baillés ce cor dont vous avez corné
et ce cheval, et si vous en venez apres moy ((a pied)), car
tel est mon vouloir affin que mon seigneur le comte prenne
vengeance de vous a sa volenté. — Sire, fait Messire Guy,
65 ne vous en veulle desplaire, et sachés que en la chace ne
cuydoye vers vous ne vers aultre avoir mesfait, et, se je
l'ay fait, je suis prest de l'amender selon le cas et aler avec
vous pour l'amender a la volenté de vostre seigneur, mais
coustume n'est point en mon pays que chevaliers doivent
70 aler a pié. Pource s'il vous plaist chevaucés devant et je
yray apres, et se vous desirez mon cor et le demandés par
amour et courtoisie, vous l'avrés. — Par mon chef, sire
vassal, dit le chevalier, le cor avray je maugré que vous en
ayés, et si sera temprement." Lors met la main a la resne
75 du cheval et lieve son baston et frappe Messire Gui sur la
teste si grant coup qu'il en fait le sang saillir, et quant Mes-
sire Guy se senti feru si fut moult courroucié plus que
devant et dit, "Sire chevalier, vous n'estez / [b.] mie le plus
courtois que j'aye veü qui si m'avez a tort feru, mais par
80 saincte croix je le remenderay a droit se je puis." Lors haulce
le cor qu'il tenoit en sa main qui gros estoit et pesant, et
assene telement le chevalier qu'il luy espandit la cervelle
et l'abatist a terre mort. Puis lui dist par ramposne, "Sire
vassal, je croy que desormais vous estes chastié de ferir
85 chevalier a tort, et il ne m'en desplaist pas, car trop estiez
orgueilleux. Je vous laisse le porc, si en faictes voz largesses
la ou bon vous semblera."

135. A tant le laisse et s'en part chevaucant parmy la
forest a l'aventure et tant que a l'issue de la forest en ung
regart il va appercepvoir ung moult beau chastel tout neuf
edisfié. Si s'adresce celle part, et guaires n'avoit chevaucé
5 qu'il encontra (en sa voye) ung laboureur qui venoit de
labourer, si l'araisonne et lui demande quel chastel s'estoit
qu'il veoit devant luy et comme on l'appelloit. "Sire, fait

il, c'est le chastel de Goyon qui moult est bel et riche, et
si est au conte Fleurant, moult vaillant, preux, et hardy,
10 et loyal chevalier, et a lui appent toute la seigneurie de
cest pays." Guy ne lui demande plus, ains s'en part et tant
chevauce qu'il vint jusques au chastel et entra dedens en
la court. Puis se descend de son cheval quant il fut a la
court, et assez y eust verlés pour le recepvoir, et quant il
15 fut decendu si s'en monte en la salle du palais a mont et
vist ung beau chevalier ancien et qui bien sembloit de
hault affaire, et assez d'aultres chevaliers et escuiers en sa
compaignie. Si le salue, et cellui lui rend son salut moult
courtoisement et dit que bien soit il venu. "Sire, fait Mes-
20 sire Guy, ung chevalier estrange suis qui moult ay au
jourd'ui travaillé, et si suis aucques tout jeun si vous prie
par amour et courtoisie qu'il vous plaise me faire donner
a menger, et puis m'en yray a vostre congié a mon affaire.
— En nom Dieu, sire chevalier, fait le conte, a menger
25 avrés vous assez au plaisir Dieu." Lors fait mettre la table
et commande lui apporter l'eaue pour laver, puis le fait
asseoir et servir tres bien de menger et de boire de bons
vins et de viandes. Et quant il a aucques mengé par loisir,
si entend lever ung cri parmy le chastel moult plain de
30 plours et gemissemens des gens de leans qui faisoient
entour ung corpz, et tous les saintz et cloches des eglises
sonnoient. "Dieux, fait le comte, que peult ce ores estre?
Donc vient si grant deul que ces gens font?" En disant ces
paroles entrerent deulx hommes en la salle qui portoient ung
35 corpz mort, si le metent a terre sur le pavement devant le
comte, et quant il a bien advisé, si s'escrie a haulte voix,
"Helas, a esté mon filz mort que je voy." Lors commence
a demener tel deul que bien sembloit qu'il deust yssir du
sens. "Hé Dieu, dit il, qui est cellui qui telle destruccion
40 a osé faire en mon lignaige? Certes, je vouldroye myeulx
mourir que je n'en prensisse vengeance se je le puis savoir.
— Voire, sire, fait ung escuier qui estoit la, a vous est la
vengeance legiere a prendre se vous en avez le couraige,
car cellui chevalier que je voy la assis a manger l'a occis
45 de ses mains, et je luy vis occire a mes yeulx." Lors
/ [f252vo.] sault sur le comte sans plus dire et prent en

sa main une haste qui pendoit pres des aultres armeüres
en la salle, et s'en va grant pas vers la table ou Messire
Guy mengeoit, et lui dist, "Fel traïstre qui mon enfant as
50 occis, bien est raison que vous en ayés le guerdon." Si
haulce la haste et esme a en ferir Messire Guy parmy la
teste, mais il bouta la table et saillist tantost sur comme
cellui qui moult estoit apert et ysnel et filt faillir le comte
de son coup et ferist de la hace au pavement si durement
55 qu'elle y entra grant partie. Et entre d'eux saillist Messire
Guy en estravers et recouvra une hache pareille a celle que
le conte avoit qui pendoit avecques les aultres harnois, et
dist, "Sire comte, vous faictez peché de moy ainsi assaillir
en vostre hostel et a vilennie vous peust estre atourné (veü
60 que je suis en vostre maison et par vostre congé), et quant
est de la mort de vostre filz me poise moult grandement,
car ce fut sur moy desfendant, et s'il estoit nul qui voulsist
dire le contraire je le vourroye prouver par mon corpz."
Tant comme il parloit au comte qui moult estoit douloureux
65 le commencerent a assaillir plusieurs chevaliers et sergens
de leans qui lui firent de grans playes a ce qu'il estoit
desarmé, mais il se mist en bonne desfence comme chevalier
vaillant, la hache eu poing pour garentir sa vie, mais fort
seroit a racompter les proesses qu'il feit comme desarmé,
70 car dit l'istoire qu'il en navra plusieurs et occist le seneschal
du comte et deulz chevaliers de grant proesse en sa com-
paignie. Et quant il vit que en la parfin ne pourroit durer
contr'eux, a ce qu'il estoit encloz dedens leur povoir sans
aide ne secours et tout desarmé, commence a dire, "Sire
75 comte Fleurans, vous ne monstrés pas semblant que vous
soyés si preudomme comme tout le monde dit de vous qui
apres que vous m'avés herbergé en signe d'amour me voulés
occire en vostre maison. Sachés qu'encore vous sera tourné
a traïson et a reproche de tous ceulx qui en orront parler.
80 Si seroit bon que vous en feïssés parler tant que vous n'en
deüssés point avoir de blasme, mais faictes une chose que
je vous diray. Pour vostre honneur sauver, faictes moy
delivrer mon cheval et que je puisse yssir hors de vostre
chastel a sauveté dehors. S'apres je suis par vous ou par

85 les vos conquis le blasme n'en sera pas sur vous si grant
comme il seroit a present."

136. Sur ceste parolle penca ung pou le conte qui moult
avoit grant douleur au ceur de son filz qu'il veoit gesir
mort devant lui, et quant il a pencé assés a loisir, si dist
que voirement luy sera acompli ce qu'il demande. Lors
5 commande que son cheval luy soit rendu et qu'on le laisse
yssir du chastel a sauveté, et on le fait. En tantost qu'il fut
dehors, s'en yssi le conte, quarante chevaliers en sa com-
paignie bien armés et montés, et tant chevaucerent apres
lui qu'ilz l'ataignirent. Si lui escrient moult fierement qu'il
10 se gardast, et il les attend comme chevalier bien asseüré
et se delivre aucques a son honneur des premiers venus, et
de l'un d'iceulz qu'il avoit abatu recouvra lance et escu dont
il fut moult resjouÿ, car point n'en avoit.

137. Si laisse courre contre le conte Fleurans qui luy ve-
noit a l'encontre, et l'assena / **[b.]** tellement en son venir
qu'il le porta du cheval a terre. Puis prent le cheval par
la resne, puis lui maine, et dit, "Sire comte, tenés vostre
5 cheval et montés. Desormais vous deüst suffire de armes
porter, car vostre aage ne le requiert pas. Je vous rendz
la bonté que vous me feïstes ja en vostre hostel de moy
faire rendre mon cheval. Je m'en vois de vous, et sachés
que je vous clame bien vostre hostel quicte, car se je
10 devoye mourir de fain ne vendray jamais avec vous menger
tant m'y avés bien festoyé pour la premiere fois." Et lors
se depart a grant aleüre, car bien voit que le demourer
ne lui avoit pas mestier, car tout le monde voit aplouver
sur lui de communes et de chevaliers pour l'encombrer
15 s'ilz peussent. A tant fiert cheval des esperons qui legiere-
ment l'emporte et eslongne en pou d'eure le conte et sa
compaignie qui moult fut dolent qu'il leur est eschappé,
mais aultre chose n'en peust faire. Si s'en retournent au
chastel dolens et confus et mettent en terre le filz du conte
20 en telle solennité comme a si hault seigneur apartenoit.
De plus en parler me veul deporter et retourneray a Mes-
sire Guy qui s'en va chevauchant grant aleüre a travers

des boys le plus droit selon son advis qu'il peust ymaginer
devers le pays de Lorraine, et si bien luy advint qu'en la
25 premiere voye ou il se bouta c'estoit le droit chemin pour
aler en Lorraine. Si chevauca ainsi toute jour a grant
esploit tant que vers le soir il vint vers la cité de Mes,
(si congneut tantost le pays d'environ dont il fut moult
joyeulx et il exploicta tant qu'il vint en la cité) ou il trouva
30 le duc et le conte Thierri et ses compaignons qui moult
menoient grant deul de luy, et toute jour ne l'avoient finé
de tracer et ores a primes ne faisoient que retourner de
leur queste. Si devez savoir que quant ilz le virent retour-
ner sain et sauf leur grant douleur fut bien tost tournée
35 a grant joye. Et lors lui demanderent de ses nouvelles ((et
de son estre)) et pourquoy il s'estoit d'eulx partis, et il
leur compte toute son aventure si comme cy devant avés
oÿ reciter sans riens y laisser. Et quant ilz entendent le
grant peril dont il estoit eschappé, si en remercierent
40 moult Dieu et distrent vrayement qu'il estoit eureux ((et
bien seant)) sur tous chevaliers, et ainsi passerent celle
nuit en joye et en soulas parlant d'icelle aventure plus que
d'aultre chose.

138. Pou de jours aprez vint en volenté a Messire Guy
de soy en retourner en son pays en Angleterre pour veoir
et visiter ses amis dont il estoit moult desiré, et lui sem-
bloit que mercy Dieu il avoit bien esploitié de ses affai-
5 res pourquoy il esperoit d'estre le bien venu pardevant sa
mie Felice. Si attourna son affaire et commanda a tous ses
gens d'eulz faire prestz, et quant il n'y eust mais que de
partir si print congié du duc qui moult envis lui donna,
mais faire le convenoit. Si lui abandonna a son partir tous
10 ses tresors d'or et d'argent, mais riens n'en voulu prendre
fors aucuns joyaulz qu'il emporta de lui pour souvenence.
Lors envoya apres Thierri, son compaignon, qui moult
grant deul demenoit pource que les nouvelles avoit oÿes
de son departement, et quant il fut venu vers luy si l'arai-
15 sonna moult bellement et luy demanda la cause de son
partement, et Guy lui dit, "Beau compaing, il nous fault
pour tempz departir ung pou d'ensemble, si vous ((prie

et)) supplie qu'il ne vous ennuye, car faire le convient.
Sept ans a passés et plus que je ne vy pere ne mere
20 n'aultre de mes amis (et que je ne fus en mon pays). Si
est bien raison que desormais voise savoir (comme ilz le
font et) comme mes besongnes se portent et conforter mes
amis qui bien cuident / **[f253ro.]** que je soye mort. Beau
tresdoulz amy, ja est vostre gurre affinée, mercy Dieu, et
25 si avez espousée a vostre vouloir vostre belle amie que tant
desiriés, et tous voz ennemis sont menés a desconfiture et
vostre païs mis en bonne et seüre paix. Si n'avés plus riens
que doubter selon mon advis, car je ne congnois aujourd'hui
homme tant puissant qui vous osast forfaire, et s'ainsi estoit
30 le me faictes savoir. Ja ne seray en si loingtain païs
que je ne viengne a vous et ou que je soye souvent
vous manderay de mes nouvelles et de mon estre, et je vous
prie qu'ainsi faictes vous a moy, car ce me sera ung bon
confort. — Ha mon tresdoulz compaingz et amy, (fait
35 Thierry), comme mon ceur me devine grant douleur de
vostre departement. Ja m'avez vous respité par trois fois
de mort qu'oncques en vous en feis service ne guerdon, et
se j'ay bien ne honneur c'est par vous. Bien vous en doy
je mercier. Oultre plus scay je bien que noz ennemis et les
40 vostres, et principalment ceulx qui sont du parenté du
duc Othes qui moult sont puissans, quant ilz savront vos-
tre departement vendront sur moy a grant host et me me-
rront si cruelle guerre que je ne la pourray soustenir. Et
tant qu'ilz nous scairont ensemble ne l'oseroient ilz pencer,
45 car plus redoubtent vostre personne seulement que tout
le demourant de nostre povoir, et tant que Dieu nous
tienne avec vous n'ay je doubte de personne qui vive, mais
faictez l'ay bien (court). Beau tresdoulz compaingz, et
je vous en prie par la foy que nous nous entredevons que
50 vous demourés par ainsi que je vous revestisse et feïsse
revestir de la bonne cité de Gourmoise, et de toute la
seigneurie et honneur qui y apent pour estre vostre si quic-
tement a tousjours mais que jamais moy ne nul de mon
lignaige n'y avrons a calenger ung demy pié de terre. Et
55 je demourray devers monseigneur le duc, le pere de ma

femme, qui assez me donrra terres et honneurs, et si con-
querrons assés plus vous et moy se Dieu plaist."

139. "Taisiez vous, Messire Thierry, beau compaingz, dit
Messire Guy, car ce ne peult estre en nule maniere quant
a ceste heure, et se ne fut l'amour de celle qui tant m'est
au ceur (que chose vivant) jamais ne vourroye partir d'o
5 vous, mais faire le convient si vous prie qu'il ne vous en
poise." Lors s'entrebaiserent les deulz barons, plourans
des yeux moult tendrement, car plus ne povoient parler,
et moult grant pitié avoient tous ceulx de la place. Et a
tant se departirent, et Messire Guy monta sur le mulet
10 amblant et print congié de tous ceulz de leans et se mist
au chemin lui et toute sa compaignie vers son pays, et Thie-
rry remaint si dolent que bien sembloit que son ceur deust
partir, mais chascun metoit paine de le reconforter. Et
Messire Guy tint la droicte voye et tant filt par ses jour-
15 nées qu'il arriva au pays d'Angleterre a sauveté. Lors en-
quist des nouvelles et quelle part le roy estoit, et lui fut
dit qu'il estoit en la cité d'Everwik que ores appellons York.
Si s'achemina tantost celle part, et quant le roy sceult
nouvelles de sa venue que si long tempz avoit desirée s'il
20 en fut lyé ce ne fait pas a demander et bien y parust, car il
filt pour lui ce qu'il n'avoit pas fait au devant pour che-
valier de son royaume, et ce fu que il ala a l'encontre de
luy, lui et sa baronnie et les bourgois et toute la commune
de la ville a moult belle ordonnance et le colliege et le
25 clergé a croix et a processions a grant solennité ainsi que
ce fust Dieu mesmes. A telle joye et a tel honneur fut
Messire Guy recepu, / [b.] et tant luy faisoit le roy grant
joye, qu'il ne se povoit lasser de le veoir. Si le filt che-
vaucer costé a costé de luy (parmy la cité) tant qu'ilz vin-
30 drent au palais. Et par toutes les rues ou il passoit crioient
les gens, "Bien vienne le bon chevalier par qui toute An-
gleterre est honnourée." Et ainsi advient il de ceulx qui en
le((ur)) jeune aage mettent paine d'acquerir honneur, car
le nom leur en demeure a perpetuele memore, et si en
35 sont de Dieu et du monde honnorez et preferés pour
et au devant tous aultres ((pour leurs bonnes demerites)), ne

nully ne doit doubter pour aucune basseté de lignaige a
pretendre a venir a hault honneur, car de plusieurs l'en
a veü exemple et depuis pou de jours qui n'ont pas par
40 la haultesse du degré de leur sanguinité, mais pour la
vaillance et entreprise de leurs haulx ceurs sont venus a
souverains estas et honneurs, et leurs noms sont demourés
et demeurent a tousjours perpetuelement en la ((memoire))
des bons. Et ce ay je mis avant pour Messire Guy de War-
45 wik dont je parle, car de droicte ligne il n'estoit pas de
trop hault affaire ne trop grant richesse, mais il estoit riche
de ceur, vaillant et entreprenant de courage, qui le fílt
venir a telle renommée que chascun desiroit a l'onnourer
et servir.

140. A grant joye et soulac fut Messire Guy receü entre
le roy et ses barons et a merveilles festoyé ((et conjouÿ)) de
chascun. Si advint que le second ((jour)) aprez que Mes-
sire Guy fut arrivé en Angleterre en l'ostel du roy ainsi
5 que le roy descendoit de sa chappelle ou il avoit oÿ messe
et estoit entré dedens la salle, et il vist deulz hommes
qui estoit en estat de laboureurs qui s'agenoullent devant
lui et lui distrent, "Sire, a vous sommes venus pour vous
racompt(er) une adventure moult merveilleuse. Sachés que
10 du royaume d'Yrlande au travers la mer pardeca est passé en
vostre pays de Northombelande une beste si fiere et si
merveilleuse que elle destruit bestes et gens et tout quanc-
que elle encontre. Et tant est de grant force, laide et espo-
ventable qu'il n'est nul qui l'osast envahir, et se longue-
15 ment y dure tout le pays est a perdicon que riens ne
demeure devant elle qu'elle ne destruie. — Mes amis, dit
le roy, me savriés vous a dire de la facom et le nom d'icelle
beste? — Sire, fait cellui qui portoit les paroles, nie savons
du nom, mais de la facon vous ferons nous bien certain,
20 car assez l'avons veüe. Sachés qu'elle a la teste de mer-
veilleuse grandeur, et les yeulx grans et enflambés, et la
geulle si grande que legierement transgloutiroit ung hom-
me tout entier, et si a les dens longues et lées qui saillent
forment hors la geulle, le col long et asez plus gros que
25 d'ung toreau, aussi noir que une talppe, et parmy le pis

est plus gros que deulz hommes ne savroient embracer. Si
a grans elles ((de cuir)) pour voler en maniere d'elles
de souris chauve plaines par lieux de divers aguillons, et
deulz jambes devant grosses et courtes, et les pates en la for-
30 me et maniere d'un lyon, et si est des le nombril en amont
armé et couvert d'unes eschardes si dures qu'i n'est fer
n'acier qui les peult empirer, et la queue est moult longue
et grosse et en la fin ung aguillon moult venimeaux et
pongnant, ne il n'est riens qu'elle attaigne (de la queue),
35 soit beste ou personne qu'il ne conviengne temprement
mourir. Moult est assez plus horrible que je ne vous sa-
vroye deviser, et moult fait a redoubter, si veullés adviser
sur cest affaire, car il est bien necessaire." Par les paroles /
[f253vo.] du païsant pence le roy moult durement sans
40 mot dire (car moult luy grevoit ((et devoit grever)) au
cueur ses nouvelles,") et quant Messire Gui le vit ainsi pen-
cer, si luy dist, "Sire, que pencés vous? Je vous vourroye
prier que ne vous esmayés en riens de ces nouvelles, car
par aventure n'est il pas ainsi comme ces gens le vous ont
45 dist, et s'il est vray je suis prest de moy aler combatre a
celle beste, et ay esperance que au plaisir Dieu j'en deli-
vreray le pays. — Ha beaux amis, dit le roy, ce ne dictes
pas, car en nom Dieu je ne vous y envoyeroie ne laisseroie
aler tout seul pour la moitié de mon royaume. Mais se vous
50 desirés a veoir ceste merveille, je ne delaye pas que vous
n'y ailés et si menés avec vous .V. de mes meileurs cheva-
liers bien armés pour les perilz eschiver. — Ha sire, ((fait
il)), Dieu me desfende que pour une seule beste tant de
preudommes s'en travaillent. Sachez que ma volenté est
55 d'y aler tout seul, et si ne merray aultre compaignie que
la mienne. Si vous commande a Nostre Seigneur." Et
quant le roy voit qu'il ne le peut tenir, si luy donne congié
et prie Dieu qu'il le gart de mort et d'encombrier. A tant
s'en part Messire Guy quant il est appresté et maine en
60 sa compaignie Herolt et deulx de ses chevaliers tant seu-
lement le glaive au poing, et tant filt par ses journées qu'il
vint aucques pres du lieu ou la beste converssoit si comme
ensengné lui fut, et si estoit en une moult belle lande. Puis
descendi de son cheval, et puis filt armer son corpz moult

65 seürement. A tant remonte et s'en part, et bien desfendi a
ses compaignons a son departir que nul ne fut tant hardi
de soy esmouvoir apres luy, car il se vouloit seul essayer a
la fiere beste.

141. Ces parolles dictes, chevauca parmy la lande (vers
la place la) ou la beste estoit qui de loing l'oÿst venir.
Si se tira hors de sa caverne et commenca a crester et fron-
cer et siffler si effrëement qu'oÿr la estoit orreur. Et Mes-
5 sire Gui qui grant merveilles en eust quant il la vit, et qui
ne fut pas bien asseür de soy, se prist a segner et se
commande a Dieu, et lui laisse courre, le glaive alongé, et
bien la cuida assigner parmy le corpz, mais oncquez ne lui
peust entemmer la pel, ains vola le glayve en pieces ainsi
10 que ce fust ung ((rain de)) chesne. Et lors leva le draglom
la teste contremont et saillist sur Messire Guy qui cuidoit
parfaire son poindre, et le heurta tant durement du corpz
qu'i l'abbatist du cheval a terre tout estourdi. Mais il res-
saillist sur comme cellui qui estoit de haulte force, et pria
15 moult a Dieu qu'il le voulsist garder de cellui adversier.
Lors trait son espée et lui court sur et bien l'en cuide
navrer parmy la teste, mais elle n'y peust entrer ne qu'en
une enclume de fin acier. Et lors se tint a moult baillé,
et a ung destour qu'il feist le ferist le draglom d'une de
20 ses pates parmy le haubert et en apporta ung grant paom
a terre, et moult le navra durement en la char. Lors n'eust
en lui que yrer, et fut en plus grant doubte qu'oncquez-
mais n'avoit esté, et pource se tourna vers ung arbre qui
la estoit et pence que la attendra la bataille de la beste.
25 Quant le draglom vit ce, si le poursuivy forment, / [b.]
et Messire Guy lui aloit guenchissant qui de l'arbre faisoit
son escu. Et quant la beste vit ce, si tourna la queue qu'elle
avoit longue, ((grande)), et pesante, et en fiert Messire Guy
en son escu si durement qu'elle le pourfendi tout, et a pou
30 qu'elle ne l'abatist a terre. Puis le lya estroit de sa queue
(entour le corps) avant qu'il se peüst garder, et le com-
menca a tirer envers elle et a l'estraindre si durement que
trois de ses costés lui ploya. En celle douleur s'advise qu'ain-
si que Dieu le vouloit, et vit qu'en alant du nombril vers

35 la queue n'avoit nulles eschardes. Si haulce sa bonne espée
et fiert la beste entre le nombril et la queue si qu'il la
couppa en deulx, et lors gecta ung coup si grant et horrible
que toute en retentist la contrée, et bien sembloit voix de
deable. Si luy courust sur tant comme elle estoit en sa grant
40 douleur, et au lever qu'elle feist d'une de ses ailles (l'as-
sena telement) entre ou dessoubz l'aille et le corpz qu'il lui
filt saillir les entrailles hors du corps. Et apres ce coup
commenca a braire (et a crier) assez plus horriblement
que devant comme celle qui (sentoit qu'elle) estoit navrée
45 a mort, si se print a troubler et a faire la plus forte fin
du monde, et d'elle yssoit une pueur si grande qu'il ne fut
homme qui la peut souffrir n'endurer. Si se tira Messire
Guy arriere moult las et travaillé, et alors vindrent ses com-
paignons a lui qui moult le festoyerent, et moult des aultres
50 gens du pays qui estoient venus au cry de la beste, et luy
demanderent comment lui estoit, et il dit que bien la mercy
Dieu, mais oncquesmais n'avoit eü si grant paour de sa
vie. Et quant la pueur fut aucques passés, si alerent veoir
la beste qui la gisoit morte, et moult la regarderent a grant
55 merveille et disoient que voirement n'estoit ce pas beste
mais droit ennemy. Et si avoit la longueur trente piedz
de long selon la mesure quant elle fut morte. Messire Guy
en prit la teste pour presenter au roy nommé Athelstam
qui moult luy sceut grant joye et grant gré de ce present,
60 et l'en mercia moult, et bien le devoit faire. Et sachez que
ce fut une chose entre les aultres qui moult crust et essauca
le nom de Messire Gui, et disoient tous communéement
qu'au monde n'avoit son pareil de proesse et de bonne ad-
venture. La teste du draglom filt le roy prendre en la cité
65 de [Everwik] pour la veoir, et la regarda tout le monde
a merveilles, et fut mise en la chappelle de l'ermitage de la
forest de Warwik puis apres long tempz, ne scay par quelle
aventure, et la est encore selon le rapport d'aucuns qui y
ont esté.

142. Pou de jours apres prit Messire Guy congié du roy
pour aler en son chastel Wallingforde en prendre posses-
sion, car son pere estoit nouvelement mort. Si luy filt le

roy envoyer riche don en son departir, et moult le pria
5 de retourner devers luy le plus bref qu'il pourroit, et il lui
dist que si feroit quant il plairoit au roy. Sy s'en partit a
tant au bon congé de leans, et tant esploita par ses jour-
nées qu'il vint a Walingforthd ou il fut recepu a moult
grande joye de ses hommes et des aultres du pays qui de
10 moult long tempz ne l'avoient veü. Et quant il ot receü /
[f254ro.] les feaultés et hommaiges de sa terre ainsi qu'i
seigneur devoit faire, si appella Herolt son maistre et le
revesti de toute le seigneurie et luy en filt faire les hom-
maiges. Et tous ceulz qui la estoient et qui l'avoient servi
15 guerdonna il chascun selon ce qu'il estoit tant que bien
avoient cause d'eulx tenir contens. Puis se departit de la
pour aler veoir sa dame et le conte Roalt son pere qui sur
tous aultres le desiroit a veoir. Et quant il fut venu a
Warwik il ne fait pas a demander la grant joye qui lui
20 fut faicte, car tous ceulz qui la estoient se penoient de
l'onnourer et festoier, et disoit le bon conte que voirement
ne pourront estre joyeulx plus qu'il estoit de sa venue. "Et
vous, belle fille Felice, faictes joye et feste de lui, car voi-
rement le devés vous faire. — Par Dieu, monseigneur,
25 fait elle, voirement vous dictes bien, et cherir le doige
pardessus tous aultres qui aujourd'hui vivent apres vous
si avant que par honneur loyal dame doibt amer et cherir
loyal chevalier. — Se m'aist Dieux, fait le conte, et je
vous en prise et ayme myeulx." Lors se depart le conte
30 et commanda a Messire Guy qu'il demourast avec sa fille et
les aultrez dames qui la estoient en sa compaignie. Cellui
commandement ne lui fut pas desplaisant a faire.

143. Et quant le conte fut du tout departi et alé entre
ses chevaliers et escuiers, Messire Guy qui fut remaint
avec sa belle maistresse assés privéement, lui commenca
moult humblement a racompter sa vie et les douleurs
5 qu'il avoit souffertes et endurées pour l'amour d'elle, lui
disant ces paroles ne se povoit elle tenir de lermoyer des
yeux moult tendrement, et elle luy respondit, "Beau doulz
amy, tant avés fait pour moy que bien est vray que je ne
vous pourroye desormais tant estranger de moy, car vous

10   avés entierement le ceur et l'amour de moy, et bien l'avés
      desservy. Et des durtés et rudes paroles que données vous
      ay au devant de ces paroles et heures vous prie que vous n'en
      ayés desplaisir envers moy, car, se m'aist Dieu, je ne le
      faisoie pas pour male volenté que j'eüsse a vous, mais pour
15   vostre honneur et acroissement ainsi que mercy Dieu ((bien
      y est apparu, ne oncques depuis que premier de mes yeulx
      vous vy, Dieu)) scait bien que je n'ay au ceur n'entente
      d'aultre amer que vous, combien que j'aye esté assés re-
      quise de mariage d'assés plus grans seigneurs. Mais se m'aist
20   Dieu, il n'est haultesse ne seigneurie pourquoy je vouldroye
      laisser vostre compaigine, et je ay moult bien raison, car
      pour l'amour de moy avés vous refusé de plus haultes dames
      que je ne suis, et dont vous peüssés avoir eü moult grandes
      seigneuries ((que de moy)). Si vous en mercye, mon tres-
25   doulz amy, et vous supplie que desormais vous vous tenés
      pour asseüré de la myenne amour et de tout ce que je
      puis faire pour vous, car si vrayement me veuille Dieu
      aider que jamais aultre que vous a moy n'avra partie.
      A vous du tout me rens comme celle qui plus n'y puis
30   refuser." De cest ottroy fut Messire Guy si joyeux qu'il ne
      povoit parler, mais l'istoire dit qu'il prit sa belle dame
      moult joyeusement entre ses bras, moult gracieusement la
      baisant, puis lui dist quant il peut parler, "Belle tres douce
      dame par qui je suis en vie et qui m'avés mis en honneur,
35   je vous mercie humblement de vostre grant courtoisie. De
      ceste doulce parolle de vostre bouche est assés pour guarir
      toutes les / [b.] douleurs qu'oncquez pour vous je souffris."

144.   En grant joye et en doulces paroles amoureuses furent
      ainsi ensemble une espace du jour, tant que heure fut de
      prendre congé. Si se retrait Messire Guy vers son logis qui
      tant estoit joyeux que bonnement se pourroit recorder. Et
5   a voir dire il me semble qu'il avoit bien cause ((selon les
      parolles dessusdictes)). Et s'en ala jouant avec le conte, ses
      barons et chevaliers, qui moult avoient grant joye de sa
      compaignie et volentiers le veoient, en especial le bon
      conte qui moult avoit grant doubte qu'il ne se departist ou
10   eslongnast de luy pour cause du mariage de lui et de sa fille

a ce qu'il estoit desormais bien tempz se luy sembloit qu'il deust prendre femme. Et tant avoit amour fermée avec luy que bien luy sembloit que longuement ne se pourroit eslongner de sa compaignie, et bien voulsist s'il pleut a
15 sa belle fille qu'elle le prensist a mary et espoux par ainsi qu'il ne deust jamais partir de sa compaignie. Si pence moult longuement sur ceste matiere qu'il ne povoit oublier, tant que ung jour qu'il estoit es chambres sa fille et parloit avec elle d'aucunes choses assés privéement, si regarda qu'il
20 estoit bon de tempter sa fille aucunement sur son pencer, si lui dist, "Belle fille, il seroit desormais tempz que vous prenissiés mary, et je vous en prie, car vous savés que je n'ay aultre hoir que vous ne qui apres moy tienne ma seigneurie a ce que vous savés que tant de haulx princes
25 de ce pays vous ont requise ((et d'ailleurs)), et si n'en voulés nul prendre. Je vourroye bien savoir de ce vostre volenté, car il me semble que moult longuement y attendés. — Mon seigneur, fait Felice, puis qu'il vous plaist et je y avray advis et dedens trois jours vous en respondray tout
30 au large, s'il vous plaist le respit me donner, et je y penceray. — Et je le vous ottroye, fait le comte, et gardés que vous soyez bien advisée et ne metés pas vostre ceur en trop grande haultesse. Resgardez plus tost a bonté et a vaillance." Tout ce disoit il pour l'en encourager, et c'est assavoir a
35 Messire Gui. Ainsi attendi le conte jusques a ce que les trois jours furent passés, si ne voulu pas mettre en oubly cest affaire, et manda sa fille et l'arraisonna a moult belle chere en disant, "Belle fille, or vouldroye je savoir se vous estes encores advisée de me respondre sur ce que je vous
40 di l'aultre jour, je vous prie que j'en sache vostre couraige. —Monseigneur, dit elle, volentiers le vous diray puis qu'il vous plaist et c'est bien raison, car de telle chose ne d'aultre ne veul je faire ne ouvrer que tout par vostre bonne ordonnance. Mais je vous supplie que ne veullez avoir a
45 desplaisance ce que je vous diray ne le me tourner a mal ne a folie. Il est bien vray que ja long temps a passé ay mon ceur tout assis et donné en ung, et si nectement que c'est sans tache de villenie, et voirement se je faulx a ycellui avoir jamais n'avray aultre mari ne espoux, car je scay

50 bien qu'en mon vivant ne pourroye si bien choisir. — Ha
belle fille, (fait le conte), assez en avez dit. Or me nommez
celluy que tant desirez, car espoir pourra il estre tel que
plus grant joye avray de ce faire que vous mesmes. — Mon-
seigneur, dit elle, de son entente ne scay je riens, mais son
55 nom vous diray je bien. Sachés que c'est le vaillant cheva-
lier Guy de Warwik, vostre nourri." Quant le conte entend
celle parolle si a si grant joye que plus ne peust si la prent
doulcement entre ses bras / **[f254vo.]** et la baise, et luy
dist, "Belle fille, or vous scay je bon gré, et bien voy que
60 de gentil ceur et couraige vous vient a desirer le meilleur
des bons, et plut a Dieu qu'il eüst aussi grant desir de
ce faire comme je voulsisse de bon ceur, mais vous savez
qu'il a refusées tant de si haultes dames et haulz mariages
comme filles d'empereurs, de roys, et de princes parqui
65 il eüst peü estre en grant seigneurie, que merveilles seroit
qu'il se daignast tant abaisser se force d'amours ne lui
faisoit faire. Si ne le dige pas pour vous en desconseiller
ne que je ne le veuille autant ou plus que vous mesmes, et
bien vourroye par ce convenant l'avoir ja revestu de toute
70 ma terre. Si vous promet, belle fille, pour vostre aise et
plaisir, j'en feray tant s'il n'est lyé en amour de plus vaillant
et de plus haulte qu'en deveray avoir joye. — Monseigneur,
fait elle, grant mercis, et Dieu vous en veuille oÿr."

145. A tant fine leur conseil, et le conte s'en retourne
avec ses barons et chevaliers moult joyeux de la responce
de sa fille, et elle remaint en sa chambre cent mil foys
encore plus lyée qu'elle congnoissoit la bonne volenté de
5 son pere, car de son amy estoit elle assez seüre. Et croy
bien qu'il ne tarda pas longuement qu'elle lui en compta
la verité tout a plain de bouche, combien que l'ystoire n'en
face nulle mencon, mais a ce qu'ilz estoient et parloient
chascun jour ensemble, peut on pencer que telle joye n'es-
10 toit pas entr'eulx couverte ne celée. Et ainsi en passant le
tempz aucuns jours apres, le conte Roalt, qui tousdiz es-
pioit son point de parler a Messire Guy et de le tempter a
savoir sa volenté sur ceste matiere, avisa ung jour qu'ilz
estoient ensemble et venoient de voler sur la riviere et

15 aucques joyeulx et chevaucoient derriere la compaignie,
parlans ensemble de plusieurs choses le comte et Messire
Guy. Et quant le comte vist son point d'entamer la matiere,
si dist, "Sire Guy, beau tresdoulz filz, moult avés travaillé
vostre corpz et moult vous voy grant et parcreü. Sy ay
20 moult grant merveille que vous ne prenez femme, car bien
en estes d'aage, et si deüssés ja avoir de beaulx enfans.
Je vous prie que vous me diés vostre couraige, et se vous en
prenés volenté ne chose ou je vous puisse valoir ne avancer
sachés que je ne vous y fauldray mie, car autant vous
25 ayme et tiens cher comme mon propre enfant. — Sire,
fait Messire Gui, moult grant mercis. Assez le m'avés bien
monstré, et Dieu me doint grace que je le puisse encore
desservir, et quant le desirez tant assavoir de mon cou-
rage je vous en diray une partie, et vous prie que vous ne
30 le tenez a oultraige. Or sachez que en tout le monde n'a
femme fors que une qu'i prenisse ne voulsisse avoir a fem-
me ne a espouse, et se je faulx a celle je commande a Dieu
toutes les aultres et bien les quicte. — Ha beau filz, dit
le conte, or vous prie, beau tresdoulz filz, se cest chose que
35 descouvrir vous en veuillez a nulle personne que vous me
diés qui est celle que tant desirés, et je vous promect a
vous valoir et aider a tout mon povoir et le garder et tenir
secret. — Sire, fait il, par ce convenant le vous diray et
aussi que me veuillez promettre que pour choze que je
40 vous die n'avrez envers moy courroux ne yre. — Se m'aist
Dieux, loyal amy, ((dit le conte)), de cela povez vous estre
bien seür, car ja riens que vous dirés ne me desplaira, et
dictes je vous / [b.] en prie. — Sire, fait il, je le vous
diray puis qu'il vous plaist. Or sachez que c'est ma damoi-
45 selle Felice, vostre fille, n'oncquez aultre ne desiray ne
jamais ne feray. Et bien sachez que l'aymeroye myeulx
et avroye assez plus cher en sa chemise toute nue sans
terres n'avoir qu'avoir espousée la fille du plus grant em-
pereur du monde avec toutes les richesses qui y sont. Et
50 pource que je ne suis pas du degré ne du paraige d'elle,
de ce que vous ay dit mon couraige vous prie qu'il ne vous
veuille ennuyer, car il ne peult estre aultrement." Lors a
le conte si grant joye que plus ne peult quant il entend sa

volenté, si le prent parmy le corpz entre ses bras et le baise
55 moult doulcement, et dit. "Beau doulz filz et amy, or vous
mercie moult de vostre gracieux vouloir et de ce que tant
daignez avoir d'amour avec ma char, moy et ma fille. Et
elle que tant desirés vous ottroy presentement et vous en
fais le don, et avec elle vous faige seigneur et gouverneur
60 de toute ma terre et mon honneur. — Ha sire, fait Messire
Guy, cent mile mercis, de Dieu en ayés le guerdon pour le
grant honneur que vous me faictes." Sy maynent entr'eulz
deux si grant joye que plus ne peuent, et a tel deduit et
soulas chevaucerent tant qu'ilz vindrent a Warwik, puis
65 descendirent au chastel. Lors prist le conte Messire Gui par
la main et le maine a mont en la chambre sa fille. Et
tantost que la belle voit venir son pere, se lieve a l'encontre
ainsi que c'estoit de raison, et le conte son pere la receput
moult doulcement et luy dit en la tenant par la main. "Belle
70 fille, pource qu'il me semble qu'il est tempz que vous doiés
prendre baron, vous ay donnée et assignée a ung tel a
qui je pence au plaisir Dieu vous serez bien assignée et qui
est bien digne d'avoir assez digne et hault mariage, si vous
prie que vous vous tenés a mon conseil. — Monseigneur,
75 fait elle, je le veul et c'est bien raison. Vous savez assez
ma volenté, il n'est necessité que plus vous en die. — En
verité, fait il, ja congnois tant vostre ceur que j'en suis
moult joyeux. Fille, vecy Messire Guy, mon beau filz, lequel
vous congnoissez assez et quelle est sa valeur et renommée,
80 et pource le vous donne, et veul que par loyal mariage
soiez toute sienne et il soit tout vostre. Or me dictez se
vous voulez cest don refuser. — Monseigneur, fait elle,
riens qu'il vous plaise ne me peult grever, et c'est droit
que je face vostre commandement, et voirement tant puis
85 je bien dire de mon couraige que de lui avoir me tien je
plus eureuse que d'avoir le greigneur de monde. — Dame,
dit Messire Guy, moult grant mercis, assez me faictez vous
d'onneur, et Dieu me doint grace de vous estre tel et si
loyal qu'estre doy."

146. A ces paroles les filt le bon comte entreprendre bras
a bras et baiser l'un l'aultre moult doulcement, et si les

dit pour plus les conforter que les nopces en seroient tes-
nues dedens les .VIII. jours prochains aprez ensuivans. Puis
5 leur comanda demourer ensemble et faire joye et feste l'un
a l'aultre. "Et je vois, dit il, a tous mes barons pour leur
compter ces nouvelles, car je scay bien qu'ilz en seront
moult joyeulx." Et Messire Gui remaint o sa belle mais-
tresse qui n'est dange/[f255ro.]reuse de lui faire toute la
10 joye et la feste que faire peut. Tantost furent les nouvelles
par tout espandues que le conte Roalt avoit donnée sa fille
a Messire Gui de Warwik pour l'avoir a femme dont tous
furent moult joyeux, et en especial Herolt d'Ardenne quant
il en sceut les nouveles et la certaineté mesmement par la
15 bouche de son maistre. La fut si entierement resjoui qu'il
ne voulsist pas avoir gaigné tous les biens du monde par
ainsi qu'il fust aultrement, et souvent lui disoit, "Certes,
sire, moult devez a Dieu grant guerdon, qui vous a acom-
plis jusquez cy tous voz desirs en armes et en amours." Et
20 ainsi en solaciant passerent le tempz jusquez au tempz qui
estoit dit et terme conclut des espousalles que le conte
avoit mandé sa riche baronnie et autres chevaliers, dames,
et damoiselles du pays et d'ailleurs pour luy faire honneur
celle journée dont il en vint moult d'unes et d'aultres.

147. Grant fut la feste et honnourable le jour que les es-
pousalles deurent estre, et si fut menée Felice au mous-
tier si bien et si richement appareillée comme a son estat
appartenoit, et fut menée de deulz contes lesquieulz l'ys-
5 toire ne nomme point, et si croy bien que l'archevesque
d'York qui la estoit filt les espousalles d'elle et de Messire
Gui moult solennellement a grant reverence. Puis s'en re-
tournerent au palais, et du grant service et menger de quoy
la furent servis ne fait a parler sinom a merveille, car il
10 n'est vin ne viande tant soit chere ne qui peult estre recou-
vrée par nulle finance dont l'en n'eust si grant habondance
que bien sembloit qu'ilz ne coustassent riens a pourchacer,
pourquoy de tous les metz qui y furent servis je me de-
porte, car om le pourroit tenir a oysiveté, et si n'en seroit
15 ja la matiere ((fors que peu a mon advis)) plus agreable.
De toutes manieres de menesterieulz et de heraulx de di-

verses contrées y avoit assez pour suffire a ung grant empe-
reur, et de tous aultres instrumens et esbatemens qui a
festes sont propices. En telle et si grant haultesce comme
20 bien povez pencer et selon l'estat qui la estoit dura la feste
efforcéement et sans amender l'espace de IIII. jours, et au
.Ve. print chascun congié pour retourner en sa maison. La
eust de moult riches dons departis, et peüssiez oÿr grans
noise de heraulx et menestrieux a crier largesse avec planté
25 et ilz avoient bien cause, car il n'y avoit nul qui ne fut
refreschy selon son endroit. Ainsi se departirent, et remaint
le conte o sa privée mesgnie, et Messire Gui avec lui qui
avoit de sa bonne dame toutes les joyes que homme peut
desirer, s'en lui n'estoit le desfault. Et dit l'ystoire que des
30 la premiere nuit a la grant amour qu'ilz avoient ensemble,
et a ce que la volenté de Dieu y estoit, conceupt la belle
Felice de son seigneur ung filz et en fut encainte. En pou
de jours par l'experiement des sages et par la gouvernance
d'elle, Guy en eust la congnoissance qui moult en fut
35 joyeux, et ainsi en celle joye et bonne aventure demou-
rerent ensemble lui et s'amie (depuis le jour qu'ilz furent
espousez) l'espace de quarante jours et non plus. Aucuns
aucteurs le metent aultrement, mais au plus des escriptures
je treuve ycellui terme le plus certain et m'y conforme. Au
40 bout des quarante jours qu'il faisoit moult bel comme ou
moys de may, et avoit esté ce jour Messire Guy a la chace
et estoit retourné de bonne heure, / [b.] sy luy advint
qu'aprez soupper pour prendre le serain il monta en hault
aulz quarneaulx d'une moult belle tour qui estoit au chas-
45 tel et s'apuia a une fenestre pour regarder et veoir tout le
pays environ, et lors se commence a recorder, en pencant
lui va souvenir du grant honneur que Dieu lui avoit fait
qu'oncquez ne filt si grant a nul aultre chevalier par son
advis, et de tout ce qu'il avoit donné grace d'en estre venu
50 a chef. Aprez se recorde de grans maulx qu'il a fais (en
sa vie) comme d'ommes occire, (affoller, et destruire,) et
villes et chasteaulx ((et forteresses)) destruire, et moult y
eust d'aultres maulx en quoy il avoit travaillé son corpz
toute sa vie pour acquerir l'onneur et vaine gloire de ce
55 monde, et tout pour l'amour d'une femme. Et bien lui sem-

bloit que s'il eust autant fait pour l'amour de Dieu que son
ame en fut moult alegée, si comence moult tendrement a
lermoyer des yeux, et dist, "Pere tout puissant qui tant m'as
donné d'onneur en ce monde, veullés avoir mercy de moy
60 et me pardonner ce que faulcement et desloyaument ay
deservi les grans biens en quoy Tu m'as mis, et veullés
donner grace de moy amender envers Toy ainsi que j'en ay
bien mestier. Et je promet loyaument a changer ma vie et
estat et Te servir bien le demourant du monde de ma vie."
65 En ces lamentacions et douleurs qu'il faisoit, survint sur lui
Felice, sa femme, et quant elle (le) vit des yeux plourer
si se merveilla moult qu'il povoit avoir et en fut moult
dolente, et moult lui prie humblement qu'il luy die la cause
de sa douleur. "Amye, dit il, et je le vous diray, car a vous
70 ne le pourroye je riens celer. Sachez que je me recorde des
grans maulz et oultraiges que j'ay fais puis que premier
mis mon amour en vous et des grans maulz, paines, et
travaulz que j'ay endurez pour vostre amour. Et bien est
vray que de Dieu ne d'autre chose ne me souvenoit tout
75 celluy temps que de vous, et quancque j'ay fait et mon
corpz pené pour vous ay fait. Et bien scay se je fusse si
eureux que j'eüsse la moictié d'autant enduré pour l'amour
de Dieu, mon ame en fut grandement alegié de paine, mais
pour luy oncquez bien ne feis dont je me repens moult
80 amerement que je me pence de tant hommes que j'ay occis,
et tant d'aultres maulz fais. J'en craingz moult la vengeance
de Dieu s'il ne m'est misericordiable, et pource affin que le
puisse appaiser mon ame envers luy, et faire penitence de
ces mesfaiz par mon corpz, je m'en veul aler en essil et en
85 tel lieu ou je puisse a mon aise Dieu servir et honnourer.
Et, belle tresdouce seur, je vous prie que pource ne vous
desconfortés, car bien sachez que aultrement ne peut estre,
mais soyez joyeuse et vous gouvernez saigement, car se Dieu
plaist encore vous verray, et de tous les biens que je feray
90 vous y partirés a la moitié loyaument." Quant Felice l'entend
ainsi parler, si a si grant douleur au ceur qu'elle chiet
pasmée, et Messire Guy la prent entre ses bras qui moult
doucement la reconforte, et luy dit, "Amye, laissés ce deul
a mener, car aultrement ne peut estre. Sachez que le service

95 que j'ay entrepris pour l'amour de Dieu ne laisseroye je
en nulle maniere du monde, mais soyez en paix et vous
contenés sagement; je suis certain que vous estez encainte
d'enfant dont se Dieu plaist vous avrez encores toute joye.
— Hée sire, fait elle, tant orez me parlaissez destruicte et
100 dolente. Ja Dieu ne veulle que je vive plus apres vostre
/ [f255vo.] partement, car le ceur me dit que pour une
aultre me voulés guerpir, et que jamais ne vous reverray.
Ha beau doulz amy, et vous devise je oncquez chose
parquoy vous me deüssiez estre si dur et si tost moy
105 deguerpir, et ce scait bien Dieu que oncquez je n'aymay
aultre creature que vous, et je vous ay assez plus cher que
ma vie. Hée doulz amy, avés vous veü chose en moy
parquoy vous me doyez a mal souspeconner? Helas, comme
se peut vostre ceur accorder a me laisser si dolente et
110 desconfortée. Las, vous me soulliez dire qu'il n'estoit riens
vivant que vous ameïssiez tant que moy, mal m'en monstrez
semblant. Tresdoulz amy, ne me veuillés ainsi destruire,
faictes du bien, assez avez terres et honneurs, fondez ab-
bayes et religions, et vous mectez a Dieu servir, et moy avec
115 vous tout le demourant de nostre vie. Et se ne voulez ce
faire aumains souffrez que je puisse aler avec vous. — Dame,
fait Messire Gui qui tant est angoisseux que plus ne peult,
pour Dieu souffrés vous et vous appaisez, car aultrement
ne peut estre qu'il ne me conviengne ce que j'ay mesfait
120 pour mon corpz essaulcier, et j'en doy le paine souffrir,
et de moy ne veullez douter, car si vrayement m'aist Dieu
oncquez mes amour de femme n'eust en mon ceur part, ne
jamais n'avra, fors la vostre. Vous ne devez pas estre dolente
que je me pene bien faire du bien pour vous et pour moy.
125 Se Dieu plaist, encores me verrez a grant joye aprez que
j'avray fait ma penitance. Si veul et vous charge que vous
n'en facez semblant, chiere ne noise parquoy les gens s'en
puissent appercevoir, car vous en perdriés moult l'amour
de moy finablement, mais je vous diray que vous ferez aprez
130 mon partement. Demain au jour me saluerez le bon conte
Raolt, vostre pere, et tous mes amis. Et quant le terme
vendra que au plaisir Dieu vous soyez delivrée de vostre
enfant, si c'est ung filz si le faictes nourrir et garder tant

qu'il sache aler et parler, puis veul et vous charge que vous
135 le baillés a garder et gouverner a Herolt d'Ardenne
qui moult en prendra grant cure pour l'amour de moy, car
moult l'ay trouvé loyal sur tous chevaliers. Mon espée qui
bien est une des meilleurs du monde garderés a vostre filz
tant qu'il soit chevalier, car moult pourra encore acquerir
140 grant honneur par elle, et c'est la derniere charge que je
vous fais, belle tres doulce amye, et si vous commande a
Dieu qui vous veuille tenir et maintenir en honneur." A
tant lui enfle le ceur qu'il ne peult parler plus, si se pasme,
et s'amye entre ses bras avec lui en telle douleur et angoisse
145 qu'il ne fust ceur qui les vist qu'il ne deüst bien plorer de
pitié.

148. Quant il fut revenu de paumoison, si baise s'amye
moult doulcement, et elle luy dit, "Mon amy et seigneur,
puisqu'aultrement ne peut estre et que partir vous en voulés,
veez cy ung anel que vous emporterés, et vous prie que
5 vous le gardez pour l'amour de moy et que de moy vous
souviengne quant vous le verrés." Et il le prent et le met
en son doyt, puis la baise moult doulcement et se depart
sans plus parler comme cellui qui tant avoit d'angoisse au
ceur que parole n'en povoit yssir. Si se devalle de la tour
10 et s'en depart du chastel sans que de nul fut apperceü, et
s'en ala grant alleüre sans que de nul fut apperceü vers la
mer, / [b.] et au plus tost qu'il peust changa ses draps a
aultres de plus bas estat. Et dit l'ystoire qu'il n'emporta
avecques luy or n'argent n'aultre finance. Ains aloit vivant
15 de charité comme povre mendiant, et pource que cy aprez
ce partement en l'istoire parle de ses fais et proesses qu'il
filt aprez son departement en sa povreté que a plusieurs
gens semble estre impossible chose et dure a croirre. Neant-
moins doit on considerer que la vertu divine passe toute
20 proesse humaine, et la je me fonde, car selon l'oppinion de
plusieurs saiges et aucteurs qui en ont parlé depuis qu'il
commenca sa penitence tant fut de saincte et glorieuse vie
que toutes les choses qu'il faisoit luy venoient aussi que a
volenté et les menoit affin ainsi que par miracle. Et c'est
25 la cause qui plus forment me fait croire et adjouster foy

en ce tout ce que de lui treuve escript, et donne hardement
de le soustenir et approuver comme matiere regardant a
verité.

149. Puis (l'eure) que Messire Guy se fut parti de s'amie
ainsi (comme dit est), tant chemina par boys et par rivieres
de jour et de nuit tousjours en prieres et en oroisons qu'il
vint a la mer. Si passa oultre et s'achemina tout droit en
5 Jherusalem, et dela en toutes les saintes places ou il savoit
que pelerinages se faisoient, en moult grandes affliccons et
devocon, et ainsi fut par long tempz. De luy laisseray ung
pou a parler jusquez a ce que le lieu et poinct en vienne,
et retourneray a sa femme qu'il laissa sur les carneaulx de
10 la tour en telle angoisse que bien sembloit que le ceur luy
deust partir, car ores apres le departement de Messire Gui
les douleurs qu'elle eust et de ses piteux plains et regrés
pourroit on faire ung moult long compte. Mais pitié seroit
de les oÿr, et si pourroyent ennuyer fors en tant que je
15 treuve qu'elle sentist en son ceur toutes les douleurs que
ceur peust souffrir fors seulement douleur de mort, et bien
croy qu'elle se fut occise se n'eust esté pour la craingte de
l'enfant dont elle estoit encainte. A grant douleur s'en
retourna en sa chambre la ou elle fu toute la nuit sans
20 repos avoir ne sans cesser de deul mener, et quant vint
lendemain au matin si se leva comme femme desesperée,
et s'en ala vers la chambre du conte Raolt, son pere, qui
estoit ja levé et s'appareilloit d'oÿr messe. Et quant il la
voit venir en tel arroy si en a moult grant merveille, et
25 lui donne bon jour et lui demande quelle achoison l'amaine
a ceste heure, car elle ne l'avoit point a coustume a faire.
Puis lui respondi que voirement n'est elle pas venue pour
neant, lors lui commence a compter comme Messire Guy,
son seigneur, estoit departi d'elle celle nuit et alé en essil
30 et des piteux regrés qui avoient esté entr'eulx deulz. Et en
disant et recordant ces paroles lui evenoissoit le ceur de
la grant angoisse qu'elle a, si cheti a terre pasmée, et le
conte, son pere, la prent a terre et la relieve moult doulce-
ment entre ses bras (qui grant pitié en a) et lui dit pour
35 la reconforter, "Belle fille, laissiés ce deul ester et soyés en

paix, car bien say qu'il n'est pas ainsi ne qu'il ne vouldroit metre son corpz ainsi pour nulle chose, mais espoir il fait tout ainsi pour essayer combien il se peut en vous affier. —Ha sire, fait elle, Dieu veulle qu'il soit ainsi, mais certes
40 mon ceur me dit tout aultrement qui me devine que jamais ne le verray. — Taisiez vous, fait il, belle fille, / **[f256ro.]** et m'en laissez convenir, car au plaisir Dieu je le pence veoir en vostre compaignie ((dedens peu de tempz)), sain et haitié." Ainsi reconforte sa fille par belles paroles, mais
45 toutesfoiz n'estoit pas son ceur aisé, si le fait tantost cercher et querir par chevaliers et par sergens parmy la cité, mais nul n'y ot qui en peut oÿr nouvelles. Et pource filt mander et semondre ses barons et leur dit et monstra en general comme Messire Guy s'estoit departi et l'achoison. Et lors
50 y ot entr'eulx moult grant douleur demené, mais sur tous passa le deul que Herolt demenoit, car il en faisoit tant que tout le monde en avoit pitié, si dit au comte, "Sire, je ne puis pas croire que mon seigneur soit trop forment eslongné. Se vous mandiez en Lorraine, je cuide bien que
55 la en orrez vous nouvelles, et qu'il soit alé veoir le conte Thierri, son bon et loyal compaignon." Si y furent envoyés messagers en Lorraine hastivement, et s'en retournerent hastivement sans nulles nouvelles en rapporter.

150. Quant Herolt voit ce, si se pence qu'a tant ne demourra mie, ains querra lui mesmes et si envoiera ses messagers en aultres contrées pour le querir. Comme il le pence le filt il de fait, car il envoya deulz escuiers saiges
5 et preux, bien garnis de grant avoir et chargés de le querir tout ung an entier. Et lui mesmes aprez ce qu'il eust baillé sa terre a garder au comte Raolt, son seigneur, et qu'il eust pris congié de lui comme loyal chevalier doit faire, se mit en habit de pelerin pour aler luy mesmes en l'enqueste de
10 son seigneur dont le conte et tous les barons eurent grant pitié et bien disoient qu'il passoit (en loyauté) tous les chevaliers de son tempz. A la mer vint et passa oultre en Normandie tousdiz en querant nouveles de son seigneur, et dela en France, de France en Bourgogne, es Almaignez
15 la haulte et la basse, et dela en Lorraine, de Lorraine en

traversant pays et cercha toutes les Espaignes, et d'Espai-
gne traversa toute Guienne et vint en Bretaigne, tousdiz
enquerant de son bon seigneur, mais ne peut trouver qui
nouveles lui en sace dire. Si povez savoir que a cercer tant
20 de pays, et tousdiz a pié, mist longue saison, et quant il
vist qu'il ne povoit riens esploiter, si s'en retourna en
Angleterre moult dolent et confus, mais aultre chose n'en
povoit faire. Or laissons de luy orendroit et retournerons a
Messire Guy.

151. Puisque Messire Guy eust passé la mer, si erra tant
a grant labour qu'il vint en Jherusalem et visita le saint
sepulcre ou Nostre Seigneur fut mis, et aprez tous les sains
lieux et pelerinages se demouroit en la contrée. Sy lui vint
5 en couraige de soy tirer vers la cité d'Anthioche pour visiter
les corpz sains qui y estoient, si se mist au chemin celle
part, et quant il eust tant alé qu'il vint a une journée prez
de la cité, ung jour qu'il faisoit bel et chault comme en
esté, si vit empres une belle fontaine sourdant soubz une
10 aube espine ung pelerin qui se seoit et faisoit moult grant
deul, et bien sembloit Jadien ou Persant a la couleur de
ses cringz et a son appareil, mais de son couraige estoit
grant et fier, et bien sembloit homme qui eust esté / **[b.]**
de grant affaire et si avoit la barbe moult longue entre-
15 meslée et blance. A l'eure que Messire Guy arriva sur lui
avoit tel deul que grant semblant en monstroit, car il
esrachoit ses cringz et sa barbe et esgratignoit sa face et se
faisoit saigner plusieurs lieux, et plouroit moult tendrement
et desiroit moult la mort. A Guy en prit moult grant pitié,
20 si s'approche Messire Guy et lui dist.

152. "Pelerin, Dieu vous sault." Et cellui le regarde et
appaise ung pou son deul et lui respond que bien soit il
venu. "Sire, fait Messire Guy, moult vous voy grant deul
demener, et bien scay que ce n'est mie sans cause si vous
5 prie et requier par la foy que vous devés a vostre Dieu
que vous me diés la cause de vostre deul et l'achoison de
vostre douleur, et se je y puis metre amendement, sachez
que je l'y mectray se je puis, car pitié me prent de vous.

— Sire pelerin, vous m'avez conjuré telement que voire-
10   ment le vous diray sans riens vous en celer de la verité. Il
est bien vray, quelque povre homme que je soy a present,
j'ay eü ma vie en grant seigneurie et haulte, et moult
congneü d'estrangers et de privés, et redoubté de mes
ennemis. Jonas ay a nom et si estoye comte de Duras de
15   toute la seigneurie qui y appent qui siet en une des parties
principales de Grece jusquez a ce que j'en aye esté mis
dehors par force, et si vous diray l'achoison. Verité est que
j'avoye quinse filz tous chevaliers et si preux en armes
qu'en tout le monde peult on (faillir a) trouver plus preux
20   ne plus hardis. Entre moy et eulz ung jour assemblasmes
ung tas de chrestiens tant des noz que d'aultrez pour aler
a l'encontre d'une grant puissance de Sarrasins qui toute
aloient destruisant la terre d'entour Jherusalem, et feïsmes
tant que nous les trouvasmes et arestasmes et assemblasmes
25   a eulx par bataille, et y ot moult grant occision faicte.
Toutesfois nous donna Dieu la vengeance, et moult en
occismes et prensismes de grans prisonniers, entre lesquieulx
avoit troys roys et troys admiraulx. Au departir (de l'estour)
advisasmes le roy Triamor qui chef estoit de tous et le plus
30   puissant se mist a la fuite vers la cité d'Alixandrie, si nous
mismes a la chace aprez, moy et mes quinze filz, sans plus
d'aultre compaignie dont ce fut folie, car au trespas d'une
estroicte voye nous surpristrent IIIC. hommes d'armes qui
nous assaillirent de toutes pars, et nous nous desfendismes
35   de myeulz que nous peusmes, mais longuement ne fust ce
pas et nous convint rendre au roy Tryamor qui nous fist
mener en Alixandrie et gecter en prison contre ce qu'il
nous avoit promis, car nous nous rendismes par tel con-
venant qu'il nous metroit a raencon. Mais contre son
40   convenant nous a ja tenus plus de deulz ans en ((dure
prison et moult y avons eü)) grant desfaulte de boire et
de menger et en dure prison, et croy bien que jamais je
n'en fusse yssu se ne fut une achoison que je vous diray.
Advint l'aultre jour que le souldenc de Babilone qui est
45   seigneur du roy Tiramor et de moult d'aultres roys tint une
feste moult grande et merveilleuse, et y manda venir tous
ceulx qui de lui tenoient terre. La chevauca / **[f256vo.]**

le roy Tiramor et mena avec luy ung sien filz nouveau
chevalier, jeune chevalier et appert nommé Fabur. Le tiers
50 jour d'icelle feste qui estoit de hault pris, apres heure de
menger se leva du souldenc le filz qui s'appelloit Sadoin
de Persse, et pria de jouer aulz eschés Fabur le filz du roy
Tiramor et cellui se mist a jouer a luy en ung eschicquer
en une chambre. Si advint en ung eschecq que Fabur feist
55 au filz au souldenc qu'il le print a despit et le clama filz
de putain et print ung roc du tablier et l'en frappa si grant
coup que le sang en filt saillir. Et lors luy dit Fabur, "Sire,
vous me faitez vilennie en l'ostel de vostre pere (et sans
cause). Sachez que s'autre de vous m'eust ce fait il le con-
60 perroit grandement. — (Fy), dit Sadouin, ribault, me
menaciez vous? Par mon chef mal deistes et mal vous en
vendra." Et lors luy va courre sus, et quant Fabur voit
qu'il est en point d'estre honny s'il ne se desfend, si prent
le tablier a deulz mains et haulce et fiert Sadouin si dure-
65 ment qu'i l'abati mort a la terre. Si se retrait erraument de
la place, car moult grant paour avoit d'estre pris ((et retenu))
et vient au logeis de son pere et lui compte ces nouvelles.
Si n'y eust plus long conseil pris, ains monterent hastive-
ment sur leurs chevaulx et s'en retournerent vers la cité
70 d'Alixandre, car moult grant paour avoient de la fureur du
souldam, et bien avoit cause, car a l'eure qu'il en sceult
les nouvelles peust on veoir ung prince desesperé et hors
du sens. Si manda tantost le roy Tiramor comme son lige
qu'il venist a sa court et amenast avec luy Fabur son filz
75 appareillé de soy desfendre du meurdre qu'il avoit fait et
de la traïson dont il estoit appellé de la mort de son filz,
et s'il ne vouloit ce faire, asseür fut qu'il destrurroit luy et
toute sa terre. Le roy qui n'osa desobeir au mandement du
souldenc ala devers lui en personne soubz seürté pour soy
80 desoccupper de ycellui fait. Si trouva que le souldanc avoit
fait venir du royaume d'Ethiope ung Sarrasin si grant et
si horrible que bien estoit pié et demy plus grant que
stature d'ome, et si fort et oultrageux a l'advenant qu'il
n'estoit riens qui encontre lui peust avoir durée. Celluy par
85 le commandement du souldenc appelle le roy Tyramor de
traïson et son filz aussi en touchant la mort de Sadouyn,

et dit qu'il le voulloit prouver par son corpz, mais le roy
combien qu'il fust espoventé et non sans cause d'envahir
telle personne son ennemy, ne fut pas esbahy de soy excuser
90 et respondre et tant filt par le regard de la court que le
souldam en bailla bonne seürté et aussi filt il et lui donna
le souldenc respit ung an et XL. jours par ainsi que eu cas
qu'il ne trouveroit champion dedens ycellui terme qui pour
lui se voulsist combatre, il seroit vainqu et ataint du cas.
95 Et ainsi s'en retourna le roy en sa cité d'Alexandrie, sy filt
cercher tout son royaume et enquerir se nul estoit qui osast
entreprendre la bataille pour luy encontre l'Ethioppon,
promectant a cellui qui l'en merray a chef donner la moitié
de toute sa terre, mais n'y ot nul qui pourtant s'en osast
100 en hardir, et quant il vist ce, si fut moult desconforté et
commanda a moy metre hors de prison et amener devant
luy. Et quant je y fu venu / [b.] sy m'enquist moult
curieusement se je savoye ne congnoissoye nul qui ceste
bataille osast entreprendre, car il le feroit riche homme a
105 tous jamais, et je lui diz voirement que je n'en savoye nul
qui eust le hardement de l'entreprendre fors seulement deulz
chrestiens dont l'un est nommé Guy de Warwik et l'aultre
Herolt d'Ardenne, mais d'iceulz n'oÿ nouvelles n'oÿ pieca.
Et bien scay se ceste bataille peust venir affin par le chef
110 d'un seul chevalier, l'un de ces deulx le feroit plus tost que
nul aultre qui vive, car trop sont parfais de haulte proesse
et aucunefoiz leur ay je veü faire merveilles de leurs corps
dont j'en puis bien porter le tesmongnaige. Quant le roy
entend mes paroles si me filt assez plus grant joye que
115 devant et dit que voirement lui avoit amenteü les deux
plus preudes hommes du monde, car pieca avoit oÿ parler
de leurs fais. Sy me dit en semblant de grant amour, "Hée
sire conte Jonas, comme j'attens encore avoir grant service
de vous, si vous diray quelle la ferez. Vous vous en yrés
120 en Angleterre et la trouverés vous Guy et Herolt dont vous
parlés, et se bien vous en penés je scay bien que l'un ou
les deulx amenerés vous bien legierement pour faire ceste
entreprise. Et eu cas que l'un d'eulx y vienne qui la maine
a chef, je vous promet a vous delivrer tous voz quinse filz
125 et toute vostre terre et vous departir de mon tresor la

moitié, et, se vous en faillés, asseür soyés que jamais
n'yestrés de ma prison, ains y mourrés a douleur. Mais avant
que vous en partés, je veul que vous me prometés sur vostre
foy et creance eu cas que l'un d'eulz amener ne pourrés
130 que vous retournerés en ma prison dedens le jour qui y est
mis." Et je luy accorday. Si m'en parti a tant droictement
a aujourd'ui ung an, et si ay depuis cerché toutes les con-
trées de pardeca la mer pour les querir, c'est assavoir Puille,
Calabre, Cessoyne, Almaigne, Espegne, Lorraine, Bour-
135 gongne, et France, et, passé eu Royaulme d'Engleterre, est
venu a Warwik et esté a Walingforthd et les aultres retraiz,
mais nulluy n'ay trouvé qui nouvelles m'en aye sceü dire,
ains dient tous communément que Messire Guy est perdu
que nul n'en scaist dire nouvelles et Herolt son compaignon
140 l'est alé querir par toutes terres, on ne scait quelle part. Si
m'en retourneray pour le terme du roy qui approche. Je
scay bien qu'il fera mourir mes enfans et moy dont il me
poise tant, ne il n'est nulle si grant pitié ne dommaige
comme de mes enfans qui sont jeunes et preux aulx armes,
145 et s'ilz vesquissent par aage encore peüssent bien essaucer
saincte christienté." En disant ces paroles a telle douleur
que le ceur luy fault et chet sur l'erbe pasmé. Si en a
Messire Guy moult grant pitié plus que devant et le
reconforte a son povoir et dist:

153. "Sire pelerin, a ce que vous dictes n'est pas merveilles
se estez dolent pour la perte de vous et de voz enfans, car
telle chose est sans recouvrier, mais vous devez tousdiz
esperer en Dieu et en vostre bonne querelle que vous avrez
5 confort, et voirement le grant travail que vous avez pris
en mainte diverse contrée pour cercher Guy et Herolt
j'espoire que ce pourra encore venir en vostre bonne
delivrance et Dieu vous en doint grace. Et ainsi / **[f257ro.]**
que pour doubte de mort ne veuillés pour foy acquiter de
10 vous rendre en la prison de Tyramor (et vous meut)
de vaillant et bon couraige et assez moult vous en prise,
et se j'estoie de la valeur d'un d'iceulz que vous m'avez
nommés, je me mettroye volentiers pour vous a l'aventure.
Et toutesfois pource que ja long tempz a que je ne m'es-

15 saye et pour veoir se le pris qu'aucuns m'ont donné eu pays
ou je fu né (es temps passez) est veritable, pour l'amour de
Dieu premierement et pour charité et aprez pour l'amour
de Gui et de Herolt dont vous avez parlé entreprendray
volentiers la bataille pour delivrer vous et voz enfans de
20 prison, et Dieu me doint grace que je la puisse mener a
chef." Quant le comte Jonas entend sa responce et que pour
luy veult la bataille entreprendre, si se donne merveille
grant. Lors le regarde si le voit mal arroyé et tout nuz
piés si se donne grant merveille, mais il le voit grant et bien
25 corssu et bien fourmé de tous membres et si a bien visage
d'omme de grant affaire, et pource ne le veult pas mes-
priser si lui dit, "Sire pelerin qui en telle aventure voulez
metre pour moy delivrer, moult vous remercie et Dieu vous
en sace gré, mais je croy bien que vous ne congnoissés
30 pas cellui qui la bataille vous a emprise, car se bien le
congnoissiés je doubte que n'eüssés pas le hardement de
metre vostre corpz en champ contre le sien, car seulement
du roullement et fier regard de ses yeulx deveroit estre le
plus hardi chevalier du monde espoventé. — Sire, fait il, je
35 m'affie en Dieu, et sachez que maint homme m'a roullé
les yeux par maltalent que mercy Dieu ne m'a pas vaincu,
et ne vous doubtez, quar au plaisir Dieu, je pence bien
mener ceste bataille a fin, si n'y a plus fors que d'aler en
vostre compaignie." Lors a le conte si grant joye que plus
40 ne peust, (et le remercie). Si s'acheminent entr'eulx deulx
vers la cité d'Alixandrie. Tant font qu'ilz viennent au palaiz
devant le roy Triamor, et si tost qu'il voit le comte Jonas
qui moult estoit en povre arroy si luy demande nouvelles
de Messire Guy et de Herolt et s'il avoit nul d'eulz amené,
45 et il dit que nom et qu'il les a quis par toutes les te-
rres la ou il povoit savoir qu'il avoit conversé et mesme-
ment en Angleterre. "Et si n'ay trouvé nully qui nouvelles
m'en ayt sceü dire fors que bien croyent qu'il soit mort.
Mais sire, fait il, je vous ay amené ce chevalier qui moult
50 est preux et vaillant et prest d'entreprendre pour vous la
bataille. Au plaisir Dieu je suis certain qu'il desfendra bien
vostre droit. — Sire Jonas, dit le roy, gardés que vous ne
me gabés, car par les dieux en qui je croy se faulte y a

vous ne povés eschapper que je ne face destruire vous et
55 voz enfans. — Sire, fait il, et je m'y accorde." Lors se tourne
le roy vers Messire Guy et lui demande son nom, et il
lui respond qu'on l'appelle Yon. "Et ou fustez vous né?
dit le roy. Ne le me veuillés celer. — Sire, fait il, et je le
vous diray. Sachez que je fus né en Angleterre. — En An-
60 gleterre, dit le roy, de tant vous doige mains amer, car
moult a recepu mon lignaige de mal par les Anglois. Mais
or me dictez puis que vous estes de celle contrée, congneus-
tes vous oncques Messire Guy de Warwik ne Herolt d'Ar-
denne, son compaignon. — En nom Dieu, sire, fait Guy,
65 voirement les ay je bien congneüs, et assez de fois les ay
veüs, mais dont avez vous la congnoissance d'ycelles gens?
Je cuydoye bien que leur fait ne feust congneü fors en
Angleterre. —Avoy, sire pelerin, vous dictez merveilles.
Voirement sont ilz assez congneüs / [b.] en aultres regions,
70 et celluy vige faire merveilles car je lui vy occire et la
teste trencer a mon oncle le riche souldanc seant en son
menger. Encores filt il plus, car i l'emporta avec luy maugré
tous ceulx de l'ost et si occist en celle compaignie et guerre
entre l'empereur de Costentinoble et le grant souldanc le
75 roy Hanema de Tyr qui moult estoit ((preux, vaillant et))
de haulte proesse. Et si estoit mon frere dont mon lignaige
est moult abaissé, et je l'en doy bien haÿr et tous christiens
pour l'amour de luy, mais encore vouldroye je qu'il fut
ycy pour entreprendre ceste bataille pour moy par conve-
80 nant que je luy pardonnasse mon maltalent a tousjours
mais, car bien me tenisse asseür et a gary pour la haulte
proesse dont il estoit plain. — Certes, fait Messire Guy,
se vous le desirés vous n'avez pas tort, car je croy bien que
s'il y estoit il se metroit volentiers en la bataille pour vous
85 et pour osmosne et charité. Mais puis qu'il n'est ycy pour
vostre droit garder, pour delivrer le conte Jonas et ses
enfans de mort et de prison, pour l'amour de cellui Guy
(que vous) nommé avez je suis venu cy pour vous desfendre
((a l'ayde de Dieu)) de la traïson dont vous estes doncquez
90 accusé. — Amis, fait le roy, avez vous le hardement de
vous combatre a si hardi homme comme cellui qui met
l'appel sur moy? — Sire, fait Messire Guy, pour aultre chose

ne vienge pas, mais avant je veul que vous me promectés
que eu cas que Dieu me donrra grace de (mener) ceste
95   bataille a fin a vostre honneur que tantost et sans delay
vous clamerez quicte et delivré le conte Jonas et ses enfans.
— Sire, fait il, et je le vous promés loyaument et en parole
de roy, et encore y metray plus, car tous les christiens
qui sont en prison soubz mon pavoir et soubz cellui de tous
100   mes amis et aliés je feray delivrer et deprisonner tous quic-
tez de toutes choses, et si avront sauf aler et sauf venir tous
christiens par toute ma terre tout mon vivant."

154.   "Sire, dit Messire Guy, moult est la promesse belle
et assez en avez dit, et je suis prest d'entrer eu champ
quant et toutesfois que il vous plaira. — Ha beaux amis,
dit le roy, Mahom le tout puissant vous en soit en aide.
5   — Mais Jhesu le filz Marie, dit Yon, car la puissance de
Mahom n'y a point de povoir." Combien que ces paroles
feissent grant mal au ceur du roy, toutesfoiz n'en filt il
nul semblant, car il ne voulloit pas Guy courroucer, car
bien luy cheoit au ceur qu'il seroit par luy delivré de la
10   traïson dequoy il estoit appellé. Si commanda qu'il fust
cherement tenu et gardé, et commanda qu'il fut vestu de
riches garnemens, mais oncquez n'en voulu riens faire fors
que boire et menger et prenoit sa refeccion assez souffisau-
ment, et le roy lui faisoit ((bailler et)) delivrer tout quanc-
15   ques desirer savoit. Ainsi sejourna la tant que vint le terme
qui estoit mis au roy pour soy desfendre, si s'appresta com-
me a son estat appartenoit et chevauca a grant compaignie
vers la grant cité de Carre la ou le souldenc estoit, et quant
ilz furent la venus sy descendit le roy et ses gens es mai-
20   sons qui prestes estoient pour luy. Et ores se filt Messire
Guy armer de toutes armes moult richement, car moult en
avoient apportées la, et chascun se prenoit garde de luy
que / [f257vo.] riens ne lui faillist. Et quant il fut si bien
et si richement armé que riens ne lui faillist et que myeulx
25   le sceult deviser, si s'en ala en la compaignie du roy de-
vers le souldenc. Et sachez que moult il fut regardé des
Sarrasins et disoient tous quant ilz sceurent que c'estoit
cellui qui devoit combatre pour le roy Tiramor que bien

sembloit estre bien preudomme et de grant affaire. Ainsi
30 aloit passant les routes tant qu'ilz vindrent pardevant le
souldenc qui se seoit en sa chaere royal pardevant ses prin-
ces et ses barons, et apres silence sonnée le roy Tiramor
parla et dit ainsi, "Sire souldenc, entendés vers moy. Je
suis cy venu pour moy desfendre d'un appel dont je suis
35 appellé par devant vous ((en vostre court)) pour la mort
de Sadouyn, vostre filz. Si di bien que je n'y ay couppe ne
qu'oncquez par moy ne mon pourchas ne receput mort, et
de desloyaulté et traïson suis prest de moy desfendre par
le corpz de ce chevalier qui ycy est se nulluy m'en veult
40 plus avant demander n'empescher desfaillant." Lors sault
avant le chevalier qui l'appel avoit fait sur luy, bien armé
de tout armes, qui fut si grant et si horrible que tout le
monde se merveilloit de sa grandeur, et Messire Guy mes-
mes qui moult le doubtoit disoit bien en son ceur qu'il ne
45 sembloit pas homme mais ennemy, et luy sembloit bien
que les coupz de sa force ne pourroit pas ung aultre hom-
me endurer se n'estoit par grace de Dieu. Quant il fut
devant le souldan si dit ainsi, "Sire roy Tyramor, ores ne
vous hastés, car a la bataille ne povez vous faillir. Je suis
50 prest d'esprouver par mon corpz que faulcement avez fait
occire par vostre filz Sadouyn le filz du souldam, nostre
souverain seigneur, qui cy est present. — Et je suis prest,
dit le roy, de moy desfendre qu'oncques ne le pence." Sy
n'y eust plus (parlé). Les deux champions furent passés
55 en une petite ysle qui la estoit toute enclose de une riviere,
et la communément se faisoient les batailles morteles. Et
quant ilz furent passés eulz et leurs chevaulx et montés,
les heaumes lachés, les escus au col et les lances au poing,
si fiert le ban du souldenc pour assembler selon que la
60 droicte coustume du pays estoit, et ilz s'entrelaissent courre
par telle force comme les chevaulx les peuent porter et
s'entreassignerent si durement a l'assembler qu'ilz font les
lances voler en pieces, mais ne chay ne l'un ne l'aultre.
Ains passerent oultre et parfirent leur poindre, puis metent
65 mains aux espées (d'acier) et s'en viennent yrés et malta-
lentés l'un vers l'aultre.

155. Morant l'Ethioppon avoit ung bon branc d'acier moult riche et merveilleux de facon et si ne trencoit que d'un costé. Si en fiert Messire Guy a l'assembler sur le heaume par tel vertu que moult l'empira, si descendi sur

5 l'escu le coup qui estoit pesant et qui venoit de bon bras si le pourfendi tout aussi legierement comme s'il fut de papier et en abatist a terre la largeur de pié et demy, et descendi sur l'archon au devant de la selle du cheval de Messire Guy par telle vertu qu'il pourfendist la selle et le cheval

10 en deux moitiés et coulla le branc a terre. Et lors sault Messire Guy a terre droitement sur les piés qui fut moult espoventé de cellui coup et nom pas sans cause. Si se saigne et commande a Dieu et lui prie qu'il le desfende de cellui adverser. Si se retourne / [b.] vitement comme celluy qui

15 de grant legiereté estoit plain et s'adresce vers Morant l'Ethioppon et bien le cuide ferir parmy la teste de son espée, mais tant estoit hault qu'il n'y pot advenir. Si descendist sur le col du cheval et le fendist en deux et cellui chiet a terre, mais tantost ressaillist sur les piés et courust

20 sur a Messire Guy moult aigrement et il se desfend moult aigrement comme cellui qui voit qu'il en a mestier. La peust on veoir une bataille cruelle et fiere entre les deulx champions et moult s'entredommaigeoient, mais toutesfois ce n'estoit pas par comparoison de leur force, car trop

25 estoit Amorant de merveilleuse grandeur et puissance. Si s'apenca de tant de merveilleuses batailles qu'il avoit vaincues et lui tourna a grant despit que ceste cy duroit si longuement, si haulce le branc perilleux et en fiert Messire Guy sur le heaume si durement qu'il le fait embruncer, et

30 dencendit le branc parmy l'escu si rudement qu'il le pourfendi jusquez a la boucle, et au resarcher le tyre par telle yre qu'il fait venir Messire Guy a terre d'un des genoulx veulle ou nom. Mais il sault tantost moult honteux et dit a son ceur que trop fait a blasmer quant oncquez mais

35 pour coup de chevalier ne vint aulz genoulx. Si recouvre sur Amorant et le fiert telement par la traverse de la bonne espée par le nasal du heaume qu'il lui faulca la ventalle, ne la coiffe en peust plus arrester ycellui coup qu'il ne luy face playe grande et dangereuse au front ung pou au des-

40 sus des yeulx, et ce fut une chose qui moult l'empira pour
le sang qui tout lui couvroit la veüe. Lors recouvre Messire
Guy ung aultre coup avant qu'il se fut couvert et le fiert
si durement que le bon haubert lui faulca et le navra en
l'espaule tant qu'il en filt le sang saillir, et cellui coup des-
45 cendi et s'arresta en l'escu et tout le fendi jusquez a la
boucle. Et au resacher de l'espée convint Amorant venir a
deulz genoulz a terre et d'une main dont Messire Gui fut
moult joyeulx pource qu'il lui sembloit qu'il estoit bien
vengé, mais cellui saillist tantost sur comme cellui qui fut
50 moult angoisseux et despit de ce qu'ainsi lui estoit advenu.
Si recourt sur a Messire Guy qui luy tient estal, et lors
recommence entr'eux bataille moult fiere et cruelle qu'elle
n'avoit esté. Cellui jour faisoit moult grant chault comme
en juing proprement lendemain de la Saint Jehan Baptiste.
55 Si advint que tant pour le chault du jour comme pour le
travail des armes et pource qu'il avoit perdu le sang, Amo-
rant prist une si grant soif que bien lui sembloit s'il n'avoit
temprement a boire qu'il estoit mort. Si se tira arriere en
une part, la chere embrunchée, et lors regarde Messire Gui
60 et lui dit, "Sire chevalier, je vourroye volentiers savoir vos-
tre nom. Bien sachez que j'ay fait et fourny quarante ba-
tailles mortelles puis que je fu né, ne n'oncquez je ne trouvay
nul qui se peust contretenir contre moy tant comme vous
avés fait, pourquoy je suis moult desirant de savoir vostre
65 nom et de bien vous recongnoistre, car tel pourriés vous
estre que pour vostre proesse je feraye tant que vous seriés
quicte de cest appel, et tel pourriés vous estre aussi que
je n'en prendroye de vous aultre raecon fors la teste. — En
nom (Dieu), fait Messire Guy, encore n'estez vous / [258ro.]
70 pas venu jusques la ne ja ne ferés se Dieu plaist, mais
pource que vous desirez a savoir mon nom et qui je suis,
le vous diray volentiers. Or sachez que je suis christien et si
fu né eu royaume d'Angleterre, et pour osmone et charité
suis ycy venu desfendre le roy Tyramor de la traïson dont
75 tu l'appelloyes qui n'y a couppe. — Comme, fait Amorant,
es tu donc Anglois? Plus ores a tous noz dieux que je tenisse
ja Guy de Warwik a ton eschange, car trop a fait grant
dommaige (a noz gens), j'en prendroye vengeance qu'a

tousjours mais en seroit parlé. — Et quelle vengeance en
80 vouldriés vous? fait Messire Guy. — Sachez bien, dit Amo-
rant, que je n'en vourroye prendre que la teste, car ce me
seroit grant honneur entre ceulx de nostre loy, et bien
cuideroie avoir tué la meileur des christiens. — En nom
(Dieu)), dit Messire Guy, sire chevalier, il me semble que
85 vous ne luy voullés pas trop de bien, et si seroit grant
dommaige qu'ainsi luy fut advenu, car trop en seroit son
lignaige abbaissé, et je vous en garderay se je puis et Dieu
le me consent. — Christien, dit Amorant, je croy bien
que tu en feras ton povoir, mais je te prie et requier par
90 le dieu en qui tu crois avant que plus en facons que tu me
donnes respit d'aler boire jusques a celle riviere, car j'ay
trop grant soif, et se par destroisse de soif me conqueroies
ce ne seroit pas honneur, si te requier par ton dieu et
par la loy que tu tiens que tu mettroyes ceste requeste par
95 convenant que je t'en rendray au jourd'uy le guerdon se tu
en as mestier. — Sire, fait Messire Guy, tant m'avez con-
juré que je le vous octroye par ainsi que vous me tendrés
le convenant se je vous en requier." Et cellui lui promet.
Si s'en va en la riviere et se rafreschit et boit tout a son
100 aise et boit tout a loisir comme cellui qui est moult joyeux
d'ycellui octroy, puis s'en retourne grant pas en chemin
ou Messire Guy l'atendoit. Si l'araisonna en son venir en
telles paroles, "Sire chevalier, or vous rendez, car prez estez
de vostre fin et trop malement fustes deceü quant me oc-
105 troyastres le congié d'aler boire, car assez me sens ores
plus fres et legier qu'oncques ne fus devant ceste bataille
et telle est ma coustume. — Sire, fait Messire Guy, quelle
que soit vostre coustume faictez du myeulx que vous pou-
rrés, j'entens bien vostre desfiance." Lors commence une
110 bataille moult perileuse et cruelle entr'eux et si estoient si
fres comme s'ilz n'eüssent du jour combatu. En celle entre-
prise advint qu'Amorant gecta ung coup si grant qu'il
faulca le heaume de Messire Guy et en glacant lui vint par
dessus l'espaule et luy trenca ung grant paon du haubert
115 et l'aucton et la chemise jusques a la char nue, et en des-
cendant abat de l'escu tout qu'il en attaint et le consuit
si pres que la genouilliere avec la chausse de maille dont

il estoit chaucé luy couppa et filt voler loing eu champ
sans luy forfaire ne navrer en char dont Messire Guy fut
120 moult esmerveillé et courroucé quant il voit sa char nue,
et mercia Dieu de ce qu'il ne l'avoit blecié ne navré en
char ((ne mal mis)). Si se trait envers luy, l'espée au poing
et lui paya si grant coup en ce lieu ou aultrefois l'avoit
feru sur l'espaule que tant ne fut le haulbert bon qu'il
125 ne lui mist l'espée bien en parfont dedens l'espaule, et
lors se trait en sur comme cellui qui avoit grant chault
et dist:

156. "Sire Amorant, sachés que j'ay moult grant soif. Si
vous prie que me laissés aler estancher ma soif ainsi que
promis m'avés. — Ha covart, dit Amorant, ja de ce ne
me parlez, car de moy ne povés eschapper que je ne vous
5 trenche la teste. — Comme, dit Messire Guy, est vostre
desloyaulté telle? Bien me semble que vous prisez pou vos-
tre honneur qui par faulte de boire me voulez conquerir,
encore que je vous en ay aujourd'uy fait la bonté et rendre
m'en devez le guerdon. Faictez l'ay bien, laissez moy ra-
10 frescir et puis nous combatons et ainsi avrez acquittié vos-
tre convenant, et vous serez mis hors de blasme — Taisiez
vous, vassal, / [b.] dit Amorant, car par les dieux en
qui je croy je ne vous garderay ja aultre convenant que
le roy Tiramor n'en soit destruit et honteux et j'avray toute
15 sa terre. Mais pource que je vous voy preux et hardi, se
vous voulés rendre a moy et vous desarmer en present de
toutes voz armeüres, je vous feray clamer la vie quicte.
Aultrement n'en povés eschapper sans mort. — Sire, dit
Messire Guy, ce ne feraige en nulle maniere, car sachés
20 que coustume n'est pas en ma terre que chevaliers se ren-
dent recreans tant qu'ilz se puissent desfendre, et mercy
Dieu encore ne m'avés vous pas mené jusquez la, et espoir
que vous serés bien las avant que m'ayez vaincu." Et
quant Amorant le voit si haultement responde si luy dit,
25 "Sire chevalier qui Yon vous faictes appeller, mon ceur
me dit que vous avés ung aultre nom. Par convenant que
je vous lauray boire tout a vostre aise, dictez moy vostre
nom. —Et je le vous diray par cest convenant, dit Messire

Guy. Or sachés que ceulz qui me congnoissent m'ap-
30 pellent Guy de Warwik." Et quant Amorant l'a entendu si
le regarde a grant merveille une grande piece sans mot dire,
et puis lui dit, "Guy, bien soyez vous venus et sur tous les
aultres hommes vous desiroye a veoir. Or voy je bien que
les paroles qui de vous courent sont veritables. Or scay
35 je qu'aujourd'uy parferay mon desir, car aultres rien ne
desiroye que vostre teste, et vrayement pour gaigner une
aussi riche cité et terre comme est ceste cy je ne vous lais-
seroye boire puis que je congnoys vostre nom." Et quant
Messire Guy entend la cruauté du Sarrasin si dit en son
40 ceur que vrayement pour lui ne laissera il pas qu'il n'aille
boire a la riviere et soy rafrescir, car aultrement seroit il
mort de soif. Si s'adresce celle part et Amorant le suit,
le branc au poing. Et quant il vint en la riviere il se boute
dedens tout armé jusquez a la chainture, puis plunga sa
45 teste et ses espaules dedens. Et ainsi qu'il se vouloit relever
Amorant l'assigna tellement de son branc sur son heaume
qu'il le first trebuscher aux genoulx et tant que l'eaue luy
reclot tout par dessus la teste, mais il sault tantost sur de
grant vertu, l'escu embracé, l'espée au poing, et se lance a
50 terre ferme maugré Amorant, puis lui dit, "Sire vassal, bap-
tisté m'avés en eaue froide, mais (nom ne m'avez pas donné,
et bien saichez que) du comperaige vous en repentirés se
oncquez je puis, n'en vous jamais ne me fieray, car bien
voy que vous estes fel et plain de traïson." Lors s'entre-
55 courent sur tout aussi frescement comme ilz avoient fait du
jour et se combatirent si merveilleusement que tout le
monde s'en esbahissoit, car depuis heure de tierce jusques
a la nuit tant que les estoilles apparoient eu firmament
dura la bataille d'entr'eux deux. Sy advint que Guy l'advisa
60 et le ferist a la traverse tant qu'il feist voler le poing et
l'espée emmy le pré, et quant il se sentist ainsi feru, bien
povez scavoir qu'il n'y eust en luy que courroucer. Si prit
et recouvra son branc a la senestre main et ainsi courut
sur a Messire Guy assez plus cruelement qu'il n'avoit onc-
65 quez fait, nompas saigement mais comme homme desesperé,
et Guy le seuffre et se desfend tant comme il voit son
point et avise en une descouverte le haubert mal mis et

despecié sur l'espaule ou ja deulx fois l'avoit frappé, (si tour-
ne l'escu appart) et prent l'espée a deulx mains et haulce et
70 l'assigne tellement en celle mesmes place qu'il lui fait voler
et tout le bras et l'espaule emmy le pré. Et lors fut plus
esragé que devant si sault de corpz et de povoir sur Mes-
sire Guy si qu'il le porte a terre, mais tost reprint son avan-
tage comme cellui qui assez savoit d'icellui tour et empaint
75 Amorant soubz luy quelcque gré qu'il en deust faire, et
la luy deslacha le heaume et abatist la ventaille et lui
trenca la teste. Telle fut la fin de Messire Guy et d'Amorant
et bien peut estre reputé a ung droit miracle, car de gran-
deur ne de puissance n'estoit point Messire Guy de com-
80 paraison a luy, mais telle est la vertu de Dieu, et ce dige
a la confusion de ceulz qui tiengient les vertus celestieles
impossibles. Et c'est la pre/[f258vo.]miere bataille (et prin-
cipale des grans fais) que filt Messire Guy eu service Nostre
Dame puis qu'il se fut donné a Dieu servir.

157. Quant Messire Guy ot trencé le chief d'Amorant ain-
si que je vous ay dit, si le prit en sa main et s'en retourna
au bastel ou il estoit venu en l'isle. Si se filt nager oultre
et puis presenta le chef au roy Tiramor qui a moult grant
5 joye le receput et s'en vint devant le souldan et parla haul-
tement, oyans tous ses roys, princes, et barons, "Cy est le
chef de Amorant qui de traïson m'appelait conquis et vain-
cu eu champ comme faulz appellant par ce chevalier mon
desfendeur qui ycy est. Si me veullés dire se je doy estre
10 a tant quicte, et s'aultre chose je doy faire je suis prest de
l'acomplir." Lors luy respond le souldenc qu'il s'estoit moult
bien acquitié et qu'il le tenoit pour deschargé de son appel
et s'en alast quant il vouldroit. Apres n'y fait pas long se-
jour, ains attourna tout son affaire pour s'en retourner
15 vers la cité d'Alexandrie, Guy avec luy a qui il se penoit
moult de faire tous les plaisirs qu'il povoit. Et quant il fut
venu en la cité, si manda le conte Jonas devant luy et lui
fist toute la joye du monde et delivra tost et erraument
lui et ses quinse filz et disoit bien qu'il avoit la vie sauvé
20 par lui et vouloit que desormais fussent tous maistres et
gouverneurs de luy et de son royaume. Moult le mercia

le comte de sa courtoisie et bien lui dist que ce n'estoit pas
lui qu'il devoit guerdonner mais Yon, le bon chevalier pele-
rin qui pour bien et pour osmosne s'estoit combatu. Si le
25 print le roy par la main et l'araisonna moult doulcement et
assez lui promist terres, richesses et grans seigneuries par
ainsi qu'il voulsist demourer en sa compaignie, mais il s'en
excusa moult bien et dist qu'il ne remaindroit en nulle
maniere. Si prit a tant congié du roy luy et le conte Jonas
30 qui ja avoit ses quinse filz en sa compaignie, et si leur filt
le roy delivrer tout qu'ancques mestier leur fut. Moult de
riches dons il leur donna. Et pource que le conte avoit
voué son corpz et ses enfans a aller visiter le saint sepul-
cre de Jherusalem se Dieu lui donnoit grace de soy eschap-
35 per sans mort, adreca sa voye celle part, et Messire Guy
en sa compaignie qui tousdiz aloit en habit de pelerin. Et
quant ilz furent eslongnées aussi comme d'une journée, le
conte Jonas qui moult desiroit en son ceur savoir l'estre
de Guy veritablement, quant il se vit sur les champz len-
40 demain l'appelle privéement a part et lui dit, "Beau doux
amy, je ne scay comme vous nommer et si avez tant fait
pour moy que je scay bien qu'il n'est chevalier plus tenu
a aultre que je suis a vous. Vous vous faictez appeller Yon,
mais mon ceur me dit que vous le faictes pour vous celer
45 et que ce n'est pas vostre droit nom. Je vous requiers de
par Cellui qui en croix fut pené et par ainsi que de par
moy descouvert ne serés, s'il vous plaist que vous me veui-
llez dire vostre nom et moy faire plus certain de vostre estre
que je ne suis. — Sire comte, fait il, puis que tant le desirez
50 savoir et que si asprement m'en avez conjuré, je le vous
diray, et vous prie que ce soit chose celée. Or sachez que
je suis Guy de Warwik né d'Angleterre, cellui dont aul-
tresfoys m'avez parlé qui en tel arroy voyés par le monde
pour amender ses pechés." Quant le comte l'entend si a
55 si grant douleur au ceur qu'il ne se peult soustenir, ains
chiet a terre pasmé devant Messire Guy en plourant, et
luy dist, "Beaulz tresdoux amy et seigneur, tousdiz me disoit
bien le ceur qu'aultre ne povoit mener cest bataille a fin
que vous. Ha cher sire qui estez de si haulte renommée,
60 pourquoy alés vous en cest estat? Ja n'estez vous tel qui

de bonté et de chevalerie passés tous aultres, nul ne congnois
vostre pareil. Si vous prie que vous veuillés prendre la com-
té de (Duras) et en soyez seigneur et maistre par ainsi que
moy et mes quinze filz soyons (a tousjourmais) voz servi-
65 teurs. — Sire comte, dit il, la vostre grant mercis, mais
de ce ne parlés. Sachez que trop m'avriez loué se pour
moy faire seigneur vouilliez desheriter vous et voz / [b.]
enfans de vostre terre. Ne je ne recepveroye cest honneur
en nulle maniere du monde, mais retournés vous en vostre
70 terre, et la gouvernez bien et deüement comme faire le
devés, car je veul retourner vers mon pays. Si vous com-
mande a Dieu". Lors s'entr'embrachent tous en plourant et
prindrent congié l'ung de l'aultre, car bien veoit le comte
qu'il ne le povoit plus retenir, mais au partir lui pria moult
75 Messire Guy qu'il ne fit savoir son nom, et il lui dit qu'il le
tendroit celé a son povoir. De Messire Guy et de ses fais
laisse ung pou a parler fors qu'il s'en tourna pour lors vers
Costentinoble, et retourne a ma dame Felice, sa bonne fem-
me, pour compter de son ordonnance apres le department.

158. Selon les hystoires toutes accordables ensemble, puis
que Messire Guy se fut departi de sa bonne femme
ainsi que dessus est dit, print en elle une si honnourable et
saincte vie que tout le monde avoit joye d'en oÿr parler,
5   car d'acomplir les oeuvres de misericorde n'estoit pas lente,
et chascun jour devisoit aulx povres orphelins et leur don-
noit de beaulx dons, (et leur administret leurs necessitez)
des povres abbayes et priorées abatues restorés, de refaire
pons et chaucées, et toutes choses qui a osmones ((et cha-
10   rité)) appartenoient. Et si estoit plaine de si grant con-
templacon que puis le department de son bon seigneur pour
jeux n'esbatemens ne fut homme qui la vit rire ne joye faire
fors que tousjours estoit en oraisons et prieres, faire aumosnes
et toutes bones oeuvres de charité. Apres le department
15   de son bon seigneur, advint qu'elle se delivra d'enfant
droitement a son terme, et fut d'ung beau filz qui fut fait
christien et nommé Rambion. A grant honneur fut gardé
richement et cherement tenu tant qu'il vint en l'aage qu'il
sceut aler et parler, lors fu delivré a Herolt d'Ardenne ainsi

20 que son pere l'avoit dit avant son departir. Le bon Herolt
le tint et garda en grant honneur et moult l'aprit et doc-
trina de tous esbatemens et honnestetés que a gentil hom-
me appartient comme cellui qui de ce faire estoit bien
aprins. Quant l'enfant Rambion parvint en l'aage de VII.
25 ans, si fut si grant et si parcreü et garny de toutes bonnes
vertus que nul ne savoit trouver son pareil de son aage.
Avint que en cellui mesmez temps marchans du pays de
Roussie arriverent en Angleterre au port de Londres a grant
quantité de nefz et riches marchandises. Du roy et de tous
30 ceulz du pays furent agreablement recepus pour confort
des aultres marchans et si eurent general congié d'aler par
tout le pays d'Engleterre vendre et eulx delivrer de leur
marchandise. Avint que en trespassant aussi comme d'aven-
ture arriverent en la ville de Walinforthd qui pour lors estoit
35 moult renommée de richesses entre les aultres villes de la
contrée, et pour voir elle siet assez gracieusement et en
bon pays. Et en leur venir fut dit aulx dessusditz marchans
comme Herolt le seigneur estoit pour lors ((a la ville)) en
son chastel, si lui envoyerent pour present une belle mule
40 d'Espagne, et il la receput a grant joye et moult les mercia
et dit que bien estoient ilz venus au pays dont il estoit
seigneur. Mander les filt, puis les festoya grandement en
son chastel (et moult leur monstra de courtoysie). Sy avint
que a celle heure qu'ilz estoient la adviserent Rambion
45 le bel damoiseau qui s'aloit deduisant parmy le chastel
avec les aultres enfans de son aage, si leur pleut moult et
vint a gré sur tous les enfans qu'ilz avoient oncques veüs.
Et lors ont moult enquis et demandé a ceulz de la court
a qui ce bel enfant estoit, et on leur respondi qu'il estoit
50 filz Guy de Warwik, le noble chevalier. Si s'apencerent
tantost en leurs courages a ce que marchans de coustume
sont volentiers couvoiteux et touchés d'avarice que a l'en-
fant vindrent et voyent la haultesse dont il est né, s'ilz
povoient tant esploiter qu'ilz le peüssent embler, ilz le
55 vendroient es estranges contrées si largement (a aucun hault
prince) qu'a tousjourmais aprez en seroient riches. Si en
prindrent conseil ensemble, et tant ont traicté (par leur
advis) avec le portier du chastel qu'il leur a delivré l'enfant

tout quicte, a ce que pas n'avoit sur lui grant garde, et
60 moult eust le dit portier grant salaire pour ce faire.

159. / **[f.259ro.]** Quant les marchans eurent la saisine de
l'enfant, si s'en retournerent vers Londres et appresterent
leurs affaires, puis s'en entrerent en leurs nefz et single-
rent vers le pays dont ilz estoient venus le myeulx qu'ilz
5   povoient a leur povoir, et tant esploiterent qu'ilz vindrent
jusques a la veüe de la terre qu'ilz desiroient, si se tindrent
moult grans, car aucquez cuidoient estre asseür, mais sou-
dainement leur survint une tempeste si grant et si merveil-
leuse que bien sembloit qu'ilz deussent tantost enfondrer
10   en mer, ne il n'estoit voile ne mast qui contre la tempeste
peult durer. Si laisserent aler la nef a l'aventure ainsi que
Dieu la vouldroit mener, et tant ala vagant par la mer,
puis dela, qu'elle fut gectée es parties d'Aufricque, et quant
les marchans congnurent le pays en quoy il sont arrivés,
15   si ont pris conseil ensemble qu'ilz delivreront Rambian l'en-
fant de la contrée au roy, "Et en lui ferons present, car
il nous en savra bon gré, et pour le moyen pourrons aler
marchandant parmy la terre." Ainsi (qu'ilz pourparlerent
le firent, car ilz) eslurent .III. des plus suffisans et myeulx
20   en lengaiges, et par yceulx envoyerent l'enfant au roy
qui moult les receput a grant joye. Ycellui roy avoit une fille
moult belle environ de l'aage Rambion, si ala par le conseil
de la mere requerir au roy son pere qu'il lui voulsist octro-
yer cellui enfant pour demourer en sa compaignie, et le roy
25   lui accorda, car forment l'amoit et tenoit cher. Ycellui
roy estoit nommé Argus et moult estoit de grant puissance
et redoubté de tous ses ennemis. Or se seuffre ung pou
l'ystoire a parler de luy cy endroit et de Rambion pour
deviser de Herolt d'Ardenne et de son affaire apres qu'il
30   eust perdu Rambion.

160. Cy dit l'ystoire que trop fut dolent Herolt de ce
qu'il ne savoit que Rambion estoit devenu, quant querre
l'eust fait par tout bas et hault, ne nouvelles n'en povoit
oÿr jusques que par enditement d'aucuns lui fut rapporté
5   que les marchans qui venus estoient de Roussie l'avoient

avec eulz emmené. Et lors fut sa douleur assez plus grande
que devant et se clasme las et chetif qui apres le bon
pere a perdu le filz, et dit que vrayement l'yra il querir
jusquez en Roussie. Et ainsi comme il avoit advisé le filt
10 il, car luy mesmes l'ala querir jusquez en Roussie, mais
oncquez n'en peust oÿr nouvelles pour povoir qu'il eust,
et ce n'estoit pas merveilles, car assés loing en estoit
((d'illecques)). Sy s'en retourna en son pays moult dolent
et courroucié, et quant il vist qu'aultre chose n'en povoit
15 esploicter. Ne demoura guaires (apres le scien retour) que
le roy Athelstain assembla ung grant consille de ses prelas
et barons. En cellui parlement se traist Herolt, car moult
especialment l'amoit le roy qui moult se penoit de l'on-
nourer pour la grant proesse dont il estoit plain, et en
20 faisoit tant le roy que tous ses barons s'en merveilloient
et plusieurs en avoient despit et moult grant envie, et en
parloient assez envieusement sur le roy qui tel honneur
faisoit au filz d'un povre vavasseur et ne tient compte de
ses riches barons. Et de la donc a esté et encore est ((com-
25 me je croy)) que tout roy et tout prince qui veult a chas-
cun plaire a moult affaire a soy gouverner. S'il honnoure
les riches et puissans et il s'estrange ((des moyens)) et des
povres, on le tendra pour / [b.] orgueilleux en disant
qu'il les honnoure pour la grant craingte que il a ((de leur
30 puissance et non pas pour l'amour qu'il ayt)) envers eulx.
S'il cherit et honnoure les povres pour leur proesses tan-
tost diront les riches que sa gouvernance n'est pas honnou-
rable et qu'il n'est pas ((riglé ne)) gouverné fors par gens
de neant qui valoir n'aider ne lui pourroient au besong.
35 Aultrement diront, et luy mectront sur qu'il a mignons en
qui il croit et par le conseil desquieulz il fait ce qu'il fait,
et nompas par ses bons barons. Et moult a l'en veü en
plusieurs regnans de telz cas advenir, et encore continue-
lement de jour en jour. Ainsi que semble grant vertu a
40 tout prince qui moyennement se scait gouverner. Or retour-
neray a ma matiere dont je parloie et pour quelle cause
j'ay radrescé ceste matiere en memoire, ceste incidence
pour la prouesse et vaillance de Herolt que le roy congnois-
soit bien de pieca vouloit assés plus ouvrer par son conseil

45 en tous fais de guerre que par le conseil de nul des aul-
tres. A l'eure que ses ducz et ses barons furent assemblés
au parlement ainsi que cy dessus vous ay compté, les mist
le roy tous a raison et leur dist en ceste maniere, "Beaux
seigneurs qui cy estes, il est vray que tous estes mes liges,
50 et si me doy en vous affier pardessus tous aultres, et vous
me devés aider et secourir par devant tous veritablement
a voz loyaulx povoirs. Or est ainsi que je vous ay mandés a
present, nompas sans grant cause, si la vous diray. Il est
ainsi que le roy Inalast de Dennemarche qui est moult riche
55 et puissant d'avoir et d'amis et de long tempz calenge
droit en ceste terre, ainsi que bien le savés, et pour acom-
plir sa volenté s'appareille de venir sur nous a toute puis-
sance et nous a envoyés ses desfiences par lesquelles il
nous menace a destruire nous et noz terres et pays. Sy est
60 bon que vous et nous ayons conseil ensemble comme nos-
tre pays soit (mis en garde et) desfendu contre sa venue
(qu'il ne nous puisse forfaire), et que chascun en die son
advis. Et vous, sire Herolt, dit le roy, qui aucques cognois-
sez ses affaires, plus este usagé de guerre que nul de nous,
65 je vous prie et encharge sur vostre foy que vous en diez
tout le premier ce que bon vous en semble, car nous nous
voulons rieuler et faire par vostre conseil. — Sire, fait Herolt,
cy a moult de haulz princes et barons qui myeulx vous con-
seilleront que moy, et aulzquieulz myeulx appartient qu'a
70 moy ((a parler le premier)). (Et non pourtant) dont, puis
que si haultement m'enchargés et veü que la matiere est si
necessaire, ne me doy pas excuser que je n'en die mon
advis, et puis quant j'avray dit ce qu'il me semble, si soit
dit l'oppinion de chascun, et puis qu'on se tienne a la mei-
75 lleure."

161. "Anciennement ay bien oÿ recorder comme les Danois
seigneurissoient en ceste terre et y entrerent a puissance
d'armes, et par puissance d'armes en furent boutés hors,
ne oncques n'y eurent que chalenger, car il ne leur venoit
5 pas de ligne , mais de conqueste, et aussi noz ancesseurs le
reconquistrent sur eulx. Si ne les devons de riens doub-
ter, car le droit en est devers nous, et, mercy Dieu, vous

avez assez gens et puissans en armes pour desfendre et
garder vostre droit / [f259vo.] et leur heritage. Si con-
10 seille que vous fachez bien et garnir et enforcer les villes
et fortheresses des frontieres et portz de mer de vostre
royaume affin, se les Dennois y viennent descendre, qu'ilz
soyent requeuillis et rencontrer ainsi qu'on doit rencontrer
ses ennemis mortieulx, et legierement ilz y pourront avoir
15 une grant perte a leur descente qu'i y metra bonne dili-
gence. Entre d'eulz avrez assemblé vostre host a puissance
et les yrés combatre avant qu'ilz ayent espace de guaires
eux reposer ne afreschir, et ainsi ne doubte pas au plaisir
Dieu que vous ne la vainquez et desconfissiez assez legie-
20 rement, et c'est la mienne oppinion. Qui myeulx en savra
si le die. — En nom Dieu, beaulz amis, vous avés si bien
die que nul n'y savront qu'amender. Moult estes loyal con-
seiller, et sachez que tout ainsi que dit l'avés il sera fait
et accordé, car ainsi plaist." A ces parolles y ot moult de
25 princes et de barons qui ja estoient enflés et meüs en leurs
couraiges d'envie de ce que le roy se tenoit si au conseil de
Herolt et tant le cherissoit, entre lesquieulz y avoit ung
hault prince nomme Mordret, et estoit duc de Cornoualles.
De grant aage estoit, mais moult estoit (fel et) orgueilleux
30 et plain (d'envie et si estoit renommé d'estre assez plain) de
grande chevalerie. Celluy ne peust plus tenir son couraige
ne couvrir l'envie dont il estoit plain, si se dresce en piés
(et parle si hault que de tous fut bien entendu,) et dit
ainsi, "Sire roy, a moy entendez. A moy ne a voz aultres
35 barons qui cy sont semble que vous ne vous ((nous)) fiés
pas. En vous n'est pas si saige ne si bonne gouvernance
comme elle deust estre, et que pou nous amés (et ne vous
fiez en nous) quant vous croyez plus tost et demandez con-
seil a ung losenger de petit affaire que vous ne faictes a
40 voz barons qui vous peuent valoir, conseiller, et aider.
Sachez que moult nous tourne a grant despit et nous en
reputons a pou vous en faire service, et bien sachez que
il n'y a nul de nous qui myieulx ne vous sache assez con-
seiller que ce traïstre que je voy la qui par son oultraige
45 a prise la parolle devant tous, et bien est digne que desor-
mais on le doye monstrer au doy, car de traïson ne se peult

plus excuser. Chascun sait bien que faulcement et desloyaument il a vendu aulx marchans d'estrange terre Rambion le filz de son seigneur, et vous mesmes le savés bien et
50 s'il est longuement entour vous et il ne vous sert d'autel souppe, je m'octroye a perdre la teste."

162. Quant Herolt s'entend accusé si villainement, il a si grant douleur au ceur que plus ne peut, et se lieve en piez et dit, "Sire duc qui de traïson ((m'appellez et)) m'accusés, je di, sauf la reverence du roy et de ses barons qui
5 cy sont, que vous y mentez faulcement et desloyaument. N'oncquez traïson contre mon seigneur je ne pencay ne ne feis, et de l'enfant Rambion, le filz de mon seigneur, que vous dictes que j'ay vendu, Dieu scayt que faulcement vous y mentés. Et se vous estez si hardy de le maintenir,
10 je suis prest d'entrer contre vous en champ et se je ne vous rens en ceste querel mort ou recreant (devant la nuyt) j'octroye que j'aye la teste trenchée. Et pourtant que si haultement avez parlé contre mon honneur faulcement, vous promet bien que jamais / **[b.]** ne fineray d'aler jusquez
15 a ce que j'avray trouvé l'enfant, et se Dieu le veult consentir et que je puisse sain repairer avec luy nul ne vous pourroit garantir que je ne vous trenche eu champ la teste. — Fy, dit le duc, je prise pou tes menaces, ne nullui ne te doit jamais respondre en court royal comme a ung traïstre."
20 Lors sault avant ung chevalier qui estoit avec Herolt, moult appert et legier, preux, et hardi durement, et si estoit son seneschal nommé Erdgard a qui moult ennuyoit de ce qu'il oÿoit contralier le duc son seigneur. Si dit en hault, "Sire duc qui de traïson parlés sur mon seigneur, je di que vous
25 y mentez comme faulz traïstre et desloyal que vous estez, et suis prest que je vous en preuve tout en present devant le roy toute la verité, et mal dehet ayez vous se presentement ne vous alés armer, car par saincte croix oncques ne desiray tant chose que je fais vous trencher la teste pour delivrer
30 le monde de vostre envieuse faulceté." Tantost y eüst eü grant meslée quant le roy print les paroles et leur commanda sur paine de perdre vies et membres que nul ne fut si hardy desormais de mesdire l'un l'aultre.

163. Ainsi furent departis, et le roy ordonna et commanda que les portes et fortheresses de dessus la mer fussent garnies et avitaillés ainsi que Herolt l'avoit ordonné, et bien charga tous ses barons ((qui marchissoient)) d'estre advi-
5 sés et eulz bien tenir sur leurs gardes, et lors se departi le parlement et retourna chascun en sa maison. Quant Herolt vint a Walinforde sa ville, si ne peut pas mectre en oubly la grant reproce que le duc Mordret lui avoit mis sur. Si appella son seneschal (a conseil) et lui dist, "Beau doux
10 amy, vous savés le grant blasme que le duc Mordret m'a mis sur et a grant tort, si m'en avront toutes gens a tousjours mais souspeconneux se je ne m'en puis faire cler. Si me veul metre a la voye pour aler querir l'enfant, et sachez que jamais ne fineray jusques a tant que je l'aye trouvé
15 ou vif ou mort. — Ha sire, dit le seneschal, pour Dieu souffrez vous, ja estez vous forment debrisé et cassé et en grant aage. Pour Dieu laissez moy y aler, et je vous promés loyaument que jamais ne revendray sans luy s'il est en vie ou en lieu ou il puisse estre trouvé. — N'en parlez plus,
20 dist Herolt, amy, car tant me touche prez l'affaire qu'aultre n'y mectray que moy. Moult vous congnois a preudomme et a loyal envers moy, et pour ce vous laisse en garde toute ma terre et mon pays et ma femme et mon filz. Si en pencez comme des vostres, et se le duc Mordret vous
25 vient assaillir quant il me savra hors du pays, je vous prie desfendez vous comme preudomme. — Sire, fait il, de ce ne vous doubtez, car au plaisir Dieu nous nous tendrons bien contre tout son effort, et face du pis qu'il pourra, et Dieu me doint grace que je le puisse recontrer, car moult
30 bien me pence a revencer de sa traïson." Aprez ces parolles prit Herolt congié de sa femme et de tous ses gens qui moult eurent grant douleur de son departement, et il se mist tantost a chemin en habit de pelerin et s'en tourna vers la mer et passa oultre au plus tost qu'il peust et
35 aceuillist son chemin envers Almaigne la / **[f260ro.]** haulte et la basse. Et par tout ou il passoit et venoit, il enqueroit nouvelles (de l'ensfant), mais il ne trouvoit celluy qui lui sceult ensengner, si se penca qu'il yroit vers Constentinoble pour savoir s'il pourroit yllec myeux esploicter de sa queste.

40 Si se mist en mer en une compaignie de marchans, et leur
advint que le premier jour qu'ilz entrerent en mer ilz eurent
doubz vent et bien portant et agreable, mais, quant ilz
furent aucques empains (en mer), le segond jour leur leva
une tempeste si grande et si horrible que bien cuiderent
45 perir sans mercy, et voulsissent ou nom furent gectez et
leur convint prendre terre par force de vent ou royaume
d'Auffricque entre les mescreans de nostre foy, et assez pres
d'une grande cité. Si demanda aux mariniers en quel lieu
ilz estoient arrivés, et ilz luy distrent, "Certes, sires, a moult
50 mal port, car (nous sommes droictement cheüz es mains des
mescreans de nostre foy). Nos ennemis sont ceux cy, et si
est la terre du roy Argus qui est moult cruel et felon et a
qui append tout le royaume d'Aufricque. — Et celle cité que
je voy la, dictez moy a qui est elle. — En nom Dieu, fait
55 il, elle est a l'admiral Persant, ung moult fier et orgueilleux
Sarrazin, et le roy Argus l'a assiz et le veult par force
prendre dedens." Entretant qu'ilz parloient ainsi, ilz voyent
venir une compaignie de Sarrazins qui leur courent sur et
leur crient qu'ilz se rendent, car venir les fault a l'admirault
60 ((leur seigneur)). (Et eulx qui bien voient que leur desfence
n'y est mestier se rendent et s'en vont avecques eulx devant
l'admiral) qui moult les contraria en leur venir, et leur dit
que vrayement est ycelle gent trop oultrageuse qui en sa
terre estoient venus prendre (port sans son) congié et que
65 leur oultrecuidance comperroient ilz cherement. Si les fist
prendre et gecter en prison en moult grant mesaise. Mais
ung pou s'en tait l'ystoire pour parler d'une incidence qui
advint en Angleterre aprez le departement de Herolt.

164. Tantost que le duc Mordret de Cornouale sceust que
Herolt estoit departi du pays si assembla son host par grant
effort pour aler assieger la ville de Walinforthd, mais le
bon Argard si se pourveust de fourment et de toutes choses
5 contre sa malice, et bien l'attendoit au siege. Et si porta
vaillaument, car moult occist et affolla des hommes du duc
Mordret qui par l'espace d'un an fut devant lui sans guaires
y gaigner, fors que perdre chascun jour, car trop avoit le
bon seneschal bien pourveü de bons chevaliers et souldoyers

10　qui souvent leur faisoient d'ennuyeuses saillies. Et advint que
a ung jour a une escharmuce le seneschal encontra le duc
Mordret et le ferist tellement qu'il luy (passa) la lance
parmy le corpz et nompas en lieu mortel. Si cuidoit le duc
bien estre navré a mort et pource se filt porter a Cornouaille
15　et lever le siege a moult grant meschef, car trop y perdi
de gens et d'appareilz. Et ainsi s'en delivra le seneschal et
par sa bonne vaillance. Ores en laisseray a parler pour
retourner a Messire Guy dont grant piece s'est teüe l'ystoire.

165.　Droictement a l'eure que Messire Guy se party du
comte Jonas comme je vous ay compté, s'en ala vers
Costentinoble et au pays d'environ et demoura par longc
temps sans en partir en visitant les pelerinages et sains lieux
5　de la contrée, et lors se penca qu'il estoit bien tempz de
son pays reveoir. Si se mist a chemin et tant erra par ses
journées qu'il vint en Al/[b.]maigne, et luy advint que au
quarrefourc d'ung grant chemin par ou les pelerins passoient,
a une croix moult belle et de grant richesse qui la seoit, a
10　une journée prez de la cité d'Espirre, trouva seant ung
pelerin moult grant deul demenant et souvent desiroit la
mort. Si en print (a Messire Guy moult grant) pitié et pource
s'arresta devant luy et le salue, et cellui luy rend son salut
au myeux qu'il peut. Et quant Messire Guy le regarde en
15　la face, si lui remue tout le sang du corpz car bien lui
semble qu'il a aultrefoiz veü, mais il ne scaist ou, et pource
l'arraisonne et lui dit, "Sire pelerin, se Dieu vousaust, je
vous vouldroye prier par vostre foy et loyauté et par amour
et courtoysie que vous me diés l'achoison de vostre douleur,
20　car de vous ay trop grant pitié. Et je vous promet que se
valoir vous puis n'aider, je vous en conseilleroy tout a mon
povoir. — Ha sire, dit le pelerin, se je vous en disoye la
verité, ce ne seroit fors que desaise et douleur pour moy
et pour vous, et si n'en vauldroye jamais parler, car tant
25　plus en parle ((et pense)) et tant plus ay de douleur. — Sire,
dit Messire Guy, bien peut estre, mais toutesfois advient il
souvent que pour descouvrir sa volenté et conseil a aucune
personne combien qu'elle soit estrange, bien peult recouvrer
et aprendre voye de grant confort, et pource je vous prie

30 que me diés la verité, c'est assavoir de vostre ((estre)) et qui
vous estes, et je vous promet que je mectray paine a vous
faire plus joyeux que vous n'estes. — Sire, dit il, puis que
tant le desirés et je le vous diray. Sachez que au devant
de ceste heure, ainsi povre que vous me povez veoir, ay
35 esté moult riche de terre, d'avoir, et d'amis." Et ainsi qu'il
se prent a dire ces paroles luy actendrit le ceur et ne se
peut tenir de plourer, et moult pria Messire Guy qu'il ne
luy en enquiere plus, mais Messire Guy ne le voult a tant
laisser, ains le prie et conjure assez plus fort que devant
40 tant qu'il luy die tout son affaire et son nom. "Sire, dit le
pelerin, puis qu'il vous plaist savoir mon nom et ma mal
adventure, je le vous diray a le plus grant adventure et
grant douleur que ceur peut dire ne sentir. Or sachez que
ceulz qui me congnoissent m'appellent Thyerry de Gour-
45 moise, et si estoye moult grant seigneur et haultement
honnouré, et avoye chevaliers et escuiers a mon commande-
ment et moult estoye renommé en plusieurs pays. Or voys
povre mendiant et desherité ainsi que vous povez veoir. Si
vous diray l'achoison."

166. "Ung compaignon os jadis appellé Guy de Warwik,
Anglois. Je ne scay s'oncquez en oÿstez parler, mais bien
vous scay a dire qu'il n'avoit au monde son pareil de
chevalerie. Tant m'acointay de lui que nous feusmez com-
5 paignons ((entre affier)) et tant nous entreamasmes comme
deulz freres, et vrayement j'avoye bien cause de l'amer et
cherir, car par luy je fus respi(t)é de mort par plusieurs
fois, et si fut cause de delivrer ma terre de mes ennemis.
Or advint que pour une grant traïson que le duc Othez
10 de Pavie lui avoit faicte une fois qu'il l'occist de ses mains
entre ses gens, et si s'en partist par sa proesse maugré tous
ceulx qui la estoient / **[f260vo.]** sans encombrier. Cellui
duc avoit ung nepeu, filz de sa seur, nommé Berart, moult
puissant de corpz et de haulte entreprise, mais alors n'estoit
15 que varlet. Si s'en ala servir l'empereur Regnier d'Almaigne
qui le retint a grant chierté et lui donna armes et le filt
chevalier, et luy rendi l'onneur de Pavie que son oncle
tenoit au devant. Si devint tant fier et de haulte proesse

que nully ne le povoit souffrir en estour, et si estoit si
20 cruel qu'il ne se mesloit a chevalier qu'il n'occist. Et pour
la doubtance qui estoit en sa personne et que chascun le
craignoit, l'empereur le filt seneschal et se penca que par
luy seroit assez plus craingt et doubté de tous ceulx qui
mal luy vouldroient. Avint que l'empereur tint ung grant
25 parlement (auquel je allay) avec les aultres barons. Je y
alay pource que je y estoye mandé et mene moult riche
appareil avec moy, et tantost que le seneschal me vist si
leva en piés devant l'empereur et me gecta son gaige, et
appella de traïson de la mort de son oncle que par moy
30 il avoit esté occis et trahy en felonnie. Sy me desfendi tantost
de cel appel et tendi mon gaige, mais oncquez ne peü
trouver en la court si loyal amy qui m'osast plevir contre
le seneschal, car tous ceulz le doubtoient, (mais il en trouva
assez qui le plevirent encontre moy, non pas pour amour
35 mais par craincte). Si fus moult honteux et dolent quant je
vy que tous me failloient, et l'empereur me filt promptement
prendre et mectre en chartre et commanda a saisir toute
ma terre, ma femme, et mes enfans, et ma femme eüst le
seneschal honnie s'elle ne s'en fut enfuÿe en desert ainsi
40 comme Dieu le vouloit. Longuement fus ainsi en prison a
moult grant douleur, car par moy cuidoit bien recouvrer
Messire Guy qu'il vensist a court pour moy delivrer quant
il en savroit nouvelles, car bien lui sembloit s'il le povoit
occire que ses grans douleurs seroient allegées. Ainsi m'a
45 fait tenir a moult grande douleur, et tantost apres environ
ung an mes amis s'assemblerent et tant prierent et requistrent
(l'empereur et mesmement le duc) que par force de grans
dons que je fus mis hors de prison sur telle condicion que
je yroye querir Messire Guy ne jamais ne fineraye d'aler
50 jusquez que je l'eüsse trouvé et admené a l'empereur pour
soy desfendre de la traïson dont le duc Berart l'appelle et
moy aussi. Si me party erraument de ceste contrée en la
queste de mon bon compaignon et passay mer en Angleterre
la ou bien trouver le cuiday. Si enquis et cerchay assez
55 par Warwik et ailleurs (parmy le royaulme), mais nully n'y
trouvay qui nouvelles m'en sceust dire fors qu'il eust ja
pieca (alé) en essil nul ne scet quelle part, et Herolt

d'Ardenne, son compaignon, est alé ja pieca en estrange
terre pour querir Rambion le filz de Messire Guy que
60 marchans loingtains ont retenu ja pieca et emporté, et
pource croy je bien qu'ilz sont tous deulx mors. Si m'en suis
retourné si dolent que a present vouldroye avoir trouvé qui
m'occist."

167. Moult fut grande la douleur que Messire Guy eust
en son ceur quant il entendi les nouvelles de Rambion son
enfant quant il entendi qu'il estoit emblé, mais tout passa
/[**b.**] la parfaicte pitié qui lui print de son bon compaignon
5 qui tant souloit estre preux et hardy et honnoré, et orez le
veoit tant povre (et desnué) que la char luy paroit par
plusieurs lyeux et n'avoit ne chaussez ne soulez, et les piedz
tous desrompus et plains de crevaches. Si lui prent telle
douleur qu'il ne se peut tenir en piés, ains chet a terre
10 tout pasmé. Et lors le cuida Thierry (recevoir et) retenir
entre ses bras, car moult avoit grant pitié de luy, mais il
ne peust, si lui demande quant il revint de pasmoison
comme cellui qui bien cuidoit qu'il luy venist d'aucun grant
mal souldain, si lui demande, "Amy, combien a que ce mal
15 vous tient? Il me semble que forment vous a grevé. — Certez,
beaux amis, dit Messire Guy, il m'est pris puis que je vins
ycy. — Voire, dit Thierry, or est grant merveille, mais
souffrir le fault puis que a Dieu plaist. — Il est bien vray,
dit Messire Guy, Il soit mercyé de tout. Mais quelle part
20 voullés vous aler quant de cy partirés? — En nom Dieu,
dit Thierri, je ne le scay, car vers la cité n'oseraye approcher
nulement pource que jamais n'y doy retourner se je n'y
admaine Messire Guy avec moy. Aultrement se je y retourne
et je y suis apperceü, bien scay que l'empereur me fera
25 destruire sans rancon, et il tient a present ung grant consille
de ses prelas et barons qu'ilz a mandez, si ne pourroit estre
se je y aloye que je ne fusse recongneü d'aucun et ce seroit
ma mort." Ces paroles mainent sy Messire Guy que quant
il le regarde il ne se peut tenir plourer et moult regrecte
30 en son ceur sa valeur et sa proesse et la grant malaise qu'il
lui voit endurer, si se penca qu'il yra revencer de son
ennemy ou il mourra en la paine, et pource lui dit, "Sire

Thierry, ne vous desconfortés et prenés en vous couraige,
car bien sachez qu'il ne vous sera pas par homme destourbé,
35 mais alons entre nous deulz vers la cité seürement, car la
pourrons oÿr telles nouvelles qui moult vous vendront a
gré. — Sire, fait Thierri, tant me conforte a voz parolles
que je suis prest de faire tout ce qu'il vous plaira." Ainsi
s'en vont ensemble entr'eulx dolens de ceur droit a la cité
40 d'Espire. Mais ilz n'eurent pas longuement erré qu'a Thierry
print si grant volenté de dormir que qui luy donnast tout
le monde ne peust il faire ung pas plus avant tant estoit
chargé de sommeil. Si dit a Messire Guy, "Certez, beaux
amis, je me sens si pesant que qui me deveroit coupper
45 la teste, je ne pourroye faire ung pas plus avant qu'il ne
me conviengne dormir. — En nom Dieu, dit Messire Guy,
en bonne heure soit ce, si vous dormés et vous reposez a
vostre aise, et je vous soustendray le chef et vous actendray
tant que vous ayez pris vostre repos. — Sire, dit Thierri,
50 la vostre grant mercis." Et lors se couche sur l'erbe et
Messire Guy se assiet a terre et lui met la teste en son
giron, et il s'en dort tantost comme cellui qui grant volenté
en avoit, et Messire Guy le regarde moult piteusement
plourant des yeux moult tendrement. Et n'eust guaires
55 longuement reposé selon que dient plusieurs hystoires que
une merveilleuse adventure advint, mais pource que au
latin hystorial de ceste hystoire l'en ne le treuve pas si
au large de l'affermacion je m'en passe sur le legier pource
que je ay promis / [f261ro.] et veul ensuir le tiltre de verité
60 a mon povoir en ceste hystoire, et si sont les vertus de Dieu
moult grandes, comme aultresfoiz ay dit, et assez sont de
plus grans choses advenues par sa volenté. Et mesmement
que les affaires de Messire Guy depuis le commencement
qu'il emprint sa penance, comme dessus vous ay descript,
65 estoient aussi comme graces et miracles de Dieu pourquoy
on se doit mains esmerveiller de haultes et impossibles
aventures qui luy advindrent, car au Tout Puissant ne luy
est riens impossible a faire. Confermant a ceste oppinion
vous declaireray l'adventure des dessusdiz ainsi que je l'ay
70 trouvé.

168. Thierry n'avoit pas longuement dormy quant Messire Guy qui moult se prenoit garde de luy vit une petite beste de la bouche lui yssir de la facon et couleur proprement d'une ermine. Et quant elle fut hors elle s'en ala tout droit

5 grant erre vers une petite montaigne qui estoit en la fin de la plaine, et entra dedens le creux d'une grant roche qui la estoit que bien le vit Messire Guy, et guaires ne demoura qu'elle retourna tantost et se bouta au corps de Thierry parmy la bouche ainsi qu'elle en estoit yssue dont Messire

10 Guy eust moult grant merveille. Et lors ne targa guaires que Thyerri gecta ung grant souspir et lors s'esveilla et ouvrist les yeux et moult se complaint et dist, "Sire pelerin, tant ay esté travaillé en mon dormant et m'estoit advis que j'aloye sur ce mont qui la est et trouvoye dedens le creux

15 d'une grant roche ung merveilleux tresor et une riche espée (de costé), et dessus se gesoit ung draglon fier et orgueilleux, et puis apres me sembloit que par lacheté je m'en dormoye et que Messire Gui, mon bon compaignon, estoit avec moy et qu'il me soustenoit la teste comme vous faictez a present,

20 la vostre mercy. — Sire Thierri, dit Messire Guy, or sachés que c'est bon signe et moult avrez joye de cestui songe ainsi que j'espoire, et encore pourrez trouver et veoir Guy, vostre bon compaignon et amy, et recouvrer par lui voz terres, maisons, honneurs, et possessions, et estre vengé de

25 voz ennemis. — Ha sire, fait il, Dieu le veuille ainsi, soit il que Dieu le veuille ainsi que vous dictez." Si se lievent d'illec apprestés d'aler vers la cité, et quant ilz vindrent en la dicte montaigne, dont j'ay devant parlé, qui estoit leur droit chemin, si lui dit Messire Guy qu'il seroit bon qu'ilz

30 allassent veoir la roche (qui estoit en sus et) dont il avoit songé. Si s'adrescent celle part, dedens le creux entrerent, et la trouverent tout ce que le songe a devisé fors que le dragon, ne n'en devise riens l'ystoire (en avant) ((plus qu'il devint)), mais bien dit que Messire Guy prit l'espée et la

35 tira hors du fourreau et bien luy sembla riche et de grant valeur, et moult vertueuse estoit. Si la print et dit qu'il emportera avec soy. "Et vous, sire Thyerri, prenez tout l'aultre tresor, car je n'en demande plus. — Du tresor, dit Thierry, n'aige que faire, car trop suis plain de douleur,

40 mais vous se vous le voulez si en prenez, sinom si demeure
tout a temps le pourrons retourner querir, car assez est en
privé lieu. —Et je m'accorde bien a ce que dit avez, dit
Messire Guy." Lors se mectent a chemin et ont tant erré
qu'ilz sont venus a la cité. Si se herbergerent au plus
45 destourné lieu qu'ilz peuvent et hors de voye de toute la
ville, et lendemain / [b.] au matin se leva Messire Guy et
ala oÿr messe, puis laissa sa bonne espée a Thierri, son com-
paignon, et s'en ala droit a la court de l'empereur. Si lui
advint qu'i l'encontra ainsi qu'il se repairoit d'oÿr messe, si
50 l'arraisonna belement et lui dit, "Sire empereur, je suis ung
povre pelerin d'estrange terre qui vous demande l'aumone
(par charité), car moult en ay grant besong." Et l'empereur le
regarde en la face et bien lui semble homme qui deust avoir
esté homme de hault affaire. Et lors lui commande de venir
55 au palais, car de luy veult plus avant enquerir des nouvelles,
et cellui le suist de prez qui aultre chose ne queroit. Ainsi
sont venus en la salle qui moult richement estoit ordournée,
et quant heure de menger fut si s'assiet l'empereur en son
estat et chascun des aultres en son degré. Et lors demande
60 le pelerin a qui il avoit parlé en retournant du moustier,
si le vit estant en ung des coingz de la salle. Si le fait
appeller, puis luy dist, "Sire pelerin, vous me semblés moult
travaillé, par vostre foy dont venez vous a present? — Sire,
fait il, je viens a present tout droit des royaumes de Perssie
65 et de Surie et de Jherusalem, et si m'en suis retourné par
la cité de Costentinoble. — Amis, dit l'empereur, comme
se contient l'empereur de Costentinoble? — Sire, fait il,
moult richement et a moult grant honneur comme vaillant
prince qu'il est. — Et de moy, dit l'empereur, que dient ilz
70 en celle contrée? — Par saincte croix, dit Messire Guy, ilz en
dient du mal assez, car ilz dient que vous avez trop deguerpy
honneur et proesse quant par le conseil de vostre seneschal
avez desherité et aneanti ung si noble chevalier comme est
le conte Thierri de Gourmoise, et assez de voz aultres plus
75 haulz barons avez vous tolu le leur pour l'amour d'icellui
seneschal, dont vous avez acquiz grant blasme, et dit on a
present que vous ne croiés que en conseil de losengers."

169. Quant le duc Berart qui estoit present, qui servoit l'empereur a disner de son office, entendi ces paroles si commenca a rouller les yeux et moult fut plain de maltalent et volentiers eüst couru sur a Messire Guy s'il osast, mais
5 pource que faire ne l'ose, il se trait avant et dit, "Sire pelerin qui losenger m'appellés, je di que vous y mentez. Oncquez losenger ne fus, et se ne fussez cy devant l'empereur, je vous chastiroye telement que je ne laisseroye poil en ceste barbe, et bien scay que vous estez ung truant qui vous
10 vivés de truandise et alez de court en court pour dire menconges, et pourtant que dit en avez se vous estez trouvé hors de ceans vous promet bien que je vous feray telement chastier que tous les aultres gloutons deveroient prendre exemple pour vous de soy garder de mesdire sur estas de
15 princes et de haulz seigneurs. — Comme, dit Messire Guy, estez vous ycellui seneschal? Par foy, moult vous prise mains de ce que vous dictes, car messager ne doit avoir garde quelcque part qu'il aile, et vous qui estez si grant, si corssu, et si redoubté ne me menacés devant vostre empereur, pou
20 y avez d'onneur et a grant recreandise vous peut estre actourné. Et pource que j'en ay parlé vous fais je bien savoir que, se j'estoye en une aultre court que ceste, j'oseroye bien monstrer / **[f261vo.]** a l'empereur par droit qu'a tort et a grant pechié avés desherité le conte Thierri et que de
25 la mort au duc Othes ne fut oncques couppable, car souvent en ay dire oÿ la verité. — Ha, dit le duc qui fut plain d'ire, plust ores a Dieu que tu feüsses de la valeur que tu osasses en toy desfendre encontre moy en champ clos. — Duc Berart, dit Messire Guy, ne vous hastés tant de la mort
30 du duc Othes, vostre oncle le felon tirant, je suis prest d'en desfendre le conte Thierry de Gourmoise encontre vous en champ qu'il n'y eust oncques peché ne couppe, et vecy mon gaige que j'en baille devant l'empereur." Lors le duc Berart sault plain d'ire et de maltalent et dit, "Par foy, vous estes
35 moult oultrageux qui encontre moy voulés la bataille entre-prendre, et pou me congnoissés, si vous en sera cher vendu le guerdon se je visz, car vous n'y laisserés aultre gaige fors que la teste. — Encores ne sommes nous pas la, dit Messire Guy." Lors se tourne envers l'empereur et dist,

40 "Sire empereur, vous savez les coustumes et ce qui appartient en fait de guerre. Ung estranger suis qui n'ay ne parent n'amy ne congnoissant en vostre court ne qui me preste armeüres ne garnemens, si vous prie et ainsi que faire le devez que vous me facés delivrer ce qu'il me fault et qui
45 appartient a mon corpz desfendre, et sur cest point je baille mon gaige a l'encontre du duc Berart qui ycy est." (L'empereur) receupt les gaiges des deux parties et moult promist a Messire Guy qu'il le feroit adouber et armer si bien que riens ne luy faudroit, et voulu et ordonna que la
50 bataille fut a lendemain sans plus de delayement. A tant s'en va le duc en sa maison avecques ses amis moult despiteux de cest appel et moult menace cellui qui l'a fait. Et l'empereur prist Messire Guy par la main et le baille a sa fille en garde et lui commande qu'elle luy quiere armes
55 telles que mestier luy est pour son corpz desfendre, et elle dit que de tout ce pencera elle bien. Si luy fait bailler armes et tout ce qui luy estoit necessaire pour faire son gaige.

170. Celle nuit fut moult grant parlement parmy la cité du pelerin estrange qui la batille avoit entreprise contre Berart, et prioient tous et toutes que Dieu luy en donnast l'onneur, c'est assavoir au pelerin. Et quant vint lendemain
5 au matin si se leva l'empereur et ala oÿr messe, avec lui ses princes et barons, et quant il fut retourné, avec luy ses princes et barons en son palais, si voit venir le duc Berart a moult grant compaignie de chevaliers et d'escuiers moult bien armé et monté. D'aultre part estoit le pelerin que la
10 fille de l'empereur avoit admené si bien atourné de toutes armes que riens ne luy failloit et monté sur ung bon coursier, et n'avoit pas oublié a envoier querir sa bonne espée qu'il avoit laissée en garde a Thierry, et lui manda qu'il ne se meüst tant que lui mesmes venist a luy. Cellui jour fut
15 moult regardé Messire Guy d'estrangés et de privés, car en ses armes et en sa contenance ne sembloit pas pelerin, mais chevalier vertueux et de grant proesse, mais quant ilz furent ensemble devant / [b.] l'empereur si parla si hault que de tous fut bien entendu et dit, "Beaulx Seigneurs, cy voyez

20 deux chevaliers qui ont entrepris bataille ensemble. Si est
le duc Berart qui ja pieca a appellé le conte Thyerri de
traïson de la mort de son oncle, le duc Othes de Pavie, et
huy est le jour que terme estoit a Thierri d'amener le sire
Guy de Warwik devant nous pour l'en desfendre ou aultre-
25 ment il demouroit actaint du cas. Et cest pelerin ((qui cy
est)) a empris bataille pour Thierry et dit qu'il le veult
desfendre d'icelle felonnie, et pource les ay joingz ensemble.
S'il y a nul de vous qui sache dire pourquoy la bataille ne
doit estre, si le die ((si aucune chose en scet)).'' Et tousdiz
30 dient trestous qu'ilz n'y voient fors que bien et que c'est
droit et loy d'armes puis qu'ilz le requierent, ne destourner
ne les en doit mais laissez les aler ensemble, et Dieu en
veuille estre en aide a cellui qui en a besong. Lors n'y eust
plus mot dit qu'ilz furent eulz deulz menez en ung petit
35 yslet qui estoit dessoubz la cité; estoit la ou l'en avoit a
coustume de faire les batailles mortelles, mais avant jurerent
les sermens qui en tel cas appartiennent.

171. Si tost que le ban de l'empereur fut crié, laisserent
aler les deux vassaulx l'un envers l'aultre tant que chevaulx
les peuent porter. Si s'entreassenerent en leur venir des
lances sur les escus si durement que soubz eulx rompirent
5 escus et sengles, et mesmes les lances volent en pieces et
leur convint wider les archons et les chevaulx et cheoir
emmy le pré, les selles entre leurs cuisses, mais tost saillirent
sur en piés comme ceuz qui estoient plains de haulte proesse,
et mectent mains aulz espées et s'entrecoururent sur enta-
10 lentés chascun de grever son compaignon. Si commenca
entr'eulx deulz si dure et felonnesse bataille que tous ceulx
qui les veoient avoient grant merveille comme ilz povoient
endurer, mais trop estoient bien armés, et si se savoient
bien couvrir, car maintefois l'avoient a coustume. Moult se
15 combatirent longuement et moult y ot de divers assaulx
entr'eux, et a deviser tous les coups chascun par soy ne
seroit que paine gastée et si pourroye adjouster aultre chose
que la verité dont me desplairoit. Mais bien dit l'ystoire que
la bataille estoit ainsi que par egal entr'eulx sans qu'on
20 congneüst qui avoit ((du pire ou)) du meileur, dont le duc

Berart estoit moult dolent, car oncquez n'avoit trouvé homme
qui lui peust resister en champ, tant estoit de merveilleuse
force et grandeur et plain de haulte proesse, mais tant y
avoit ainsi que je croy bien que les prieres du peuple
25 valoient moult a Messire Guy, car tous prioient pour lui a
ce que le duc Berart n'estoit pas amé, ains lui vouloit
chascun qui le congnoissent mal pour sa grant cruaulté. A
l'eure que les champions se combatoient estoit Thierry en
une eglise ou il prioit Dieu devant ung autel qu'il le voulsist
30 garder de mort et d'encombrier et qu'il le voulsist le delivrer
du grant peril ou il estoit, n'encore ne savoit riens de la
bataille tant que ung prestre de l'eglise vint a luy (environ
mydy), qui luy dist, "Vassal, trop estez ores religieux, levez
sur, il est tempz de fermer le moustier. Mais pourquoy
35 n'alez vous veoir la bataille avec les aultres du duc Berart
et d'un pelerin qui se combat avec luy pour l'amour du
conte Thierry?" Lors luy remue / [f262ro.] tout le sang,
et demande au prestre qui est ce pelerin. "(Par foy), je ne
scay, dit il, qui il est, mais moult se combast moult fiere-
40 ment." Lors ne scaist que pencer Thierri, si se saigne et
commande a Dieu, puis s'en va veoir la bataille a moult
grande paour, car trop doubte estre congneü. Si se bouta
et tapist entre les gens en lieu qu'il puisse veoir leur con-
tenance, et quant il voit le duc Berart qu'il congnust bien
45 et que le sang lui couroit au long du visage et le pelerin
qui moult viguereusement le quiert, si a moult grant joye
et prie Dieu qu'il veuille donner victoire a cellui qui pour
l'amour de luy se combast. Ne il ne povoit pencer que ce
fut le pelerin qui avec lui estoit venu, et moult volentiers
50 sceült qui il fut s'il osast enquerir, mais taire l'en convenoit
pour paour de congnoissance. "Encore savray je, fait il a
soy mesmes, au plaisir Dieu, et je lui en rendray le guerdon
se je vis et j'ay povoir." Ainsi dura la bataille des deulx
vassaulx jusquez a la nuit si dure que tout le monde en
55 avoit merveille que tous deulx n'estoient ja pieca mors, et
ainsi se maintindrent jusquez a la nuit toute noire sans ce
que on sceüst qui eust du meileur. Et quant la clarté du
jour fut faillie, l'empereur par le conseil de ses barons les
filt dessevrer et departir et dit que lendemain retourneroyent

60 a leur bataille. Le duc Berart commanda estre en la garde
de quatre ducz pour celle nuit qui estoient de son lignaige,
et les charga bien sur leurs vies qu'ilz lui amenassent len-
demain, et il commanda le pelerin a ses chambellans a
garder a son palais jusquez au matin qu'ilz le rendissent au
65 champ appareillé de la bataille.

172. Moult fut dolent le duc Berart de ce que tant avoit
esté contrarié celle journée du pelerin et s'en complaigny
a .IIII. nepueux qu'il avoit tous chevaliers et leur pria qu'ilz
feïssent tant celle nuit qu'il en fut delivré et qu'ilz l'occissent
5 en telle maniere que jamais n'en fussent oÿes nouvelles,
et ilz lui dient que tout ce feront ilz bien, car aucquez
estoient ilz acointés et bien congneüs en la court pour
l'amour de leur oncle. Si s'adviserent bien et s'armerent bien
secretement celle nuit et bien eurent espié celle nuit ou le
10 pelerin gisoit. Si s'adrecherent celle part quant ilz sentirent
que les gardes furent endormis, si entrerent en la chambre
au plus privéement qu'ilz peurent, si trouverent le pelerin
dormant forment pource qu'il estoit travaillé, et lors, par
l'avis d'entr'eulx, deulz prindrent le lit et le chalit et le
15 porterent tout ensemble entre les bras jusquez sur les
carneaulx de la tour au plus souef qu'ilz peurent et dela
le gettent contreval les carneaulx et chut en la mer qui au
pié (du chastel) batoit et qui pour celle heure estoit grande
et parfonde comme a heure de grant flo. Et s'en partirent
20 a tant et retournerent en leur hostel comme ceulx qui bien
cuidoient avoir esploicté et que du pelerin fut fin. Mais Dieu
qui ne le voulu souffrir et qui pour lui avoit ordonné le
consenty aultrement, car selon l'ystoire si bien le garanti et
garda que pour la hauteur / **[b.]** dont il fut gecté dedens
25 oncquez n'entra une goute d'eaue en son lit, ne pource n'en
esveilla plus tost. Si ala la nuit vagant parmy la mer ainsi
que les vagues le menoient. Une heure avant le jour que
Messire Guy ((qui assez a son ayse)) avoit aucquez reposé
son premier somme s'esveilla et ouvrist les yeulx. Si voit
30 dessus luy le ciel (et les estoilles, et lors ot moult grant
merveille quelle part ne ou il le peult estre, si dressa la
teste contremont) ((et regarde entour luy)), (mais riens ne

voit fors le ciel) et la mer en quoy il va flotant qui lui bat
tout autour de luy. Lors il n'est pas bien asseür si a bien
35 cause, si fait sa priere a Dieu qu'il lui veuille aider et avoir
mercy de luy, ainsi vrayement ((comme Il scet bien)) qu'il
ne s'est pas mis a combatre encontre le duc Berart par
orgueil ne bobam ne pour courvoitise de richesse ne d'avoir,
ains seullement pour son bon compaignon gecter hors du
40 peril et pour loyaulté et charité.

173. Entretant qu'il faisoit ses prieres a Dieu voit ung
marinier qui aloit pescher avant la mer qui de loing avoit
advisé le chalit. Si se trait et nage celle part a moult grant
merveille pour savoir que c'est, et quant il vint auprez si filt
5 ses conjuremens de par Dieu que se nul estoit la dedens
qu'il parlast a lui s'il estoit creant en Dieu n'en sa puissance.
Lors leva Messire Guy le chef et luy dit, "Beaulz amy, bien
soyés vous venu ceste part, de par Dieu suis je voirement,
mais une chose vous demande que vous me diés se vous
10 estez de la cité d'Espire. — De la suige vrayement, dit le
marinier, mais pourquoy le demandez vous? — Sire, fait
il, pource que je vourroye volentiers savoir se vous veïstes
la bataille qui fut entre le duc Berart et le pelerin. — En
nom Dieu, sire, fait il, oÿl bien, et si (fus) quant ilz furent
15 departis par le commandement de l'empereur et mis en
garde. — Vrayement, amy, dit Mesisre Guy, sachez que
je suis ycellui pelerin que vous veïstes hyer combatre, et
ainsi que je me dormoye en cest lit ceste nuit comme celluy
qui estoye moult lasse, ne scay par quelle adventure ou
20 traïson j'ay esté gecté en ceste mer ainsi que vous le voyez.
Si vous prie, beaulx amis, que vous me veullés aider a me
gecter de ce peril, et encore en pourrez vous avoir gré et de
Dieu et du monde." Si en print si grant pitié a cellui qu'il le
filt entrer en son batel, puis l'admena avec luy en sa maison
25 et luy filt toutes les aises et plaisirs qu'il feist et peut faire
a son propre pere et dit que vrayement ne demourra pas
la matiere a tant qu'il n'en soit parlé.

174. Lendemain se leva matin l'empereur et oÿ messe de la
Trinité, puis s'en vint en sa salle, ses barons entour luy,

et lors commanda qu'on amenast les champions qui la ba-
taille devoient faire, et les quatre ducz vont erraument que-
5 rir le duc Berart, en la presence de l'empereur l'amenerent,
et lors commanda que le pelerin fut admené, mais ceulz
qui furent envoyés pour le querir (retournerent hastivement
et) distrent et rapporterent hastivement qu'il estoit perdu et
le lit mesmes en quoy il estoit couché, ne ceulx qui
10 l'avoient en / [f262vo.] garde ne savoient (nulles nouvel-
les) qu'il estoit devenu. Lors fut l'empereur moult yré et
dit que vrayement fera il destruire tous les gardes qui
garder le devoient s'ilz ne luy rendoient, car il dit qu'il
croit bien qu'il est meurdry en traïson pour l'amour du
15 duc Berart. Et quant le duc voit ce qu'il est souspeçonné,
si se lieve en piés et dist comme cellui qui estoit fier et
orgueilleux, "Sire, il me semble que pou de comte tenés
de moy quant tant faictez d'un chetif qui me tient son en-
nemy. Bien me semble que j'ay mal employé mon service.
20 — Taisez vous, duc Berart, fait l'empereur, car par saincte
croix pource que je suis certain que par vostre pourchas
il est hors de voye ou par aventure meurdri desloyaument
vous fais savoir quelcque amour que j'aye en vous veul
qu'il me soit rendu ou vif ou mort, aultrement pour amour
25 ne faveur ne serez espargné que vous n'ayez le jugement
de ma court. — Comme, dit le duc Berart, sommez nous
ja venus en jugement, ne il n'y a si hardi en vostre court
qui encores m'osast juger que je en lui face voler la teste."
Quant l'empereur a entendu son orgueilleuse responce, si
30 le tint a grant raison a grant despit et commanda a ses
barons qu'il fust arresté et il jure qu'il n'en tendra rien.
Entre tant qu'il estoit en ce debat, va venir le bon homme
pescheur qui se traist auprez de l'empereur et se met aulx
genoulx et le tyre par le paon du manteau et dit qu'il
35 desire parler a luy (s'y luy plaist), et l'empereur qui moult
estoit courtoys fait retraire ceulx qui estoient entour luy
et luy demande qu'il veult dire. "Sire, fait il, il me semble
que vous estes en debat ceans pour ung pelerin qui hyer
se combaty savoir qu'il est devenu. S'il vous plaist, je vous
40 en savray bien a dire des nouvelles. — Ha beaulx amy,
dit l'empereur, pour Dieu dictez le nous par tel convenant

que vous en vauldrés de myeulx toute vostre vie. — Sire,
fait il, et je le vous diray." Lors commence a compter com-
me la nuit de devant il s'estoit mis en son batel pour
45 gaigner sa vie, et comme il trouve ung chalit et le pelerin
dedens et toutes les paroles qui furent entr'eulx, et com-
ment il l'amena en son hostel, et lui compta tout sans riens
en celer. "Ha beaulz amis, dit l'empereur, est ce vray que
vous me dictes? — Sire, fait il, de ce ne vous doubtés, je
50 m'octroye perdre la teste s'il n'est ainsi. Encores est en ma
maison. — Or vous prie doncquez, beaulx amy, dit l'empe-
reur, que vous alez tantost vers luy et le maineriés avec
vous et je vous promet que cest service vous sera bien
guerdonné." Lors s'en part le pescheur a grant joye et s'en
55 va vers sa maison ou il trouve Messire Guy et luy compta
toute son adventure dont il fut moult joyeux et s'en retour-
nerent eulx deulz ensemble a la court. Mais quant l'em-
pereur vit le pelerin, il ne fait pas a demander la feste qu'il
lui feist, car trop en fut joyeux et si en guerdonna le pes-
60 cheur de cent mars d'or, mais quicque fut joyeux, le duc
Berart estoit moult courroucé (en son couraige) ((et moult
se tint a engigné)), (car bien cuidoit qu'il feust mort). Et
puis commanda qu'ilz fussent mis ensemble, lui et le duc
Berard, en champ de bataille ((ou propre estat)), et lors
65 filt l'empereur promptement armer le pelerin et furent
/ [b.] remis eu champ en telle maniere comme le jour de
devant. Si s'entrecoururent sur sans longues desfiences quant
ilz se virent seul a seul (et la commencerent une bataille
des espées assez plus cruelle et plus dure qu'elle n'avoit
70 esté le jour de devant). De tous les coupz recorder ne me
veul entremectre (car trop y avroye a faire), mais bien treu-
ve que le duc Berart qui souvent estoit courroucié en son
ceur de ce que la bataille tant duroit prit ceur et harde-
ment en soy et ferist le pelerin sur le haume si grant coup
75 qu'il en trenca le sercle tout oultre ((a ung coup)) et la
ventaille faulca si pres de la char que de l'espée luy trencha
le destre costé de la barbe prez du menton, et descendi le
coup sur l'espaule si tresasprement que plusieurs mailles
((du haubert)) en trencha. Mais Dieu ne voulu pas ((con-
80 sentir)) qu'en la chair lui touchast, ains glaca le coup et

descendi sur l'escu par telle force que tout le pourfendy (jucques a la boucle) et au retirer qu'il feist de son espée sacha par telle vertu qu'il fait venir le pelerin a deulx genoulx et toucher a terre du nasal du heaume, et son espée
85 lui sortist hors des mains cellui coup, mais tost la recouvra et saillist en piedz moult honteux de ce qui luy estoit advenu.

175. Sy entoise l'espée et fiert le duc Berart par tel vertu qu'armes ne le peuent riens valloir qu'il n'abate a terre ung grant quartier du heaume et l'oreille destre a tout une grant partie de la face, et descendist le coup sur l'espau-
5 le si faulce legierement le haubert et lui abat l'espaule avec le bras et le costé jusquez a la hanche a terre emmy le champ tant qu'on veoit le foye et le pommon hors du corpz. Lors chet a terre comme cellui qui n'a point (povoir de parler comme celluy qui est hors) de vie. Et lors le commence Messire
10 Guy a le regarder moult piteusement et moult regrecte sa haulte proesse et bien dit que trop estoit de hault affaire, et grant dommaige estoit de sa cruaulté. Lors se assiet sur le corpz et se reposa, car forment estoit travaillé, et quant il eust son alaine reprise, si s'en vient devant l'empe-
15 reur et lui demande s'il en avoit assez fait, et il respond que oÿl. "Sire, dit il, dont vous vouldroye prier que le conte Thyerry fut clamé quicte et que sa terre lui fut delivrée et aussi qu'il fut en vostre grace, car il me semble que vous n'avez cause envers lui parquoy luy doyez mal vouloir, et
20 quant de moy je le tiens en ce point." Et quant l'empereur se fut conseillé a ses barons qui autour de luy estoient, si lui respond, "Doulz amy, tout ce que vous avez dit par le conseil de mes barons veul et ottroye, et a Thyerry pardonne mon mal talent et lui rend son honneur tout a
25 present, et si sachez que se je sceüsse la ou il repaire n'en quelle contrée il est que je l'envoyasse querir. — Sire, fait le pelerin, la vostre grant mercis, et s'il vous plaist je feray le conte Thyerry venir devers vous prochainement." Et l'empereur (respond que de ce) est bien content.

176. Tantost se fait Messire Guy desarmer, puis vesty son
eschaine en quoy il vint, car aultres drapz ne vouloit user,
si luy en filt l'empereur offrir assez de bons. En la cité
s'en ala et cercha tant a mont et aval qu'il trouva le conte
5 Thierry en une eglise ou il estoit a Dieu prier, si l'arai-
sonne en telle maniere, "Thyerry, beaulz amy, levez sur.
L'empereur vous mande par moy que vous / **[f263ro.]**
venez a luy hastivement." Lors lieve le chef sur et quant
il voit ce pelerin qui avec lui vint l'aultrier, si a si grant
10 deul que nul plus, et dit, "Beaux Sire Dieux, qui se pourra
jamais a nul homme fier? Je cuidoye que cest pelerin a qui
j'ay descouvert mon conseil fut si loyal qu'il ne voulsist
jamais me trahir. Ha sire pelerin, dit Thierry, pourquoy
m'avez vous accusé a l'empereur pour me faire occire et
15 destruire, je me fioee tant en vous. Mal vy oncquez la vos-
tre compagnie et mal vous dis je oncquez mon nom. Ores
me convient aler avec vous ne je ne le puis contredire.
Se je meur c'est par vous, de ma mort ne pourrez guaires
myeulx valoir et Dieu vous en rende le guerdon. — Sire
20 Thyerri, (fait Messire Guy), soyez de ce joyeux et ne vous
desconfortez pas, car bien sachez que le duc Berart, vostre
mortel ennemy est occiz et detrencié pour vostre amour.
— Ha Dieu, sire, dit Thierry, comme peust ce estre ne qui a
ce fait? — En nom Dieu, dist il, c'est ung pelerin qui
25 pour vous s'est combatu et si l'a vaincu. Venez avant si le
verrez et ne vous doubtés, car ja n'y avrez garde au plaisir
Dieu tant que je soye en vostre compaignie." Ainsi le con-
ferma tant qu'il se leva et s'en ala en son compaignie, et
quant ilz furent entr'eux deulz venus jusques devant l'em-
30 pereur, si prit Thyerry a embruncer la face contre val com-
me cellui qui moult avoit grant doubte d'este congneü. Et
lors prent Messire Guy la parole et dist, "Sire, moult desi-
rez a avoir Thierry de Gourmoise en vostre compaignie,
et par le convenant qui est entre vous et moy l'ay tant
35 quis que je le vous ay admené en tel estat comme cy le
povés veoir. Il seroit bien tempz que desormais luy fut
vostre grant couroux pardonné et sa terre luy fut rendue,
et je vous en prie. Or en est bien tempz, car bien est vengé
de celluy qui l'avoit appellé, et bien le devés vous cherir,

40 car bien meileur chevalier de lui n'avez vous en vostre em-
pire quant ilz sont tous ensemble ne qui soit de plus haulte
proesce." Lors le regarde l'empereur moult longuement sans
parler comme cellui qui en avoit grant pitié et puis dit,
"Amy, estez vous Thierry de Gourmoise, le filz au bon conte
45 Albry, ainsi que cest pelerin me fait entendant? Dictez
m'en la verité. — Sire, fait il, ce suis je voirement ycellui
Thierry qui moult vous servy jadiz assez en aultre arroy
que je ne suis a present. — Hée Thierri, dit l'empereur,
qu'est devenue vostre noble chiere et vostre beau semblant?
50 Ja soulliez vous passer de proesse tous les chevaliers de
mon empire, et a present vous voy si fieble, si las, et si
desfaict qu'a paine vous povez vous soustenir. Certes dur
m'est a croirre que vous soyez ycelluy Thyerry dont vous
55 parlés. — Sire, fait Thierry, je suis je voirement, et se je
suis foible et empiré ce n'est pas merveille, car ja a ung an
que je ne reposay, ains ay esté en mainte estrange contrée
pour cercher Guy de Warwik, mon bon compagnon, mais
je n'en ay peü aucunes nouvelles oÿr, ains croy je bien qu'il
60 soit mort. Or ay je oÿ dire, sire, que ung pelerin est cy venu
qui s'est combatu au duc Berart pour moy (et l'a vaincu),
dont je remercie / [b.] Dieu qui cy l'a envoyé, et moult
le verraye volentiers se c'estoit vostre plaisir, car de le
congnoistre ay grant desir. — Comment, dist l'empereur, et
65 ne le congnoissés vous encore? — En nom Dieu, sire, fait
il, oncquez ne le vy que je sache, et si ne scay qui il est.
— Or sachez bien, dit l'empereur, que c'est cellui qui vous
tient par la main qui pour vous s'est mis en ceste adventure.
Si l'en remerciez." Si se met tantost a genoulz devant lui
70 et lui dist, "Ha sire, de Dieu en ayez vous les mercis, car
cestui hault service ne vous pourroye jamais guerdonner."
(Et Messire Guy le lieve sus et luy dit que ne ce esmaye,
car il s'en tient pour tout guerdonné.) Lors se mectent
entr'eux deulx aulz genoulx devant (les piez de) l'empereur,
75 et tous les princes et barons qui la estoient en leur com-
paignie, et lui supplient humblement tous a une voix qu'il
ait mercy du bon conte Thyerry, son chevalier, et lui rende
son honneur.

177. A l'empereur en prent grant pitié et dit a Thierry, "Beau doulz amy, bien vous soyent de moy pardonnés tous voz mesfais, et pour vostre loyaulté vous rens des a present france et quicte toute vostre terre et honneur, et si le vous
5 acroistray assés et veul que de cy en avant soyez plus pres de moy qu'oncquezmais ne fustez, et si vous fais et establis seneschal et commandeur de toute Almaigne, et veul et commande a tous mes subgés qu'ilz vous obeïssent comme a moy mesmes." Et lors tous les princes qui la estoient
10 respondent a une voix, "Sire empereur, la vostre grant mercis. Moult avez le ceur noble et vaillant, et sachez que vostre office ne povez vous myeulx employer que a luy." Lors luy en ala Thierri baiser le pié moult humblement, et l'empereur l'en relieve et lui baise la bouche en signe
15 d'amour et puis luy dist privéement, "Beaux amis Thyerry, je vous prie que vous me diez le nom de cest pelerin qui pour vous s'est combatu et qui il est et s'il vous appartient de riens, car trop volentiers le congnoistroye. — Sire, dit Thierry, ainsi me veuille Dieu aider que je ne scay son nom
20 ne qui il est, n'oncquez mais ne le vy que je sache jusquez a l'aultre jour qu'il m'ataigny au chemin, et de tout ce qu'il a fait pour moy ne me parla oncquez ne filt semblant ne riens n'en scavoye jusquez a ce que dit le m'avez, mais Dieu Tout Puissant lui en rende guerdon." Par cest accort commenca
25 la feste et la joye moult grande parmy le palais et parmy la cité, car tous communément mercioient Dieu du bon conte Thyerry qui ainsi estoit delivré. Et l'empereur comme courtois le filt appareiller moult richement tant que en pou de jours fut aucquez revenu en sa grant force et beaulté.
30 Et lors supplia l'empereur qu'il luy donnast congé d'aler a Gourmoise, sa cité, pour radrecer et mectre en estat sa cité et son pays, et l'empereur qui bien vist que c'estoit raison lui octroya le congé et lui bailla assez chevaliers et sergans pour luy faire compaignie, et tout son estat lui ordonna
35 bel et riche a ses propres despens, et lui commanda tantost retourner aprez qu'il avroit fait ce qu'il avoit a faire. Et il dit que si feroit il tres volentiers ((et que vrayement asseür en fust)). A tant s'en part Thyerry et si n'oublia pas a mener avec lui en sa compaignie le bon pelerin, son compaignon.

40   Sy / [f263vo.] le vouloit l'empereur retenir et assez lui
     offroit de richesses et toutes les refusa, n'oncquez riens n'en
     voulu prendre. Ains se mist a la voye avec son compaignon,
     et quant ilz vindrent en la cité de Gourmoise, si ne fait pas
     a demander de la feste qu'ilz firent ceulx du pays et de la
45   cité et de la joye qu'ilz demenoient contre la venue de leur
     seigneur, car tant en faisoient comme ce fut Dieu mesmes.
     Ainsi fut recepu de tous les estas ((a grant joye et)) a grant
     solennité, et retourna en joye ce qui devant estoit en plour.
     Et bien disoit a tous qu'ilz feïssent joye au bon pelerin et
50   leur monstroit et ((disoit)) que c'estoit cellui qui l'avoit
     delivré de mort, et parqui il avoit toute sa terre et honneur.
     Si s'offrirent tous a lui et a son service et tant le honnourerent
     qu'il en avoit grant honte. Et tantost filt le conte Thyerry
     cercher la contesse sa femme de toutes pars parmy le pays,
55   et elle fut trouvée en une abbaye de nonnains en ung boys
     hors de voye ou elle s'en estoit fouïe pour la craingte du
     duc Berart qui moult la menacoit. Si devez savoir que a sa
     venue toute la joye doubla ((et creut la feste moult grande-
     ment parmy la cité)), car moult en fut joyeux Thierry, son
60   bon seigneur, et il avoit bien cause. Aussi fut Messire Guy,
     son bon compaignon qui bien la congnoissoit, mais quant
     elle sceult que son compaignon et mari estoit par lui delivré,
     si ne se povoit lasser de lui faire joye, et moult lui pria qu'il
     voulsist a tousjoursmais demourer avec eulz et qu'il fut
65   maistre et gouverneur d'eulz et de toute leur seigneurie.

     178. En celle bonne adventure furent en joye par l'espace
     d'un moys ou environ, tant que Thyerri eust bien refermé
     son pays et mis en paix. Et lors s'apenca Messire Guy qu'il
     avoit assez sejourné et que bien estoit tempz que desormais
5   retournast vers son pays. Si s'en ala au conte pour prendre
     son congié et lui dist que aler lui convient, car plus ne
     peust demourer. "Ha sire, dit Thyerry, par amours ne le
     faictes pas ainsi, mais veuillés avec moy demourer, et je
     vous departiray la moitié de toute ma terre. — Sire, dit il,
10   de ce ne parlez, car demourer ne puis je plus, mais je vous
     prie que vous venés ung pou dehors de ceste cité seulet
     avec moy sans plus de compaignie et la pourrez vous

aprendre telle chose (que je croy) qui bien vous plaira.
— Amy, dit il, puis que aultrement ne peut estre, et je le
15 feray ainsi qu'il vous plaira." Lors monte sur ung petit
mulet amblant et s'en vont eux deulx ensemble hors de la
ville sans aultre compaignie tant qu'ilz vindrent a une croix
qui estoit loing (une lieue de la cité), et lors s'arresta Messire
Guy et dit ainsi, "Sire conte Thyerri, j'ay grant merveille
20 que ainsi descongneü m'avez. Ne vous souvient il de Guy
de Warwik, vostre compaignon, qui tant vous souloit amer,
et comme quant premierement il fut acointé de vous il vous
trouva en la forest navré entre les mains des larrons ou
ilz vous avoient assailly?" Ainsi lui compte de chef en chef
25 toutes les choses qui esté avoient entr'eux deulx au tempz
de leur compaignie, et puis / [b.] luy dist, "Or sachez que
je suis ycelluy Guy de quoy vous ay parlé, qui pour l'amour
de vous vous ay delivré et me suis combatu au duc Berart,
sy ne me devez descongnoistre se m'est advis." Quant le
30 conte Thyerry eust entendu ces paroles, si le regarda emmy
le vis et le radvise, et a si grant douleur au ceur que qui
luy donnast l'or de tout le monde ne peüst il mot dire, ains
chet du mulet a terre pasmé. Et Messire Guy le prent entre
ses bras moult doulcement, et quant il peut parler, si dist,
35 "Ha beaulx doulz compaingz, tant je suis mesaventureux de
vous avoir ainsi descongneü, et si ne le deüsse pas faire,
car a vostre haulte proesse nul ne pourroit advenir ne mener
a chef ce que vous menés. Si vous prie, beaulx doulz
compaingz, que ceste grant faulte me veuillez pardonner."
40 Si se mest aulx genoulx devant luy et ploure moult tendre-
ment tant que Messire Guy en prent telle pitié qu'ester ne
se peust en piés, ains s'assiet a terre et (prent) son com-
paignon entre ses bras tout plain de larmes et doulcement
le baise et lui prie que de chose qu'il luy ayst dit ne se
45 mecte em malaise, car contre lui n'a nulle mauvaise volenté
quoy qu'il monstre n'avoir ne pourroit. Moult grand douleur
et moult grant regret eust entr'eux deulx, l'un pour l'amour
de l'aultre, car tant loyaument s'entreamoyent que deulz
ceurs de loyaulx compaignz se peuent entr'amer, et quant
50 ilz eurent esté une piece ensemble en telle destresse comme
je devise, si se leva Messire Guy et dit, "Beaux doulz

compaingz, cy ne puis plus demourer. Je vous recommande
au Sauveur de tout le monde qui vous veuille maintenir et
acroistre en honneur. Et je ne puis plus demourer, mais
55 je m'en voys, et se de mon ayde avez mestier et je le puissez
savoir sachez que je seray tout prest de ((vous)) servir ou
que je soye. Je ne scay qu'il advendra de moy, mais ung
filz ay de ma femme comme j'ay entendu, je ne scay s'il
est chevalier ou nom, celluy vous recommande je que pour
60 l'amour de moy le veullés amer et lui valoir en ce que vous
pourrez et en ordonner comme du vostre, car sur tous aultres
en vous m'affie. — Ha compains, dit Thyerri, ne me veullés
ainsi occire. Sachés se vous vous departez ainsi de moy en
tel estat jamais en mon corpz n'avray joye, mais demourés
65 et partons loyaument ensemble tous les biens que j'ay.
Aultrement, se ne voulez faire, je vous prie humblement
que vous me laissés aler avec vous si que jamais ne soyons
departiz jusquez a la mort, ((et ceste requeste, beau doulx
compaings, me vueillez octroyer)), car plus vouldroye
70 endurer toute malaise en vostre compaignie que sans vous
avoir tous les biens mondains, et sachez que riens ne
vous plaist que je ne puisse bien souffrir ((ne riens ne me
grever)) mais que je fusse en vostre compaignie."

179. "Amis, fait Messire Guy, de ce ne parlés, car ainsi
estre ne peust, aler m'en convient et vous demourrés. Mais
d'une chose vous souvienne bien et je vous en prie, c'est
que vous servez vostre seigneur l'empereur loyaument et
5 le secourez en tous ses besoingz, et vous gardez d'orgueil
et d'oultraige, et de nulluy desheriter a tort. Et bien vous
souviengne du / **[f264ro.]** duc Berart comme il y est pris
et a quelle fin il en est venu. Et je vous commande a Dieu
car je ne puis plus demourer." Lors s'entrebaiserent a moult
10 grant douleur et se departent l'un de l'aultre. Le conte
Thyerri s'en retourna en sa cité de Gourmoise si plain de
douleur que deux jours en fut sans menger et sans boire
que riens ne lui povoit donner confort. Et quant la bonne
contesse en sceust l'adventure et que c'estoit Messire Guy
15 qui ainsi s'en estoit alé, et parqui son seigneur estoit delivré
(si en fut doullente oultre mesure), ((et bien)) disoit que

trop mal avoit fait son seigneur qu'il ne l'avoit retenu. Et
de l'aultre part se mist Messire Guy a la voye, et tant ala
par ses journées qu'il vint a la mer et passa oultre en
20 Angleterre, et lors enquist aulz gens du pays la ou il pourroit
trouver le roy, et on lui dist qu'il estoit en la cité de
Wincestre a grant compaignie de barons et de chevaliers
qu'il a mandez de toute sa terre. "Dont ce n'est pas sans
grant besoing, dit Messire Guy, qu'il a fait tel mandement.
25 —Sire, font il, vous dictez voir, sans grant besoing n'est ce
pas, car le roy Analaf de Danemarce et (le roy) Goulaf
d'Eskete avec lui sont arrivez en ceste terre, avec lui plus de
quinse mile hommes d'armes ((en leur compaignie oultre
l'aultre gent)), et si a cellui roy de Danemarce admené avec
30 lui ung Aufricquan mescreant si grant et de telle puissance
qu'il n'est homme qui encontre luy osast entreprendre bataille
nompaz deulz ensemble. Colbrant se fait appeller, et si est
si grant que nul cheval ne le peut porter, pource a cellui
(roy) de Danemarce qui droit calange en cest pays mandé
35 au roy Athelstam nostre roy qu'il luy rende quictement le
royaume, aultrement le tienne de luy et lui en rende treü,
ou qu'il treuve ung chevalier qui contre le sien se combate,
et nostre bon roy qui n'est pas garny, ne scaist que sur ce
puisse faire, a pris jour de soy conseiller. Et pource que nul
40 n'est si hardi de soy offrir a faire ceste bataille, est ordonné
que tous les evesques et clergé du royaume et mesmement
tous les seculiers soyent en jeunes et en oraisons par l'espace
de troys jours a prier Dieu qu'il leur veuille octroyer
champion qui pour eux face ceste bataille et les desfende
45 de cest vilain servitude. — Comme dont, fait Messire Guy,
ou est donc Herolt d'Ardenne? — Sire, font ilz, il est hors
du pays de pieca pour querir le filz de Messire Guy de
Warwik, son seigneur, que marchans ont emblé, n'oncquez
puis ne revint. — Et le bon conte Raolt de Warwik, comme
50 le fait il? — Sire, font ilz, est trespassé pieca. — Dieu lui
pardoint," dit Messire Guy, et lors ne se peut tenir que les
larmes ne lui viennent aulz yeux. "Et de sa fille, la contesse,
fait il, quelle en est la contenance et gouvernance? — Sire,
font ilz, elle est de renommée moult grande et vaillant dame
55 et sainte religieuse, et tant fait de biens et d'asmones qui

oncquez n'oÿst on parler de sa pareille en cest royaume,
n'oncquez puis ne la vist homme faire joyeuse chere que
Messire Guy, son seigneur, se parti d'elle. — Dieu la veuille
conforter, dit il, et tous ceulz qui mestier en ont." A tant
60 se part de la et accueult son chemin vers Wincestre avec les
aultres povres qui droit la aloient, car moult se vouloit
garder d'estre / **[b.]** congneü.

180. Beau temps et grant chault faisoit comme faire doit
entour la Saint Jehan, environ .VIII. jours devant la Saint
Jehan. La fut le roy Athelstam moult desconforté et des-
conseillé de ses barons, car il ne scet trouver voye ne
5 maniere parquoy il se puisse desfendre qu'il ne soit en fin
destruit a ce que grant partie de son pays lui ont ja gasté
et prezque destruit, et si n'a gens dont il leur puisse resister
ne donner bataille, car trop ont grant puissance, et si voit
qu'il n'a chevalier si hardi qui s'ose avancer d'entreprendre
10 la bataille avec le mescreant pour promesse qu'il sache faire.
Si en a il fait de moult grandes, mais il voit que chascun
craingt sa vie. Lors a moult grant douleur au ceur et moult
piteusement commence a regrecter le noble chevalier Gui
de Warwik et Herolt d'Ardenne, et dit que voirement s'il
15 eust party (a Messire Guy) la moitié de son royaume par
ainsi qu'il fut demouré avec lui, i l'eüst bien employé, car
il ne doubte point qu'il ne l'eüst delivré luy et son royaume
de ce peril. "Et voirement, dit il, bien qui dist premierement
qu'il n'est point de richesse qui vaille ung preudomme, car
20 on treuve tousjours son bien faire, mais les richessez ne
font que perir. Or est ainsi que par nostre covardie dourrons
cause aulz Dennois de monter en plus grant orgueil qu'ilz
ne sont quant champion ne povons trouver qui au leur s'ose
combatre. — Sire, dit le duc de Kent qui la estoit, il n'y a
25 que desconforter, il n'y a fors faire du mieulx que nous
pourrons et prendre l'aventure de la bataille telle que Dieu
nous la dourra. Mandez voz gens de prez et de loingz, et
vous mectez en l'adventure de la bataille encontre eulz,
et se Dieu plaist, a ce que nous sommes frez ((et reposez et))
30 en nostre pays ((et ilz sont las et travaillez et venus de
loing)) nous y pourrons avoir bonne victoire, et c'est le

meileur conseil que je y voye. — Sire duc, fait le roy, Dieu
vous en veuille oÿr et vous doint grace, et a nous aussi, d'y
pourveoir telement que l'onneur de nous et du royaume soit
35 gardé.

181. A tant finerent leur conseil, car nuit estoit et aucquez
tart. Si s'en retourna chascun vers sa maison, et le roy qui
moult estoit merencolieux s'ala coucher. Si lui advint
que pour le travail du pencement s'endormist tantost, et
5 lors lui fut revelé de par Dieu en advision comme il alast
lendemain par matin a la Porte de North, c'est une des
portes de la ville qui ainsi est appellée, et que le premier
pelerin qui ens entreroit il le receput avec lui, et que ycellui
feroit la bataille pour l'amour de Dieu s'il en vouloit
10 requerir, et que nul aultre de lui ne la peut faire. A tant
fina l'advision, et le roy s'esveille qui se commande a Dieu
et pence a l'advision qu'il a veüe ne de toute la nuit ne
peust il plus dormir. Au matin bien tempre, si tost qu'il
voit l'aube apparoir, se lieve. Si s'appareille et s'en va droit
15 a la porte que je vous ay nommée a moult privée compaignie,
avec lui deulz contes et deulx evesquez qu'il congnossoit
de moult bonne / **[f264vo.]** vie. Sy se met a une part de
la voye bien prez de la porte et commande qu'elle soit
ouverte. Et lors commencent les povres qui dehors atten-
20 doient a entrer a grant presse, entre lesquieux estoit Messire
Guy en habit de pelerin. Si ne faillist pas le roy a l'adviser
si tost qu'il entra, car moult s'en prenoit garde comme
cellui qui en avoit besong. Si se trait envers luy et le prend
par la chappe et dit qu'il se voise herberger avec lui. Assez
25 s'en excusa Messire Guy qui bien le congnoissoit, mais le
roy ne le congnoissoit, mais toutesfois tant le tint le roy
court qu'il le convint aler avecquez lui, si le mena en son
palais en ses plus privées chambres et moult lui fit grant
feste et grant honneur. Et quant il voit son poingt, si manda
30 privéement de ses prelas et barons de plus privez, et lors
araisonna Messire Guy en telle maniere, "Sire pelerin, il
est ainsi que le roy des Dannois nous est venu courre sur
a moult grant povoir et clame droit en cest royaume, et
Dieu scait que point n'en y a, et par son grant orgueil a

35 admené avec lui ung chevalier a qui nul ne s'ose combatre,
et lui veult faire desregner sa querelle pource qu'il scait
bien qu'il ne trouvera nul qui contre lui la desfende. Or
m'en suis assez plaint a mes barons, mais nully ne treuve
qui pour don ne pour priere s'ose metre en adventure contre
40 lui, dont se Dieu n'y met remede moy et tout le royaume
sommez en voye de perdre tout honneur, et a tousjours
mais destruis vivre en servitude. Et pource que nous avons
tous espoir la mercy Dieu et nom en aultre chose, et moult
nous fyons en la vostre vertu comme Dieu le veult, vous
45 requerons humblement tous ensemble en nom de Dieu et
de saincte charité et pour desfendre le pays d'estre destruit
que vous veuillez la bataille entreprendre encontre le fier
Auffricquant Colbrant qui tant est redoubté, et au plaisir
de Dieu vous nous pourrez gecter hors de moult grant
50 servaige et faire service qui pourra faire service et a Dieu
et a nous."

182. "Ha sire, fait Messire Guy, qu'esce que vous dictez?
Comme estes vous si affiés qui mectre vous voulés en ung
tel peril sur ma fiance comme de mectre (moy) a garder et
combatre vostre honneur a l'encontre du plus redoubté
5 homme que l'en sache. Et vous veez bien que je suis viel
et fieble de corpz et de jambes et de tous mes membres
mal aisié ne si n'ay pas celle chose a coustume, sy devez
bien regarder dequoy vous me requerez, car je ne suis que
ung povre painquerant, et sur fiance de moy vous metez en
10 adventure dont se mal vous en venoit ce seroit trop grant
dommaige." Tant plus voit le roy et ses barons qu'il
s'excusoit, de tant sont ilz plus ardans de le requerir ainsi
que Dieu le vouloit. Lors se mettent tous ensemble aulz
genoulx devant lui et luy supplient humblement ou nom
15 de Cellui qui (pour nous) souffry mort et passion que
pour garantir eulx et le royaulme il veuille entreprendre
la bataille pour eulx. Et en disant ces (paroles) plourent si
parfon/[b.]dement que Messire Guy en a mesmement
moult grant pitié, si les relieve prestement et puis dit au
20 roy, "Sire, je ne scay que vous avez veü en moy sinom par
la grace de Dieu, et puis qu'il lui plaist et veult qu'il soit

ainsi, et vous m'en avez si hautement conjuré, suis prest de
moy mectre en l'adventure et d'entrer en champ pour vous,
et le Tout Puissant me doint povoir de y garder l'onneur
25 de vous et du pays." Lors se lieve le roy a moult grant
joye et le prent entre ses bras et le baise. Et quant nouvelles
vindrent en la cité comme le roy avoit trouvé ung homme
qui encontre Colbrant le redoubté payen se vouloit combatre
pour leur salvacion, sachez que moult tourna a grant lyesse
30 tout le commun, et ne demoura guaires que le roy par
l'advisement de ses barons manda au roy Analaff qu'il avoit
trouvé ung chevalier appareillé de soy combatre encontre le
sien sur la querelle qu'il avoit mise et de ce fut moult
joyeux. Si fut le terme devisé de la bataille ou elle devoit
35 estre.

183. Et quant vint au jour qui estoit termé, le roy filt
armer Messire Guy aussi richement que faire peut. Et tant
dit l'ystoire qu'il portoit sur son heaume une croix d'or
entaillée moult richement et plaine de moult richez et
5 precieuses reliques, et du surplus de son harnois estoit si
bien actourné comme pour le propre corpz du roy mesmez
et monté sur ung bon cheval fort et puissant et bien
esprouvé. Et ainsi s'en yssi de la cité moult bien armé et
acompaigné jusquez a la place qui estoit devisée pour la
10 bataille, et tant lui seoient bien ses armes que tout le monde
estoit merveillé de sa contenance et disoient bien entr'eulx
que ce n'estoit pas le pelerin qui l'aultrier estoit venu, car
trop sembloit estre de fiere contenance et hardi. De l'aultre
part est venu Colbrant tout a pié et bien armé moult
15 diversement, mais tant estoit grant et corsu que le plus fort
cheval ne l'eüst peü soustenir ne porter, et pource avoit en
coustume d'ainsi tousjours soy combatre a pié. Et filt
apporter ung chariot tout plain de diverses armeüres et si
fut en ce jour armé d'armes toutes (noyres) comme errement
20 et portoit en son poing ung dart trenchant, et a son col
avoit pendue une grant targe ronde toute couverte de fin
acier si grande et si large qu'elle peust advenir pour trois
chevaliers grandement. En celui estat furent mis ensemble
les deux, et quant il n'y eust mais que de l'aler sy laisse

25 courre envers lui Messire Guy tant que cheval le peut porter
comme cellui qui n'estoit pas asseüré tant qu'il vist ung
tel ennemy devant luy, mais avant que atoucher lui peust
lui lancia cellui trois de ses dars dont il faillist a le frapper
des deulz (premiers), mais du tiers il ne faillist mie a
30 l'assigner tellement parmy l'escu qu'il le faulca tout oultre
et le bon haubert par apres du costé (et le feist voller tout
oultre emmy le champ bien loing de son cheval). Et en ce
le consuit Messire Guy o le fer de la lance sur l'escu tant
qu'il la fit voler en pieces, mais aultre mal ne luy fist. Et ainsi
35 qu'il cuidoit parfaire son poindre, et Colbrant sache son branc
d'acier, si le cuide assigner / **[f265ro.]** parmy la teste, mais
il faillist et descendit le coup par entre lui et (l'arcon de)
la selle si horrible qu'il tronconna le cheval (et toute la
selle) en deux moitiés et ferist en terre plus de plain pié.
40 Lors convint Messire Guy venir a terre voulsist ou nom,
mais legierement sault en piés comme cellui qui estoit de
haulte proesse et veoit que grant besoing en estoit, si trait
la bonne espée et court sur a son ennemy qu'il le cuide
bien assigner parmy la teste, mais il estoit si grant qu'il n'y
45 peust actaindre, ains descendist le coup sur une des espaules,
et ferist si grant coup sur une des espaules qu'il couppa
parmy une esplaicte qui longue estoit et espece et le navra
en char si avant que toute en avoit la teste couverte de
sang et le costé, dont il avoit moult grant despit. Et se
50 tourne vers Messire Guy et le fiert ung coup si grant de
toute sa force sur le heaume qu'il en abat a terre les fleurs
et les pierreries, et au devalant a consuit le bon escu si
qu'il le trenca par la moitié en deulz et bien fut Messire
Guy prez d'estre affolé (d'icelluy coup) se Dieu ne l'eust
55 garanti. Sy le commence a doubter plus assez qu'il n'avoit
oncquez mais fait devant pour la grant merveille de celly
coup, car bien veoit sinom par grace de Dieu qu'il ne povoit
encontre lui durer. Et non obstant ne dit mie l'ystoire qu'il
monstast oncquez signe de covardie, ains le ferist de sa
60 bonne espée si durement la ou il le peust actaindre, ce fut
en l'escu ((qui tant estoit fort comme je vous ay devisé)),
qu'il mist la bonne espée bien pié et demy dedens, et au
resacher qu'il feist (vers soy) rompy son espée en deux

parmy le mileu. Lors fut il moult dolent et desconforté et
65 nompas sans cause quant il voit qu'il a perdu son escu
et son espée ne n'a dequoy soy desfendre, si se commenca
a complaindre moult piteusement en son ceur a Dieu et lui
prier que a celle journée le voulsist garder et desfendre
encontre cellui adversier, aussi vrayement comme il savoit
70 bien qu'il ne se combatoit ne pour orgueil ne pour bobant
mais seulement pour desfendre le royaume de servaige. Lors
l'appella Colbrant et lui dit, "Vassal, desormais est il bien
temz que vous vous rendez avant que pis vous advienne.
Bien veez que vostre desfence ne vous vault neant, car
75 perdu avés ((vostre escu et)) vostre espée, si ne vous povez
plus aider. Rendez vous a moy et j'avray mercy de vous
pource que preux et hardi vous me semblés. — Taisiez,
sire vassal, dit Messire Guy, encore ne m'avez vous pas
a ce admené. Se j'ay mon espée perdue bien pence encore
80 nuit avoir part a la vostre, et bien sachez que je y mectray
grant travail, mais faictez le bien et a ce que vous en doyez
avoir pris. Vous avez la en ce char des armes et du harnois
a grant planté qui de riens ne vous sert, souffrez que j'en
aye ung pou de quoy je me puisse aider, et lors pourra
85 l'en legierement congnoistre qui vaincra et avra du meilleur
(d'entre nous deulx). — Par ma loy, dit Colbrant, ainsi ne
yra il pas. Bien vous pence trencer la teste avant que je
vous face tel avantaige que je vous baille mes armes pour
moy grever."

184. Ainsi qu'il disoit ces paroles, Messire Guy qui bien
avoit pris son advis saillist legierement droit au char et
recouvra une bonne forte hache qui la estoit avant que
Colbrant s'en fut apperceü, mais quant il le vist venir en
5 tel arroy (envers luy) si fut moult dolent, et lui dist (Messire
Guy) / [b.] par ramposne, "Sire chevalier, or ay je de voz
armes, et si ne vous en scay nul gré, telles que bien
aujourd'ui vous feray sentir." Si s'adresce l'adversier encontre
luy yré et maltalenté, et haulce le branc encontre mont et
10 bien cuide assigner Messire Guy parmy la teste, mais Messire
Guy voit venir le coup, si sault en a travers et a donc fiert
son coup en terre, et si durement que tout y coulle jusquez

au hend. Et ainsi qu'il resachoit son branc, et Messire Guy
entoise sa bonne hache a deulx mains et le fiert par entre
15 deulz d'esces de quoy il estoit armé si durement a ce qu'il
se courba qu'il lui filt voler le bras destre dont il tenoit le
branc avec l'espée emmy le champ.

185. Lors fut le creul Payen tout esragé et resault a son
branc et le cuide prendre a la main senestre, et ainsi qu'il
s'abaissoit Messire Guy si l'advisa par la cuiere entre le
heaume et la fossete du col et l'assigna telement qu'il luy
5 filt voler la teste de dessus les espaules a tout le heaume
(a terre). Lors chet a terre mort ou a tout le mains endormy
si qu'il n'avoit povoir de soy esveiller, et quant ce virent
les Danois si commencerent entr'eux ung deul moult mer-
veilleux et s'en retournerent vers la mer et monterent (a
10 grant haste) en leurs nefz et singlerent en leurs contrées
comme gens tous desconfilz et yrés et dolens. Et de l'aultre
part fut le roy Athelstam et son berné (si joyeulx) que plus
ne povoient et moult mercyoient Dieu, et puis s'en vindrent
envers Messire Guy, a moult grant joye et honneur l'ont
15 admené en la cité de Wincestre et ceulx d'ycelle ville
vindrent a prossession, l'evesque et tout le clergé chantant
Te Deum Laudamus. Et quant Messire Guy fut retourné du
moustier et retourné au palais si se filt desarmer, puis
demanda son escharppe. Assez lui cuida le roy faire prendre
20 aultres garnemens, mais oncquez n'en voulu riens prendre (et
dit que aultres ne porteroit. Au prendre congié fut le roy
moult doulent et moult lui offroit richesses et grans
seigneuries par ainsi qu'il demourast en sa compagnie, mais
onques n'en voult riens). Ains dit bien qu'il ne demourroit
25 nullement, ne de son or ne de son avoir ne vouloit il
nulement, et que s'il avoit vaincu le Sesne ce n'estoit pas
par sa proesse, mais par la vertu divine et ycellui en devoient
ilz remercier. Et quant le roy vit qu'il n'en feroit aultre
chose, si lui dit dont, "Puis qu'ainsi est que demourer ne
30 voulés, or vous prie et conjure par ycellui Dieu que vous
croyés que vous me diez vostre nom et qui vous (estes).
— Sire, fait il, tant m'avez conjuré que je le vous diray
par ainsi que vous vendrés avec moy hors de la cité seulet

sans compaignie. — Et je yray volentiers, dit le roy, puis
35 qu'il vous plaist." A tant s'en va le roy avec luy et desfend
a ses gens que nul ne soit si hardi de le suÿr, et quant ilz
sont hors des murs aussi que le quart d'un mile, sy s'arreste
Messire Guy et lui dit, "Sire, vous m'avez conjuré et prié
que je vous die mon nom, et je le vous diray par convenant
40 que vous me promectrés que de cy au terme d'un an vous
ne m'en descouvrirés." Et le roy lui dist, "Beaux amis, et
je le vous promés ainsi que dit l'avez." A donc dist, "Or
sachez que je suis Guy de Warwik, vostre chevalier a qui
jadis avez fait moult de biens. Dieu vous / [f265vo.] les
rende."

186. Quant le roy entend celle parole, sy a si grant mer-
veille au ceur qu'oncquez mais n'ot si grant. Si sault tantost
(du cheval) a terre et se met a genoulx devant lui et dist,
"Ha beau doulz amy, estez vous ce? Or vous requier eu
5 nom de Dieu et de charité puis que grace vous a admené
ceste part et que par vous le pays est delivré de servaige, il
vous plaise d'emourer et prendre la moitié du royaume. Je
la vous donne tout quictement et veul qu'elle soit vostre,
car bien l'avés deservy. — Sire, dit Messire Guy, la vostre
10 grant mercis. Sachez que je ne prendroye ne ceste ne aul-
tre, mais je vous supplie en guerdon de tous les services
que je vous ay fais que se Herolt et mon filz reviennent que
vous leur soyez bon seigneur, et j'espoire au plaisir Dieu
qu'ilz vous feront bon service." Et le roy lui accorde moult
15 doulcement en plourant. A tant prent Messire Guy congé
de lui et le baise et s'en va son chemin, et le roy s'en re-
tourne droit a la cité moult mat et pencif. Assés lui fut
enquis de ses barons qui le pelerin estoit qui pour eulx
s'estoit combatu et comment il avoit nom, mais oncquez
20 riens ne leur en voulu dire. Ainsi demourerent en grant
feste et en grant joye pour la belle adventure que Dieu
leur avoit envoyée. Et Messire Gui s'en va de l'aultre part
envers son pays de Warwik, et souvent mercioit Dieu du
grant honneur que Dieu lui a donné. Tant est alé par ses
25 journées qu'il est venu en la cité de Warwik dont il estoit
sire, mais oncquez de nul ne fut congneü, tant estoit son

affaire changé. La bonne contesse, sa femme, avoit de cous-
tume que chascun jour elle repaïssoit .XIII. povres (pour
l'amour de Dieu) ((et qu'il Luy pleüst a sauver et garder
30 Messire Guy, son bon seigneur, de mal et de peril.)) (Si
advint que Messire Guy fut mis l'un des XIII. povres), et
chascun jour elle estoit a leur menger. Avec les aultres
povres fut Messire Guy (en tel estat) une grant piece que
nul ne le congnoissoit, et tant que une destresse de mala-
35 die luy survint et la bonne dame l'advisa (entre les aultres)
comme le plus a malaise. Si le filt asseoir auprez du feu
de les ou elle estoit a table, et de tous les vins et viandes
dont elle estoit servie lui envoyoit et le confortoit a son
povoir, et puis lui manda qu'il venist chascun jour et elle
40 le feroit visiter et bien prendre gaige de luy jusquez a ce
qu'il feust tourné a sancté. Moult la mercia et dit que si
feroit il, mais il penca tout le contraire, car il se doubta
d'estre congneü.

187. Si tost que la contesse fut levée du menger, Messire
Guy s'en yssy du palais au plus quoyement qu'il peust et
s'achemina envers la [forest] d'Ardenne qui prez estoit
d'illec, et s'appenca qu'il yroit veoir et parler a ung bon
5 hermite qui la dedens conversoit et qu'il bien congnoissoit
pour avoir de lui conseil de ce qu'il deveroit faire. Et
quant il vint a l'ermitage, si trouva que le bon preudom-
me estoit devié n'avoit pas longc tempz, ne riens ne de-
mouroit a l'ermitage fors le clerc du bon hermite. Si fut
10 Messire Gui moult courroucé de la mort du bon preu-
domme, et joyeulx quant il trouva le clerc, et tant luy plust
le lieu et l'assiecte de la / [b.] place qu'il dist a soy
mesmez que de la jamais ne voulloit partir, et qu'il y
voulloit Dieu (prier et) servir le demourant de sa vie. Sy
15 y demoura et moult y demena sa vie sainctement. Et tant
dist l'ystoire qu'en l'espace de deulz moys qu'il fut dedens
il ne menga ne gousta de viandes terriennes fors qu'erbes
et racinez que lui mesmez aloit querir parmy la forest, et si
estoit tousdiz nuit et jour en prieres et en oroisons envers
20 son createur. Et si avoit ung chappelain au pays moult reli-
gieux et de sancte vie qui estoit moult souvent avec Guy,

en especial en chascune feste solennele lui venoit chan-
ter messe et le confesser et acommenier. Avint qu'aprez
.IX. moys qu'il avoit esté yllec en si sainte vie, s'acoucha
25 au lit malade moult durement. Si lui vint une nuit une
advision par inspiracion divine, et une voix qui luy com-
manda de par Dieu qu'il se fist prest et qu'il avoit fait sa
penitance, et Dieu le vouloit dedens troys jours prendre et
recepvoir en sa compaignie et l'oster de la vie mondaine
30 pour le mectre en gloire perpetuelle. A ces mos s'esveilla
Messire Guy qui n'estoit ne bien dormant ne bien veillant,
si ouvrist les yeux et vit moult grant clarté et dit, "Dieu,
est ce songe que j'ay entendu ou c'est verité? — Guy,
Guy, dist la voix, verité est voirement. Sachés que je suis
35 messaige de Dieu le Tout Puissant qui a vous m'envoye
pour denuncer le jour que vous devez finer ((ta vie mor-
telle)) et venir en gloire perdurable. Le jour de ton tres-
passement sera d'uy en VIII. jours, si te fais prest contre
cellui terme." A tant se part la voix, et Messire Guy re-
40 maint moult joyeux et conforté de ceste joyeuse nouvelle.
Si manda son bon confesseur et s'ordonna et prist toutes ses
droitures dedens ycellui terme comme bon christien doit
faire, et quant vint le jour qu'il devoit passer a Dieu sy
appella a soy le varlet qui servi l'avoit en l'ermitage et luy
45 dit, "Amy, vous vous en yrez en la cité de Warwik, et
gardez que vous ne demourez, ung message me ferez a la
contesse Felice, dont je scay bien que vous avrez honneur.
Et vous luy presenterez de ma part cest annel et lui direz
que le pelerin malaisié, sellui qui manga devant elle en
50 tel tempz et auquel elle envoya tant de beaulx presens
de ses vins et viandes luy envoye cest annel, et si tost
qu'elle le verra (bien scay qu') elle le congnoistra, et croy
qu'il vous en sera de myeulx. S'elle vous demande ou je
suis, vous lui pourrez dire que je suis en ceste forest eu
55 lieu ou laissé m'avez, et combien longuement je y ay esté
hermite, et vous tousjours avec moy en mon service. Et
quant elle entendra ces nouvelles, bien scay que riens ne
la pourra tenir qu'elle ne vienne ca avec vous, et s'il advient
que a vostre venue me trouveïssez hors de vie, vous lui
60 direz (que je luy prie) qu'elle veuille faire enterrer mon

corps ycy endroit en ceste mesme place, et sy lui direz bien
comme je lui mande qu'elle se veuille faire preste envers
Dieu, car elle s'en vendra bien temprement avec moy.
—Sire, fait le varlet, tout ce messaige feray je bien." A tant
65 se part de luy et s'en va / **[f266ro.]** grant erre vers la
cité de Warwik sy y vint en pou d'eure a ce que l'ermitage
ne n'estoit gairez loing, et tint sa voye tout droit au palais
tout qu'il vint devant la bonne contesse, et lors se met a
genoulx et lui dit aprez qu'i l'a saluée, "Ma dame, a vous
70 m'envoye le pelerin malaisié qui manga naguarrez devant
vous, a qui vous envoyastez voz vins et voz viandes, et
moult (vous) salue par moy et vous tramet cest annel. Ne
scay se vous le congnoissés." Lors le prent de sa main,
si le congnoist tantost, si a si grant joye que plus ne peust
75 et prent le varlet entre ses bras et luy dist, "Beaux amis,
ou laissastez vous cellui qui ce present m'envoye? Pour
Dieu ne me soit demeuré de le celer. — Ma dame, dist
il, voirement le laissay je en l'ermitage de la forest moult
malade et desaisié, et si y a demouré par l'espace de IX.
80 moys tousdiz qu'il se parti de vous, et moy en sa com-
paignie. N'oncquez mais n'oÿ parler d'omme de si saincte
vie, car oncquez puis qu'il y vint la ne gousta de viande
terrienne fors que de la grace de Dieu et des herbes et
racinez de la forest, et si a esté nuit et jour tousdiz en
85 prieres et oroisons." Lors ne peut plus souffrir n'escouter
la dame qu'elle ne chee pasmée parmy ses dames et da-
moyselles qui coururent pour la soustenir, et quant elle
peust parler si dit, "Tant le ceur me divinoit estranges
adventures de vous le mien seigneur et amy." Lors s'ap-
90 preste tantost et dit qu'elle ne demourra plus qu'elle ne
voise avec le varlet pour veoir son amy. "Certez, fait il,
Dame, je le laissay moult malaide, et si me doubte qu'avant
que nous venons la nous le trouvons deffiné, mais il me
charga bien de vous dire que yllec vous enterrissiez son
95 corpz, et aussi que vous mesmez vous apprestez envers
(Dieu), car longuement ne vivrez vous pas aprez lui. —
Certez, dit elle, amy, ceste est la meileur nouvelle que me
puissiez apporter, car aprez la sienne mort ne quiers je
plus vivre."

188. Lors se depart erraument de la cité de Warwik a telle compaignie comme elle (avoit). Avec le varlet erraument se haste car trop disiroit a veoir le sien amy. Si alerent tant au travers de la forest qu'ilz vindrent en l'ermi-
5 tage, si descendi tantost la dame et ala dedens l'ermitage grant pas. A celle heure estoit Messire Guy comme pour passer a Dieu son createur, les yeulx clos, et quant la dame le vist en ce point si ne se peust plus tenir en piés, ains se laisse cheoir pasmée dessus luy et moult lui baisa les
10 yeux et la face. Et quant elle peust parler si gecte ung grant souspir et dist:

189. "Ha beau tresdoulx amy Messire Guy, Messire Guy, or vous ay je tant desiré a veoir que je vous ay trouvé en tel estat que jamais mon ceur n'avra joye. Beau doulz amy, parlez a vostre amye ung mot a ceste dure departie." A ces
5 parolez ouvrist Messire Guy les yeux et la regarda moult tendrement, mais parler ne povoit, et tantost apres lui partist l'ame hors du corpz entre les bras de sa doulce / **[b.]** amie. Si ne fait pas a demander la grant douleur qu'elle demena quant elle vit son amy finé, car tant en faisoit que
10 tous ceulz qui la estoient cuidoient bien qu'elle deust mourir sur le corpz. A grans lermes et a grans plours ordonnerent la sepulcre du sainct homme ainsi comme il avoit requis, et si monstra Dieu ung moult beau miracle car aprez qu'il fut mort luy yssoit du corpz une saveur si doulce et si
15 glorieuse que toute estoit la maison resplendie comme se toutes les espices du monde y eüssent esté, et si dura celle saveur jusquez a ce qu'il fut mis en terre. La estoit la bonne contesse qui de lui ne se povoit partir et lui baisoit les yeux, la bouche, et les mains et chascun des membres.
20 Aussi faisoient tous ceulz qui la estoient comme a ung corpz saint. Mandez furent tous les evesques, prelas, et abbés de toute la contrée pour son service faire, et quant ilz furent la venus sy le cuiderent emporter a Warwik pour faire plus grant solennité, mais oncquez ne le peurent
25 d'yllec remuer. Et lors dist la dame, "Beaulx seigneurs, laissés ester, (car il ne veult pas estre d'icy remué, et bien me pria par son messaige que droit cy le feïsse enterrer), si

est bien raison que sa volenté soit acomplie, et je le veul
ainsi." Si n'y eust plus (parlé). Ung riche cerqueul de mar-
30 bre luy appareillerent, et puis le mistrent dedens et lui
firent si solennel service comme a tel homme appartenoit,
et moult y eust ce jour de grans osmosnes et de grans
charités departie aux povres. A tant s'en retourna chascun
en sa maison aprez le service fait, mais la bonne contesse dit
35 bien que de la ne partira jamais, ains y servira Dieu le reme-
nant de sa vie pour l'amour de son amy. Et ainsi qu'elle
dist elle filt qu'oncquez personne ne lui peut desconseiller
qu'elle ne demourast en l'ermitage a pou de compaignie de
sainctes et religieuses femmes et deservans de bonne et
40 honneste vie, et moult filt de grans biens et de grans osmo-
nes tant qu'elle vesqui, et demena moult saincte vie. Au
cinquantiesme jour aprez, selon l'ystoire, le deces de son
bon seigneur rendi son ame a Nostre Seigneur et devia de
cest monde comme bonne et sancte (et vaillant) dame, et si
45 fut ensevelie auprez de son bon seigneur, car ainsi l'avoit
elle requis. Et fut la fin de Messire Guy de Warwik et de
sa bonne moulier, laquelle fait bien a ramentevoir et mec-
tre en memoire en la gloire et honneur des bons. Dieu
veuille que tous ceulz a advenir y puissent prendre tel exem-
50 ple que ce soit a leur salvacion de corpz et d'ame. Amen.

Cy fine le rommant de Guy de Warwik

190. / [f266vo.] Plaisance qui m'a fait parler et descripre
pour mectre en memoire partie des fais du noble seigneur
Guy de Warwik ainsi comme dessus est dit, et pour exem-
ple et introduccion de bon vouloir me constraingt escripre
5 ce qu'il advint au bon Herolt d'Ardenne en la queste du
filz de son seigneur pource que ce despent de ceste hystoire
et que la conclusion et la fin en soit plus clere et agreable.
Mais avant diray ce que j'ay trouvé en l'ystoire comme le
conte Thyerri de Gourmoise, son bon compaignon, esploicta
10 aprez qu'il sceust la mort de Messire Guy. Pour acquiter
sa foy et loyauté passa en Angleterre, et tant pria le roy et
les barons du pays en leur monstrant la grant et naturelle

amour qui entr'eux deulx avoit esté qu'ilz lui octroyerent
le corpz de son bon compaignon. Et i l'emporta avec luy
15 en son pays de Lorraine et le filt ensevelir a grant hon-
neur, et y fonda une moult riche abaye de moynes noirs
qui a tousjoursmais prieront Dieu pour lui. Ainsi est na-
ture de loyal ceur qui ne peust mentir. Or retourneray a
la matiere de Herolt le bon baron qui par long tempz
20 fut en la prison de l'admiral d'Aufricque qui le prit par
adventure comme cy dessus vous ay compté, et moult y
souffrist d'ennuy et de mesaise, car trop estoit ycellui
admiral cruel envers la christienté. Souvent se complaignoit
Herolt en la prison de la grant durté qu'il souffroit et re-
25 gretoit la grant proesse et valeur d'ou il avoit esté, et qu'il
perissoit a si grand douleur par la chete, "Ha beau sire
Dieu, que je feüsse mort en estour en venjant vous et
vostre loy il ne me grevast riens, mais a mourir si vilaine-
ment et en chetivoison comme je meur, ce me semble une
30 grant reproce." Ung des chartriers y avoit qui souvent en-
tendoit ses complaingz, et moult se merveilloit de ce qu'il
luy oÿoit dire, si s'en ala vers l'admiral et lui dist, "Sire,
en vostre chartre avez ung chevalier christien prisonnier
que je cuide qu'il soit de haulte proesse, et moult lui ay
35 oÿ faire de piteuses complaintes a parsoy. Sy seroit bon
que vous le feïssiez venir devant vous, car espoir peust il
estre tel qu'il vous avroit moult mestier en ceste guerre. —
Bien, dist l'admiral, faictez le nous venir." Lors fut / [b.]
admené par devant lui. Sy le regarda moult a grant mer-
40 veille, car de corpz et de membres lui sembloit bien hom-
me qui deust avoir esté de grant affaire, mais tant estoit
pale et esgre de visaige de la malaiseté de la prison ou il
avoit esté si long tempz qu'a paine se povoit il sur piés
soustenir. Lors l'appella l'admiral en telle maniere, "Or tu
45 christien qui tant te fais saige de guerre comme j'ay en-
tendu, je ne scay dont tu es né, mais monstre bien ton
couraige que se tu estoies en point et tu eüsses ceur et
hardement de moult valoir a ung grant besoing. Et pource
se j'estoye seür que en toy eüst loyaulté, et qu'en ma gue-
50 rre tu me voulsisses servir loyaument, je te feroye armer et
arroyer si richement comme tu deviseroyez, en esperance

que ma guerre fut par toy maintenue. Et pource te prie et
commande que tu me dies ton nom et de quel pays tu es,
et se tu as vouloir ne hardement d'entreprendre la charge
55 que je di. — Beau sire, dit Herolt, a vostre vouloir est
bien raison que je responde. Or sachez que ceulz qui me
congnoissent m'appellent Herolt d'Ardenne et si suis né
du pays d'Angleterre. — Comme, fait l'admiral, es tu celluy
Herolt l'Anglois, dont j'ay oÿ tant de foiz parler? — Ycellui
60 suis je vrayement en quelcquez arroy que je soye qui bien
cuideroye encores souffrir ung grant estour en l'aide de
Dieu se j'estoye auquez repairé de mes grans douleurs,
et que j'eüsse armes a mon plaisir. — Or ne vous esmayez
donc, beaux amy, dit l'admiral, car par les dieux en qui
65 je croy des armez et des aisemens avrez vous tant que
vostre ceur savra deviser. Et plus me tien riche d'avoir vos-
tre personne a mon aide que d'avoir une autelle cité com-
me ceste cy est." Sans plus grans paroles commanda a
ses officiers qu'il fut richement vestu et appareillé, et servi
70 et actourné de mes de viandes et de toutes aultres cho-
ses ansi qu'il savroit deviser. Son commandement fut fait
tant que en pou de jours fut aucquez revenu en sa grant
force et vertu, et quant l'admiral le vit ainsi recouvré qu'il
lui sembloit que desormais povoit il bien porter armes,
75 si s'en vint et l'araisonna par moult belle maniere, et luy
dist:

191. "Beaulz doubz amy Herolt, or vous voy je aucquez
revenu en vostre povoir dont je suis moult joyeux, et
pource vous veul acertener de l'estat de ma guerre affin que
myeux vous y sachez gouverner. Il est vray que je me suis
5 tenu assez en bonne poësté contre le roy Argus, et moult
avoit plus perdu en la guerre que moy jusquez a ce que
ung damoiseau, nouveau chevalier, est venu en son host qui
tant est plain de haulte proesse que par son effort a esté
a desconfiture la plus grant partie de ma chevalerie, et si
10 m'a gasté et essillé prez que toute ma terre. Et de luy
desiray je avoir vengence sur tous hommes, car bien scay
que se le roy Argus l'avoit perdu bien petit priseroye desor-
mais tout le povoir de sa guerre. Et pource vous veul prier

que se vous en venez en lieu que vous mectez paine de le
15 retenir. — Sire, dit Herolt, tant m'en avez dit que bien
sachez que j'en feray mon povoir." Ainsi qu'ilz parloient
estoit. / **[f267ro.]** A tant est venu ung messager a moult
grant haste qui s'agenoulle devant (l'admiral) et lui dist,
"Sire, a vous se recommande le cappitaine de vostre chastel
20 de la barriere, et vous mande que le connestable du roy
Argus est venu devant le chastel et moult a de voz cheva-
liers morz et occiz, et si a assiegé la place, et bien a juré
que jamais n'en partira jusquez qu'il ayt prise et mis tous
ceulx qui sont dedens a destruction. Pource vous supplie
25 vostre cappitaine de par moy comme a son lige seigneur que
a cest besoing vous le veuillés secourir, car moult est grant
la necessité." Se l'admiral fut courroucé et plain d'ire quant
il entendi ces paroles ne fait a demander, mais toutesfoiz
dit il et forment lui affya qu'il soit secouru. Si appella
30 tantost son connestable et lui dist et charga tantost de faire
armer ses gens et traire avec lui chevalier christien, car
moult vouloit qu'il ouvrast par son conseil en cellui affaire.
Tout ainsi qu'il commanda fut il fait. Si chevaucerent a
grant esploit vers celle part chascun entalenté de bien faire
35 son devoir, et moult les admonnestoit souvent de garder
leur honneur.

192. Quant Herolt se vist prez de ses ennemis qu'il n'y
eust que de laisser aler, si dit au connestable, "Or sur a
eulz. Que chascun mecte paine de le faire bien. Vous veez
cy noz ennemis en barbe. Qu'il n'y ait nul qui ne mecte
5 paine a garder son honneur. Je m'en voys devant." Lors
laisse courre tant que cheval le peult porter, et les escrie
de moult loingz. Si lui advint qu'a ung chevalier payen
moult richement armé s'aborda, si le heurte de la lance par
tel effort qu'il lui fait passer tout oultre le corpz, et l'abat
10 mort a la terre. Et aussi le connestable et tous ceulz de la
compaignie se porterent si bien pour exemple de son bien
fait que pou n'y en eust qui n'abatist chascun le sien de la
premiere venue. Et puis mistrent les mains aulz espées et
commencerent entr'eux ung estour si fier et si cruel que
15 de plusieurs lieux en voit on moult gesans a la terre mors

ou affolée, et moult se desfendoient bien les gens du roy
Argus et moult se recepvoient leurs ennemis fierement a ce
qu'ilz estoient d'assés le plus grant nombre. D'aultre part
les assailloient et moult vailaument se combatoient le con-
20 nestable de l'admiral et ses gens, mais nul ne se compairoit
a Herolt, car il aloit rompant, occiant, et abatant, et tant
faisoit que nul ne l'osoit a coup actendre puis que sa proes-
se fut congneüe. Ains fuioient et partoient les grans presses
25 devant lui comme les brebis contre le leup, et ce qu'il les
veoit expouventez estoit une chose qui plus lui donnoit
hardement. Forment en parloient tous les Sarrasins et di-
soient que voirement n'estoit il pas vray homme mortel,
mais droit fantosme. Sur tous en fut le connestable du roy
30 Argus yré quant ainsi lui voit ses gens devant lui mectre
a mort. Si dit a soy mesmez que vrayement ne se prise
riens s'il n'abbat le grant orgueil d'ycellui chevalier en qui
est toute la desfence de ses ennemis, et que se cellui seul
estoit occis, ce seroit cause a lui et a ses gens d'avoir plai-
35 ne victoire. Si s'adresce envers lui comme qui en sa loy
estoit de haulte proesse, et le fiert si durement de / [b.]
la lance parmy le bon escu qu'il le percha d'oultre en oultre,
et se le bon haubert qui moult estoit fort n'y eust esté,
i l'eüst mortelement navré. Et nompourtant l'empaingt il
40 si durement que sa lance vola en pieces, mais toutes foiz
de la scelle ne le peust remuer. Lors s'en passe oultre et
met la main a l'espée et se fiert parmy les gens de Herolt
si durement que plusieurs en occist au trenchant de la bonne
espée. Et quant ce vit Herolt, si fut moult dolent et ralie sa
45 compaignie, puis se fiert entre ses enenmis par telle force
que plus ne le peurent soustenir, ains leur convint tourner
les dos et eulz mectre en fuite comme ceulz qui desconfilz
se veoient sans nul recouvrier. Cy commenca la chace sur
eulz moult fiere, et moult y en eust en celle chace de mors
50 et de navrés. Herolt qui bien eust advisé quant le connes-
table departist de l'estour, ferit aprez lui tout ung pendant
et tant esploicta de chevaucer qu'i l'aconsuist au passer
d'un petit mont. La commenca entr'eulz la bataille des
espées qui moult dura longuement, car entr'eux deulx es-
55 toient preux vassaulx, mais en la fin ne se peust le con-

nestable tenir contre Herolt, ains lui convint qu'il se tenist
pour oultré et rendre son espée, et Herolt la receput de
moult bon vouloir. Puis le fait remonter et l'amaine avec
lui devers la cité, et tantost encontre les gens de l'admiral
60　qui bien le cuidoient avoir perdu, qui eurent moult grant
joye de sa venue, et quant ilz congnurent le connestable
du roy Argus qu'il amenoit avec lui, si doubla leur joye.
Ainsi chevaucerent en eulz deportant tant qu'ilz vindrent
en la cité, et quant l'admiral entendi le rapport de tous
65　ses gens qu'ilz faisoient de Herolt et le pris lui donnoient,
si en fut moult joyeux et moult l'onnora. Et par l'assente-
ment de tous ses barons le filt et establly connestable et gou-
verneur de toutes ses guerres, et bien commanda a ses
subgés qu'ilz fussent prestz et obeïssans a faire son plaisir
70　et commandement. Ainsi tourna Herolt a moult grant haul-
tesse et prist la gouvernance du pays, et assembla grant
host et chevauca par les villes et fortheresses que le roy
Argus avoit conquises sur l'admiral en celle guerre, et tou-
tes les ramena en son obeïssance et en osta tous ceulz qui
75　de part le roy Argus y estoient. Et quant le roy Argus en
sceult les nouvelles et comme son connestable estoit pris et
retenu, si ne fait pas a demander s'il fut dolent et courrou-
cé, et bien en jura les dieux de sa loy qu'il se vengeroit si
haultement de l'admiral que a tousjours mais en seroit parlé,
80　et le viellart chevalier par qui ce dommaige lui estoit ad-
venu feroit il aulx fources encroer.

193.　Cy ne demoura guaires qu'il assembla grant host et
puissance. Sy se mist en la voye et courust sur a l'admiral
moult durement en son pays, et lui commenca a mener plus
dure et forte guerre qu'il n'avoit oncquez mais fait, et moult
5　gasta et destruit en pou de tempz grant partie de son pays
pource que par trop avoit grant host, / **[f267vo.]** et si des-
truit et essilla de ses villes plusieurs. Lors appella l'admiral
le connestable et lui dit, "Sire connestable, vous savez assez
comme le roy Argus est rentré en nostre terre et les grans
10　dommaiges qu'il y a fais, et moult menace vous et moy
de noz vies perdre. Si seroit bon d'avoir advis comme nous
nous devons contenir encontre lui. — Sire, fait Herolt, moult

bien le ferés au plaisir Dieu en qui je croy. Soyent voz
gens mandez de toutes pars, puis nous leur yrons a l'encon-
15 tre, et je ne doubte pas au Souverain (Roy Jhesu) que
nous n'emportons la victoire a ce que le droit de la guerre
est vostre et si vous guerroye le roy a grant tort." Tout
ainsi comme il devisa fut il fait, et quant les gens furent
ensemble si ordonna Herolt les batailles ainsi que myeulx
20 lui sembloit, et a chascune assigna bon cappitaine et gou-
verneur, pus s'adrescerent envers l'ost du roy qui n'estoit
pas loing d'yllec et moult se tindrent en belle et bonne or-
donnance. Et quant vint a l'assembler des deulz parties,
sy povez savoir que grant noise y eust et grans abatisz de
25 divers cris de mors et de navrés. Chascun se penoit de bien
faire en droit soy. La fesoit Herolt de haultes proesses, car
si bien le faisoit par dessus tous aultres que tous ceulx qui le
veoient et regardoient lui en donnoient le pris. Moult firent
grant dommaige au roy et a sa gent, et moult lui occistrent
30 cellui jour de sa gent, et par plusieurs foys assembla celle
journée corpz a corpz encontre le roy, mais tant y avoit
de ses gens qu'il ne lui povoit nuyre. Et moult avoit grant
joye l'admirault de ce qu'il lui veoit faire. Advint que a
une pointe aprez Herolt fut l'admiral porté a terre moult
35 felonnessement entre les piés des chevaulz, mais tantost il
saillist en piés, l'espée eu poing et mist grant desfence en soy
comme preux et vaillant, et souvent appelloit Herolt a son
aide. Et quant il entendist la voix qui se combatoit aucques
loing en une aultre part, si se tourna tantost devers lui et
40 le trouva avironné de ses enenmis et ja l'avoient tant de-
batu et desfoulé qu'a paine se povoit il plus desfendre, et
le tenoit le seneschal du roy par le nasel du heaume qui
moult se penoit de lui trencer la teste. Et quant Herolt
vist le meschef, si se frappe parmy eulz et commence a de-
45 partir la presse a la bonne espée et occist tout quancque
il actaingt. A celle empainte ne faillist pas a radviser le
seneschal du roy, car d'un glaive qu'il recouvra de la main
de ses ennemis lui laissa courre parmy la presse et l'en
assigna telement qu'il lui passa parmy le corpz et l'abatist
50 mort a terre, et ainsi s'en delivra, n'oncquez puis ses com-
paignons n'oserent yllec demourer et tournerent en fuÿe.

Et tantost filt Herolt monter l'admiral sur le courcier du
seneschal mesmes, et ralierent leurs gens, puis alerent faire
une envaÿe au roy et aulx siens si dure et si merveilleuse
55 que plus ne les pourent souffrir. Ains / [b.] leur convint
tourner les dos et fuÿr, et Herolt qui n'en est pas dolent
commence la chace aprez eulz moult dure et cruelle, et
tant y en eust d'occiz et de pris cellui jour que merveilleuse
chose seroit a le racompter. Mais toutesfois n'oublia pas
60 Herolt a soy prendre garde du roy, et quel chemin il tenoit
au departir de l'estour se mist tantost celle part, et tant
fiert et esperonne apres lui que au devaler d'une montaigne
l'apperceust devant lui au devaler d'un petit val en une
praerie.

194. Lors lui escria, "Retournés, sire roy, ne fuiez plus.
Je ne suis fors ung simple chevalier, desfendre vous con-
vient ou je vous ferray par derriere, si y avrez plus de
honte." Mais cellui ne fait semblant de retourner, et lors
5 se haste tant Herolt qu'i l'aconsuivist, si le fiert de l'espée en
passant tel coup sur le heaume que tout le fait embruncer
sur le col du destrier et par pou ne le fait cheoir a terre.
Bien fut tantost venu a chef de lui quant sur eulx deulx
survint ung jeune chevalier des gens du roy Argus qui moult
10 estoit de haulte proesse et moult vaillaument s'estoit porté
celle journée. Si s'escrie de si loing qu'il apperceust le roy,
"Damp viellart, trop estez fol et oultrecuidé qui si avez
osé chacer mon seigneur. Sachez que mal y meïstez onc-
quez la main a lui, car vous en perdrez la teste se j'onquez
15 puis, et pource gardés vous de moy, car je ne vous asseüre
fors que de la mort." A ces parolez tourne Herolt contre
lui, si le congnust tantost a ce que mainte proesse lui avoit
veü faire cellui jour. Si lui laisse courre et seuffre Herolt
qu'il brise son glaive sur lui, car il n'en avoit point, et
20 aprez s'entrecoururent sur aulx bonnes espées trenchans
et moult longuement se combatent, tant que pour myeulx
avoir leurs corpz a leur aise ilz descendirent a terre et lais-
serent leurs chevaulx. Et la fut la meslée entr'eux deulx
moult dure et cruelle tant qu'assez longuement dura, et au
25 fort leur convint reposer pour reprendre leur alaine. Si se

trayent envers l'un l'autre et s'entreregarderent moult yrée-
ment sans mot sonner, et quant ilz ont esté une piece en
ce party, si prent Herolt la parole et dist, "Sire chevalier,
moult nous sommez combatus ensemble que l'un de nous
30 peust assez cognoistre ce que l'aultre peust faire. Pour vous
le di que voirement ay je bien trouvé le meileur et le puis-
sant chevalier a qui je me combatisse pieca, et pource voul-
droye volentiers savoir vostre nom avant que plus feïssons
de ceste bataille, car tel pourriez vous estre que plus avant
35 n'y avroit fait ou aultrement que le jeu ne pourroit rema-
noir que l'un de nous fut occiz. — En nom dieu, sire che-
valier, fait il, j'entens moult bien que vous dictes et de
vostre louenge ne vous scay je nul gré, car tant m'avez vous
bien remonstré de bien veuillance a la vostre espée que
40 vous en perdirés la teste pour guerdon s'oncquez je puis,
et deables vous font bien desormais porter armes n'en-
tremectre de la guerre, car desormais / [f.268ro.] vous voy
viel et chanu que bien vous en deüssez deporter. — Sire
chevalier, dit Herolt, bien vous di que telle est la maniere
45 de mon pays, car tant soyent les chevaliers aagés, de tant
sont plus endurcis et encouragés de souffrir et endurer les
grans fais d'armes et leur renouvelle leur puissance et vas-
selage, et j'espoire que au plaisir Dieu bien vous le feray
congnoistre avant que nous departons si que trop me ten-
50 drés pour jeune. — Et de quel pays estez vous donc? dit
ycellui chevalier. — Sire, dit Herolt, ce vous diray je volen-
tiers se vous voulez a moy rendre, et je vous l'octroye avant
que plus en feïssons, car trop me desplairoit que je vous
deüsse mal mectre n'afoler, car sachés que de vous rendre
55 a moy ne pourrés vous recepvoir nulle honte se vous
congnoissiez bien qui je suis." Si dit au vielart, "En male
heure tant en avez vous parlé. Bien voige que vous estez
fol afolé et oultrecuidé. Or vous gardez huy mais de moy
et je ne vous asseüre mie. Trop avons reposé." Lors recom-
60 mencerent entr'eux ung assault si fier et si cruel que nul
ne les vist qui n'en deust avoir pitié, et moult s'entrena-
vrerent et blecerent en plusieurs lyeux tant que le sang
yssoit de leurs corpz de toutes pars. Toutefoiz quant le roy
Argus vit l'affaire de la bataille, sy n'y voulu plus demourer

65 si se mist a la voye grant erre tant qu'il vint en sa cité ou
il s'enferma a grant haste, car grant paour avoit d'estre pris.
Et les deulz vassaulz demourerent eu champ, qui fierent et
maillent l'un sur l'aultre aussi que deulx fevres, et tant
longuement leur estour demenerent que leur vertu se prit
70 a affloibier pour le sang et sueur qui de leur corpz degoute,
(et tant s'entrebatirent et ferirent l'un sur l'aultre que a
peine qu'ilz n'estousfoient de challeur.) Si se retrayent arriere
pour reprendre leur alaine, chacun a part soy, et fut seconde
foys. Quant ilz furent ung pou reposez, Herolt qui moult
75 estoit saige et courtois reprist la parole et dist:

195. "Beau sire chevalier, ayez mercy de vous mesmes,
et ne vous laissez pas occire par maladventure. Dictez moi
ce que je vous requier. Assez voy je bien que vous estez
preux et hardy, mais en la fin ne pourrez vous durer, et
5 quoy que vous soiez mon mortel ennemy, trop me desplairoit
que vous eüssés nul mal. Et sachez se bien congnoissiés
la renomée dont je suis et ay esté toute ma vie, et le loz
et le pris d'armes que le monde me donne, vous n'avriés
par honte ne desdaing de faire ce que je vous requier.
10 — Comment, sire chevalier, quel signe de covardise avez
vous veü en moy qui vous fait dire ces paroles? Pencez vous
que la force de mes bras soit si faillie que je ne vous en
trence la teste? Par saincte croix, ains que nous departons
je vous pence tel actourner que vous n'y vouldriés estre
15 pour toutes les terres de dessoubz le ciel. — Dieu aide,
fait Herolt. Sachés, beaulx doulz amy, que pour covardie
que j'aye veüe en vous ne dige pas ce que je di. Ains
di bien que vous estez moult vertueux et puissant et digne
de venir en aprez a haulte renomée, mais je vourroye bien
20 savoir vostre nom et qui vous estez, car trop m'en teneroye
plus aisé. Si vous prie par la loy que vous / [b.] tenez et
par courtoisie que vous me diez vostre nom nompas par
orgueil ne desmesure, et aprez s'il vous plait savoir de moy,
je vous feray volentiers la mesme courtoisie et vous respon-
25 dray a ce qu'il vous plaira moy demander." Lors se pence
ung pou le chevalier, et puis si dit, "En nom Dieu, sire,
moult vous voy assez sage et plain de valeur, et puis que

par courtoisie me requerez que je vous die mon nom, je
le vous diray volentiers. Or sachés que je suis né du pays
30 d'Angleterre d'une ville qui s'appelle Warwik, et si fut mon
pere, ung noble baron de haulte proesse, seigneur d'icelle
ville de Warwik et s'appelloit Guy de Warwik. Si advint
avant que je feüsse né que mon bon pere par la volenté de
Dieu se departist du païs et s'en ala en essil. Et aprez que
35 je fus né et j'euz povoir d'aler et parler me filt madame
ma mere par l'ordonnance de monseigneur mon pere bailler
en garde et gouvernance d'un sien seneschal qui estoit
moult preudomme qu'on appelloit Herolt d'Ardenne. Cellui
me garda et nourri moult cherement pour l'amour de mon
40 pere, tant que par adventure advint que marchans d'estrange
terre vindrent devers lui a sa ville de Walinforthd, la ou
j'estoye, et tant pourchacerent qu'ilz m'emblerent et m'em-
menerent en ceste terre et me presenterent au roy Argus
qui moult cherement m'a fait nourrir de puis moult doulce-
45 ment, et m'a donné armes a la priere d'une belle fille qu'il
a. Donc c'est bien raison que je les deservie. Or vous ay
je dit de quelles gens je suis né. — Or vous ay je oÿ dire
chose que je suis moult joyeux d'oÿr, mais encore vouldroye
volentiers vostre nom s'il vous plaisoit. — Sire, fait il, de
50 mon nom savoir ne vous feray danger. Sy sachez que je
suis nommé en baptesme Rambion." Quant Herolt l'entend
si a si grant joye au ceur qu'il ne se peust tenir de plourer et
gecte tantost ung grant soupir, et si gecta jus son espée
et puis joingt les mains vers le ciel et moult mercie Dieu
55 de la belle adventure qu'il lui a donnée. Tant a le ceur
plain de joye qu'il en pert toute la force du corpz et ne
se peust soustenir qu'il ne chee a terre pasmé. Et Rambion
qui le voit en a moult grant pitié qu'il peust avoir, si s'aproce
tantost de lui et de la pitie qu'il en a s'en vient le prendre
60 entre ses bras, mais tantost saillist en piez aussi comme
tout honteux, et lors le mist Rambion a la parole et lui dist,
"Sire chevalier, or vous prie par la foy que vous devez a
Dieu et pour acquiter vostre promesse que vous me diez
vostre nom, car trop le desire savoir. — Certez, beau doulx
65 sires et amy, fait Herolt, a vous ne le doy je mie celer. Or
sachés que je suis ycellui Herolt qui pour l'amour de vous

ay enduré moult de paine et de douleurs puis que vous par-
tistes de ma compaignie, car oncquez puis je n'eus bien ne
joye, mais, Dieu mercy, vous ay je trouvé."

196. Quant Rambion l'entend ainsi parler si est si honteux
qu'il ne soit qu'il doit dire, / **[f268vo.]** si se met tantost
aulx genoulx devant lui et dit, "Beau doulz maistre, ce que
j'ay fait le me veuillés pardonner et en prendre de moy
5 l'amende telle qu'il appartient, car Dieu scaist que je ne
vous congnoissoye pas." Si le prent Herolt par la main et
le relieve moult doulcement et lui dist, "Beaulx tresdoulz
seigneur, a moy n'avez vous riens mesfait, mais je mercie
Dieu de la belle grace et aventure, car ores sont finés tous
10 mes douleurs." Lors deslachent leurs heaumes et s'entre-
baiserent par grant amour, puis montent sur leurs destriers
et s'en vont ensemble vers la cité de l'admiral, a moult grant
joye parlans de leurs adventures comme ceulz qui mais a
piece d'ensemble ne vouloient departir. Et si devez savoir
15 que a leur venir les honnoura moult l'admirault et moult
se pena de pourchacer et faire tout quant leur devoit plaire
quant il sceult et congnust l'affaire qui estoit entr'eulx. Ne
demoura guairez que traictié de paix fut prins entre le roy
Argus et l'admirault, et quant ilz furent moult bel et bien
20 accordez et que leurs pays fut en paix et sans guerre, si
prindrent congé Herolt et Rambion du admirault qui moult
fut dolent de leur departement, mais bien veoit qu'aultre
chose n'en povoit faire. Si leur filt appareiller une nef moult
belle et riche, et bien la filt appareiller de vitailles et de
25 toutes aultrez necessitiés. Si se mistrent les compaignons
de⸱ens, et quant ilz eurent vent a point si leverent les voiles
et singlerent tant qu'ilz vindrent en la haulte mer, et tant
errerent qu'ilz arriverent et prindrent en une des parties de
Grece qui pou estoit habitée et si ne veoient ne ville ne
30 chastel, mais toutefoiz pour eulx rafreschir ilz ancrerent et
descendirent a terre.

197. Lors se pencerent qu'ilz yroient ung pou visiter la
terre, et estoit pour savoir s'ilz trouveroient aucun chasteau
ou fortheresse pour eulx refreschir et enquerir l'estre du

pays. Si errerent ainsi toute jour sans riens trouver fors
5 bestez sauvaiges, tant que vint vers l'assoirant qu'ilz voyent
sur une haulte roche ung beau chastel, mais il sembloit
moult destruit. Si s'adrescent celle part, car bien pencent
que sans gens n'est il mie, et esploicterent tant qu'ilz
vindrent a la porte. Lors appelle Herolt le portier et lui
10 dit, "Beau doulz amy, il me semble que vous estez le portier
de ceans, et pource vous prie que vous nous diez qui est
sire de cest chastel, et pource que nous sommes chevaliers
d'estrange terre et n'avons huy mais ou nous herberger,
vous prions et requerons par charité que vous nous veullez
15 aiser ceans pour ceste nuit, et demain par matin nous en
partirons et yrons nostre voye. — Sire, fait le portier, du
seigneur ne vous savray je riens a dire, mais la dame est
la sur moult dolente de son seigneur qu'elle cuide avoir
perdu, si yray volentiers parler a elle et lui diray vostre
20 messaige et tantost retourneray devers vous. — Or alez,
mon doulx amy, / [b.] dit Herolt, et je vous prie ne demou-
rez guaires. — Sire, ne vous en doubtez." Lors se part d'eulx
et s'en vient a sa dame et lui dit, "Dame, la dehors a deulz
chevaliers, l'un viel et l'aultre jeune, qui huy mais vous
25 requierent l'ostel par charité. — Bien soyent ilz venus, fait
la dame, laissez les entrer, car moult bien me plaist qu'ilz
soyent aisiez, et quancquez faire leur pourrons pour l'amour
de nostre seigneur." Lors s'en retourne le portier devers
eulx et leur dist, "Beaulx doulz amys, or vous en venez,
30 car vous serez herbergés." Lors ilz entrerent, et sergans
viennent assez qui prennent leurs chevaulx, leurs escus et
leurs lances, et puis les mainent sur au palais, et la
dame leur vient au devant qui les recoipt moult lyément
et a grant honneur comme femme dolente et dist que bien
35 soyent ilz venus, puis les fait desarmer et actourner chascun
de robes et de bons garnemens assez richement. Et quant
il est tempz de soupper et le menger fut appresté, si s'alerent
seoir a table et furent servis si bien et si a point que riens
n'y failloit. Herolt regarda moult la bonne dame, et bien
40 lui semble qu'aultrefoiz l'avoit veüe, mais il ne savoit ou,
si lui dit, "Dame, mais qu'il ne vous desplaise, je vous
vouleroye volentiers prier que me deïssez le nom de vostre

326 LE ROMMANT DE GUY DE WARWIK ET DE HEROLT D'ARDENNE

seigneur de qui vous avez tant de douleur, car moult le
vouldroye savoir pour vostre grant aise se a mon povoir
45 estoit de le pourchacer. — Sire, dit elle, et puis qu'il vous
plaist, je le vous diray. Sachez que de nommer son nom
ne doy je pas avoir honte, car moult estoit vaillant et preux.
Sire Amy de la Montaigne est le nom de mon seigneur."
Quant Herolt l'entend si lui mue tout le sang, car moult
50 avoit bien congneü et amé Amy son seigneur. Non pourtant
lui dit il, "Dame, merveillez ay de vostre parler. Je n'oÿ
oncques parler de nul qui portast tel nom fors ung tout
seul, et cellui demeure ez marces entre Ytalie et Almaigne.
Bien le scay car moult m'y a fait d'onneur et service. — Se
55 (m'aist) Dieu, dit la dame, moult bien l'avez deservy, et
cellui dont vous parlez c'est le mien seigneur de cest chastel.
Mais pource que vous tenez a grant merveille ce que vous
en dy, vous racompteray je quelle adventure ramena lui
et moy en ceste part. Il advint que l'Empereur d'Almaigne
60 avoit ung seneschal moult fier et orgueilleux nommé Berard
et nepueu du duc Othez de Pavie, et le noble chevalier
Messire Guy de Warwik occist par ses haultez proessez
ycellui duc Othez pour les grans traïsons qu'i lui avoit
faictes comme chascun scet. Et pource que en cellui tempz
65 mon seigneur garda et herberga ycellui Messire Gui en sez
villes closes et en sa terre comme cellui qu'il moult amoit
et avoit cher, ycelui Berard quant il fut en povoir emprint
une telle hayne envers lui que tout le desherita de sa terre,
et si mena l'empereur telement qu'il lui filt forbanir et
70 forviger toute sa terre et empire en telle maniere que, s'il
y estoit actaint ne trouvé, il seroit mal baillé du corpz et
des membres. Si nous en fuismes entre lui et moy et aucuns
de noz gens avec nous en cest pays qui est nommé la Grant
Ardenne pource que moult est plaine de grans aventures
75 et fantosmez et de faërie, et fut nostre vouloir de demourer
ycy jusquez / [f269ro.] a ce que Dieu nous donnast aucunes
nouvelles, et pource que le lieu nous sembla aucquez bel
et delictable pour la riviere et le boys dont il est prez, nous
feïsmez faire ce chastel et fermer de l'avoir que nous ap-
80 portasmez avec nous qui moult estoit grand. Et quant il
fut de tout bien parfait et fermé et bien cuidions estre

asseür et envoyer noz gens et a mont et aval pour les
pourveancez de noz vitailles, nous advint une merveilleuse
adventure, car ung chevalier feé qui en ceste forest habite
85 s'en yssoit chascun jour et occioit noz gens devant noz yeulx
ou les emmenoit en prison avec lui, n'oncquez n'oÿsmez
parler de nul qu'il emmenast. Si en fut mon seigneur si
dolent que ung jour s'ala combatre a lui corpz a corpz, mais
tant estoient ses armes diverses et enchantées que nul coup
90 ne les povoit empirer et bien se contretenoit, non obstant
que mon seigneur eüst resisté a l'encontre de lui se n'eust
esté une fortune qui lui advint, car en suivant le chevaliei
il trespassa les methes de la forest, et lors fut cellui du tout
si perdu qu'oncquez puis n'en oÿsuiez parler. Et telle est
95 l'adventure d'icelle mectes que Dieu les maudie, car oncquez
nullui ne les trespassa qui en sceut retourner."

198. A cez parolez a Herolt moult grant pitié au ceur, et
quant il peust parler si dit, "Ha dame, benoicte soit l'eure
qui cy nous a admenez, et vous ayez bonne adventure
comme la femme d'un des meileurs chevaliers du monde
5 et de qui je me doy le myeulx loer. Ha Rambion, fait il,
beau doulx amy, se vous saviez combien vous estez tenu
au bon chevalier Amy de la Montaigne, et comme loyaument
il ama et servi monseigneur vostre pere, certez vous mectriez
moult grant paine a sa guarison selon vostre povoir, car
10 bien vous ose dire qu'oncquez ne nasqui plus gentil ne
plus loyal ceur de chevalier. — Sire, dit Rambion, tant en
avez dit que bien est raison que je lui vaille se j'en ay le
povoir, et pource veul faire ung veu a Dieu que demain
par matin j'entreray en celle forest ne jamais n'en retour-
15 neray sans lui ou j'apporteray certaines nouvelles de sa
mort ou de sa vie. — Ha, pour Dieu, sire chevalier, dit la
dame, de ce ne vous hastez mie, car ce ne seroit que paine
perdue, et bien sachez que puis que une foiz vous avrez
passé les methes de la forest nulle proesse ne vous y peut
20 avoir mestier. — Dame, dit il, je ne scay qu'il en sera mais
par saincte croix j'aymeroye myeulz y demourer que je n'en
feïsse mon devoir, et vous ne m'en desconseillerez ne vous
ne aultre, car je ne le laisseroye en nulle maniere." Lors en

baisse la teste a tant. Aussi fait Herolt qui se reprend de
25 ce qu'il a dit, car moult grant doubte a de le perdre a
ceste entreprise, mais aultre choze ne peut faire. Aprez le
vin et les espices alerent dormir, et lendemain par matin
Rambion se leva et demanda sez armes, et puis monte sur
son bon destrier, le heaume en la teste, l'escu au col, le
30 glaive au poing. Et lors appelle Herolt qu'il vist moult
dolent, si lui dist. "Beau tresdoulz maistre, vous savez ce
que j'ay voé et promis, et pource veul acquiter mon con-
venant, et je vous prie qu'il ne vous desplaise vous remaindrez
cy avec la dame, et je yray querir le bon conte Amis. Se
35 Dieu plaist vous avrez dedens bref tempz tous deulx
emsemble. / [b.] — Ha sire, fait Herolt, Dieu vous en
veuille oÿr, mais certes j'ay moult grant doubte de vous.
Assez myeulx amasse aler en ceste adventure que vous se
ce fust vostre plaisir, mais quant aultrement ne peut estre
40 je vous commende a Cellui qui vous fourma qu'I vous
desfende de mort et d'encombrier. — Amen, dit il, par sa
grace." A ces paroles prent congé de la dame et de tous
ceulx de leans qui moult font grant deul pour luy, et s'en
yst de leans et chevauce grant aleüre vers la forest, celle
45 voye mesmes qui lui fut enseignée par ou le chevalier feé
venoit, et le champ par ou l'en y entroit on appelloit la
voye perdue pource que tous ceulz qui y entroient estoient
perdus si qu'on n'oÿoit plus parler. Tant ala qu'il vint a la
devise des bournes perileuses qui estoient de grans pierres
50 de marbre, deux assissez es deulz pars du chemin, et si y
avoit lectres escriptes qui devisoient les perilz de l'adventure
et les noms de tous ceulz qui y estoient demourez. Oncquez
pour tout cesi ne s'arresta Rambion. Ains passa oultre et
chevauca a moult grant esploit sans encontrer homme ne
55 femme fors que bestez sauvaiges, ne maison nulle n'y trouva.
Quant vint environ heure de nonne, si regarde devant lui
et voit ung hault et merveilleux chastel auquel sa voye
s'adrecoit. Si s'avance celle part, et quant il vint au pié si
treuve qu'il y eust deux grans portes de grant force et
60 subtillement faictez et entaillées. Si estoient toutes ouvertes,
mais moult lui semble oscure l'entrée du lieu. Si se saigne
et commande a Dieu, puis se met ens tout a cheval, et au

plus tost qu'il fut entré les portes se fermerent aprez lui,
et lors fut plus espoventé que devant et bien se doubta
65 d'estre du tout perdu, mais toutefoiz se reconforte en son
grant ceur et chevauce oultre par l'oscurté qui y estoit si
grande qu'il n'y veoit goute, et lui dura celle oscurté l'espace
d'une grant lieue, et lors vit en une lande une grant clarté
apparoir dont il fut moult joyeux et aucquez rasseüré. Sy
70 chevauca celle (part) moult grant aleüre tant que en la fin
d'une lande trouva une riviere grande et bruiant et parfonde,
si s'arreste sur le bort, pource qu'il ne voit pont, passage,
plance ne batel par ou il puisse passer, et si n'estoit pas
riviere qu'on peust passer a gué, car selon que dit l'ystoire,
75 elle estoit large de plus d'une lieue, et si radement couroit
que c'estoit grant merveille, et tant parfonde estoit qu'on
n'en povoit veoir le fons.

199. Moult fut entrepris Rambion quant il vist qu'il ne
povoit oultrepasser, car il veoit de l'aultre part de l'eaue
une place toute enclose si belle et si delictable que ce
sembloit ung droit paradis, car de toutes herbes et flours
5 de gracieuseté estoit toute resplennie de bonnes espices
tant que la flereur s'en espandoit par toute la contrée qui
moult faisoit bon a oudourer. Eu milieu de celle belle place
avoit ung palais tant bel et riche que de tel n'avoit oÿ
Rambion parler, et bien lui sembloit qu'il n'y avoit au
10 monde de son pareil, ne roy n'empereure tant riche
au monde qui en sceust faire ung tel, car toutes les
meurdrieres en estoient bastues / **[f269vo.]** de fin cristal
entaillées moult richement a couleurs de diverses qualités,
et les elements de toutes les maisons estoient de cypres, et
15 les courbes de fin coural jointes ensemble de riches bendes
d'or. Sur le pommel de la maistresse porte eu pommel devant
y avoit assise une escharbougle moult belle qui gectoit si
grant clarté que toute l'isle en estoit enluminée. Es .IIII.
coingz avoit .IIII. aultez tours, et sur chascune une pierre
20 moult riche precieuse. En la premiere avoit ung fin saphir
d'oriant, en l'aultre ung ruby cler et resplendissant, en
l'aultre avoit une sardine jargonnée, et eu quart avoit une
topasse. Telle estoit la richesse des pommeaulx des tours

qui n'estoit pas petite. Devant le pallais avoit moult belle
25 court et riche et beaulx jardins plaisans et delictables plains
d'arbres, d'oyseaulx, et de fruis et de toutes manieres, et
si estoit la basse court toute enclose d'un mur de marbre
de diverses facons de fin marbre. Devant la principale porte
avoit ung arbre de grant beaulté merveileusement foilu et
30 plain de flours, et si n'est oisel ne doulx chant de qui l'en
ne peust oÿr la melodie qui repairoient et prenoient leur
soulas dedens l'arbre. Telle en estoit l'ordonnance a bref
parler et selon ce que je le treuve escript. De telle richesse
et de telle merveille estoit cellui palais qu'on le pourroit
35 tenir a flabe se je metoye paine a descripre tout ce que
je treuve, et pource m'en deporte a cause de briefté et pour
doubte d'encourir hors de verité, mais que tel et si suffisant
estoit qu'il peust bien suffire pour le plus grant empereur
du monde. Rambion qui de l'aultre part de la riviere estoit,
40 advisa moult longuement ceste grant richesse, et lors fut si
ardant de la veoir de plus prez qu'il jura a soy mesmez
que vrayement jamais d'illec ne partiroit ne retourneroit
jusquez a ce qu'il eüst passé la riviere et esté dedens le
bel pallais et veües les merveilles qui y sont. Si s'aproce
45 de l'eaue et taste le gué a sa lance, mais il n'y peust trouver
nul fons, et lors est il moult courroucé et dit qu'ainsi ne
demourra pas et qu'il passera oultre ou il demourra en l'eaue.
Si se saigne et commande a Dieu, puis fiert cheval des
esperons et sault dedens la riviere a plain sault, et tantost
50 convint lui et cheval aler au fons, telement que la riviere
lui surmonta pardessus la teste, et lors cuida bien estre du
tout perdu, mais en son ceur avoit tousjours fiance en Dieu,
et filt tant le bon cheval qu'il le rapporta a flo et passa par
force le cours et la radeur de la riviere, et quant il sentist
55 la terre si si afferme des deulz piés de devant et sault
oultre la riviere a plain saufvement avecquez son maistre
qui moult en mercia Dieu de ce qu'il se vist ainsi delivré
par la bonté de son cheval. Si s'achemine droit au palais
qui aucquez estoit prez tout belement, et quant il vint a la
60 riche porte, si entra ens, puis descendi de son cheval en
la court et l'establa, puis lui donna fain et avainne / [b.]
dont la en avoit assez, et lui osta le fraing et la scelle, et

s'en va de place en place en regardant les merveilles qui
y sont, mais il n'y treuve nul a qui parler. Ainsi va d'estre
65 en estre tant qu'il vint en une moult noble chambre toute
tendue de drap d'or et de soye, si entre ens et voit ung
chevalier qui seoit aulx fenestres et regardoit aulz jardins.
Si se trait envers lui et le salue, et cellui se retourne et lui
rend son salut et dist que bien soit il venu. "Sire chevalier,
70 dit Rambion, moult ay grant merveille dont vous estez ycy
seulet, et pource vous veul demander se cest palais append
a vous. — En nom Dieu, sire, dist il, a moy n'est il pas
vrayement, et a male heure fut il oncquez fait pour moy,
car trop l'ay gardé plus longuement que je ne voulsisse.
75 — Comme, fait Rambion, y estez vous donc en prison? — En
nom Dieu, sire, fait il, en prison suis je vrayement, et telle
que jamais n'en pence yssir ne vous avec dont c'est dommaige.
— Taisiez, fait Rambion, ne dictez pas ainsi, car par saincte
croix nous en ystrons par tempz s'aultre contredit ne vient.
80 Mais vostre nom savroie volentiers s'il vous plaisoit, et
l'achoison pourquoy estez ycy. — Et je le vous diray, fait
il, puis qu'il vous plaist". Lors lui commence a compter
toute son adventure ainsi que cy desus l'ay devisée, et si
lui dist comme il estoit nommé Amis de la Montaigne. Quant
85 Rambion l'entend si fut moult joyeux et grant pitié lui en
prit en son ceur, si lui dist, "Ha Amy, beau doulz sire, que
vous soyez le bien trouvé. Vrayement vous ay je desiré a
veoir sur tous les chevaliers du monde, et bien sachez que
vous avez tant fait pour moy que je met a tousjours mais
90 moy et mon povoir en vostre service. — Ha sire, fait il,
qu'esce que vous dictez? Sachez que vous avez maladvisé
ne je ne suis pas cellui que vous dictez, car oncquez mais ne
vous vi que je sache ne pour vous riens ne feis. — Si avez
assez, fait Rambion, selon que racompté m'avez, car les
95 bons services que feïstes jadis a mon seigneur et pere, Gui
de Warwik, tiens a moy fais, comme a cellui qui fut mon
pere et je suis son filz." Quant Amy l'entend ainsi parler, si
joingt les mains vers le ciel de ce qu'il a voulu laisser ung
tel hoir de Guy de Warwik, si lui dist, "Ha sire, certez
100 je suis moult joyeulx de vous et moult dolent. Joyeux de
vous veoir et de vous congnoistre, et dolent pource que

pour mon amour vous estez venu mectre en la prison du
palais dont jamais n'ystrez se Dieu ne vous fait grace, car
telle est la vertu des enchantements et fantosmez de ceans.
105   Et sachez se vous y demouriez par l'espace de .IX. mile
ans vous n'y devendriés jamais plus viel de semblant que
vous estez a present. — En nom Dieu, fait Rambion, tant
ne demourrons nous pas se Dieu plait, ains nous en retour-
nerons a present devers vostre bonne femme et Herolt le
110   bon chevalier qui nous actendent et desirent moult nostre
venue. Ja ne lairons pour le chevalier feé s'il y vient et il
nous veuille riens demander il sera respondu. — Ha sire,
fait il, ne dictes ainsi, car il est bien d'aultre affaire que
vous ne pencez. De tant seulement que vous estez si avant
115   venu me donne grant merveille, / **[f270ro.]** car oncquez
mais ne passa si avant chevalier que vous avez fait s'il n'y
a esté admené par le chevalier feé ou s'il n'y est venu par
son congé. De moy emmener est ce neant, et bien scay que
de vous mesmez serez tout encombré avant que vous
120   yssez de son danger, car ja ne serez si tost hors de ceans
qu'il vous vendra au devant. Si avrez bien mestier de mons-
trer haulte proesse, car a lui trouverez vous haulte bataille
et merveileuse, et s'il estoit orez a mile lieues d'icy si seroit
il venu en demy quart d'eure, car tout scaist et voit de la
125   ou il est quantque nous faisons et disons. — De tout ce ne
donne riens, fait Rambion, mais levez sur et vous en venez
avec moy seürement, car bien promet que vous n'y avrez
garde, et se le chevalier est tant hardi de nous assaillir, je
vous prometz que je le courouceray telement que pou lui
130   avront mestier ses enchantemens."

200.   Amis regarde moult Rambion, et moult lui plaist son
parler et sa contenance. Puis se recorde du bon Guy son
pere, et dist a soy mesmez que vrayement est il descendu de
tel estrace qu'il ne peust faillir d'estre preudomme s'il vist
5   par aage, et pource lui dist, "Sire, moult vous voy courageux
que je m'en aille avec vous, et je le feray puis qu'il vous
plaist, mais toutesfois pource que je scay bien que par
nulle de vos armez vous ne povés empirer le chevalier, vous
loe et conseille que vous emportez avec vous celle espée

10 qui la sur gist sur ce piller, car par aultres armes ne peust
estre conquis." Rambion va droit a l'espée et la prent
moult joyeusement, puis la tyre hors du fourrel et moult
lui plaist a regarder, car trop estoit belle et riche. Si la
chaint entour luy, puis prent Amy par la main et s'en
15 yssent hors du palais et viennent a l'estable la ou le bon
cheval estoit. Si montent eulz deulz dessus et s'en yssent
hors parmy la porte par ou Rambion estoit venu et s'adres-
cent envers la riviere, mais ilz n'eurent pas chevaucé ung
trait d'arbalestre loing quant ilz virent venir ung grant
20 chevalier bien armé de toutes armes et la lance eslongée et
monté sur ung grant cheval que bien leur sembloit a son
venir que la terre deust fondre soubz lui. Si lui escrie de si
loing qu'il le peust bien entendre, "Arrestez vous, sire
chevalier, je vous desfend l'aler avant. Comme fustez vous
25 si hardi de passer la riviere sans mon congé et entrer en
mon palais et mon prisonnier emmener? Tel oultraige ne filt
oncquez mais nul homme. Sachez que vous le comperrés
chierement, car vous en recepverez la mort. Si vous desfie.
Or vous gardez huimais de moy." Lors met Amis a terre
30 et le fait tirer a terre, puis laisse courre au chevalier qui lui
venoit tout a loisir. Si s'entreassignerent telement en leur
venir que tous les deulz convint wider les archons et cheoir
a terre emmy le pré. Mais tantost saillirent en piés comme
ceulz qui estoient plains de haulte proesse et s'entrecouru-
35 rent sur aulz bonnes espées et moult s'entredommaigerent
et empirerent et font le sang saillir l'un de l'aultre. Ram-
bion se commence a recorder de la haulte proesse de Mes-
sire Guy, son bon pere, et dist / [b.] que vrayement il ne
se prise riens se devant Amy de la Montaigne il ne fait
40 tele chose qui lui soit actournée a proesse et parquoy il
puisse appercevoir qu'il est droitement descendu et filz
du bon Guy. Si s'efforce et fiert le chevalier feé a mont
sur le heaume ung coup si grant et si pesant que malgré
qu'il en eust, le convint cheoir a terre tout envers, et lors
45 Rambion sault sur son corpz et se prent a lui deslacer son
heaume et dit qu'il occira s'il ne se rend pour oultré et
s'il ne lui creance qu'il fera sa volenté, et cellui qui se voit
en peril de mort lui creance et lui rend son espée a faire

son commandement, et lui dit, "Sire, je scay bien vrayement
50 que vous estez Rambion, filz de Messire Guy de Warwik,
car d'aultre ne doy estre conquis. Si vous prie ne m'occiez
mie, et je vous delivreray tous ceulz que je tiens en ma
prison en divers lyeux en ceste forest, et si vous dourray or
et argent et grans richesses tant que vous pourrez souhai-
55 der. — De ton or ne de tez richesses n'ay je cure, dit Ram-
bion, ne nules n'en veul, mais toutesfoiz veul je que les
prisonniers me soient rendus." Et celly lui promet moult
volentiers qui moult fort le redoubte, si lui promet a passer
la riviere et le mectre hors la (forest) sauvement sans nul
60 encombrier, et en aprez la fiance, puis lui dit qu'il se lieve
sur et monter, et retournerent ensemble vers le palais, et
lors filt le chevalier feé delivrer tous les prisonniers et les
bailla a Rambion qui moult s'en tint joyeulx. Et quant ilz
eurent mengé et eulz rafrescy par loisir, hors du palais s'en
65 yssirent, et le chevalier feé les convoya et leur passa la ri-
viere et les destrois de la forest perileuse sans aucun encom-
brier et a tant prit congé d'eulz et s'en retourna en son
palais. Et d'aultre part s'en va Rambion et sa compaignie
qui moult estoit joyeux de ce qu'il a ainsi delivré Amy et
70 les aultrez prisonniers.

201. Tant ont chevaucé ensemble qu'ilz sont venus au chas-
tel ou la dame et Herolt les actendoient a moult grant
doubte comme ceulz qui craignoient que jamais n'en deüs-
sent retourner. Mais quant ilz sceurent les nouvelles de leur
5 retour, il ne fait pas a demander la grant joye qu'ilz com-
mencerent a demener par tout le chatel, et lors yssirent a
l'encontre et les receupurent si joyeusement que faire se peult.
Moult fait la dame grant joye et grant feste de son seigneur
qu'elle voit sain et moult remercie Dieu et le bon cheva-
10 lier par qui il est delivré. Herolt mesmez aprez qu'il voit
venir Rambion lui vient a l'encontre les bras tendus et lui
dist. "Beaulz doux amy, vous soyez le tresbien venue comme
le chevalier du monde que plus je desiroye a veoir. — Ha,
sire Herolt, et vous soyez sur tous aultres le tresbien trouvé.
15 — Et benoite soit l'eure, dit Amy, qui vous admena ceste
part, (mais comment l'avez vous puis fait que je ne vous

viz, ne quelle achoison vous admena ceste part? — Sire,
fait il, je le vous diray.") Si lui commence a compter Herolt
comme Guy, son bon seigneur, s'en ala en essil et qu'onc-
20 quez puis n'en oÿ nouvelles. Aprez comme Rambion son
filz lui fut baillé en garde et comme / **[f270vo.]** marchans
vindrent qui l'emblerent, et comme il se meust aprez pour
le querir, et toute l'adventure que cy dessus vous ay ra-
comptté de chef en chef, car ennuy et oyeuseuse chose seroit
25 de deulz foiz la racompter, mais bien vous di que le bon
Amy l'oït volentiers, et tant lui prist grant pitié du bon
Messire Guy qui ainsi s'en estoit alé en essil qu'il ne se
peust tenir que les larmes ne lui venissent aulz yeulx, et
moult prie Dieu qu'il veuille garder et sauver comme le mei-
30 leur chevalier du monde et dont plus grant dommaige seroit
a la christienté s'il estoit perdu.

202. A tant finerent leurs paroles et commencerent la feste
par leans si grande et si merveileuse comme se Dieu mesmes
y fut descendu, et chascun se penoit qui plus povoit de
plus en faire, et aussi bien leur sembloit qu'ilz avoient
5 cause d'en faire joye et feste, et leur seigneur mesmes les
en prioit et admonnestoit de tout son povoir pour la solen-
nité de ses hostes. Lendemain heure de prime ainsi qu'ilz
avoient oÿe messe et estoient yssus hors la porte du chastel
pour ung pou eulz esbanoier es jardins voyent venir tout
10 droit le grant chemin du chastel ung pelerin errant qui
moult sembloit las et travaillé. Si s'arresterent au chemin
pour l'oÿr parler et aprendre de lui aucunes nouvelles, et
quant il fut venu jusquez a leur compaignie, si les salue
tous ensemble de Dieu le Tout Puissant, et ilz lui dient
15 que bien soit il venu. "Sire pelerin, fait Amys, de quel païs
venez vous? Dictez nous de voz nouvelles. — Sire, fait il,
volentiers vous le diray. Sachez que je viens du pays d'Al-
maigne et n'a pas long temp que j'en party de la noble cité
d'Espire et la laissay l'empereur Regnier a grant compaig-
20 nie de haulz princes et barons. — Et comme se contient
il, dit Amys, a present? — Sire, dit le pelerin, moult riche-
ment, et si a devant lui puis nagaires esté faicte une bataille
la plus merveilleuse et felonnesse dequoy j'oÿsse oncquez

parler, et j'en puis bien porter le tesmongnaige, car je y
25 estoit et la vy a mes yeulx. — Et de quelles gens fut celle
bataille? dit Amis, je vous prie que vous nous le diez.
— Comment, fait il, ne le savez vous mie? Or en suis je
moult esmerveillé, car assez en est courue la nouvelle prez
et loing, mais puis que vous ne le savez, je le vous diray.
30 Vous avez bien oÿ compter comme le bon conte Thierry
de Gourmoise estoit chassé et essillé hors de l'empire et de
toute sa terre par le pourchas du duc Berart de Pavie,
seneschal de l'empereur, qui lui mectoit sur que par lui et
son ordonnance Messire Guy de Warwik, son compaignon,
35 avoit occis faulcement et en traïson le duc Othez de Pavie,
son oncle. Si est advenu que ung pelerin dont nul ne sceust
le nom est arrivé qui a fait la bataille pour Thierri et pour
sa delivrance et l'a conquis en champ, c'est assavoir le duc
Berart, son ennemy, et lui a trenché la teste devant tous
40 les barons de l'empereur. Et sachez qu'oncquez si dure ba-
taille ne fu recordé entre deux chevaliers. Il fut ainsi que
tous / [b.] ceulx de la contrée sont moult joyeux de la mort
du duc Berard, car il n'estoit de nul amé, et si estoit si
cruel qu'a merveilles. Et est Thierri maintenant a moult
45 grant puissance et seigneurie, car l'empereur lui pardonna
son maltalent incontinent aprez la mort du duc Berart, et
si a lui delivra toute sa terre francement et quictement, et si
l'a fait seneschal et gouverneur de toute sa terre et empire
comme le duc Berart estoit. — Comme Dieu, beau sire,
50 dit Amis, les nouvelles sont bonnes, et vous qui les apportés
vous soyez le tresbien venu, mais encore vous veul prier
si vous nous diez quelle part vous estez meü d'aler. —
Sire, fait le pelerin, il est que le bon conte Thierry de Gour-
moise se souloit moult amer Amy de la Montaigne qui
55 moult hault baron estoit au pays d'Almaigne a l'eure que
il en fut essillé et chacé par la puissance du fel duc Berard
qui le haroit mortelement pource qu'il avoit recepu en sa
terre Messire Gui de Warwik a l'eure qu'il occist le duc
Othes, son oncle, et a puis tant pourchacé le conte Thierri
60 devers l'empereur qu'il lui a pardonné son maltalent et
veult que toute sa terre lui soit rendue et delivrée quic-
tement, et pource par l'ordonnance du conte Thyerri sommez

meüz moy et d'aultres a ja prez d'un an tantost aprez la
bataille que je vous ay dicte pour querir Amis, mon
65 seigneur, mais il est perdu telement qu'oÿr n'en povons
nulles nouvelles, et pource m'en suis venu en cest païs
qui moult est estrange, et me suis pencé que par aventure
pour doubte de ses enemis se pourroit il bien estre retrait,
ne jamais n'en partiray jusquez a ce que je savray la cer-
70 taineté s'il y est ou nom."

203. A cez paroles racompter devez savoir que Amis avoit
si grant joye que respondre ne povoit, et Herolt qui bien
apperceust son semblant prent le pelerin par la main et
lui dist, "Sire, or puis je bien dire que vous estez le
5 bien venu, et si devez estre joyeux, car vous avez achevé
vostre penitance. Sachez que cellui seigneur que vous de-
mandez est en ceste compaignie se vous le savez congnois-
tre." Lors lieve la face et les regarde, et tantost congnoit
son seigneur a ung signe qu'il avoit sur l'oeil, et lors se
10 met aulz genoulz devant lui, dist, "Ha sire, que vous soyés
orez le bien trouvé, et benoicte soit la voie qui ceste part
vous i amaine quant je vous treuve sain et hactié." Lors lui
commence a compter son messaige et comme l'empereur
l'envoyait querre et moult le desiroit avoir avec lui, et si
15 n'oublie pas lui dire tout ce que le conte Thierry lui avoit
chargé. Lors commence la joye entr'eux assez grant et dient
qu'il n'y avoit fors que d'y retourner en Almaigne. Si se-
journerent ainsi a grant joye l'espace de trois jours, et lors
atournerent leurs affaires, puis se departirent. Amis assez
20 cuida emmener en son pays Herolt et Rambion, et leur
vouloit partir toute sa terre, mais oncquez n'en voulurent
ains faire. Ains se departirent. Quant ilz eurent chevaucé
trois journées ensemble, Amis et sa compaignie retourna
en Almaigne devers l'empereur son seigneur, et Herolt et
25 Rambion s'acheminerent vers France et tant esploicterent
par leurs journées qu'ilz arriverent en Bourgongne. Si advint
qu'ilz / **[f271ro.]** trouverent le pays moult destruit et gasté
dont s'esmerveilla moult Herolt, car aultrefoiz y avoit passé
et l'avoit trouvé tres riche et plantureux. Et ainsi qu'ilz
30 chevaucoient en a travers, encontrerent ung païsant de vi-

laige qui les salue a moult grant paour pource que armés
estoient, et ilz lui rendent son salut et l'asseürerent qu'il
n'eüst d'eulz nulle paour et qu'il n'avoit garde. "Beaux
amy, dit Herolt, es tu de cest pays? — Oÿl, sire, fait il.
35 — Dont nous savras tu bien a dire qui a ainsi destruit et
gasté ceste contrée, car aultrefoiz l'ay veüe moult bonne.
— Sire, fait il, elle estoit bonne voirement audevant de
ceste guerre, mais le duc Milon de Bourgogne a pris gue-
rre et menée longuement a mon seigneur le conte de Sal-
40 mes a qui cest pays append et gastée et pillée toute sa terre
et moult estoit prez d'estre destruit du tout, ne plus n'avoit
ou il se peust retraire fors en ce chastel que vous veez la
sur celle roche. La estoit toute sa desfence ne plus ne
povoit contretenir jusquez a ce qu'a luy vint ung soul-
45 doyer environ a ung an de moult jeune aage, et par ycellui
a il aucquez recouvré toutes ses terres et chasteaulz et
fortheresses qu'il avoit aucquez perdues, et desconfilt le
duc par deulz ou par trois fois et chascun le redoute. Et
moult a mis mon seigneur le conte a grant qui audevant
50 estoit aussi comme tout destruit. Et encore y a plus, car
la sur en celle garde est chascun jour le chevalier armé de
toutes armes pour attendre les trespassans, et s'il y vient
aultre chevalier qui soit armé, passer ne s'en peust qu'il
ne lui faille laisser cheval et harnois ou soy combatre a
55 lui, et plus de cent en a il conquis par sa proesse puis qu'il
y vint. Des bourgois, des marchans, et de ceulz qui sont
desarmés se passe il assez legierement et a petit de truaige,
mais toutefoiz leur passaige leur convient acquiter. Pource
l'ay dit que je scay bien qu'il est la. Si vous conseille que
60 vous tournez aultre part, car sans meslée vous ne povez
par la passer qu'il ne vous y conviengne laisser voz che-
vaulz et voz harnois, et s'il vous maladvenoit, ce seroit grand
dommaige. — Bon homme, fait Rambion, assez en avez
dit en grant mercis, mais toutefois ne sommez nous mie
65 advisé de guerpir nostre chemin pour le corpz d'un seul
chevalier. Trop seroit grant covardise, et je croy que Dieu
le fait pour ma bonne adventure, car aussi a il long tempz
que je n'essaye mon povoir en armes. Si lui prie par sa
grace qu'il me veuille envoyer tel compaignon parquoy

70 je me puisse essayer de plus valoir, car encore ne le scay je,
tant y a que se riens veult avoit du nostre, a desregner lui
convint plus par force que par parole."

204. Sans plus tenir paroles se partirent du bon homme
et chevaucerent vers la garde la ou le chevalier estoit qui
les actendoit, et bien les veoit venir, et de si loing qu'ilz
l'apperceurent, Rambion dist a Herolt, "Beau tresdoulz mais-
5   tre, je voy le chevalier dont on nous a parlé. Moult est
jeune et de haulte proesse ainsi que je l'ay entendu, et bien
le croy par la fiere contenance que je voy en lui. Je suis
jeune aussi, et pour m'essayer je vous prie que me veuillés
octroyer ceste bataille et jouste. — Et je la vous / **[b.]**
10 octroye, dist Herolt, puis que vous en estez delivré. Dieu
vous en doint partir a honneur." A cez paroles s'aproce
de la garde, et dit le chevalier a Rambion. "Vassal, il vous
convient laisser ce harnois et vostre cheval ou vous desfen-
dre de moy. — Sire chevalier, de mon harnois et de mon
15 cheval ay je encore a besongner, car je ne scay pas bien
aler a pié, mais toutefoiz j'entens bien que vous dictes, si
me garderay de vous au myeulz que je pourray." Si lais-
sent courre l'un envers l'aultre sans plus de desfiance, si
s'entr'assignerent si durement en leur venir qu'il convint
20 les lances briser et voler en pieces. Et a l'assembler s'en-
treassignerent si durement des escus et des corpz qu'il
les convint wider les arcons et cheoir a terre moult felon-
nessement, et tantost se leverent en piez comme ceulz qui
estoient de hault couraige et de grant hardement plains, et
25 s'entrecoururent sur, les espées nues, les escus embrachés.
Si commencerent une meslée moult dure et moult felon-
nesse et tant qu'en pou d'eure ilz s'entredommagerent et
empirerent en plusieurs lieux a ce qu'ilz estoient moult
yrez l'un vers l'aultre. Et Herolt qui la bataille regardoit
30 avoit moult grande doubte de Rambion, car trop lui sem-
bloit fiere la contenance de l'aultre chevalier qui encontre
lui se combatoit, et moult lui sembloit qu'il estoit de haulte
proesse. Et quant ilz eurent maintenu leur estour premier
qu'a force les convint reposer pour reprendre leur alayne,

35 Rambion qui moult desiroit congnoistre celly a qui il se
combatoit pour le hault affaire qu'il trouvoit en lui, le mist
premier en paroles et lui dist ainsi:

205. "Sire chevalier, moult vous ay trouvé preux et hardi,
et bien di que vous estez le meileur chevalier a qui oncquez
mais m'essayasse a mon semblant, et pource me sembleroit
grant dommaige qu'il deust advenir de vous aultre chose
5 que bien. Sy vous conseille que vous laissés ceste bataille
et vous rendez a moy, et pour le grant bien que j'ay trouvé
en vous feray de vous mon compaignon et vous en ven-
drez avec moy a mon pays, et la vous departiray la moitié
de toute ma terre. — Avoy, sire chevalier, moult me cuidez
10 avoir trouvé recreant. Sachez bien qu'encore n'estez vous
pas la, mais quant vous m'avrez tel actourné que je
n'avray heuame en teste, escu ne haubert et que plus ne
pourray porter l'espée, a donc sera il tout a tempz de faire
vostre requeste, mais sachez qu'avant vous cuide trencer
15 la teste et maint en ay trouvé en ceste avangarde et aussi
oultrecuidez que vous estez dont je suis moult bien venu
au dessus, et de vous le pensay je faire assez plus legiere-
ment. Puis trenceray je la teste a ce vielart que je voy la
qui est venu en vostre compaignie. — Avoy, sire, fait Ram-
20 bion, par saincte croix ce seroit dommaige qu'il mourust
par voz mains, car en son pays est il renommé de moult
haulte proesse. Assez me desplairoit qu'il eüst pour vous
ennuy. Si vous convient premierement desfendre de moy,
car je vous / [f271vo.] rappelle a la bataille, assez nous
25 sommez reposez. — C'est le jeu qui me plaist," fait le
chevalier. Lors recommencerent entr'eulz l'estour assez plus
fier et plus pesant qu'il n'avoit de tout le jour esté, et
moult s'entreblecerent et empirent aulz bonnes espées sur
testes et sur bras partout ou ilz se povoient attaindre. Mais
30 Rambion fut moult yré et tint a grant honte ce que celle
bataille tant duroit, et moult en craignoit avoir blasme de
Herolt, si s'esvertue de toute sa force et fiert le chevalier
par telle vertu a mont sur le heaume qu'il en abat tout ung
cartier a terre, et de cellui coup fut le chevalier si estourdi
35 qu'il lui convint venir a terre de toutes les deulz paumes.

Et lors le ramposne Rambion et lui dist, "Sire chevalier,
or est pis. Encore vous loe que vous facez mon conseil."
Lors a il moult grant deul au ceur. Si sault sur au plus
tost qu'il peust et lui paye ung tel coup qu'il embat son
40 espée dedens l'escu jusquez en la bougle, mais aultre mal
ne lui filt, puis resache son espée si durement qu'a pou
qu'il ne fist venir Rambion aulz genoulz. Ainsi se contien-
nent les deulz chevaliers si orgueileusement aucquez par
egal tant que Herolt en a moult grant paour, ne tenir ne
45 se peust de plourer pour la grant pitié qu'il en a, et bien
dist a soy mesmez que trop seroit grant dommaige se nul
d'eulz deux perissoit. Si se trait envers eulz et leur dist,
"Beaux seigneurs, or vous prie par amour et courtoisie que
vous respités ung pou cest bataille juesquez a ce que j'aye
50 a vous parlé." Et ilz se trayent en sur l'un de l'aultre pour
oÿr qu'il veult dire. Lors se tourne envers le chevalier de
l'avangarde et dit, "Sire chevalier, tant vous estez longue-
ment combatus ensemble que desormais est bien tempz que
la bataille fine. Je vous tiens a preux et hardi, mais aucquez
55 voit on bien a quoy ceste bataille peut tourner se vous la
maintenez jusquez en la fin. Je vous conseilleroye avant
que plus en feïssez de vous rendre a cest chevalier a qui
vous vous combatés, car sachez bien que moult est grant
seigneur d'avoir, de terres, et d'amis, et plain de si haultes
60 proesses que ce ne vous sera pas honte de ce que vous
ferés envers luy, et si vous en peult moult de bien venir,
car il vous emmerra avec lui et tant vous dourra terres et
honneurs que riche en serez a tousjours mais. Si ne refusez
pas ceste offre et je le vous conseille." Ainsi que Herolt
65 disoit ces paroles au chevalier de la garde, prist une si grant
frëeur au ceur qu'il n'avoit membre sur lui qui ne tremblast
et tout le sang lui remuoit. Si se merveilloit moult dont ce
lui povoit venir, et pource lui respond et dist, "Sire vielart,
moult est mon ceur effrayé depuis que vous commencastez
70 a parler a moy. Si ne scay la cause. Tout la char me poingt
et fremist, et si n'est pas pour paour que j'aye de vous. Je
ne scay pas se vous estez ennemy ou fantosme, et pource
vous conjure de part Nostre Seigneur Jhesu Christ que me
diez vostre nom et qui vous estez. — Ce ne feray je pas,

75 dist Herolt, aincoiz me direz le vostre, et quant / **[b.]** je
savray la verité de vous et de vostre estre, dont pourrez
vous savoir de moy et de cellui qui se combat a vous la
certaineté. — Et ce feraige volentiers, fait le chevalier, pour
le grant desir que j'ay de vous congnoistre, nompoint
80 pour doubte que j'aye de vous."

206. "Or sachez que je suis né du pays d'Angleterre en
une ville qui s'appelle Walinforthd, et si m'engendra ung
vaillant baron qui estoit nommé Herolt d'Ardenne dedens
la fille de conte d'Excestre qu'il eust espousée. Si advint
5 que ja a grant tempz, mon pere party du pays pour aler
querir le filz de Messire Guy de Warwik, son seigneur,
lequel il avoit en garde et que marchans d'estrange terre
lui avoient emblé, n'oncquez puis n'en revint ne n'en
sceusmez vrayes nouvelles de lui s'il est mort ou vif. A
10 l'eure qu'il partist de ma mere estoie en l'aage de .VII. ans
et nomplus. Si me prist le conte d'Excestre, mon aÿeul, et
me garda et nourri moult cherement tant que je fus en
aage et que je me senti en force et en vertu. Si advint que
par souvente foiz je fus tenu pour failly et recreant de ce
15 que je n'aloye hors du pays travailler et querre mon pere
et savoir nouvelles certaines de sa mort ou de sa vie, et
disoient plusieurs que je laissoye par fainte covardie. Si en
eus moult grant honte, et pource me partis privéement et
vins a Wallinforthd la ou je trouvay les armes de moult
20 riche valeur qui estoient a mon bon pere, et m'en armay
seul a part, moy, sans faire a nully savoir de mon conseil.
Puis m'en partis hors du pays au plus privéement qu'oncquez
peü sans prendre congé d'omme ne de femme, et bien juray
et promis que jamais n'y entreray ne si n'y retourneray
25 jusquez a ce que j'avray trouvé mon pere et Rambion, le
filz de Messire Guy de Warwik, mon seigneur, ou mors ou
vifz avant voulroye finer en la queste. Or ay je depuis cercé
plusieurs terres pour en avoir nouvelles comme France,
Normendie, Bretaigne, Gascogne, et toutes les Espengnes,
30 Almaigne, Lombardie et la plus grant partie d'Italie, n'oncquez
n'en peus trouver qui riens m'en sceut ensaigner tant
qu'environ ung an advint que je passoye par cest pays. Sy

trouve le conte qui en est seigneur moult entrepris de guerre
que le duc de Bourgogne lui faisoit, et pource que je vy
35 qu'il avoit grant besong je demouray avec lui et lui ay
depuis aidé et valu a mon povoir tant que mercy Dieu il
est assez au dessuz de sez ennemis et prez que recouvré ses
chasteaulz et fortheresses qu'il avoit perdues par le tempz
de la guerre. Et depuis me suis tenu en ceste avangarde
40 qui aucquez est ung chemin commun de toutes manieres de
gens, et a tous les trespassans ay enquis de mon pere, Herolt,
mais nulli ne ay trouvé qui m'en aist sceü a dire, dont le
couroux m'a fait combatre a plusieurs chevaliers qui par
ycy passoient quant je les trouvoye d'orguelleuse et fiere
45 responce, et maint y a laissé la teste et fera encore se je
vif se Dieu ne m'envoye aultres nouvelles." Ainsi qu'il
racompte son estre, Herolt a si grant pitié au ceur qu'il ne
se peut tenir de plourer moult parfondement, mais il se
queuvre au myeulz qu'il peust / **[f272ro.]** et dist, "Sire,
50 bien ay entendu vostre adventure, et moult me semble belle
et merveilleuse. Or vous prie que me diez vostre nom ainsi
qu'en convent le m'avez. — (Sire, fait il, voullentiers le vous
diray. Saichés que eu baptesme feuz nommé Esclac. Or
vous ay je racompté tout ce que demandé m'avés, si vous
55 prie que vous me diez vostre nom et vostre estre ainsi que
ou convenant le m'avez octroyé. Par temps m'avrez vous
bien payé.)"

207. Piteusement regarde Herolt sur luy comment cellui
qui n'avoit povoir de parler, et quant la parole lui fut
revenue si le prent doulcement entre ses bras tout ainsi
comme il estoit et lui dist ainsi, "Beau tresdoulz filz, sachez
5 que je suis le tien pere pourqui tu as eü tant de douleurs,
et benoite soit l'eure que tu fus oncquez de mere né, et
fortune qui m'a donné grace de toy trouver en tel point."
Lors oste cellui son heaume et le gecte en voye, puis se
met a genoulz et lui crie mercy, et le bon Herolt l'en relieve
10 moult doulcement en plourant et le baise et dit, "Certes,
beau filz, moult ay souffert de douleurs et de malaises pour
querir Rambion, le filz de mon seigneur, et tant ay fait,
mercy Dieu, que je l'ay trouvé, et veez luy la. C'est cellui

a qui vous estez combatu. Si veul et vous commande que
15 vous ailez tantost rendre a lui et mectre en sa mercy en
lui rendant vostre espée." Quant Halac entend ceste grant
merveille, si a si grant joye que plus ne peust, si se lieve
tantost comme cellui que riens ne grevoit chose que son
pere lui voulsist commander. Si se laisse tantost cheoir aulz
20 genoulz devant Rambion et lui tend son espée par la pointe
et dit ainsi, "Rambion, je me tiens pour oultré de ceste
bataille et me metz en vostre mercy, veuillez recepvoir mon
espée et moy pardonner que j'ay mis main a vous. Sachez
que je suis Alac le filz de Herolt, vostre homme, qui ycy
25 est, ne a riens que vous me commandez a faire ne puis avoir
deshonneur." Quant Rambion l'entend, si ne fait pas a
demander s'il est joyeulx. Lors le prent par la main et le
lieve sur, puis oste son heaume et le baise moult debon-
nairement et dist, "Ha beau tresdoulz amy, que vous soyez
30 le tresbon trouvé, et benoite soit l'eure qui cy nous a as-
semblés. Certes a moy n'avez riens mesfait ne mesfaire ne
me pourriés, car tant suis joyeux de vous avoir trouvé qu'il
n'est riens se me semble qui me puisse grever. Sy n'y a plus
fors du retourner ensemble en nostre pays, car jamais ne
35 veul que nous soyons departis, et si veul que vous et vostre
pere soyez tous maistres et gouverneurs de moy et de toute
ma terre, et c'est bien raison."

208. Lors montent sur leurs chevaulx et s'en vont droit au
chastel ou le conte estoit qui moult honorablement les
receput, mais quant Alac lui eust compté toute l'adventure
de son pere et de Rambion, d'assez doubla la joye, et tant
5 leur filt d'onneur qu'ilz s'en merveilloient. Quant ilz eurent
sejourné avec le conte tant qu'il leur vint a plaisir, si
pristrent congé de lui et moult le mercierent, puis s'en
partirent et tindrent leur chemin vers la mer au travers le
royaume de France, et tant firent par leurs journées qu'ilz
10 vindrent a Boulongne et la mistrent en mer et passerent en
Angleterre et prirent port a Senduch. La leur fut il dit que
le roy Athelstam estoit a Londres, mais quant le roy fut
seür de leur venue il ala a l'encontre / [b.] d'eulz et moult
les honnoura et donna de grans dons tant comme ilz

15 sejournerent avec lui. Sy rendi a Rambion sa conté de
   Warwik et toutes ses aultres seigneuries, et moult les lui
   acrut. Et Herolt et son filz enherita il de moult grans rentes.
   Puis pristrent congié de lui au bout de quatre jours pour
   aler vers leur pays, et le roy moult doulcement leur octroya
20 qui bien veoit que ce estoit a faire, et les pria de brefment
   retourner. Ainsi se departirent et tant firent qu'ilz vindrent
   a Warwik, la ou Rambion fut recepu aussi haultement que
   seigneur doit estre, et si receput les hommaiges et feaultés
   de tous ses hommes. Et Herolt s'en retourna en sa ville de
25 Walinforthd devers sa bonne femme qui moult fut joyeuse
   de sa venue. Aussi furent tous ceulz du pays. (Dieu nous
   doint en la fin paradis. Amen.)

   Explicit le Rommant de Guy de Warwik Et de Herolt
   d'Ardenne.

TABLE OF PROPER NAMES, PLACE NAMES, ETC.

We give the occurence of each form of a name. The numbers indicate the chapter in which the name first appears.

Bretaigne 28, Bretaigne (la petite) 43, Brittany.

Brossillien (la forest de) 43, the forest of Brocéliande, Brittany.

Bukyngham 2, Buckinghamshire.

Caillais 51, Calais.

Calabre 152, Calabria.

Carre (cité de) 154, Cairo.

Cessoigne 33, Cessoine 34, Cessonge 69, Cessoyne 50, Cessoynne 50, Saxony. See Regnier.

Christofor 86, Chrestaristor 91, Duke of Almarie, constable of Emperor Hermym of Constantinople.

Colbrant 179, the Danish champion, an African giant killed by Guy.

Coldrain 79, Costram 92, Tostlorin 75, an Emir, nephew of the sultan of Babylonia and Crenne, killed by Guy.

Constentinnoble 163, Costentinnoble 126, Costentinoble 74, Constantinople.

Cornouaille 163, Cornouale 161, Cornwall.

Costram 92, see Coldrain.

Coulonge 60, Coulongne 58, Cologne. See Waldemer.

Crenne (sultan de Babilonie et de) 74, Konieh (Iconium) ?

Crespas 52, Saduc's title.

Crixt 1, Christ.

Danemarce 179, Dennemarche 160, Denmark.

Danois 185, Dannois 181, Dennois 161, Danish.

Digon 50, Dijon.

Duras 152, Durrës, a town in Albania. See Jonas.

Elma 88, Hanema 153, King of Tyre, killed by Guy. See Tir.

Engleterre 1, see Angleterre.

Ervelbuch 72, Seguin's sister who marries Duke Regnier de Cessoigne.

Esclac 206. See Alac.

Esclandart 77, a vassal of the sultan of Babylonia and Crenne, wounded by Guy.

Escosse 1, Scotland.

Eskete 179, a Scandinavian country ruled by King Goulaf.

Espaigne 1, Espaignes 150, Espegne 152, Espeigne 66, Espengne 158, Espengnes 205, Spain.

Espire 73, Spires.

Ethiope, 152, Ethiopia.

Ethioppon 152, Ethiopian.

Everwik 139, York.

Excestre (conte d') 206, Exeter.

Exenford 2, Oxfordshire.

Fabur 152, son of King Tiramor.

Felice 2, Felixe 18, the daughter of Roalt of Warwick, later Guy's wife.

Flandres 28, Flanders.

Fleurans 135, Fleurant 135, Fleurantin 134, Earl of Brabant.

France 1, France.

Gaher 30, Hager 30, Gahier 31, son of the Emperor of Germany.

Garnier 62, a French knight, Guy's companion, killed by Regnier de Cessoigne.

Gaultier 34, Gautier de Montblanc 34, Blanchefleur's cousin and messenger, nephew of the Emperor of Germany.

Glastebery 29, Glastonbury.

Gormoyse 67, Gourmoise 104, Gremoise 63, Germoise 65, Worms.

Goulaf 179, King of Eskete.

Goultier 45, Goutier 45, a Lombard knight, killed by Guy.

Goyon (chastel de) 135, a castle belonging to Fleurentin.

Grece 152, Gresse 28, Greece.

Grejois 101, Greek.

Guelin 61, Guellin 62, Helin 61, Guyelin 62, Seguin's first cousin.

Guichart 47, Guischart 48, a Lombard knight.

Guienne 150, Guyenne.

Guy 6, Gui 97, Gui de Warwik 146, Guy de Warrewik 5, Guy de Warvich 36, Guy de Warwich

Raolt 147, *Raoul* 37, *Raould de Warwich* 38, *Roald* 37, *Roalt* 2, *Roalt de Warwik* 98, Earl of Warwick, Oxford and Buckingham, Felice's father.

Regnier (duc) 50, *Regnier de Cessoigne* 30, *Regnier de Cessoine* 72, Duke of Saxony, Duke Othes' cousin, Waldemer's nephew.

Regnier d'Almaigne 28, *Regnier* 52, *Regnier* (l'empereur) 201, Emperor of Germany.

Rommenie 104, Roumania.

Rouen 27, Rouen.

Roussie 158, Russia.

Sadoin de Perse 152, *Sadouin* 152, *Sadouyn* 152, son of the sultan of Babylon.

Saduc 52, *Saduc du Crespas* 52, nephew of Emperor Regnier of Germany, killed by Seguin.

Sainct Omer 51, Saint-Omer.

Saint Jehan (la) 180, Mid-Summer's Day.

Saint Jehan Baptiste (la) 155, Mid-Summer's Day.

Saint Laurens (eglise de) 68, (moustier de) 68, the principal church in Arasconne.

Salmes (conte de) 203, an earldom of the Holy Roman Empire, situated in the Ardennes.

Sarrasin 152, *Sarrazin* 163, *Sarrazins* 87, Saracen.

Sayne 26, Saxon, Saracen.

Seguin 52, Duke of Louvain.

Senduch 207, Sandwich.

Sequart 3, Roalt of Warwick's seneschal and Guy's father.

Surie 168, Syria.

Tamise 3, the River Thames. See *Walwingfore*.

Theralt 26, *Thoral* 45, *Thibault* 26, *Thorolt* 47, *Ttoral* 45, the companion of Guy and Herolt, killed by Huguecin.

Thibault 26. See *Theralt*.

Thoroy 26, *Wroy* 45, *Wry* 47, a companion of Guy and Herolt, killed by Lambert.

Tybault 77, a German knight, Guy's companion, killed by Esclandart.

Thierri 104, *Thierri de Germoise* 65, *Thierri de Gourmoise* 168, *Thierry* 63, *Thierry de Gremoise* 68, *Thierry de Gormoyse* 67, *Thierry de Gourmoise* 126, *Thyerri* 105, *Thyerri de Gourmoise* 190, *Thyerry* 108, *Thyerry de Gourmoise* 165, *Tierry* 104, the son of Earl Albery, Guy's companion, later seneschal of Germany.

Tir (roy de) 88, Tyre. See *Elma*.

Tiramor 152, *Triamor* 152, *Tyramor* 152, King of Alexandria.

Tostlorin (l'admiral) 75. See *Coldrain*.

Trinité (la) 24, Trinity Sunday.

Turqs 75, Turks.

Turquie (le roy de) 75, Turkey.

Valdemer 30. See *Waldemer*.

Waldemer 58, *Valdemer* 30, *Waldemer de Coulonge* 60, *Waldemer* (conte de), 32, *Waldemer de Coulongne* (conte de) 58, Earl of Cologne, constable of the Emperor of Germany, Regnier de Cessoigne's uncle.

Walinforde 163, *Walingforthd* 142, *Wallingforde* 142, *Wallinforthd* 205, *Walwingfore* 16, *Walwingfore sur Tamise* 3, Wallingford on Thames.

Warrewik 2, *Warvich* 37, *Warwich* 50, *Warwik* 98, Warwick. See *Guy* and *Roalt*.

Wincestre 179, Winchester.

Wroy 45. See *Thoroy*.

Wry 47. See *Thoroy*.

Yon 126, *Hyon* 128, a false name adopted as a pseudonym by Guy.

York 139, York. See *Everwik*.

Yrlande (royaume d') 140, Ireland.

Ytalie 197, Italy. See *Italie*.

CORRECTIONS AND NOTES

#	1.	ll. 2-3	The date 'apres l'an de l'incarnacion Nostre Seigneur Jhesu Crist .IIIIC. et XXIIII.' obviously has no connection with Athelstan's reign. However, it is possible that this is a copying fault for 'VIIIIC et XXIIII', the date of the year in which Athelstan ascended the throne.
		l. 25	A new chapter begins at 'comme l'experience' in B.N. 1476.
		l. 61	B.M., Old Royal, 15.E.VI. reads 'essau'.
#	2.	l. 12	omits 'n'avoit'.
#	3.	l. 17	omits 'envoya'.
#	8.	l. 1	B.N. 1476. The initial capital is missing although the scribe has left space for it.
		l. 5	B.M., Old Royal, 15.E.VI. reads 'douleurs'.
		ll. 7-8	dittography: 'il me conviendra finer'.
		l. 25	'a' instead of 'sans'.
#	9.	l. 34	omits 'et'.
#	10.	l. 14	reads 'louleur'.
#	11.	l. 7	reads 'nouvell'.
		l. 66	reads 'prouffite'.
#	14.	l. 22	reads 'loyaulté'.
		l. 63	dittography: 'demande'.
#	15.	l. 1	No new chapter in B.N. 1476.
#	16.	l. 5	B.M., Old Royal, 15.E.VI. omits 'sont'.
		l. 29	omits 'ne'.
#	17.	l. 5	reads 'tendreu'.
#	21.	l. 75	B.M., Old Royal, 15.E.VI reads 'Sidonie' instead of 'Felice'. The scribe has confused the names probably due to having previously copied the romance *Pontus et Sidonie*.
#	23.	l. 1	The wrong capital has been inserted in B.N. 1476 which reads 'Aors' instead of 'Lors'.
#	24.	l. 17	B.M., Old Royal, 15.E.VI. dittography: 'de destrier'.
#	25.	ll. 35-6	reads 'porte'.
#	26.	l. 64	reads 'dient'.
		l. 70	omits 'a'.

		l. 71	dittography: 'trestous mes'.
		l. 74	reads 'service'.
#	30.	l. 15	reads 'le du'.
		l. 15	reads 'Gascogne'.
		l. 25	omits 'belles'.
#	31.	l. 28	omits 'Guy'.
		l. 51	dittography: 'en ce que le cry'.
		l. 56	omits 'riens ne'.
#	32.	l. 49	A new chapter begins at 'Le duc Regnier' in B.N. 1476.
		l. 78	B.M., Old Royal, 15.E.VI. reads 'sien' instead of 'seul'.
#	33.	l. 4	reads 'bien coy' instead of 'ung cry'.
#	34.	l. 25	reads 'il' instead of 'ilz'.
		l. 44	reads 'avec' instead of 'il a'.
#	37.	l. 16	reads 'mectez' instead of 'mettent'.
#	38.	l. 2	omits 'partis'.
#	39.	l. 21	omits 'parlé'.
		l. 60	reads 'Ha, Dame, je suis ennuyé et me maintien en honneur'.
#	42.	l. 13	omits 'mercis'.
#	43.	l. 20	B.M., Old Royal, 15.E.VI. reads 'donner'.
#	44.	l. 10	reads 'auques'.
#	45.	l. 1	reads 'Haa, Sire, fait Messire Guy, Herolt son maistre.
		l. 42	reads 'son' instead of 'leur'.
#	50.	l. 32	reads 'la mort'.
		l. 60	reads 'aultre'.
#	55.	l. 25	omits 'Guy'
#	56.	ll. 46-50	It should be noted that Guy's tactics are those adopted at Orléans by John Talbot and the other English captains.
#	57.	l. 2	B. M., Old Royal, 15E.VI. omits 'est'.
#	59.	l. 43	dittography: 'la la main'
#	61.	l. 1	In B.N. 1476 the initial capital is missing, although the scribe has left a space for it.
		l. 12	B.M., Old Royal, 15.E.VI. reads 'fauldront'.
		l. 16	reads 'encontre'.
#	62.	l. 24	reads 'fiert'.
#	63.	l. 34	reads 'Herolt' instead of 'Thierry'.
#	68.	l. 45	reads 'le filz le duc de l'empereur'.

# 83.	l. 13	dittography: 'soye tel que je'.
# 87.	l. 7	reads "excuseroit'.
# 90.	ll. 35-36	reads 'son' instead of 'vostre'.
# 104.	l. 101	From this point onwards the scribe of B.M., Old Royal, 15.E.VI. uses the form *filt* as an alternative to *fist*. This may well be a copying mistake by the scribe. Nevertheless, *filt* could be a dialectal form, so we have decided to keep the readings given by the manuscript.
# 124.	l. 28	It should be noted that Duke Othes speaks as if he were a Saracen.
# 125.	ll. 44-45	The conversation between Guy and Amis indicates a *lacuna* which also exists in the poem.
# 131.	l. 13	B.M., Old Royal, 15.E.VI. reads 'chevallier'; B.M. 1476 reads 'chevalier', instead of 'escuier'.
# 137.	l. 36	B.M., Old Royal, 15.E.VI. dittography: 'comme'.
# 141.	l. 65	B.M., Old Royal, 15.E.VI. reads Warwik'. BN. 1476 reads 'Warewik'. The 1525 and 1550 editions read 'Cuerwilli', a typical misreading of the hand of a manuscript perhaps reading 'Werwick'.
# 169.	l. 47	B.M., Old Royal, 15.E.VI. reads 'le duc'.
# 185.	l. 3	dittography: 'Messire Guy'.
	l. 26	It seems to have been overlooked that Guy is, in fact, *le Sesne*.
# 187.	l. 3	B.M., Old Royal, 15.E.VI. reads 'cité' instead of 'forest'.
# 189.		The narrative of the editions ends with Guy's death.
# 197.	l. 55	B.M., Old Royal, 15.E.VI reads 'myeulx'.
	l. 70	The reading of B.M., Old Royal, 15.E.VI. is *forviger*, but it could be read *forjuger*. The reading given by B.N. 1476 is *forjurer*.

The *lacunae* and variant readings which we have not accepted are given below. Variant readings which we have accepted can be found in the text in parentheses. Variations in spelling have been ignored.

Ms. B.N., f. fr. 1476 omits the following passages:

#	1.	ll. 62-64	'beneurée contyniance ... presens et avenir' and adds 'bien heureté et gracieuse continence de tous les nobles cueurs presens et advenir'.
#	4.	ll. 14-16	'Autre large dit ... haulte entreprise'.
#	8.	l. 27	'jeune maladvisé' and adds 'jeunesse m'a abusé'.
		ll. 37-40	'du bon conte ... de fol couraicte'.
#	11.	ll. 66-72	'a l'amy mort ... vous vous chastiez'.
#	12.	ll. 9-10	'et se deduit ... ne luy aporte'.
		ll. 17-18	'et d'une mesme voulenté'.
		ll. 36-37	'sa maistresse ... plus n'en povoit'.
#	13.	ll. 31-32	'et qui estoit angoisseux ... departir de luy'.
#	14.	ll. 17-23	'si n'est-ce pas ... le me fait faire'.
		l. 25	'temprement finer mes jours' and adds 'bien tost finer de bien douloureuse fin'.
		ll. 31-33	'et dont le chastiera ... longuement pensé'.
		l. 47	'pour les autres decevoir'.
		ll. 50-53	'pour le plus seür ... briefve fin'.
		l. 60	'fust a malaise mais vueil qu'elle'.
#	15.	ll. 17-18	'hors ... vostre voulenté'.
		ll. 23-26	'affin qu'elle peust parler ... d'oïr nouvelles'.
		ll. 40-41	'vouldriez aucunement ... malveillance'.
#	16.	ll. 9-15	'et la grant rage ... le me fait faire'.
		ll. 32-33	'madame ma mere, que Dieu absoile' and adds 'moy'.
		ll. 39-40	'monseigneur de Walwingfore, mon maistre' and adds 'Dieu'.
		ll. 43-44	'ne je n'en crains doubte ne manace'.
		ll. 55-64	'et se vous dictez ... tristrese a noz cuers'.
#	17.	ll. 12-13	'et n'en soyez point ... avez cause'.
		ll. 13-15	'mais se fut sans parler ... n'en povoit yssir'.
		ll. 15-16	'et vit que ... estre arraisonnée'.
		ll. 59-60	'ne a qu'il se soit descouvert'.

		ll. 80-81	'et bien saichez ... preux et saige'.
		l. 87	'pour le recouvrement de sa santé et'.
#	18.	ll. 3-4	'tant avray de joye ... car'.
		ll. 31-33	'et vostre couleur ... ne faictes a present'.
		ll. 43-44	'moult ay esté ... en garison'.
		ll. 45-46	'vous devez bien ... sa bonne gouvernance'.
		ll. 62-66	'ou chascun fist joye ... moult courtoisement'.
		ll. 112-3	'vostre commandement ne puis je refuser'.
#	19.	ll. 7-8	'jusques a ce que ... le m'avez dit'.
		ll. 11-13	'Or considerez ... en quoy vostre corps seroit'.
		ll. 14-15	'que vous eüssiez ... Certes'.
#	20.	ll. 17-19	'pourquoy vous plaist il ... Helas, douce dame'.
#	21.	ll. 4-5	'comme a coustume ... en son retrait'.
		ll. 22-26	'et aussi me semble contre son honneur'. ...
		ll. 36-39	'en tout ce que ... a moult grant bien'.
		ll. 70-71	'par convenant ... vous dictes'.
		ll. 85-6	'a Guy ... son confort'.
#	22.	l. 39	'et elle dist'.
#	23.	ll. 1-2	'par le menton ... honteux'.
		ll. 9-12	'et bien avenant ... n'en recorde' and adds 'De ceste matiere me depporte'.
		ll. 22-23	'qui soit en tout le monde ... la court plain'.
		ll. 36-38	'et estre de bonne gouvernance ... tout le monde' and adds 'dont il estoit tant resjoÿ'.
#	24.	ll. 17-23	'beau harnois de destrier ... bien avoit cause de s'en loer'.
#	25.	ll. 14-16	'et moult me plaist ... bon gré'.
		ll. 24-30	'et vous acointiez ... moult joyeuse'.
		ll. 39-41	'sur l'esperance ... et puis'.
		ll. 43-46	'car bien scay ... ne pourroye endurer'.
#	26.	ll. 3-7	'vous scavez bien ... la noble ordre' and adds 'il vous appleu me donner l'ordre'.
		ll. 15-16	'et moult luy plaisoit ... Messire Guy disoit'.
		ll. 31-35	'et pour ce que je suis ennuyé ... Tous les services' and adds 'pourquoy je vous prie'.
		ll. 54-5	'qui moult estoit de tout ce garny'.
		ll. 62-63	'mais preux ... hardiz durement'.
		l. 64	'aucunes des hystoires dient Thibault'.
		l. 66	'a peu de guerredon'.
		ll. 70-72	'et je vous abandonne ... necessaire vous sera'.
		l. 75	'et qui moult grant guerredon attendoient'.
		ll. 77-78	'comme celluy qui desiroit faire ... deust tourner'.
		ll. 80-81	'et comme celluy ... a son honneur'.
		ll. 85-86	'pource que ilz veoient ... autres choses a eulx necessaires'.
#	28.	ll. 3-4	'dont son pris peust estre essaucié'.
		ll. 7-9	'qu'il vist en estant ... Beaulx hostes' and adds 'et luy demanda'.
		ll. 12-14	'En nom Dieu, sire, ... fait ly hoste, car'.
		ll. 16-17	'puis que vous ne le scavez ... Car'.

		ll. 30-31	'et qu'il ne vueille ne doye changer pour autre amye'.
		ll. 33-41	'et pour la joye ... es temps advenir'.
#	29.	l. 23	'et selon ce que je puis trouver'.
#	30.	ll. 8-13	'avecques elle ... estoit donnée la charge' and adds' 'et estoit donnée la charge pour juger qui les autres de bonté passeroit'.
		l. 19	'le conte de Valdemer'.
		ll. 29-30	'dont j'ay parlé ... apres son pere'.
#	31.	ll. 6-9	'et lors dist, Seigneurs ... conquierent leur pris'.
		l. 24	'ad ce que ung pou le print bas l'empraint tellement'.
		ll. 31-32	'ad ce qu'il venoit ung pou trop en haste'.
		ll. 42	'estroictement contre son pis'.
		ll. 43-44	'a ce qu'il estoit monté ... destrier'.
		ll. 45-46	'et en remainte ... ne la atoucha'.
		ll. 48-49	'n'ot povoir de soy povoir tenir en selle. Ains'.
#	32.	ll. 10-17	'Si parfist son poindre ... Ces deux coups' and adds 'Si le'.
		l. 31	'et mettre a la voye de'.
		l. 39	'et scet que c'est le duc Othes'.
		ll. 40-41	'de la main d'un de ses gens'.
		l. 45	'et l'empaint de telle force'.
		ll. 57-8	'sans plus tenir paroles' and adds 'leurs chevaulx'.
		l. 64	'et si estourdy ... ou il estoit'.
		ll. 70-71	'et de quel pays vous estes né'.
		ll. 79-80	'et s'il eust voulu entendre a gaignier'.
		ll. 82-86	'Herolt, son maistre ... mais nul bien faire ne s'acomparagoit' and adds 'et nul ne comparagoit'.
		ll. 87-94	'et sur luy ... ainsi que se fussent brebis'.
		ll. 103-107	'et il respondist ... biens qu'il fist'.
#	33.	ll. 7-9	'et que oultre plus ... a oultraige et blasme'.
		l. 10	'dont j'ay dessus parlé'.
		l. 22	'pour ouÿr qu'il m'en loera'.
		ll. 26-27	'de ce dont nous sommes desconseillées'.
		ll. 29-30	'Or ne veul ... par bon conseil'.
		l. 32	'et sur la grant fiance que j'ay en vous'.
		ll. 35-41	'Or me merveille moult ... vostre esgart'.
#	34.	ll. 4-5	'comme celluy ... que faire avoit peü'.
		l. 20	'qu'il s'en estoit alé' and adds 'que les dames luy avoient enseigné'.
		ll. 23-26	'qui moult estoit ... tout fust bien ordonné'.
		l. 32	'pourque je le demande'.
		ll. 37-38	'car me semble ... en messaige'.
		ll. 40-1	'la fille a l'empereur aisnée'.
#	35.	ll. 7-8	'cher de tous autres'.
		ll. 15-16	'car il peult bien estre ... que je ne suy'.
		ll. 24-28	'car bien scay ... de toutes les deulx pars'.
		ll. 29-41	'car tempz est ... par sa dame qu'il' and adds 'laquelle vous supplie que vous'.
#	36.	ll. 5-7	'a elle par luy ... tous ceulx de son temps'.

	l. 15	'Je vous certiffie qu'il m'a' and adds 'car il m'en a'.
	ll. 20-21	'mais je le tiens ... faire affoller'.
	l. 24	'moult jeune chevalier ... natif de Angleterre' and adds 'né du pays d'Angleterre'.
	l. 25	'ainsi que je vous ay dit'.
	ll. 27-28	'et que c'estoit cellui ... vaincqu'.
# 37.	ll. 5-7	'et de tant haulte proesse ... convenable'.
	ll. 8-9	'esquelx moult il se fioit'.
	l. 21	'qui pour lors ... bonne ville et forte'.
	ll. 26-27	'il n'eust pas estre ... une riche cité'.
	ll. 28-29	'seroit de la racompter et bien avoit raison'.
	ll. 30-31	'envers le conte Raoul ... de les ouÿr'.
# 38.	ll. 3-4	'devers le conte Raould de Warvich'.
	ll. 21-24	'et moult acheva ... parmi les regions dessusdictes'.
# 39.	ll. 7-9	'et bien y parust ... et faire feste'.
	ll. 38-39	'et de le veoir ... rasasier'.
	ll. 51-52	'car le tout est vostre ... il est a deservir'.
# 40.	ll. 5-6	'de tous voz biensfaiz ... et sur tous aultrez'.
	l. 19	'et n'en doubtez pas ... poursuir'.
	ll. 24-33	'et qui en proesse ... ja puis ne me laisse Dieu vivre'.
	l. 38	'barguaignement' and adds 'parolle'.
	ll. 50-57	'et de sauver et garder ... vous ne priez pour moy'.
# 41.	ll. 11-12	'ainsi reconforté ... son hault cuer'.
	ll. 15-18	'et se plus n'y avoit ... deservir'.
	ll. 22-23	'car de plus yci ... vostre plaisir'.
	ll. 28-34	'que d'avoir ung grant tresor ... donc moult vous remercie' and adds 'Sire, fait, je vous remercie de ce qu'il vous plaist a dire'.
	ll. 36-39	'tout a tempz ... c'est bien raison'.
# 42.	ll. 19-28	'Et Dieu, fait elle ... Dame, fait il' and adds 'car'.
	ll. 42-46	'Vostre bon renom ... a mon povoir'.
# 43.	l. 18	'a ung chevalier'.
	l. 18	'le chevalier'.
	ll. 25-26	'pource qu'elle estoit ... de chevaliers'.
	l. 28	'dame ne pucelle'.
	l. 29	'et estoit la voye de tous deguerpie'.
	ll. 37-39	'car telle estoit sa grace ... le renom'.
	l. 53	'comme celluy ... plain de traïson'.
	ll. 54-55	'comme celluy ... mectre desfence'.
	ll. 62-63	'a ce que je scay bien ... en son povoir'.
	ll. 67-68	'et aussi que ... et veü'.
	l. 77	'de male volenté'.
# 44.	ll. 2-4	'et aussi avoient ses gens ... grant deul'.
	ll. 6-7	'et que moins le grevast'.
	ll. 8-10	'comme cil ... moult le grevoit'.
	ll. 20-21	'puis lasse le heaume' and adds 'print sa lance, son heaume'.
# 45.	ll. 4-10	'Se nous y mourons ... las et travailliez'.
	ll. 14-15	'car je me sens ... que vous ne cuidez'.
	ll. 18-19	'A qui me rendray je? fait Guy'.

	l. 22	'et que le traïstre duc ... basty'.
	ll. 42-44	'et dient ... porter escu'.
	ll. 45-46	'et tant leur print ... compaignie' and adds 'tellement que'.
	ll. 46-47	'dont Guy ... a donner cuer'.
	ll. 49-50	'des bons brancs ... et d'autre'.
	l. 52	'Wroy' and adds 'Warwyk'.
	ll. 56-59	'puis dist ... la vengeance'.
	ll. 60-61	'a ce qu'il ... cuer et force'.
	ll. 62-63	'tant que on en povoit ... le pommon'.
	ll. 64-65	'moult preux ... Huguecin'.
	ll. 71-73	'qu'il arracha ... Huguecin' and adds 'et va contre le nepueu du duc Othes qui avoit tué Toral'.
	ll. 75-77	'donc tous les Lombars ... Herolt faisoit son retour' and adds 'et au retour'.
	ll. 81-84	'et dist ... En disant ces parolles' and adds 'si'.
# 46.	ll. 15-17	'et vostre haubert rompu ... en vie'.
	l. 22	'car je ne vous doubte'.
	ll. 31-32	'a ce qu'il estoit ung pou embruncé'.
	ll. 42-44	'car l'autre ... devant ses yeulx'.
	ll. 44-45	'et fiert cheval des esperons'.
	l. 45	'a quy il se combatoit'.
	l. 46	'que pour le bon haubert ne remaint'.
	ll. 50-51	'qui monté estoit sur bon cheval et'.
# 47.	l. 3	'et mal eüstes ... avec moy' and adds 'que'.
	ll. 6-7	'Haa, Felice, Felice, ... chevalerie'.
	ll. 10-11	'Ha, vaillant chevalier ... tous affaires'.
	ll. 13-14	'car tant ... comme de vous'.
	ll. 18-19	'que le duc Othez ... toute la maniere'.
	ll. 29-33	'qui estoit a ung coing de la forest ... que les aultres lui font' and adds 'et illec trouve l'abbé et troys de ses moynes, et quant Messire Guy l'appercoit'.
	ll. 40-41	'mais l'achoison ... nous dire'.
	ll. 46-47	'et bien hors de voye ... de pieca'.
# 48.	ll. 4-5	'se reparroit de berssier'.
	ll. 11-12	'qui vous a tel appareillé ... en estour pesant'.
	ll. 20-21	'erraument ... avec vous?' and adds 'ou est son nepueu'.
	ll. 22-23	'y estoit ... car'.
	ll. 24-25	'et que ainsi a perdu ses gens'.
# 50.	ll. 4-6	'bien armé et monté ... par ses journées qu'il' and adds 'et'.
	ll. 9-12	'Moult se pena ... son bien faire'.
	l. 16	'qui moult luy offrirent de riches dons'.
	l. 19	'et tant luy faisoit ... tout honteux'.
	ll. 21-23	'car nulle adventure ... a chef'.
	ll. 41-42	'et il luy mettoit ... ses terres et gens'.
	ll. 44-48	'a grant joye ... son corpz'.
	ll. 62-64	's'il eust vesqu ... soit mort'.
	ll. 66-69	'du duc Othes ... toute ma vie'.

	ll. 70-71	'et de cest couraige ... a priser'.
	ll. 74-75	'car assés estoit congneü ... Sire' and adds 'et'.
	ll. 75-76	'le mien seigneur'.
	ll. 77-78	'preusdomme ... desplaire'.
# 51.	l. 7	'car gardé ... mon enfance'.
	ll. 16-17	'mesmes, et moult fist ... Herolt'.
	ll. 26-27	'et moult le mercia ... lui avoit fait'.
	ll. 30-32	'et luy pria ... si feroit il'.
	ll. 33-34	'et en bel appareil ... en Flandres'.
	ll. 50-51	'fait Messire Guy ... Ouÿ, sire, merveilleuses' and adds 'fait le pelerin, Oÿ, d'assez merveilleuses'.
# 52.	ll. 4-5	'et puis a cevaulté ... tant qu'il' and adds 'et si'.
	ll. 10-15	'De luy aige bien ouÿ ... ung an a passé' and adds 'et est leur guerre seullement pour ung tournoyement qui'.
	l. 24	'Saduc' and adds 'de l'empereur qui'.
	ll. 36-39	'moult s'en pourroit ... en nulle maniere'.
	ll. 41-43	'car se vous ne vous desfendez ... plus de honte'.
	ll. 54-60	'et bien commande ... D'aultre part'.
	ll. 71-72	'donc c'est grant pitié ... loyal'.
	ll. 73-74	'et que a tort le guerroye'.
# 53.	ll. 4-6	'et comme j'ay tousdiz ouvré ... vostre conseil'.
	ll. 18-19	'car bien avez de quoy ... a tous vos besoings'.
	ll. 23-24	'ainsi qu'il a devisé sera le mieulx' and adds 'sera il fait'.
	ll. 33-35	'et moult maintenoit ... bien avoit de quoy'.
# 54.	ll. 16-17	'en moult riche appareil et noblement monté'.
	l. 22	'car j'ay calengé son cheval'.
# 55.	ll. 5-6	'qui bien se savoit ... aider'.
	l. 7	'et moult debrisé'.
	ll. 8-9	'qui avoit fait ... en la main et'.
	ll. 16-17	'et pour leur seigneur rescourre'.
	ll. 24-26	'et toutes faisoient si bien ... de leurs ennemis'.
	ll. 28-29	'qu'il alloit ... devant luy'.
	ll. 30-31	'se bon chevalier qui si bien le fait'.
	l. 35	'a ce qu'ilz estoient frais et reposez'.
	ll. 37-38	'rescrie son enseigne moult haultement, puis'.
	ll. 43-44	'du demourant ... n'en eschappa que poy'.
	ll. 48-51	'avecques luy ... ses compaignons' and adds 'puis convoierent Messire Guy'.
	ll. 54-55	'et ce disoient ilz pour Messire Guy'.
# 56.	ll. 4-6	'et comme il avoit prins ... la compaignie'.
	ll. 7-8	'comme celluy ... necessité d'aide'.
	ll. 9-11	'le chevalier du monde ... tantost monte sur'.
	ll. 13-19	'et demande au sire ... envoyé le nous a.
	ll. 20-21	'Messire Guy qui pres estoit desarmé'.
	ll. 27-29	'et que tous les miens ... a moy mesmes'.
	ll. 44-45	'et renommé ... sa compaignie'.
	ll. 48-50	'de grevance ... mestier seroit'.
# 57.	ll. 2-4	'et le senechal ... fut remise a'.
	l. 6	'et tantost se retrayent ou tref'.

		ll. 7-8	'l'adventure de la desconfiture et'.
		ll. 11-14	'beaulx seigneurs ... souffrir' and adds 'ce a esté fait'.
		ll. 18-23	'Comment, fait l'empereur ... d'autres grans seigneurs'.
		ll. 22-23	'fait l'empereur, or'.
#	58.	ll. 5-10	'ja me fut il ... vostre mortel ennemy'.
		ll. 10-11	'et faire apres mon conseil'.
		ll. 15-16	'si comme vous estes mon lige seigneur'.
		ll. 20-22	'mon cousin ... Coulongne qui est' and adds 'et'.
		ll. 28-30	'que vous ordonné ... sagement'.
		l. 32	'escus de tous les plus preux de l'ost'.
#	59.	ll. 13-14	'et bien pense ... pourrons souffrir'.
		l. 18	'des mieulx armez et des mieulx prisiez'.
		l. 19	'et vous esprouver avecquez eulx'.
		ll. 27-28	'et vaincrons noz ennemis'.
		ll. 47-48	'tous desiroyent aider ... faire encombrier. Si'.
		ll. 51-52	"car il occist ... chascun le redoubte'.
		ll. 56-61	'a avoir gangné ... moult renconforté'.
		ll. 63-64	'que ce fust une droite vengeance' and adds 'qu'il fust enragié tant frappoit et martelloit sur ses ennemys'.
		ll. 68-70	'et qui reprendre ... tous voz lignaiges'.
#	60.	ll. 5-6	'a l'orée d'ung petit bocquet'.
		ll. 6-8	'et comme il avoit fait ... et trahir'.
		ll. 10-13	'je ne vous scay tous ... bien en lieu'.
		ll. 15-25	'tant que la contrée ... son maistre'.
		ll. 29-31	'car sachiez se je puis ... au gué de la forest'.
		ll. 32-34	'entalenté de bienfaire ... plain de traïson'.
		l. 35	'son venir sur'.
		ll. 36-37	'qui estoit fort'.
		l. 40	'et grant plour'.
		ll. 43-46	'et moult en print ... tous s'en merveilloient'.
#	61.	ll. 4-9	'et vous fait yssir ... veoir de voz yelz'.
		l. 31	'a moy envaÿr par vostre corps.
#	62.	l. 9	'grant joye et nous'.
		ll. 10-13	'et pieca fussent tous mors ... mort recevoir'.
		ll. 23-24	'bien s'en apparceurent ... leur affaire, si'.
		ll. 35-38	'lors le va requerir ... son compaignon'.
		ll. 43-44	'comme cellui qui bien cuidoit estre a mort navré'.
#	63.	ll. 2-4	'pour les ramposnes ... se combatit a luy qu' ' and adds 'car'.
		ll. 5-6	'mais avant fut moult durement navré ... rendre'.
		l. 10	'moult pesante et moult cruelle'.
		l. 13	'et filz du conte Albery'.
		l. 28	'Ja eüst on congneü le plus preux quant'.
		ll. 29-34	'La peust on veoir ... s'en passa oultre'.
		ll. 40-41	'mais souvent se retornoit ... branc d'acier'.
		ll. 48-49	'et leur firent bailler ... de hault affaire'.
#	64.	ll. 6-8	'et tout ainsi ... en plusieurs lieux'.
		ll. 12-13	'a vostre ost'.

	l. 14	'y est le tresbon' and adds 'et tous premierement sont prins'.
	ll. 19-21	'de Warrewik ... avoir a luy durée'.
	l. 24	'ains aura prins' and adds 'jucques ad ce qu'il ait rasée'.
	l. 26	'et Messire Guy'.
	l. 27	'les gresles ... faire armer' and adds 'busins et trompectes corner'.
	l. 28	'porter et'.
	l. 29	'engins, beffrois'.
	l. 33	'comme cellui ... hardy estoit'.
# 65.	ll. 2-3	'qui moult envis eüssent fouÿr'.
	l. 4	'le filz a l'empereur'.
	l. 7	'et d'esprouver son honneur'.
	l. 10	'entalentez de combatir, des deux parties'.
	l. 12	'le filz de l'empereur'.
	ll. 21-22	'Messire, et leurs gens ... furent encloz appart' and adds 'et Guy'.
	ll. 31-32	'et dit que voirement ... s'il ne le secourt'.
	ll. 35-37	'et des merveilles ... doicte fantaisie'.
	ll. 46-47	'et les autres ... ainsi leur eschappoient'.
	ll. 48-49	'monterent sur ... s'aucun les voulloit assaillir'.
	ll. 56-57	'a ce qu'ilz estoient ... leur honte'.
	ll. 63-65	'et tant que tousjours apres ... entre leurs mains'.
	ll. 66-67	'quant il vit que riens ... leur forfaire'.
# 66.	ll. 6-8	'et leur commanda ... dedans la forest'.
	l. 18	'et le plus privéement que il pot'.
	ll. 22-29	'si receut l'espie ... et que par luy ne seroit relevé'.
	ll. 45-46	'et de moult grant conseil ... vostre lige seigneur'.
	ll. 58-60	'qu'on peut veoir ... moult hastivement'.
	ll. 61-62	'car moult luy tardoit ... son deport'.
	l. 64	'ses gens privez et ses veneurs'.
# 67.	ll. 8-9	'chevaliers et d'autres gens moult bien armez' and adds 'gens d'armes'.
	ll. 24-25	'car veül 'avoit pieca et'.
	l. 27	'et doint grace ... loyal conseil'.
	ll. 32-36	'veult mettre en l'esgart ... a vostre plaisir'.
	ll. 38-39	'et qu'il ne soit assez fort ... vous faire dommaige'.
	l. 41	'ne avoir vostre mal gré'.
# 68.	ll. 12-13	'vous n'estes pas en lieu ... mettre desfence'.
	ll. 22-30	'ainsi que devisé avez ... ainsi que devisé l'avez'.
	ll. 45-47	'et tous les autres ... en une chambre' and adds 'et ce pendant s'en ala le duc en une chambre ou estoient tous ses prisonniers'.
	ll. 52-54	'pour l'amour de Saduc ... le scevent bien'.
	ll. 58-61	'quer moult l'amoient ... en ses grans affaires'.
	ll. 67-68	'de l'umilité qu'i veoient monstrer au duc'.
	l. 69	'de Saint Laurens'.
	ll. 70-71	'oÿr messe ... le duc estoit pour'.
# 69.	ll. 9-12	'et s'il est nul ... il en soit parlé'.
# 70.	ll. 10-13	'comme cellui ... et des plus prisez'.

		ll. 14-16	'aussi que bien est vray ... Et puis'.
		l. 26	'et de concorde'.
		ll. 28-31	'car le Lombard ... autre gent d'autre nacion'.
#	73.	ll. 6-7	'et vostre lignaige n'en sera pas abaissié'.
		ll. 14-15	'et voz guerres sont toutes menées a fin' and adds 'sans guerre'.
		l. 17	'a besogner'.
		ll. 27-28	'affin que je vous puisse faire chiere a mon païs'.
		l. 34	'qui est en la haulte Alemaigne tendant vers la mer'.
		ll. 36-37	'd'un grant et puissant roy ... ses bons plaisirs, car' and adds 'de roy, et'.
#	74.	l. 7	'et d'oyseaulx'.
		ll. 18-19	'bouter hors le batel ... se fait nager' and adds 'ce mener a rive'.
		ll. 21-22	'comme cil qui bien savoit parler'.
		ll. 29-30	'et venir par deca'.
		ll. 39-40	'chevaucher cent lieues ... dont on peut'.
#	75.	ll. 5-6	'et gardez de toutes force et oultraige'.
		ll. 20-21	'et bien luy dist ... de sa partie' and adds 'moult enuys'.
		l. 37	'nostre empire' and adds 'ceste'.
		ll. 38-41	'a veoir pour le renom ... des autres bons chevaliers.
		l. 47	'et la demoura ... de ses affaires'.
		ll. 56-59	'de son aage ... nous n'oserons yssir'.
#	76.	ll. 5-7	'selon la vraye histoire ... rua a terre mort le sien' and adds 'de premiere rencontre checun abatit le scien'.
		l. 8	'avoit desir' and adds 'toujours destroit'.
		l. 10	'qui estoit chief de la compaignie'.
		l. 11	'fer et fust'.
#	77.	ll. 6-11	'et quant ceulx de sa compaignie ... plus de VIIXX'.
		ll. 18-20	'et vous l'avez bien desservy ... le roy de Turquie'.
		ll. 25-26	'et longuement avoit esté en la compaignie de Guy'.
		l. 28	'lequel faisoit ... Messire Guy'.
		ll. 31-32	'qui fouÿr ne luy daignoit'.
		ll. 35-39	'qui departirent la bataille ... que plusieurs en occist'.
		ll. 40-41	'mieulx ne l'avoit de toute la journée et'.
		l. 45	'durement ... en la chace'.
		ll. 46-53	'en l'estour ... pou en demoura en vie'.
		l. 54	'd'Arrabie'.
		ll. 75-76	'a tout leur grant eschecq droit a' and adds 'vers'.
		ll. 79-80	'comme le meilleur chevalier ... n'est pas mensonge.'
#	78.	ll. 9-10	'envye que bien dist en son cuer' and adds 'a soy que'.
		l. 11	'et destruccion'.
#	79.	ll. 3-4	'du sang ... parvenir'.
#	80.	ll. 8-9	'vostre amour et'.

\# 81.   l. 21   'va a l'encontre et'.

       ll. 30-39   'pource je suy venu ... de tous voz ennemis'.

\# 82.   ll. 6-10   'car ma fille luy ay promise ... car il m'en desplairoit'.

       ll. 27-28   'a mon honneur ... foy et compaignie'.

\# 83.   l. 2   'et violablement'.

       l. 5   'et haut encroué'.

       l. 7   'ne amolir ... garentir la vie'.

       ll. 12-14   'de moy, et Dieu ... avoir tel nom. Et'.

\# 84.   ll. 2-4   'a dame ne a damoyselle ... feussent vrayes'.

       ll. 5-7   'comme pour aller ... ((plus illec demourer))'.

       l. 8-9   'voulentiers ainsi comme il a commandé'.

       ll. 18-19   'si se tient embronché ... ne respont' and adds 'si ne sonne'.

       l. 27   'de grans richesses, beaulx amis'.

\# 85.   ll. 10-11   'le rendre ... par devant vous en celle' and adds 'desfendre ma bonne'.

       ll. 12-13   'si privéement ... m'en faire savoir'.

       ll. 15-16   'et vueil aller ... mes guerredons'.

\# 86.   ll. 27-32   'Lors appelle ... l'empereur qui cy est' and adds 'et'.

       l. 40   'avons la garde et la forteresse'.

\# 87.   l. 6   'connestable'.

       ll. 6-8   'et ceulx qui s'en excuseroient ... ((et de la cité))'.

       ll. 18-19   'et afin que vous puissés ... vostre païs'.

       ll. 24-29   'en vengant la mort ... a tousjoursmes'.

\# 88.   ll. 18-19   'si vous vient proye ... en la valée'.

       ll. 21-23   'et de ce leur advint ... grant partie de la montagne'.

\# 89.   ll. 3-7   'toutes en estoient couvertes ... le povoient faire'.

       ll. 11-18   'mais ce riens ne vault tant ... le pas ou il estoit'.

       ll. 33-37   'et a ce qu'ilz vindrent ... qui plus espoventa' and adds 'par telle vertu que'.

       ll. 44-47   'et mectez paine ... gens que vous avez, je' and adds 'car'.

\# 90.   ll. 14-17   'des les parolles ... mettre a destruction Messire Guy'.

       ll. 20-22   'et pource que je suy ... a mon povoir'.

       ll. 28-32   'et pour sa bonté ... L'un de ces chevaliers'.

       ll. 32-36   'et l'autre, Herolt d'Ardenne ... pour son droit maintenir'.

\# 91.   ll. 5-23   'Puis leur dirent ... ce que en mon temps ay veü'.

       ll. 30-31   puis que autre ne se pour offre'.

       ll. 41-42   'et luy doint a joye repairer'.

       l. 47   'car il retourneroit tantost'.

\# 92.   l. 11   'jusques au tref ... et entra ens' and adds 'dedans'.

       l. 33   'Costram l'admiral'.

       ll. 34-35   'Cuides tu que je soye ... respiter'.

       l. 36   'car jamais ne mengeray ne bevray'.

\# 93.   ll. 6-7   'car nul n'osoit ... desarmez estoient'.

       ll. 7-8   'si grant et si merveilleuse'.

       ll. 33-34   'qui estoit leur droit chemin ... passer'.

#	94.	ll. 3-5	'si ne fait pas a demander ... droit en la cité'.
#	95.	ll. 3-4	'et bien leur sembloit ... toutes douleurs'.
		ll. 8-9	'et autre arroy a la guise du souldam'.
		ll. 24-25	'car on la tient ... les grans contagieuse'.
		ll. 32-34	'et retournerent ... ne a cheval'.
		ll. 35-36	'et de moult haulz seigneurs ... redrechant les maulx'.
		l. 38	'ung jour de feste ... moult grant chault'.
		l. 45	'fors que le pas'.
		ll. 45-46	'sourdi de la riviere' and adds 'vit'.
		l. 46	'moult grant et'.
		ll. 47-53	'et qui estoit de moult merveilleuse ... pour le envahir'.
		l. 55	'bien armé et pris l'escu et'.
		l. 57	'mauldite et horrible'.
		ll. 58-59	'et de gentille nature'.
		ll. 60-62	'et vous commande ... nul de vous ne se meuve' and adds 'et leur prie qu'ilz demeurent'.
		ll. 63-64	'mais grant paour ont de luy'.
		l. 65	'englouté de venger le lyon'.
		l. 66	'avoit' and adds 'en moult piteuse chiere et en fiere contenance'.
		ll. 67-68	'qui estoit grant et lée'.
		ll. 77-78	'de toutes les douleurs ... le dragon'.
		ll. 81-82	'celui lechoit les piés moult doucement'.
		l. 83	'que luy faisoit le lyon'.
		ll. 84-85	'tout estendu'.
		ll. 86-88	'le lyon enduroit tout ... du monde' and adds 'tout seuffre le lion quant qu'il luy veult faire'.
		ll. 90-91	'luy estoit au les ... qu'il alast et'.
		ll. 95-97	'et merveilleusement fortuné ... il ne vienne a chef'.
		l. 99	'qu'i moult amoit'.
#	96.	l. 6	'et si bel'.
		l. 7	'et cointement'.
#	97.	l. 9	'comme de deguerpir et changer pour aultre'.
		l. 16	'et avoient tous moult grant paour de lui'.
		ll. 19-21	'de deul, et disoit ... qu'il deust mourir'.
#	98.	ll. 3-9	'de la grant desconvenue ... s'en mervellloient'.
		ll. 11-14	'et comme l'annel ... a aultre amer' and adds 'en la maniere comme dessus est dit'.
		l. 17	'et si belle'.
		ll. 18-19	'qui tant est hault ... tout le monde'.
		ll. 21-24	'si avriés en faisant ... toute sa seigneurie'.
		ll. 27-28	'n'oncquez mais ... pour nulle richesse'.
		ll. 35-37	'car je ne pensoye ... comme je fais maintenant'.
		ll. 38-39	'ne plus avant ... esmouvoir'.
		l. 41	'en son honneur'.
		ll. 41-42	'et se garde bien ... a homme du monde'.
		ll. 43-44	'sain et reconforté ... ou il' and adds 'aucques a sa voulenté'.

	ll. 46-50	'luy, qui faisoit moult parler ... comme beste estrange, il le' and adds 'dont les uns disoient que'.
	ll. 54-55	'enracinée ... par envie envers' and adds 'a l'encontre de'.
	ll. 55-57	'si comme aultrefoiz ... encombrier de Guy' and adds 'comme cy dessus a esté dit'.
# 99.	ll. 2-3	'avec ses barons ... feste et grant joye'.
	ll. 11-12	'apres le retour de l'empereur'.
	ll. 18-19	'qui estoit de l'aultre part ... tout celluy fait'.
	ll. 19-20	'en hault de pitié ... qu'elle en eust'.
	l. 24	'par l'ouverture de la grant playe, et' and adds 'du ventre et ne fina d'aller'.
	ll. 25-26	'ainsi atourné comme je vous ay dit'.
	l. 30	'entend l'estat et'.
	ll. 32-33	'a ce que trop l'amoit de grant amour'.
	ll. 34-38	'qu'en despit de moy ... veoir telle desconfiture'.
	ll. 39-40	'qui tant avoit saigné que plus ne povoit vivre'.
	ll. 43-46	'demandant diligaument ... qu'il estoit moult couroucié' and adds 'moult doulent en son couraige et bien apparcevoient tous ceulx qui le voient qu'il n'estoit pas joyeulx et a checun enquiert moult ententivement se ilz luy sauroient dire nouvelles qui son lion a occis'.
	ll. 50-51	'en son venir et sans le saluer'.
	l. 52	'pensez vous qu'il puisse guarir'.
	l. 56	'que vous voyez la'.
# 100.	l. 2	'et tant va'.
	ll. 6-8	'et de present ... que tant j'amoye'.
	l. 10	'a ce qu'il vouloit fouÿr'.
	l. 13	'si grant coup' and adds 'ad ce qu'il ne le vouloit pas occire mais si durement l'assena'.
# 101.	ll. 7-10	'qui en lieu d'amour ... j'en ay' and adds 'duquel j'ay'.
	ll. 18-22	'et si ne vous veullez pas ... que monstré m'avez'.
	ll. 28-29	'que tant ay refusée a de haulx princes'.
	l. 30	'sans aultre plus grant achoison'.
	l. 32	'pourroye ne'.
	ll. 33-40	'mais bien est voir ... nulle chose du monde' and adds 'mais je vous prie pour tous les plaisirs que jamés je vous feiz que vous me donnez congié'.
# 102.	ll. 1-2	'luy et toute sa compaignie et'.
	ll. 4-7	'et moult se delitoit d'oÿr parler de lui ... Costentinnoble'.
	l. 10	'en la contrée'.
	l. 17	'penoient fort de chanter et' and adds 'prenoient'.
	l. 23	'tout bellement' and adds 'seulement'.
	ll. 26-27	'le doulx chant des oyseaux' and adds 'la doulceur des champs'.
# 103.	ll. 12-15	'et bien formé ... moult riche'.
	ll. 18-19	'de moy et de ma douleur'.

	ll. 26-28	'et semble de hault affaire ... en chevauchant'.
# 104.	ll. 3-5	'et je croy ... vostre promesse'.
	l. 12	'il, car c'est bien raison'.
	l. 16	'que nul ne savoit sa pareille au monde' and adds 'que nulle plus'.
	ll. 34-42	'car elle estoit preste ... moult joyeuse'.
	ll. 44-46	'par une fenestre ... separé de la ville'.
	ll. 56-58	'et tous furent mors et pris ... devant mes yeux occire'.
	ll. 60-64	'prins m'amye ... vins sus l'orée d' ' and adds 'me adventuray a passer'.
	ll. 64-67	'et lors frappay le bon cheval ... et par sa bonté' and adds ' l'aide de mon bon destrier qui'.
	l. 68	'moy et m'amye a saulveté' and adds 'toujours avecques ma dame'.
	ll. 72-73	'sans plus de nully avoir garde'.
	ll. 81-82	'je croy bien ... sans mort'.
	l. 88	'ou abbaye'.
	ll. 92-100	'et se vous les povez conquerir ... vous desfendre'.
	ll. 103-104	'et vous prie qu'il ne vous ennuye'.
	ll. 106-107	'et desfendre de mort et d'encombrier'.
	ll. 107-108	'entalenté de sa vengeance ... lui avoient fait. Si' and adds 'et'.
	ll. 110-111	'hors de la voye'.
	ll. 111-112	'assez mal atyrée et nouvelement faicte'.
	ll. 113-115	'et si vist le cheval ... ceulx qu'il va querant'.
	ll. 118-119	'fut Gui myeux acertené ... des esperons et' and adds 'Guy'.
	ll. 123-124	'ou lui donna tel coup qui fut mortel'.
	l. 124	'et maille'.
	ll. 126-128	'et detrenchez ... desconfire qu'aultres gens'.
	ll. 134-135	'dessus sa mule qui la estoit et il sault'.
# 105.	l. 1	'de la mule'.
	ll. 3-5	'et tant ensuyt les esclos ... une moult belle lande' and adds 'et tant ensuÿt qu'il vint en une moult belle lande'.
	ll. 7-8	'et de si loing ... le congnust bien'.
	ll. 12-13	'en guerdon ... vous me rendés'.
	ll. 17-19	'et qui bien sembloit ... duc Lohier de Lorraine'.
	ll. 20-21	'quant ainsi venez calenger le chevalier'.
# 106.	l. 4	'yré et couroucié'.
	l. 5	'a ce qu'((il y mettoit cuer et force))'.
	ll. 7-9	'car bien pense qu'encore ... Puis' and adds 'et'.
	ll. 17-18	'au comble de son heaume'.
# 107.	l. 3	'sans revenir apres eulz'.
	ll. 6-10	'et moult crierent ... Si luy advint qu'il' and adds 'que Herolt'.
	ll. 12-13	'selon le son de la voix'.
	l. 15.	'et bien lui sembla ... chose fée'.
	l. 16	'l'arraisonna moult bel et salue' and adds 'la salue moult doulcement'.

	ll. 23-27	'se c'est vostre vouloir ... son maistre'.
	ll. 27-28	's'en retourna avecquez' and adds 'enmena'.
	ll. 29-34	'en une parties ((du logis)) ... nouvelles de leur maistre, Guy'.
# 108.	ll. 14-15	'qui moult eurent grant joye de sa venue. Ainsi' and adds 'si'.
	ll. 16-17	'et lors descend le bon Thierri ... et apres' and adds 'puis'.
	ll. 20-31	'quant ilz furent venus ... moult joyeulx. Si'.
	ll. 35-36	'lui distrent qu'il le filt' and adds 'et le firent'.
	ll. 41-57	'Aujourd'ui quant nous feusmes departis ... de si grant n'oÿ parler' and adds 'Si luy compta toute la verité comment il se estoient partis pour le chercher et comment en leur retour il ne le peurent trouver, trouverent soubz une aubespine une moult belle pucelle qui son deuil demenoit si grant que de plus grant n'oys oncques parler'.
	ll. 59-60	'de la contrée ... morte a son dueil'.
	ll. 62-63	'avec moy ceans en cest hostel'.
	ll. 66-67	'Lors l'ala Messire Guy veoir' and adds 'Lors alla Herolt a la chambre pour l'admener'.
	ll. 69-71	'et celle qui ne peust parler ... l'en la menast' and adds 'et tantost l'admene'.
	ll. 75-82	'et tant le regretoit ... en lui disant' and adds 'Lors Guy la reconforta au mieulx qu'il peult et luy dist'.
	ll. 83-87	'veullés ainsi occire ... que je fais moy mesmes' and adds 'desconfortés, car ces mires qui cy sont m'ont promis que dedans petit de temps avrés vostre amy sain'.
# 109.	ll. 7-10	'et si le gardoit ... qui seüssent rien de son affaire'.
	ll. 13-16	'et petit a petit ... et beau deduit' and adds 'et quant ilz venoient un jour'.
	ll. 30-31	'pour aider et secourir ... parfaicte aleance le veult'.
	ll. 38-41	'et en oultre que vous estes congneü ... en tout le monde, et quant' and adds 'mais puis que'.
# 110.	l. 10	'et je vous voy par semblant las et travaillé'.
	ll. 13-14	'comme celluy ... grant besoing'.
	ll. 16-18	'pource que de coustume ... toutes nouvelles'.
	l. 42	'et par le conseil duquel il œuvre'.
	ll. 52-53	'en ceste desconvenue'.
	ll. 57-58	'de laver' and adds 'd'y aller'.
	ll. 58-59	'et assez furent servis ... divers mes'.
	l. 64	'de tout le monde'.
# 111.	l. 3	'Trop vous devriez tenir a decepu'.
	ll. 20-21	'et y entrerent ... qu'onquez' and adds 'sans ce que'.
	ll. 24-25	'car bien luy sembloit ... quant il les vist'.
	ll. 39-40	'et dit que vrayement ... le cuidoient avoir enclos'.
	l. 45	'car le droit est vostre'.
	l. 53	'apres le brisement de son glaive'.

	l. 54	'a la bonne espée'.
	ll. 60-61	'qui la furent mors et pris avant qu'il se peust retraire'.
	l. 63	'qui moult se prenoit garde de son affaire'.
	l. 72	's'appareilloit de la jouxte' and adds 's'adressoit a luy'.
# 112.	ll. 3-4	'et l'en envoya ... secours de ses gens'.
	ll. 9-10	'Bien rescouyrent ... leurs compaignons'.
	ll. 15-17	'car il avoit une coustume ... en advenoit'.
	l. 18	'qu'a pied 'que a cheval'.
	ll. 20-21	'par ung chevalier qui moult navré estoit'.
	ll. 21-22	'un chevalier appelé' and adds 'et que'.
	l. 18	'Il est bon d'aviser quelle nous la ferons'.
	ll. 39-48	'De la premiere bataille ... tant a pié comme a cheval' and adds 'et'.
# 114.	ll. 3-5	'a ce qu'ilz venoient ... en la premiere emprainte'.
	ll. 5-6	'tieulz atournez ... d'eulx relever, car'.
	l. 8	'ou il faillent demourer ... des chevaulx'.
	ll. 12-13	'et le conquist ... garder le devoient'.
	ll. 20-22	'et prennent nouvelles lances ... faire autresi'.
	l. 30	'par force eulz enfouÿr' and adds 'tourner le doz'.
	ll. 41-42	'de la felonnie ... en vostre pays'.
	ll. 57-58	'qui servoit le duc Othes'.
	ll. 58-59	'et de la seigneurie de Montdidier'.
# 115.	ll. 9-11	'ung chevalier ... et bien creoit que c'estoit'.
	ll. 14-15	'vers l'ost a tout trois chevaliers' and adds 'arriere'.
	ll. 25-28	'Je vouldroye myeulx mourir ... ((entr'eulx cinq))'.
	ll. 30-31	'a ce qu'ilz viennent garnis ... de riens'.
	l. 38	'le duc Othez s'en fuyoit' and adds 'fouir'.
	ll. 46-53	'et furent suyvis ... me veul je taire pour' and adds 'mais de tout laisse l'istoire a parler et veult'.
# 116.	l. 4	'dont il avoit aucunes'.
	ll. 7-8	'et plain de plus seür couraige ... si lui dist'.
	ll. 10-11	'Souvent avez oÿ dire que en armes ... se changent les chaus'.
	ll. 15-18	'qui plus desiroit vostre destrucon ... ce veez vous bien'.
	ll. 22-23	'en toutes manieres qu'on peut pencer'.
	ll. 33-35	'comme ceulx qui seront en vostre baillie ... et vostre fille marier' and adds 'et en pourrez faire'.
	l. 36	'de tout gaing'.
	l. 38	'de grant piece a'.
# 117.	ll. 11-15	'et quant a ma part ... bienweulance que bien desire'.
	ll. 17-18	'et si ne dit pas l'istoire ... mais une similitude'.
# 118.	ll. 2-3	'nostre seigneur' and adds 'de Lorraine'.
	l. 12	'par devant ses barné'.
	ll. 14-16	'et par la foy ... de sa compaignie'.
	ll. 21-22	'et quant il luy plaist ... savoir bon gré'.
	ll. 33-35	'a ce que le duc de Pavye ... sans traïson'.
# 119.	ll. 3-4	'compaignie et tous en'.

	ll. 8-9	'a parler si hautement ... bien entendre'.
	ll. 12-18	'qui cy est comme de furtivement ... qui longs seroient a racompter'.
	ll. 20-21	'ne bonne a souffrir ... seigneur que' and adds 'pource se'.
	ll. 26-27	'pour plus grant fiance ... amour entre vous'.
	ll. 29-32	'et que la espouse ... d'entre vous'.
	ll. 34-35	'que ainsi me fait dire ... devant luy' and adds 'qui cy est vous fait rapporter'.
	ll. 39-47	'promesse ... et bonne volenté' and adds 'pour offre'.
# 120.	ll. 1-21	'Sire duc, fait Messire Guy ... et auroit cher toute sa vie'.
	l. 22	'entre eux bastie' and adds 'bastie par le duc de Pavie'.
	ll. 46-47	'qui tant nous ont fait d'ennuis et d'encombriers'.
	ll. 49-51	'et qui se faindra ... sera jugé avec eulx' and adds 'et qui se fauldra d'acomplir mon commendement sera jugé en leur compaignie'.
# 121.	ll. 7-8	'comme aprez que vous nous avez baisés ... si vilainement'.
	ll. 13-14	'lombart par ung paon de son mantel, car il' and adds 'qui'.
	l. 22	'es mains ainsi qu'ilz le cuidoient retenir'.
	ll. 32-33	'tant suyvi Messire Guy' and adds 'ses ennemys tant pointt apres'.
	ll. 39-42	'et en ce point vint ung aultre ... bien demy pié'.
# 123.	ll. 2-3	'qui tousjours croissoient en grant nombre si'.
# 124.	ll. 1-2	'Je ne souffriroye' and adds 'saichez bien que ne pourroye souffrir".
	l. 27	'et occiés, a folie vous peult bien estre atourné'.
	ll. 30-36	'et je vous en tendray ... pour myeulx la decepvoir'.
	ll. 37-38	'que le deul que je fais'.
	ll. 49-50	'et ainsi avoit elle bien empencé de le faire'.
	ll. 54-55	'si en fut Oysille ... comme femme peust estre'.
# 125.	l. 8	'et separé de mes compaignons'.
	ll. 10-12	'Ha Thierry et Herolt ... je y lairay la vie'.
	l. 19	'qui yssoient dehors pour eulx esbatre".
	l. 27	'fait Amis de la Montaigne' 'and adds 'sire chevalier, fait il, Messire Guy'.
	l. 32	'Puis lui fait vestir beaux garnemens' and adds 'et apporte beaux ornemens'.
	ll. 35-38	'en mon hostel ... que me diés vostre nom' and adds 'qu'i luy plaise dire son nom'.
	l. 50	'bien me deüssés congnoistre'.
	l. 54	'quant ainsi va seullet'.
	l. 57	'dolent a ce que Dieu lui a admené' and adds 'joyeulx'.
	l. 60	'et d'aultres qui m'appartiennent'.
	ll. 63-65	'si ne vous devez pour riens desconforter'.
	ll. 69-70	'Sire, fait Amis, ... je le vouldroye'.

	l. 80	'cuir et pel'.
# 126.	l. 9	'de la laise d'une lieue'.
	l. 11	'et se vous ne m'en croyés, faictes l'ay essayer'.
	ll. 15-16	'moult et le tiens a beau present'.
	ll. 23-24	'ores ces ennemis que vous avez' and adds 'ceulx qui ont tant de hardement de vous porter immitié'.
	l. 37	'et pour esclarcir vostre ceur'.
	ll. 49-53	'pource que le duc le cherissoit ... ce que le ceur n'y tire'.
# 127.	ll. 3-5	'ung cierge en sa main ... piteusement se complaignoit' and adds 'et la trouva Thierry son bon compaignon qui mouroit de fain'.
	ll. 5-20	'en ses compaingz ... que je ne mengay ne beü' and adds 'Guy de Warewyk'.
	ll. 28-29	'ja savés vous qu'il vous het a mort et'.
	ll. 34-35	'qui pres de la estoit ... en la tour'.
# 128.	ll. 4-5	'et moult m'en poise'.
	l. 8	'pour visiter et prendre garde'.
	ll. 13-14	'pour celle parole ... et tout m'estonna' and adds et me voult occire et me ferit un grant coup sur la teste'.
	ll. 19-21	'et sachez que ce sera une exemple ... qui vous auroit mesfait'.
	ll. 22-25	'se c'est vray ... de la mort garantir'.
	ll. 25-26	'car je ne vous en scay nul mal gré'.
	ll. 30-32	'je ne vous demande plus ... sans que plus en' and adds 'depuis n'en fut'.
	l. 37	'de tous les piez dont il estoit ferré, et moult le reconforta'.
	ll. 63-66	'en la marche d'Almagne ... le plus tost que je pourray'.
# 129.	ll. 2-3	'comme cellui dont on ne se donnoit de garde'.
	ll. 5-6	'et qu'il vint jusques a la porte ... pres du portier'.
	ll. 8-17	'Je suis chevalier d'estrange terre ... qui regardoient le jeu'.
	l. 22	'et aler hors de la salle'.
	l. 23	'car il l'orra voulentiers'.
	ll. 25-26	'et lui compte son aventure de chef en chef'.
	ll. 27-29	'et comme Messire Guy ... en qui forment se fie'.
	l. 30	'et se lieve en piés'.
	ll. 32-34	'et benoit soit Messire Guy ... moult grant honneur'.
	ll. 38-39	'et apres le filt bien ... appartenoit' and adds 'mais'.
	ll. 40-41	'tant fut servi a gré ... mais a tant' and adds 'si'.
# 130.	l. 3	'et ses autres amis, parens, et aliés'.
	ll. 8-10	'd'acointer la pucelle ... s'appareilla'.
	ll. 13-14	'que riens ne luy falloit ... puis s'en yssi et'.
	ll. 15-16	'qui moult bien estoit appareillé'.
	l. 18	'qui aloit droit au moustier'.
	l. 19	'a la force de son cheval'.
	l. 23	'de Bonivent ... qui y fut' and adds 'du tournay de

l'empereur d'Alemaigne'.

	ll. 26-27	'et metre en vostre prison ... moult dolent'.
# 131.	ll. 1-2	'le duc a ce qu'il estoit descouvert la teste'.
	ll. 19-20	'je vous calange ... et la pucelle aussi' and adds 'je vueil vengier la mort de mon oncle'.
	ll. 21-22	'et tant lui avint ... et a fer trenchant, si'. and adds 'et'.
	ll. 24-30	'le glaive baissié ... ne haubert ne le peult garentir qu'il ne' and adds 'et'.
	ll. 40-41	'tout a temps ... avés fait'.
	ll. 44-45	'comme cellui qui voit bien ... riens valoir'.
	ll. 51-52	'et moult grant honneur lui filt'.
	l. 54	'empire d'Almaigne' and adds 'emperialité'.
# 132.	ll. 2-10	'et tousdiz portoit la pucelle ... qu'il lui feroient aisiée prison'.
	l. 14	'qui se venoit d'esbatre d'un petit jardin'.
	l. 15	'a ce qu'il estoit deshaumé'.
	ll. 19-27	'quant ilz s'entrevirent ... belle contenance' and adds 'ne fait point a demander car elle estoit si grande qu'on ne la sauroit escripre'.
# 133.	l. 1	'.V.' et ajoute 'dix'.
	ll. 1-2	'Tantost vist bien Guy que Thierry estoit sejournés' and adds 'tant que Messire Guy vit bien qu'ilz estoient, luy et Thierry, du tout gueriz'.
	ll. 4-5	'avec vous avons assés sejourné, et'.
	l. 20	'ses lectres par ses'.
	l. 27	'et grauchter'.
	l. 32	'es nouvelles qu'on lui avoit dictes. Si'.
	ll. 41-47	'et demande conseil ... que Thyerry estoit delivré' and adds 'Non obstant qu'il feust bien joieulx en son couraige de la delivrance de Thyerry'.
	ll. 49-51	'qu'il avoit tousjours gardé ... a grant honneur'.
	ll. 53-55	'qui moult ont amené ... encontre moy'.
	ll. 61-62	'et aussi selon ce qu'il vous plaira ... tous les mesfais'.
	ll. 64-66	'que de tout ce que vous dirés ... mon honneur ou ma honte'.
	ll. 69-75	'pource qu'il me semble ... de nully avoir blasme'.
	ll. 76-78	'pource qu'il ne vouloit pas ... vestir et appareiller tous'.
	ll. 89-91	'pource que grant compaignie ... le chemin de Lorraine'.
	ll. 94-95	'tant comme il peult aler'.
	ll. 113-114	'de tout ce qu'ilz vous peut' and adds 'ce'.
	l. 115	'ainsi hault qu'il vous plaira'.
	ll. 121-122	'et que mieulx d'assez ... que la guerre'.
	ll. 128-130	'en Lorraine ... moult haultement les receput'.
	ll. 132-133	'et toutes les communes ... grant joye et grant feste'.
# 134.	ll. 1-4	'Joyeusement chevaucerent ... qu'il avoit mandés pour ce faire' and adds 'Le duc voult tenir sa promesse et'.

	ll. 10-11	'et les aultres de sa compaignie que seulement ne' and adds 'qui'.
	ll. 21-22	'et filt de grans ennuys'.
	l. 23	'ne dommaiger. Fuiant'.
	ll. 24-25	'tant ala ainsi ... tousjours aprez'.
	l. 26	'trespassa la contrée, et'.
	ll. 28-30	'moult estoit bien monté ... luy fussent au dos'.
	ll. 36-38	'puis le desfert et atourna ... maniere des veneurs'.
	l. 41	'forest'.
	ll. 46-47	'qui aucques estoit pres'.
	l. 54	'ou il oïst la voix du cor'.
	ll. 58-74	'et luy occire les bestes ... et si fera temprement. Lors' and adds 'et en ce disant'.
	ll. 78-80	'Sire chevalier ... se je puis'.
	l. 83	'par ramposne'.
	ll. 85-86	'et il ne m'en desplaist pas ... orgueilleux'.
# 135.	ll. 9-11	'moult vaillant ... de cest pays'.
	l. 27	'tres bien de menger et de boire' and adds 'moult richement'.
	ll. 47-48	'armeüres en la salle' and adds 'harnoys'.
	ll. 52-53	'comme cellui qui moult estoit apert et ysnel'.
	l. 59	'en vostre hostel ... estre atourné'.
	l. 79	'et a reproche ... qui en orront parler'.
# 136.	ll. 7-8	'en sa compaignie bien armés et montés'.
# 137.	ll. 4-5	'desormais vous deüst suffire ... ne le requiert pas'.
	ll. 7-10	'Je m'en vois ... pour la premiere fois'.
	ll. 12-14	'car tout le monde voit ... s'ilz peussent'.
	ll. 18-20	'dolens et confus ... et retourneray a' and adds 'et'.
	ll. 31-32	'et ores a primes ... de leur queste'.
	ll. 32-33	'retourner sain et sauf' and adds 'venir'.
	l. 37	'reciter sans riens y laisser'.
	ll. 39-40	'et distrent vrayement ... sur tous chevaliers'.
# 138.	l. 3	'dont il estoit moult desiré'.
	l. 11	'de lui pour souvenence'.
	l. 18	'car faire le convient'.
	ll. 25-28	'vostre belle amie ... selon mon advis, car je' and adds 'et si'.
	ll. 36-39	'Ja m'avez vous respité ... Oultre plus' and adds 'Car je'.
	ll. 43-46	'et tant qu'ilz nous scairont ... de nostre povoir'.
	ll. 49-50	'par la foy ... vous demourés'.
	ll. 50-51	'je vous revestisse et feïsse revestir de' and adds 'vous donneray'.
	l. 54	'n'y avrons a calenger ung demy pié de terre' and adds 'vous en puisse riens jamais oster'.
# 139.	ll. 11-14	'vers son pays ... la droicte voye'.
	l. 17	'd'Everwik que ores appellons York' and adds 'Cuerwyk'.
	l. 20	'ce ne fait pas a demander'.
	ll. 25-26	'ainsi que ce fust Dieu mesmes'.

	l. 28	'qu'il ne se povoit lasser ... si le filt' and adds 'qu'i le faisoit'.
	ll. 30-49	'et par toutes les rues ou il passoit ... que chascun desiroit a l'onnourer et servir'.
# 140.	ll. 2-3	'et conjouÿ de chascun. Si'.
	ll. 3-4	'que Messire Guy fut arrivé ... en l'ostel du roy' and adds 'sa venue'.
	ll. 12-13	'et tout quancque elle encontre'.
	ll. 18-19	'nie savons du nom, mais'.
	ll. 23-24	'lées qui saillent forment hors la geulle' and adds 'aguës'.
	ll. 36-38	'moult est assez plus horrible ... car il est bien necessaire'.
	ll. 44-45	'comme ces gens le vous ont dist'.
	ll. 62-64	'si comme ensengné lui fut ... une moullt belle lande'.
# 141.	l. 7	'le glaive alongé'.
	ll. 9-10	'ainsi que ce fust un rain de chesne'.
	ll. 11-12	'qui cuidoit parfaire son poindre'.
	ll. 14-16	'comme cellui qui estoit de haulte force ... Lors trait' and adds 'et tira'.
	l. 16	'et lui court sur'.
	ll. 21-22	'n'eust en lui que yrer, et'.
	l. 28	'qu'elle avoit longue, grande, et pesante'.
	ll. 52-53	'mais oncquesmais ... paour de sa vie'.
	ll. 55-57	'et disoient que voirement ... quant elle fut morte' and adds 'car elle avoit XXX. piez de long'.
	l. 58	'Athelstam' and adds 'd'Angleterre'.
	ll. 62-64	'et disoient tous communéement ... et de bonne adventure'.
# 142.	3-6	'Si luy filt le roy envoyer riche don ... il plairoit au roy'.
	ll. 9-10	'et des aultres ... ne l'avoient veü'.
	ll. 15-16	'ce qu'il estoit ... tenir contens' and adds 'son estat'.
	ll. 17-18	'et le conte Roalt ... le desiroit a veoir'.
	ll. 20-22	'car tous ceulz ... de sa venue' and adds 'car le bon conte ne fut oncques si joyeulx que de sa venue'.
	ll. 27-28	'si avant que par honneur ... loyal chevalier'.
# 143.	ll. 10-27	'et bien l'avés desservy ... car si vrayement' and adds 'et ainsi'.
# 144.	ll. 9-12	'moult avoit grant doubte ... qu'il deust prendre femme. Et tant'.
	ll. 13-14	'que bien luy sembloit ... sa compaignie'.
	l. 17	'qu'il ne povoit oublier'.
	ll. 18-19	'et parloit avec elle d'aucunes choses assés privéement'.
	ll. 23-26	'ne qui apres moy ... nul prendre' and adds 'pour ce'.
	l. 27	'car il me semble que moult longuement y attendés'.

	ll. 30-31	'et je y penceray'.
	ll. 41-44	'puis qu'il vous plaist ... vostre bonne ordonnance'.
	ll. 45-46	'ne le me tourner a mal ne a folie'.
	ll. 52-53	'car espoir pourra il estre ... que vous mesmes'.
	ll. 54-55	'de son entente ... vous diray je bien'.
	l. 56	'vostre nourri'.
	ll. 61-70	'et plut a Dieu ... toute ma terre'.
# 145.	l. 7	'tout a plain de bouche'.
	ll. 8-10	'mais a ce qu'ilz estoient ... entr'eulx couverte ne celée'.
	ll. 12-13	'et de le tempter a savoir sa volenté'.
	l. 14	'sur la riviere et'.
	ll. 16-17	'le comte et Messire Guy'.
	l. 18	'beau tresdoulz fils'.
	ll. 36-38	'et je vous promect ... et tenir secret'.
	l. 38	'par ce convenant' and adds 'et je'.
	ll. 38-44	'et aussi que me veuillez promettre ... puis qu'il vous plaist'.
	ll. 47-49	'et bien sachez ... toutes les richesses qui y sont'.
	l. 51	'de ce que vous ay dit mon couraige'.
	ll. 61-62	'de Dieu en ayés le guerdon ... vous me faictes'.
	ll. 72-73	'et qui est bien digne ... et hault mariage'.
# 146.	ll. 3-19	'et en especial Herolt d'Ardenne ... en armes et en amours'.
	ll. 22-23	'et autres chevaliers ... et d'ailleurs'.
# 147.	ll. 4-7	'et fut menée de deulz contes ... a grant reverence, puis' and adds 'et quant les espousaillez furent faictez'.
	ll. 12-15	'riens a pourchacer ... plus agreable' and adds 'neant'.
	ll. 18-20	'et de tous aultres instruments ... selon l'estat qui la estoit'.
	l. 21	'et sans amender'.
	ll. 23-26	'et peüssiez oÿr grans noise ... nul qui fut refreschy'.
	l. 29	's'en lui n'estoit le desfault'.
	ll. 33-34	'par l'experiement des sages et par la gouvernance d'elle'.
	ll. 37-39	'Aucuns aucteurs ... et m'y conforme'.
	ll. 48-49	'qu'oncquez ne filt ... par son advis, et' and adds 'car'.
	ll. 61-63	'et veullés donner grace ... j'en ay bien mestier'.
	ll. 73-80	'et bien est vray que de Dieu ... dont je me repens moult amerement que' and adds 'et quant'.
	ll. 96-98	'du monde, mais soyez en paix ... encores toutes joye'.
	ll. 99-100	'tant orez me parlaissez destruicte et dolente'.
	ll. 103-107	'Ha, beau doulz amy, ... assez plus cher que ma vie'.
	l. 119	'qu'il ne me conviengne'.

	ll. 129-131	'finablement, mais je vous diray ... et tous mes amis'.
	ll. 136-137	'car moult l'ay trouvé loyal sur tous chevaliers'.
# 148.	ll. 8-9	'comme cellui qui tant avoit d'angoisse ... n'en povoit yssir'.
	l. 10	'sans que de nul fut apperceü'.
	l. 24	'et les menoit affin ainsi que par miracle'.
# 149.	ll. 14-18	'et si pourroyent ennuyer ... elle estoit encainte'.
	ll. 24-25	'et lui donne bon jour'.
	l. 26	'car elle ne l'avoit point a coustume a faire'.
	ll. 31-32	'lui evenoissoit le ceur de la grant angoisse qu'elle a'.
	l. 33	'a terre et la relieve'.
	ll. 36-37	'ne qu'il ne vouldroit ... pour nulle chose'.
	ll. 40-44	'qui me devine que jamais ne le verray ... Ainsi' and adds 'le bon conte'.
# 150.	ll. 9-10	'de son seigneur'.
	l. 15	'la haulte et la basse'.
	ll. 18-20	'mais ne peut trouver ... mist longue saison'.
	l. 21	'riens esploiter' and adds 'oÿr nouvellez'.
# 151.	l. 3	'ou Nostre Seigneur fut mis'.
	ll. 11-13	'et bien sembloit Jadien ... grant et fier'.
	ll. 14-15	'et si avoit la barbe moult longue entremeslée et blance'.
	l. 16	'que grant semblant en monstroit, car' and adds 'qu''.
# 152.	l. 6	'la cause de vostre deul et'.
	ll. 7-9	et se je y puis metre ... Sire pelerin' and adds 'Ha preudhomme'.
	ll. 38-42	'car nous nous rendismes ... et en dure prison'.
	l. 49	'et appert nommé Fabur'.
	ll. 53-54	'et cellui se mist a jouer ... en une chambre'.
	l. 63	'qu'il est en point d'estre honny s'il ne se desfend' and adds 'ce'.
	l. 70	'grant paour avoient de la fureur' and adds 'congnoissoient la cruaulté'.
	ll. 79-80	'pour soy desoccupper de ycellui fait'.
	ll. 86-87	'en touchant la mort ... par son corpz'.
	ll. 95-102	'et ainsi s'en retourna le roy ... et amener devant luy'.
	ll. 108-110	'mais d'iceulz ... par le chef d'un seul chevalier' and adds 'et bien scay'.
	ll. 112-113	'et aucunefoiz leur ay je veü ... le tesmongnaige'.
	l. 121	'se bien vous en penés, je scay bien que'.
	ll. 122-123	'vous bien legierement ... l'un d'eulx y vienne'.
	ll. 133-137	'c'est assavoir Puille ... et les aultres retraiz'.
	ll. 138-140	'Ains dient tous ... on ne scait quelle part'.
	ll. 142-146	'il me poise tant ... essaucer saincte christienté' and adds 'je seroye plus doulent que de moy mesmes'.
# 153.	ll. 2-3	'car telle chose est sans recouvrier'.

ll. 4-8   'et en vostre bonne querelle ... et Dieu vous en doint grace'.

l. 11   'et assez moult vous en prise'.

ll. 20-21   'et Dieu me doint grace ... mener a chef'.

ll. 21-22   'et que pour luy veult la bataille entreprendre'.

ll. 22-23   'si se donne merveille grant'.

ll. 27-28   'qui en telle adventure ... moult vous remercie'.

ll. 29-30   'bien que vous ne congnoissés pas ... vous a emprise'.

l. 43   'qui moult estoit en povre arroy'.

l. 48   'fors que bien croyent qu'il soit mort'.

ll. 57-86   'Et ou fustez vous né? ... pour vostre droit garder, et' and adds 'qui'.

ll. 87-88   'pour l'amour de cellui Guy que vous nommé avez, je'.

\# 154.   ll. 1-2   'moult est la promesse belle'.

ll. 8-10   'car il ne voulloit pas ... il estoit appellé. Si' and adds 'mais'.

ll. 13-15   'et prenoit sa refection ... tout quancques desirer savoit'.

l. 21   'de toutes armes'.

ll. 21-31   'car moult en avoient apportées ... par devant le souldenc' and adds 'et quant il fut si bien et si a point armé, puis s'en allerent, le roy Triamor et luy, devant le souldant'.

ll. 36-37   'ne qu'oncquez par moy ... ne receput mort'.

l. 40   'plus avant demander n'empescher desfaillant' and adds 'contredire'.

ll. 44-47   'disoit bien en son ceur ... par grace de Dieu'.

l. 53   'qu'oncques ne le pence'.

ll. 61-62   'comme les chevaulx ... s'entreassignerent si durement'.

ll. 63-64   'mais ne chay ... parfirent leur poindre' and adds 'et passerent oultre'.

\# 155.   l. 5   'qui estoit pesant et qui venoit de bon bras'.

l. 12   'et nom pas sans cause'.

ll. 13-14   'de cellui adversier'.

ll. 14-15   'comme celluy qui de grant legiereté estoit plain'.

ll. 18-19   'et cellui chiet a terre'.

ll. 21-25   'La peust on veoir une bataille cruelle ... de merveilleuse grandeur et puissance'.

ll. 36-37   'par la traverse ... par le nasal du' and adds 'sur le'.

ll. 37-38   'qu'il lui faulce la ventalle ... ycellui coup'.

l. 40   'et ce fut une chose qui moult l'empira pour' and adds 'tant que'.

ll. 44-45   'descendi et s'arresta en l'escu et tout le fendi' and adds 'luy fendit son escu'.

ll. 48-49   'pource qu'il lui sembloit qu'il estoit bien vengé'.

l. 51   'qui lui tient estal'.

l. 62   'puis que je fu né'.

	ll. 65-68	'et de bien vous recongnoistre ... aultre raecon'.
	ll. 69-71	'encore n'estez vous ... mais pource' and adds 'puis'.
	ll. 73-75	'et pour osmone et charité ... qu'i n'y a couppe'.
	ll. 79-81	'et quelle vengeance ... dit Amorant, que je' and adds 'car'.
	ll. 91-94	'car j'ay trop grant soif ... que tu mettroyes ceste requeste'.
	ll. 100-101	'et boit tout a loisir comme cellui qui est moult joyeux d'ycellui octroy'.
	ll. 105-107	'car assez me sens ... et telle est ma coustume'.
	ll. 107-108	'quelle que soit vostre coustume'.
	l. 109	'j'entens bien vostre deffiance'.
	ll. 115-118	'et l'aucton ... et filt voler loing eu champ'.
	ll. 119-122	'dont Messire Guy ... ne navré en char ne mal mis. Si' and adds 'et Messire Guy'.
	l. 122	'l'espée au poing' and adds 'moult courroucié'.
	ll. 124-125	'sur l'espaule que tant ne fut le haulbert bon qu'il ne' and adds 'et'.
# 156.	ll. 8-10	'encore que je vous en ay aujourd'uy fait la bonté ... et ainsi avrez' and adds 'et si ne voullez'.
	l. 11	'et vous serez mis hors de blasme'.
	ll. 16-17	'de toutes voz armeüres'.
	ll. 33-34	'a veoir. Or voy je bien ... sont veritables'.
	l. 41	'a la riviere et soy rafrescir'.
	l. 42	'de soif'.
	l. 51	'en eaue froide'.
	ll. 52-53	'du comperaige vous en repentirés se oncquez je puis n'en vous'.
	ll. 53-54	'car bien voy que vous estes fel et plain de traïson'.
	ll. 55-56	'tout aussi frescement comme ilz avoient fait du jour'.
	l. 66	'le seuffre et'.
	ll. 78-82	'et bien peut estre reputé ... qui tiengient les vertus celestieles impossibles'.
# 157.	ll. 5-6	'parla haultement, oyans tous ses roys, princes, et barons' and adds 'dist'.
	l. 12	'de son appel'.
	l. 14	'attourna tout son affaire pour'.
	ll. 23-24	'pelerin qui pour bien et pour osmosne s'estoit combatu'.
	ll. 30-32	'et si leur filt le roy delivrer ... il leur donna'.
	ll. 48-49	'et moy faire plus certain de vostre estre que je ne suis'.
	ll. 52-53	'cellui dont aultresfoyz m'avez parlé, qui' and adds 'et'.
	ll. 59-62	'Ha, cher sire, ... vostre pareil'.
	l. 63	'et en soyez seigneur et maistre par ainsi'.
	ll. 74-76	'mais au partir ... a son povoir' and adds 'Lors s'en va checun sa voie'.
# 158.	ll. 6-7	'donnoit de beaulx dons'.
	ll. 8-10	'de refaire pons ... et charité appartenoient'.

	ll. 23-24	'appartient … bien aprins'.
	ll. 34-37	'qui pour lors estoit moult renommée … et en leur venir' and adds 'et'.
	ll. 41-42	'dont il estoit seigneur'.
	l. 47	'qu'ilz avoient oncques veüs'.
	l. 48	'a ceulz de la court'.
	ll. 51-52	'a ce que marchans de coustume sont volentiers couvoiteux et touchés d'avarice'.
# 159.	ll. 6-7	'se tindrent moult grans, car aucquez'.
	ll. 11-12	'ainsi que Dieu la vouldroit mener'.
	ll. 19-20	'eslurent III. des plus suffisans … et par yceulx'.
	ll. 27-29	'Or se seuffre … pour deviser de' and adds 'Si en laisse l'istoire ung pou a parler et retourne a'.
# 160.	ll. 2-3	'quant querre l'eust fait … bas et hault ne' and adds 'et que'.
	l. 5	'qui venus estoient de Roussie'.
	ll. 11-13	'pour povoir qu'il eust … en estoit d'illecques'.
	ll. 18-44	'l'amoit le roy qui moult se penoit de l'onnourer … bien de pieca' and adds 'y estoit mandé dont plusieurs de ces barons le tenoient a grant despit et parloient assez envieusement sur le roy qui tel honneur faisoit au filz d'un povre vassal'.
	ll. 66-67	'car nous nous voulons rieuler et faire par vostre conseil'.
	ll. 69-70	'et aulzquieulz myeulz appartient … le premier'.
	l. 71	'et veü que la matiere est si necessaire'.
# 161.	ll. 4-7	'ne oncques n'y eurent que chalenger … car le droit en est devers nous'.
	l. 9	'et leur heritage'.
	ll. 14-17	'et legierement … et les yrés combatre'.
	l. 18	'ne afreschir' and adds 'vous les pourrez combatre a puyssance'.
	l. 19	'vainquez' and adds 'baincques'.
	ll. 22-23	'moult est loyal conseiller'.
	l. 34	'a moy entendez'.
	ll. 35-36	'vous ne nous fiés pas'.
	ll. 41-42	'et nous en reputons … en faire service'.
# 162.	ll. 11-13	'j'octroye que j'aye la teste trenchée et pourtant' and adds 'pour ce'.
	ll. 17-18	'Fy, dit' and adds 'et fait'.
	ll. 30-31	'pour delivrer le monde de vostre envieuse faulceté'.
# 163.	ll. 4-5	'qui marchissoient d'estre advisés et' and adds 'de'.
	ll. 9-22	'et luy dist, Beau doux amy … et pour ce vous laisse' and adds 'a part a conseil et luy bailla'.
	ll. 23-30	'si en pencez comme des votres … revencer de sa traïson' and adds 'et bien luy dit que se le duc Mordet le venoit assaillir qu'il se desfende comme preudhomme, et que jamais ne finera d'aller jucques ad ce qu'il ait trouvé l'ensfant de son bon seigneur Raimbron ou vif ou mort'.

	l. 39	'pour savoir ... de sa queste'.
	l. 41	'qu'ilz entrerent en mer'.
	ll. 51-52	'noz ennemis sont ceux cy, et si est'.
# 164.	l. 1	'de Cornouale'.
	l. 4	'Argard' and adds 'senschal'.
	ll. 8-10	'fors que perdre chascun jour ... d'ennuyeuses saillies'.
	l. 18	'dont grant piece s'est teüe l'ystoire'.
# 165.	ll. 24-25	'car tant plus en parle ... plus ay de douleur'.
	ll. 31-32	'et je vous promet ... que vous n'estes'.
	ll. 33-34	'au devant de ceste heure'.
	l. 36	'luy actendrit le ceur et' and adds 'si'.
	ll. 37-43	'et moult pria Messire Guy ... dire ne sentir. Or' and adds 'et'.
	ll. 46-47	'et avoye chevaliers et escuiers a mon commandement'.
# 166.	ll. 14-15	'mais alors n'estoit que varlet'.
	ll. 16-17	'et lui donna armes et le filt chevalier'.
	ll. 19-22	'si estoit si cruel ... que chascun le craignoit'.
	ll. 22-24	'et se penca que par luy ... ceulx qui mal luy vouldroient'.
	ll. 26-27	'et mene moult riche appareil avec moy'.
	ll. 29-30	'oncle que par moy ... en felonnie'.
	l. 54	'la ou bien trouver le cuiday'.
	l. 57	'nul ne scet quelle part'.
# 167.	ll. 7-8	'et les piedz tous desrompues et plains de crevaches'.
	ll. 11-12	'car moult avoit grant pitié ... de pasmoison' and adds 'si luy demande'.
	l. 15	'il me semble que forment vous a grevé'.
	ll. 25-28	'sans rancon ... et se seroit ma mort'.
	ll. 28-31	'mainent sy Messire Guy ... qu'il lui voit endurer' and adds 'ne ce peut tenir Messire Guy de plourer'.
	ll. 34-35	'car bien sachez ... par homme destourbé, mais' and adds 'et'.
	ll. 42-43	'plus avant tant estoit chargé de sommeil'.
	ll. 48-49	'le chef et vous actendray ... vostre repos'.
	l. 51	'se assiet a terre' and adds 'aussi'.
	l. 54	'des yeux moult tendrement'.
	ll. 58-69	'pource que je ay promis ... l'adventure des dessus-diz' and adds 'et la vous declareray'.
# 168.	l. 2	'qui moult se prenoit garde de luy'.
	l. 12	'et moult se complaint' and adds 'Thierry'.
	ll. 22-26	'ainsi que j'espoire ... ainsi que vous dictez'.
	l. 33	'plus qu'il devint, mais bien dit' and adds 'fors'.
	ll. 41-42	'car assez est en privé lieu'.
	l. 57	'qui moult richement estoit ordournée'.
	ll. 74-75	'plus haulx barons avez vous tolu le leur'.
# 169.	l. 6-7	'Oncquez losenger ne fus'.
	ll. 11-15	'et pourtant que dit en avez ... de haulz seigneurs'.

	ll. 17-21	'car messager ne doit avoir garde ... et pource que j'en ay parlé' and adds 'et de ce que j'ay dit'.
# 170.	l. 4	'c'est assavoir au pelerin'.
	ll. 5-6	'avec luy ses princes et barons'.
	ll. 19-28	'Beaulx seigneurs, cy voyez deux chevaliers ... et pource les ay joingz ensemble' and adds 'qu'il estoit prest de desfendre le droit de Thierry et que'.
# 171.	l. 6	'et les chevaulx et cheoir'.
	ll. 9-10	'entalentés chascun de grever son compaignon'.
	ll. 12-14	'comme ilz povoient endurer ... car maintesfois l'avoient a coustume'.
	ll. 17-27	'et si pourroye adjouster ... pour sa grant cruaulté'.
	ll. 30-31	'et d'encombrier ... du grant peril ou il estoit.
	ll. 48-53	'ne il ne povoit pencer ... se je vis et j'ay povoir'.
# 172.	ll. 4-5	'et qu'ilz l'occissent en telle maniere ... oÿes nouvelles'.
	ll. 6-13	'car aucquez estoient ilz acointés ... pource qu'il estoit travaillé' and adds 'si se armerent couvertement celle nuyt et vindrent ou le pelerin dormoit comme celluy qui estoit travaillé'.
	l. 17	'les carneaulx et chut en' and adds 'lit et tout ensemble dedans'.
	ll. 19	'comme a heure de grant flo'.
	ll. 26-28	'ainsi que les vagues le menoient ... avoit aucquez reposé' and adds 'tant que Messire Guy qui avoit assez dormy et a son ayse reposé'.
	l. 33	'en quoy il va flotant'.
	ll. 36-40	'ainsi vrayement ... et pour loyaulté et charité'.
# 173.	l. 9	'que vous me diés'.
	ll. 15-16	'et mis en garde'.
	l. 17	'vous veïstes hyer combatre' and adds 'qui hier me combaty'.
	ll. 18-19	'comme celluy qui estoye moult lasse'.
	ll. 25-27	'et luy filt toutes les aises ... a tant qu'il n'en soit parlé' and adds 'et luy fait tous les plaisirs qu'il peult, mais a tant s'en taist l'istoire et retourne a l'empereur'.
# 174.	ll. 3-4	'qui la bataille devoient faire'.
	l. 15	'qu'il est souspeconné'.
	ll. 26-31	'Comme, dit le duc Berart ... et il jure qu'il n'en tendra rien'.
	ll. 32-34	'va venir le bon homme ... le paon du manteau' and adds 'survint le pescheur qui ce mect a genoulx devant l'empereur'.
	ll. 37-43	'et luy demande qu'il veult dire ... et je le vous diray'.
	ll. 64-66	'et lors filt l'empereur ... eu champ en telle maniere'.
	ll. 67-68	'quant ilz se virent seul a seul'.
	ll. 72-74	'qui souvent estoit courroucié ... et hardement en soy et'.

	ll. 75-77	'en trenca le sercle ... et descendi' and adds 'le faulca et glissa le coup'.
	l. 84	'et toucher a terre du nasal du heaume' and adds 'devant luy'.
# 175.	ll. 11-14	'et bien dit que trop estoit ... son alaine reprise si' and adds 'et'.
	ll. 17-20	'et aussi qu'il fut en vostre grace ... je le tiens en ce point'.
	ll. 24-26	'et lui rend son honneur tout a present ... n'en quelle contrée il est'.
# 176.	ll. 3-4	'en la cité ... amont et aval' and adds 'si s'en alla a Thierry'.
	ll. 4-5	'le conte Thierry'.
	ll. 11-12	'cest pelerin a qui j'ay descouvert mon conseil fut' and adds 'vous feüssiez'.
	ll. 38-42	'Or en est bien tempz ... plus haulte proesce' and adds 'car bien est acquicté de celluy qui l'avoit appellé'.
	ll. 44-46	'le filz au bon conte Albry ... distez m'en la verité'.
	ll. 48-60	'Hée Thierri, dit l'empereur ... ains croy je bien qu'il soit mort'.
	l. 68	'qui pour vous s'est mis en ceste adventure'.
# 177.	ll. 4-5	'et si le vous acroistray assés'.
	l. 11	'moult avez le ceur noble et vaillant'.
	ll. 16-18	'qui pour vous s'est combatu ... le congnoistroye'.
	l. 20	'ne qui il est'.
	ll. 24-27	'Par cest accort commenca la feste ... qui ainsi estoit delivré. Et' and adds 'et lors n'en fut plus parlé, mais'.
	ll. 31-32	'sa cité pour radrecer ... et son pays'.
	ll. 34-38	'et tout son estat ... tres volentiers et que vrayement asseür en fust'.
	ll. 39-42	'en sa compaignie ... avec son compaignon' and adds 'le bon pellerin'.
	ll. 45-46	'contre la venue de leur seigneur'.
	ll. 46-53	'mesmes. Ainsi fut recepu ... qu'il en avoit grant honte' and adds 'feüst descendu du ciel'.
	ll. 53-65	'Et tantost filt le conte Thyerri ... et de toute leur seigneurie' and adds 'et Thierry envoya querir sa femme en une abbaye de nonnains la ou c'estoit mussiée pour la crainte de Berard, et a sa venue doubla toute la joye qu'il fut faicte entre eulx'.
# 178.	ll. 2-3	'tant que Thyerri eust bien refermé son pays et mis en paix'.
	l. 17	'sans aultre compaignie'.
	ll. 22-26	'et comme quant premierement ... et puis luy dist'.
	l. 27	'ycelluy Guy de quoy vous ay parlé' and adds 'Guy'.
	ll. 36-38	'et si ne le deüsse pas faire ... ce que vous menés'.
	l. 43	'tout plain de larmes'.

l. 44 'chose qu'il luy ayst dit' and adds 'riens'.

l. 45 'car contre lui n'a nulle mauvaise volenté'.

ll. 46-47 'n'avoir ne pourroit. Moult grand douleur et'.

ll. 53-62 'et acroistre en honneur ... car sur tous aultres en vous m'affie' and adds 'en sa garde'.

ll. 68-73 'et ceste requeste, beau doulx compaings, ... en vostre compaignie'.

\# 179. ll. 2-9 'mais d'une chose ... je ne puis plus demourer'.

ll. 10-12 'et se departent l'un de l'aultre ... si plain de douleur'.

ll. 16-17 'et bien disoit que trop avoit fait son seigneur qu'il ne l'avoit retenu'.

ll. 19-29 'a la mer et passa oultre ... l'aultre gent' and adds 'en la cité de Wincestre la ou le roy d'Angleterre estoit a grant compaignie de barons et de chevaliers assemblez pour aller a l'encontre du Anelaf de Dannemarche et le roy Gourlaf qui estoient venuz assieger Angleterre au plus de XXM. hommes d'armez'.

l. 36 'aultrement le tienne de luy et lui en rendre treü'.

ll. 38-45 'et nostre roy ... Comme dont, fait Messire Guy' and adds 'et quant Messire Guy sot ses nouvelles si en fut moult joyeulx mais demanda premierement a ung bourgoys de la dicte ville de Wincestre ou estoit Herolt d'Ardenne qu'il ne batailloit contre cest Affricquant'.

ll. 55-56 'et tant fait de biens ... en cest royaume'.

l. 60 'de la, et accueult son chemin vers Wincestre avec' and adds 'et le remercye moult de s'en va parmy'.

\# 180. ll. 2-3 'la Saint Jehan'.

ll. 4-8 'car il ne scet trouver voye ... car trop ont grant puissance' and adds 'et chevalliers'.

ll. 16-35 'car il ne doubte point ... (181. 1-3) et le roy qui moult estoit merencolieux s'ala coucher' and adds 'et en ceste grant merencollie s'alla le roy coucher car ja estoit tard'.

\# 181. ll. 22-23 'car moult s'en prenoit garde comme cellui qui en avoit besong'.

ll. 24-26 Assez s'en excusa Messire Guy ... mais toutesfois' and adds 'et'.

l. 28 'en ses plus privées chambres'.

ll. 37-42 'Or m'en suis assez plaint a mes barons ... vivre en servitude'.

l. 46 'et pour desfendre le pays d'estre destruit'.

ll. 48-51 'Colbrant qui tant est redoubté ... et a Dieu et a nous'.

\# 182. ll. 5-10 'Et vous veez bien ... vous metez en adventure, dont' and adds 'et ce'.

ll. 26-30 'et quant nouvelles vindrent ... tout le commun'.

\# 183. ll. 10-13 'et tant lui seoient bien ses armes ... de fiere contenance et hardi'.

	ll. 26-27	'comme cellui qui n'estoit pas asseüré tant qu'il vist ung tel ennemy devant luy'.
	ll. 29-30	'il ne faillist mie a l'assigner'.
	l. 42	'et veoit que grant besoing en estoit'.
	ll. 44-46	'qu'il n'y peust actaindre ... sur une des espaules et' and adds 'que a peine le peust actaindre jucques aux espaulles, mais non obstant ce'.
	ll. 46-47	'couppa parmy une esplaicte ... et espece et'.
	ll. 55-58	'Sy le commence a doubter ... qu'il ne povoit encontre lui durer'.
	ll. 60-61	'ce fut en l'escu qui tant estoit fort'.
	ll. 69-71	'encontre cellui adversier ... le royaume de serviage' and adds 'et sur ce'.
	ll. 74-76	'Bien veez que vostre desfence ... ne vous povez plus aider'.
	ll. 88-89	'pour moy grever'.
# 184.	l. 7	'et si ne vous en scay nul gré'.
	ll. 9-10	'maltalenté et haulce le branc encontre mont et bien'.
	ll. 12-13	'que tout y coulle jusquez au hend' and adds 'qu'il le mist plus de la moytié dedans'.
	ll. 14-15	'et le fiert par entre ... il estoit armé'.
	ll. 15-16	'a ce qu'il se courba'.
# 185.	ll. 5-7	'de dessus les espaules ... qu'il n'avoit povoir de soy esveiller' and adds 'luy et le heaume a terre'.
	l. 11	'comme gens tous desconfilz et yrés et dolens. Et'.
	l. 12	'le roy Athelstam' and adds 'le roy d'Angleterre'.
	l. 15	'ceulx d'ycelle ville' and adds 'encontre luy'.
	ll. 25-28	'ne de sont or ... devoient ilz remercier' and adds 'pour chose du monde'.
	ll. 35-36	'et desfend a ses gens ... de le suÿr'.
# 186.	ll. 5-6	'puis que grace vous a admené ... delivré de servaige' and adds 'qu''.
	ll. 11-12	'en guerdon de tous les services que je vous ay fais que se' and adds 'ce Dieu radmaine'.
	ll. 13-14	'et j'espoire ... bon service'.
	ll. 23-24	'et souvent mercioit Dieu ... lui a donné and adds 'et'.
	ll. 26-27	'tant estoit son affaire changé'.
	l. 40	'et bien prendre gaige de luy'.
# 187.	ll. 8-9	'riens ne demouroit a l'ermitage'.
	ll. 18-20	'et si estoit tousdiz ... envers son createur'.
	ll. 21-22	'estoit moult souvent avec Guy, en especial en'.
	l. 23	'et le confesser et acommenier'.
	l. 28	'dedens troys jours'.
	ll. 29-30	'et l'oster de la vie ... en gloire perpetuelle'.
	l. 44	'le varlet qui servi l'avoit en l'ermitage' and adds 'le clerc'.
	ll. 50-51	'et auquel elle envoya ... ses vins et viandes'.
	ll. 52-53	'et croy qu'il vous en sera de myeulx'.

	ll. 65-66	'et s'en va grant erre ... en pou d'eure' and adds 'et tant va qu'il est tantost venu jucques au palays'.
	ll. 76-77	'Pour Dieu ne me soit demeuré de le celer'.
	ll. 88-90	'Tant le cueur me divinoit ... Lors s'appreste tantost et dit'.
# 188.	l. 4	'au travers de la forest'.
	ll. 6-7	'comme pour passer a Dieu, son createur' and adds 'a passer de ce monde et ja avoit'.
# 189.	l. 9	'quant elle vit son amy finé'.
	l. 12	'la sepulcre du sainct home' and adds 'sa sepulture'.
	ll. 28-29	'et je le veul ainsi'.
	ll. 37-40	'qu'onquez personne ... bonne et honneste vie' and addas 'vraiement'.
	l. 42	'cinquantiesme' and adds 'cinquiesme'.
	l. 47	'sa bonne moulier' and adds 'sa bonne femme'.
	ll. 50-51	'Amen. Cy fine le Romant de Guy de Warwik'.
# 190.	l. 8	'ce que j'ay trouvé en l'ystoire'.
	l. 9	'de Gourmoise, son bon compaignon'.
	ll. 20-23	'qui le prit par adventure ... cruel envers la christienté'.
	l. 29	'et en chetivoison'.
	ll. 42-43	'de visaige de la malaiseté ... si long tempz'.
	ll. 49-50	'et qu'en ma guerre ... servir loyaument'.
	ll. 51-52	'en esperence ... par toy maintenue'.
	ll. 54-55	'et se tu as vouloir ... la charge que je di' and adds 'ne'.
	ll. 66-68	'et plus me tien riche ... comme ceste cy est'.
# 191.	ll. 11-13	'car bien scay que se le roy Argus ... tout le povoir de sa guerre'.
	ll. 22-24	'et si a assiegé la place ... a destruccon' and adds 'et ja n'en partira ce dit jucques ad ce qu'il ait prinse le chastel et mis tous ceulx qui sont dedans a destruction'.
	ll. 25-26	'comme a son lige seigneur que a cest besoing'.
	ll. 26-27	'car moult est grant la necessité'.
	ll. 27-28	'quant il entendi ces paroles'.
# 192.	ll. 2-3	'Or, sur a eulz ... faire bien' and adds 'Or pensons checun de bien faire'.
	ll. 15-24	'mors ou affolés ... sa proesse fut cogneüe' and adds 'mais sur tous passoit tout la proesse de Herolt, car il n'y avoit nul qui l'osoit actendre'.
	ll. 25-29	'et ce qu'il les veoit espouventez ... mais droit fantosme. Sur tous' and adds 'si'.
	ll. 32-35	'en qui est toute la defence ... d'avoir plaine victoire'
	ll. 35-36	'comme cellui qui en sa loy estoit de haulte proesse'.
	ll. 54-55	'car entr'eux deulx estoient preux vassaulx'.
	ll. 56-57	'qu'il se tenist pour oultré et'.

	ll. 68-70	'et bien commenda a ses subgés ... son plaisir et commandement'.
	ll. 74-75	'et en osta tous ceulz qui depart le roy Argus y estoient'.
	l. 81	'aulx fources encroer' and adds 'pendre aulx forchez'.
# 193.	ll. 3-4	'et lui commenca a mener ... oncquez mais fait' and adds 'et lui commenca guerre assez plus forte que devant'.
	ll. 6-7	'pource que par trop avoit grant host ... de ses villes plusieurs'.
	ll. 10-11	'et moult menace vous et moy de nos vies perdre'.
	ll. 20-21	'et a chascune ... et gouverneur'.
	ll. 24-25	'de divers cris de mors et de navrés'.
	l. 26	'en droit soy. La fesoit ... de haultes proesses' and adds 'et desrendre sa vie. La se portoit Herolt comme chevalier de haulte proesse'.
	l. 62	'fiert et esperonne apres lui' and adds 'chevauche'.
# 194.	ll. 3-4	'ou je vous ferray ... plus de honte'.
	ll. 8-9	'sur eulx deulx survint'.
	ll. 11-12	'de si loing qu'il apperceust le roy. Damp'.
	ll. 15-16	'et pource gardés vous de moy ... de la mort'.
	ll. 18-20	'seuffre Herolt qu'il brise son glaive ... s'entrecoururent sur aulx' and adds 'les'.
	ll. 31-32	'et le puissant'.
	l. 43	'deporter'.
	l. 44	'bien vous di que'.
	l. 56	'Si dit au vielart' and adds 'Fy, fait il, Damp viellart'.
	ll. 62-63	'le sang yssoit ... de toutes pars' and adds 'le sang leur court du corps a moult grant rendon'.
	l. 68	'aussi que deulx fevres' and adds 'comme font deulx mareschaulx sur une enclume'.
	l. 73	'chacun a part soy, et fut'.
# 195.	l. 6	'que vous eüssés nul mal' and adds 'qu'il advenist de vous aultre chose que bien'.
	ll. 22-23	'que vous me diez vostre nom'.
	ll. 32-33	'et s'appelloit Guy de Warwik'.
	l. 41	'Walinforthd' and adds 'Warwihic'.
	ll. 44-45	'de puis moult doulcement' and adds 'et garder'.
	ll. 47-48	'Or vous ay je oÿ dire chose' and adds 'En nom de Dieu, fait Herolt, tant m'en avez dit'.
	l. 53	'ung grant soupir, et si gecta'.
	ll. 59-60	's'en vient le prendre entre ses bras'.
# 196.	l. 16	'se pena de pourchacer ... leur devoit plaire' and adds 'les conjoÿ'.
	ll. 26-31	'et quant ilz eurent vent ... ilz ancrerent et descendirent a terre (197. 1-3). Lors se percerent ... aucun chasteau ou fortheresse' and adds 'et quant ilz eurent vent convenable, leverent leur ancre et tirerent leur voille, et le vent se ferit dedans que

en peu de heure les esloigna loing de terre et les empaint en haulte mer, et tant singlerent et coururent qu'ilz arriverent en une des parties de Grece que pou estoit habitée, ne n'y voyent ne ville ne chastel. Toutes voyes pour eulx rafreschir, gectent l'ancre et se misrent en terre. Lors se penserent qu'ilz yroient trouver aucun retraict ne delescie, et'.

# 197.	ll. 33-34	'lyément et a grant honneur'.
	ll. 7-49	'car moult estoit vaillant … Quant Herolt l'entend' and adds 'Amis de la Montaigne est celluy que tient et tiendray a tousjours seigneur et amy tant que je vivray'.
	l. 53	'entre Ytalie et Almaigne' and adds 'd'Allemaigne'.
	l. 63	'ycelluy duc Othez' and adds 'et'.
	l 65	'ycelluy Messire Gui' and adds 'le bon chevallier de Warewyk'.
	l. 70	'forviger toute sa terre et empire' and adds 'forjurer de son empire'.
	ll. 73-74.	'qui est nommé la Grant Ardenne' and adds 'qui est appellée Ardenne'.
	l. 85	'yssoit chascun jour et'.
	ll. 90-92	'non obstant que mon seigneur … une fortune qui lui advint' and adds 'non obstant ce, mon seigneur a l'encontre de lui ne fust advenue adventure'.
# 198.	ll. 9-14	'car bien vous ose dire … en celle forest' and adds 'et pource fays je un veu que demain par matin me mectray je en celle forest car oncques vous veulx je bien dire ne nasqui ung si gentil chevalier ne plus loyal coeur'.
	l. 28	'et demanda sez armes' and adds 'et apareilla moult en haste, puis feist son corps armer de toutes armez'.
	l. 46	'et le champ par ou l'en y entroit on appelloit' and adds 'et s'appelloit'.
	ll. 65-69	'mais toutefoiz se reconforte … une grant clarté apparoir' and adds 'mais toutefoiz se racompte en son ceur et se reconforte en soy, qui y estoit si grande obscurté qu'elle luy dure une grosse demie lieue, et lors vit une grant clarté devant luy'.
	l. 75	'plus d'une lieue' and adds 'plus d'un grant trait d'arbeleste'.
# 199.	ll. 13-18	'entaillées moult richement … que toute l'isle en estoit enluminée'.
	ll. 25-26	'delictables plains d'arbres'.
	ll. 28-32	'de fin marbre … dedans l'arbre'.
	ll. 33-39	'et selon ce que je le treuve escript … le plus grant empereur du monde'.
	l. 53	'et filt tant le bon cheval … et passa' and adds 'si feist tant le bon chevallier qu'il passa'.
	ll. 60-61	'si entra ens … et l'establa, puis' and adds 'si

entra, puis se mist dedans et mist son cheval de-
dans, et'.

l. 66 'drap d'or et de soye' and adds 'drap d'or et d'asur'.

ll. 95-96 'mon seigneur et pere, Gui de Warwik' and adds
'mon bon seigneur'.

ll. 99-104 'de Guy de Warwik. Si lui dist ... des enchante-
mens et fantosmez de ceans' and adds 'au bon
Guy'.

ll. 106-108 'vous n'y devendriés ... que vous estez a present'.

ll. 115-118 'car oncquez mais ne passa ... par son congié' and
adds 'car oncques ne passe en ceste ysle nully se
il ne luy admena ou se il n' entra par son congié'.

\# 200. l. 31 'tout a loisir'.

l. 56 'ne nules n'en veul'.

\# 201. ll. 10-11 'aprez qu'il voit venir Rambion'.

ll. 24-25 'de chef en chef ... deulx foiz la racompter'.

ll. 29-31 'et sauver comme le meileur chevalier ... s'il estoit
perdu'.

\# 202. ll. 3-7 'et chascun se penoit ... pour la solennité de ses
hostes'.

ll. 11-12 'au chemin ... aucunes nouvelles' and adds 'pour
l'actendre'.

l. 13 'jusquez a leur compaignie'.

l. 22 'a devant lui puis nagaires esté faicte une'.

ll. 24-26 'et j'en puis bien porter ... vous nous le diez' and
adds 'et contre qui a il telle bataille. Beaulx amis,
dictes le nous'.

ll. 27-29 'Or en suis je moult esmerveillé ... vous ne le savez'
and adds 'et'.

ll. 38-39 'c'est assavoir le duc Berart, son ennemy'.

ll. 40-49 'Et sachez qu'onquez ... comme le duc Berart
estoit' and adds 'et pour l'amour de ce pardonna
l'empereur a Thierry son maltalent et luy rendit
toute sa terre, et l'a fait seneschal de toute son
empire ainsi que le duc Berard estoit'.

l. 57 'qui le haroit mortelement'.

ll. 67-68 'qui moult est estrange ... bien estre retrait'.

\# 203. l. 4 'or puis je bien dire que'.

l. 12 'quant je vous treuve sain et hactié'.

ll. 14-16 'et si n'oublie pas ... lui avoit chargé'.

ll. 31-33 'pource que armés estoient ... et qu'il n'avoit garde'.

ll. 48-50 'et moult a mis mon seigneur le conte ... comme
tout destruit'.

ll. 56-59 'Des bourgois ... que je scay bien qu'il est la' and
adds 'et ce vous y passés, veü que vous estes armez,
vous conviendra laisser ou harnoys ou vous comba-
tre a luy'.

ll. 60-63 'car sans meslée ... se seroit grand dommaige'.

ll. 67-72 'car aussi a il long tempz ... plus par force que
par parole'.

\# 204. ll. 6-11 'et bien le croy ... partir a honneur'.

	l. 18	'sans plus de desfiance, si' and adds 'et'.
	l. 24	'et de grant hardement plains'.
	l. 25	'les escus embrachés'.
	ll. 29-33	'Et Herolt qui la bataille regardoit ... qu'il estoit de haulte proesse'.
# 205.	ll. 5-6	'laissés ceste bataille et'.
	l. 11-14	'mais quant vous m'avrez tel actourné ... vostre requeste'.
	ll. 15-18	'et maint en ay trouvé ... Puis trenceray je la teste' and adds 'a vous et'.
	ll. 20-21	'qu'il mourust par voz mains'.
	ll. 24-26	'car je vous rapelle ... fait le chevalier'.
	ll. 28-29	'sur testes et'.
	l. 35	'venir a terre de toutes les deulz paumes'.
	ll. 40-41	'jusquez en la bougle ... puis resache son espée si durement'.
	ll. 44-47	'ne tenir ne se peust de plourer ... se nul d'eulz deux perissoit'.
	l. 48	'par amour et courtoisie'.
	ll. 61-64	'et si vous en peult moult ... et je le vous conseille'.
	l. 67	'et tout le sang lui remuoit'.
	ll. 70-72	'la cause. Toute la char me poingt ... Je ne scay pas'.
# 206.	ll. 3-4	'dedens la fille de conte d'Excestre qu'il eust espousée'.
	ll. 8-20	'ne n'en sceusmez vrayes nouvelles ... a mon bon pere' and adds 'Si advint que quant je me trouve en aaige, prins les armez de mon bon pere'.
	l. 27	'avant voulroye finer en la queste'.
	ll. 28-30	'comme France, Normendie ... et la plus grant partie d'Italie'.
	ll. 37-39	'et prez que recouvré ... par le temps de la guerre'.
	l. 46	'se Dieu ne m'envoye aultres nouvelles'.
	l. 49	'et dist, "Sire, bien ay entendu' and adds 'et dist au chevallier de l'angarde, "Sire ay je bien entendu'.
# 207.	ll. 3-4	'tout ainsi comme il estoit'.
	ll. 18-21	'comme cellui que riens ne grevoit ... et dit ainsi' and adds 'sus et s'alla mectre a genoulz devant les piez de Raimbrom, et luy rend son espée, et dit ainsi'.
	ll. 25-26	'ne a riens que vous me commandez a faire ne puis avoir deshonneur'.
	ll. 31-33	'ne mesfaire ne me pourriés ... qui me puisse grever'.
# 208.	ll. 28-29	'Explicit le Rommant de Guy de Warwik et de Herolt d'Ardenne' and adds 'Cy fine le livre de Messire Guy de Warewyk et de Herolt d'Ardenne'.

GLOSSARY

We give only those words which are no longer in current use, those whose sense has changed over the years, and those which are spelt in a way which makes them unfamiliar. Only one line reference is given.

A

abandaument, # 32, l. 4, p. 98, freely; without stinting.

abbay, # 67, l. 2, p. 147, squealing; grunting.

abillé, # 6, l. 34, p. 62, dressed.

s'accointer, # 39, l. 53, p. 109, to get to know each other; get acquainted.

acointer, # 26, l. 37, p. 91, to associate with; mix with; get to know.

acertené, # 83, l. 17, p. 163, assured; informed.

achoison, # 12, l. 33, p. 69, cause.

acoler, # 81, l. 29, p. 162, to kiss; to embrace.

acommenier, # 187, l. 23, p. 310, to give communion to.

aconsuir, # 77, l. 73, p. 159, aconsuyr, # 115, l. 40, p. 203, to hit; to strike; to overtake.

actroyer, # 1, l. 52, p. 58, to give; grant.

adjouster, # 171, l. 17, p. 287, to add.

admiraulx, # 152, l. 28, p. 254, emirs.

adouber, # 116, l. 3, p. 204, to dress (a wound); bandage.

advenaument, # 23, l. 51, p. 88, suitably; attractively; smartly.

affloibier, # 194, l. 70, p. 322, affloibié, # 79, l. 3, p. 160, to weaken; lessen; run out.

ajourner, # 104, l. 50, p. 186, day-break.

ambleüre, # 95, l. 54, p. 176, palfrey.

ancquez, # 52, l. 3, p. 127, thus; so.

aorer, # 21, l. 59, p. 85, to wish; pray for (on someone's behalf).

aourné, # 108, l. 18, p. 191, decorated (with); covered (with).

apent, # 138, l. 52, p. 234, (1st pers. pres. ind. of apendre), to appertain to.

apert, # 135, l. 53, p. 231, skilful; nimble; agile.

apleniner, # 95, l. 86, p. 177, to tickle; fondle; stroke.

aplouver, # 137, l. 13, p. 232, to hurl oneself at; dash towards.

appareiller, # 84, l. 9, p. 163, to don armour; toke up weapons.

appeticer, # 116, l. 18, p. 204, to diminish; grow smaller.

araisonner, # 181, l. 31, p. 302, to address; speak to; deliver a speech to.

archon, # 106, l. 18, p. 190, saddle; saddle-bow.

arrebain, # 89, l. 50, p. 169, arrière-ban; a general call to summon every vassal.

arroy, # 95, l. 8, p. 175, equipment; fittings.

asmones, # 179, l. 55, p. 300, alms-giving.

assavoir (c'est), # 114, ll. 46-47, p. 202, that is to say; in other words.

assembler, # 118, l. 27, p. 206, mêlée; fray; breaking of lances.

asseürance, # 101, l. 5, p. 182, promise; assurance.

assiecte, # 187, l. 12, p. 309, situation; site; setting.

assoirant, # 111, l. 20, p. 197, sun-set.

atyrer, # 104, l. 111, p. 188, to equip; fit out; construct.

atisement, # 85, l. 6, p. 164, intrigue; instigation.

atoucher, # 31, l. 46, p. 97, to touch; pierce.

atourner, # 82, l. 17, p. 162, to attribute to; hold against.

aube espine, # 103, l. 8, p. 184, hawthorn bush or tree.

auquez, # 181, l. 1, p. 302, quite.

aucton, # 155, l. 115, p. 264, a padded jerkin; coat of mail.

aultrier, # 39, l. 49, p. 108, the other day.

autelle, # 91, l. 34, p. 171, such.

autresi, # 114, l. 22, p. 201, the same; as much.

aval, # 54, l. 3, p. 130, down; up and down.

aventangez, # 38, l. 13, p. 107, opportunities.

avironer, # 93, l. 35, p. 174, to surround.

avoy, # 153, l. 68, p. 259, an interjection expressing surprise or contempt.

B

baillé (mal), # 121, l. 27, p. 210, caught off one's guard; ill-served.

baillie, # 116, l. 33, p. 205, power. sway.

ban, # 154, l. 59, p. 261, proclamation.

barguaignement, # 40, l. 38, p. 110, offer.

barnage, # 119, l. 29, p. 207, baronage; assembly of barons.

barné, # 118, l. 12, p. 206, baronage; assembly of barons.

bastie, # 118, l. 32, p. 206, basty, # 45, l. 22, p. 117, (past. part. of bastir), to arrange; prepare; lay; set.

bataille, # 113, l. 30, p. 200, battalion.

bende, # 199, l. 15, p. 329, bands; strips; braces.

bendé, # 32, l. 29, p. 98, (past. part. of bender), barred (in an heraldic sense).

bercher, # 133, l. 87, p. 226, to hunt.

berssier, # 48, l. 4, p. 122, to hunt.

besans d'or, # 121, l. 28, p. 210, gold coins from Byzantium.

bienweulance, # 117, l. 14, p. 205, good will.

bobam, # 172, l. 38, p. 290, bobant, # 183, l. 70, p. 306, arrogance; bombast.

bocquet, # 60, l. 6, p. 137, grove; thicket.

boidie, # 89, l. 20, p. 168, ruse; trick.

se bouter, # 66, l. 56, p. 147, to take up position; settle down in.

bouyaux, # 99, l. 23, p. 180, bowels; entrails.

branler, # 114, l. 15, p. 201, to waver; flag.

brant, # 100, l. 9, p. 182, branc, # 104, l. 98, p. 187, sword; broad-sword.

bussine, # 61, l. 52, p. 139, trumpet.

C

calanger, # 54, l. 22, p. 130, calenger, # 105, l. 21, p. 189, to challenge; defy; brave.

carneaulx, # 172, l. 16, p. 289, battlements.

cartier, # 205, l. 34, p. 340, a quarter; a piece.

ceans, # 169, l. 12, p. 285, here.

cercer, # 150, l. 19, p. 253, cercher, # 149, l. 45, p. 252, to seek.

cerqueul, # 189, l. 29, p. 313, coffin.

ceur, # 103, l. 16, p. 184, heart.

cevaulter, # 52, l. 4, p. 127, demolish; reduce to ruins; knock down.

chaere, # 154, l. 31, p. 261, throne.

chaloit, # 26, l. 80, p. 92, (3rd pers. imp. tense of chaler/chaloir), to matter; be of consequence.

chanue, # 91, l. 9, p. 171, white; hoary.

chappe, # 181, l. 24, p. 302, cloak; gown; mantel.

chappeller, # 32, l. 90, p. 100, to kill; strike with a weapon; strive.

chartier, # 132, l. 9, p. 223, gaoler.

chartre, # 128, l. 28, p. 218, prison.

de chef en chef, # 178, l. 24, p. 298, from beginning to end.

cherté, # 117, l. 13, p. 205, affection; friendship; kindliness.

chervel, # 126, l. 7, p. 215, roe-buck.

chete, # 190, l. 26, p. 314, captivity; imprisonment.

chetivoison, # 190, l. 29, p. 314, captivity; imprisonment.

chevetain, # 55, l. 42, p. 132, captain; leader.

chevir, # 128, l. 53, p. 219, accomplish; achieve.

chevrroit, # 133, l. 45, p. 225, (3rd pers. sing. cond. tense of chevir), to accomplish; achieve.

a chief de piece, # 9, l. 26, p. 65, finally; in the end.

chinc, # 111, l. 15, p. 197, five.

chyeulx, # 39, l. 4, p. 107, with; at the establishment of.

cil, # 44, l. 8, p. 116, someone; one.

clamer, # 92, l. 20, p. 172, to claim.

se clasmer, # 160, l. 7, p. 272, to accuse oneself; declare oneself.

cleron, # 88, l. 4, p. 167, bugle.

closture, # 115, l. 39, p. 203, cantonment; camp protected by a stockade.

cointement, # 96, l. 7, p. 177, properly; elegantly; pleasingly.

collée, # 45, l. 49, p. 118, a blow on the neck.

comperrer, # 134, l. 59, p. 229, to pay for; pay the penalty for.

confermer, # 167, l. 68, p. 282, to conform; be in conformity.

conroy, # 60, l. 16, p. 137, a body of troups; a train.

contralier, # 162, l. 23, p. 275, to cross; thwart; annoy.

contredit, # 199, l. 79, p. 331, opposition; mishap; hitch.

contremont, # 56, l. 19, p. 132, up.

contre val, # 176, l. 30, p. 294, down; downwards.

controuver, # 19, l. 7, p. 82, to lie; prevaricate.

converser, # 56, l. 42, p. 133, to stay; visit.

corsu, # 183, l. 15, p. 304, stocky; well-built.

coulour, # 40, l. 32, p. 110, a hint; suspicion.

couppe, # 154, l. 36, p. 261, fault; blame.

courage, # 87, l. 24, p. 166, heart.
couraicte, # 8, l. 40, p. 64, will; thoughts; heart.
couraige, # 21, l. 31, p. 84, heart.
courauté, # 6, l. 5, p. 62, feelings; heart.
courchés, # 48, l. 25, p. 122, angry.
courvoitise, # 172, l. 38, p. 290, covetousness; desire.
coustuilie, # 80, l. 15, p. 161, courtesy.
covardie, # 206, l. 17, p. 342, cowardice.
covart, # 52, l. 41, p. 128, coward.
coy, # 18, l. 103, p. 81, quiet; silent.
creancer, # 114, l. 66, p. 202, promise; vouchsafe.
creanter, # 109, l. 28, p. 194, to promise; vouchsafe.
crester, # 141, l. 3, p. 238, to rear up the head.
crevache, # 167, l. 8, p. 281, crevice.
cringz, # 151, l. 12, p. 253, hair; head of hair.
cuer, # 1, l. 64, p. 58, heart.
cuider, # 20, l. 5, p. 83, to believe; think.
cuiere, # 185, l. 3, p. 307, a chink; gap.
cuir, # 125, l. 80, p. 215, skin.

D

dain, # 126, l. 6. p. 215, fallow-deer.
damp, # 194, l. 12, p. 320, damned; damn.
debrisé, # 55, l. 7, p. 131, broken in limb.
deduit, # 80, l. 5, p. 160, enjoyment; relaxation.
defaire, # 2, l. 24, p. 59, to describe; depict.
deffiner, # 187, l. 93, p. 311, to die.
degoicter, # 18, l. 102, p. 81, to flow, run.
dehet (mal), # 162, l. 27, p. 275, woe betide.
demainer, # 21, l. 45, p. 84, to bewail; bemoan.
demaine, # 113, l. 55, p. 200, domain.
demerite, # 139, l. 36, p. 235, merits; qualities.
denuncer, # 187, l. 36, p. 310, to announce.
depors, # 41, l. 31, p. 111, recreation; pass-time; sport.
se deporter, # 18, l. 51, p. 80, to enjoy oneself; amuse oneself.
de rechief, # 9, l. 24, p. 65, once more; yet again.
desaise, # 110, l. 62, p. 196, difficulty.
desbatre, # 104, l. 138, p. 188, to beat down; tread down.
desclairer, # 29, l. 22, p. 95, to explain; make clear.
descongnoistre, # 178, l. 29, p. 298, to fail to recognise.
desconseiller, # 180, l. 4, p. 301, to be disconsolate; lack support or advice.
desconvenue, # 98, l. 12, p. 179, downfall; failure.
deserrion, # 70, l. 29, p. 152, traitor.
desfiance, # 155, l. 109, p. 264, breaking of faith; treachery.
desfert, # 134, l. 37, p. 228, (3rd pers. sing. perf. tense of desferir), to skin; flay.
deshait (mal), # 91, l. 10, p. 171, woe betide; cursed be.
deshaitié, # 18, l. 76, p. 80, deshaittié, # 18, l. 77, p. 81, ill; out of sorts.
desloer, # 26, l. 40, p. 91, to disregard.

despouler, # 125, l. 32, p. 214, despouller, # 108, l. 28, p. 191, to help (someone) disarm.

desregner, # 181, l. 36, p. 303, to release.

desservy, # 40, l. 31, p. 110, (past part. of desservir) to deserve; merit.

destourber, # 40, l. 12, p. 109, to turn (someone) from; discourage.

destraint, # 20, l. 4, p. 83, (past part. of destraindre), to distress; rack with grief.

desvisser, # 105, l. 12, p. 189, to talk; say; converse.

detrencher, # 103, l. 9, p. 184, to cut to pieces.

deul, # 98, l. 7, p. 178, sadness; pain; grief.

devaler, # 60, l. 50, p. 138, side; slope.

devallant, # 121, l. 33, p. 210, side; slope.

devant, # 22, l. 8, p. 86, bosom.

devier, # 187, l. 8, p. 309, to die.

deviser, # 106, l. 24, p. 190, to talk of; to say; converse; describe.

doeul, # 90, l. 12, p. 170, sadness; pain; grief.

dointer, # 41, l. 17, p. 111, to give.

doubter, # 90, l. 18, p. 170, to think of; turn over in one's mind.

doulouser, # 108, l. 39, p. 192, to bewail; bemoan.

draglon, # 98, l. 48, p. 179, dragon.

droiture, # 101, l. 8, p. 182, justice; straightforwardness.

dromont, # 74, l. 11, p. 154, a galley with several rows of oars.

duit, # 18, l. 65, p. 80, (past part. of duire), to be inclined to; be glad to; to be well mannered.

E

elle, # 114, l. 33, p. 201, a wing.

embarrer, # 106, l. 14, p. 190, to dent; knock in.

embas, # 104, l. 76, p. 187, below; down.

embatre, # 106, l. 14, p. 190, to smash.

embler, # 104, l. 35, p. 186, to kidnap; make off with; (soy embler = to elope).

embroncher, # 84, l. 18, p. 164, embruncher, # 46, l. 32, p. 120, to bow one's head.

emmy, # 46, l. 33, p. 120, in the midst of; amidst.

empains, (past part.), # 163, l. 43, p. 277, empaint, (3 perfect), # 156, l. 74, p. 267, (of empaindre), to push down; knock down; launch (a ship); head out to sea.

empainte, # 114, l. 9, p. 201, an attack; clash.

emparlé, # 109, l. 17, p. 193, loquacious; talkative; smooth-tongued.

empirer, # 140, l. 32, p. 237, to wound; harm.

emprainte, # 114, l. 5, p. 201, an attack; clash.

empres, # 88, l. 6, p. 167, near; alongside.

emprise, # 153, l. 30, p. 258, (past part. of emprendre) to undertake.

enchasser, # 77, l. 73, p. 159, to give chase to.

encontre mont, # 184, l. 9, p. 306, up; above.

encrouer, # 83, l. 5, p. 163, to hang; string up; hang in chains or on hooks.

enditement, # 160, l. 4, p. 271, indication; suggestion; report.

endroit, # 147, l. 26, p. 247, estate; merits; rank.

enducir, # 83, l. 6, p. 163, to soften; make tender.

enflambé, # 140, l. 21, p. 236, flaming; fiery.
enfondrer, # 159, l. 9, p. 271, to sink; founder.
enforcher, # 109, l. 14, p. 193, to grow in strength.
engigné, # 174, l. 62, p. 292, deceived; slighted.
engin, # 89, l. 25, p. 168, ruse; arrangement; ingenuity; mechanism.
englouté, # 95, l. 65, p. 176, resolved; bent on.
enmy, # 45, l. 86, p. 119, amidst; in the middle of.
ennemy, # 154, l. 45, p. 261, devil.
enorter, # 60, l. 1, p. 137, to exhort; encourage.
ens, # 181, l. 8, p. 302, in; inside.
enseigne, # 55, l. 37, p. 131, battle-cry.
entalenté, # 45, l. 34, p. 118, intent on.
entemmer, # 141, l. 9, p. 238, to penetrate; pierce; break open.
entoiser, # 175, l. 1, p. 293, to raise or swing a weapon.
envaÿe, # 193, l. 54, p. 320, an attack; foray.
envaÿr, # 61, l. 31, p. 139, to attack.
envertuer, # 32, l. 30, p. 98, to exert oneself; gather one's strength.
envis, # 138, l. 8, p. 233, to; towards.
envoysier, # 23, l. 25, p. 87, to make merry; celebrate; enjoy oneself.
erraument, # 134, l. 49, p. 228, quickly; hurriedly; promptly.
erre (grant), # 105, l. 2, p. 189, in a hurry; as fast as possible.
errement, # 183, l. 19, p. 304, ink.
esbanoier, # 202, l. 9, p. 335, to enjoy oneself; to frolic, to make merry.
esbatemens, # 4, l. 4, p. 60, revels; sports; merrymaking.
esce, # 184, l. 15, p. 307, metal plate.
eschaine, # 176, l. 2, p. 294, hair shirt.
eschardes, # 140, l. 31, p. 237, scales, shell.
escharppe, # 185, l. 19, p. 307, bag; begging-cup.
eschiver, # 140, l. 52, p. 237, to avoid.
esclos, # 105, l. 4, p. 189, hoof-prints.
esfreër, # 16, l. 2, p. 74, to frighten.
esmayer, # 116, l. 9, p. 204, to be afraid; be dismayed.
esmer, # 135, l. 51, p. 231, to aim.
esplaicte, # 183, l. 47, p. 305, metal plate.
espurgoire, # 50, l. 68, p. 125, to purge; atone for.
essaulcer, # 56, l. 40, p. 133, to exalt; increase the worth of.
essiller, # 191, l. 10, p. 315, pillage; loot; usurp.
estal (tenir), # 155, l. 51, p. 263, to stand up to; hold one's own against.
estral (livrer), # 134, l. 33, p. 228, to give battle.
estandu, # 32, l. 63, p. 99, (past part. of estandre), laid out flat.
estofle, # 113, l. 21, p. 200, stuff.
estoudy, # 32, l. 64, p. 99, stunned; dazed.
estrace, # 200, l. 4, p. 332, race; lineage; family.
estraindre, # 141, l. 32, p. 238, to grip; grasp; squeeze.
estranger, # 143, l. 9, p. 240, to estrange; be away from.
estuver, # 51, l. 22, p. 126, to steep or bathe in warm water.

F

fain, # 199, l. 61, p. 330, hay.
faingte, # 118, l. 38, p. 206, (past part. fem. of faindre), feigned.

fainte, # 206, l. 17, p. 342, weak; faint-hearted.
faintise, # 18, l. 92, p. 81, pretence; deceit.
faiz, # 88, l. 23, p. 167, time; occasion.
faulcer, # 155, l. 37, p. 262, to split open; break through.
feble, # 17, l. 10, p. 76, weak; faint.
fel, # 156, l. 54, p. 266, disloyal; treacherous; cruel.
festu, # 95, l. 23, p. 175, straw; briser le festu = to break one's promise.
fez, # 55, l. 15, p. 131, time; occasion.
fieble, # 176, l. 51, p. 295, weak.
finer, # 14, l. 25, p. 71, to finish; bring to a close; (die).
flabe, # 199, l. 35, p. 330, a fable; yarn; tale.
flereur, # 199, l. 6, p. 329, perfume.
floibe, # 79, l. 21, p. 160, weak.
floiblesse, # 12, l. 25, p. 68, weakness.
flors, # 131, l. 12, p. 222, except.
foible, # 176, l. 56, p. 295, weak.
foler, # 98, l. 26, p. 179, to go out of one's mind; lose one's senses.
folligné, # 70, l. 31, p. 152, (past part. of folligner), to shame; be untrue to.
forbanir, # 20, l. 22, p. 83, to banish from; exile; confiscate.
forcené, # 79, l. 24, p. 160, out of one's mind; mad.
forche, # 46, l. 46, p. 120, force.
forclore, # 65, l. 20, p. 144, to surround; cut off all means of escape.
forfaire, # 19, l. 23, p. 82, to transgress.
forment, # 51, l. 31, p. 126, strongly; warmly.
forviger, # 197, l. 70, p. 326, to banish from; outlaw; confiscate.
fources, # 192, l. 81, p. 318, gallows; execution hooks.
frang, # 48, l. 19, p. 122, free.
fust, # 45, l. 29, p. 117, shaft.

G

gaber, # 153, l. 53, p. 258, to play tricks on; to dupe.
gaing, # 116, l. 36, p. 205, gain; profit; benefit.
gaster, # 133, l. 37, p. 225, to lay waste to; devastate.
gay, # 44, l. 15, p. 116, a ford.
gigner, # 32, l. 79, p. 100, to gain; win.
glacant, # 155, l. 113, p. 264, glancing.
grainant (ne), # 29, l. 7, p. 94, (= ne....pas), not.
grauchter, # 133, l. 27, p. 224, to raze; demolish; destroy.
Gregois, # 89, l. 20, p. 168, Greek.
gregoyent, # 12, l. 25, p. 68, (3rd pers. pl. pres. ind. of gregoire), to grow worse.
greigneur, # 32, l. 46, p. 99, greater.
Grejois, # 101, l. 34, p. 183, Greek.
gresle, # 64, l. 27, p. 143, trumpet; bugle.
grief, # 45, l. 6, p. 117, misfortune; mishap.
guarison, # 109, l. 5, p. 193, recovery; a cure.
guenchir, # 141, l. 26, p. 238, to zig-zag; bob and weave.
guerpir, # 89, l. 38, p. 169, to flee.
guerredon, # 18, l. 48, p. 80, a reward; recompense.
gure, # 119, l. 19, p. 207, war.

H

haittié, # 18, l. 63, p. 80, well; cured; in good health.
hanir, # 44, l. 14, p. 116, to whinny.
hardoyer, # 59, l. 20, p. 135, to charge; attack; brave.
hosteller, # 102, l. 22, p. 184, to take lodgings.
hutin, # 55, l. 27, p. 131, struggle; mêlée; battle.
huy, # 62, l. 13, p. 140, today; now.
huymais, # 110, l. 11, p. 195, today; now.

I

i, # 153, l. 72, p. 259, he.
illec, # 39, l. 27, p. 108, there.
illecques, # 20, l. 3, p. 82, there.
isnel, # 126, l. 7, p. 215, swift.

J

Jadien, # 151, l. 11, p. 253, Indian.
jargonnée, # 199, l. 22, p. 329, decorated with zircons (jargoons).
jeune, # 179, l. 42, p. 300, fasting.
jouel, # 42, l. 50, p. 113, a jewel.
jus, # 59, l. 42, p. 136, down; to the ground; on the ground.

L

laidenger, # 115, l. 22, p. 203, to maltreat; torment; bait.
lairons, # 199, l. 111, p. 332, (1st pers. pl. fut. tense of laire), to allow;
    leave; leave off.
laise, # 126, l. 9, p. 215, width.
larroit, # 17, l. 60, p. 77, (3rd pers. sing. cond. tense of laire), to allow;
    leave; leave off; stop.
lassus, # 56, l. 15, p. 132, upstairs; up above.
leans, # 56, l. 14, p. 132, there; thereabouts; that place.
leaulx, # 109, l. 29, p. 194, loyal.
lée, # 95, l. 68, p. 176, wide; gaping.
lermer, # 101, l. 42, p. 183, to weep.
les, # 48, l. 10, p. 122, side.
les (de), # 186, l. 37, p. 309, beside; alongside.
liez, # 63, l. 45, p. 142, happy; glad.
loer, # 70, l. 2, p. 151, to commend; laud; approve of.
los, # 43, l. 14, p. 114, honour; glory; renown; reputation.
losenger, # 161, l. 39, p. 274, deceiver; flatterer; a lier and a cheat.
loy, # 155, l. 82, p. 264, faith; belief.
loz, # 89, l. 49, p. 169, advice; strongly urged opinion.
lyé, # 26, l. 1, p. 90, happy; glad.
lyesse, # 182, l. 29, p. 304, happiness; gladness; joy.

M

maginer, # 49, l. 9, p. 123, to bind; dress; care for.

mailler, # 65, l. 33, p. 144, to strike with a mace.

marchir, # 163, l. 4, p. 276, to hold marcher lands; to guard the Marches.

marry, # 50, l. 47, p. 125, sad.

mars, # 174, l. 60, p. 292, a gold mark.

mat, # 186, l. 17, p. 308, troubled.

mellée, # 43, l. 57, p. 115, multi-coloured.

mencon, # 145, l. 8, p. 243, mention.

mendre, # 95, l. 23, p. 175, slightest; least.

menter, # 100, l. 6, p. 182, to lie.

mes, # 110, l. 59, p. 196, courses; foods; dishes.

mes (ne), # 52, l. 5, p. 127 (= ne .... pas), not.

meschef, # 110, l. 62, p. 196, misadventure; misfortune; mishap.

mesgnie, # 114, l. 48, p. 202, household; company; train.

message, # 133, l. 20, p. 224, messenger.

messaige, # 36, l. 1, p. 105, messenger.

mestier, # 88, l. 29, p. 167, need; necessity.

mettes, # 28, l. 15, p. 93, borders; borderlands; marches.

meurdriere, # 199, l. 12, p. 329, loop-holes; arrow-slits.

mile, # 185, l. 37, p. 308, a mile.

mire, # 108, l. 20, p. 191, a doctor; a physician.

mont (a), # 82, l. 22, p. 162, upstairs; up above.

moulier, # 189, l. 47, p. 313, wife; spouse.

N

nager, # 74, l. 19, p. 154, to navigate; row.

naym, # 43, l. 27, p. 114, a dwarf.

nonnain, # 177, l. 55, p. 297, a nun.

nonne, # 198, l. 56, p. 328, noon; noon-tide.

novalité, # 16, l. 2, p. 74, novelty; unexpectedness.

nuitant, # 104, l. 63, p. 186, night-fall.

O

o, # 60, l. 48, p. 138, with.

ognement, # 125, l. 79, p. 215, ointment; balm.

oncquez mais, # 155, l. 34, p. 262, ever.

ordourné, # 168, l. 57, p. 284, adorned; furnished.

orray, # 15, l. 36, p. 73, (1st pers. sing. fut. tense of oïr), to hear.

orée, # 60, l. 5, p. 137, edge; border.

oresendroit, # 40, l. 20, p. 110, now; at once; presently.

ouÿe, # 121, l. 17, p. 210, ear.

oyeuseuse, # 201, l. 24, p. 335, idle; pointless.

P

paan, # 121, l. 13, p. 210, coat-tails; skirt.

painquerant, # 182, l. 9, p. 303, a beggar.

pallais, # 132, l. 28, p. 224, a great hall.
paour, # 21, l. 77, p. 85, fear.
pariage, # 145, l. 50, p. 244, equality of rank; peerage.
parcreü, # 134, l. 20, p. 228, huge; great in size; monstrous.
parfin (en la), # 135, l. 72, p. 231, in the end.
parmis, # 77, l. 63, p. 159, (past part. of parmetre), to promise.
parra, # 60, l. 13, p. 137, (3rd pers. sing. fut. of paroir), to appear.
parsoy (a), # 7, l. 14, p. 63, in his heart.
pautonnier, # 43, l. 70, p. 116, coward; wretch.
pel, # 122, l. 3, p. 210, a stake; post.
pel, # 125, l. 80, p. 215, skin.
pelle, # 108, l. 19, p. 191, a counterpane.
pendent, # 125, l. 16, p. 213, an incline; slope; overhang.
pendant, # 192, l. 51, p. 317, a while; space of time.
perdurable, # 187, l. 37, p. 310, eternal; ever-lasting.
pert, # 28, l. 23, p. 94, part; side.
petit (ung), # 19, l. 2, p. 82, a little.
pieca, # 179, l. 47, p. 300, a long time.
pis, # 31, l. 42, p. 97, chest.
piteulx, # 92, l. 34, p. 172, full of pity.
piz, # 15, l. 46, p. 73, chest.
plaid, # 70, l. 43, p. 152, league (against); alliance (against).
planté, # 147, l. 24, p. 247, plenty.
plevir, # 166, l. 32, p. 280, to pledge; champion; act as guarantor.
poindre, # 55, l. 8, p. 131, charge; attack; onslaught.
pongnant, # 140, l. 34, p. 237, sharp.
pourveance, # 197, l. 83, p. 327, supplying; provisioning.
poy (ung), # 39, l. 30, p. 108, a little.
preudommie, # 75, l. 22, p. 155, worth; experience.
progener, # 81, l. 25, p. 162, to rape; deflower; put in the family way.
pueur, # 141, l. 46, p. 239, stink; stench.
pulentie, # 127, l. 14, p. 217, stink; stench.

Q

quancque, # 133, l. 26, p. 224, quanque, # 4, l. 7, p. 60, whatever.
quarneaulx, # 147, l. 44, p. 247, battlements.
quarrefourc, # 165, l. 8, p. 278, cross-roads.
quassé, # 46, l. 14, p. 119, broken; split open.
quer, # 81, l. 30, p. 162, for; because.
se queuvrer, # 206, l. 49, p. 343, to conceal one's feelings.

R

radement, # 198, l. 75, p. 329, swiftly; with great force.
radeur, # 89, l. 30, p. 169, speed; force.
raecon, # 155, l. 68, p. 263, ransom.
rain, # 67, l. 23, p. 148, branch; bough.
ramentevoir, # 189, l. 47, p. 313, to recall; remember.

ramentu, # 98, l. 11, p. 179, (past part. of ramentevoir), see above.

ramponne, # 106, l. 8, p. 189, insult; jeer; mockery.

ramposne, # 63, l. 3, p. 141, insult; jeer; mockery.

rasaisié, # 51, l. 23, p. 126, (past part. of rasaisier), to ease; assuage.

recellée (en), # 66, l. 37, p. 146, secretly; surreptitiously.

rechief (de), # 9, l. 24, p. 65, once more; yet again.

recous, # 94, l. 1, p. 174, (past part. of rescourre), to rescue.

recouvrier, # 153, l. 3, p. 257, recuperation; recovery.

recreans (se rendre), # 156, l. 21, p. 265, to surrender; give up the fight.

remaindroit, # 157, l. 28, p. 268, (3rd pers. sing. cond. tense of remanoir), to stay; remain.

remaint, # 6, l. 28, p. 62, (3rd pers. perf. tense of remanoir), to stay; remain.

remanoir, # 73, l. 20, p. 153, to stay; remain.

repaire, # 81, l. 27, p. 162, return.

repairer, # 91, l. 42, p. 171, to return; go home.

repasser, # 109, l. 11, p. 193, to recover; be cured.

reproce, # 190, l. 30, p. 314, reproach.

resacher, # 106, l. 6, p. 189, to pull out; draw.

resarcher, # 155, l. 31, p. 262, the return to guard; drawing back.

rescourre, # 55, l. 17, p. 131, to rescue.

rescousce, # 115, l. 45, p. 204, rescue.

rescoux, # 115, l. 36, p. 203, (past part. of rescourre), rescued.

resplendissant, # 199, l. 21, p. 329, shining; glowing.

resplennie, # 199, l. 5, p. 329, resplendant; glowing; shimmering.

ressané, # 47, l. 50, p. 122, recovered; well.

resoulx, # 18, l. 41, p. 80, up; on one's feet.

reule, # 15, l. 25, p. 73, rule.

riene, # 6, l. 14, p. 62, thing.

riens, # 13, l. 45, p. 70, thing.

riglé, # 160, l. 33, p. 272, (past part. of rigler), to rule; advise.

robeur, # 104, l. 78, p. 187, robber.

route, # 121, l. 29, p. 210, a column (of troops).

ruer, # 112, l. 6, p. 198, to throw violently; trample down.

S

saicher, # 32, l. 11, p. 98, to unsheathe.

sainer, # 46, l. 43, p. 120, to bleed.

saintz, # 135, l. 31, p. 230, bass bell.

sceü, # 134, l. 52, p. 228, knowledge.

sardine, # 199, l. 22, p. 329, a brown sard — sometimes sold commercially under the names: cat's eye, onyx, agate.

seigneurir, # 161, l. 2, p. 273, to rule; to lord it.

semondre, # 149, l. 48, p. 252, to summon.

sengle, # 171, l. 5, p. 287, strap; binding.

serain, # 147, l. 43, p. 247, evening; evening air; sunset.

sercle, # 174, l. 75, p. 292, circle; coronet.

sergans, # 197, l. 30, p. 325, servants; men-at-arms; ostlers.

Sesne, # 185, l. 26, p. 307, Saxon; Saracen.

seürplus (du), # 26, l. 52, p. 92, any more; anyone else.

sieute, # 96, l. 7, p. 177, suite; train.

singler, # 74, l. 12, p. 154, to sail; head for.

sinom, # 147, l. 9, p. 246, except.

soudan, # 84, l. 11, p. 163; soudam, # 84, l. 17, p. 164; souldane # 88, l. 1, p. 167; souldanc, # 92, l. 12, p. 172, sultan.

souef, # 108, l. 5, p. 191, softly.

souisse, # 57, l. 23, p. 133, upon.

souldée, # 109, l. 38, p. 194, payment; repayment; (military) service.

souldoyer, # 56, l. 37, p. 133, to soldier; to be a mercenary.

soulliés (avoir), # 98, l. 27, p. 179, to be accustomed to; used to.

suffire, # 137, l. 5, p. 232, to renounce; give up; have enough of.

suiver, # 14, l. 42, p. 71, to follow.

T

talent, # 100, l. 16, p. 182, inclination; intention; wish.

tapist, # 171, l. 43, p. 288, (3rd pers. sing. perf. tense of tapir), to cower; huddle; conceal oneself.

targer, # 168, l. 10, p. 283, to delay; be a long time.

temprement, # 14, l. 25, p. 71, soon; in time.

tempter, # 144, l. 20, p. 242, to tempt; test.

tendreu(r), # 17, l. 5, p. 76, tenderness.

terrouer, # 60, l. 51, p. 138, hillock; mound; knoll.

tousdiz, # 121, l. 1, p. 209, always; still.

tousjours mais, # 121, l. 28, p. 210, forever.

toutesvoyes, # 18, l. 76, p. 80, still.

tracer, # 137, l. 32, p. 233, to seek; track.

traire, # 48, l. 6, p. 122, to urge; push.

traïste, # 79, l. 4, p. 159, treacherous; perfidious.

transgloutir, # 140, l. 22, p. 236, to swallow; gulp down.

tref, # 57, l. 6, p. 133, tent; pavillion; marquee.

trespas, # 152, l. 32, p. 254, passing; crossing; passers-by.

trespasse, # 43, l. 84, p. 116, comings and goings.

se trestourner, # 20, l. 9, p. 83, to turn off; turn away.

treü, # 92, l. 24, p. 172, tribute; tax.

trilée, # 99, l. 57, p. 181, trellis-work; lattice.

trompille, # 61, l. 51, p. 139, trumpet.

tronsson, # 43, l. 48, p. 115, stump; broken end.

trousser, # 43, l. 5, p. 114, bundle; kit.

truandise, # 169, l. 10, p. 285, begging; vagrancy; lying.

truant, # 169, l. 9, p. 285, beggar; vagrant; lier.

U

uy, # 128, l. 49, p. 219, today.

uy, # 42, l. 9, p. 112, door; gate.

V

vantaige, # 88, l. 24, p. 167, advantage; vantage.
veïr, # 17, l. 99, p. 78, to see.
ventalle, # 155, l. 37, p. 262, vizor.
veu, # 40, l. 16, p. 110, a vow.
vier, # 16, l. 74, p. 76, to live.
voir, # 62, l. 17, p. 140, true; truly.
voirement, # 109, l. 21, p. 194, true; truly.
voler, # 145, l. 14, p. 243, to hunt birds; hunt with hawks.
voyder, # 15, l. 16, p. 73, to clear; empty.
vuider (les arcons), # 62, l. 42, p. 141, to be thrown; be unhorsed.
veüe, # 106, l. 13, p. 189, eyes; sight.

W

wider (les archons), # 171, l. 6, p. 287, to be thrown; be unhorsed.

Y

yre, # 155, l. 32, p. 262, anger.
yreur, # 124, l. 23, p. 212, anger.
ytel, # 40, l. 26, p. 110, such a.

www.ingramcontent.com/pod-product-compliance
Lightning Source LLC
Chambersburg PA
CBHW030915050726
47498CB00003BA/750